风雨美国

杨开明　著

上海文化出版社

朋友，想了解真实的美国，目睹美国的方方面面吗？想知道在美国的华人是如何顽强生存和思念热爱自己的祖国吗？如果想，就请伴随书中的主人公，一起经历在美国不同寻常的生活吧。

一

在收到叔父的美国来信前,严岩从来没有出国的念头。

他是新中国的同龄人,父亲是个工程师,祖父是清朝末年留洋归国的专家,从小接受的教育是“好好学习,天天向上”,“建设祖国,保卫祖国”和“为人民服务”。

刚刚读完小学一年级,他就随父母来到一个口音、习俗和环境都截然不同并且十分落后的陌生城市,这个城市给他的第一个深刻印象,是他在学校厕所里第一次见识到了污秽的、气味难闻的茅坑,而且整个厕所非常阴暗,在那之前他只使用过抽水马桶。不过这对他来说不算什么,因为他有父母的关爱。有父母关爱的孩子,心里总是温暖的、踏实的,父母在哪里,哪里就是家。

在那个火红的年代,中国的无数家庭为了建设祖国,从繁华先进的都市迁徙到遥远贫穷的地方。一些人的家眷由于种种缘故不能离开定居已久的城市,他们便告别亲人独自前往,只在每年短短十几天的探亲假时回家,几十年都是那样。他们如同战争年代的军人,尽管对家人和故乡依恋不舍,但是为了国家,还是毅然奔赴最需要他们的战场。

严岩的各门功课都很好,读中学时的志向是进入一所重点大学攻读理工专业,毕业后为国效劳。那时大学里有句口号,叫做“毕业后为祖国工作五十年”。不过倘若真的工作五十年,那就要工作到七十多岁了,大多数人未必做得到,然而却反映了那个时代的精神风貌和年轻人报效祖国的满腔热忱。中国的历史灿烂而悠久,却在近代饱受列强的欺凌,积贫积弱一百余年,这时的中国人都渴望能在自己手里重铸祖国的辉煌。他们意志顽强,不畏艰难。

但是一场风暴改变了他的命运,严岩像千千万万年轻人一样下了乡。当时他满怀热情,以为可以战天斗地,迅速改变农村的落后面貌,然而现实比他的幻想残酷得多。他逐步意识到,要使落后转为先进,需要几代人坚持不懈的奋斗才有实现的可能。

有一次他回城探亲,为了节省七角钱的车费,走了五十里山路。在经过一个绿阴覆盖的小山村时,他听见路边小院的窑洞里传出孩子们读书的声音。从他高中一年级下半学期停课以来,他已经很多年没有听到读书声了。当初上学时,有长辈对他说,学生时代是人生最美好的时代,他听了有些不以为然,这时却像铁块被磁石吸住一般。他在那间窑洞外伫立了很久很久,回忆起自己的学生时代,忽然觉得,能够读书,真的是一件多么快乐、多么令人向往的事情!不过这时对他而言读书已经成了一种不可企及的奢望。

不久中国展开大规模工业建设,他随之在下乡两年后被召入一家新建工厂当工人。就像下乡时干农活一样,他对他的工作始终兢兢业业,尽力而为。

在一段时期里,他尽管待人友善并且工作勤奋,却由于耿直和固执而常常碰壁,因而非常苦恼。但是他知道这是生活的真实，他需要调整自己、改变自己，就像世间万物为了生存繁衍必须不断适应自然一样。他慢慢学习如何宽容、理解和适当的迁就，同时经常自我检讨，认识到他自己也有很多弱点和缺陷，也只不过是个极普通的人，远远称不上完美。他为此责备自己，却又无力改善，但决意努力遵循实实在在做人，诚诚恳恳待人的原则。

他恋爱并且结婚了。妻子是个十分漂亮又娇柔贤惠的上海姑娘，从小在上海长大，被时代的潮流卷到他所在的省、所在的城。在他们相识之前，她根本不打算在她眼里的“外地”安家，一心想回上海。这时她一个同时认识严岩的老乡从中牵线，笑盈盈地要把他们系在一起时，当即被她一口拒绝。但是这个老乡既有热心又有耐心，不紧不慢地劝她考虑，说严岩是个难得的好青年，不仅聪明能干，而且英俊挺拔。她不为所动，只是想笑，认定在这个土里土气的地方，绝不会有任何人能使她满意。其实这座城市算得上是中国的名城，这儿来自四面八方的人里不乏优秀人才，然而在年轻骄傲的上海姑娘心里，只有昌盛发达的上海才是她朝思暮想的归宿，只有精明洒脱的上海男人才可能有吸引她的魅力。

不过到了最后，她觉得不好意思让一片好意的老乡难堪，答应在这个老乡家里跟严岩见面，但是确信她将只是迫于无奈才不得不敷衍一番。

“谁我也看不上。”她在心里十分肯定地对自己说。

严岩同样没有把两人见面的事情看得那么严重。他总是以为恋爱应该是男女双方由于相互吸引自然而然地接近，而不是被人僵硬地安排到一起。他对这次见面不抱什么期望，但是并不排斥。是啊，谁又能真的未卜先知呢？不过他的确感到有些新奇和兴奋，因为他即将见到的是个上海姑娘。

上海人多半来自江浙，少部分来自长江沿线和其他区域。随着中国近代的门户开放，上海迅速发展成人文荟萃、工商发达的大都市。上海人头脑灵活、视野开阔、勇于进取，在科学、技术、教育、经济和文化艺术等诸多领域都有极高的成就；上海人踏实肯干，精益求精，上海产品的质量在中国有口皆碑。从二十世纪五十年代以来，上海向中国其他地区输送了不计其数的专业人才，甚至把整个工厂、整座学校搬迁过去，为国家的合理布局和全面发展做出了不可估量的特殊贡献。上海人也由此遍布全国。

在衣着、谈吐和气质方面，上海人别具一格，并且他们善于交际，与任何人打交道时都显得从容亲切、举止得体。与此同时，像上海人这样生活在大城市的人或多或少都有点优越感。这种优越感自然是缘于他们优越的背景，但是因优越的背景而产生优越感绝非大城市里人的专利，而是整个人类社会的通病。像严岩所在的这座城市，尽管到民国末年已经衰败不堪，但居民们还是难忘千年前的风光，讲起本城的历史依旧感到骄傲，而且自己的身份似乎也要比其他地方的人高上一截。直到这时，坊间还流传着“本城女孩不外嫁”的话。

在严岩心里，上海人是一群特别的人，离他很遥远的人。他觉得上海人无论在哪里都自成体系，与其他人之间有层不可见的隔膜。所以这次的“相亲”，对他来说更多的是想见识一下地道上海姑娘的真实面貌。

那天他正在卧室午睡，他的母亲陪同介绍人走了进来，说上海姑娘已经在介绍人家里，要他马上去见面。这时他穿着一件肩膀处打补丁的灰色衬衣，睡眼惺忪地就要起身前往，母亲连忙叫他等一下，说应该换件衬衣再去。可是他年轻气盛又十分自信，不愿意换衣服，心想，为什么我要靠衣服撑门面呢？如果她喜欢我，应该是因为我这个人；如果她那么看重衣着，也就没有什么好谈的了。

他和上海姑娘的见面持续了不到两分钟。才刚刚寒暄几句，他还在打量这个姑娘，她就站起身来，娇羞地笑着说要赶回去上班，随即匆匆离去。

几乎只是惊鸿一瞥，却已使他坠入情网。他无从揣测上海姑娘的心思，但是并没有向介绍人询问。

过了几天，他们在介绍人家里再度相会。这次上海姑娘望着窗外的景色对他轻轻地说："我想以后我们自己出去，不要再麻烦别人了。"

他们彼此一见钟情。后来她把她第一眼看见他时的感觉告诉他，说当他走进房间的时候，"我心里想，没想到这里还有这样的人！"那天晚上她彻夜难眠。

她一边回忆一边甜蜜地笑，又说他衣服上的补丁增添了她对他的好感，因为那使她认为他是个朴实的人。其实她自己在容貌、发型和装束方面都极其讲究，却不计较严岩的随意。这种亲身经历使严岩觉得，在恋爱中，重要的也许不仅仅是双方的类似，还应该包括互补，不过最关键的依旧在于相互间是否能使对方动心；所有预先设想的框架和樊篱，在爱情激流里全部不堪一击。

他们步入了婚姻的殿堂。婚后快一年的时候，严岩的妻子回上海生了一个女儿。她在给严岩的来信里说，产房里别的九个婴儿全是男孩，只有他们的是女孩，问严岩喜不喜欢女儿。"怎么会不喜欢呢？"严岩想，"我自己的骨肉，当然会喜欢。"他从来没有重男轻女的观念，只要女儿健康，他就会感到快乐。当然，他希望女儿不仅健康，而且聪明。

他第一次把女儿捧在手里是他到火车站接妻子女儿的时候。当时他在她们乘坐的车厢外焦急地呼喊张望，却始终没找到她们，这时车上一对年轻夫妇问他"是不是来接上海小姑娘"，他说是，两人立刻从窗口把裹得严严实实的小婴儿递给他。女儿正在沉睡，娇小得使他感到难以想象。他情不自禁地亲吻女儿柔嫩的脸颊。这对年轻夫妇中的女子忽然有点担心，转脸问她的丈夫：

"会不会搞错啊？"

"不会搞错。"她的丈夫很肯定地笑着说，"一看就知道。"

随即严岩听见了妻子大声喊他的声音。她刚刚挤到车厢门口，面前是拥挤的、争先恐后急于上车的人群。

小生命一天天地长大；感觉舒适的时候，尽管动作幅度很小，也能看到她在手舞足蹈；心情总是很好，常常笑，几个月时能笑出声来；如果旁边没人就伤心得一直哭，但不是大哭大叫，而是低声啜泣，使人听了对她非常怜惜，这时只要看见大人，必定当即停止哭泣，眼睛发亮、满脸欢笑地张开小嘴，激动得呼哧呼哧地像是要讲话却又讲不出来,脸上依然挂着晶莹的泪珠。

女儿从婴儿时起就非常乖,从来不无故哭闹。不管什么时候把她从睡梦中弄醒,她再困倦也不哭。不过她一岁前晚上一定要大人抱着她,头依在大人肩膀上才能安然入睡,若是在她还没有完全睡熟时把她放到床上,她就会难过地哭起来,这时严岩或妻子便马上重新把她抱到怀里,轻轻抹去她脸上流下来的泪水,一面温柔地亲吻她一面在她耳边小声说:"好啦好啦,不哭了。爸爸妈妈在这里,小囡囡好好睡觉。"

"囡囡"是上海人对小女孩的昵称。妻子这样称呼女儿,严岩自然也这样称呼。

夫妻俩每天早晨不到六点就起床,妻子负责买菜做饭,严岩的任务是洗女儿的尿布。这些尿布都是用从亲友那里收集来的陈旧内衣缝制成的,总共有几十块,每块都必须十分柔软。女儿出生于 1977 年 8 月底,10 月从上海回来,很快就到了冬季。家里没有自来水,也没有水池,严岩要把几十块尿布拿到离家一百多米的公用地方洗,那儿有个四面敞开的棚子,里面排列着八个水池,只有冷水。接连几个月,他每天在暗淡的灯光下忍受着严冬凛冽的寒风,双手浸在冰冷刺骨的水里把几十块尿布仔细搓洗干净,然后用力把水拧出来,再拿回去在炉火上一块块烘干。

他们生活艰苦,但是并不感觉苦,因为周围的人都跟他们一样。事实上他们非常快乐。物质的匮乏和日常的辛劳都远远不能抵消家里的温暖,尤其是女儿带给他们的喜悦和满足。

女儿的一举一动、一颦一笑,在他们眼里都是世界上最精彩、最生动的演出。她有时因为新奇而露出惊异的目光,有时因为不解而表情茫然,有时又因为困倦于是显得发呆,凡此种种只是婴幼儿才有的天然真切的单纯稚嫩以及对父母完全彻底的信赖依靠,使严岩和妻子对她满怀怜爱。

严岩只要有空就把女儿抱在怀里,一边温柔地亲她摇她,一边给她唱自编的歌谣。这个歌谣翻来覆去只有一句话:"囡囡呀,小囡囡呀,爸爸喜欢囡囡呀,呀呀呀呀呀呀呀。"这时他的小女儿总是看着他,张开嘴不停地笑。有一次他把女儿的身体翻过来,让她头朝下趴在床上,这种她以前从未体验过的姿势顿时使她高兴得浑身都在动。还有一次,在女儿大约半岁的时候,他让女儿跪爬在床上,这也是女儿生来的第一次。她非常兴奋,抬起腿来想向前移动,结果膝盖一离开床,腿反而由于力量不足而向后伸,迫使她趴在床上。她急得啊啊地叫,还用不知所措的眼神望着爸爸。严岩一面逗她:"爬啊,爬啊,怎么不爬了?"一面笑着把她抱起来。

夫妻俩用借来的"海鸥"牌相机给女儿拍了很多照片,有的是合影,各种姿势表情应有尽有。这些照片后来成为他们回忆当年那些特别而美好的日子时极其珍贵的佐证和启示,也是对那个不可复返的年华的深切纪念。

从女儿约摸四个月大时起,严岩和妻子每天给她吃一个蒸鸡蛋,因为他们从广播里听营养专家说,从这时起直到一岁多是幼儿大脑发育非常重要的阶段,需要丰富的蛋白质;倘若不足,很可能造成不良后果,而且过了这个阶段,即使再努力补救也无济于事。这些鸡蛋大多是严岩凌晨四点起床前往城乡结合部向农民买的,十个鸡蛋要花他一天的工资，然而为了女儿，他和妻子都没有丝毫的犹豫和吝惜。

在他们的女儿出生的时候，中国正在发生巨大的变化。

其中一个变化发生在教育系统。从 1977 年起，中国恢复了高考入学制度，任何人只要成绩合格就能进大学读书。这些人中包括人们口中的“老三届”。

由于需要照顾初生的女儿，严岩到 1978 年才参加高考。没有读完高中一年级的学历、十二年的学业荒废和因故直到考前不久才开始的仓促补习，使他无法考出他期待的成绩。他非常失望，以为会与大学失之交臂，结果还是被一所著名的全国重点大学录取。在拿到录取通知书的那一刻，他感到浑身轻快得像只纵身一跃就能飞上蓝天的小鸟。

“我也要学微积分了！”他在心里欣喜地大叫，“我也要进大学了！”

那时中国的大学屈指可数。有人形容入学竞争仿佛“千军万马过独木桥”，能够考进大学是件十分荣耀的事情。大学生被视作天之骄子，胸前一枚闪闪发亮的大学校徽，如同高智商证书，常常使佩戴者或多或少地产生出与众不同的感觉。

严岩告别了挚爱的妻子和女儿，来到那所就在他出生并且一直长到八岁的城市的大学。学校位于市郊一座绵长的山下，环境幽美、面积广大，到处是茂密的树木。夏天从远处眺望，漂亮的楼群像在绿色的波涛里起伏。

他喜欢学校氛围，因为宁静的校园比嘈杂的社会在人事方面简单得多、干净得多。尽管也难免有些是是非非，但是作为学生，被看重的首先还是学习成绩，在这方面他没有任何问题。同学们都十分珍惜来之不易的机会，加之大学学业繁重，所以很多人一天到晚埋头学习。不少人周末也照样学习，连一星期只有一次的电影也不看。

严岩原本以为，既然在一起的同学高考成绩不相上下，那么学习能力应该也十分接近。然而他很快就发现事实并非如此。其实就像普通中小学的情形一样，大学同班同学的成绩也参差不齐。于是他想，看来高考成绩受很多因素影响，未必能反映一个人的真实水平，“一考定终生”的做法的确有待商榷。后来他看到一些文章，文章作者认为，即便有人学习能力真的好，也不表明这个人将来工作能力一定好，尤其如果从事的工作是科学研究。因为学习要求的主要是接受能力，而科研更多要求创新能力，二者并不能等同视之。从事科研工作还需要孜孜不倦的精神和百折不挠的意志，以及对所从事工作的热爱。很难想象一个缺乏热情的人，能够在攀登科技高峰的荆棘丛生的道路上坚持到底。他很认同这些观念。

根据国家规定，严岩读大学期间保留原有工资，但是两地分居使他一家三口本来就不宽裕的生活变得更加拮据。不过即便如此，妻子依然坚持每月给他寄足够的生活费，说他一人在外不容易，手里一定要有钱以备不时之需，而且必须保证充分的营养才能应付艰苦的学习。严岩反对也没用。对女儿，妻子始终照顾得无微不至，只有她一个人尽可能节衣缩食。

每逢寒假、暑假，严岩都回家探亲；每次见到女儿，女儿都不认识他。

第一次是 1979 年的寒假。与他五个月前离家时女儿还在由人扶着蹒跚学步不同,这时她快一岁半了,摇摇晃晃地已经能够自己走路。他欣喜地叫着:"囡囡呀,长这么大了!"上前把女儿抱起来亲了一下。女儿的眼神立刻变得惊疑,一边转过脸去叫"妈妈!"一边向妈妈伸出两只小手。

"哟,还不要我呢!"严岩觉得女儿很好玩,忍不住笑起来,"囡囡呀,不认识我啦?不认识爸爸啦?我是你爸爸,知道不知道?"

妻子也笑着对女儿说:"囡囡呀,这是你爸爸呀!不认识爸爸了?这是小囡囡的爸爸,不认得了?"

第二次是1979年的暑假,同样的剧情几乎原封不动的重演了一遍。

第三次是1980年的寒假,这时女儿快两岁半了。那是个星期天的早上,严岩走进家门时妻子正在给坐在床上的女儿穿衣服。看见严岩回来,她对女儿说:"快点把衣服穿好,爸爸回来了。"

女儿却好像没有听见妈妈说的话,一声不响地看着这个走过来的陌生人,脸上的表情仿佛在说:"这是谁?为什么一直走到我的面前?"

严岩取出带回来的特产小点心,一边说如何如何好吃,一边递给女儿,却被女儿用手推开。

"嗯,好吃啊!"严岩自己咬了一口,做出味道极佳的表情,"想不想吃?"

他再一次把小点心递给女儿,这次女儿迟疑着接了过去,慢慢放进嘴里咀嚼,一面依然像是在揣摩面前的这个人。

严岩在女儿脸上亲了一下,随即进了卫生间。这时他们已迁入新居,有个与邻居合用的卫生间。他本来是应该在里面逗留一阵子的,却被意外搅得只好尽快出来。

"爸爸!爸爸!爸爸!爸爸!爸爸!……"他的小女儿用她清脆稚嫩的嗓音在卫生间门外片刻不停地拼命叫他。

"好了好了,囡囡呀,不要叫了,爸爸马上就出去。"他也用很大的声音回应女儿,希望她能平静一点。可是女儿完全不能平静。

"爸爸!爸爸!爸爸!……"她依然不停地拼命叫着。

她并没有忘记爸爸,只是不大记得他的模样。现在她"承认"了刚才走进来的人就是爸爸。一旦"承认",往昔和爸爸在一起时的所有快乐美好的情形立刻在她幼小的心灵里复活。

"爸爸回来了!我的爸爸回来了!"她在心里大叫。跟妈妈同样最亲的、最疼她爱她的爸爸回来了,她无法抑制她的兴奋和激动。她只是个很小的小女孩。她渴望被爸爸抱着、亲着、逗着,依偎在爸爸怀里享受无穷的父爱。

这一幕永远刻在严岩心里。时间越是隔得久,他越是时常回味。

1980年暑假严岩回家时,女儿快三岁了。他到托儿所接女儿,女儿仍然不认识他,但是仿佛还有点印象。他在女儿身边蹲下来,把她搂在怀里,十分温柔地说:"囡囡呀,认不认识我?我是你爸爸,知道不知道?不认识爸爸啦?"

他的小女儿默不作声,也不朝他看,但是没有拒绝的表示,显然心里还在琢磨。

严岩把女儿抱起来亲了一下,说:"好啦,回家了。跟阿姨说再见。"

女儿顺从地向阿姨做着再见的手势,嘴里叫着:“阿姨再见!”

阿姨却笑着逗她:“你不要跟他走。他不是你爸爸,他骗你呢!”

可是女儿没有要挣脱的表示,不过也没有显得对严岩亲热。这时她已经多少有点“承认”这个爸爸,只是还不确定,还感到陌生。回到家里,一切都立刻改变了。

在严岩眼里,女儿非常聪明、懂事、善良,是个十分完美的小女孩。

他不会忘记,在女儿快两岁的时候,一天他站在小柜子上修理墙上靠近天花板的电灯拉线开关,忽然听见女儿在下面叫:

“当心! 当心!”

这是他和妻子担心女儿时常常对她讲的话,现在她看见爸爸站在很高的地方,也担起心来,大声要爸爸当心。

严岩不仅感动,而且非常惊讶女儿这么小的年龄竟然会知道人站在高处有危险。关于这一点,他和妻子从来没有教过她。

就在相同时期的一个星期天,严岩抱着女儿,一家三口上街闲逛。路过一个餐厅时,夫妻俩自己舍不得吃,只买了一个肉包子给女儿。走着走着,女儿忽然一伸手把个东西塞进严岩嘴里,严岩拿出来一看,原来是包子里的一团肉。他知道女儿是最喜欢吃肉的,顿时感到非常诧异。

“怎么回事? 她不吃肉啊?”他一时没回过神来,脱口而出地问妻子。

“她怎么不吃? 她心疼你,给你吃。”妻子说。

严岩觉得难以置信,可又的确是事实。他对女儿说:“想把肉给爸爸吃啊? 爸爸不吃,囡囡吃,好不好?”随即把肉团塞进女儿嘴里。女儿静静地品尝着肉的美味,自始至终没有说一句话,也没有看爸爸妈妈一眼。她还太小,还不能把她的心意用言语表述出来。

女儿快两岁半时的一天晚上,家里来了客人。这时邻居房间里在放电视。那只是台九英寸的黑白电视机,然而在当时却是难得的奢侈品,不知道多少家才有一台,所以每到晚上这个时间,左邻右舍都纷纷涌到这户人家观看电视节目。这天妻子上晚班,女儿拉着严岩的手也要去看。严岩对她说:“囡囡呀,爸爸要陪叔叔讲话。你先去,爸爸等一下再去,好不好?”

可是女儿说:“我要爸爸跟我一块儿去。”

尽管她非常想看,却无论严岩怎么劝都不肯一个人去,而且不吵不闹,静静地依偎在爸爸身边,直到爸爸送走客人。

最后她兴高采烈地牵着爸爸的手走进了正在播放电视的房间,一进门就向所有人大声宣布:“我爸爸来了!”

夜里带女儿睡觉是妻子的特权。女儿从小就跟妈妈睡,一岁以后每晚临睡时都要用手抓住妈妈的一绺长发才能安然入眠,若是这绺头发从她手里滑走,即便在睡梦里她也能感觉到,这时她困倦得连眼睛都睁不开,却依然会惊惶地啼哭着伸手去找,找到了立刻紧紧抓在手里,重新安安心心地睡觉。

1980 年暑假的一天,严岩逗女儿说:“囡囡呀,今天晚上跟爸爸睡觉觉好不好?”

这时女儿不到三岁。

“嗯……”她显出很为难的样子;想了一会儿,说:“我跟妈妈睡觉觉。”

严岩看着女儿笑了,女儿的回答使他非常满意。她当然还是想跟妈妈睡。跟妈妈一起睡了这么久,她已经习惯了妈妈的温暖和甜蜜,即使是爸爸也不能取代妈妈。可是她又不想让爸爸难过,所以没有直接拒绝,而是采取了一种委婉的方式回答爸爸。

时光荏苒,转眼到了1980年11月底,再过两个月,严岩又可以回家了。再过一年多,他将从大学毕业。他学的是自动化专业。他期待着成为一名工程师,为祖国现代化建设贡献他的一份力量。

这时他收到了来自遥远的美国的信件。

二

信件是严岩的父亲转寄来的，里面是叔父要他去美国留学的信以及相关文件和申请表格。父亲在叔父的信上简短写了几句鼓励严岩去的话，又说严岩的妻子也赞成他去美国，不过最终要由严岩自己作决定。

严岩跟这个叔父素未谋面，只知道他 1948 年赴美留学，这时在纽约一家大学担任教授，大儿子在哥伦比亚大学念书。严岩还有一个年龄介于父亲和叔父之间的姑妈，与她的丈夫同为 1946 年到美国的国民政府外交官，1950 年辞职，这时在旧金山居住工作。随着 1972 年美国总统尼克松访问北京，中国逐渐对外开放，严岩的叔父婶婶和姑妈姑父先后回故乡探亲。那时严岩的祖父已经过世。1979 年初，他们把独居的母亲，也就是严岩的祖母接到美国旧金山定居。老人家关心身为长孙的严岩，到美国不久就要求严岩的叔父姑妈帮助他来美国留学。叔父姑妈深知独自一人在美国生活求学的艰难，犹豫了很久，终于还是没能经受住母亲的责备和催促。

叔父是资深教授，经济状况远远好于辞去外交官职务后留在美国，只能从事极普通工作的姑妈姑父，所以严岩赴美必需的经济担保书由叔父出具。按照叔父的安排，严岩抵达美国后将先在旧金山停留几天看望祖母和姑妈一家，然后转机前往纽约叔父处；沿途机票和其他费用，以及在美国初期的生活、学习和住宿开销，都由叔父提供。

这时的中国十分贫穷，能够出国的中国人如同凤毛麟角。当人们谈起外国的时候，总觉得外国的月亮比中国的圆，尤其是西方发达国家，在人们心目中象征着中国似乎难以企及的先进和美好。从科学技术到基础设施，从城市建筑到乡村风貌，从普通民众的衣着打扮到日常饮食，发达国家展示出的现代化程度使中国人为之惊叹。不计其数的中国人渴望走出国门看看世界，甚至到国外定居，但是能实现这种渴望的寥寥无几。除了极少的幸运者，出国对绝大多数中国人而言仅仅是遥不可及的梦想。所以当严岩把叔父要他去美国留学的事情告诉周围的同学时，大家都很兴奋，都鼓动他去，可是他一点也高兴不起来，几乎完全没有去的意愿。

他当然也渴望看看世界，但是他心里明白，前往美国不是为了开眼界游山水，而是肩负着、并且要完成沉重的使命。首先要过语言关。从上大学起他才开始接触英语，几年来的所学大多属于工程类，而且缺乏口语训练，所以到美国后必须先上语言学校补习英语，这个过程需要多久，他心中无数。其次，他不知道他在国内大学学的课程跟美国大学的课程能否衔接得上，是否会由于某些问题而妨碍他的学习进度，使他本来就延误了十年的学业的完成变得遥遥无期。而最关键的是经济问题如何解决。亲戚们能做的只是牵线搭桥，以后一切都必须依靠自己，他无疑将要半工半读。然而两年多来他已经体验到大学学业的繁重是需要全力以赴才能应对的，在人地两生又言语不通的美国，真的能谋到一个职位，既无需全职工作又能获得足够的收入以维持必要的开销吗？假若能，稳定性如何？他会有充足的余力和时间来学习吗？假若不能，半工半读岂不成了空谈？完成学业岂不成了空谈？

这时严岩并不知道美国的大学实行学分制，四年制的学校，学生可以读五年、六年、七年甚至更久，可以读读停停，然后再读。不过即使知道也绝不会减轻他心里的压力。二十岁的年轻人多读几年无关宏旨，而他已经三十一岁，根本没有蹉跎岁月的本钱。

是的，到了这个年龄还不知何时才能进美国的大学读本科，读出来又能取得什么特别的成果呢？如果不能，有什么必要去美国呢？何况极有可能陷入困境，一事无成。既然如此，为什么要放弃现在的学业，告别自己的家人，走上一条危机四伏的道路呢？而且这是条无处可退的路。因为若是迫不得已返回中国，国内大学的学籍将不复存在，或明或暗的讥讽嘲笑则必定如影随形；这种日子，是比死还要难过的。

严岩估计，即使能够克服所有困难，也需要很多年才能完成学业。这意味着他将与妻子女儿长期分离。他实在舍不得她们，他知道她们也舍不得他。另外，如果他去美国，多年后重逢时，他相信他和妻子将恩情依旧，然而他心爱的女儿将不再是小女孩了，他不仅不能怀着身为父亲的喜悦目睹女儿一天天长大，教她说话、读书、做事，给她讲做人的道理，帮助她逐渐成长，享受父女间的天伦之乐，反而可能由于生疏以及性情观念之类的差异而产生久久难以弥合的裂痕。这种永远的遗憾和可能的伤痛，也都使他心情沉重。

他同时担心妻子难以承受独自抚养女儿的艰难，知道他和妻子都难逃无穷的相思之苦。

种种疑虑使他踌躇不前，但是他不想一口回绝。毕竟这是个非常珍贵、无数人求之不得的机会，他认为他应该十分慎重地斟酌之后再作决定。

他分别写信给父亲和妻子谈了他的想法，又给叔父去信请求解答他的疑问。父亲显然很看重出国的机会，同时对叔父姑妈抱持希望，回信中主张严岩下定决心去美国，不必有太多顾虑，说要是真的遇到麻烦，叔父和姑妈总不能袖手旁观。妻子在回信中同样鼓励他前往美国，原因与父亲的相同，又要严岩别为她和女儿担心，说她们不会有问题，只盼他能在美国学有所成，那就比什么都好。严岩看完妻子的信仍然为她担心。妻子表现得比他预想的更为坚强，不过他认为那是由于她一心希望他前程远大，却没怎么考虑自己将面临的困境。

叔父的回信也在等待中收到。叔父在信里并没有解答严岩的疑问，只是简单地讲不管什么问题去了之后总会有办法解决。这么笼统的答复使严岩很不满意，但是叔父信里的一句话还是给了他一些鼓舞。这句话是："美国这个地方常常使人失望，不过不会使人绝望。"不会使人绝望！严岩仿佛看到了一线曙光。既然不可能陷入绝境，既然无论如何都有路可走，那就似乎没有坚决不去的理由，反倒是值得去闯一闯了。而且国内国外那么多的亲人都对他满怀期待，他觉得要是他不去美国一定会使所有人失望，可是他不想让任何关心他、爱护他的人失望。

尽管直到这时他依然对赴美留学十分抵触，却感到非去不可了。

“好吧，去就去，破釜沉舟。”他想，心里有种寂寥和悲壮的感觉。

他的性格是一旦作出决定就决不迟疑，全力以赴。他马上给几个方面去信表明了决心。这时正值 1980 年年底，距离学期结束还有一段时间，但是鉴于叔父在信里催他尽早前往美国，他只好立即向学校提出退学申请并在几天后获得批准。1981 年元月 6 日，全班同学在学校雄伟的主楼前集体合影为他送行，祝他顺利。第二天上午，他怀着留恋的心情向他的同学和学校告别，踏上了回家的路程。他在国内大学终生难忘的学生生活至此结束。

到家时妻子正在上班，他决定先到托儿所把女儿接回来。几年来第一次，女儿在长久分离后一眼就认出了他，大声呼喊着“爸爸！爸爸！”满脸欢笑的向他跑来。他不等女儿张开的双臂搂住他的腿便一把将她抱起来，在她脸上亲了不知道多少遍。

“还认识爸爸呀，啊？”他感到难以形容的欣喜。他的女儿总算认识他了。

上大学前，严岩和他的父亲在同一个单位上班，这时他住的也还是这个单位的宿舍。在回家途中路过单位大门时，他对抱在怀里的女儿说：“囡囡呀，我们先去爷爷那儿，告诉爷爷，爸爸回来了。”

他没有想到他的女儿这时只想和爸爸在一起。

“爸爸，我们不去爷爷那儿！”小女孩边嚷边扭动身体，“我们回家，回我们家！”

严岩亲了女儿一下，说：“不想去爷爷那儿啊？去告诉爷爷，小囡囡的爸爸回来了，好不好？”

“好！”女儿顿时高兴得笑起来，眼睛也亮了。

严岩父亲的办公室在办公大楼的三楼。女儿要自己爬楼梯，一面爬，一面欢天喜地的大声说：“去告诉爷爷，我爸爸回来了！”

随后的十几天，严岩申办好了护照。接下来要做的是到美国驻华领事馆取得入境美国的签证。他打听到北京和上海都有美国领事馆。由于妻子的家在上海，于是到上海办理签证成为首选。

妻子向她的工作单位请了假，和严岩一起带女儿来到上海，住在她父母家。两位老人听说严岩将去美国，都为自己的女儿担忧，但是最终没有反对。

到上海的第二天，严岩前往美国驻上海总领事馆了解情况。

领事馆位于淮海西路和乌鲁木齐路的相交处，附近一带是上海闹中取静的精华地段。门卫的眼睛在严岩的护照和脸上轮流扫视了几遍才放他进去。里面已经有很多人站在甬道上排队，长长的队伍蜿蜒着伸向一座年代久远但是依然精致的洋房的大门。院子里树木成林。这时正值寒冬，所有的树叶早已落尽，只剩下光秃秃的枝杈在阴冷的天空中瑟瑟发抖。

严岩问一个在排队的人，大概要等多久才能获得签证。

“不知道啊。”这个人说，“一会快一会慢，谁也不知道要等多久。我已经等了一个钟头了。”

“等到了也没什么希望，你看刚才那几个都被拒签了。”旁边一个中年女人说。

“真的？怎么会这样？”严岩感到十分惊诧。他从未想过获得签证会这么不容易。

“当然是真的。”中年女人的脸上当即现出既沮丧又愤恨的神情,“你不知道啊,那个办签证的美国人一句中国话也不会讲,要靠边上一个中国人翻译给他听。听说这个翻译是哪个大学的英语研究生,自己出不了国,就不想别人出国,有人来申请签证,讲中文反正那个美国人也听不懂,就随便这个翻译乱讲,他总讲这不好那不好,讲得那个美国人谁也不批。”

“批的还是有哪,就是很少。”有人插了一句。

“很少,一百个人里面也没有几个。”一个知识分子模样、有点上了年纪的男人也加入了议论,“不过你要是会英语就没有问题。另外要看各人自己的运气,听说去年感恩节那天,凡是来申请签证的一概获准。美国人可能觉得感恩节这天应该发点慈悲,不能拒绝别人,所以那天来的人算是交了好运。”

“有这种事!”严岩感到不可思议,随即问那个人:“什么时候是感恩节?”

“一般是每年 11 月的最后一个星期四,据说是美国早期移民为了感谢当地印第安人帮助他们度过刚到美洲时遇到的难关设立的,现在是美国很大的节日,每年到那一天全国都庆贺。”那人像是对美国了如指掌。

“不过听说印第安人后来快被美国人杀光了,那是为什么?”边上一个年轻人满脸疑惑地皱着眉头问。

知识分子模样的人笑了笑,不紧不慢地说:“你这个问题我很难回答,你要去问美国人,不过我想应该是和争夺利益有关吧。”

这时有几个人垂头丧气地发着牢骚经过他们身边向外走,一看就知道那几个人的申请全都遭到拒绝。随后过来的几个人情形也一样。

严岩决定到领事馆接待厅里看看那个满怀妒意、视同胞如仇敌的翻译的嘴脸。他沿着绵长的队伍一直朝前走,在离洋房大门前的台阶还有几步远的地方,忽然有人出面阻止他。

“哎,要排队的!”一个男人很不客气地对他说。

严岩赶紧解释:“我知道。我不是要夹队,只是想进去看看情况。”

“不好进去的。”另外一个人说,“里面一个老头子很凶的,你进去他要骂你的。”

“怎么会这样,看看也不行啊?”严岩觉得有点纳闷。

“看也不行的。这个老头子以前是给外国人当差的,现在人家又叫他来当差。他见到外国人点头哈腰,可是见到中国人就要耍派头,心里看不起中国人。你要是不排队就进去他肯定骂你,骂得很凶的。我看你不要进去,也没什么好看的,是不是啊?不要去白挨他的骂。”讲话的这个人倒是一片好心。

可是严岩无意退缩。本来只有一个缺德翻译,现在又多了个洋奴老头,他愈发想进去见识一番了。

他登上台阶,刚刚跨进门,就听见恶狠狠的吼叫声:

“喂!你进来干什么?出去!到外面排队!”

声音是从严岩前面的墙角传来的,那里的椅子上蜷缩着一个干瘪小老头。小老头的两只眼睛闪着凶光,表情显得不可一世。

“我只是看一眼，马上就出去。”严岩说。

“有什么好看的？没见过外国人啊？出去出去！这是什么地方你知道不知道？不要把中国人的坏习惯都带进来！”干瘪小老头咆哮着站起来，向严岩做出赶人的手势，“马上出去！你走不走？！”

严岩一步也没有后退，反而向前走了几步。

“你不要叫好不好？我就看看。”他用轻蔑的目光瞧着小老头，语气坚定地说。

小老头顿时变得不知所措，目瞪口呆地站在原地不动，显然已经无心恋战。

严岩进去的地方是门厅，再往右走才是接待大厅。他隔着排队的人群看见了那个名声不佳的翻译。翻译约莫二十七八岁，脸形瘦削，神情阴郁，戴着一副近视眼镜，在齐胸高的工作台后面站在一个美国人身边。他的美国上司显得比他矮，不过那是因为美国人舒舒服服地坐在扶手椅上，而他只能站着。

严岩没有再朝前走，因为他已经看到了那个翻译的嘴脸。他很快走了出来，打定了到北京办理赴美签证的主意。他不想让自己栽在那个可恶的翻译手里。

回家后他把在领事馆了解到的情况和他的打算告诉妻子，妻子表示赞成他去北京。其实对他们这种低薪阶层而言，从上海坐火车往返北京所需的费用不菲，而且并不能担保到北京就一定能办成签证，不过既然别无选择，也就只好咬紧牙关去尝试，总不能留在上海坐以待毙。好在严岩有个堂姑妈家在北京，到北京可以住在堂姑妈家里，从而省下一笔旅馆费用。

当天晚上严岩就出发，第二天到了堂姑妈家。他还是在很小的时候见过这位堂姑妈，所以见了面彼此都不认识，又去得匆忙，来不及请父亲写信给堂姑妈讲明情况，以致堂姑妈对他半信半疑地盘问了半天。当然，堂姑妈采取的是聊天的方式，一面请他喝茶，一面很关心似的问他的家庭情况，从祖父祖母到父亲母亲兄弟姐妹，从出生地到现在的住址，凡是想得到的都问了。严岩自然是真金不怕火炼，心里明白堂姑妈的用意却不便点破，忍住笑，对答如流，终于让堂姑妈验明了正身。

堂姑妈和堂姑父都在科研机构工作。堂姑父长年在中国西部人迹罕至的荒原大漠和同事们一起攻克技术难关，这时不在家；堂姑妈一直住在北京，不久前刚退休；儿女们都已成家。听说严岩是来北京办理赴美签证的，堂姑妈认为他应该找中国国际旅行社帮忙，付一笔不大的费用，旅行社的人会指导他填写申请表格，告诉他注意事项，并且为他安排与美国方面的约谈，届时把他和其他申请者用车送到领事馆。不过能否获得签证完全取决于美国官员，与旅行社无关。

严岩采纳了堂姑妈的提议，第二天上午便前往中国国际旅行社。旅行社所在的街道以前叫东交民巷，清末民初使馆林立，是个让中国人不堪回首的地方。1900年庚子国变时，大清国军队的精锐在这里居然被一群仓促组织起来的洋人乌合之众打得丢盔卸甲、溃不成军。不过这种耻辱早已绝不可能再度发生。

办完手续，旅行社的人要严岩在三天后的上午八点来这里集合，和其他人一起乘车前往美国领事馆办理签证。在等待的两天里，他去了故宫和长城。在长城脚下一个供游人休憩的地方,他从一个只销售外卖食品的简陋小店的窗口买了两个烧饼和一碗热茶,站在没有桌椅的店外空地上抚慰饥肠。离他几十米远的地方,有个用金属支架和半透明塑料板搭建的大棚,里面隐隐传出人声。小店营业员告诉他,那里提供西式食品,有各种三明治和饮料,但是只接待外国人。严岩明知这是殷勤好客的国人在物质匮乏时的无奈之举,心里却依然感到有些沉痛。

办理签证的日子到了。严岩一行数人随同中国国际旅行社工作人员乘坐面包车来到新建不久的美国驻北京总领事馆。旅行社的人再次交代了注意事项并且提醒大家保管好各自的物品,随即离去。留下来的人中有人议论了几句,说只有很少的人能够获得签证,不知道今天运气如何。每个人的心情都忐忑不安。不过严岩打听到即将见面的美国官员熟稔汉语,于是想,至少不会有人从中作祟,会是一次公平的裁决。批准了固然好,不批准也无可抱怨。成败在此一举。

轮到他了。他没有慌乱,保持着一贯的镇定从容。他的面前是个十分年轻的美国男人,态度温和的用英语向他发问。他努力让自己讲了几句预先准备好的英语,随即问这个美国人,可不可以讲中文。

“可以。”美国官员用标准的普通话回答。

严岩向美国官员出示了叔父的信、经济担保书和其他文件,以及他的护照、学生证、与家人的合影,说明他计划到美国后先读语言学校,等英语过关再进正规大学。美国人像是很随意地看着、听着,显得有点漫不经心,接着问了几个简单的问题。严岩一一如实回答。

只是短短几分钟,严岩感到仿佛才刚刚开始,却已经结束。美国人很爽快地在他的护照上盖了批准入境美国的印章并且签字,又递给他几份介绍美国大学的材料,祝他到美国后学业顺利。

水到渠成。他的努力获得了回报。在他离开领事馆的途中,很多人问他办得怎么样,当获悉他得到了签证时,所有人都向他投来羡慕的眼光,还有“你运气不错啊!”“你可以去美国啦!”之类的话。是的,他全力以赴,终于取得了前往美国,这个无数人向往的国家的许可,但是他没有丝毫的兴奋,反而有些恍惚和茫然,因为在这个改变命运的瞬间,他真切地意识到,他是的的确确将离开他热爱的祖国和亲人,前往一个遥远陌生的国度,独自应对种种不可预测的挑战了,而且这一过程的结束遥遥无期,最终结果无人知晓。

回上海后他把签证获准的消息写信告诉了父亲和叔父。叔父收到信后打来长途电话,说为他预定了2月25日中国民航从上海直飞美国旧金山的机票,要他去民航驻上海办事处领取。这天是1981年2月18日。再过一个星期,他将启程前往美国。

真的要走了,一直鼓励他去,盼望他获得签证并且在美国得到深造的妻子开始担忧和伤心。

“一个人在外面要当心。没有人照顾你了,什么都要靠自己,我真不放心你。”她忧心忡忡地说,“万一你在美国出了事怎么办?我们连面都见不着了。”

“别忘了我和囡囡。”她又说，一面流着眼泪，“你会不会把我们忘了？”

严岩竭力安抚妻子，说他会一切都好，他们一定会再见面，同时嘱咐妻子带着女儿好好生活，不要为他担心。其实他根本不知道前景如何，而且心里也非常难过。

临行前一天的晚上，严岩把他心爱的女儿抱在怀里亲了无数遍。

“囡囡呀，爸爸要走了，知道不知道？”他望着女儿稚嫩的脸，用最温柔的声音说。小女孩这时已经困倦得睁不开眼睛，迷迷糊糊的正在沉入梦乡。

“听妈妈的话，记住没有？”他吻着女儿，“爸爸要走了，不知道什么时候才能回来。”

“我不让爸爸走！”小女孩忽然哭起来，“我不让爸爸走！”

她几乎一字一顿地清清楚楚地叫着，伤心的泪水从她闭着的眼睛里涌出来。

严岩紧紧抱着女儿，轻轻抹去她的眼泪，亲吻她柔嫩的脸颊，在她耳边小声说：“不哭了，不哭了。爸爸不走。爸爸去给你买巧克力，好不好？”

巧克力是他的小女儿非常喜欢吃的东西。

1981 年 2 月 25 日，是严岩一辈子都不会忘记的日子。

前往美国旧金山的飞机下午两点从上海虹桥机场起飞。上午十点，相互叮嘱后严岩告别岳父岳母，和妻子带着女儿赶赴虹桥机场。妻子的弟弟随同前去送行。刚刚出门，岳父忽然叫大家等一下，说岳母要拿点东西交给严岩。正在严岩感到有些困惑的时候，岳母急匆匆地追出来把一个小匣子递给他，说是里面装着家乡的米、茶叶和土，带在身上可以保他在路上和国外平安。严岩觉得这是两位老人对他的关怀和祝福，怀着感激的心情郑重收下并且向他们致谢。

这时的上海需要前往虹桥机场的人为数寥寥，所以他们乘坐的公共汽车到了西郊公园就不再往前开，剩下的路要完全依靠步行。

严岩在西郊公园门前踟蹰了一阵。他以前从未想过带女儿来这里，这时却突然很想带女儿进去看看动物，他知道他的女儿一定会因而非常快乐。可是时间够吗？谁都不知道从这里走到虹桥机场要多长时间，也不知道到达后办理手续和接受检查要多长时间，而飞机是绝不能耽误的。最后他只好在自责中放弃他的念头，心里感到身为父亲对女儿的愧疚，以及注定无法弥补的遗憾。他知道等他从美国回来合家团圆的时候，他的女儿已经不再年幼，那种使他怜惜的天真稚气和对父亲无条件的依恋信赖，都将只能在记忆里追寻和回味。

通往虹桥机场的是条田野里又直又宽的柏油大道，两侧空荡荡的没有任何建筑。沿途他们只看见几个像他们一样带着行李步行的人，偶尔有汽车在道路中央疾驰而过。路边褪尽绿色的成排大树一望无际，在这个寒冷的冬日显得格外萧索。

严岩背着包，怀里抱着女儿；妻子背一个小点的包；她的弟弟最辛苦，扛着严岩装了很多书的皮箱，一行人闷声不响的匆匆赶路，不知道走了多长时间，渐渐看清道路尽头出现的房屋。大名鼎鼎的虹桥机场，就在他们眼前。

三

作为中国最大城市上海的飞机场,虹桥机场闻名遐迩。人们无数次从报纸上、广播里、电视荧屏中获悉与之相关的报道,像是某某国家领导人在虹桥机场迎送某某外国贵宾等等。这些报道和“虹桥”这个极具诗情画意的名字很容易使人把虹桥机场想象成一个规模宏伟建筑壮丽的地方,严岩就是这么想的,然而事实却并非如此,这让他十分感慨。

他面前是座很普通的房子,房子前面是一片冷冷清清的场地,没有花坛,没有修剪整齐的灌木,没有商店,什么都没有。这时已临近中午,他们开始感到饥饿。严岩原本打算到机场后带大家一起吃点东西,可是这儿根本没有餐厅,也没有小卖部,连水也没有。不过好歹在偏僻处找到了厕所,算是避免了可能的尴尬。

他们走进那座房子,来到一个比中小学教室稍稍大点的空无一物的厅。再往里走需经过一道由工作人员把守的门,凡是要进去的人都必须先把证件和机票交给他们检查,获得许可才能进去,一旦进去就不许出来。送行的亲友一律不准入内。

他们旁边的几堆人个个笑逐颜开,严岩和妻子却心情沉重,再三相互叮嘱。

过了一会儿,眼看离别在即,严岩突然感到非常悲伤,他努力控制他的情绪,但是完全无济于事。泪水从他的脸上静静地滚落下来。

“严岩你不要哭,你一哭我心都碎了。”妻子声音颤抖地劝他,“你看别人都是高高兴兴的,你也要高兴一点。”

严岩用手抹去眼泪,把幼小的女儿紧紧抱在怀里。小女孩两只柔软的手臂搂着爸爸的脖子。她的脸贴着爸爸的脸。

“用力抱爸爸。”严岩对女儿说。

女儿用了一下力。

“再用力!”严岩亲吻着女儿。

女儿的手臂又紧了一下,但是随即变得松弛。她还太小,没有力气。她不知道爱她的爸爸即将离她远去,很久很久都不会回来。

厅里渐渐只剩下他们几个人,妻子开始感到担心。

“严岩,是不是该进去了？我怕你误了飞机。”她说。

严岩也觉得不能不走了。他在女儿脸上亲了一下,把她转到妻子怀里,谢了内弟,又再次和妻子互相嘱托了几句,带着行李转身走向通往里间的门。

在接受完工作人员的检查后,他回过身来对一直注视着他的亲人们说:

“你们回去吧。路上当心。”

“你自己当心。”妻子眼泪汪汪地说。

这时严岩忽然很想抱抱妻子和女儿,他最亲的亲人。这是离别前的最后一刻,从此天各一方,不知何时才能重聚。可是这里是公众场合,他只能抱他的女儿。他向妻子伸出手来,说:“让我再亲亲囡囡。”

不料工作人员马上用手挡在他和妻子之间,对他说:“东西都检查过了,你不能再出去。”

其实他还在门框下面,根本没有进去。

“我不出去,就站在这儿抱一下我的女儿,可以吗?”他说。

“不可以,有规定的。”工作人员毫不通融。

女儿看见爸爸被陌生人阻拦,以为那些人在欺负爸爸,顿时又害怕又伤心地哭起来,一面向严岩伸出两只小手,叫着:“爸爸! 爸爸抱! 爸爸抱!”

可是她的爸爸什么都不能做。一个工作人员看了感到于心不忍,走到小女孩面前和颜悦色地说:“小姑娘不要哭,你爸爸不能抱你了。”

妻子也劝慰女儿:“囡囡不要哭。爸爸去给囡囡买巧克力。”

“我不要巧克力!”女儿依然哭得泪如雨下,“我不要巧克力,我要爸爸!”

女儿的哭声使严岩心如刀割。他一秒钟也不能再忍受眼前的悲惨景象,要妻子快点带女儿走。妻子神色凄凉地看了他一眼,抱着怀里的女儿转身和弟弟一起匆匆离去。严岩眼含热泪望着他们的背影,直到他们从他的视线里消失。他的女儿一直在回头看他,不停地哭喊着爸爸。

办完通过海关和托运行李之类的手续,严岩依照工作人员的指引来到二楼。他很意外地发现原来这里有个宽敞明亮的候机大厅,里面摆放着很多沙发和咖啡桌,透过巨大的落地窗可以看见外面的停机坪和远处依稀可辨的跑道,以及一架孤零零的、70 年代在中国家喻户晓的“三叉戟”飞机。

候机厅里已经有了不少人,看上去全都喜气洋洋。严岩心想他们大概是出国探亲或者公干的,没有谁跟他的情形相同。他心神不宁地在一个周围无人的长沙发上坐下来。才刚刚和亲人们分手,他已经觉得恍若隔世。

登机的时刻到了。候机厅里的人全部站了起来,显然所有人都是搭乘这同一班飞机。人们遵循机场人员的指挥排成一队,在停机坪上缓缓走向一架不知从何时起停在那里的波音 747 巨型飞机。严岩在队伍里的位置接近尾部。

行进间他的前面忽然出现骚动,所有人都放慢脚步转过身来向后张望。他沿着众人的目光望过去,看见几百米外的栅栏后面有一群人在向他们挥手呐喊。他当即明白,那些人是正在登机的这些人的亲友,由于无法按照自己的心意把想送的人送上飞机,于是设法绕到能够看见飞机的地方,以便表达他们真挚的热忱、祝福和亲情友情。尽管冷酷的寒风把他们的声音吹得无影无踪,他们还是竭尽全力地喊着。他们的手臂在苍茫的空中拼命挥舞。

太远了,那些人里没有一个人的面容体形是清晰的,但是严岩一眼就认出了他的妻子和女儿,因为女儿穿着鲜嫩的果绿色大衣,戴着火一般红的绒帽,在周围几乎全是深色服装的人群中格外醒目。抱着她的当然是妈妈,严岩即使看不清,还是立刻认出了妻子。他停下脚步,热血沸腾的向她们使劲挥手,同时让后面的人从他身边一个个走到他前面,使他能争取到更多时间向他的妻子和女儿告别,并且使她们能够从人群中把他认出来。

他最后一个走上舷梯。在机舱门口，他又一次停下脚步，转过身来，双手高高举在头上，向他的亲人们不断挥舞。

“再见了。我爱你们。我会回来的。”他在心里默默地说，有种既悲怆又庄严的感觉。

飞机开始缓缓滑动，在跑道一端稍作停留，随即发出猛烈的轰鸣声，整个机身都在颤动，然后加速，越来越快，终于脱离地面飞向天空。从坐下来开始，严岩一直望着窗外，盼望能再看见妻子和女儿，但是他没有看到她们，也没有看到那群送行的人。

他人生的一章永远过去了。他已经离开了他熟悉的土地，离开了他挚爱的亲人。在这之前，无论尝过多少酸甜苦辣，也无论经历多少跌宕起伏，他始终感到脚踏实地，因为他是在他自己的国家。现在他面临着茫然无知的异土，面临着茫然无知的前途，几个亲戚至多只能在最初扶他一把，路要完全靠他自己去走。他心里清楚，尽管他感到非常悲伤落寞，却必须努力振作以应对即将来临的可能十分严酷的局面，首先要做的是使自己的情绪尽快恢复平静。

飞机很快来到太平洋上空，严岩看见朵朵白云在机身下飘浮，湛蓝色的海水波光粼粼，无边无涯。

这是他生平第一次坐飞机。当时坐过飞机的中国人寥若晨星，连看见飞机也觉得稀奇，只要听到天上的轰鸣声，所有人都会不约而同地抬头寻找越过高空的飞机。谁要是最先找到，多半会立刻兴奋地向别人指点着说：“看见没有？喏，喏，就在那里，看见没有？”

一个空中小姐推车过来，递给严岩一小包花生米，问他想喝什么饮料。

“饮料要不要钱？”严岩问空中小姐。他口袋里只有十几美元，是作为出国人员获得特许才在银行兑换到的，而且只能兑换这么多。这时中国的外汇少得可怜，使用时一点一滴都必须精打细算、严格控制。严岩当然也是那样。倘若需要付费，他是肯定不要饮料的，即便是付人民币他也不会要，因为他身上一分钱人民币也没有，除了十几美元外，别的钱他已经全部交给了妻子，何况他舍不得为饮料花钱。

“不要钱。”空中小姐和气地回答。

“嗯……那给我一罐可口可乐吧。”严岩盯着红色的小罐说，心里感到有些兴奋。他对这种中国市面上从未见过的美国饮料久仰大名，尤其记得在一篇关于西方的报道里有人指出，第二次世界大战时前线美军军人士气的振奋离不开可口可乐的特殊功效，所以一直很想知道这种饮料到底是什么滋味。

他接过空中小姐递来的小罐，揭开盖子满怀期待地喝了一口，顿时难受得嘴巴周围的肌肉收缩发紧，眉头也不由自主地皱了起来。

“哎呀，怎么这么难喝。”他对邻座一个老人说，“像很怪的药一样。”

严岩旁边坐着个慈眉善目的老人，看上去有八十来岁，满头的白发一丝不乱，身上的西装无论是质料还是做工都十分考究。他对严岩微笑着讲了几句中国话，但是严岩一个字也听不懂，因为他讲的是广东话。

严岩感到不好意思，很抱歉地对老人说："对不起，我不懂广东话。"

老人倒是勉勉强强听懂了严岩的普通话。他迟疑了一下，温和地笑着取出纸笔，连说带写地表述他的意思。他告诉严岩，可口可乐要冰镇了才好喝，美国人喝的时候多半还要再加冰块，空中小姐给他的可口可乐是室温的，所以味道很糟糕。

"她们不知道，不要怪她们。"老人一边写一边眼睛里闪动着宽容的笑意。

严岩也拿起笔来写他想说的话。真的要感谢祖先创造的神奇汉字，这些象形文字数千年来为因地域差异而口音不同的炎黄子孙提供了思想文化交流的桥梁。时至今日，面对日新月异的科技发展，西方人不得不煞费苦心地发明出无穷无尽用大串字母连成的新词，而中国人只需把某些常用汉字稍加组合，就能轻而易举地描述铺天盖地的新鲜事物。

严岩得知老人是在美国出生的第二代华人，以前从来没有回过中国，但始终怀着强烈的思乡情节，这次是专门回来看看家乡的。以后呢？老人没有讲，严岩也没有问，但是严岩隐隐觉得，老人是因为感到自己已经风烛残年、来日无多，所以才特意返回祖先和他自己的故土，作一番祭拜并且告别，以后不会再回来了，不过他已经达成了他多年的心愿，从此无论天上人间，他都会感到心灵的抚慰和安宁。

飞机与太阳背道而驰，天色很快暗了下来。空中小姐送来西式晚餐。严岩手持刀叉不知该如何下手。老人和善地笑着转过身来细心指点，特别做手势让严岩不要把刀伸进嘴里。

"外国人会笑的，不要让他们笑我们。"老人在纸上写道。

美国西部时间 1981 年 2 月 25 日上午十一点——由于时差，时光仿佛倒流，当天下午从上海起飞的飞机，当天上午抵达美国——飞机在旧金山国际机场平安降落。严岩向热心善良的老人再三致谢，随即两人分手。一个是美国公民，一个是外国人，他们将按照规定走不同通道。

在通过海关时，严岩明显感觉到面前这个神情倨傲的官员对他英语生疏非常反感。他只获得了十个月居留签证，而通常最少是一年。这时谁也没有想到，几年后他很想为这个令他失望的签证谢谢这个骄横的官员。

出口处有一些人手举写有人名的牌子，然而严岩在他们中没有看见姑妈。他从未见过这个姑妈，但是见过她的照片，若在面前决不会认不出来。

"怎么回事？不是说好接我的吗？"他很失望，在离出口不远的一张椅子上坐下来等，一面努力寻找姑妈的身影。等了很久，姑妈仍然没有露面，他觉得不能就这么一直干等，应该给姑妈打个电话。可是怎么打呢？他对如何使用美国公用电话一无所知。这时正好有个面孔长得像华人的男子从他身边走过，他立刻上前询问，没想到那人只会讲英语，而且不是华人，朝他摆摆手说了声"SORRY"，连脚步也没停。

就在他不知所措的时候，一个中年女子从他侧面走过来，用纯正的普通话说："嘿，你好，是不是有事需要帮忙？"

乡音乡情！对于独处海外的中国人来说，还有什么能比这更使人感到温暖和亲切呢？

这个女同胞帮严岩接通了姑妈的电话,随即转身离去,严岩对着她的背影接连说了几个谢字。

“喂,哪位呀?”电话另一头传来某些华人所称的“国语”。

“是姑妈吗？我是严岩。”

“严岩呀。你在哪里?”姑妈的语调也与大陆人的不同。

“我在机场。”

“哪个机场啊?”

哪个机场,当然是旧金山国际机场,难道还会在别的机场吗?

“旧金山机场。”严岩一边回答一边感到困惑。

“你怎么会来呢？你父亲没有收到我的电报啊?”姑妈显得很不高兴。

“什么电报？我不知道。”

“昨天打给你父亲的,叫你不要来。你父亲没有告诉你呀?”

“我在上海,我不知道我父亲有没有收到你的电报,不过就是收到了也来不及通知我。姑妈,你是不是说我不应该来?”严岩觉得心在往下沉坠。

“来都来了说这些还有什么用。好啦,你到飞机场门口等我,我马上开车去接你。”姑妈挂断了电话。

过了四十多分钟,姑妈来了。她有五十几岁,相貌跟严岩在她照片上看到的样子如出一辙,身材开始有点发福,不过保养得算是不错;也像照片上一样皱眉蹙额,脸上没有丝毫笑容。

姑妈用手里严岩的相片对照了一下本人,确定无误后让严岩上了她的轿车,随即向旧金山市区进发。严岩顿时感到进入了一个从未见过的世界:眼前的大道十分宽阔,显然是闻名已久的高速公路,无数车辆在上面如潮水般奔涌;澄澈的天空仿佛一尘不染;两侧迅速倒退的建筑井然有序;离公路稍远的丘陵上蜿蜒着成排式样别致的独幢住房,像儿童玩的积木一样色彩斑斓。渐渐地他看见了碧波荡漾的巨大海湾、使人赏心悦目的点点白帆、宏伟的海湾大桥和旧金山市中心高耸入云的楼群。

他看到了美国。就环境的发展程度而言,他在一夜之间跨越了几十年,但是他并不觉得兴奋,也不觉得羡慕,只是觉得看到的这些都与他无关,并且由于陌生而觉得茫然。他像是孤身一人在无边的大海上漂浮,眼前似乎有无数波纹在摇曳起伏。

路上姑妈心事重重地一言不发,严岩于是也不讲话。

姑妈的家是一栋三层楼房。底层临街是个车库,车库后边有个单卧室套房,租给了别人。二楼也租给了别人。姑妈和姑父住在三楼,有两间卧室、一个客厅、一个餐厅、一个棋牌室、一个阳光室以及卫生间和厨房。严岩的父母和一些亲戚在国内都住着不错的房子,但是没有一家赶得上姑妈的住宅,所以他不由得称赞了几句,没想到姑妈立刻很郑重地警告他:“不要告诉你父亲我住这么好的房子,他会以为我很有钱。其实这是杰克的房子,又不是我的。我和你姑父只是住在这里。”

杰克是姑妈的儿子、严岩的表兄,在美国当医生。

坐下来以后,姑妈神情严峻地对严岩说:“我要跟你讲个事情。”

接着姑妈告诉严岩，就在几天前，叔父一家出了车祸。当时叔父开车带全家参加一个音乐会，十二岁的女儿将登台演奏小提琴，车上每个人都像过节似的穿着最精致的服装，一路谈笑风生。快到音乐厅的时候，一辆卡车突然从侧面猛冲过来，刹那间把叔父的车撞得面目全非。叔父一家五口，婶婶当场身亡，他们的女儿和大儿子奄奄一息，还没送到医院就断了气，小儿子手臂骨折，被迫截肢，只有叔父一人完好无损，却变成了另外一个人，整天神志恍惚、心情沮丧、痛不欲生。姑妈姑父请了假到叔父那里帮忙，昨天刚刚回来，回来后才想起严岩要来美国的事情，连忙打电报说先不要来，结果晚了一步。今天一早姑父上班去了，姑妈感觉身心疲惫，又请了一天假，准备明天再上班。

“你叔父那里不要去了。他现在连班也不能上，薪水也没有，还要照顾儿子。唉，以后不晓得还能不能再教书。精神受了打击，脑筋都像是不好了，我怕他将来生活都有问题。”姑妈忧心忡忡地说。

“他当了很多年教授，总会有些积蓄吧？”严岩轻声问。

“你以为当教授就有钱？”姑妈显然认为严岩很无知，“他把太太宠得要命，从来不让她出去工作，还有三个小孩，有钱也不会多。”

“那个肇事司机呢？抓到没有？应该叫他赔钱嘛。”严岩说。

“那么好抓啊？早就跑掉了，上哪里去抓？车祸在美国多得很，每年都要死几万人。警察来了作个记录，你以为他们会真的帮你查啊？不要做梦！美国每天不知道要出多少事，杀人、抢劫、强奸、走私、贩毒，好多案件几年都破不了，谁会有精神管你什么车祸！美国没有你想的那么好哦。”姑妈满腹怨气地说。

晚上姑父下班回来了。

“严岩来了，说动身时还没有收到我们的电报。”一见面姑妈就对姑父说，“我已经把弟弟家里出车祸的事情告诉他了。弟弟那里他是不能去了，我都不晓得该怎么办。”

“来了就来了嘛，总要想出办法的。”姑父一边笑容可掬地说话，一边彬彬有礼地对离开沙发站起来向他问候的严岩做手势，“坐、坐、坐，不要客气。”

姑妈和姑父同为外交官出身，不过相形之下，姑父显得更为通达，而且与人交往时非常注重保持谦和温雅。但是姑父强调，这个家的主管是姑妈。

“我在家里听太太的嘛。你的姑妈当家。”晚餐后姑父坐在沙发上神色怡然地对严岩说。

姑父对初来乍到的严岩讲了一些美国的情况和他的看法，说叔父那里不能去了，严岩可以暂时住在这里，慢慢想办法，路总是有的；说很多没来过美国的人以为美国遍地黄金，其实哪里有这回事，在美国是要辛勤工作才能生存的；又说美国是有钱人的天下，白人的天下，20世纪五六十年代的民权运动使美国有色人种的境况大为改善，白人不能再像过去那样飞扬跋扈，但是骨子里的优越感和对非白人的排斥歧视依然根深蒂固；还说美国人看起来很讲礼貌很热情，事实上都很强悍自私，所以与美国人打交道时要注意维护自己的权益，否则他们必定得寸进尺；美国人的信条是上帝顾大家,各人顾自己,因而不要指望别人,一切要靠自己。姑父还认为在美国人人都有希望,任何人只要有能力并且尽了力,多半会获得相应的回报。

"你看杰克,他就是有能力嘛。"姑父提到儿子不免有点得意,"那么难进的医学院,他进去了,苦读几年,现在做医生,钱赚得多,又受人尊敬。几年前买这个房子,好多人来竞标,谁出的钱多归谁。那他是医生嘛,别人没有他有钱,他出的价钱最高,房子当然就是他的。我和你姑妈算是托杰克的福,舒舒服服地住在这里。"

随后姑父解答了严岩的疑问,使严岩得知美国医学院的学生是从大学优秀毕业生里挑选的,想进医学院非常不容易,即使是哈佛大学和麻省理工学院这种世界名校的毕业生也未必能稳操胜券。进入医学院的学生经过四年学习后,还要再到具备资历的医院根据专业不同进行长短不等的数年实习,才能成为执业医生。这时多数人已经三十岁甚至三十好几了。这么艰难,而且要学这么久,所以美国医生的收入远远高于普通民众的收入,也高于绝大多数教授和工程师的收入。在美国只要说某某人是医生,听到的人会立刻对其肃然起敬,因为"医生"这个词在人们心里已经成了高智商和高收入的象征。

除了杰克,姑妈姑父还有个叫雪莉的女儿,一家四口都在旧金山,平时各自生活,很少往来。雪莉比杰克小几岁,比严岩也小一岁,在一家美国公司工作,收入不菲,但是在物价昂贵的美国,尤其是在旧金山这个寸土寸金房价惊人的城市,她认为她的收入只够满足她自己维持某种生活水平的需求,没有余钱孝敬父母。

"她对我们说,你们不要指望我给钱啊,我没有哥哥那么有钱。"姑父在对严岩讲这句话时显得无可奈何。

接着姑父称赞中国大陆的进步和成就。起初严岩有点怀疑这个老外交官不过是由于他来自中国大陆而在施展外交辞令,后来发现姑父并没有把他当外人,讲的都是实实在在的话。姑父认为中国成功研制出原子弹和洲际导弹使得外国不敢再侵略中国,特别提到20世纪50年代初的抗美援朝战争,姑父称之为"韩战",强调正是在这场战争中的胜利,使中国获得了空前崇高的国际地位,也使海外华人不再被外国人轻视。

"严岩啊,你不晓得,"姑父十分感慨地说,"我1946年刚来美国的时候,有一次旁边一个美国人问我是从哪里来的,我说我从中国来,他居然不晓得中国。那时候中国在世界上一点地位也没有。'韩战'一打,他们个个都晓得中国。到最后中国打赢了,那些美国人都对我客气得不得了。其实那时我还在为国民政府做事,美国人不管那么多,你的国家打赢了嘛,中国人能打仗嘛,他就尊敬你。从前他们看不起中国人,在中国横行霸道。现在哪个还敢!"

晚上熄灯就寝后,严岩久久难以入眠。

姑妈和姑父那边的情形也一样。

"唉,电报早打一天就好了,这下子搞得我简直没有办法。"姑妈心烦意乱地说。

"不要急,太太,不要急,慢慢想办法。"姑父安慰姑妈。

"有什么办法好想?真的是烦死了。过两天买飞机票叫他回去!"

“那恐怕不好吧？你妈妈和哥哥那里不好交代啊，太太。”

“那你说怎么办？总不能一直住在我们这里呀，我又没有义务养他！都怪妈妈，要他来做什么。现在好了，弟弟那里不能去，变成要我管了，又不是我要他来的，我为什么要管？还要花我的钱，我哪里有钱给他花！”

“慢慢来，太太，先不要烦，你总不能一下子就把他赶走嘛，是不是啊？不要着急，过一段看看再说。”姑父怕遭人诟病，不主张未礼先兵。

四

第二天,姑妈下班回来时告诉严岩,她打听到第六街和盖瑞大道路口的教堂里有个免费英语补习班,不必办任何手续,进去听课即可,而且想去就去想走就走,完全自由。她要严岩先到那里学阵英语,说她正在打听有关语言学校的信息。

姑妈的家在第一街,离盖瑞大道很近,从她家去那间教堂不用十分钟就能走到。从此严岩每天去那里补习英语。

授课的是个四十多岁的高个子美国男人,看上去十分亲切和善,任凭学生们交头接耳进进出出,他始终面不改色地微笑着坦然讲课,那副神态仿佛在说:"我尽我的责任教书,听不听学不学是你们的事,与我无关。"他从不申斥任何学生,从不维持课堂秩序,也从不检查学生作业,跟严岩从前在国内读书时老师的作风截然不同。是对学生尊重吗?还是对学生不负责任?严岩感到很难判断,但是觉得尽管这个老师未必能代表美国的所有老师,中美的教学观念和方式却一定有很大不同,中国学生也许更像是在压力下成材,美国学生则也许更像是随各人自己的兴趣和能力成材,不过如果没有压力,又有几个人能真正成材呢?

听课的学生大多是近几年蜂拥而至的东南亚难民,男女老少济济一堂。每次上课时老师把印好课文的纸张分发给学生,教的全是日常用语。课堂上气氛轻松,学生可以随时举手提问并且无须起立,老师则毫不介意讲课被打断,立刻满面笑容地予以回答。

严岩总是喜欢坐在最后一排,有个从中国大陆来的小王也喜欢坐最后一排,渐渐地两人开始交谈。小王告诉严岩,他是来探亲的,像他这么年轻又是单身,当初能够获得来美国的签证使很多人感到惊奇,他自己到现在还感到不可思议。

"不知道哪来的运气。"小王洋洋自得地说,"别人都羡慕得要死,真的没有几个能来的。没办法,人家美国人怕你来了不回去。"

小王来探望的是他的伯父,家住美国中部的圣路易斯,但他在伯父家待了没多久就来到旧金山。

"亲戚家不能住。"小王十分肯定的对严岩说,"人家自己的儿子女儿长大了都要搬出去,怎么会让你住。你姑妈迟早一定让你走。我现在是打工赚钱,以后能留下来就留下来,留不下来就回去。我在这儿干一个月抵得上在国内干两年,平时节省一点,把钱存起来。我算过了,要是能干满五年,存的钱带回去光吃利息恐怕都比别人过得好。而且你想想,我每个月的工资以后还会长呢。"

小王说他目前在一家中餐馆厨房做切菜打杂之类的事情,职称是"帮厨",与洗碗工同为厨房里地位最低的一层。上面一点的是"油锅"和"抓码",二者都要切菜和做杂事,但"油锅"主要负责所有油炸食品的准备和出菜,"抓码"则须在营业时把每份待炒的食材"抓"到特制盘子里交给厨师烹饪。再上面就是掌控中餐"色、香、味"

的厨师。这里又分两种情况。第一种情况，餐馆规模不大或者生意清淡，那就只有一名厨师，通常被称作“炒锅”。另一种情况，餐馆大而且生意兴隆，厨师不止一个，这时负总责的厨师被称作“大厨”，其余的被称作“炒锅”，也有被称作“二厨”甚至“三厨”等等的，视厨师人数的多寡而定。月薪当然是随地位的上升而水涨船高，大厨的薪水常常是帮厨薪水的几倍。小王表示他一直在非常努力地学习厨艺，以期有朝一日能成为“炒锅”好赚更多的钱。

严岩还获悉小王在美国的居留已经超过了签证许可的日期，不过小王对逾期居留显得满不在乎，说这种情形在美国到处都是，美国每年新增加的不具备居留权的居民中仅墨西哥人就有几百万。

小王讲的是事实。多年来，不计其数的墨西哥人为了谋取更好的收入，成群结队地跨过漫长的美墨边境来美国打工，有的在急需人手却无白人应征的农场帮忙，有的进入城市填补美国人望而生厌没人肯干的脏累低薪岗位。到中餐馆厨房打杂洗碗也是他们的一条出路。他们中一些人的家眷依然在墨西哥，挣的钱大多寄回去，一部分养家，一部分储蓄，哪天觉得钱存得不少了，就衣锦还乡做生意。有些是全家人一起来，即使没有所谓的“合法居留身份”，照样打工赚钱，生活与旁人无异。小孩子读书也没有障碍，因为美国学校大多不查“身份”。还有些人是单身，运气好的话找个美国人结婚，居留权问题自然迎刃而解。具有以上几种情形的当然远不止墨西哥人，这些人的数目，据美国相关部门估计约有千万之众。关于如何对待数字如此庞大的“非法移民”，美国民众和国会存在两种截然相反的主张。一种是把这些人不由分说地立即驱逐出境，因为他们触犯了美国的移民法；另一种是赋予这些人合法居留权，以体现美国的宽厚和人道。不过对于后一种主张，很多人指出，其根本原因在于美国社会和经济需要这些人，否则很难运转。秉持两种不同主张的议员长期以来在美国国会争论不休，迄今莫衷一是。

“所以我跟你讲，我这种情况在美国根本就不算回事。”小王振振有词地笑着说，“而且你也不能责怪人家墨西哥人。美国跟墨西哥交界的地方以前都是墨西哥领土，是美国人打仗从人家手里抢过来的，现在墨西哥人来，就好比回他们从前的家，你美国人有什么好说的！”

不过尽管讲得像是若无其事，小王对自己的处境还是十分担忧。他一再关照严岩不要把他的“身份”泄露给任何人，说这种事情平时无人过问，然而若真的撞到了枪口上，就只有被递解出境的份，而且从此不能再进入美国。

他讲了一个听来的故事，说有个中国留学生坐公共汽车时和旁边一个美国人聊得很起劲，那个美国人的态度十分亲切和蔼，像个好好先生。这个中国留学生平时无处倾诉苦衷，这时把他既要读书又要打工的烦恼告诉了那个面善的美国人。随后美国人准备下车，中国学生有些依依不舍地向美国人告别，还祝他一切都好。没想到美国人说了声抱歉，要中国学生跟他一起下车。

“噢，不，我还有两站才下车。”中国学生笑着说。

美国人摇摇头，神色严峻地掏出证件展示给中国学生看，然后冷冷地说：“我认为你必须现在就下车。我是移民局官员。你来美国读书，通常不应该工作，我想你很可能已经违反了美国法律。请跟我走。”

小王说讲故事的人告诉他，这件事不仅完全是真的，而且那个美国人当时并不是在上班，本来可以不管不问，却偏偏要管。

“美国人都爱管闲事，而且不讲情面。”小王说，“你看他对你好好的，是不是？笑着笑着说不定就给你一下子。他们的心思你猜不透。这是我伯父对我讲的。”

除了周末，英语补习班每天都开课，但只是从上午八点开到九点，随后众人纷纷散去。严岩回姑妈家，小王赶去中餐馆上班。

在中餐馆厨房工作的人都很辛苦。他们每周工作六天，每天上午十点开始工作，中间有一顿午饭，然后继续工作到晚上超过十点，吃过晚饭后回家，到家时几乎是午夜时分，匆匆漱洗之后睡觉，一觉醒来又要准备出发上班。就这样日复一日，年复一年，时间久了，渐渐习以为常，感到生活似乎就应该是这个样子，直到哪天老了，不再这么干了，才幡然醒悟，原来自己几十年过得那么苦却居然全不知晓，而生命已经所余无几。然而对于成千上万的美国华人，尤其是早期美国华人来说，这是他们在美国这个黄金之国的真实生活。自从美国西部铁路建设竣工和淘金热潮消退，那些为之来到美国的华人移民必须另谋生路。由于美国社会的歧视和排斥，他们只能被迫从事边缘性的行业。其中很多男人开中餐馆或者在中餐馆打工，女人则开洗衣店或者在洗衣店打工。在相当长的时期里，中餐馆和洗衣店是美国华人主要的谋生之处。时至今日，随着家用洗衣机的普及，华人洗衣店逐步式微，但是中餐馆却如星火燎原，在美国遍地开花。大中城市不必讲，即使是在只有数千人的小镇，也多半能看到高耸的汉字招牌和闻到中餐的特殊香味。这一方面得益于中国影响力的日渐深远和美国人对物美价廉的中餐逐渐接受与喜爱，另一方面得益于越来越多的华人涌入美国。这些无处不在的中餐馆使大批华裔新移民在言语不通四顾茫然的异土他乡得以生存。尽管这种生存基于十分艰苦的劳作，但毕竟不至于无路可走。在这一点上，我们或许可以说，中国人比其他从欠发达国家和地区来的人幸运。而为数不多的欧洲新移民，情况则完全不同。由于英语在欧洲的普及，他们不存在语言障碍，并且是身怀钱财或者技术来到美国的。

严岩到家时姑妈姑父都已上班，要到晚上才回来，整套住宅非常安静，很适合于专心致志地学习，可是他却无法让自己安心读书。

天有不测风云，人有旦夕祸福，谁也没有想到叔父家恰恰在这时发生了那么惨烈的变故，原本想靠叔父的协助走出第一步，现在是完全不能指望了。姑妈显然既无义务又不情愿出手相助，何况她的经济状况也不允许她那么做。从到达的第一天起，姑妈对他始终冷若冰霜，而且几乎不跟他讲话。严岩心里很清楚，他在姑妈家是不受欢迎的人。既然这儿没有他的位置，他就应该尽早离开，他也很想尽早离开，可是去哪里呢？有生以来第一次，他感到走投无路。后悔来美国吗？没有。他做事从不后悔，即使摔了跟头也只是去想如何爬起来往前走。不过这时他不知道如何爬起来，也不知道该往哪里走，只觉得前途渺茫、心境悲凉。

同时他尝到了寄人篱下的滋味。

一连好几天,旧金山的天气又阴又冷,姑妈家老掉牙的暖气系统却只偶尔哼两声。严岩一时没顾上加衣服,冷得咳了一下,姑妈当即气势汹汹地跑过来朝他吼叫:“哎,你是不是有肺病啊?你不要生病哦!我没有钱给你看病。美国的医疗费好贵的,你不要搞得我倾家荡产!”

她当外交官是差不多三十年前的事情,现在从她身上已经看不到一丝一毫当年应有的修养和礼貌。对于无力反抗的严岩,她只是囿于母亲和长兄的情面才没有断然处置,然而并不妨碍她发泄她的烦恼和怨怼。

“你不要总去厕所哦!水费好贵的。”她不止一次地警告严岩。

严岩稍稍洗个脸也要被姑妈训斥:“洗一下就好了,赶快把水关上,不要浪费!”

晚上严岩总是尽量少喝水,免得半夜上厕所。他的卧室里没有厕所,要开门出去,经过一条走廊才能“方便”。走廊的地板年久失修,无论多么小心翼翼,走在上面也必定发出吱呀吱呀的响声。刚来时一连两天姑妈都抱怨他夜里在走廊上弄出很大的声音,害得她通宵难眠,从此他对临睡前的饮水量严加控制。但是一天晚上,不知什么缘故,睡下来仿佛没多久他忽然有了要去厕所的感觉。他担心惊动姑妈招致责备,于是一直忍着,最后终于忍无可忍,只好起来,蹑手蹑脚地穿过走廊,唯恐发出一点声音……

不过在饮食方面,姑妈待他十分公平。

早餐三个人吃的东西一模一样。每人一个煎鸡蛋、两条培根、一杯牛奶,外加两片可以抹牛油和果酱的烤面包。姑妈从来不问严岩这些东西是否够吃,严岩也从来不多说一句话。他觉得不说为好,因为这是在别人家,而且又是牛奶鸡蛋,又是培根面包,还有什么不满意的呢?他的午餐是姑妈做的两个火鸡肉三明治,也和姑妈姑父上班时带去吃的午餐一模一样。

晚餐的菜总是红烧鸡翅和清炒芥蓝这两样。起初严岩非常钦佩姑妈的厨艺,因为她烧出来的鸡翅膀又酥又嫩十分可口,而且三下两下就能烧好。后来他才知道,美国的鸡几乎全是靠特殊饲料喂养的成长快速的品种鸡,营养和味道远不如中国的土鸡,但肉质细嫩,哪怕想把这种鸡烧得老一点都办不到,并且一烧就熟。另外,鸡翅膀在美国属于低价肉类,这时在旧金山一美元能买几磅。不过无论如何,晚餐是严岩吃得最尽兴的一顿,因为除了鸡肉和芥蓝,还有能够随意添加的米饭。

严岩到姑妈家十几天后的一个晚上,第一次、也是唯一一次在家里品尝到了美国的牛肉,而且是美国的上等牛肉。这是由于家里发生了一件不同寻常的事情。

姑妈家来了位尊贵的客人——她的儿子杰克。杰克作为收入丰厚又地位崇高的医生,不仅为父母提供了价格昂贵、普通人只能望之叹息的旧金山市区的房舍,还使得父母能在人前人后因为他而颜面有光。他极少来看望父母,偶尔来一次,自然成了姑妈家的大事。

这天是星期六。前一天姑妈已经买好了牛肉和几种平时嫌贵不吃的蔬菜,这时早早地就把东西洗好切好,又把平时只作摆设、有贵客才使用的正式餐厅布置停当。

到了下午，杰克驾驶跑车前来，进门时手里拿着一瓶法国红酒。他身穿西装便服，礼仪周全，态度优雅，和严岩握手后寒暄了几句，没有多谈。其实也不可能多谈，因为他年幼时即来美国，只能跟父母讲些日常家乡话，别的全是英语，和严岩之间几乎言语不通，又没有共同话题。严岩觉得，也许是由于有生人在场，也许是由于职业习惯，杰克有点矜持或者在有意维持派头，不显得在自己家里应有的那样轻松自在。

晚餐开始了。餐厅灯光被姑妈调节得若明若暗，以营造出温馨妙曼的气氛。按照规矩，姑妈和姑父作为主人分坐长餐桌两端，杰克和严岩面对面坐在餐桌两侧。每个人面前都摆放着排列整齐的刀、叉、勺、碟和餐巾，以及一只闪闪发亮的高脚酒杯。姑妈和姑父正襟危坐，不断对杰克讲奉承话，并且十分殷勤地把牛肉放到他的碟子里，劝他多吃，而他们自己却不多吃，好像只是在毕恭毕敬的为儿子服务。在儿子面前，姑妈平日的专横霸道荡然无存，剩下的只有曲意逢迎。严岩忽然为姑妈感到悲哀。他想，父母和儿子的关系怎么会是这样呢？这时他还不知道，美国人通常年满十八岁即开始独立生活，从此和家人间互不依赖，各自谋生，有些人多年不与父母联系。所以比较而言，姑妈家的情形算是好的，尤其是考虑到杰克为父母提供了十分难得的住房。

尽管知之甚少，严岩却正在一步步融入美国的生活，起码他身上的衣服已经几乎是全副美式装备。刚来没几天，姑妈就从同事朋友那里搜罗了一堆别人不要的旧衣裳，其中有春秋天穿的夹克、四季皆可的衬衣、只有上身的西装、厚重的冬大衣，大小不等、式样各异，要严岩一件件试穿，因为严岩“一看就晓得是从大陆来的，人家觉得格格不入”。那几件严岩从中国穿来带来的衣服，包括临行前特意在上海做的崭新的中山装棉衣和中山装外套，都被姑妈投以鄙夷的目光。

入乡随俗，严岩感到无话可说，于是那堆外衣中凡是能穿的全部留下。至于内衣和长裤，姑妈认为换不换无关紧要，但是严岩脚上七八十年代在中国非常流行的一双蓝色网球鞋也被姑妈认为不合时宜。向别人要旧鞋很难开口，所以严岩的美式装备里有了件全新的配置——一双几个月后就开裂破损得无法再穿的人造革运动鞋。

杰克作客的第二天，姑妈对严岩说他应该出外打工。从这时起，一连几天，严岩在姑妈家附近一带向几十个商家毛遂自荐。中餐馆、杂货铺、书店、加油站，凡是觉得有可能得到工作的地方他都去了，结果全被拒绝，还经常遭到冷脸冷语。他怀着失望默默地想，原来在美国找工作并不容易。

还是姑妈神通广大。这天她下班回来时告诉严岩，她的一个大学同学，人称宫妈妈，和丈夫共同经营着一家中餐馆和一家美式餐馆。经过联系，宫妈妈说她的中餐馆需要一名帮厨，如果严岩愿意做的话可以到她的中餐馆与她面谈。

第二天午后，严岩按照前一晚的约定来到那家餐馆。餐馆坐落在城市东南一条狭窄的商业街上，周围是旧金山的边缘地带，比中心城区陈旧清冷得多。

宫妈妈又矮又胖，看上去像是很和气，谈了没几句，就说严岩可以来她这儿做工。

“没有问题。”她显得很爽快，声调很柔和，“大学都读了，这点事还怕做不了。我看你不错嘛，明天就来上班。我每个月付你三百块。”

三百块只是正常薪水的一半。

严岩脸上的表情没有变化，但是心向下沉了一下。三百块！这种话居然讲得出口，而且是出自一个姑妈的老同学。他早就从小王那里得知，在旧金山中餐馆做帮厨，生手的起薪是每月六百美元，三个月后长到七百，半年后长到八百，再往后就看各人的造化了。油锅的月薪大约九百，炒锅的一千以上，大厨的从一千四到两千多。若是在远离东西两岸，华人不多的美国内陆地区，根据物以稀为贵的道理，薪水会更高。旧金山华人报纸上经常能看到内陆城镇中餐馆的招聘启事，去了不仅收入高，而且餐馆还包吃包住。

只给一半月薪！实在欺人太甚。……

然而严岩不打算拒绝，也不打算争辩。他希望在这里获得“经验”。之前在一些中餐馆找工时，人家一听说他没干过，都当即摇头拒绝。其实他从小就做家务，炒菜做饭都不陌生，他相信自己在任何一家中餐馆只要做几天就能入门，以后再到中餐馆找工作时可以心中有底地说“干过”，自然也就容易被录用。一时的屈辱，他可以忍受。

“行。”他对宫妈妈说，“那我就明天开始上班。”

回家后严岩把情况告诉姑妈，姑妈顿时气得满脸通红，说：“这么黑的心啊，不要给她做！”

不过听完严岩的解释，姑妈没有再说什么。

从此严岩下了课就去宫妈妈的餐馆打工，星期六也去，只在星期天休息。当然，他始终关注语言学校的事情，多次向姑妈询问相关进展。尽管感到前途渺茫，他心里还是存着一丝希望。但姑妈总是说还在打听，叫他不要急，而他又不便催促，虽然十分焦虑，却只能耐心等待。

宫妈妈餐馆只有一个厨师，姓常，也来自中国大陆，与严岩年龄相仿。他要严岩称呼他小常即可，不必客客气气地叫他常师傅。小常在国内上过烹饪学校，毕业后担任过几年厨师，在饮食行业是正宗的科班出身。

中餐有很多种类，仅人所公认的就有八大菜系，但是在美国，中餐被简略成只有两种：广东菜和北方菜。尽管所谓的“北方菜”里其实包含各种不同风味的菜，像是川菜、湘菜、淮扬菜、鲁菜等等，却统统被称为“北方菜”。就连中文报纸上非广东餐馆刊登广告时也都只称“北方餐馆”，而不作具体阐明。在这里，显然广东与除广东之外的整个中国像是平起平坐，造成这个现象的原因是话语权掌握在广东人手里。

广东人是最早来美国并且在美国人数最多的华人。美国各地的中国城都是广东人的天下，中国其他省市的人在里面的很少。有些广东人一生都在中国城度过，他们英语讲得结结巴巴，出了中国城就茫然无措，却能凭借自己广东人的身份，讲着满口的广东话在中国城如鱼得水般快快活活地过日子。中国人都有地域观念，广东人也是这样，而且似乎很强。在身居美国的广东人眼里，广东人与众不同，而且他们认为只有广东是中国的南方，其余地区全是北方，于是就有了他们定义的“广东菜”、

“广东餐馆”和“北方菜”、“北方餐馆”，并且只有这两种。这些定义由于他们的强大而被人们广泛接受，即使后来有越来越多不同省籍的华人涌入美国，但木已成舟难以改变，只得继续沿用。

宫妈妈和小常都不是广东人，也不谙广东菜，餐馆自然算作北方餐馆。尽管如此，这里还是像几乎所有其他北方餐馆一样引入了一道广东菜，叫做“咕咾肉”，又叫“甜酸肉”，是把猪肉块预先裹粉炸好，客人需要时加热再包一层甜酸酱，深受美国人喜爱的菜。其实美国人不大吃猪肉，但是这道菜由于味道特别成为例外。美国人喜欢牛肉，到中餐馆吃饭经常点青椒牛肉、芥蓝牛肉、沙茶牛肉。味辣的宫保鸡丁也合很多人的口味。海鲜是好东西，但是价格贵，美国人很少点。中国人爱吃的汤面，美国顾客乏人问津，春卷、炒饭、炒面则很受他们欢迎。

“中国菜讲究色香味俱全，这里面火候很关键。牛肉炒出来要嫩，蔬菜要刚刚熟，过头就难吃了，有生味也不行。”小常在对向他请教的严岩谈论烹调时如数家珍，“小严，你看，这叫勾芡，是中国菜的独特艺术。稍稍裹上一层，闪闪发亮，多漂亮！味道也有了。太厚太薄都不行。太厚像糨糊，难看；太薄流下来成了一摊水，菜没味道。”

小常告诉严岩，在餐馆打工做得快非常重要，若是不能按时把老板认为该做完的事情做出来，这口饭就没得吃。严岩曾经从小王那里听说拉面和银丝卷，知道要有人传授再加自己努力才有可能学会，很不容易，于是就此向小常请教。小常回答说那些技艺他都会，但是严岩不必学，因为除了为数极少的风味餐馆，没有哪家餐馆用得着；又说在美国的北方餐馆大多主要做美国人的生意，通过多年经营，逐步了解到哪些菜合乎美国人口味，哪些菜不合乎美国人口味，渐渐地只有合美国人口味的菜才保留下来，时至今日，全美国几乎所有北方餐馆的菜式都大同小异，所以只要在一家好的北方餐馆学成厨艺，到其他任何北方餐馆都能畅行无阻。

两个大陆年轻人也谈到了各自在美国的经历和感触。严岩说小常的情形比他的好，不仅是移民来的，而且能靠技术谋生。小常却说他也很艰难，在美国经常遭到歧视，尤其使他愤慨的是一些歧视来自同为炎黄子孙的华人。他告诉严岩，他有个女朋友，是从台湾来美国读书的，因到这儿吃饭而两人相识，发展成情侣关系。女朋友的家人获悉后极力反对，责备她怎么会找个又穷又土的大陆人做男朋友，实在让人看不起，要她立即跟小常一刀两断。女朋友不肯，还说准备和小常结婚，女朋友的家人更是火冒三丈，说若她不听劝阻，定将与她断绝关系，家里的钱财半个子儿也不会给她。但是小常的女朋友执意和小常在一起。

“你看看，他们瞧不起大陆人。”小常气鼓鼓地瞪着眼睛说，“其实台湾人有什么了不起，以前中国最土最穷的就是他们，现在看见美国人日本人巴不得跪下来舔人家的屁股，我还看不起他们呢！”

小常告诉严岩，他的女朋友明年夏天就能毕业找工作，他们计划在三年内把钱攒够，自己开餐馆。那时一个管前台，一个管厨房，凭他的手艺，生意一定能做起来。

“说实话，日子都是自己过自己的。她家的事，她不在乎，我也不在乎。——说不定哪天又没事了。”小常说。

不过小常承认严岩目前的处境的确比他自己的要糟得多。

“你这个情况啊，真的是很麻烦。”小常低着头，眼睛不朝严岩看，脸上神情有些忧虑，“要是单身就好了，找个人结婚，什么问题都能解决。可是你不行。我估计你在你姑妈家住不久，她也不会花钱供你上学，以后都要靠你自己。你想半工半读，没那么容易。我听我女朋友讲，美国学校对外国学生收费比对美国学生收费高很多，到时候你做半工赚不了多少钱，又要生活又要上学，肯定不行。”

小常说，其实他在国内恢复高考制度后也读过大学，学的是文科，两年后还没毕业时移民来了美国，在美国连最底层的工作也很难获得，只能到中餐馆讨口饭吃。很多中国移民的学历比他的更高，出国前是工程师、医生或者教师，然而到美国后除非入学读书，否则他们的学历资历不被美国人认可。这些在中国时的得意人士在美国不得不放下身段，有的在中餐馆洗碗端盘子，有的在杂货店当小工，有的在商贸公司装货运货，还有的忍受不了美国的生活而返回中国。小常认为严岩如叔父家没有出事，或许还有点读书的希望，但是现在已经绝无可能，所以应该另谋出路，譬如像他这样打工赚钱并且省吃俭用，待到存够一笔钱，再考虑要么带钱回国，要么自己开餐馆，同时设法把家眷接到美国来。总之过上好日子才是目的，至于通过何种途径达到则无关紧要，况且严岩已经别无选择。

不过严岩还是一心想读书。他无法放弃求学的初衷，因为对他来说那实在是太痛苦了。

五

严岩一到美国就给父亲和妻子分别去信，几天前收到了他们的回信。他们已经知道叔父家的变故，但是认为姑妈总不至于袖手旁观，鼓励他定下心来努力学习。

叔父那里，严岩感到有一百个理由打电话宽慰和问候，但是当他向姑妈提出使用电话的要求时，却被姑妈一口拒绝。

“有什么打的啦，长途电话费好贵的！”姑妈说，“他又不认识你，你打电话去有什么用！”

电话是姑妈的，她不让打，严岩只好作罢。

严岩看望过祖母几次，第一次是姑妈带他去，其余几次是他自己去。祖母独自住在离姑妈家很远的一个老人公寓里，若非有特别事情，与姑妈相互间很少往来。

祖母住的老人公寓环境幽雅，居民有自己包括卧室、客厅、厨房和卫生间在内的一套住房，孤寡老人一个人住，夫妻则两人共住。公寓有专门的护理人员，谁要是遇到紧急情况，一揿墙上的呼叫按钮，马上就有人赶来查看帮忙。同时每户都有一块上面写着“我很好”的牌子，祖母的牌子上是中英文双语，老人们按照要求每天早晨起床后把牌子挂到外面的门把手上，以显示一切安好。公寓工作人员每天按时巡视所有住户的状况，一旦发现异常便当即采取措施。公寓里还有食堂，饭菜价格十分低廉，是到食堂用餐还是自己做饭，完全取决于居民自己，不存在硬性规定。

祖母由于年事已高又没有个人收入和积蓄，所以根据法规每月从政府领取生活费，这些钱足够用来支付祖母的日常开销，无须姑妈花费一分一厘。事实上依照法律，姑妈并不存在为自己母亲养老的义务。另外，祖母享有政府提供的医疗保险，使她能够在美国贵得惊人的医药费面前高枕无忧。

即使已是耄耋老人，严岩的祖母依然头脑清晰、行动自如，生活完全自理。她天性慈祥，看见别人受苦就心中不忍，在国内时经常把儿子从美国寄来孝敬她的钱用来接济生活困顿的亲友，对从乡下来求助的穷亲戚也必定慷慨解囊；平时明情达理，待人亲切。对于纽约儿子家的惨变，老人家一面十分悲痛，一面又显得十分豁达。经历了几十年人生的风风雨雨，到这个年纪，她已经能够使自己做到处变不惊。

祖母每次看见严岩都很高兴，同时绝口不提严岩叔叔的事情。严岩则感到祖母是他在美国唯一真正的亲人、在美国温暖的唯一来源。

“来，吃苹果。好吃呢。”祖母对严岩说。

“吃西瓜。很甜呢，刚刚开的。”祖母又说。

“遇到事情要忍一忍，别着急，慢慢来。”祖母叮嘱着。

祖母责备自己考虑不周，使严岩现在处境艰难。严岩连忙安慰祖母，说有些事是谁也无法预料的，他非常感激祖母对他的关怀，包括帮助他来到美国。

严岩对祖母讲的话全都发自肺腑。

与此同时，他必须面对严酷的现实。到美国已经超过了一个月，语言学校的事情还是渺无头绪。他又问过姑妈几次，每次姑妈的回答都是支支吾吾、语焉不详，使他越来越感到没有希望。他有时想，也许不应该指望姑妈，因为那本来就不是姑妈的责任，要她承担，实在有些强人所难。可是如果没有姑妈的帮助，他又能凭什么来摆脱困境呢？

这时是1981年4月初。几天来，原本春光明媚的旧金山随着阵阵冷气流从太平洋上袭来，天空变得乌云涌动，暗淡无光。严岩的心情比天色更加惨淡。他每天神思不宁，四顾茫然，像是一片不着边际的风中落叶，既不能掌控自己的命运，也不知道将飘向何方。

终于，在一个晚上，他的前景清清楚楚地摆在他的面前。

这天严岩从餐馆下班回来，在街上远远看见姑妈家客厅的灯依旧亮着，顿时感到有些诧异，因为姑妈姑父第二天一早就要起床上班，这时已经过了晚上十一点，往常在这个时间他们早就睡了。

他开门进去，发现姑妈姑父果然都还没有睡觉，而是一起坐在客厅里，显然是在等他回来。见他进门，姑妈要他在他们旁边的沙发上坐下来，说有事要对他讲。

"你读语言学校的事情我已经打听好了。"姑妈神色木然，眼睛望着地毯，用冷冰冰的声调开了口。她告诉严岩，这个学校对每个学生按月收费，每月的学费是四百美元，她决定拿出八百美元来供严岩读两个月。两个月之后呢？姑妈含糊其辞，但是意思十分明确，就是她能做的到此为止了。

为了这一刻，姑妈踌躇了很久。

从严岩来到美国的那天起，姑妈就一直心烦意乱。她既不想为严岩读书花钱，又讨厌严岩在家里久住，巴不得立刻把严岩赶出去。可是姑父总劝她不要操之过急，凡事须做得有理有据，一步步达到目的。两人因而有过几次争执，大致情形如下所述。

"吃我的住我的，还要我花钱给他读书。又不是我的儿子，关我什么事情，凭什么要我管啊！"姑妈怒气冲冲地抱怨。

"太太啊，你讲的这些话没有错。"姑父微笑着柔声细语地说，"问题是你要是不管，你的母亲和哥哥会不高兴。"

"不高兴，不高兴就要我花钱！"

"钱恐怕还是要多少花一点，太太。不花钱你不好要严岩走。"

"我就是不花钱又怎么样？恨起来我明天就要他坐飞机回中国！"

"那样不行啊，太太。我看你就忍痛花点钱，让严岩读三个月英语……"

"你以为三个月就能学会英语啊？"

"我当然知道他三个月不可能学会英语，不过那样说起来我们已经尽了力，他自己不行，不能怪我们。到时候我们要他回中国，理直气壮，你的母亲和哥哥没有话讲。"

"你这个馊主意就是要我花钱嘛。我自己都舍不得花钱，哪里有钱给他花！就没有别的办法啊?”姑妈感到姑父像是在割她的肉,对姑父的主张非常反感。

但是最终姑妈还是采纳了姑父的主张,以避免事情久拖不决。现在她只需要再忍耐三个月就行。然而等她打听到语言学校的收费标准,立刻对原先的规划作出修改。

“最便宜的一家每个月就要四百块钱,怎么会这么贵啊!”她愁眉苦脸地对姑父说,“不能让严岩读三个月,两个月就够了。”

“两个月不行吧?显得我们不够诚恳。”姑父有些担心。

“还讲什么诚恳!你以为别人不知道你是在做做样子啊?就两个月,读完两个月让他回中国。”姑妈用不容置辩的语气说。

就像姑父讲的,这个家的主管是姑妈,何况严岩又是姑妈娘家的人,姑妈的话自然是一锤定音。等到送严岩走的那天,姑妈会表现出她的歉疚,同时会要求严岩一定替她向严岩的父亲说明她已经尽了全力,这个结果使她非常难过。姑父除了附和姑妈外,还会对严岩无论来美国还是离开美国都予以充分肯定。他将告诉严岩,相比较于无数想来美国却来不了的人,严岩已经来过了,远胜那些人不知道多少倍;其实美国不过如此,完全没有必要在这里苦苦挣扎,还是回中国,在自己熟悉的地方比较好;以后想来还有的是机会,要是来的话,他和姑妈随时欢迎。其实姑父心里很清楚,严岩一旦离开美国就不可能再来,而且从此与他互不相干,但是客套话却不能不说。

严岩明白姑妈姑父的用意,不知道说什么才好,只是含含糊糊回应了几句。

这天夜里他通宵未眠。第二天早上,离开姑妈家后他没有去教堂学英语,而是径直来到了不远处的金门公园。

金门公园是旧金山市区西部一个占地广大的公园,大致呈长方形,东西长度超过 4 公里,南北宽度接近 1 公里,是美国最大的人工公园,比纽约著名的中央公园还大。公园西端濒临碧波万顷的太平洋,其余三面是城市街道。园内分布着博物馆、艺术馆、运动场、儿童乐园、池塘和湖泊,交织着大道小径,还有一条穿园而过、连接公园两侧城区的公路。数以万计的参天大树在这里茁壮生长,青绿色的草地一望无际。在寸土寸金、人满为患的旧金山,金门公园是一处能使人感到自然界的清新宁静和庄严永恒,从而舒缓胸中尘世间烦恼的地方。

四月上旬的早晨,金门公园里十分静寂,拂晓时弥漫旧金山的薄雾正在林间缓缓飘散,严岩的周围空无一人。他呼吸着清凉的空气,努力定下心来梳理思绪,以期在艰难中为自己寻求出路。

他感到有生以来从未经历过的孤独和悲凉。他回忆起出国前的生活,怀念着他仿佛就在眼前,一伸手就能拥到怀里,实际上却远在天边的妻子和女儿。虽然和她们在一起时每天粗茶淡饭,但是温馨和睦使他觉得生活无限美好。现在他面临绝境,仿佛站在悬崖边缘,一只脚已经踩空,却没有任何人能出手相助。

其实在姑妈讲出她的打算前,严岩一直有着预感并且准备接受最坏的局面,但同时又由于心怀侥幸而留存着一丝或许还能继续求学的飘忽期待。这时他意识到,他这一生是永远不可能再进大学课堂了。从小的抱负，几经波折，本来是能够实现的，却因为企图锦上添花而毁于一旦。几代人都是知识分子，家族里不知多少人学有所成，唯独他半途而废，不能完成本该完成的学业。从美国铩羽而归看来已是无可避免。祖母、父亲和妻子势必将非常失望，但多半不会责备他，反而会安慰和鼓励他，然而他却无法逃脱内心的折磨。他将在羞愧和懊丧中度过一生，并且时时感受到或明或暗的讥讽和嘲笑。他决不愿意落入那种下场。

姑妈准备为他付的八百美元，在他眼里是一笔巨款，因为那比他出国前两年的薪水还多，也是按照他和妻子两人当时在国内的薪水计算，即使再节俭也需要二十多年才能攒出来的钱。他想到读两个月英语根本于事无补，却要花掉姑妈这么大的一笔钱，觉得心里有愧，十分不安。他认为他没有理由，当然也就不应该去读姑妈讲的语言学校。

那么应该怎么办呢？情势紧迫，他必须尽快作出抉择。

既然已经读书无望，就只能另辟蹊径。这时，一个念头在他心里骤然升起。他决定走一条以前从未想过要走的路，一条他不情愿走、却不得不走的路。这是条艰难而且充满风险的路，同时是条不算规范的路。不过既然有数以百万计的人在走这条路，相关部门又采取视而不见网开一面的做法，他认为加入这条路上如洪流般的队伍无须过于自责，何况除了走这条路，他别无生机。

所有的理想、抱负，只能全部放弃。现在他准备做一个社会底层的打工者，依靠体力和吃苦精神，忍受必然会有的种种屈辱，借助美国相对高的薪水，为他的家人争取比较富裕舒适的生活。除此之外，他想不出有什么别的选择。

打定主意后他立刻行动。他在金门公园没有耗费太多时间，还来得及在英语课结束前赶到教堂。他找到小王，讲了他的打算。小王没有显示出任何诧异，说早就知道他必然会走这一步。随即两人商量好，当天严岩就搬到小王的地方住，然后找中餐馆厨房的工作。分手时小王把他的房门钥匙连同一张写有他住址的纸交到严岩手里。

回姑妈家后，严岩先给宫妈妈打电话辞职，商定领取他工资的时间，接着收拾他简单的个人物品。他在一张信纸上匆匆写下给姑妈姑父的留言，把纸放在一个醒目的位置，上面写道：

> 姑妈、姑父：
> 谢谢您二位的关照。我走了。请不要为我担心。
> 望你们多保重。请替我向祖母问好。我会回来看望你们的。
>
> 侄 严岩

出门前他没有多看一眼这套他生活了一个多月的住宅。他对这个全无温情的地方没有丝毫留恋，但是心里充满了落寞和凄凉。从此在陌生的异国他乡，他成了真正的孑然一身。不过无论如何，在走出这座房子的时候，他没有半点犹疑。

他按照小王提供的地址找到了他的新居。这是幢位于第十九大道旁的两层小楼，与姑妈家隔着金门公园。像旧金山大部分住宅区一样，这一带全是一家紧挨一家、门面不大、向后伸得很长的两三层住房。

房东是个从台湾来的退休华人，小王在与严岩商量好后已经从教堂给他打过电话，就严岩搬来同住的事征得了他的同意。

房子一楼临街照例是车库，旁边有条露天阶梯通向二楼大门，里面是房东一家生活的地方。严岩和小王住在车库后面，从车库边上一个小门进去，穿过一条狭长通道，便到了他们的天地。

说是"天地"，大概算得上名副其实。由于房子建在前低后高的斜坡上，所以他们住的地方有一半被埋在地下，只靠一个稍稍露出室外地面的长形玻璃窗透进一点天光。通常美国的住宅即便再简陋，也总还是大体上看得过去而且设施齐全，但是严岩和小王的住宅是在"通常"之外。

他们只有一个房间，不过若把房间尽头隔出来作卫生间的巴掌大一块地方也算一间，就有两个房间。进门左边是墙，右边靠两侧墙相对各摆一张单人床，中间勉强能容一人通过，再往前一点就是卫生间。房间外车库一角有个摇摇晃晃的小冰箱和一个残破不堪满身油污的旧炉台，权且充作他们的厨房。别的什么都没有。

这种景象要是放在寻租的美国人面前，他们一定会感到难以置信。其中有的会十分诧异地看房东一眼，随即彬彬有礼地客套着匆匆离去，然后向亲友诉说心里的吃惊和鄙夷。有的会忍不住露出讥诮的神色，用不满的语气对房东说："你打算让我住这里？你认为这种地方能住人吗？"还有的会一言不发转身就走。

然而严岩和小王不是美国人，而是惯于吃苦又讲究节俭的中国人。他们需要的只是一个晚上能睡觉的地方，并没有自己做饭的打算，这里的条件虽然不好，但在他们看来还不算太糟，何况这里的租金远比其他地方低廉，所以他们认为可以接受。

完成学业的希望，如同逝去的岁月，在严岩的生命里再也不可能出现了。之后很多年，每当看见有人大学毕业，他就感到萦绕心灵的痛苦和怅惋，不过在这一刻，他已经完全放弃了求学的念头，一心打工赚钱。他目标明确，意志坚决，心绪宁静。在姑妈家时的惶恐不安已经一扫而空，就连因孤独而产生的悲伤也减轻了许多。当一个人倾力应对生存挑战的时候，滋扰他的其余一切都退居次席。这时他就像刚刚挣扎着摆脱了黑暗的漩涡，正奋力游向平安的岸边。

接下来他要做的是谋得一个中餐馆帮厨的工作。他不打算找别的工作，因为对他来说那些工作很难获得，只有中餐馆厨房的工作像是比较容易到手，而且一旦到手就不必为一日三餐发愁，做得好的话薪水还可能快速上升，不像别的工作那样薪水似乎总是一成不变。

他接连去了几家中餐馆求职，得到的回答都是暂不缺人，不过他很快便根据中文报纸刊登的招聘广告联系到一个余老板，两人约好在一家咖啡厅见面。

余老板比严岩稍长几岁，方面大脸，身材魁梧，一头流行的半长黑发，戴一副眼镜，镜片后面的眼睛炯炯有神。他是从香港来的移民，20 世纪 70 年代在香港参加过

“保钓运动”，就是保卫钓鱼岛主权的运动，这使严岩认为他是个有热情的爱国者，因而对他产生了好感。余老板说他不久前在南旧金山市开了一家中餐馆，名字叫小金龙，外面由他和太太照管，厨房里是一对姓陈的广东夫妇，他称他们陈先生、陈太太。陈先生负责炒菜、抓码、油锅，陈太太负责包春卷和洗碗，切菜的事两人一起做。现在需要一个帮厨分担除炒菜和洗碗外的工作。余老板问严岩是否有厨房工作经验，严岩胸有成竹地说有，于是讲定严岩从第二天开始上班，月薪起初六百美元，三个月后加到七百，六个月后加到八百。

从此严岩在小金龙餐馆打工。

找到工作后他立刻向小王借债二百美元，连同写有被迫弃学打工内容的信寄给妻子。妻子收到后百感交集，回信说她哭了。对严岩放弃学业，她说很失望，但是理解，再三嘱咐严岩凡事都要当心。这之后每隔一段时间严岩就寄一笔钱回去，以确保妻子女儿过得远比常人好，同时始终保持着与妻子的书信往来。

他和小王照常上英语课。早晨七点多一点，他们从住处出发，沿第十九大道向北走三个路口，再抄捷径斜穿绿色满目，空气中饱含泥土、青草和树木清新潮湿气息的金门公园，在八点前赶到公园北侧第六街的教堂。九点钟下课后，小王乘公共汽车上班，严岩则依约在教堂门前等候住在不远处的余老板的汽车带他去小金龙餐馆。

每当余老板的白色流线型轿车在严岩面前停下来的时候，余老板的右边照例坐着余太太，后边则坐着陈先生和陈太太。这时陈太太总是一边缩着身子一边笑着说：“来来，挤一挤，让小严坐进来！”

余太太是洋生洋长的广东人，英语和广东话都很流利。这些年由于世界各地讲普通话的华人不断涌入美国，定居美国多年、原先不讲普通话的广东移民出于各种需要开始学讲普通话，余太太也能讲一点。不过她的性情属于在美国少有的腼腆沉默类型，平时不大与人交谈，缺乏练习，这个“点”因而小得可怜。她十分温和善良，有着孩童般的率真，大家都很喜欢她。

陈先生夫妇是大陆来的移民，也都十分温和善良。陈先生待人爽朗，但是言语不多，不显得像陈太太那样亲切细致、善解人意。

尽管老板和厨师都是广东人，小金龙餐馆提供的却是所谓的“北方菜”。餐馆位于南旧金山市一条安静的街道上，附近有不少办公楼，餐馆主要做这些楼房里上班族的生意。上午十一点开门后，顾客陆陆续续进来，到十二点，大批客人蜂拥而入，直到一点，再往后就慢慢少了。下午两点，午餐结束营业，但这时常常依然有几个客人在那里不慌不忙地吃着喝着，通常要到两点半左右餐厅里的客人才会走光。这时大家开始吃午饭，饭后继续工作。由于周边一带居民不多，晚上附近那些办公楼又都人去楼空，所以餐馆的晚餐生意十分清淡。下午和晚上厨房里的几个人做的多是为第二天的午餐准备食材，以及不时擦洗厨具和设施以保持清洁。余先生和余太太则有些无事可做，寂寥的神情下隐藏着些许期待、忧虑和无奈。

美国说起来宗教信仰自由，却在入籍誓词里明文规定美国是“上帝之下的国家”。想成为美国公民吗？不管愿不愿意，你必须承认自己是上帝的子民。但其实很多人在举起右手时念都不念这一句，更不要说承认了。

不过美国的基督教徒的确很多。每逢星期天，他们就成群结队地到教堂做礼拜，然后到各家餐馆进午餐。但是位于办公区的小金龙餐馆若在这时营业，必定门可罗雀。星期天的晚餐生意是美国所有餐馆，无论中式西式，最为清淡的，因为经过周末的狂欢狂饮狂吃狂购，平时没有积蓄的美国人已经囊空如洗，第二天又要上班，所以都早早待在家里准备上床睡觉。于是小金龙餐馆在星期天打烊。

小王每周的休息日被他的老板定在星期一，因而他和严岩无论是谁，在休息这天都是独自一人。

严岩在休息日常常睡到感觉一周来的身体疲劳仿佛消除了才起床，然后前往位于旧金山市中心的中国城。这时大约是上午九点。

从他住的第十九大道往返中国城有公共汽车，但是他舍不得为坐车花钱。他算了一下，往返车费若换成人民币，比他在国内一天的工资还高。这些钱要是省下来，在中国能买不少东西，坐两趟车就花掉，他实在感到于心不忍。到美国不久的中国人时常拿两国的物价作比较，总觉得美国物价太贵，于是该花钱时非常心疼。严岩也是这样。尽管到中国城来回要走三个多小时，他也情愿自己吃点苦，以便把钱省下来。每次他都是走去走回。

就都市气派而言，旧金山在美国西部无与伦比，远胜市中心只有可怜巴巴几座高楼、从海边向内陆沙漠如大饼般延伸的洛杉矶。同时旧金山风光旖旎，海湾、晨雾、起伏的丘陵和街道、层层叠叠参差错落的房屋、蓝天白云下林立的摩天大楼，构成了旧金山令人心醉的魅力。宏伟的橘红色金门大桥、连接旧金山和伯克利的海湾大桥、电报山、渔人码头、缆车、天使岛、恶魔岛，都是使人向往的名胜。但是最吸引华人的还是中国城。在海外千千万万华人眼里，中国城就像是远离故土的家乡，永远飘浮着让他们依恋不舍的气息，是他们感受无法忘怀的乡音乡情、体验源远流长的中国文化和寻求心灵慰藉的地方。

旧金山中国城由于规模在美国所有中国城里首屈一指而被称为“大埠”。这里生活着数以万计的华人，横竖各有几条大街，仅电影院就有四个，其中三个放映所谓“国语”电影，另一个专放粤语电影。街上人潮汹涌，中国店铺鳞次栉比，中文招牌漫天飞舞，看不到一家外国商店，连外国面孔也不多见。

严岩在中国城感到饥饿时，总是到销售廉价糕点的“饼家”买最便宜的食物稍微填填肚子，离开中国城时再带点回去当晚餐。他从不多买，只要能熬到星期一早上即可。

但是有项开销他从来不省，就是每次到中国城都必定看场中国电影。他需要这场电影给他苦闷的心情带来振奋，同时帮他打发寂寞难熬的时间。

不过看完后他常常感到更加孤独，就像是盛会结束后形只影单时的那种感觉，尤其这时周围总是飘荡着港台充满缠绵伤感情调的乐曲，听在他耳里如泣如诉，格外悲凉，使他的乡愁愈加深重。

有时他离开中国城去别的地方，譬如市场大道、九曲花街、联合广场。他曾沿环形公路登上离中国城不远的电报山,眺望海湾的美丽景色,也曾穿越意大利区,顺着一条向下倾斜的小街走到旧金山北端紧贴海湾的大道,游览著名的渔人码头,观赏古老的双桅帆船,倚着栏杆静静凝视成群结队爬上岸来又旁若无人地摇动着笨重身躯的海狮。有次他沿着蓝色的海水一直向西走,意外发现一个欧洲风格的艺术宫,旁边有个安静的小湖,四周绿荫覆盖,小径迤逦。他在那里盘桓了很久。

六

时间过得很快,严岩在小金龙中餐馆转眼便工作了两个月。

小金龙餐馆不大,只有一个餐厅,六、七十个座位。餐厅显得很简洁,几乎没有装饰,与厨房大致上联为一体。这种小餐馆对严岩来说有个好处,就是在厨房里差不多什么都要做,也就差不多什么都有机会学。除了炒菜和洗碗,样样都有他的份。他在宫妈妈的餐馆跟随小常干了二十几天,虽然学了些东西,但是对厨房事务始终有些懵懵懂懂,现在则越来越觉得清晰;手脚也越来越敏捷,不管做什么都十分干净利落,像是切菜切肉,"刷刷刷"地一会儿就能切好一堆;原先来不及学的油锅,这时掌握到了诀窍,对每道菜的名称、配料、分量和风味,也逐渐了如指掌。他还用心观察陈先生如何使用抛锅,油要烧热到什么程度,菜的过油时间有多长,炒时要加何种作料及其分量,起锅时怎样把菜堆放到盘子里;又利用午饭后一点本该喘口气的时间,在抛锅里放些因价廉所以老板不在意的包菜丝,练习着让这些包菜丝如圆球般旋转,希望自己哪天能成为一个收入高一些的炒锅。

正在他为自己的进步感到高兴的时候,有一天却在匆忙中出了错。

当时是午餐最忙的时候,客人一波一波地涌进来,门口还罕见地排起了队。余老板夫妇忙得天昏地暗:倒茶、送水、端咖啡、接单上菜、收盘子擦桌子、招呼客人、算账收钱,嘴里不停地说着"欢迎!""谢谢!""再见!"厨房里热气腾腾,炉火通红,炽烈的火舌呼啸着向上翻卷。三个大陆人挥汗如雨,忙得不可开交。陈先生身边由严岩装好食材的抓码盘已经堆积如山。这时本来不该切菜,但是由于生意远超预期,准备好的东西不敷使用,所以严岩必须抽空加紧切菜。油锅也归他照管。他像闪电般地移动。

忽然他听见陈先生要一样冷柜里的东西,便立刻开门去取。

这是个一人多高的双门冷柜,柜门靠向左右滑动开闭。严岩右手取了东西后迅速往回抽,左手随即一推,把门关上。他历来这么做,图的是速度快,但是这次心太急,身体没有协调好,右手还没完全抽出来,门已经砰地一声关上了。他的右手大拇指被夹在门和门框之间。一阵剧痛。他心里叫了声不好。

严岩右手拇指靠近指甲的关节背面,被门的楔形边缘在门框上把皮肉挤压出一个一厘米多长的裂口。他望着裂口,有点吃惊,因为他没看到有一滴血从那里流出来,却看到一段白色的东西。他立刻意识到那是白骨,他自己的白骨。他从未料到会看见活生生的白骨,现在他看见了,而且是他的,清清楚楚地摆在他面前。

"小严,快点啊!"陈先生心急火燎,头也不抬地大声催促。

"马上来!我手破了,要包一下,马上就好!"严岩说。

他迅速找出 BAND AID,把伤口包好。为了避免弄脏感染,他多包了几层。

"好了没有?快一点!"陈先生又在催。

“好了好了！来了来了！”严岩连忙重新投入工作。

之后几天，严岩非常小心地保护伤口，不让它碰到水和脏的东西。他没有把他的伤势告诉任何人，也没有找医生治疗。都说美国医药费用高得惊人，使他对医院医生望而却步。同时他也不想因看病而耽误工作。

他很幸运。一个星期后，伤口痊愈了，只在皮肤上留下一道白色伤痕。这道伤痕在很多年后依然清晰可见。后来他听说手指脚趾的伤口很容易发炎，一旦发炎很难医治，常常不得不把发炎的手指脚趾切除，以避免对身体其他部位的感染伤害。回想起当初受伤后没有立即求医，他十分后怕。不过当时他担心的仅仅是花钱和误工。

平时经常使他担心的是美国移民局的查处。尽管移民局通常对像他这样不具所谓“身份”的数百万底层打工者不闻不问，有时却又像是要彰显美国法律似地来一下突然袭击，运气不好的一旦被抓，就面临遭递解出境的命运。墨西哥人无所谓，出境后一个转身就能重返美国，可是严岩不行，他没有一步跨越中美两国间浩瀚的太平洋的本事。不像一些大点的餐馆，小金龙中餐馆根本没有边门后门，如果移民局官员走了进来，严岩只能束手就擒。想到这点他就胆战心惊，却又感到无计可施，只希望能多做一天是一天，万一哪天大祸临头，口袋里能有更多的钱带回中国。不过他从来不知道，如果真有那一天，美国人是否容许他把他的血汗钱带走。

每家餐馆都有常客。有个美国人几乎天天来小金龙餐馆吃午饭，他是一家银行经理，约莫四十岁，西装革履，身材壮硕，头发抹得油光闪亮。每次他都带着女伴来，并且隔几天就换一个，这些美国女人高矮胖瘦都有，年龄也不尽相同。银行经理若无其事的在大庭广众之下与这些女人又抱又吻，让以前没见过这种西洋景的几个大陆人感到惊奇，于是一边笑着交换眼神，一边议论纷纷。

余太太不大听得懂他们讲的普通话，但是从神色和语气中察觉到了他们的心思。她对少见多怪的几个大陆人讲了几句话。为了使每个人都听得懂，她竭力用普通话讲，却不免讲得似是而非。

“你……家……有……”她结结巴巴地说，显得有些不大高兴。

严岩不明白她在说什么。到底也是广东人，陈太太听懂了。看见严岩满脸迷惘，陈太太和善地笑着向他解释。

“她说你们不要讲人家，他们都是成年人，有自己的自由。”陈太太说。

“美国人是这样，跟我们中国人不一样。”陈先生忽然变得十分通达。

这时余老板走过来，语含歉意地对几个大陆人说，他太太是在美国长大的，有些观念与中国传统观念不尽相同，在她看来银行经理的行为完全正常，而且那是他的个人私事，别人不应该随意评判；又说在美国长大的人常常讲话直率，就他太太而言，讲那些话并非出于不敬，更不是有意冒犯。

“这种事在美国不算什么嘛，看看就好了。”余老板最后笑着说。

余老板的话使严岩回想起以前看过的几遍关于中国各地不同习俗的文章。他想，就习俗来说，相较于中国大部分地区，其实中国一些特殊地区的差异比西方各国的差异更大、更使人惊诧，而多数中国人对此十分理解和宽容，既然如此，也就实在没有理由对西方人的某些行为从道德层面予以非难和谴责。

但是他依然无法认同银行经理三天两头换女友的做法，因为他认为那里面没有真情，只有纵欲和玩乐。他觉得即便出于生理需求，也还是应该讲究选择。毕竟人与动物不同。

这天严岩依旧站在路边等余老板的汽车带他上班。车来了。他坐进去。汽车重新在路上飞驰。这时他注意到历来属于余太太的位子上坐着一个他不认识的年轻姑娘。正在他感到疑惑的时候，陈太太笑着开了口：

“小严啊，这是我女儿雯雯，来替余太太做。”

“余太太不做啦？”严岩问。

“家里有些事需要她照料嘛，正好雯雯放假，我就跟陈先生陈太太说要雯雯来帮忙。”余老板解释说。

“只做几个月。”陈太太说，“雯雯刚刚高中毕业，等开学了要去读大学，到时候恐怕就不能做了。”

不过无论如何，这时雯雯算是接替了余太太的工作。

雯雯容颜秀丽，长发披肩，有着她这种年龄少女特有的丰润娇媚，两只眼睛里总是闪烁着快乐的光彩，像美国姑娘般活力十足。她平时很安静，工作时对顾客服务周到，十分友好，同时脸上洋溢着甜美的欢笑。所有人都喜欢她。每天午餐生意一结束，她就在靠墙角的桌子上整理客人给她的小费。这时她总是从围裙兜里掏出一大摞被塞得变了形的纸币，用手把它们一张张抚平弄直，按照面值大小依序放好，照例有厚厚的一叠。在她把这些钱放进她里面的衣服口袋前，常常先握在手里在空中挥动几下给她妈妈看，嘴里欢快地叫着：“妈妈！”

做妈妈的好几次难掩心里的欣喜，对严岩夸赞自己的女儿：“雯雯赚钱比我多，比陈先生还多。”

陈先生有次听了感到难为情，说：“那是因为客人喜欢她。有的人做服务生，客人只给一点小费，赚不到什么钱。要是不喜欢，客人经常一分钱小费也不给。”

这天银行经理独自前来，来得很晚，快下午两点了才进来。这时餐厅里的客人已经所余无几，并且都正准备起身离去。他选了一个离厨房和柜台都很远的角落坐下来。

雯雯过去接待，把一杯加了冰的水放在经理面前。除了热牛奶、热咖啡、热巧克力之类的热饮料，美国人喜欢在烈酒、鸡尾酒、可乐和水里加冰饮用。啤酒不加冰，但饮前要冰镇。至于热茶，美国人通常不喝，要喝茶的话多半喝冰茶。

雯雯在经理面前站了很久。经理微笑着不断对她讲话，中间还做手势要她在他身边坐下来。雯雯摇摇头没有坐。

厨房是开放式的，与餐厅间只隔着一个不大的柜台，雯雯和经理那边的情形，大家看得清清楚楚。

“怎么回事啊，余老板，你要不要过去看看？”陈太太远远望着，有点不安，对站在柜台旁边的余老板说。

“不会有事情的嘛。”余老板语调轻淡,不以为虑,但还是走了过去。

余老板没有打扰经理和雯雯的交谈,只装作在整理他们附近的桌椅。过了一会儿,余老板回来了,对陈太太说:“没有什么事。我说过不会有事情的嘛。”

银行经理慢悠悠地享用午餐,一直到下午三点才离开,临走前又对雯雯讲了许多话。他走了以后,雯雯笑着用广东话对陈太太讲了好一阵。陈太太也笑,一面慈爱地望着女儿红云涌动的脸。陈先生低着头一声不响,脸上露出厌恶的神情。

严岩听不懂雯雯讲的话,但又感到好奇,便问陈太太:“雯雯说什么?”

“没有什么。”陈太太笑着说,“那个经理想跟她约会,说要请她喝酒。她说她只有十八岁,不能进酒吧。经理说怎么都可以,不能去酒吧,就去咖啡厅、餐馆。还说他有一艘游艇,可以带雯雯到海上去玩。雯雯说她很忙,没有时间去。”

“有没有搞错!”陈先生抬起头来说了一句。

“这没有什么啦,美国人都是这样。”雯雯用普通话说,想让严岩也听得懂,“他很有礼貌,没有讲不好的话。你们不要想太多。”她说的时候朝严岩看了一眼,双颊依然绯红。

银行经理第二天在同样的时间又独自前来,又是慢条斯理地到三点钟才走。之后整整一个星期都是这样,接着就突然不来了。又过了一个月,他先后带着不同的女伴来过两次,从此销声匿迹。

渐渐地,严岩觉得自己有些安定了。在一个星期天,他决定去看望数月未见的小常。他先像探访故乡似的到中国城感受了一番那里的氛围,紧接着看了场电影,随即穿越旧金山中心城区,一路走到宫妈妈的中餐馆。

这时刚过午餐时间,餐馆里没有客人。看见严岩进来,小常感到很惊喜。

“小严,你怎么来了?”小常笑容满面地说,“听说你从你姑妈那里搬出去了。怎么样,还好吧?”

“还好。”严岩说,接着向小常讲述了他的近况。

“你看,我就知道,你只有现在这条路走。”小常一点也不感到意外。

两人聊了没几句,宫妈妈进来了。她是来清点当天午餐账目的。看见严岩在这里,她没有显示出一丝一毫的诧异,就像是严岩从未离开过她的餐馆。

“小严,来玩哪?听说你搬出来自己住了。现在在哪里做事?”宫妈妈的语气像是对熟识的老朋友讲话。

“在一家中餐馆。”严岩说。

“是不是星期天休息?想不想到我H街的餐馆赚点钱?帮我切菜,只做两个钟头,做完有一顿饭。”宫妈妈说,随后提出了一个合理的薪酬数字。

既然不再是月薪三百那样的荒谬霸道,严岩又抱持着尽量赚钱的想法,自然就没有拒绝的理由。于是严岩和宫妈妈商定,每逢星期天,他到宫妈妈H街的餐馆从中午十二点到下午两点切菜两小时,工作结束后可以免费饱餐一顿。

宫妈妈在H街的餐馆是美国式的,全天营业,中间不休息,主要提供汉堡包、法国炸薯条、沙拉、啤酒和饮料，生意十分兴隆。店面完全敞开，餐馆有多宽，临街的口就有多大。每天从开门直到打烊，摇滚乐和流行音乐响得震耳欲聋，顾客一波接一波地川流不息。

旧金山是美国自由派的重镇，海湾另一边的伯克利加州大学是美国自由空气最浓厚的公立大学。几十年来，无论是性解放、民权运动、摇滚乐，还是嬉皮士、喇叭裤，旧金山都在潮流的前端。这时在美国绝大部分地区只能暗中潜行的同性恋者，在旧金山可以堂而皇之地抛头露面。旧金山有两条闻名全国的同性恋街，宫妈妈餐馆所在的H街便是其中之一，在这两条街营业场所工作的人几乎清一色是同性恋者，前来购物消费的顾客也以同性恋者居多。

美国人是玩枪的行家，有的还没读小学就开过枪，但要论用刀切菜，他们比不了中国人，因为他们不善用刀。美国超市卖的菜，牛排是切好的，虾是去了头剥了壳的，鱼肉被剔下来摆好，鱼头鱼尾和鱼骨另作处理，猪肉分门别类，蔬菜就那么几种，而且美国人不大吃……各式各样的半成品，买回家不必洗和切，放进烤箱或者微波炉加热即可享用。有的美国人一日三餐买东西吃，从来不自己做饭。所以多数美国人切起菜来笨手笨脚。星期天中午是宫妈妈H街餐馆忙得最不可开交的时候，做汉堡包和沙拉的几种蔬菜经常供不应求。那几个美国厨师做别的像旋风，拿刀切菜的速度则让宫妈妈摇头。在她的中餐馆见到严岩，使她灵机一动，问题也就迎刃而解。

从此每逢星期天，严岩准时到宫妈妈在H街的美式餐馆工作两小时，主要切生菜、青椒、洋葱、番茄，有时帮忙用机器切土豆条。他埋头做事，需要什么切什么，切得干净利落，又快又好，并不因为周围全是陌生的美国人而局促紧张，也不觉得自己比那些美国人矮一头。每当工作结束，他就告诉美国厨师，他该吃饭了，美国人总是笑着点头说“OK”，很快做好一个又大又香的牛肉汉堡，连同沙拉和刚炸出来的法国薯条，搁在一只大盘子里十分爽快地递给他。这时他已经饥肠辘辘，接过来后马上取一杯可乐，到后院随便找个地方坐下来狼吞虎咽，把满满的一盘食物吃得精光，然后还是去他牵念的中国城。

严岩在H街这家餐馆工作时旁边常常有两个美国姑娘也在忙碌，其中一个皮肤白皙，身材美好，长得非常艳丽。她看人时眼波流转、笑容迷人，一头金色波涛起伏摇曳，浑身上下散发着柔媚诱人的气息，怎么看都是个使无数男人神魂颠倒的女人，但她却是彻头彻尾的同性恋者，对男人毫无兴趣，即便是世上最英俊体贴的男人也不能唤起她的欲念。另一个姑娘是她的情侣。那个姑娘体格强壮，栗色的头发剪得很短，眼神和表情显得比普通男人更为强悍，看不到任何柔情，连说话的腔调、身体的动作都没有一点女人味。有人说，无论男女，同性恋中的两个人，通常一个人的角色类似于丈夫，另一个类似于妻子。这句话若是用来形容这两个美国姑娘之间的关系，大概恰如其分。

美艳姑娘工作时的位置离严岩很近，有时她需要告诉严岩该做些什么。每当她和严岩讲话的时候，旁边那个短发姑娘就停下手里的工作，用满含疑虑和敌意的目光恶狠狠地看着严岩。两个美国姑娘总是一边干活一边交谈，不知道是在谈工作，还是在谈情说爱。正值人生最美好的青春年华,她们无法抑制年轻的身体里萌动的欲望,常常有意让身体相互抚摩一下,或是彼此碰碰手。有时她们一起去卫生间,过好一会儿才出来,没有人知道她们在里面做什么。

在一个晴朗的星期天,严岩工作完毕又吃饱喝足后从 H 街的餐馆来到街上,准备依旧前往中国城。他刚走两步,忽然看见前面十字路口人山人海,不由得心里一阵疑惑。这时一个美国人的身影从他旁边一闪而过,他连忙紧跑几步,追上了那个匆匆赶路的美国人。

"你知道那儿发生了什么事吗?"他侧过脸来问那个美国人。

美国人一点也没有放慢脚步,边走边用很快的语速告诉严岩,前面正在举行一年一度的同性恋大游行,参加游行的是从美国各地专程来到旧金山的同性恋者,他正在赶去与他们汇合。

"有这种事!"严岩的好奇心顿时被激了起来。他快步走过去,挤在围观的人群里看热闹。

游行队伍络绎不绝,里边有须发斑白的彪形大汉,有身姿婀娜的妙龄女郎,有头裹布巾如勇士般的精壮男人,有胖得变了形的中年女人。文弱的、孔武的、粗犷的、雅致的,各种人士都有。肤色也不尽相同,不过以白人居多。他们不讲队形,有的骑摩托车,有的骑自行车,大多数人步行,十分随意,但是秩序井然。没有人喊口号,只是有不少人举着要求维护同性恋权益,主张对同性恋者一视同仁的标语牌。参加游行的所有人都显得兴高采烈,有些还笑着向围观的群众挥手致意。显然,今天是他们的节日,他们的心情就像今天的天气一样明朗。对他们里面大部分人而言,现在是他们一年里最欢畅的时刻。

气氛越来越热烈,连围观的群众也受到感染,觉得在和游行的同性恋者一起欢乐。突然,一个十分年轻的金发姑娘从游行队伍里跑出来,纵身一跃站到路边半人高的路灯基座上,一只手扒着灯柱保持身体平衡,另一只手高举着向人群挥舞,一面大声呼喊,当即引起她周围不计其数的人向她观望。她的容貌美得让人窒息,体态曼妙得引人遐想。转瞬之间,起初只是驻足观看的民众纷纷不由自主地向她靠拢,使她变得更加兴奋。在蓝天白云之下明媚的阳光里,在这个汇聚了全国各地的同性恋者、一年才有一次的无拘无束自由奔放的时刻,她的激情冲破了她能够制约的范畴。在接下来的一刹那,她作出了谁也不曾想到的举动:她用那只原本挥动着的手,抓住自己的衬衣胸部猛地向外一拉,使衬衣完全敞开。衬衣里面没有胸罩,也没有内衣,她的两只雪白丰满的乳房顿时映入众人的眼帘。正当所有人都在目瞪口呆的时候,她向空中高举起一条手臂,剧烈地扭摆身体,让她的两只乳房发疯般旋转跳动,同时快乐地笑着,笑容非常迷人。显然,她感到这是属于她的瞬间,她已经忘乎所以,只想纵情狂欢。人们如潮水般从四面八方争先恐后地向她涌过去,向她发出一阵阵雷鸣似的欢呼声。这个过程只持续了很短的时间,就像一阵风,许多人觉得仿佛才眨了眨眼,她已经从路灯基座上跳下来钻进人群,消失得无影无踪。

这么奇异的场面,看到的人谁也不会忘记,严岩也是一样,而且认为是他来美国之前完全不可能看到、也不可能想象的。后来随着在美国生活的日益长久，他对美国有了更多的了解。他逐渐领悟到，美国是个五彩缤纷、极为复杂的国家，既有独步天下傲视群雄的辉煌，也有金玉其外，败絮其内的痼疾。在历史、文化、观念、习俗、道德、行为等诸多方面与中国千差万别，需要很长时间的仔细观察和亲身体验才能真正认识。那种仅凭表象便大发议论，或者依据传言就随意遐想，以及出于某些需要而进行罔顾事实的褒贬的做法，都是不可取的。

七

日复一日，小金龙餐馆生意依旧。银行经理再也没有来过。像是菜里少了点调料，餐馆里显得有些乏味。不过严岩觉得，平静的日子就是好日子，毕竟他一直忌讳的移民局官员并没有登门造访。

陈太太比过去更加亲切和气了。她本来就是个温柔的女人，现在变得加倍的温柔，并且对严岩格外关心。陈先生脸上的笑容多了起来，话也比从前多了一些。严岩认为这大概是因为女儿在他们身边的缘故。他们就这么一个宝贝女儿，又能干又讨人喜欢，一天到晚在眼前，夫妻俩当然会心情快乐。

然而原因并非那么简单。

有一天，陈太太满脸欢喜地对严岩说："今天有个美国人跟雯雯要电话号码，还要把他自己的电话号码给她。以前也有这样的事。"

隔了一天，陈太太告诉严岩："今天又有一个人想约雯雯出去。她不肯。"

过了几天，陈太太又对严岩说："他们都喜欢雯雯呀。女孩子长得漂亮，人又好，总是有人想要她做女朋友。"

"有没有合适的？有合适的就交往啊。"严岩说。

"没有合适的。她不想找美国人，她喜欢中国人，我和陈先生也希望她找中国人。中国人还是和中国人比较合得来。"陈太太说。

"那可以在同学里找啊，同学里一定有很多中国人嘛。"

"她说她那些同学就像小孩一样，她不喜欢。她喜欢年龄大一点、成熟一点的。"

"那就等上大学再说。雯雯才十八岁，年轻得很，有的是时间。"严岩说。

过了一会儿，陈太太问严岩："小严，有没有成家啊？"

"我啊？我一个人。"严岩回答。他应聘时对余老板也是这么说的。他不能告诉别人他有家眷，否则别人会想，为什么家眷不在美国呢？是不是居留权有问题？这对他是非常危险的。

"真的吗？该找个女朋友做太太了。"陈太太用十分温暖的语调说。

"找谁呢？我什么都没有，还是先打工赚点钱再说吧。"严岩说。

这时他忽然感到不妙，心里一阵惶恐，希望谈话能到此为止，然而陈太太却势在必行。

"你觉得雯雯好不好？喜不喜欢雯雯呀？"陈太太的声音轻柔得像是晨曦里流动的雾。

严岩从未想到陈太太会提出这样的问题，这之前他也从未察觉到任何端倪。里面体现的显然是雯雯本人的意愿，做母亲的只是在为羞于表达的女儿出面。他一时不知所措，十分困惑地问自己，他每天只顾在厨房忙碌，跟雯雯连话也没有说过几句，甚至从来没有好好看过她一眼，更没有非分之想，怎么会发生这样的事呢？雯雯是个好姑娘,可是他什么也不能做。他只希望能在使陈太太和雯雯尽量不受伤害的情形下把这件意想不到的事情敷衍过去。

他认为他看到了一个母亲的勇敢。他想,母亲真的很伟大,如果是为了自己,有些话她说不出口,有些事她不会去做,但如果是为了儿女,她会无所顾忌。

"雯雯很好很乖巧啊,长得漂亮,个子又高,好多人都喜欢她,你不喜欢啊?"陈太太看严岩没有讲话,以为他在迟疑。

"不是不喜欢,我是觉得我的年龄太大了,跟她在一起不合适。你看她这么年轻,才十八岁。"严岩努力寻找借口。

"年轻好啊,哪个男人不喜欢年轻女人。你的年龄看上去也不大嘛。"陈太太说。

"哦,比雯雯大多了。你看,我是1949年生的,马上就三十二了。"

"真的吗?看不出来。我不信。"陈太太端详着严岩的脸,笑得很亲切。

"真的,我真的快三十二了。"

"真的看不出来,你看上去很年轻啊。真的那么大年龄了?"

"真的。"

陈太太没有再说什么。几天后学校开学,雯雯走了,余太太重新回来上班。

厨房里一切照旧。陈太太依然温和,所有人依然做着做不完的工作。严岩觉得那件他始料未及的事情算是悄无声息地过去了,如同一颗小石头落入水里,溅出几圈涟漪,荡开来,又渐渐消散,水面恢复平静,没有留下任何痕迹。

其实事情并没有结束。过了一个星期,陈太太旧事重提。

"小严啊,有没有想好啊?喜不喜欢雯雯啊?"陈太太笑着,用非常柔和的声音问。

这些天她和陈先生一直在为女儿的事情操心。对女儿喜欢严岩,他们并不感到吃惊,因为他们也认为严岩是个出色的好男人,不过当得知严岩比雯雯大了十四岁以后,夫妻俩有些犹豫,觉得女儿才刚刚芳龄十八,正是如花似玉的年华,似乎更应该结交岁数相仿的男友,而且她即将入读大学,届时总能遇到各方面都理想的人,不必现在就急于求成。可是雯雯已经动心,难以舍弃。她对母亲说,她并非急于交男友,事实上过去从未对任何男人起过欲念,但是这一次,她无法遏制自己的热情;她不介意与严岩之间的年龄差距,她喜欢严岩,渴望和他在一起。

"雯雯呀,我跟你讲过,我对小严讲这件事情的时候他好像有点……不是那么……"陈太太小心翼翼地提醒女儿。

"他说他觉得年龄相差太多,是不是?"雯雯问。

"他是这样说的。"陈太太回答。

"是啊,他有顾虑嘛,他怕年龄大太多了我不高兴。你应该告诉他,我不在乎他年龄比我大多少。"

"你早点不讲。他一说年龄大,我都不知道该怎么说了。"

"我又不知道他比我大那么多。"

"你现在知道了。那你到底还想不想跟他好啊?"

"当然想跟他好。我说过了我不在乎他的年龄,我就是想和他在一起。"

“真的不在乎他比你大那么多啊？那么喜欢他呀？”陈太太像是有点奚落女儿似的笑着说。

“妈妈！”雯雯娇羞地轻呼了一声，脸上飞来两朵红云。

在得知严岩的反应时，雯雯虽然有些意外和失望，但是并不感到伤心和沮丧，因为她相信严岩是真的由于年龄差距才畏缩不前。她知道自己不仅年轻漂亮，而且个子高、身材好，性情既活泼又温柔，几乎无懈可击。她想不出一个男人怎么可能有任何理由拒绝她。这种强烈的自信加上少女的真情，使她十分执著并且志在必得。

“不要担心，我喜欢你，年龄再大也喜欢你。”年轻姑娘在心里对严岩说，“我会对你好的，我要让你享受到我的柔情，因为我喜欢你。我只想和你在一起。”

她想象将来和严岩的共同生活，心里洋溢着欢乐和甜蜜。

可是严岩唯一能做的，是尽力打消她的念头。

“说实话陈太太，雯雯真的很好，不过我还是觉得我的年龄太大了，对她不合适。”他用同样的借口回答陈太太。

“年龄大点没有不好。男的年龄大，懂得疼太太。雯雯就是喜欢比她大的。”陈太太说。

“我总觉得这样不好。”严岩非常柔和地说，唯恐伤了这位母亲的心。

陈太太有点急了，说：“小严啊，你告诉我，是不是已经有女朋友了，还是不喜欢雯雯。”

“没有女朋友，也没有不喜欢雯雯。真的陈太太，我就是觉得年龄差太多了。”严岩说。

陈太太稍稍沉默了一会儿，决定亮出底牌。

“年龄不要紧。”她对严岩说，“雯雯说她喜欢你，你比她大再多也没有关系。好多人喜欢她，她都不喜欢人家，她对我说她就是喜欢你一个人。——你到底喜不喜欢她啊？”

陈太太的话使严岩感到十分尴尬，他只好努力搜寻各种理由，用他能想到的最委婉的措辞，以最恳切的语气进行表述，说明自己的确不够优秀，实在无法与雯雯这么出众的姑娘相配。他非常小心地维护这对母女的尊严，心里充满了对她们的感激和愧疚。

陈太太很通情达理，没有再说让严岩为难的话。这之后她一如既往的温和友善，陈先生也从未显示出不快，严岩没有感受到任何压力，他们之间就像什么事都不曾发生过。

几个星期后，却发生了一件让在小金龙中餐馆打工的三个大陆人震惊和沮丧的事情。

这天晚上餐馆打烊时，与往日相比并无不同。厨房和餐厅的卫生搞过了。桌椅摆放得整整齐齐，洗好的盘碗刀叉也摆放得整整齐齐。冰箱冷柜的门又都推了一下，确定已经关严。锅勺刀板各归其位。炉火重新查看了。油锅温度控制盘的指针转到了零。水龙头没有漏水。余老板里里外外巡查了一遍，认定万无一失。熄了灯,大家走出店外,门锁上了。头上的招牌照例通宵明亮,“小金龙中餐馆”几个中英文大字在雾气弥漫的夜色里闪烁。

街上静悄悄的空无一人,也没有任何车辆。余老板到附近的停车场把他的车开过来,大家上了车。十多个钟头的劳累结束了,现在终于可以回到家里舒舒服服地睡上一觉,严岩觉得这是一天里最轻松的时刻。

汽车跑得又快又稳,仿佛在冰上滑行。雪亮的车灯把道路中央作隔离线的黄色反光点映照得熠熠生辉,看上去像一串光华璀璨的黄金链条在不断向前延伸。

开车时历来不发一语的余老板忽然说起话来:“陈先生、陈太太、小严,有件事要跟你们讲一下。你们帮了我这么久的忙,我真的很谢谢你们……”

余老板告别般的辞令使三个打工的大陆人顿时紧张起来。

“余老板,你是不是不想要我们做了?”陈太太首先开口,声音有些发颤,“我们一直在很努力地给你做啊,你嫌我们做得不好?”

“不是不是,我没有说你们做得不好,主要是生意没有那么好嘛,所以我不想开了。”余老板急忙解释。

“生意不坏啊,余老板。”陈先生慢悠悠地说。他是厨师,说生意不好,使他感到脸上无光。

“只是中午好嘛,晚上一直都不好。真的不赚什么钱。”余老板说。

接着余老板告诉大家,他已经把餐馆卖给一个姓邢的老板,下星期一邢老板正式接手。星期六是他身为小金龙中餐馆老板的最后一天,晚上打烊时他将把所有人的工资付清。

“余老板,那你要早点跟我们讲啊,早点讲我们好早点去找工作呀。”陈太太忍不住抱怨。没几天就将失业,她一下子变得心烦意乱。

“不是我不跟你们讲,今天早上才定下来。我也是没办法,真的对不起。”余老板说。

“邢老板需不需要人帮他做?”陈先生问。

“他说他自己炒菜,太太管外面。说不定需要人帮他洗碗。陈太太要是想做,我可以问问他。”余老板回答。

“你不要问。他不要陈先生做,我也不做。”陈太太决心与丈夫同进退。

所有人都沉默了。失业的阴影笼罩在三个打工者的心头,如同车窗外无边的黑夜,使他们感到压抑。

由于严岩的住处离餐馆比较近,所以每次余老板都是先送他回家,再送陈先生陈太太回家,但是这一次,余老板先把车开到了陈先生陈太太住的地方。等汽车重新在路上行驶的时候,余老板对严岩说:

“小严啊,餐馆不开了,我是觉得有点对不起陈先生他们两个。那也是没办法嘛。做生意不赚钱,我只好卖掉。不过你要是愿意的话,还可以继续做。”

“这话怎么理解?”严岩问。

“你一直做得很好嘛,人也不错,所以我问邢老板需不需要找人做帮厨,我对他说要是需要的话，你可以做。他说需要。那我就问你，愿意做的话我就告诉他。从下星期一开始，还像我以前一样，他来接你去上班。你的工资我也跟他讲了，他说照旧。你觉得怎么样？想不想做？”

“余老板，照你说的，邢老板来了以后，里外只有三个人。”严岩有点迟疑。

“我也不清楚。不过邢老板说，你还干你原来的工作，不会让你收碗洗碗，我觉得你可以试试看嘛，不行再去别处做。要不要考虑一下？”

“行，那我就做。”严岩说，“谢谢你啊，余老板，谢谢你帮忙。”

“不要客气，大家在美国都不容易嘛，能帮忙当然要尽量帮忙。”余老板说，“那我就告诉邢老板，从星期一开始，你帮他做。”

严岩问余老板，餐馆不开了，他以后打算干什么。余老板说，他在旧金山中国城有家停车场，因为开餐馆，请了一个朋友代为打理，现在准备收回来自己经营。

“本来想开家中餐馆多赚点钱嘛，没想到这么不容易。”余老板无奈地笑着说。

星期六是小金龙中餐馆原班人马在一起共事的最后一天。晚上打烊后，陈先生把炉台洗刷得一尘不染，炒锅、炒勺、漏勺、菜刀、砧板、蒸笼都摆放得端端正正，临走时又把厨房扫视了一遍。毕竟在这里工作了半年，尽管厨房和里面的东西都不是自己的，还是使他产生了感情，让他有些依依不舍。等到非走不可了，他非常决绝地叫了一声：“走了！”然后头也不回地大步走出餐馆。

在车里陈太太问严岩：“小严啊，明天有没有时间啊？我想把家里的柜子换个地方，你能不能来帮陈先生抬一下？”

“可以啊。”严岩说，“你想要我什么时间去？”

“上午十点好不好？那天余老板送陈先生和我回家，你看到我们住的地方了，离你那里很近，记不记得？不记得的话我要陈先生去接你。”

“不用不用，我记得。”严岩说，“明天到时间我去。”

第二天，严岩依照约定时间找到了陈先生夫妇的家。这是一幢西班牙风格的两层小楼，外墙刷成白色，屋顶盖着红瓦，门是拱形的，看上去又漂亮又醒目。像旧金山大多数民居一样，房子一楼临街是车库，主要住宅在楼上。一道铺满蓝色瓷砖的室外阶梯旋转着通向二楼的门口。

这一带是纯粹的居民区，环境十分清雅安静。严岩在靠近陈先生陈太太住宅的时候，一对美国男女带着两个小孩迎面走来，显得很热情地向他打招呼，他随即也向他们热情地打招呼。当他们从他身边走过时，他忽然想起姑父讲的一件事。姑父说，他和姑妈住的地区早期全是白人，后来随着进入美国的华人数量逐渐增长，尤其是高学历高收入的华人越来越多，华人开始在这个地区购房定居，使那些自命高贵、认为有色人种低贱的白人极为反感和排斥，但是华人迁入的趋势不可遏阻，人数与日俱增，于是大批看起来像是教养十足的白人仿佛躲避瘟疫似的争先恐后向外迁徙，到姑父姑妈几年前搬来的时候，附近几个街区的白人居民已经所剩无几。严岩想，刚才那两个美国人在心里对他究竟如何看待，真的是无从知晓。

他来到陈先生陈太太住宅前，按了一下门铃，里面立刻传出急促的脚步声。

“来了来了!”伴随着的,是陈太太喜悦的声音。

门开了。陈太太满面笑容地看着他,说:“来啦,快进来,到客厅里坐。”

这时客厅的长沙发上坐着陈先生和一个严岩素不相识的华裔中年男人,看见严岩进来,两人都马上站起来打招呼,显得非常热情和客气。

“好靓仔呀!”中年男人用广东话对陈太太称赞严岩,陈太太顿时高兴得容光焕发。严岩对广东话几乎一窍不通,但这句话还是听得懂的,他历来不习惯被人当面夸奖,这时觉得十分窘迫,并且产生了不好的预感。

“小严,坐嘛。来,来,坐在那个沙发上。”平时不大笑的陈先生脸上堆满了笑容,指着旁边的单人沙发要严岩坐。

“柜子呢?你们不是要我来帮忙搬柜子的吗?还是先搬柜子吧。”严岩说。

“不用急,先坐一会,等下再讲。”陈先生不紧不慢地说。

那个中年男人笑了起来,用普通话对严岩说:“哪有什么柜子!有的话也是我搬。这是我的家,他们都是我亲戚,现在和我一起住。要你来就是请你来作客,坐坐玩玩,吃顿饭,没有什么搬柜子。”

这时陈太太端来一杯茶,放在严岩面前的咖啡桌上。

“小严啊,先喝点茶,等下吃饭。小心烫,刚刚泡的。”陈太太十分亲切地说。

“雯雯呢?”中年男人问陈太太。

“在厨房里忙着做事情,”陈太太说,“从早上起来忙到现在,没有停过。”

“哎呀,小严都已经来了,她还在厨房里忙什么。”中年男人说,“你去帮她做,叫她过来陪人家小严说说话嘛。”

“我说了我来做,她不肯,说要自己做。”陈太太边说边朝厨房走,“那我再去问问她。”

“怎么会是这样,真不应该来的。”严岩想,觉得应该尽早告辞,即便显得失礼也必须那么做,因为若是等和雯雯见了面再执意离开,势必会使双方都更加难堪。

正在这时,中年男人说:“小严,你看见没有,雯雯平时不做饭的,都是她妈妈做,今天为了你亲自下厨。她炒的菜味道很好,等下你一吃就知道,保证你吃一辈子都喜欢。她人很好啊,我们每个人都知道。脾气也好,又能干,长得又漂亮,好多人喜欢她,她就只喜欢你。我对你讲,你要是娶她做太太,那真的是你的福气。……”

严岩没有料到中年男人会讲得这么直白。他猜想这个人大概是陈家的至亲,彼此间无话不说,以至于连少女内心深藏的隐秘也了如指掌,并且十分热心地出面撮合。他非常尴尬,觉得一秒钟也不能再在这里逗留了。

“没有什么事,那我走了。”他站起身来准备离开。

这时陈太太恰好从厨房折返回来,见他要走,连忙和陈先生以及中年男人一起极力挽留。

“吃过饭再走。”三个人异口同声地说,“你回去又没有事,吃过饭再走嘛。”

“噢,不了,谢谢你们。我走了。”严岩边说边大步向门口走。

陈太太慌了,三脚并作两步地往厨房赶,嘴里喊着:“雯雯!雯雯!”

严岩急忙走出房间，把门关上，随即匆匆跑下阶梯，以最快的步伐接连走过几个街口，就像是逃犯在躲避追捕，而且始终不敢回头。

他心里充满了对陈先生一家三口的深切歉意，因为他们都是十分善良的人，也都真诚地期待他成为他们家庭的一员，对他如同亲人，却遭到他的无情伤害。他知道若非他讲了假话，事情也许根本就不会发生。尽管他讲那些话完全是出于自我保护的无奈，但是毕竟造成了今天的局面，所以还是使他感到非常自责、非常难过。

他衷心希望雯雯，这个可爱的年轻姑娘，能早日抚平情感创伤。他希望她只是一时迷惘，在某个瞬间能恍然大悟，意识到前面其实海阔天空，根本无须黯然神伤。不过他觉得不能认为雯雯真的是迷惘，否则至少是对她失敬，因为她是个十分庄重的姑娘，必然是动了真情才会发生一段时间以来的事情。现在她一定在忍受难熬的痛苦。严岩对此并不陌生，因为他自己就经历过失恋的折磨。

八

那一年严岩二十一岁，刚刚结束下乡知识青年的生活，进入一家新成立的机械厂当工人。这个厂位于一座县城郊外的原野上，骨干成员是来自各地的干部、技术人员和老工人，更多成员是新招收的曾经的下乡知识青年。像很多在那个年代具相当规模的企业一样，机械厂组建了文艺宣传队，逢年过节为职工演出，偶尔也应邀去别的单位表演。他是宣传队的一员。

队里有个姓周的姑娘，相貌甜美，能歌善舞，尤为特别的是她的歌声，仿佛山涧溪水，非常清澈流畅，有种不同寻常的韵味，听了令人动容，性情又温存善良，兼具生动和宁静，使严岩很快对她产生了好感。她也喜欢严岩。她告诉他，她是初中六八届的，几周前才过了十八岁生日，父母都是干部。

他到她住的集体宿舍看她，坐在她的床沿跟她讲话。周围的姑娘们偷偷望着他们笑，用手捂着嘴唇悄声耳语。晚上他约她外出，在星光照耀的旷野里听凭凉爽的阵风掠过年轻的身体，感受不可言喻的欢畅。那是个严肃的时代，每个人都必须遵循规范，何况他们相识未久，因而尽管他们都陶醉在诱人的青春气息里，汹涌的激情在胸中澎湃，却最多只是相互握握手。

即便是这样的甜蜜也没有持续几天。不久她告诉他，她的家人反对她与他交往，因为他们认为严岩知识分子的家庭背景，将注定严岩，以及他的后代，不可能有好的前程。她经受不住家庭压力，提出了分手。严岩没有反对。

这是严岩的第一场恋爱。在这之前，虽然他从未交过女友，但一直十分自信，这下子，他信心的堡垒顿时被击打得摇摇欲坠，他甚至怀疑自己在人生的旅途中能否寻觅到一个合意的伴侣。

他尝到了失恋的痛苦。这种痛苦没有言辞能够形容。他像在抑郁悲伤的海洋里沉浮，抓不住任何东西来得到片刻的安宁。

那个姑娘像他一样痛苦。他们心里都浸满了忧伤，眼中的世界也不再显得明亮。谁也承受不了这种煎熬。过了一个月，两人重归于好。

从此他们陷入了悲惨的循环。她一次又一次难敌爱情的驱使而与严岩相会，又一次接一次迫于家人的重压跟严岩分手。她的犹豫摇摆使严岩在永无休止的忧虑和烦恼中挣扎，感受不到一丝快乐。他越来越失望，心中的火焰逐渐不再炽烈。终于有一天，她被调到一个新的地方，如果严岩提出申请，他也能去。但去是为了什么呢？于是他十分郑重地和她谈了一次，希望她对他们的关系能作出坚定的承诺，然而她的答复却让他再一次失望，使他的心变得冰凉。从此两人天各一方。

不久严岩回到原先生活的城市。又过了半年，他收到她一个两人都认识的女友的来信，信里说，周姓姑娘对自己当初的行为非常后悔，说都是因为她太年轻，没有充分认识到严岩对她情意的珍贵，以至于处置不当，使严岩受了伤害；她向严岩道歉，希望严岩能原谅她。字里行间的意思，是期盼两人能重归于好。

这封信显然是她托友人写的。在那个风气保守的年代，一个年轻姑娘甚至连把自己的感情困扰告诉密友也会感到羞于启齿，是不可能亲笔写这种信的。即便是像这样由朋友代为表述，也需要很大的勇气，下很大的决心。她能这么做，已经是很难为她了。

严岩收到信时一看来信者的名字就明白了几分，看过信后心绪纷繁，其中既有感动也有惆怅。他觉得他第一次感受到了她对他的柔情。——不错，的确是第一次，因为在他们当初交往未久，他还没有来得及感受到她的柔情的时候，却已先感受到了她的懊悔和随之而来的冷漠，之后则是他无穷无尽的忧烦。事实上，作为一个男人，这种柔情是他与她交往时始终渴望却从未获得的。现在它来了，然而为时已晚，他已经不再需要，也不可能接受。他的饱受创伤的心结满了厚痂，原先的热忱不复存在，她的形象对他来说仅仅意味着动荡和烦恼，以及对他自尊自信的打击。一封姗姗来迟的信，无论内容多么诚挚，多么温馨，都不足以驱散他心里的阴霾，也不足以激起他往昔的热情。时过境迁，他对她的爱早已随风飘逝，不可追寻。最终他没有回信。

后来他听说她作为工农兵学员进入了一个师范大学的艺术系。

几年后，严岩已经娶妻生女。一次出差归来，同事对他说，曾经有两个姑娘来找他，其中一个姑娘在本城某个专科学校担任音乐教师。他当即想到周姓姑娘，因为除了她，不可能是别的人。他想象着她在获悉他的现状后的伤心和失望，为她感到十分难过。

的确，尽管经过了这么多年，她还是始终无法忘怀他们之间的恋情。随着时间的推移和心智的成熟，以及阅历的增长，她越来越感悟到严岩和他对她情感的珍贵，渴望与严岩重温旧情，却由于害怕遭到拒绝而迟疑不决。总算等到大学毕业，她努力争取到一份严岩所在城市的工作，这时她并不知道他已经有了家室，鼓起勇气和朋友一起来找他，没想到他正在出差。她向他的同事拐弯抹角地打听他的情况，才明白事情已经不可挽回。

像严岩一样，她也尝到了失恋的苦果。尝过这种苦果的绝不止他们，很多年轻人在成长过程中都会遭遇感情挫折，但是几乎都能重新振作，寻觅到自己的感情归属。严岩在即将入读大学时，听说她不久前成了家。

他相信雯雯至少不会如周姓姑娘般那么久才摆脱困扰，因为雯雯与他不过是短暂相识，感情不会陷得太深，心里的阴云绝不至于难以消散，这就像某个人在街头看见一个动人的异性，无论当时心跳得多么猛烈，过后也会很快淡忘。他这样想了之后，感到心里安定了些。

接下来，他开始为小金龙中餐馆的新老板打工。

邢老板夫妇都是山东人，不过严岩不能确定他们来美国前在哪里生活，因为除了中国，在韩国、日本都有数量可观的山东人，其中不少依靠中餐馆谋生。他也不问他们。替人打工，做好自己的工作即可，问东问西的容易惹人讨厌，何况在美国是非常忌讳打听别人私事的，尤其是个人收入和财务状况，每个人都讳莫如深，即便父母子女、兄弟姐妹间也闭口不谈。

这对夫妇正值中年，体格强壮，非常勤奋，从早到晚埋头苦干，没有片刻歇息。餐厅里只有邢太太一个人照料。午餐高峰客人如潮水般涌进来的时候，她像旋风似的满餐厅奔跑，要是还忙不过来，邢老板就抽空离开厨房，到餐厅里以极快的速度帮她清理客人走后杯盘狼藉的桌子，重新摆好餐巾和刀叉之类的东西，扶正椅子，把装满使用过的餐具的大长盆搬到洗碗机旁，替她给客人送饮料、结账，能干什么就干什么。需要炒菜了，他就赶紧返回厨房。邢老板能有这个时间是因为采取了和余老板经营时不同的出菜方式。余老板时期所有的菜都由陈先生一盘一盘炒出来，好处是端上桌的菜十分新鲜，品质有保障，不足之处是一旦忙起来，陈先生即便急如星火地炒，仍然难以跟上客流的节奏，于是一些客人只好在座位上久等，还有些客人连坐位也没有，只能站在门口等。他们午餐时间有限，等不及就只好走掉，餐馆也因而失去不少生意。邢老板的做法不同。他在厨房与餐厅之间摆几张桌子，上面安放特制的保温装置，就是在不锈钢架上放几个长方形铝盆，里面加热水，下面烧固态酒精以保持水温，再把做好的饭菜装在较小的不锈钢盆里搁置在铝盆上，依靠铝盆里水的蒸汽维持不锈钢盆里饭菜的温度。旁边还有个安放在支架上的圆盆，里面装蛋花汤，下面也是烧固态酒精以便保温。春卷、炒饭在不锈钢盆里尽量堆满，另外两个盆子分别装美国人最喜欢吃的咕咾肉和芥蓝牛肉，还有四个盆子里的菜不时更换。无论哪天，午餐只供应限定的六样菜，外加春卷、炒饭和蛋花汤，组成套餐，客人点什么，邢太太就勺了端过去，无须邢老板一个个地炒。品种虽然不多，但都是客人喜爱的食品。其实很多美式餐馆供客人选择的菜式同样寥寥无几。美式快餐店就不用讲了，不仅食品种类有限，而且大多是美国人所公认的垃圾食品，稍微讲究一点饮食健康的人是不会光顾的。邢老板这么做的唯一缺点是如果炒出来的菜烘得太久，色香味会丧失殆尽，所以每次他都很小心地把握炒菜的分量，尽力保持它们的新鲜度。

此外邢老板夫妇新买了很多刀叉盘碗，无论来多少客人，无论收拾回来的一盆盆待洗餐具如何堆积如山，他们总有清洁的餐具摆出去供客人使用。待午餐结束，客人走得一个不剩的时候，邢太太就算账，邢老板则整理保温装置那套东西和客人用过的最后几张桌子，用吸尘器清理地面，随后连同严岩，三个人一起吃饭，吃好饭，两夫妇一抹嘴，马上又忙起来。严岩自然不能懈怠，立刻和邢老板一起准备当晚和第二天中午的食品。邢太太这时到厨房扎上围裙，挽起袖子，变成了洗碗工。

在美国，稍具规模的餐馆都有洗碗机，不必洗碗工一件件的用手洗，要做的只是把盘碗里的残渣剩羹倒进垃圾桶，同时小心别把刀叉汤勺也一起倒掉，然后手握连接着蛇形软管的水龙头，揿住上面的按键，预先调好温度的水就会喷涌而出，把盘碗上的剩余渣滓冲干净，这时再把盘碗放进特制的筐里，刀叉之类小件放进特制小篓，一并推入洗碗机内，把洗碗机的门关严，一按电钮，里面设置好的程序便开始启动，把餐具洗得干干净净。由于挥发剂的作用，洗得热气腾腾的餐具一拉出洗碗机马上就干，即刻便能使用。熟练的洗碗工在洗碗机运转的时候，会清理待洗的餐具，冲洗刚刚放置过收回来的餐具的长盆,把洗好的餐具各归其位。邢太太洗起碗来十分利索,很快就能把脏盘脏碗堆成的群峰一个个削为平地,尔后和邢老板一起包春卷。

夫妇俩做起事来像机器般不停不息,也像机器般高效,连待人也有机器的风格。这并非是说他们待人冷若冰霜,而是指他们在工作时不讲人情,在商言商,照章行事。他们似乎不像余老板那么讲情义,也缺乏陈太太的柔和,甚至连陈先生都显得比他们有更多的温情,但是他们言而有信,无论多忙,从来不要严岩收碗洗碗,也不要他包春卷,只是由于厨房人手比过去少,所以他现在更加忙碌。实际上,事情是做不完的,除了别的工作以外,厨房里光搞卫生就能把人累得腰酸背疼。上班就是不停地干活,不止中餐馆如此,美国所有的工作场所都是如此,谁也不能轻轻松松地就把钱赚到手。

小金龙中餐馆的晚餐生意依旧清淡,不过由于午餐上菜速度极快,基本上客人一来即可用餐,所以营业额逐日上升,加之餐馆比余老板时期少两名雇员,于是原本不赚钱的生意,到邢老板手里便成了生财的利器。

以前锅贴都是陈先生一个人包,严岩插不上手。邢老板接管后,有次包锅贴时问严岩想不想一起包,严岩说想,从此慢慢学会了这门手艺。其实刚开始他包出来的锅贴歪歪扭扭、环肥燕瘦,但是邢老板一句话也不说,只是把锅贴拿过去捏得大体像个样。包了几次,严岩越来越顺手,锅贴包出来难分彼此,花边也漂亮,整整齐齐摆在长方形的盘子里,仿佛一支队列严整的大军。邢老板还是一句话也不说,但是不再伸手过来。

有一天,邢太太问严岩:“小严,你在餐馆做多久了?”

严岩说:“半年多。”

“那你不错啊!”邢太太不由得称赞,“做事很快,什么都会。”

严岩说:“没那么好,炒菜就不会。”

“邢老板可以教你炒菜。”邢太太说。

“想学我教你。”旁边的邢老板也说,并且显得很认真。

严岩没想到会有这么好的事情。坊间有句话,叫做“教会徒弟,饿死师傅”。美国中餐馆的厨师没有几个愿意把自己的本事教给帮厨,谁都想留一手,生怕被别人抢走饭碗。何况这是个主张付出必有回报的社会,既然没有报酬,也就没有教的理由。邢老板夫妇的提议使严岩喜出望外。

他马上说:“当然想学啦。邢老板,那我就跟你学。谢谢你。”

严岩终于获得了朝思暮想的学习炒菜的机会。开始时邢老板让他做咕咾肉。这道菜的做法很简单:把本已裹粉炸熟的猪肉块在油锅里炸得又热又脆,捞起来倒入炒锅中烧热了的甜酸酱里,手握锅把抛翻几下,让肉块上裹满甜酸酱,随即起锅装盘。为了好看,里面通常还加些青椒、洋葱、胡萝卜之类的东西,以及几块菠萝。这里用的甜酸酱是预先调制好的。几天后,邢老板教严岩逐渐做些较为复杂的菜。

邢老板炒菜的风味与陈先生的不同。陈先生是广东人,炒的菜难免带粤菜口味,比较清淡。邢老板故乡在山东,炒菜时葱姜蒜用得比陈先生多,自己吃时还喜欢放辣椒，菜的味道浓郁。严岩不知道这是不是鲁菜的特色，只觉得很符合他的胃口。

过了不久，邢老板对严岩说："小严，你学得很快，菜炒得不错，到别家店可以做炒锅了。"

可是严岩认为自己还差得很远。

"哦，这大概不行吧。"他说，"我刚刚跟你学，会的没多少。"

"其实差不多也就是你会的这些东西。"邢老板十分肯定地说，"大多数北方餐馆菜都一样，菜名也一样，配料可能有点不同，不过不会相差太多。我教你的东西已经不少了，自己再琢磨琢磨，主要是掌握好火候，还有调出来的味道。我看你没问题。"

严岩知道邢老板是个认真的人，从不信口开河，讲的这些话绝非虚言。他开始对自己的厨艺产生信心，滋生了若有机会一定要尝试当炒锅的念头。

这天邢老板来接严岩上班的时候，严岩看见汽车后座上有个年轻男人。邢老板介绍说，那是他的儿子邢宽，读了几个月大学，现在不读了，来餐馆打工。

邢宽起初洗碗、切菜，没几天邢老板就教他包春卷、炸东西。小伙子跟父母一样，话不多，只是埋头做事，一个星期下来，样样工作都入了门。

其实邢老板夫妇原本希望儿子能读完大学，获得文凭，然后找个轻松点的工作，不必像他们一样这么辛劳，可是邢宽读不进去。尽管他入读的只是学习压力相对较轻的社区大学，而且十分努力，却依然举步维艰，不得不退学来父母的餐馆工作。但这不是他的过错，而是人的天分生来不同，一个人并不能仅凭后天的努力就完全弥补与生俱来的缺憾。他也有他的长处，像是做动手的事就学得很快，反之，一些人读起书来毫不费力，但若要他们动手做事，则会显得呆板笨拙，正因如此，才会有因材施教之类的名言。

厨房里添了人手，严岩比过去轻松得多。他猜想，很快他就会更加轻松。果然有一天，邢老板对他说，他做得很好，他们很希望他继续做，可是因为儿子来了，厨房人太多，所以只好向他说对不起，做完这个周末，他就不必来了。这时是 1981 年 12 月中旬，他在邢老板这里只做了两个月。

美国每时每刻都有成千上万的失业者，不计其数的人在职业生涯中遭到一次又一次的解雇，每逢经济衰退的寒潮席卷美国，即使是大公司高级主管的金饭碗也常常被击得粉碎。失业不仅是美国人生活中时常遇到的烦恼，而且导致无数人失去他们珍贵的住房，使无数家庭由于贫困潦倒和沮丧争吵而分崩离析。造成这种后果的一个重要原因是大多数美国人不重积蓄，有钱就大手大脚地花个精光，灾祸来时一筹莫展，一些平时开名车住豪宅的高收入者一旦失业也是这样。不过这种情形在惯于精打细算勤俭持家的华人中极少发生。

由于打算最终回国以及担心发生意想不到的事情，所以严岩总是一领工资就到中国城专门办理汇款业务的机构把钱寄给妻子，同时也为自己留下足够的钱以备不时之需，这时他不仅不慌张，而且很坦然。不慌张是因为手里有钱衣食无忧，坦然是因为邢老板请他走路的理由无可厚非。是啊，谁家父母不是首先为自己的子女着想呢？

他明白了为什么邢老板夫妇会如此爽快的主动教他炒菜的厨艺。他揣测那是因为他们认为他工作勤奋,却又不得不仅仅聘用了两个月就将他解雇,于是心生歉意,决定用本来不传授的厨艺来对他予以补偿。

他不由得暗自思忖:这对外表不苟言笑的夫妇,内心其实蕴含着善良和温情。

就在两个星期前,宫妈妈告诉他,在H街餐馆工作的同性恋者中有人抱怨由于他在身边,觉得很不自在,所以只好要他星期天不去切菜了。他立刻想到了那个男人似的凶悍女人。这么一来,从这个周末开始,他将成为真正的失业者。

不好的消息接踵而来。小王在一个晚上对严岩说,过几天他将离开旧金山到爱荷华州一家中餐馆工作。那里不仅工资高、包吃包住,而且还可能做炒锅,使他为之心动,决定前往。两人相互鼓舞、共度艰难的局面,即将结束。

这时正值圣诞节期间,到处洋溢着欢乐气氛。

美国一年中的节日多得使人眼花缭乱,其中最重要的是11月最后一个星期四的感恩节和12月25日的圣诞节,这两个节日之间是美国最旺盛的购物季节,很多美国公司在这一时期的销售额超过全年其他时间销售额的总和。美国人一到这时就疯狂购物,过节的好心情加上各公司降价促销的诱惑,让他们把手里一张又一张信用卡刷得全部透支仍然欲罢不能。同时所有商家都使出浑身解数,把促销手段玩得花样翻新。电视里的商业广告铺天盖地,路上密密麻麻的车辆川流不息,商场内人潮汹涌,民众出了这家店又进那家店,大包小包地买了东西往家里搬。许多家庭在室外布置彩灯,大门悬挂花环,把装饰华美的圣诞树安放在行人透过玻璃窗便可看到的地方。然而这种节日的喜庆却使严岩因孤独而感到加倍的凄凉。

他仰望寒冷的天空,怀念着远方的亲人。“你们一切都好吗?”他在心里默默地问。

星期一,严岩失业的第一天。前一天他已去过中国城,这时不想再去那儿感受节日景象带给他的忧伤。他缓缓来到第十九大道,这里车水马龙,人人都显得兴高采烈,与他的心情格格不入,他随即转入一条安静的小街,一直走到旧金山的最西端。他的面前横亘着昏暗天空下黑沉沉的太平洋,四周空荡得连只鸟也看不到,天地间仿佛没有别的任何人。冰冷的海风带来大洋的气息。远方的波涛里矗立着几块深褐色的礁石。海水发出低沉的呜咽声,有气无力地爬上寂寥的沙滩。他裹紧衣服抵御严寒,一面眺望茫茫大海,一面在沙滩上徘徊,渐渐地,在惆怅和失落之后,他感到心灵的沉静和安宁。

在返回住处的路上,严岩萌生了看望祖母和姑妈姑父的念头。就在两天前,小王已经与他告别,离开旧金山前往爱荷华州工作。

他给姑妈打了电话。姑妈的语调很温和,要他早点搬回去。几个月来,她一直在为严岩担忧。她并不赞成严岩对前途的选择,但是知道别无他途,于是对之一字不提,更没有责备他。不管怎样,现在重新联系上了,她算是安了心。

圣诞前夜,严岩与房东结清账目,带着他简单的行李回到了姑妈家。

九

姑妈家毫无节日气象。室外没有装彩灯，室内也没有布置圣诞树，不过客厅里的灯光依然柔和。

姑妈、姑父和祖母都在家。看见严岩回来，他们都显得很平静，仿佛他只是度假归来，只有姑父说了句"回来就好。"

姑妈姑父询问严岩过去几个月的情形，听完严岩的回答后不予置评。祖母坐在旁边听，也不讲什么。显然大家都认为，严岩要怎么做，完全是他自己的事情。

严岩没有看见杰克和雪莉，就问为什么他们不回来。

"他们有他们自己的安排嘛，总是和朋友在一起啰。"姑妈的嘴巴嘟起来，显得有些不高兴。姑父随即告诉严岩，其实杰克和雪莉在上个月的感恩节回来过，圣诞节则是通常不回来的，不过做母亲的当然希望儿子女儿常常回来，不然就会伤心。

"那圣诞树呢？"严岩问姑父，"你们过节不装圣诞树啊？"

"太麻烦了。弄它也没有什么意思嘛。"姑父显出一副无所谓的样子。他告诉严岩，当杰克和雪莉还是小孩的时候，每到这时他和姑妈都会买一棵圣诞树放在客厅里，在树上挂满色彩缤纷的装饰物，树下铺满人造白雪，旁边放两只精美的礼品盒。一到圣诞夜，就让杰克和雪莉把各自的礼品盒打开，看看爸爸妈妈给他们赠送了怎样令人惊喜的礼物。后来儿女长大成人离家独立，他和姑妈再也没有了这样的兴致，何况杰克和雪莉极少回家过节，更没有布置的必要。

"圣诞圣诞，是信教的人讲的耶稣的诞辰。圣诞节其实是基督教徒的节日，我们又不信教，这个节说实话和我们一点关系也没有。以前过只是凑凑热闹，应应景，让小孩子高兴一点，现在根本就没那个兴趣。"姑父说。

话虽如此，这个日子毕竟与平时不同，所以姑妈为晚餐做了牛肉。饭后大家坐在客厅里看电视。这时不管转到哪个频道，所有的节目都与基督教有关：精美宏伟的教堂里，身披长袍的牧师脸上露出悲天悯人的神情娓娓布道，排列整齐的唱诗班的歌声庄严悠扬，不计其数的信徒个个显得无比虔诚……

其实不止是这个晚上，从圣诞节前开始的一连许多天，整个美国都掀起了对上帝的狂热崇拜，连开车时收听的电台音乐也全是赞美上帝并表示效忠的歌曲。从总统到达官显贵直至黎民百姓，都在竭力显示对上帝的驯顺。这时的美国仿佛是个大教堂，高傲的美国人卑微地低下头颅，变成了上帝的羔羊。慈善机构则广募钱财，对苦不堪言的贫民予以施舍，展现出无限怜悯和温暖。不过只要圣诞一过，这一切顿时戛然而止，要等到来年此时才会再重复一遍。

圣诞节这天，旧金山像荒漠里遭人遗弃的废墟般死气沉沉。所有的政府部门、所有的私营店家全部停业。办公区人去楼空，商场餐厅大门紧闭，连汽车加油站也高悬免战牌。大街上一片静寂，难得见到一个人、一部车。这是素来繁华的旧金山一年里最清冷的一天。

过完圣诞节,整座城市仿佛从睡梦中惊醒,各式各样的商店立刻又忙得不可开交,不过这时已不是为售货而忙,而是为退货而忙。民众在顾客服务台前排成长队,把一件件买了又觉得不合意,或者作为亲友馈赠的礼物接受后感到不喜欢的商品退给商店,商店则二话不说,只要没有损坏,除了少数电子产品要打折扣外,一概全额退款。因为美国人认为,信誉和服务是经商的命脉,倘若为一点小钱与顾客争执,哪怕获胜,也势必有损形象,得不偿失。对于形象,美国的所有公司,尤其是大公司,是非常注重维护的,它们总是利用包括广告在内的各种手段,努力宣扬自己是如何竭诚为民众服务、给慈善机构捐款,以图在顾客心里建立良好形象,使顾客乐于登门花钱。在感恩节、圣诞节期间这个全年最旺盛的销售季节,它们对此更是不遗余力。

严岩这时忙着找工作,然而这次没有他找到小金龙中餐馆工作时那么顺利。他先翻看了几份中文报纸,上面都没有本地中餐馆的招聘启事,于是他看见中餐馆就进去询问,几天下来还是一无所获。“不急嘛,过了元旦再说。”姑父安慰他。但是他依然很焦虑。想到少干一天就少赚一天的钱,他无法让自己安宁。

到底是姑妈有办法,元旦刚过,她就带回来一个消息。

姑妈从她的朋友处打听到一个工作机会。这个朋友认识的一个姓黄的华人在旧金山南边几十英里的圣马特尔市有间家庭式中餐馆,餐馆生意清淡,不过由于房子是黄老板自己的,不必付房租,所以还能维持。厨房里只有黄老板一人。他体形肥大,又有高血压和心脏病,外加气管炎和哮喘,常常没干几下就要靠在椅子上满脸通红地喘气,因而需要找个人帮忙。但他是出了名的性情暴躁,待人又极其刻薄,于是知情的没人愿意为他做,有不知情的误入歧途,没几天就会抽身走人。姑妈的朋友说,那不是个好地方,最好别去,不过要是严岩不在意,就去做几天看看,若觉得不好,可以随时辞职。

严岩正急于赚钱却求职无门,当即表示他愿意去。

“你不怕他让你受罪啊?你想好哦!”姑妈蹙着眉头说。

“我想我只要好好做,应该不会有问题吧。”严岩说,一面在心里想,能有什么问题呢?

姑妈说:“你决定做,我就叫我那个朋友跟黄老板联系。去了如果不好就回来,不要勉强啊。”

第二天,姑妈下班回来时告诉严岩,那个朋友已经跟黄老板讲好,他次日下午即可前去上班,黄老板包吃包住,月薪依旧是八百美元。

严岩按照约定时间,乘长途汽车到圣马特尔市找到了黄老板的中餐馆。黄老板以姓取名,餐馆就叫“黄园”。黄园临街,门面不大,正值午餐和晚餐间的休业时候,餐馆大门紧锁,从窗户望进去,里面一团漆黑。他绕到屋后,看见厨房后门半掩,里面亮着灯光。他敲了一下门,没人回应,又敲了几下,还是没人回应,于是他把门推开朝里面喊:“有人吗?有人没有?”

“谁?谁呀?”严岩听到一张长沙发那里发出沙哑的声音,接着看见一大堆东西在动，然后看见一个顶上只剩一绺头发的脑袋。一个人挣扎着坐起来，扭头朝他看。——原来那人刚才正在午睡。——严岩看到了一张丑得让人难以置信的脸。它又肥又肿，把本来就扁的鼻子挤得缩成一小团，两只小眼睛正从眼镜后面向他露出疑惧的凶光，脸颊则由于镜片太厚而显得变形，看上去像缺了一块，两边的耳朵形状怪异，而且明显的一大一小。

"你找谁?"那人问。

"我找黄老板。我叫严岩，说好了从今天下午起来这儿打工。"严岩回答。

"哦，哦，我忘了。我就是黄老板。"

黄老板用手扶着沙发站起来，摇摇摆摆的朝严岩这边走。他比严岩还高半个头，浑身肥得冒油，圆鼓鼓的大肚子随着他的走动不停地晃悠，好像要滚落下来。他走到严岩面前，把严岩上上下下仔细打量了一番。

"你说你做过帮厨?"他满脸狐疑地看着严岩，"我看你不像个干厨房的，像个读书的。你老实告诉我，到底有没有在厨房干过。"

严岩不由得笑起来，说:"黄老板，这你就看走眼了。做了就知道，保证没问题。炒菜我也会。"

"炒菜是我的事，你不能动，听见没有?"黄老板神色冷峻地说，"我要你来是给我打杂，有空就搞卫生，把厨房给我弄干净，免得卫生局那帮乌龟王八蛋老是找我的麻烦。我讲的话你听清楚没有?"

"我听着呢。"严岩点点头轻声说。

"咦，什么叫听着呢，你怎么像是一点都不在乎的样子?!"黄老板突然咆哮起来，"我不跟你啰嗦。老实告诉你，在我这儿不许偷懒，不要想白拿我的钱。我不会白给你的! 先给你讲清楚。"

黄老板用他的两只小眼睛死死盯着岩严，仿佛要看透严岩是否牢牢记住了他的训诫，是否对他完全服从。尽管他不过是个生意惨淡的小店老板，在像严岩这样的低薪阶层面前，心里却有着巨大的优越感，认为在对待他们时可以无所顾忌，恣意妄为。

其实他一直由于自己外貌的丑陋而十分自卑，同时又渴望获得人们的敬重。他总是觉得，所有看见他的人都轻视他、嘲笑他，这使他非常愤怒，也使他对所有人都怀着深刻的敌意和仇恨。他圆鼓鼓的肚子里像是装满了炽烈的岩浆，随时要朝人劈头盖脸地爆发出来。

不过他深知看人行事的道理，那种肆无忌惮的恶意发泄仅限于针对像严岩这样对他无可奈何的底层平民，一旦遇到身份地位比他高，尤其是对他操生杀大权的人，他便立刻变成了点头哈腰的小瘪三和百依百顺的吃屁虫。

使黄老板最恐惧最痛恨的是卫生局的检查人员，他老觉得那帮家伙对他处处刁难，而且完全不近人情，每次不管是谁来检查，无论他黄老板如何低声下气地说好话、赔笑脸，递烟送茶，人家一律不理不睬，照旧一本正经地依照规定一项一项仔细检查，然后一条一条写出来要他整改，不然就让他关门，把他弄得满腹怨气又无处宣泄,前前后后发了好几次心脏病。这时他又想起了卫生局的种种行径,不由得怒气冲天,破口大骂,“地痞”“混蛋”“畜生”“王八”,凡是能想到的恶毒字眼都从他嘴里吼了出来,手也跟着乱挥乱舞,一副歇斯底里的样子。但是这种状况只持续了一会儿他的身体就吃不消了。他先是一阵猛咳,差点窒息,接着张大嘴巴急促喘气,喉咙和胸腔发出哧啦呼啦的刺耳声音,仿佛有什么东西撕裂了、破碎了,使站在旁边的严岩想起腐烂不堪的老旧手拉风箱。同时他的脸涨得通红,满眼都是泪水。

终于,黄老板像是感觉好受了些,情绪也平静了些。他朝门外狠狠吐了几口痰,对严岩说:“你把你的东西放在沙发上,现在就可以上班了。等下我去拿个枕头,拿条毯子,晚上你就睡沙发。”

在厨房里睡沙发?这在美国真的是闻所未闻,严岩怎么也没想到黄老板竟然会这样安排他的住宿。厨房里空气混浊,连个洗澡的地方都没有,而且眼前这个沙发又旧又破,满身污痕,不仅里面的海绵外露,还散发着刺鼻的酸臭味。

“黄老板,你就让我睡这儿啊?不是说好的包吃包住吗?就睡厨房啊?”严岩说。

黄老板自知理亏,只好说:“先将就几天,回头我给你找地方。”

“那我的工资是不是说好了?”严岩感到应该核实一下。

“当然说好了,月薪八百。你以为我会扣你的钱哪?你把我看作什么?流氓?无赖?啊?你那点小钱我还会看得上眼!”黄老板声色俱厉地斥责严岩。

严岩没有再说什么,只是默默地想,先做着,看看情形再说。

黄园的生意十分萧条,每天无论午餐晚餐,就是那么稀稀拉拉的几个客人。严岩觉得,这么惨淡的生意实在是没什么做头,但也许黄老板认为多少还能有点收入,总比坐吃山空好,所以一直维持着这种半死不活的经营,何况除此之外,他没有别的谋生本事。

餐厅由一个身材壮硕的中年女人照管,严岩不了解她和黄老板之间的关系,只看见她从早到晚都在餐馆,沉默寡言,显得闷闷不乐。黄老板有个女儿在加州伯克利大学读书,周末来餐馆帮忙,长得还不错,对人很有礼貌,身上完全看不到黄老板的蛮横凶暴。严岩看见这个年轻姑娘时便会想念自己的女儿,并且期盼可爱的小囡囡长大后能进入美国最出色的大学读书。

工作中的大部分时间,严岩都在搞卫生。厨房里到处是令人生厌的油渍污垢,由于长年无人清洗,早已结得又厚又硬。墙壁和天花板全是黑糊糊的。严岩想,这么肮脏的环境,卫生局居然还允许黄老板营业,也真算是高抬贵手、网开一面了,不知道为什么黄老板还要抱怨,还要对那几个检查人员恨之入骨。

他用铲子铲,用铁纱蹭,用去污剂洗,竭力把那些看了就让人不舒服并且气味难闻的陈年积垢清除掉。做这种工作需要长久保持一个姿势,用身体某一特定部位的肌肉连续发力,很快就使人精疲力竭。严岩总是十分顽强地咬牙坚持,实在太疲倦了才停下来喘口气,让身体稍稍舒缓一下,然后继续工作。接连苦干了几天,厨房的一些设备开始呈现出原始的光亮。

黄园逢星期一打烊。到了星期一,严岩一早就搭乘长途汽车回到旧金山。这时姑妈姑父都在上班,家里空无一人。他决定去看望祖母。经过盖瑞大道和第六街交叉路口时,那座不久前他还在里面学习英语的尖顶高耸的白色教堂,让他回想起那个美国教师亲切和蔼的笑容。

祖母在家,一见严岩就问:“吃早餐了没有啊?”

“嗯……还没有。”严岩说。

祖母马上从冷柜里取出一块蛋糕放在严岩面前:“来,先吃点蛋糕,是我们这里昨天晚上一个人过生日,大家一起庆贺时分的。等下一起去吃午餐。”

美国的糕点过于甜腻,并不可口,不过严岩正饥肠辘辘,几下子就把蛋糕吞进肚里。

“喝咖啡还是喝茶啊?”祖母问。

严岩连忙说他自己倒点水喝就好了,请祖母不要为他操劳,但祖母还是转身从抽屉里拿出几块巧克力给他,说:“再吃点巧克力。好吃呢!”

祖孙二人谈起严岩的叔父。严岩得知,快一年了,叔父依然难以摆脱家破人亡造成的阴影。他无法再教书做学问,只能靠以往的积蓄和微薄的失业金挨日子。他过去的一个学生有家公司,愿意为他安排一个拿工资的闲职,可是他不想无功受禄,谢绝了这个学生的好意。唯一让叔父感到欣慰的,是小儿子受伤的手臂虽然不幸留下终生残疾,但由于他天资聪颖,学习成绩十分优异,极有希望入读美国最顶尖的名校。

“夫妻恩恩爱爱几十年,一下子就走了,你说他怎么受得了。”祖母叹息着说,“在外面要当心。美国跟中国不同,到处都是车祸、杀人、抢劫,大意不得啊。”

午餐又好又便宜,是从公寓食堂买的。只有老人公寓才设置食堂,普通公寓没有。

晚上见面时,姑妈问严岩:“黄老板这个人到底怎么样啊?”

严岩不想让姑妈担忧,便说:“还好。”

“没有对你凶啊?”姑妈还是不放心。

“还可以啦。姑妈你不要担心。”严岩说。

姑妈告诉严岩,她从她那个朋友处得知,黄老板的结发妻子由于不堪他的一再虐待,在十几年前不辞而别,至今杳无音讯。严岩见到的壮硕女人是黄老板以身体欠佳需人照料的名义从台湾招聘来的,结果被黄老板半逼迫半诱惑地照料到了床上。不过黄老板怕这个女人会分走自己的财产,从来不打算跟她结婚。

“不行就回来!”姑妈依旧是那句话,但是严岩这时还不想放弃。

第二天上班时,黄老板说,严岩一定要取得“身份”,否则会给他带来麻烦。又说他已经预约了旧金山市中心一个可以提供免费咨询的律师,要严岩跟他一起前去请教,看律师能否为严岩办理厨师工作许可,时间定在下星期一上午十点。黄老板十分肯定地说,美国律师从来不出卖自己的委托人,所以严岩不必担心把他的真实情形告诉律师。显然,黄老板已经从姑妈的朋友那里获悉了严岩的根底。严岩打电话就黄老板的安排征询姑妈的意见,姑妈认为不会有问题。

整个星期严岩还是花很多时间清除污垢,每天都累得疲惫不堪。这时厨房里无处不在的浓烈油烟味和沙发的酸臭味,以及黄老板为了省一角钱一个的垃圾袋接连几天不倒的垃圾不断散发的腐烂味,都已经不再妨碍他的睡眠,因为他的嗅觉早就变得麻木,不过他仍然不能适应他睡的长沙发。他的个子高,躺在上面伸不直腿,而且沙发凸凹不平又向里倾斜,使他无论把身体摆成什么姿势都感到不舒服,常常因为极度困乏而昏昏入睡,又因为浑身别扭很快就翻来覆去,半睡半醒,早上起床时依旧感到疲倦。他向黄老板提起安排正常住宿的事情,没想到这回黄老板撕下了脸皮,很不耐烦地说:“你想住哪里?住宾馆?从大陆到美国才几天时间,讲究个什么!你不喜欢沙发就去睡餐厅桌子,我不可能花钱给你找地方住。”

吃饭也是问题。黄老板总是只炒分量不大的一盘菜供里外三个人吃,他和粗壮女人取过后,留给严岩的只有可怜的一点。好在米饭不限量。可是缺少肉类和油脂的食物难以提供持久的热量,所以严岩常常在两餐之间感到饥饿。

星期一,严岩和黄老板在旧金山市中心一座大厦的十七楼找到了律师的事务所,事务所门上用英文工工整整地写着:史密斯移民律师。黄老板拧了一下门把手,门没有开。看来律师不喜欢有人随意闯进去。黄老板接着按了门铃,随后一个身着咖啡色套装、脚踩高跟鞋的年轻女秘书过来开了门,问清姓名后,请他们进去坐下稍等,说史密斯先生正在里间接待客人。

他们不知道等了多久,才看见通往里间的门被拉开,两个人边交谈边走出来。身穿便服的一个显然是客人,西装革履的则必定是史密斯律师了。史密斯律师正态度从容地对他的客人进行最后的劝慰和鼓动,客人脸上残存的疑云仿佛在渐渐消散。这时律师的一只手掌若即若离地轻抚着客人的肩背。律师知道,做这个动作时一定不能使客人觉得轻浮从而招致反感,而要使客人觉得亲切,从而增加对律师的好感和信赖。

美国的律师全都训练有素,并且有自己的行规。他们在客户面前必须表现出教养和学识,必须显得温文尔雅、风度翩翩又胸有成竹、坚定自信。他们的言谈、举止和表情都经过千锤百炼,如同一位称职的外交官,不允许有一句失言、一点失态。

有人说,美国是律师的天下,这句话大概没有错。法律的制定、解释、执行都与律师密切相关。美国的总统、副总统,各州州长,从联邦到地方的议员,很多都是律师,即使本人不是律师,也必须延聘律师出任顾问或者助手,以便随时请教,否则寸步难行。美国的各大公司都有自己专属的律师团队。普通民众生活中随时可能遇到的诸如抢劫、杀人、强奸、诈骗、车祸、邻里冲突、劳资纠纷、遗嘱签订、财产分割、夫妻离异、争夺子女抚养权、孩子在学校遭人凌虐之类的事情,也常常不得不仰仗律师的专业知识和个人能力来予以处理。一个神通广大的辩护律师能十分巧妙地玩弄法律,用如簧之舌颠倒黑白、混淆是非,同时借助某种特别的力量,使罪证确凿的歹徒逃脱应有的制裁。这种律师在美国被称作名律师,但他们收费高昂,绝非是升斗小民能够聘用得起的。

史密斯律师把他的客人送走后便返回里间,把门关上,自始至终没有朝严岩和黄老板看一眼。又过了几分钟,秘书桌上的电话铃响了。秘书小姐拿起话筒听了几句,随即告诉等待已久的两人,史密斯先生已经准备接待他们,一边起身为他们打开通往里间的门。

史密斯先生站在办公桌后满面笑容地跟他们握手寒暄,请他们坐在与他隔桌相对的两张椅子上。他也在自己的大黑皮椅上坐下来,两条胳膊舒舒服服地搁在扶手上,双手十指交叉放在胸前,显得既潇洒又派头十足。透过他身后的大玻璃窗,可以从旧金山众多高楼的间隙中看见蓝色的海湾。

“请告诉我,我可以为你们做什么。”律师用温暖的语调彬彬有礼地说。尽管只是免费的咨询,他依然表现得十分客气,因为前来咨询的人在他看来全都是他的潜在客户。事实上,提供免费咨询本身就是一种招徕客户的商业手法。

这时严岩发现坐在旁边的黄老板忽然矮了半截。原来黄老板在令他敬畏的律师面前感到非常卑微,不顾肥鼓鼓的大肚子,正尽量把身体朝前弯下来,让自己变得低一些,以显示对律师的尊崇。他的脸上挂满了严岩从未见过的谄笑,仅余的一绺头发也不知何时被精心梳理过,服服帖帖的在头上从左边横到右边,看上去像是秃顶和前额间的一条花白粗线。其实黄老板的禀性有如非洲的鳄鱼。非洲鳄鱼对过河的斑马、饮水的羚羊之类温和动物凶悍无比,然而一遇到体形庞大,张口就能把它们咬成两截的河马,便立刻俯首称臣、噤若寒蝉。

黄老板毕恭毕敬地向史密斯先生请教了几个问题,讲的时候战战兢兢,唯恐冒犯了大律师的尊严。史密斯先生回答的时候,黄老板唯唯诺诺的连连点头称是。他本来是还要再哈腰的,可是他的腰早已哈到了极致,无法弯得更低,使他不能对律师表达更大的敬意。

谈话很快就结束了。黄老板起身向律师道谢告辞,这一次他总算能够把腰弯得更低一点,就像某些崇日媚日的奴仆在他们的日本主子面前做的那样。严岩也站起来,向律师致了谢。史密斯先生送他们到门口,为他们打开了通往外间的门。

“律师说要是你有大陆的厨师证明,他可以给你办劳工移民,你在美国就能合法的生活和工作。”黄老板在电梯间里对严岩说,“你想办法弄一份来。”

严岩感到很为难,说:“我在大陆从来没有做过厨师,不可能开到厨师证明。”

“谁说要真的?”黄老板两眼瞪着严岩,满脸轻蔑的神色,“假的也行! 写信到大陆让他们给你弄一份寄来就行了。”

可是办假证明的方法让严岩心里十分不安。讲给姑妈姑父听后,姑妈有点迟疑,姑父认为不妥,最终结论是不办。第二天严岩把情况告诉黄老板,没想到黄老板当即勃然大怒。

“那怎么行! 给你指的路你不走,出了事我要吃官司,你知道不知道? 我替你吃官司! 我凭什么要替你吃官司! ……”黄老板用他庞大的身躯逼近严岩,暴跳如雷,大吼大叫。他的令人生厌的大肥脸几乎碰到严岩的鼻子。

发了一通脾气,黄老板依然余怒未消。他稍稍喘息了一下,又指着严岩气势汹汹地说:“叫你办证明你不办,那就要么你不做,要做的话我把你头半年的工资扣下来,如果出了事要罚款,就用你的钱付,我绝对不会为你花我的钱!”

严岩觉得,这个地方是非离开不可了。

“这样好不好,”他说,“黄老板,既然你这么为难,那我做完这个星期就不做了,星期天晚上打烊时你把我的工资给我,星期一早上我回旧金山。你看怎么样?”

黄老板没有料到严岩会这么干脆地提出辞职,嚣张的气焰顿时少了一大半。他愣了一下,说:“可以,星期天晚上我跟你清账。”

到了星期天晚上打烊的时候,黄老板却转眼间踪影全无。严岩问那个壮硕女人,她说黄老板已经回家,临行前要她告诉严岩,严岩的薪水会写支票寄到他姑妈家。严岩当即产生了可能被黄老板欺骗的感觉。

结果黄老板始终没有把支票寄来。打电话问,黄园那边一听说是讨薪的事,马上挂断电话。直到两个月后姑妈再打电话时黄老板才接,却依然拒绝支付严岩的薪水,还咬牙切齿地威胁说,若是再来电话讨薪,他就要向移民局告发严岩。

“真是见了鬼,怎么会碰到这么个无赖,人家这么穷,辛辛苦苦的替他做事,到最后工资也不给。从来没有见过这样不要脸的人!”妈姑气得两眼冒火,却又无可奈何。

严岩心里非常愤懑。他在黄园工作了二十天,本该获得五百多美元,折算成人民币,比他在国内一年半的工资还多,这对于一分一厘都想努力节俭的他来说绝不是个小数目,何况这些钱是他忍受着与家人分离的痛苦,冒着风险赚来的,而且他不知道自己能够在美国工作多久,感到每个工作日都异常珍贵。同时他不甘心被人无端地欺侮和捉弄。

这件事一直刻在他心里。他等待着。当那一天来临的时候,他将重返黄园,当面质问黄老板,拿回他的血汗钱。他要让黄老板明白,他绝对不会任凭黄老板恣意妄为。他一定要义正词严地谴责黄老板的卑劣行径。

他不曾想到,他的愿望永远不会实现。

十

一年之后，严岩已经在远离旧金山的地方打工。姑妈来电话告诉他，黄老板死了。

这件使严岩感到意外的事情，据姑妈了解，经过大致如下所述。

那天一个女顾客到黄园就餐，在菜里发现一只死蟑螂，她马上把壮硕女人叫过去，指着盘子里的蟑螂抱怨。壮硕女人连忙道歉，说可以为她另炒一份。女顾客说不必，起身要走。依照美国常规，事情到此本该结束，却不料黄老板闲来无事踱到餐厅，看见了这一幕，当即上前拦住女顾客不许她走，说盘子里的菜已经被她吃了一半，蟑螂则是天晓得从何而来，不能没凭没据就怪到他头上，真要走的话，他黄老板可以格外开恩，只收一半钱，但绝不可能让她分文不付地吃白食。女顾客气得七窍生烟，说她一分钱也不会付。两人都寸步不让，吵得天翻地覆。不过到底还是黄老板显得更强大，女顾客渐渐地有些退缩了。

“真让我难以置信……”她像是自言自语似的说，随后请一个旁观的顾客帮她叫来了警察。

面对荷枪实弹的警察，黄老板依旧雄风不减，又跳又叫，完全不把警察放在眼里。他很清楚，这不过是件小小的民事纠纷，他并没有触犯刑律，只要他不动手，警察就毫无办法。所以不管女顾客如何向警察诉苦，也不管警察如何耐心调解，他就是一口咬定那只蟑螂根本是来路不明，说那个女顾客，“我不知道她为什么这样对待我。我肯定她只是想吃顿不付钱的饭。”执意要女顾客付了钱才能走。

到后来，警察显得有点垂头丧气，叫黄老板和女顾客留在原地不要离开，自己倒转身出了门，不过很快就又回来，态度平和地说了一句话。这句在外人听来十分普通的话，对黄老板却如五雷轰顶，使他顿时目瞪口呆，脸色也变得煞白。

警察说的是：“卫生局的人马上就到。”

其实卫生局的人前两天刚刚来过，原因是有人投诉在黄园吃饭时发现菜里有蟑螂。检查人员严词责令黄老板尽快改善餐馆多年拖而未决的卫生问题，并且说这是最后的警告，倘若有顾客再提出类似的投诉，他们将勒令黄老板立即关闭餐馆。

眼看大祸临头，黄老板胆战心惊，又气又急。他起先一句话也说不出来，只是用两只小眼睛恶狠狠地看着警察，随后喘了一口粗气，怒不可遏的对警察破口大骂：“F……”

结果他连第一个单词还没有说完就发不出声音了。他的身体开始摇晃，神情变得痛苦，一只手捂住胸口，另一只手在空中乱抓，像是要抓住任何能支持他的物体，却什么都没有抓到。紧接着他庞大的躯体向一边倾斜，先是撞飞了椅子，然后撞翻了桌子，没有一件东西能抵挡得住他惊人的力量。最后，他“通”的一声摔到地上。所有这些都发生得非常快速突然，人们直到看见他紧贴地面扭曲着身体抽搐时才似乎明白发生了什么事。警察赶紧呼叫救护车前来救人,可是救护车还没到,黄老板就已经不动弹了。警察当即招呼大家帮忙,合力把黄老板弄成四肢朝天的样子,随后在黄老板胸口使劲挤压,为他做人工呼吸,但他却毫无反应。接下来人们听见了由远而近的救护车尖利的笛声。几个医务人员携带急救器材匆匆赶过来,其中一个摸了摸黄老板的脉搏,翻了翻他的眼皮,说他已经断了气,看情形是死于心脏病突发。

黄老板凶蛮好斗的生命中的最后一役未能如愿获得他垂涎的半份菜钱,似乎是输了,但却因此逃脱了严岩多于五百美元的讨债,所以综合而言,其实是小输大赢,或者根本就是大获全胜。黄老板想必会笑傲九泉。

而严岩则不得不接受失败的结局。

不过刚离开黄园的时候,严岩并不知道他将永远失去讨回公道的可能,只是一面等待跟黄老板算账的日子,一面寻找新的工作。

这天,他在旧金山中国城看见一家中餐馆大门洞开,几个工人正往里边搬运炉台和油锅,头顶上招牌高悬,上面有几个龙飞凤舞的中文大字:"新湖南",旁边则用英文规规矩矩地写着"新湖南中餐馆"。

旧金山有家中餐馆叫做"小湖南",是个门面极小的店,一对湖南夫妻胼手胝足的苦心经营多年,却始终生意清淡。没想到中国六十年代的一场风暴使"湖南"二字在美国家喻户晓,那时在美国能与"湖南"沾上边的事物犹如凤毛麟角,所以"小湖南"引得一些心怀崇仰的美国人前来品尝伟人口味,结果他们对味道浓郁、辣得让人痛快的湖南菜赞不绝口。随后不计其数的美国人慕名而来,每天在门口大排长龙,不尝一下这令人垂涎的佳肴绝不罢休。这对湖南夫妻很快又开了另一家"小湖南",规模很大,有几百个座位,经营模式仿佛食堂,美国人依然趋之若骛,餐馆里天天宾客如云,其中不乏从附近金融区赶来的衣冠楚楚的高阶主管。美国的报章电视则推波助澜,大肆渲染,几乎一夕之间,"小湖南"名满天下,于是很多新的中餐馆在起名字时纷纷借用"湖南"二字以图吸引顾客,这家餐馆看来同样如此。

严岩走进去想问问这里是否要人帮忙。里边一个四十多岁的男人,很精干的模样,正在指点工人们做这做那。严岩上前询问,原来他就是这家店的老板,姓谢。谢老板说他们正抓紧进行最后的装修,下星期即将开张。

"你说你可以做炒锅?"谢老板问。

"是啊。"严岩毫不犹豫地回答。

"炒菜没问题?"

"保证没问题。"

谢老板的目光在严岩脸上停留了几秒钟。根据他的经验,总有人惯于自吹自擂,做起事来却一塌糊涂。严岩神色从容,看上去十分利索,使谢老板认为可以相信严岩说的话。

"我正好缺一个炒锅,那就请你来做。薪水嘛我每个月给你一千块,以后生意做起来再加,你看怎么样?"谢老板很爽快地说。

这正是严岩所期盼的,自然没有问题。接下来谢老板确定了严岩开始上班的日期。

当严岩从“新湖南”出来的时候，心里感到久违的舒畅，眼中的天空也仿佛比往常明亮。在中国城一家全新的中餐馆工作，又是做炒锅，并且老板像是不坏，这些都使他兴奋。祖母和姑妈姑父知道后也都替他高兴。

然而天有不测风云。从第二天开始，旧金山的中文报纸接二连三地报道说某某中餐馆被移民局突击检查了，某某人被带走了。显然，移民局开始了新一轮的查缉行动，一时间，不知道有多少家中餐馆人心惶惶、草木皆兵。

这些被查的中餐馆大多在旧金山，尤其在旧金山的中国城。严岩意识到，不能去位于中国城的“新湖南”工作，必须另谋生路。他专程到“新湖南”告诉谢老板他“不方便”来这里打工，请谢老板另行聘人。谢老板一听就明白他的苦衷，不仅表示谅解，而且鼓励他不要烦恼，说是很多人都跟他一样。谢老板认为，严岩最好离开旧金山去别处打工，因为移民局对美国很多地区鞭长莫及，管控松懈，只要严岩不在东西两岸的大城市，就不必担忧移民局的阴影，可以放心打工赚钱。严岩觉得谢老板的话很有道理，决定从此在风险较低的地方寻找工作。

过了两天，他通过报纸上的招聘广告在旧金山东面大约 90 英里的莫德斯托一个叫四海酒家的中餐馆找到一份帮厨的工作。四海酒家的徐老板在电话里说，他要找的是一个在忙的时候能帮他炒菜的帮厨，问严岩行不行，严岩说没有问题，于是双方谈妥，徐老板包吃包住，严岩月薪九百，现在就可以前去上班。第二天一早，严岩告别祖母和姑妈姑父，乘坐美国著名长途客运公司的“灰狗”巴士前往莫德斯托。

这是他第一次离开旧金山大都会区，也是他第一次看到美国的广袤原野。长途汽车从旧金山市中心出发，路上走走停停，到莫德斯托要大约两个小时，沿途只有几个小镇，农田和牧场一望无际，上面几乎看不见人。路上车辆很少。田地里有时能看到跨度极大的移动式灌溉系统。牧场用铁丝网与外界隔离，以防止牛群逃逸。很久才会看见一座农舍，里面的一家人显然是周围大片土地的主人。这些农舍通常建造得很漂亮，门前停着汽车，附近有仓库和各式各样的农用机械。

美国是这个世界上得天独厚的国家，幅员辽阔、气候温润、物产丰饶，东西两岸分别濒临大西洋和太平洋，南部与墨西哥接壤，北方是资源丰富的加拿大。十九世纪初，乘英国在欧洲与法国厮杀得天昏地暗，无力它顾，美国在北美洲发动了 1812 年至 1815 年的第二次美英战争。美国入侵英国当时的殖民地加拿大，企图将其掠为已有。1813 年 4 月，美军攻克加拿大的约克城，就是今天加拿大的最大城市多伦多，纵火焚烧议会和民房，大肆抢劫平民和公共财产。驻守加拿大的英军和加拿大民间武装奋起抵抗，结果不仅遏止了美军的攻势，而且把美军打得一路溃逃。1814 年 8 月，他们在深入美国境内追击美军时攻占了美国首都华盛顿，迫使发动战争的美国时任总统麦迪逊南逃弗吉尼亚，力主武力兼并加拿大的美国前总统、美国“独立宣言”的执笔者杰弗逊也远避战火。作为报复，英军在华盛顿四处纵火，把白宫付之一炬。美国国歌歌词，星条旗诗，就是这次美国侵略战争失败，美军退回国内，在巴的尔摩与追踪而至的英军激战时一个美国人写的。若非当时美国吞并加拿大的企图破产，人们今天看到的会是一个庞大得难以想象的美国。

旧金山和莫德斯托所在的加利福尼亚是美国人口最多的州，也是美国最富庶的州，加利福尼亚的经济总量要是拿到世界各国中来排名，会位列全球前十。迪斯尼乐园和好莱坞是加州的明珠。加州圣荷西一带的硅谷是现代信息技术的中心和亿万富翁的摇篮。加州的水果蔬菜畅销美国各地，那帕地区出产的葡萄酒享誉国际。加利福尼亚阳光明媚，漫长的太平洋沿岸风光旖旎。从南到北的圣地亚哥、洛杉矶、旧金山，都是令人向往的名城。若是讲到教育和科研，美国人眼里的四大国家支柱中的两个在加州，它们是离旧金山不远的斯坦福大学和伯克利加州大学，另外两个是位于马萨诸塞州剑桥市的哈佛大学和麻省理工学院。其实位于洛杉矶大都会区的加州理工学院也是声誉卓著的名校。喜欢不同景致的人可以离开加利福尼亚沿海繁华地带，驱车向内陆进发，用不了多久就能看见大片的荒原和沙漠。加州还有几个地貌独特的森林公园，在其中部与内华达州相邻处的死谷令人闻之色变。

莫德斯托是个有十几万人的小城，说它小是因为它的人口不多，但若论到面积，则要比中国普通中等城市的市区大得多。美国适宜人类生活的地域广大，人口却不太多，因而有大量土地可供使用。除了像纽约曼哈顿这样的少数地方，美国多数城市都像擀面似的铺得很大，里面道路密如蛛网，尤其是居民区，每走几十步就有一条街。居民区里最多的是独幢的家庭住房，它们通常整整齐齐地排列在道路两旁，相互之间保持适当距离，门前屋后是自家园地。公寓也不少，里面大多是单间卧室的套房，少数是两间或者更多卧室的套房，无论卧室多寡，客厅、餐厅、厨房、卫生间和壁橱都应有尽有。美国人很看重厨房，即使是不大考究的住宅，厨房也具有相当面积，而且炉台、烘箱、微波炉、洗碗机、橱柜、冰箱等等一应俱全。美国城市里的建筑绝大多数是各种民宅，它们占据了每座城市的大部分土地，那些引人注目的高楼大厦相比之下其实并不太多。

四海酒家位于一个购物中心，面朝莫德斯托最主要的大街。徐老板在市中心一家旅馆给严岩租了个房间住。像美国很多城市的市中心一样，在经历了早期繁华后，随着居民和商业逐渐向周边迁移，莫德斯托市中心日益衰落，这时已经十分萧条。路边寿终正寝的老店铺一家连着一家，家家门窗上布满灰尘，有的还张贴着陈旧的招租启事，望进去看到的只是空荡荡的房间。严岩住的这家旅馆外观和大堂都很有气派，在莫德斯托市中心没有任何别的旅馆能与之相比，显然早年是这里最好的旅馆，不过这时却只能勉强维持，而且不得不改变经营模式，把绝大部分房间廉价出租给低收入者做住宅。严岩住的地方在四楼，卫生间是照例有的，卧室陈设则极为简陋，只有一张床、一个桌子、一把椅子，没有电视机，也没有冷暖气。墙上空无一物。站在窗口往外看，下面就是街道。

从旅馆到四海酒家有好几英里，又没有公共汽车连接两处，所以徐老板让严岩搭乘同在餐馆厨房打工的两个墨西哥人的汽车往返。这两个墨西哥人是表兄弟，一个叫海都，一个叫洛山多。海都三十来岁，中等身材，话不多，和善本份。洛山多就活泼多了。他的个头差不多跟严岩一样高，二十八岁，长着很生动的脸，已经结婚，有个五岁的女儿。每天上午九点四十分，他们准时把车停在旅馆旁的路边，按一下喇叭，严岩就赶快下楼和他们一起去餐馆，晚上再坐他们的车回来。

严岩每晚回来后洗完澡无事可做，去睡觉又觉得太早，就到一楼进口处的大厅看电视。电视机前有几张围成U字形的长沙发，附近还有几张单人沙发，坐在这儿舒舒服服地看电视节目打发时间要比待在楼上四壁皆空又散发着霉味的房间里惬意得多。跟严岩一起坐在沙发上的还有四五个老头，看上去个个气息奄奄，常常一边看电视一边打瞌睡，有的在不知不觉中沉沉入睡。他们都很穷，租不起普通公寓，更买不起住房，只好到这种住宅里连厨房也没有的地方栖身。他们中有的一生辛劳，却一生困顿，从未享受过一天好日子。有的以前收入丰厚，但是由于大手大脚或者赌博、吸毒、酗酒、玩女人，把钱花得精光，步入迟暮之年时变得一贫如洗。有的不幸罹患难以治愈的痼疾，耗尽了自己一生的积蓄。在美国，并非每个老人都像严岩的祖母那么幸运。这里各州之间情形不同，同一州各城市间情形也不同，莫德斯托不像旧金山那样有雄厚的财力建设足够的老人公寓，于是这些依靠菲薄的养老金艰难度日的老人只能自谋出路。他们中的很多人其实有子女，不过按照美国的法律和观念，子女在父母年老时对父母并不存在赡养、陪伴或者照顾的责任。一些风烛残年的老人若想获得子女的探视，一定要等到眼睛再也无法睁开时才有可能。这家旅馆里的老人恰如旅馆本身，早已被多数世人遗忘，只是在怀着孤寂绝望的心情消磨生命中最后的时光。

一天晚上，严岩在看电视上的体育比赛，忽然看见一个年轻女人悄无声息地站在旁边沙发后面。她大约二十几岁，一头波浪式的栗色卷发，身材苗条美好，黯淡光影里的脸庞十分精致，上面有种让人怜惜的神情。严岩从来没有见过这个女人，看她午夜时分独自一人幽灵似的站在几个老男人身后，感到有点不同寻常。那几个有气无力的老头却毫无反应，仿佛谁都没有注意到她的来临。

她站了一会儿，像在看电视，又像在踌躇不决，接着她绕过沙发边缘，在一个老人身边坐下来。今天晚上她很不顺利，只好到这里试试运气。她身边的这个老人曾经关照过她，近来已经雄风不再，不过她猜想他依然渴望温情和抚慰。他枯涸的心需要一点甘露，他衰老的身躯需要温柔的拥抱，这些她都能给他。她需要的是他口袋里的钱。

她使自己靠近他，让他感受女人身体难以抗拒的魔力；她把脸贴在他耳边悄声说话，让甜腻的语言和芬芳的气息挑起这个男人的欲望。她希望攻破他的防线，使他成为她的臣仆，或者说成为她的恩主。可是老人摇摇头，摊开双手表示抱歉，说他实在没有钱。她不甘心，又对老人讲了几句，老人还是说无能为力。她随即起身坐到另一个老人身边。那个老人望了她一会儿，似乎动了欲念，却又犹豫起来，给了她一个“不”字。她显得很失望。

这时沙发上还有两个老人，不过一个头垂在胸前打呼噜，她不便打扰，另一个对她有意表现得视而不见，使她望之却步。

她把目光转到严岩身上。这是个她感到陌生的亚裔男人，比那几个老人年轻得多,看上去很孤独。依照常理,他应该渴望女人,任何女人,何况是她这样的白人年轻女郎。她决定尝试一下。

做她这一行的欧美女人并不挑剔。不管她们平时观念如何,生意就是生意,只要能把钱赚到手,她们来者不拒,种族和肤色都无关紧要。

她走过来在严岩身边坐下。

“嘿,想约会吗?”她看着严岩,没有寒暄,直入主题。

严岩本想装作没有看见她,这时只好转过头来。她的脸上展露着柔媚的笑容,显得非常迷人,她的气质也很好,即使用优雅来形容也并不为过,可是她却从事着这么卑微的职业,使严岩感到无法想象。他对她只能避而远之。

“不。我很抱歉。”他回答。

“只要二十美元,你什么都能得到。二十美元。”她柔声软语,音调甜蜜,一面把身子侧过来,让自己丰满的胸脯轻轻贴着严岩的胳膊。严岩感受到了她的诱惑,但是没有动摇。他往回收缩胳膊,以避开与她的接触。在这么做时他尽量让动作缓慢并且控制幅度,免得使她难堪。她并没有强迫他,也没有粗鲁行为,只是想用身体换点钱,他觉得她其实是很可怜的。同时他认为他应该对她有礼貌,避免伤害她的尊严。他相信她和她的同行也有自己的尊严。

“不,我不认为我会那么做。”他对年轻女人说。

年轻女人沉默了,眼睛盯着电视,有点不知所措。过了一会儿,她缓缓起身穿过大厅,走进了旅馆外面的黑夜。

两天后的晚上,严岩下班回到旅馆,刚刚打开他房间的门锁,忽然听见旁边一个女人打招呼的声音。他转过脸来一看,原来又是那个年轻女人,她恰好从相距不远的一个房间里出来,看见了这个孤独的外国人。她不愿放弃机会,打算再试试运气。

“噢,你住在这儿。”她的声音依然甜蜜,“你真的不想要我吗?你只需要付我二十美元,我可以给你任何你想要的东西。”

“谢谢你。但是,不。”严岩说,一边推开门准备进去。

年轻女人嫣然一笑,没有再说什么,转身走了。

严岩后来又看见过她一次。那天晚上很冷,还刮着风。他坐在两个墨西哥人的车里回旅馆,进入市中心后看见前面十字路口凄迷的灯光下站着一个孤零零的女人。这个女人披着一件式样别致的浅色风衣,在茫茫夜色里亭亭玉立,晚风中风衣的飘舞使她显得格外动人。她的周围没有一个人,附近楼房几乎一团漆黑,可是她依然在那儿站着、等着。严岩一眼就认出她就是那个年轻女人,心里升起了一些怜惜。他想,为什么要忍受这样的折磨和屈辱呢?难道真的没有其他路可走吗?

这不是严岩见到的第一个街头流莺。在旧金山,有天晚上他从中国城回住处,经过旧金山中心城区繁华的联合广场时就看到过两个揽客的女人。她们站在人行道上,不断询问过往路人:“要约会吗?”“想快乐一下吗?”但是那两个女人都既不年轻也不漂亮,脸上施满了厚厚的脂粉,看上去粗鄙不堪。这一个则完全不同。若是在任何别的场合,她一定会使人觉得她典雅俏丽、风姿绰约,却不知为何会落到这种地步。严岩很想知道这究竟是什么缘故，然而始终不得要领，只能承认，这个世界真是有些令人难解的谜。

从事这项被一些人称作人类最古老职业的，有的是迫于无奈，有的是因为好逸恶劳，还有的是为了赚点外快或者认为做这种事情钱来得快。也有这样一些女人，她们天生丽质，平时名包名表，显得雍容华贵，对普通民众喜欢摆出一副高不可攀的样子，而她们的事业也的确与众不同，那就是专供一掷千金的达官显贵和富商巨贾们玩乐。

有些风尘女郎的命运使世人同情和感动。举例来说，国外有小仲马笔下的茶花女，莫泊桑描绘的羊脂球，中国有古典名著里的杜十娘，以及近代传奇人物小凤仙。她们都有着美好的心灵，留下了让后人叹息的华章。

有人一提“性都”，就要讲起荷兰的阿姆斯特丹和那里的橱窗女郎，其实这些若要拿来与日本东京新宿的歌舞伎町相比，完全是小巫见大巫。新宿歌舞伎町五光十色的营业场所密密麻麻，一家紧挨着一家，那种规模，那份辉煌，绝对让阿姆斯特丹望尘莫及、自愧不如。日本在这方面使人津津乐道的还远不止于此。回溯到1945年，日本代表在东京湾美国战舰密苏里号的炮口下俯首帖耳地签署了投降书，第二次世界大战宣告结束，美军的大皮靴踏上了日本国土。这是历史上美国第二次征服日本。第一次是1853年的“黑船事件”及其后续发展，美国军舰的大炮迫使日本开放口岸并给予美国和接踵而来的西方列强最惠国待遇，不过那次美国并没有占领日本，没有美国军人在日本土地上趾高气扬地为所欲为。这次则截然不同，美国成了日本真正的主人。当“主人”的大兵虎视眈眈地看着日本女人的时候，卑躬屈膝的日本人立刻心领神会，他们的政府庄严宣告，为了日本的福祉，必须用日本女人来尽力满足占领军的生理需求，于是人类历史上空前，——大概也可说是绝后，因为只有日本会这么做，却未必想再做。——一个国家的政府把本国妇女组织起来加以培训，专门提供给外国男人泄欲。随后成千上万的日本女人心怀为国奉献的崇高理念，争先恐后地投入这项光荣事业，用她们柔软的身体战胜了一个又一个日本男人无力战胜的美国壮汉。

至于那个穿风衣的女人，自从那晚在十字街头看到之后，严岩再也没有见过她。

十一

四海酒家由徐老板夫妇共同经营,两人都来自台湾,已经在美国生活多年。徐老板三十几岁,中等偏高的个头,膀大腰圆,红光满面。他从小就学习厨艺,曾经在纽约几家著名中餐馆担任大厨,见多识广,对自己的手艺十分自信。徐太太当年从台湾大学毕业后到纽约留学,课余在徐老板任大厨的餐馆当服务生,一来二去跟徐老板产生了感情,放弃学业嫁为人妻。前不久两人迁到加州自己开中餐馆。

徐老板在厨房亲自掌勺,严岩负责抓码,忙起来就帮徐老板炒菜,两个墨西哥人中,海都打杂,洛山多洗碗。餐厅由徐太太照管,调酒、收钱、接电话、接外卖,都是她的事。她手下有两个二十来岁的男服务生,也都是从台湾来的,一个叫杰夫,一个叫米勒,两人都会讲流利的中文,也都有中文姓氏,却只告诉别人自己的英文名字。

由于餐馆大门正对莫德斯托最繁华的大街,所以还未开张就吸引了不少美国人的目光,美国人对于新生事物总是充满好奇,因而餐馆一开张就有很多人前来品尝,生意很是红火了一阵,随后逐渐趋于平淡。但是徐老板胸有成竹,毫不慌张。果然慢慢有了一些回头客,又有更多的人慕名而来。

在离四海酒家不远的地方有家中餐馆叫“天香楼”,其实并没有楼,只是为了名字气派才选用“楼”字。四海酒家跟“四海”也毫无关系,取这样的名字无非是期盼宾客从四方纷至沓来。生意场上有副常用的对联,就是“生意兴隆通四海,财源茂盛达三江”。

天香楼比四海酒家早开几年,在莫德斯托已经做出了名气。老板姓张,据说以前是华盛顿的名厨。天香楼的生意好得一度必须要预订才有座位,不知有多少渴望饱餐一顿的人进了天香楼大门,却因未曾预订,只得无奈离开。也有未曾预订又不甘心的,坐在入口处的小厅里等,希望有人预订了座位又因故不来,最终却常常失望。后来张老板趁隔壁一家店搬迁,把那个店面租下来,将营业面积扩大了一倍,这才皆大欢喜。

天香楼自然成为四海酒家的对手,徐老板想起天香楼就有些不痛快。

“他那个店我去过,菜做得还可以,不过说实话,要是跟我比,还差一点。”有一次徐老板对杰夫说。

人们常说“文人相轻”,其实“相轻”的不止文人,凡是同行,都难免“相轻”。然而徐老板这么讲绝非自吹自擂,因为他的厨艺的确不同凡响,炒出来的菜真正称得上是色香味俱全。严岩在徐老板炒菜时总是仔细观察,然后在自己有机会炒菜时把心得付诸实施,渐渐觉得入了门道。过了几个星期,有天晚上徐太太进厨房取外卖时看见严岩刚刚炒出来的菜,不禁叫起来:“小严,我觉得你进步好快耶,炒的菜像徐老板炒的!”

一边的徐老板既不看严岩,也不看严岩炒的菜,带着傲气十分自负地说:“跟着我做段时间,以后不管到那里都能横着走!”

严岩在徐老板这里学会了樟茶鸭、香酥鸭和别的几样菜的做法。他以前做过的几家餐馆由于店面小,这些菜都是不做的。

有天杰夫上班时开来一辆他新买的轿车,这时离餐馆开门还有一会儿,他特意把车停在厨房门外,招呼徐老板和大家去看。这是一辆雪佛莱出产的1982年新款凯莫罗跑车,外形非常流畅漂亮,红色的车身一尘不染,闪闪发亮。

“好车。”徐老板一边绕着车看一边称赞。

“怎么样,今晚下了班坐我的车出去喝一杯?”杰夫两眼放光,得意洋洋,“然后一块儿到我上次跟你讲的那个地方去。”

“嗯……”徐老板低头沉吟,显得有些迟疑。

“去吧!跟你讲过了,那儿的女孩子都很漂亮,保证你看了都不知道要挑哪一个,好得不得了,真的不骗你。……”杰夫不停地怂恿。

徐老板抬起头来看了杰夫一眼,脸上笑着,伸手拍了拍杰夫的肩头,说:“我呀,喝酒、赌博、玩女人,男人喜欢的我都喜欢,可是现在自己做生意,每天累得都不想动了,哪有那个劲去找女人。这样吧,今天晚上咱们一块儿出去喝几杯,然后看脱衣舞,完了我回家,你想去一个人去,你看怎么样?”

“真的不去啊?是不是怕老婆?不告诉她就行了嘛。”杰夫说。

“怕什么老婆!”徐老板一副满不在乎的样子,“她不管我的事。”

随后两人开始往回走,别的人也都跟着往回走。

严岩十分惊愕:这种话、这种事居然在大庭广众之下堂而皇之地讲!后来他才知道自己是少见多怪。事实上,在港、台和东南亚的一些华人眼里,这种话和这种事根本不足为奇,完全正常,既不必因为这种话而羞于启齿,也不必为做这种事感到耻辱。有人甚至认为,不讲这种话、不做这种事的人,反倒是有点另类,不可理喻。

徐老板午饭后总要打个盹,养养精神,也允许厨房里其他人休息一会儿。严岩常常利用这个时间到购物中心各家商店闲逛,有时穿过停车场,站在人行道上观看川流不息的车辆从他面前驶过。他眼前的这条路是莫德斯托最主要的交通和商业大道,向两边望过去,远远近近竖立着不计其数的各式招牌。他觉得在这里能感受到生活脉搏的跳动,远比从早到晚闷在厨房里强。

这天他又站在路边看风景,忽然一辆警车在他面前停下来,车顶的红蓝白三色灯旋转闪动,发出令人心惊的炫目光彩。门开了,一个身材魁梧的美国警察下了车,两眼一直盯着他,同时慢慢走过来。

“怎么回事?什么地方不对了?”严岩心里一阵紧张。

美国的警察永远是全副武装,警帽、警徽、制服、皮带、皮靴是不必讲的,枪支弹药、警棍、手铐、对讲机是每个警察必有的基本配置。他们全都经过警官学校的专门训练,时刻保持着高度临战戒备,任何人都必须服从警察的命令,不能有丝毫违抗。如果警察要你把手举起来,你就必须把双手高高举起;要你转身背朝警察,你就必须照办;若是要你趴下,你就必须脸朝下趴,并且张开双臂,以显示手里没有武器。警察若要逮捕你,绝不能有任何反抗,老老实实转过身去,把双手放在身后,让警察用手铐把你的双手铐在一起。押走但是不戴手铐,或者把手铐在身体前面免得让你难受?你以为你在哪里?这里是美国!美国警察只要抓人,势必使用手铐,用手铐时势必把人反剪双手铐上,而不是铐在身体正面。要是被抓者稍有抵触,不管是男是女是老是幼,势必会被当即不由分说地打翻在地。这时就不要怪警察凶狠了,那真的叫如狼似虎。如果有人敢于反抗,特别是动用刀枪棍棒,哪怕只是在警察面前示威似的挥舞几下,警察也会毫不犹豫地拔枪射击,连发数枪,枪枪直击要害。只是打伤让对方失去抵抗力,然后押送法庭接受审判?想得太美妙了。美国警察要的是一枪毙命,多开几枪只是怕这人万一没死。

"没做错什么啊,这是为什么呢?"眼看警察越走越近,严岩脑子里像旋风似的飞快转动,可还是不明白怎么会招来一个警察。他站着不动,等着。

"嘿,一切都好吗?"警察神色严峻,语调坚决,走到严岩面前站住了。

"是啊,一切都好。"严岩说。

"你确定一切都好吗?"警察凝神注视着严岩的脸,显得有些不相信。

"我确定。有什么事不对吗?"严岩说。

"你为什么站在这里?"警察开始讯问。

这算什么问题?不是禁区,又没干坏事,站在这里不行吗?严岩不知道错在哪里。

"不为什么,我就是站在这里。"严岩说。

警察看看严岩,又看看四周,像是注意到了停车场另一端的中餐馆。他仔细打量了严岩一番,神色开始变得缓和。

"你是不是在附近什么地方工作?"警察问。

"是啊,"严岩用手指着四海酒家说,"我在那儿打工。"

警察脸上露出了微笑。他向严岩点点头,说:"好吧,祝你有好的一天。"随后钻进警车。他已经履行了他的职责,现在可以安心离开。

警察一走,严岩马上掉头回餐馆,一面对刚才发生的事情感到迷惑不解,直到快踏进厨房后门时才恍然大悟——这个警察以为他要自杀并且试图阻止他。

美国每年都有很多人由于种种缘故,譬如贫困、疾病、抑郁、失恋、孤独等等而选择结束自己的生命。严岩在汽车飞驰的大道旁独自徘徊,看在这个警察眼里很像有自杀的倾向,于是他把警车停在严岩与车流之间,然后下车询问,希望能避免一场悲剧的发生。他只是在忠实地执行公务。事实上,大部分美国警察能够依法行事,也有些人胡作非为,他们通常给人的印象是认真、严峻、不讲情面,动辄诉诸武力。

四海酒家里的几个台湾人相互之间无话不谈,但是除了工作,他们从来不跟严岩说话,甚至不看他一眼,仿佛他并不存在。两个墨西哥人总是用西班牙语对话,他们的英语不好,严岩的英语同样不好,彼此间也很少交谈。严岩在四海酒家很孤独,不过只要工作稳定,他对那份孤独并不在意,然而在他到四海酒家工作接近两个月的时候,却感觉到他在餐馆的地位正在遭受威胁。

杰夫带来一个人，说是他的朋友，也是台湾人，家住莫德斯托，这时在天香楼当油锅。杰夫把这个油锅介绍给徐老板，三人相谈甚欢。严岩当即感到这不是好兆头，事实也的确如此。

油锅是厨房里的重要角色，凡是油炸食物，质量好坏都取决于油锅的技术。这个油锅一心想学炒菜，可是在天香楼毫无机会，于是通过好友杰夫与徐老板相识，打算在四海酒家碰碰运气。中国人的乡土观念本来就强，台湾人又自以为与众不同，所以彼此亲近，相互帮忙，徐老板也是一样。除此之外，还有两点让徐老板心动，促使他下决心用这个油锅替代严岩。第一点是可以借此打击天香楼，毕竟能有一个好的油锅不大容易，第二点是可以省去为严岩租用旅馆房间的费用。不过徐老板想等趁严岩休息日教会那个油锅炒菜后再把严岩打发走，所以始终不动声色，但是严岩心知肚明，做好了随时离开四海酒家的精神准备。

这天上午，严岩又准时听到了来接他上班的两个墨西哥人的汽车喇叭声。他下楼来到车前，看见车里只有海都一人，没有洛山多的身影。

“洛山多呢？”汽车起步后，严岩问海都。

“他出庭去了。”海都说。接着他告诉严岩，十几天前，洛山多不知为了什么事情斥责女儿，妻子于心不忍，跟洛山多吵起来。都是年轻人，在气头上谁也不肯让步，妻子讲了几句难听话，洛山多无法承受，打了妻子一巴掌，小女孩顿时吓得哇哇乱哭，跑出去找邻居求救，邻居多事，打电话叫来了警察——报警在美国十分常见，不少家庭夫妻起争执，其中常常有人，多半是妻子，打电话报警。警察来后，被报警的，多半是丈夫，难免恼羞成怒，这时若一时冲动威胁警察，就极有可能被警察当场开枪打死，报警的人根本来不及阻止，只能痛哭懊悔，警察则毫无过错，不承担任何责任。这种事情在美国发生过很多次——警察闻讯赶到时场面本已平静，但洛山多尽管平时待人温和善良，这时在得知是邻居报的警后却由于年轻气盛和性情直率，在警察面前责骂邻居，显得有些凶狠，立即被警察以家庭暴力和威胁他人为由戴上手铐押走，当晚取保候审，今天是出庭接受法官审判。

“不会有什么事。”海都表情平淡地说。

严岩也认为这点小事不会造成严重后果。

到了下午，一个年轻的墨西哥女人牵着一个小女孩的手出现在厨房后门口。她神色凄惶，像是刚刚哭过。小女孩在抹着眼泪抽泣。海都一看见就放下手里的工作，望了徐老板一眼，仿佛是要取得徐老板的谅解，随即快步走到母女俩面前。海都和这个墨西哥女人在门口小声讲了一会儿话，墨西哥女人一边讲一边落泪，伤心得无法自持，而且满脸都是绝望，然后带着小女孩很迅速地走了。严岩觉得，她匆匆离去，很可能要么是怕妨碍海都工作会招致徐老板的不满，要么是想快点赶回去处理与洛山多相关的事情。

“发生了什么事？”徐老板问海都。

海都回答说：刚才来的是洛山多的妻子和女儿，发生的那件家庭纠纷，原本是一桩小事，结果却使人震惊。法官认定洛山多有暴力倾向，对美国社会构成威胁，判决将他的绿卡，也就是美国永久居留权吊销，把他驱逐出境。这个判决对洛山多一家如同晴天霹雳，洛山多和妻子当场目瞪口呆，实在不能相信。严岩和徐老板听了也感到不可思议。美国说起来不是最讲人权、最主张和重视家庭团聚吗？怎么可能会因为一点小小的家事就硬把一家三口拆散呢？人性和良知在哪里？

海都又说，不知道这件事有没有挽回的余地，但是他会尽力帮洛山多的妻子找律师提出上诉，争取让洛山多留在美国。他说他们都是穷人，没有钱，然而请律师的费用哪怕借债也一定要凑齐，只求能够把人救出来，不过如果最终洛山多还是被递解出境，那就只好偷渡回美国，洛山多当初就是这么来的。他的妻子是美国公民，结婚使他获得了美国居留权，只是居留权一旦被取消，要想重新获得将非常困难，但是跨越漫长的美墨边境并不困难，即使第一次没有成功，还可以进行第二次、第三次，乃至无数次的尝试，直到达成目的，所以无论如何洛山多一家都会在美国团聚。可是谁愿意遭受这样的磨难呢？而且是这么的委屈，这么的不公平。法官的判决实在是蛮横霸道又荒谬绝伦。

这种事情很容易让人联想到美国的种族歧视，如果洛山多不是墨西哥人，而是白人，法官还会作出同样的判决吗？这是非常令人怀疑的。

美国的种族歧视和种族冲突无所不在，一切有色人种在美国都遭到白人或明或暗的歧视和迫害，这里面自然包括墨西哥人，也包括所有华人，尽管有些华人自以为超然物外。不过这种歧视和迫害表现得最显著最激烈的还是在白人与黑人之间。

从 16 世纪到 19 世纪，大量黑人被白人殖民者从非洲贩卖到美洲充当奴隶，其中半数以上进入今天的美国境内，主要从事棉花等农业种植和在矿山做苦工，深受白人奴隶主的残酷剥削和无情虐待。

事实上早在 16 世纪前，欧洲人就开始了丧尽天良的黑奴贸易，他们组织自己的“捕猎队”捉拿非洲黑人，更多的则是勾结非洲当地的酋长来搜捕黑人，甚至蓄意挑起部落间的战争掳掠黑人，把他们作为奴隶贩卖，起初是贩卖到欧洲，后来主要贩卖到美洲。这种泯灭人性的无耻罪恶一直延续了数百年，参与的有葡萄牙人、西班牙人、荷兰人、英国人和法国人。他们的国家都是当时的世界强权，在国内都多多少少讲点自由和人权，但是在对待贫弱的黑人时却一个比一个更加残忍，更加肆无忌惮，因为在他们看来，所谓的自由和人权仅仅适用于他们自己，黑人则只是廉价的“财产”，像是美国建国后马里兰州的法律就曾经把黑人与畜生、动物、农具归于同类。

在从非洲运往美洲的过程中，那些黑奴先是被戴上脚镣手铐关押在阴暗腥臭的地牢里，并且锁在铁桩上，待凑齐人数时再被驱赶上船。这些船有的叫“耶稣”，有的叫“爱神”，却无一例外是黑人的地狱。装载黑人的地方高度不足一米，黑人必须爬着进去，一个紧挨一个密密麻麻排列起来，以便白人能一次贩运更多的黑奴。由于环境极端恶劣，以致大批黑人在途中死亡。更加惨无人道的是每当船上出现食物和饮水不足的情形，船长就下令把一些黑人抛入海洋以减轻负担。罹患疾病的黑人也会被毫不留情地扔进大海。19 世纪初各国明令禁止奴隶交易后，不少贩奴船依然我行我素，遇到查缉的风声吃紧，便常常把整船黑人抛到海里以毁灭证据。白人种族主义者这种令人发指的恶行甚至改变了鲨鱼的习性，在很多年里，大量鲨鱼守候在贩奴船的路线上，有船经过就一路跟踪，等待鲜活的人肉进口。

根据美国学者杜波依斯的研究，几百年间从非洲运到美洲的黑奴大约有一千五百万人，而每运一个黑人奴隶抵达美洲，估计会有五个黑人在遭捕获和贩运的过程中死亡，也就是说，差不多有七千五百万无辜的黑人不仅被道貌岸然的欧洲白人逼得家庭破碎、亲人永诀，而且在摧残中丧失了宝贵的生命。

侥幸到达美洲的黑奴大多也只不过能比他们葬身海底的同胞多活几年。据文献记载，在田里工作的黑奴，密西西比州的每天工作十八小时，乔治亚州的每天工作十九小时。繁重的劳动和非人的待遇使他们平均只工作七年就被折磨致死，而他们在成为奴隶前一个个年轻力壮，否则不会成为白人殖民者垂涎的“财产”。

当时的法律规定，黑奴没有任何权利，主人可以鞭打黑奴，逃亡后被抓的黑奴必须交还原主，黑奴造反要处以死刑，黑奴的后代仍然是奴隶。杜波依斯指出：“钉十字架、火焚和饿死，都是惩罚奴隶的合法方式。”

在西方主要国家中，美国是维护奴隶制度最顽固的国家。法国在大革命后于1794年通过了在所有法属殖民地废除奴隶制的法律，并于次年将废除奴隶制写入宪法。英国则从来不承认奴隶制合法。美国独立时对奴隶制置若罔闻，1787年在费城召开立宪会议制定宪法时，依旧确定保持奴隶制度。这一点也不奇怪，因为参加立宪会议的55个代表中有25个人自己就有奴隶，美国开国总统华盛顿本人更是大奴隶主，死时手下有317个奴隶，就连以主张人权著称的杰弗逊，家里也有黑奴。有人指出，杰弗逊一面抱怨黑人身上有种让他厌恶的难闻气味，一面又和他的黑人女奴共度良宵，繁衍后代，使人在评论他时啼笑皆非，不知所措。

美国全面废除奴隶制始于林肯在1861年至1865年美国南北战争期间发布“解放黑人奴隶宣言”，从此美国黑人获得了自由身份，但是并没有得到平等权利，依然遭到白人的歧视和欺压。这种歧视和欺压在黑人众多的美国南方各州表现得特别明显。

1896年，美国最高法院判决对黑人采取“隔离但平等”的措施，但是在执行时各州对“平等”漠不关心，对“隔离”则贯彻得淋漓尽致。依照法律，黑人被禁止和白人一起上学，禁止和白人同桌吃饭，禁止和白人一起比赛，禁止和白人一起服兵役。不少州还在选举法上做文章，以尽量剥夺黑人的选举权。

与此同时，白人动用私刑随意摧残黑人的情形仍然屡见不鲜，而且一直持续到20世纪中叶。

一个老年黑人男子在遭到迫害多年后接受电视采访时回忆说，当时他只有十二岁，还是个孩子，却和另一个黑人一起被诬蔑为强奸一个白人女子，尽管连这个女子自己都说由于事情发生在夜里，她分辨不清做坏事的到底是不是这两个黑人，一群白人还是毫不迟疑地把他们捆得结结实实，押到一棵树下准备对他们施以绞刑。这时他们面前有几十个白人，有的对他们咬牙切齿，有的对他们冷眼斜视，有的在议论,还有的激动兴奋。使他印象特别深的是有几个长得很可爱的白人小姑娘在他们面前又唱又跳,仿佛在欢庆节日。绳索套住了他们的脖子,他们被迫站到凳子上。有人抬起腿来,踹翻了另一个黑人的凳子。那个黑人身体十分痛苦地痉挛了几下,随即断了气。轮到他了。他自始至终神志茫然,不明白自己怎么会站在这里,因为他没有做任何坏事。他只是模模糊糊地觉得,他再也看不见这个世界了。

一条腿已经抬起,只需要一眨眼的工夫,他脚下的凳子就会被踹走,他未成年的生命将就此结束。他又恐惧又绝望。突然,人群中响起一个男人的喊声:

"不!不要杀他!让他走!这么小的小孩能干什么?我不相信是他干的!"

那条抬起的腿在空中停了下来。他脚下的凳子没有移动。在场的其他人似乎直到这时才注意到,绞索上的这个黑人又瘦又小,完全是个孩子,根本干不出那种事情。最终他侥幸逃过一劫。

尽管这件事情已经过去了几十年,他在谈起当时的死里逃生时,还是忍不住老泪纵横。

黑人在美国社会地位的根本改善来自于20世纪五六十年代的民权运动。这场以黑人为主,以反对种族歧视、追求平等权利为宗旨的伟大斗争坚持不懈地进行了十年之久,终于迫使美国当局以立法形式承认黑人应有的权利和地位。其他非白人族裔也因而获益。从那时起,在绝大多数情形下,美国再也没有人敢在言语和行为方面公开表现出种族主义。

然而黑人距离获得真正意义上的平等权利依旧任重道远。迄今为止,就整体而言,黑人在美国还是处于底层,在受教育程度、就业率、经济收入、居住条件等几乎所有方面都远远落后于白人,而且从民权运动取得胜利以来,数十年里美国警察肆意殴打和枪杀黑人的事件仍然层出不穷。

不少白人反对种族主义,主张所有族裔平等,他们是白人中令人赞赏和钦佩的群体,但是与此同时,没有人知道究竟有多少白人在温文尔雅道貌岸然的外表下,潜藏着根深蒂固的白人优越、白人至上的观念和对非白人冥顽不化的歧视与排斥意识。生活在美国的亚洲人有时会感到突如其来的震惊:一个共事多年、平时像是十分温和友好的白人,原来是个对我深怀敌意的种族主义者!在公众场合与一个白人起了争执,过错明明在对方,周围的白人却一拥而上地维护那个白人,对我则众口一词地横加指责,只是因为我的肤色与他们的不同!而且这些人看起来都不是缺乏"教养"的人。

要使白人完全消除他们心里的优越感,完全消除他们对非白人的歧视和欺压,从根本上说,有赖于非白人族裔自身的奋斗和强大,而不是仅仅凭借几行法律条文。只有当某一天,非白人族裔用事实证明自己在人类生活的各个主要方面都比白人做得更好,至少是和他们并驾齐驱的时候,才能获得真正的平等和白人的尊重,才能使白人不再自命不凡。事实上,种种迹象表明,这一天正以比很多人预想的快得多的速度来临。

其实在漫长的人类历史上,欧洲人的成就并不特别辉煌,人们常常提到的四大古文明,两河文明、古埃及文明、古代中国文明、印度河文明,都与欧洲人无关。当然,欧洲有古希腊文明,不过欧洲人在世界事务中居于主导地位只是最近几百年的事情,在长达一千多年的时间里,地球上最强大的国家是中国。

十二

洛山多被判驱逐出境后当庭遭到收押，不能再来四海酒家上班。第二天，海都按照徐老板的吩咐带来一个新的墨西哥人做洗碗工。

墨西哥人是加利福尼亚最大的少数族裔，在全州随处可见。他们很团结，也很爱国，但爱得更多的是墨西哥，而不是美国。即使是美国生美国长，讲一口流利的英语，在美国生活了很多代的墨西哥人，也并不真的把自己当作美国人。在他们心里，美墨漫长边境线另一侧的墨西哥才是他们的祖国，才是他们热爱的家园。他们相互间讲西班牙语，这是因为除了巴西由于过去是葡萄牙的殖民地，巴西人讲葡萄牙语外，整个拉丁美洲过去都是西班牙殖民地，通用的语言是西班牙语。

加州南部距墨西哥不远的洛杉矶和圣地亚哥，出于历史和地理的缘故，有大量墨西哥人，尤其是圣地亚哥，就位于边境线美国一侧，墨西哥人更是多得惊人。

有次在圣地亚哥举行美国国家足球队和墨西哥国家足球队的比赛，这时美国刚刚开始大力推动在全世界影响巨大的足球运动的发展。显然，由于主办者担心若在别处举行比赛，对足球兴味索然的普通美国人恐怕没有几个愿意来看，场面势必十分冷清，有悖于激起民众热情以推动足球运动发展的初衷，所以特意把比赛地点安排在圣地亚哥，期待这里众多热爱足球的墨西哥人前来捧场。

精明的组织者的愿望果然没有落空，那天大批墨西哥人从四面八方蜂拥而来，座无虚席的巨大体育场里几乎全是墨西哥人。他们一个个兴致勃勃，显得胜券在握，因为他们相信自己的队伍一定能赢。同时他们差不多人手一面国旗，当然不是美国国旗，而是墨西哥国旗，尽管他们中的绝大多数是美国公民。他们都既轻松又激动，等待观赏能征惯战的墨西哥队把初出茅庐的美国队打得落花流水，颜面尽失。

墨西哥队首先出场，当即受到全场观众山呼海啸般的狂热欢迎。几万人一起用西班牙语向墨西哥球员致敬打气。墨西哥球员随即向观众频频招手，也用西班牙语大声回应。美国的圣地亚哥体育场仿佛变成了墨西哥队的主场。

接下来美国队出场。看台上有人礼仪性地鼓掌，有人发出嘘声，还有人用英语告诉美国球员，他们根本不是墨西哥人的对手，一定会被墨西哥人痛宰。

比赛开始了。观众一边倒的为墨西哥队加油喝彩，只要球在墨西哥队员脚下，他们就欢欣鼓舞，大叫着希望能尽快攻破美国队球门；只要球在美国队员脚下，他们就紧张得屏息静气，期待墨西哥队能早点把球抢回来。

就像组织者企图吸引墨西哥人前来观战的愿望没有落空一样，前来观战的墨西哥人的愿望也没有落空。墨西哥队在这场比赛中大获全胜，而且每进一球观众都兴奋得欢呼雀跃，拼命挥舞墨西哥国旗，似乎是墨西哥战胜了美国。从比赛开始直到结束，整个体育场如同墨西哥国旗沸腾的海洋。本土作战的美国队，最终只好在高举他国国旗、满口他国语言的观众包围中悄然离场。

然而这丝毫不表明墨西哥人在美国地位优越，恰恰相反，就整体而言，美国的墨西哥人和黑人相似，也处于美国社会的底层，不过，同样和黑人相似，美国的墨西哥人也是一支美国社会中快速崛起的力量。

而对严岩来说，该来的事情迟早会来。快到月底的时候，徐老板低着头对他说："小严，不好意思，你做到这个月底……"

于是严岩只能准备打道回府。不过他还是很庆幸在四海酒家工作了两个月，使他得以增长见识、提高厨艺，并且进一步确立信心。

这是严岩在四海酒家工作的最后一天。午餐开始时，谁都没有看见杰夫的身影，过了半个小时，他才匆匆走进厨房，向徐老板解释说，他因病去了医院，所以来晚了。严岩扭头朝杰夫看了一眼，不禁吃了一惊，因为杰夫的两眼比最旺的炉火还红，鲜血仿佛正在向外渗出来。

"杰夫，你的眼睛怎么啦？"严岩忍不住问。

杰夫满脸苦笑，皱皱眉头抿抿嘴唇，又晃了晃脑袋，没有回答。

这时正好米勒走进来，听见了严岩的问话。

"他呀，中奖了！"米勒一边说，一边笑得合不拢嘴。

"中什么奖？"严岩不明白米勒在说什么。

"大奖啊！你不知道啊？"米勒笑得更厉害了，"他昨天晚上去玩女人，中了大奖。"

严岩想了想，随即恍然大悟——原来他们把那种感染称为"中奖"。

徐老板慢悠悠地说："杰夫啊，跟你讲过要当心，你看……"

可是杰夫尽管一副狼狈不堪的样子，却依然振振有词地说："谁会想到出这种事情。人活着就是要玩嘛，趁年轻的时候，白的、黄的、黑的，都玩遍才有意思，不然就白活了。我跟你们讲，其实有些黑女人也很漂亮……"

"你玩得痛快，有没有想过会得'爱死病'？你要是得了'爱死病'就死定了。"米勒说。

这时令人谈虎色变的艾滋病刚刚为人们所知，美国的华文报纸杂志在报道时把它音译为"爱死病"，这种病在当时和之后很长一段时期都被认为是无药可治的绝症，患者将不可避免地在世人异样的目光中遭受无尽的折磨，怀着孤寂和绝望的心情慢慢死亡。

杰夫显然也知道这种可怕的疾病，听完米勒的警告后眼里布满了恐惧，结结巴巴地说："我应该……不会吧。"

第二天，严岩回到了旧金山。

他需要再次寻找工作。这是他一年之内第六次谋求饭碗。在过去的一年里，他在五家中餐馆工作过，还在一家美式餐馆打过零工。他很想找到一份稳定的工作，这在旧金山地区并非完全没有机会，然而移民局铺设的罗网似乎无所不在，使他感到还是远离旧金山为好。

美国的大城市多半集中在边境附近，尤其在东西海岸，而辽阔的腹地则地广人稀，除了为数不多的几个都市外，全是中小城镇和牧场农田。这些地方天高皇帝远，几乎看不到移民局的踪影。严岩决定在内陆的什么地方找家中餐馆，安安心心地打工和栖身。他从中文报纸的招聘启事里看中了新墨西哥州阿巴克基市一家名叫四川饭店的中餐馆。

新墨西哥州位于美国南部偏西方向，与加利福尼亚之间相隔亚利桑那州。顾名思义，新墨西哥原为墨西哥领土，是墨西哥在 19 世纪中叶美墨战争败北后割让给美国的半壁江山的一部分。新墨西哥州面积超过三十一万平方公里，居民却仅有一百多万，因而有大片人迹罕至的荒芜地带，非常适合特殊用途。美国政府自然注意到了这点，在新墨西哥建立了众多重要的军事科研、制造和试验基地，其中最有名的是洛斯阿拉莫斯国家实验室。虽然只被称作"室"，事实上却是规模巨大的机构，是当年美国实行"曼哈顿工程"研制原子弹的地方，全世界最初几颗原子弹就是在这里产生的。第一颗用于试爆，随后的两颗，一个叫"小男孩"，一个叫"胖子"，出于迫使凶残的日本人放下屠刀立刻投降以尽早结束第二次世界大战，从而避免更多的人遭受战火蹂躏的目的，被美军分别投到日本的广岛和长崎。

阿巴克基是新墨西哥州最大城市，位于从北到南跨越加拿大和美国的落基山脉的南端，人口不足五十万。尽管它的海拔高度赶不上北边科罗拉多州的丹佛市，却也相当高，所以夏天无论白昼多么炎热，只要夜幕降临，来自附近原野的晚风一吹，整座城市转瞬间便会变得凉爽宜人。冬天则时常大雪纷飞，寒气逼人。阿巴克基周围多山，但它所在的位置是个平原。著名的格兰德河穿城而过。东西方向的 40 号州际高速公路和南北方向的 25 号州际高速公路在城内交汇。市区主要道路非常宽阔，而且横平竖直，十字交叉。

阿巴克基郊外的大片原野是热气球爱好者的乐园，每年在此举行的热气球活动蜚声国际。从阿巴克基沿 25 号高速公路向北开车一个小时就是圣塔菲。圣塔菲是新墨西哥州首府，人口不足十万，是座群山环抱绿树成阴的城市，景色十分幽美；其老城区街道狭窄曲折，沿街各类店铺鳞次栉比，到处弥漫着安恬闲适又自由自在的气息。常常有不少艺术家从美国各地前来圣塔菲生活和创作，因为他们认为，艺术创作需要心灵的感触和安宁，而这些要素，圣塔菲都能提供。

就像以"湖南"命名中餐馆一样，这时在美国以"四川"命名中餐馆也相当流行。民间有句话，叫做"川楚一家"，楚指的是春秋战国时期楚国的基本地域，大体上在今天的湖南湖北一带，不包括后来向东扩展的部分。明末清初，战乱导致四川赤地千里，人口锐减，引发了史上有名的"湖广填四川"，大量人口向四川迁徙。这里的"湖广"大致指湖南，与广东广西无关。总之，四川和湖南有千丝万缕的关联。今天重庆朝天门附近有个"湖广会馆"，是当地一景，大概就是当年湖南人大批移民四川时留下的遗迹。旧金山的"小湖南"餐馆出了名，随后在美国以"湖南"命名的中餐馆如同雨后春笋，太多了，有人就想另辟蹊径。四川有许多人原籍湖南，四川菜除了"麻"以外，也讲究辣，与湖南菜风味相差不远，于是取名"四川"成为中餐馆的时尚。这时的北方餐馆起名字时若用地名，通常只用"湖南"和"四川"，后来华裔移民日益增多，一些人在开餐馆时着意推出地方特色的菜肴以作号召，才逐渐出现了诸如"山东"、"上海”、“杭州”、“兰州”之类的店名。

严岩打电话和阿巴克基的四川饭店联系，得知这家餐馆开业未久，生意兴隆，急需一名炒锅。他对自己的厨艺已经具备足够的信心，所以告诉对方他一定能够胜任，于是双方商定，严岩月薪为一千二百美元，餐馆包吃包住，同时支付他的去程机票。

1982 年 4 月 10 日，是严岩生命里新篇章开始的一天。他凌晨三点起床，吃过早点后搭乘姑妈的汽车向旧金山国际机场进发。拂晓的旧金山，路灯昏黄黯淡，街头静谧无人。转过几个弯后，汽车驶上了通往机场的高速公路，他从车里望出去，看见东面极远处的地方开始露出微明的晨曦。渐渐地，天色由黑转蓝，几片浮云在寂寥的天空徜徉。他心里忽然涌起一阵惆怅。离开已经熟悉的繁华都市旧金山和始终关心他的祖母及姑妈姑父，独自前往遥远而陌生的新墨西哥，使他有种即将置身于无边荒漠的凄凉感觉。

途中飞机越过群峰陡峭的落基山脉，在丹佛稍作停留，随后直飞阿巴克基。丹佛拥有美国所有大城市中最高的海拔，约为一英里，所以被称作“一英里高的城市”。丹佛附近高山林立，分布着很多著名的滑雪胜地，每年冬季都能吸引不计其数的滑雪爱好者从各地赶来享受白色世界的乐趣。

严岩在阿巴克基机场走进接机大厅时已经过了中午。他正要张望，一个体格健壮、看上去十分干练的中年男人来到他面前。

“是严岩吧?”这个男人问。

“是啊。请问你是……”严岩说。

“我姓许，来接你的。”

“噢，许老板好。”严岩明白了原来是四川饭店的许老板来接他。

“都好。不要客气，以后叫我许先生就行，不必叫老板。”中年男人笑着说，“来吧，跟我走，车就在外面。”

四川饭店由两个台湾来的人合开，他们一个姓许，一个姓齐，都是读了些书的人，不喜欢别人叫自己老板，而喜欢被称作先生。两人年龄相仿，曾是中学同学。

许先生的父亲在台湾位居要职，他也就从小要风有风，要雨得雨，十几岁时便驾驶美国军用吉普车随意出入机要部门，没有门卫敢于阻拦，自然养成了他不甘人下的傲气。然而他绝非那种专靠父荫的纨绔子弟，在学校成绩优异，大学毕业后来美国留学并取得博士学位，随后在一家美国公司工作，由于不获重用，辞了职自己做房地产生意，经过十几年近乎白手起家的奋斗，现在已拥有两家购物中心和一个有二十几套住宅的公寓。四川饭店所在的这幢房子本是他依约为一个华人盖了开餐馆的，结果没想到房子盖好了，那人却心生怯意，逃得不知去向，无奈之下，许先生求助于他的老同学、正在得克萨斯州休斯敦市开中餐馆的齐先生，打电话问齐先生有没有兴趣再开一家。

齐先生的父亲在国民党从大陆败退前是某省的高官，这个“官”到台湾后成了有名无实的虚衔，没有任何权力，齐先生年轻时自然不可能如许先生那般神气，而且他的性情也不像许先生那么刚强，所以在许先生面前，他总觉得自己矮人三分，当然也就礼让三分，直到现在依然如此。

几年前还在台湾的时候，他在一家著名报社当记者，也算是小有名气。据他说，由于这家报纸的权威性，在上面发表的文章报道都具有可观的社会影响力，于是一些人要么为了出名，要么为了升官，要么为了发财，很希望他能为他们在报纸上美言几句，为此想方设法地讨好他。

“干我这一行的是无冕之王啊。”后来他向别人讲述当初的情形时，总是免不了既得意又怀念，“一篇文章登出来，要你生你就生，要你死你就死，谁也不敢得罪我，走到哪儿都是上宾。不过真送钱的也不多，就是送点礼，请个客，喝酒吃饭什么的。有时候啊，找女人招待你；一进门，什么都准备好了，又年轻又漂亮，躺在床上，就等你……”

不过自从携太太和一双儿女移民美国，齐先生的这种日子就算到了头。起初他打算重操旧业，凭他在台湾的资历和所学英语在美国报社谋个职位，结果发现“按汉语文章的写作方式写英语文章，人家老美根本看不上。两者的写法完全不同，不是会讲几句英语就能写出英语文章的。”

他来美国时带了八万美元，一时还不至于喝西北风，但若是没有新的收入，迟早会坐吃山空。他心里高尚点的工作，他高攀不上，低下点的工作，他又不屑一顾，剩下的就只有自己做生意当老板了。

然而他却不想自己做生意，否则在台湾就做了。多年的记者生涯使他知道老板并不好当，既操劳又担风险，搞不好全盘皆输，不过这时他已别无选择，太太又一再斥责他胆小无能，说他没有出息，不像男人，说别人都能把生意做好，我们凭什么不能，逼得他只好胆战心惊地走上了做生意的道路，一边又心怀侥幸，盼望钱能像流水似的涌入他的口袋。

结果事实证明他的顾虑不是没有道理。夫妻俩先是在加利福尼亚州，前后几年，咖啡店、洗衣店、冰淇淋店、中餐馆，能想到的都尝试了，没有一个成功，生意总是惨不忍睹，每次都不得不依靠打折才能勉强寻到买家让自己脱身。他手里的钱越来越少，生意也越做越小。后来两人一商议，认为症结在于加州华人太多，有钱人也太多，竞争过于激烈，需要换个地方。去哪儿呢？去得克萨斯州。得克萨斯在美国以“大”著称，什么都大，面积大，居民住房大，餐馆里饭菜分量大，连人的体形也大，因为得克萨斯的人吃起来豪气十足。调查显示，得克萨斯最大城市休斯敦的人均体重全国第一，休斯敦因而被称为美国“最肥的城市”。得克萨斯的人口也特别多，在加利福尼亚之后位居全国第二。有这么多人，又这么爱吃，华人又相对较少，生意势必是有得做的，于是齐先生夫妇满怀希望千里迢迢把全家迁到休斯敦，凑出所有的钱买了一间只有二十几个座位的小餐馆。没想到开张之后门可罗雀，弄得齐先生常常绝望地盯着毫无动静的餐馆入口长吁短叹，忧心如焚。

许先生打来的电话使在深渊中苦苦挣扎的齐先生看到了一线生机。齐先生心里很清楚，经营四川饭店，无论成功与否，都远远胜过坐以待毙。他当即表示非常乐意前往阿巴克基开餐馆，但问题是他现在已经穷得身无分文，就连他在休斯敦的这家中餐馆，都还拖欠着房东几个月的租金付不出来。许先生没料到这个老同学竟然沦落到如此地步，只好提出厨房设备连同餐厅桌椅等等，其中有些是从别家倒闭的餐馆廉价买来的旧货，共计四万美元，算他和齐先生各出两万，分别拥有餐馆一半股份。齐先生名下的两万美元只当是借许先生的，待以后赚了钱再还。许先生有很多事情需要操劳，对餐馆经营既不感兴趣又不在行，所以四川饭店完全交由齐先生打理，房租则是要付给房东许先生的。齐先生听了，表示没有异议。

随后齐先生把休斯敦的餐馆交给太太，独自来到阿巴克基。两个股东见面后一致认为，要把生意做好，大厨一职至关重要，所以他们做的第一件事就是在旧金山华文报纸刊登广告聘请大厨。事情进展得很顺利，几天后便有一个大厨应聘从旧金山来到阿巴克基。大厨姓刘，习惯于别人叫他刘师傅。刘师傅本来在日本自己做中餐馆生意，大约两年前和太太一起移民美国，五十几岁了，不想再冒险，只打算替别人工作几年后退休。他很小就在中餐馆当学徒，吃过不少苦，历经几十年的磨炼，不管炒菜还是面食，样样精通。他是做"北方菜"的，以他的厨艺和资历，在旧金山任何一家北方餐馆都足以胜任大厨的职务，但是旧金山的中餐馆大多是广东餐馆，为数不多的北方餐馆又必须是规模较大的才有一名大厨，其中不少是老板亲自担任，所以要得到大厨的位置很不容易。刘师傅只得委委屈屈地做了一年多的炒锅，这次看到外州有机会，自然很动心，一则不必屈居人下，二则外州的工资比旧金山的高。结果他通过电话联系到齐先生时，齐先生说，餐馆尚未开张，生意好坏难卜，所以他若是去，工资只能暂定为每月一千四百美元，等生意做起来了再加。刘师傅明知在外州当大厨，月薪应该在一千八百美元上下，但即便是一千四，也比他在旧金山当炒锅拿的多，何况齐先生讲得清清楚楚，生意好了会加，于是刘师傅告别太太只身前来。太太以后来不来，要看看这边的情形再做决定。

大厨是餐馆的台柱子，有了台柱子，其余各项筹备工作迅速展开。先是聘到一个三十来岁、名叫琳达、丈夫是美军军官的华裔女子做前台经理兼收银员，接着请了几个美国年轻人做琳达的手下，其中几个姑娘当服务生，两个小伙子当收碗工。这倒不是特意要用美国人，而是在华人不多的美国内陆地区英语流利又适于做服务生的华人很少。厨房里大厨之外别的职位，两个股东本来也打算在加州登报请人，没想到尚未行动就有一批本地亚裔上门来找工作，原来他们都是20世纪七八十年代初辗转来到美国的东南亚难民，刚来时依靠政府的安家费和补助金度过最初的日子，这时早已必须自食其力。于是聘用了几个，有的当油锅，有的做帮厨，有的洗碗，由刘师傅和齐先生加以紧急培训。其实齐先生自身并没有多好的厨艺，不过赴美前在台湾出于未来可能需要的考虑，学了一点；来美国后开餐馆请人当厨师，又学了一点；到休斯敦开餐馆时已经请不起厨师，只能硬着头皮自己做，更增加了些体会；所以他对厨房的各项事务倒是都不陌生。

四川饭店开张的那天鞭炮齐鸣。蓝色的硝烟还在空中弥漫，地上的纸屑还来不及清扫，就有一批美国顾客蜂拥而入。他们大多是附近一个美军基地的军人，吃腻了军中伙食，想换换口味。餐馆的生意一下子就好得远远超出两个股东最乐观的预计。每天十一点刚开门，身穿制服的美国军人和周边的上班族就络绎不绝地涌进来。到了十二点，顾客排的队从进口处的门厅一直延伸到外面。一些汽车在停车场上转来转去，半天找不到车位。晚餐生意不及午餐的狂热，但是也不错，尤其是星期五、星期六的晚上，一百七十个左右座位的餐厅常常座无虚席，排队是常见的景象。

这主要是刘师傅的功劳。首先，菜肴的味道是他调制的，火候是他掌控的。其次，午餐是根据他的提议，采用自助餐形式，客人一旦有座位就可以拿盘子装饭菜吃，无须等候，想吃什么吃什么，不够再随意添加。这种形式对那些午餐时间不多又喜欢大嚼大咽的人非常合适，所以他们争先恐后地从各处赶来。晚上则不做自助餐，只提供点菜，使顾客有更多选择，同时维护餐馆比较高端的形象。

四川饭店生意一飞冲天的状态使所有看到听到的人觉得难以置信。许先生惊异得不知道说什么才好，齐先生则感到拨云见天绝处逢生的狂喜。

“以前的生意我也是这么做的，怎么就没有这次的好。”有天齐先生微笑着，若有所思似的对许先生说，仿佛生意好全是他的功劳，又仿佛是想表明，他始终是才华出众的，仅仅是由于运气不佳，在此之前才江河日下。

“你少吹！”许先生说，“这次还不是因为人家刘师傅，你有什么本事！要是没有刘师傅，我看这个餐馆多半不行。”

“哎，小许，你也不能这样说嘛。”齐先生显得很尴尬。

“怎么不能这样说？你几斤几两别人不知道，我还不知道！”许先生毫不客气。

齐先生笑了笑，没有再说什么。

十三

许先生先带严岩到宿舍把行李放好。宿舍所在的公寓是许先生的产业,有三幢两层楼房,构成一个 U 字。U 字外面是公寓停车场,里面是院子,院子中央有个游泳池,四周用栏杆环绕,以防止有人不慎掉下去,这时是春季,池中无水。公寓所有住户的门都向内朝着院子。在 U 字的开口处,中间是洗衣机和自动售货机房,以及一个供管理员使用的小办公室,两侧各有一个作为公寓进出口的门。严岩住的地方在正中楼房的二楼,只有一间卧室,里面有张双人床,由刘师傅独享。与客厅相连的小厨房和小餐厅,地上各铺放着一张约莫半尺厚的单人床垫,许先生说,齐先生也住在这里,齐先生的意思是要严岩睡厨房的那张床垫,因为那里比较暗,有利于睡眠,他自己睡在餐厅里。严岩觉得无话可说。

随后许先生带严岩去餐馆。餐馆就在公寓门前马路的对面,是幢很气派的独立建筑,既有中国古香古色的情调,又有现代西方简洁明快的风格。除去背面,餐馆的三面都有停车场。

这时餐馆的午餐营业已经结束,门前空无一人。许先生和严岩从厨房后门进去,恰逢齐先生坐在门外一只小凳上抽烟,看见他们便即刻甩掉香烟站起来,一面用两只手抓住因身躯肥胖而往下滑落的裤子往上提。

“老齐,人我给你带来了。”许先生说。

“欢迎欢迎!”齐先生满脸是笑,哈了哈腰,跟严岩握手,“鄙姓齐,叫我齐先生就行。”

“齐先生好!”严岩一面问候,一面打量齐先生。齐先生身材高大,肥头肥脑,红面孔,大背头,眼睑虚浮,目光灰暗,肚皮向外挺着。他这个样子若是呆着不动,旁观者会以为他委靡愚钝,但是一动起来,便立刻展现出从容亲切的神色、随和得体的谈吐和温雅有礼的举止,使人感到他其实是个不简单的人。严岩很快就意识到了这一点。

事实上,齐先生在台湾当记者时与不同类型的人打过多年交道,加上他本身的性情,使他变得老于世故、八面玲珑,十分善于察言观色,见机行事。

“好,大家都好。”齐先生回答着,也在打量严岩,觉得这个新来的炒锅相貌英俊,体格匀称,神态自若,像是很精干的模样,却又有一股书生气,不似印象中干粗重活的人。真的能胜任厨房里忙起来急风骤雨般的工作吗?他心里有点怀疑。

“咱们店里忙的时候像着了火一样,鸡飞狗跳的。”齐先生用满含探询意味的目光看着严岩的眼睛,“你觉得怎么样,行不行啊?”

“我想没问题。”严岩很干脆地回答。其实他在以前的几家餐馆从未经历过“鸡飞狗跳”,但是他对他的能力深具信心,认定自己不会比别人差。

“好!那就看你的了!”齐先生讲这句话的腔调有种久历江湖的味道,“来,我带你认识一下刘师傅，他是咱们这儿的大厨。再带你看看餐馆。”

刘师傅正在厨房里切菜。严岩走过去跟刘师傅聊了几句。中餐馆里的大厨和炒锅之间隐隐有种竞争关系，大厨担心炒锅学会自己的手艺，夺走自己的饭碗，而炒锅通常的确容易产生这种念头，但严岩不在“通常”之列，只觉得刘师傅有种老厨师的态势，稳重、自信、不笑，也不客套，显得实实在在，使他从心里感到尊重。刘师傅依据他丰富的生活阅历，同样认为严岩是个诚实的好人。他们彼此间始终没有丝毫的猜忌和排斥。

严岩又和厨房里别的人打了招呼。其中有对姓马的夫妇，都是五十来岁的人，马先生做油锅，马太太做帮厨，洗碗工是个三十八九岁名叫银花的女人，这几个都是华人。还有个年轻的老挝人，也是做帮厨，因为皮肤黝黑，相互又熟，所以大家都叫他“老黑”，真名倒没人叫了。美国这里常常是几个人在一起共事多年，由于需要称呼的缘故，相互知道名字，而姓则未必知道，也没人在意。像老黑这样，既然有了称呼，名和姓就都无关紧要了。当然，出于联系、发放工资以及向国税局报税的需要，老板那里有每个员工的完整资料。

从厨房到餐厅需经过一个被称作服务站的隔间，里面摆着几张长桌，桌上整整齐齐地放着刀、叉、盘、碗、盐瓶、小酱油瓶，摞得高高的外卖盒，成堆的餐巾纸，以及咖啡、热茶、冰茶。墙上的货架也放满了东西。桌子旁边还有啤酒柜、制冰机和可口可乐之类的饮料台。

餐厅有两个，一大一小，都装饰得龙飞凤舞、金碧辉煌。餐桌有两人的、四人的、八人的，还有两张分别可供十来个人就餐的大圆桌。

严岩在他即将使用的炉台前拿起炒锅炒勺掂量了一下，就像军人在战前检查自己的武器，又察看各种调料的位置，以便胸中有数，随即和大家一起切菜，等待到四川饭店后的第一场考验。

像很多中餐馆一样，四川饭店的晚餐从下午五点营业到晚上十点。接近五点，一切准备就绪，餐馆十几个人各就各位，严阵以待，只等顾客上门。五点钟门一开，立刻就有顾客进来，起初只是陆陆续续，渐渐地一批又一批的朝里涌，七点钟生意达到高峰。这时餐厅里坐满了人，后来的只好挤在门厅里，看上去十分混乱，门外还不断有人进来。琳达只顾得上收钱，嘴里不停地说“谢谢”，完全没有时间迎接新来的客人。付完账要离开的客人一边讲着“对不起”，一边必须左转右转地从人丛中钻出去。不过那些等候的顾客都十分规矩，自动按照进门的先后分清各自的次序，决不争抢。餐厅服务生工作时分片包干，这时便不等琳达指示，只要自己负责的区域有空位，就去门厅招呼顾客入座。

厨房里正如齐先生所言，高峰时忙得鸡飞狗跳。抽油烟机轰轰地响着，炉膛里红色的烈焰呼呼翻卷，哐啷哐啷的锅勺声震人心弦。呼叫声、应和声此起彼伏，中间还夹杂着切菜剁肉的声音、盘碗撞击的声音和人来人往发出的各种声音。

严岩起初抓码，忙起来后齐先生要严岩炒菜，自己抓码，想看严岩技能如何，看了一会儿，觉得以往见过的厨师没有一个赶得上严岩动作的干净利落，而且不止是快，严岩炒的菜还十分漂亮，连装盘也尽力装得漂亮，绝不马虎草率。齐先生喜出望外，顿时对严岩刮目相看。

刘师傅在忙中不时朝严岩这里看几眼，对这个新来的炒锅也非常满意。

“小严啊，你炒得不错。”齐先生对严岩说，“不过是这样，我觉得你最好还是用刘师傅调的酱汁炒，这样会炒得更快，而且你和刘师傅炒出来的菜味道也一样。”

严岩以往做过的几家中餐馆，厨师炒菜时根据菜式需要即时调制酱汁，每炒一份菜调一次，他也是那样。刘师傅则是预先用酱油、料酒、味精、胡椒和糖等等按照比例混合，再加高汤，制成酱汁，除了素什锦、清炒虾仁之类不用酱油的菜和炒饭炒面外，大部分要放酱油的菜，比如青椒牛肉、芥蓝牛肉、杏仁鸡丁等等，炒时只需选择性地加入葱、姜、蒜，再适量加入预先调好的酱汁即可，不必一个菜一个菜地调味，也不必担心过咸或者过淡。这样做的好处是不仅出菜快，而且能保证不管由谁来炒，菜的风味大致相同。

严岩感到长了见识，从此也采用这个方法。

他头也不抬地忙着，身边和身后装得满满的抓码盘依旧堆积如山，耳里还不时听到服务生进来叫菜的声音。菜炒了一盘又一盘，仿佛永远炒不完，使他感到就像是一直身陷重围，必须无休无止地左冲右突，但他始终保持镇定，全力以赴，让自己做到忙而不乱，每份菜都讲究质量。

马先生一言不发，手忙脚乱地照管着油锅。他生来寡言少语，性情沉闷，这几年变得愈加沉闷。原先他和太太一起在越南西贡经营珠宝店，属于富有阶层，别人看见他就仿佛看见光彩夺目的黄金美玉，自然要多几分敬意，他则自然要多几分得意。谁知沧海桑田，世事难料。时局巨变，使他丧失了大部分家产，只勉强藏起来一小部分，不过即便是这一小部分也不是普通人家能够想望的。几年后他和家人随难民潮漂流海上，经马来西亚辗转来到美国，若非发生意外，这本来已经足以让他欣喜了，可是谁也没有料到竟然会祸不单行。从越南出发时他们把余下的家产——大多是黄金珠宝——装包带在身上，夫妇俩因为年纪大，各带一小包，最大最值钱的一包交给年轻的儿子。在一次海上换船的时候，儿子的一条腿刚刚迈出去，一个浪头冲得小船颠簸起来，把儿子掀到海里。大家连忙七手八脚地把儿子救起来，命是保住了，儿子身上装满一家人美国梦想的包裹却没了踪影。大海茫茫，深不可测，全家人惊魂未定，欲哭无泪，只能作罢。后来退一步想，夫妇俩身上还带着些财物，虽然加在一起也抵不上丢失的那些，但还是足够在美国做点小生意，也就努力自我安慰。到了美国一看，做什么呢？中餐馆。于是马先生马太太一起到四川饭店打工，想学会厨艺后自己开店。尽管他们一生都只是和珠宝打交道，没有干过粗活，这时却能因生活所迫而忍辱负重、吃苦耐劳。马先生做事有些笨拙，但现在做油锅已经算得上熟练，马太太切菜和包春卷早就得心应手，两人差的只有炒锅技能。生意这么好，马先生原以为学习炒菜的机会就在眼前，没想到一个炒锅从天而降，打碎了他的好梦，使他非常郁闷。

马太太是个温和能干的女人，既要强又通情达理，在西贡开珠宝店时，生意主要靠她打理,来美国后开中餐馆也是她的主意。过去几年的波折使她遭受了不少磨难,也使她深感人的力量是多么微弱,在命运的洪流面前,任何人都只能顺应,无法抗拒。她现在只是希望能自己做点小生意,不必寄人篱下,一家人安安稳稳地过日子。

做洗碗工的银花脸色红润,手臂也红润,性情爽朗直率,一天到晚都很快乐。她是贫苦人家出身,从小劳动惯了,体力又好,看见事情就想做,不做就觉得心里难受,这么忙的生意,要是换作别人,能把分内的工作做好便十分不易,然而她手脚麻利,总有空余时间,这时只要有事做,她必定过去帮忙,从不袖手旁观。切菜、切肉、包春卷,这些与洗碗工无关的事她全干,而且她喜欢忙碌的感觉,越忙越兴奋,一忙起来就眼睛发亮、满脸欢笑,嘴里还不停地叫着:“哎呀,好多人啊!”“哎呀,又来人了!”“忙啊!很忙啊!”同时马不停蹄地做这做那。

老黑家里有妻子和一个两岁的儿子。妻子在外面做零工,主要是到有需求的居民家整理房间,有时也帮别人照看小孩、遛狗,这时自己的儿子就请邻居看管。左邻右舍都是东南亚来的难民,同病相怜,自然相互关照。老黑性情温顺,在厨房里既不活跃,也不孤僻,别人叫他干什么他就干什么,从不争辩,也从不抱怨,每次都认认真真地把事情做好,不过如果没人吩咐,他就会若无其事地站着不动,仿佛一部机器,需要人来操作。

做服务生的几个美国姑娘都只有二十来岁,不久前才刚刚摆脱十几岁少女的青涩稚嫩,开始拥有成熟女性的大方和风韵。她们个个形体健美、活力四射,强有力的腰腿使她们行走起来昂首阔步,宛如波涛起伏。她们一律身着餐馆发放的剪裁得体的改良式红色旗袍,上面短袖紧身,下摆及膝,两侧开口,这样既能勾勒出她们曲线玲珑的身材,又不妨碍她们行动的自由。

像很多美国人一样,这些年轻的美国姑娘见面时也喜欢闲聊,像是有说不完的话,但是当营业高峰来临的时候,便全神贯注地投入工作,在餐厅、服务站和厨房不停地穿梭往来,十分尽力地为顾客提供各种服务。她们都很能干,可以两手同时端很多菜,照样行走如飞。同伴若有需要,她们会主动协助。

当收碗工的两个美国小伙子身强力壮,行动敏捷,工作效率很高。他们都身穿白衬衣和黑长裤,看上去精神抖擞。

在美国,服务生和收碗工的薪水都不高,服务生的收入主要来自客人给的小费,小费中的一部分要依据收碗工的工作表现分给收碗工,因而服务生和收碗工在工作和收入方面总是密切相关。

忙到过了九点,生意逐渐淡下来。

“感觉怎么样?”齐先生问严岩。

“还好啊。生意真的不错。”严岩说。

“周末比这还要忙。”齐先生一脸的得意之情。

银花在旁边大声说:“现在忙也不怕了,小严来了嘛!我看他炒菜很快呀,那些服务生不需要怎么等菜就出来了。”

齐先生说:“小严啊,你没来的时候就我和刘师傅两个人,我又要抓码又要炒菜,那真的是忙得天昏地暗,还是忙不过来,把那些服务生急得……现在好了,你看她们高兴的样子。”

快十点的时候,餐厅里的客人不多了。齐先生到柜台跟琳达聊天,等客人完全离开后清账。服务生和收碗工在整理桌椅,为第二天的午餐作准备。厨房里开始搞卫生。刘师傅和严岩洗刷各自的炉台,马先生擦洗油锅表面的油渍并且整理抓码台,马太太和老黑擦桌子、扫地、洗地,银花把洗碗机里外清理干净,叫老黑帮她一起把大桶垃圾倒进室外的垃圾箱里。十点到了,刘师傅炒了两大盘芥蓝牛肉作员工晚餐,几个中国人和老黑开始狼吞虎咽,但是美国人不吃,要回去吃汉堡包或者热狗。当然,他们也有别的选择,因为西餐和中餐一样丰富多彩。

厨房员工吃完晚饭时已经过了十点半,从上午十点进门算起,除了午饭晚饭时能够喘口气,他们工作了差不多十二个小时,这时每个人都渴望赶紧回家,饭一吃完便纷纷往外走。

严岩和刘师傅一起走,刚走几步,身后忽然传来齐先生的声音:“小严,先别回去,来一下。”

于是他回转身来,随齐先生进了餐厅,看见许先生不知从何时起已经坐在大圆桌旁,手里拿着一罐啤酒正在喝。齐先生到酒柜又拿了几罐啤酒。

“小严,喝不喝啤酒?”齐先生把手里的啤酒罐扬了扬。

“喝啊。”严岩说。

“来,一醉解千愁。”齐先生把啤酒罐递给严岩,“刚才我问过刘师傅了,他说你只干了一年餐馆就能这样很不简单,好多人几年都做不到,他很满意。我也很满意。”

三人喝着啤酒,兴致勃勃地谈论餐馆的生意,又谈起中国大陆、台湾,以及美国的一些事情。尽管相识只有短短几个小时,却由于对严岩的气质谈吐和工作能力十分欣赏,许先生和齐先生已经多多少少的开始把严岩当作朋友看待。

“你知不知道他父亲?”齐先生竖起大拇指,对严岩讲起许先生,“抗战名将!到台湾后在中枢位居要职,那可真是权势熏天!”

“说什么呢!你老爸官也不小嘛。”许先生显得不以为然。

“那怎么比,我老爸那是闲职。想当初咱们一伙人,就你最神气,军用吉普一开,哎呀,那些女孩都疯了……”齐先生边说边感慨得直摇头。

“行啦,别替我吹。”许先生笑起来,转过脸朝着严岩,“他就知道吃醋。其实我是靠我自己的本事,哪像他。你看看他那个样子,怎么跟我比,现在好了,店里一群年轻女孩。”

“哎呀,人家美国女孩怎么可能看得上我。”齐先生一脸自嘲的笑容。

“人家是看不上你,可你看得上人家,不过也就只是看,连想都不敢想。我还不知道你!年轻时玩得不够,现在想补回来,我说的对不对?”许先生说。

“也对也对。”齐先生甘拜下风,“不过说实话我从来没有打过老美的主意,人家根本就看不起咱们。”

“人家为什么要看得起你？见了老美就点头哈腰，我就不来这一套。”许先生说。

“他是傲骨天生，我没那个本事。”齐先生笑着对严岩说。

“中共对老美就强硬得很，对不对？”许先生知道严岩来自中国大陆，所以一面说一面朝严岩看，“其实老美欺软怕硬，‘韩战’一打，也是怕得要死，后来老蒋喊反攻大陆，美国人叫他不要动，‘越战’时中共说你不能过十七度线，美国人就不敢过。总统还跑到大陆‘朝圣’。”

话题转到了朝鲜战争，在许先生齐先生口里叫做“韩战”。

许先生说，“韩战”结局是中国一百多年来抵御外敌的第一次真正的胜利。尽管之前中国曾经赢得抗日战争的胜利，但有不少人认为那是因为在相当程度上借助了外力，并非中国人独自奋战的结果，而“韩战”则截然不同，完全是靠中国人自身充满血性的牺牲精神和精彩卓越的战略战术取得了战争的胜利。一支装备简陋、补给不足的中国军队竟然能把在第二次世界大战中所向披靡的美军及其仆从国军——共计十七个国家组成的装备精良、拥有绝对海空优势并且后勤强大的联合国军——打得魂飞魄散，望风而逃，实在是匪夷所思。

这时齐先生插话说，双方算是平手，因为战前战后的分界线都是三八线。许先生不同意。

“你胡说些什么！”许先生脸上露出轻蔑的神色，“中共出兵的时候美国已经快打到鸭绿江了，最后停战是在三八线，那当然是美国输了。你看到现在老美都从来不提‘韩战’，就是因为输得太惨，太伤心了。”

“不过美军的伤亡好像比中共的少。”齐先生说。

“你不能光看美军伤亡。”许先生说，“美国这边是十七个国家组成的联合国军，那边是中共，还有些北朝鲜军队，但是不多，主要就是中共。武器当然是美国这边占优势，中共那边土得掉渣，后勤也跟不上，最多打一个星期就没法支撑了。就这样打，你知道联合国军伤亡多少？有没有看过资料？我看过。联合国军光死亡和失踪就有一百多万，其中美军有六万多。这个数字我记得很清楚。什么叫失踪？炸成碎片了，沉到水里了，死了找不到尸骨就叫失踪。失踪就是死了，一百多万啊！中共死了多少人？没那么多吧？这可不是我说的，是美国官方的统计数字。”

“他不喜欢美国人，以前在美国公司做的时候被人家挤压，不得志。”齐先生笑着对严岩说。

“本来嘛。”许先生说，“不过我刚才讲的都是事实。”

“听说台湾当时很想参战，有没有这回事？”严岩问。

“可能有，不过去了也没用。”许先生说，“但是‘韩战’让台湾得了不少好处，后来的‘越战’也让台湾得了不少好处。美国认识到台湾的重要性，在台湾驻军，帮台湾搞建设，军人到台湾度假，台湾给美军提供后勤支持和服务，这样才慢慢有了后来的经济腾飞。”

“台湾现在还是依靠美国嘛，是不是？”严岩说。

“那当然，没美国还行！台湾人最崇拜的就是美国。”齐先生说。

“这话是没有错，不过台湾人觉得最亲的不是美国。”许先生说。

“不是美国是谁?”严岩感到好奇。

“日本。”许先生十分肯定地说，“台湾人觉得最亲的是日本，亲得比亲妈还亲。我是说很多台湾本地人，不包括我们这些从大陆撤退到台湾的大陆人。”

“怎么会是日本呢？日本不是对台湾实行了五十年殖民统治吗?”严岩感到十分诧异。在他心里，他认为台湾人应该对日本满怀仇恨才合乎情理。谁会心甘情愿地听凭异族骑在自己头上作威作福并且深怀感激呢？真的有这种变态的卑贱吗？

“就是因为日本殖民统治了台湾五十年，所以很多台湾人才觉得日本亲。”许先生说，“你要问为什么，这个问题很复杂，最好请历史学家、社会学家来回答。照我看那是一种殖民地心态，就是殖民地的一些人，尤其是殖民地的一些上层人士，对宗主国既崇拜又亲近，甘愿作宗主国的仆从和奴才。这种现象十分普遍，不仅在台湾有，在世界各地都有。咱们还是说台湾。日本出于统治的需要，在台湾培养了一批汉奸走狗，把他们安插到各个要害部门做日本的代理人，这些人得到日本的恩惠，自然对日本感激涕零，死心塌地地卖身求荣，利用他们的地位声望为日本搽脂抹粉，歌功颂德。你想想看，在这样的氛围里，普通民众怎么可能不受影响，所以也觉得日本好，日本亲。其实这些人都是从大陆迁徙到台湾的。不过你可千万不要以为他们还怀念故乡，他们早就把祖宗八代都忘得干干净净了，连自己是中国人都不承认，一心想当日本人，哪怕当日本狗都高兴，因为他们认为日本人优越，中国人卑贱。实际上就是他们自己特别自卑，特别贱!”

“有这种事。”严岩第一次听到这样的说法，感到非常意外。

“当然啦。”许先生边说边把目光从严岩转向齐先生，“你问老齐是不是这样。”

齐先生笑了笑，说：“台湾人哪，日本就是他们的亲妈，他们对日本那是崇拜得五体投地。日本有点成就，他们就趾高气扬，仿佛那都是他们的，仿佛他们高人一等；日本遭点灾难，他们就如丧考妣，巴不得披麻戴孝，跑到日本去磕头。”

严岩问许先生、齐先生有没有去过日本，许先生说去过，齐先生说没去过。

“我老爸当年跟日本人打过仗，所以一直很关注日本的事情。我受我老爸影响，对日本也有些了解。”许先生说。

许先生告诉严岩：他去过日本很多地方，其中包括东京、横滨、大阪、京都、奈良和广岛。小时候他看到日本文字——当时他还不知道那是日本人早年对汉字支离破碎的“剽窃”——与汉字相似，日本又有佛教，就以为日本文化和中国文化如出一辙，后来才知道那根本是种误解。事实是，中国人历来信奉释、儒、道三教，讲究仁义礼智信，但日本不是。日本虽然有佛教，信的人却不多，绝大多数日本人信仰的是“神教”。日本全国有几万座神社，供奉的神千奇百怪，无所不有。天皇在日本人心目中就是万世一系的神，不像中国的皇帝，只算得“天子”，绝不是神。日本完全不属于中华文化圈，它不采用中国的夏历，没有春节，没有清明，没有端午和中秋，也没有各种中国节气。日本人的观念行为也与中国人的截然不同。中国总是文人执政，儒雅谦和，虽然推崇“舍生取义”，“三军可夺帅，匹夫不可夺志”，但强调的是被动防卫，而不是主动攻击，基本上是种温良恭俭让的书生文化。日本则是数千年来军阀当道、武士横行，鼓吹的是对主人死忠到底、以命相报。日本人对外向来凭恃武力征伐屠杀，倘若失败，就剖腹、自焚。日本文化是种极其暴戾的嗜血文化。

许先生又说，中国对日本的最早记载来自班固所著的《汉书》，里面称日本列岛为“倭”。汉武帝时，日本使臣奉命来朝，汉武帝赐予日本国王一枚上刻“汉倭奴国王”五个字的金印，让日本使臣带回日本。唐朝时鉴真和尚率众东渡，使日本人见识和学习到大量的中国先进技术，极大地促进了日本的发展。那时日本对中国非常崇拜，日本古都京都就是参照中国唐朝东都洛阳和西都长安建造的。然而即便如此，日本对中国也从来没有感恩戴德之心，反倒是一直心怀鬼胎，暗中觊觎。四百年前，中国正处于明朝时期，日本一个最初低微得连姓氏都没有、一路攀爬成为日本实际主宰后才获称丰臣秀吉的狂徒发动了旨在征服中国独霸亚洲的战争，其第一步是攻占朝鲜，结果被中朝联军打得一败涂地，他本人在忧惧交加中死亡，之后他唯一的儿子成年未久就在权力争夺中败北，被获胜的德川家康逼迫自杀，唯一的孙子当时只有八岁，也被德川家康斩首，“丰臣”这一姓氏从此不复存在。不过自那时以来，日本一直对中国虎视眈眈，即使在第二次世界大战中遭到惨败，仍然贼心不死。

“我特意去了广岛。你们知道为什么我一定要去广岛?”许先生说。

“这还要问，太简单啦，你就是感到好奇，想去看看世界上第一个被原子弹轰炸过的地方嘛。”齐先生认为许先生的问话毫无意义。

“这当然是个原因，不过还有别的原因。”许先生说。

“还有什么原因？我没听说广岛有其他什么可看的，你在那儿又不认识人。”齐先生说。

“明天我告诉你原因。今天太晚，该回家了。”许先生边说边站起来。

齐先生马上也站起来，笑着对许先生说：“该回家向老婆报到了。”

“我就像你!”许先生不以为然地斜了齐先生一眼。

随后许先生指着齐先生对严岩说：“他呀，怕老婆怕得要死，比老鼠见了猫还怕。他老婆也真的是凶得出奇，又凶又霸道。不知道他们两个怎么能在一起生活这么久，要是我的话，早就各走各的路了。”

“哎呀，小许，讲这些干什么。”齐先生满脸苦笑，不过没有显得特别难堪，因为他太太的凶悍早就出了名，连他自己也经常忍不住向朋友和熟人诉说太太的可恶。

三人走出餐馆。外面凉风阵阵，夜色深沉。许先生开车走了。不久前还是一位难求的偌大的停车场这时只有齐先生的一辆老爷车，看上去格外空荡。

严岩和齐先生穿过街道回到住处时刘师傅还没有睡。他要等两人回来才好睡觉，因为住宅里唯一的卫生间必须经过他住的卧室才能到达。

“刘师傅，不好意思啊，回来太晚了，让你没法睡觉。”齐先生说着致歉的话。

“没关系，还早嘛。”刘师傅说。干厨房的下班晚，上班也晚，所以通常很晚才睡，不过这时晚得过了度，于是严岩和齐先生连忙草草漱洗一番，随即三人各自上床睡觉。

十四

第二天晚上下班后，许先生、齐先生和严岩又坐在餐厅里，一边喝啤酒，一边接着前一天的话题继续聊。

“我告诉你们为什么我一定要去广岛。”许先生快人快语，“老齐你讲的没有错，大部分人去广岛是因为好奇，想看看世界上第一个被原子弹炸的地方是个什么样子，这也是我去的原因，但不是我去的最主要的原因。我告诉你们，我是怀着仇恨去的，我去最主要的原因是想看广岛被原子弹轰炸后的惨状。不要说我没人性。当年日本侵略中国，对中国人烧杀淫掠。日本人不讲人性，我为什么要对他们讲人性？有人说广岛死的大部分是平民，杀他们是滥杀无辜。这是胡扯！什么平民？他们实际上是不穿军装的军人，对屠杀中国人非常狂热。你们记不记得南京大屠杀的时候，有两个日本人比赛谁杀的中国人多，结果他们每个人都杀了一百多个中国人，全是平民，不分老幼妇孺，看见就杀。日本的新闻报道对他们大肆赞美，称颂他们是‘百人斩’勇士；日本民众把他们当英雄，为他们欢呼喝彩。这就是日本人！中国人被他们害死了多少？两千多万！还有多少人流离失所、多少资源被他们掠夺！中国有些人就是儒家那一套，老是讲仁啊义的，对日本人一点用都没有。我就不那样。”

许先生说，中国一百多年前被英国的炮舰逼得“门户开放”，其实日本也被逼得“门户开放”，不过它的“门户开放”源自美国炮舰的威胁，在日本称为“黑船事件”，就是美国几艘黑色的舰船打得日本无法招架，只得屈从。这个事件促成了日本的明治维新，使日本走上资本主义道路，也使日本开始崇拜西方，后来甚至产生了“脱亚入欧”的思潮。二战时美国人把日本人打得哭爹喊娘，并且用燃烧弹摧毁东京，用原子弹轰炸广岛、长崎，使日本俯首称臣，从此对美国战战兢兢、唯命是从。

“事实证明对日本绝不能仁慈。”许先生十分肯定地作结论，“日本就是一只阴险凶恶的狼，要像美国人那样扼紧它的脖子，它才会变得老实一点，不然一定会对你狠咬。”

许先生又说，像他父亲这些跟日本人打过仗的老军人都对日本恨之入骨，他也一样。他认为凡是中国人就不应该忘记与日本间的国恨家仇，否则是心里没有国家和民族大义，连日本人都会看不起这种人。

许先生讲述他去广岛的见闻和感触，指出广岛之所以成为原子弹的第一个轰炸目标是因为它历来为日本对外战争的军事重镇，包括中日甲午战争在内的近现代多次大战，广岛都是日军集结、出发和后勤补给的重要基地。第二次世界大战末期，日本已经风雨飘摇朝不保夕的时候，成立了两个军事司令部妄图做垂死挣扎，其中一个就设在广岛。所以广岛挨第一颗原子弹完全是罪有应得。

至于有名的广岛和平公园及其原子弹爆炸陈列馆，许先生说：他在那里看到的是对日本战争罪行轻描淡写一带而过，绝大部分内容是强调日本人如何遭受原子弹的伤害。显然,日本人力图使世人相信,发动惨绝人寰的侵略战争、杀害了无数外国平民的日本才是战争的受害者。他们煞有介事地宣称渴望和平,却让人感到他们要的仅仅是日本的和平,而不是亚洲和世界的和平。

许先生还说,当初美国期待已经陷入绝境的日本放下屠刀,结果日本统治者却决意负隅顽抗,狂叫"一亿玉碎",准备用整个日本民族作陪葬,最后迫使美国不得不使用原子弹。

"其实美国用原子弹算是日本的福气,不然更惨。"许先生说,"当时美国估计,如果美军登陆日本作战,可能会伤亡一百万人,日军会伤亡几百万人,日本平民的死伤和日本遭到的破坏不可估量,所以扔原子弹迫使日本投降实际上是让日本逃过了一个大劫难。现在日本人说美国当时不应该用原子弹。不用原子弹用什么?派兵进去,杀几百万日本人,把日本打得稀巴烂?"

许先生倾吐完了想说的话,显得舒畅了些。他若有所思的一边喝酒,一边凝视酒柜的灯光,沉默了一会儿。

起初别的人也没有讲话,直到齐先生突然问:"不讲啦?"

"你还要我讲什么?已经讲完了。"许先生说。

"他呀,性情中人,讲话比较激烈。"齐先生笑着对严岩说。

"我讲的是实话。我不像那些搞政治的,讲话拐弯抹角,我就是直截了当讲事实。小严,你说我讲的是不是有道理?"许先生说。

"我觉得有道理。"严岩说。

"你看,人家小严就觉得有道理,不像你!"许先生像是对齐先生很不满意。

齐先生依旧笑着,连忙说:"我也认为有道理啊!"

接连几个晚上,下班后三人都聚在厅餐里喝酒聊天,不过随后许先生就不来了,仅仅在营业时间偶尔到餐馆看看生意情形。齐先生对严岩说,其实许先生一直是这样,只是由于严岩初来乍到,许先生想对严岩有些了解,才一连几天待在餐馆,连晚上也很晚才回家,现在算是恢复了常态。从此晚上下班后常常是严岩和齐先生两人留在餐馆里饮酒闲谈,内容五花八门,其中包括美国。

齐先生对美国的感受可以用"高山仰止"来形容。他认为美国不仅在几乎所有方面领先世界,而且具有强大的国家凝聚力;美国民众对自己的国家感到自豪,不能容许美国在任何领域落后于任何国家。

下面记述的是齐先生向严岩列举的一个事例。

在远离美国的澳大利亚外海,每年定期举办无动力帆船国际竞赛,取胜的关键除了船员素质,还涉及帆船制造时的材料、工艺,尤其是帆船设计过程中运用的力学原理。多年来,参赛的美国帆船每战必胜,在美国国内却从未有人关注,因为在篮球、棒球、美式足球和其他体育赛事铺天盖地而且精彩纷呈的美国,这种远隔重洋、普通民众不感兴趣的运动项目的比赛如同万顷波涛中一朵小小浪花,所有的美国媒体都不屑一顾,绝大多数美国人则根本不知道有这个赛事存在。终于在某一年,这朵小小浪花突然变成了滔天巨澜,使整个美国为之震撼。

引起事端的是件微不足道的小事——美国帆船在这一年的竞赛中意外丧失了桂冠。可这算得了什么？美国人从来就没有把这个几乎没有丝毫影响力的民间赛事放在眼里！然而经过一家多事的小报渲染，继而又引起一些喜欢靠无事生非或者小题大做来制造轰动效应以增加销路或者收视率的媒体推波助澜，这件小事变成了关乎美国科技是否已经滞后的国家大事。美国人激动异常：美国！美国怎么能甘居他国之后！于是一夕之间，美国能与船舶设计制造所需的科技稍稍沾上点边的所有大型公司、知名学府、科研机构、民间团体和个人立刻争先恐后地披挂上阵，各种捐款也源源而来。美国人发誓，一定要在下一年的竞赛里夺回金牌。

基于美国无与伦比的科技和财力，第二年美国人果然如愿以偿，全美国一片欢腾。再往后呢？没有再往后了——谁还会再关心这个远在天边的小小赛事！

讲完这件事后，齐先生十分感慨地对严岩说："你看看，美国人非常爱国，只要事关美国利益，他们绝对上下一致，全力维护。"

接着齐先生提出一个论点，说是根据他的观察和思考，事实上存在两个美国。

"两个美国？这话怎么讲?"严岩问。

齐先生回答说，他认为有一个对内的美国，还有一个对外的美国，这两个美国在观念、政策和做法上有天壤之别。

"你仔细想想，是不是这样。"齐先生说。

齐先生举了一些例子，说明美国在对外交往中的根本原则是唯利是图，而绝非其标榜的自由、民主、人权，也与公平正义无关，所有冠冕堂皇的口号都只不过是美国的遮羞布；为了美国的利益，美国人可以撕毁条约、背信弃义，可以诬陷他国、制造战争和动乱，可以罔顾是非的坚决保护恶名昭著的同伙，使之为自己效劳。

"这种事情太多了，随便一看就是一大堆。美国在国内敢不敢这样？你在国外任意杀人，在国内杀杀看。所以我说有两个美国，因为美国对内对外完全不同。"齐先生说，"咱们现在在美国，不用担心那么多，在世界上别的地方就不好讲了。"

谈及美国的国内状况，齐先生认为，大多数美国民众的基本生活需求能够得到满足、法定个人权利能够得到维护；美国尽管社会保障和福利体系也许是所有发达国家中最糟的，尽管存在着严重的贫富分化和种族冲突，尽管犯罪猖獗、毒品泛滥，很多人缺乏最起码的医疗保险，却依然是个伟大的国家，因为在美国的成就面前，那些弊端几乎不值一提，更不可能撼动美国的稳定和强大。

齐先生还说："咱们这些人现在来美国是来享人家的福，因为人家已经把美国建设好了。"齐先生的这个"人家"是指美国白人。严岩表示不同意，他认为美国能发展到今天的程度有很多原因，其中包括早年远涉重洋来美国做苦工的中国人的辛劳，而绝不仅仅是白人的努力。不过在齐先生谈论美国的时候，严岩多半只是聆听，很少发表见解或者提出质疑。他对美国还不够了解，还不能对齐先生的一些看法是否妥当作出准确的判断。

齐先生一面崇拜美国，为能在美国定居而感到庆幸，一面又承认包括他自己在内的一切有色人种在白人眼里不过是比他们低下、理当被他们歧视欺侮的外人。在与严岩许多次关于美国的议论中，有一次齐先生讲述了发生在许先生身上的一件事。

那天许先生去超市购物，当时正值周末，这家超市又打折促销，生意特别好。许先生开车在停车场上转了好几圈都没有找到空车位，最后总算看见左前方一辆车从一个停车位倒退出来。许先生一边占好位置，一边打左转车灯。等那辆车开走后，他刚要把车开进空出来的车位，一个白人中年女子开着车从对面加速冲过来，不偏不倚地挡住他的车头。显然，那个女人是在跟他抢车位。在奉行先到先得原则的美国，许先生分明已经先一步在等待，并且用左转信号表示将占用这个车位，这时再有任何人强行抢夺，势必会被认为是非常粗暴无礼的行为，将遭到公众的一致鄙视和谴责。可是那个女人为了一个车位竟然不惜冒颜面扫地的风险。

许先生十分恼火，要那个女人让开，没想到那个女人气势汹汹地跳下车来用手指着许先生大吼大叫，反诬许先生企图占她的车位。更让许先生没有想到的是他身前身后接连冒出几个白人，众口一词地宣称整个事情完全是他不对，要他即刻移动汽车，让那个女人把车开进停车位。其实这几个人对事实真相都看得清清楚楚，他们无一例外地对许先生横加指摘只是因为许先生不是白人，只是因为他们绝对不能容忍白人居于下风，不管这个白人的行为多么荒谬，多么违背他们自己推崇的准则。那些看似不可动摇的规范、礼貌、教养，这时全部被他们抛诸脑后。

事后许先生告诉齐先生，他以前在美国从来没有遇到过这种事情，从来不曾料到自己会遭受一群白人不分青红皂白的围攻，而且那几个白人看上去都像是很斯文讲理的样子，他本来还以为他们会替他主持公道，结果却是对他蛮横霸道。他说他在美国学习工作了二十几年，直到那一刻，才忽然明白了自己在白人心里的真实地位。

齐先生评论说："白人对咱们不可能像对他们自己人一样。来美国久了，有时会因为他们显得友好就忘了这一点，觉得咱们和他们好像没区别，其实他们心里根本不那么想。"

严岩问齐先生，许先生最终有没有让步，齐先生笑着头一扭，说："他怎么会让！"

齐先生还对严岩讲过一件他亲身经历的事。

当时他在商店里闲逛，正经过一处不大引人注目的地方，看见一个妙龄少女跪在地上。这个少女十分艳丽，使他忍不住想多看几眼，于是他向她那儿走，打算装作不经意的样子从她身边过去，却突然吃了一惊，立刻停下脚步。

他看见她手里握着一把匕首，"一把寒光闪闪、锋利无比的匕首。"——齐先生在向严岩谈到这把匕首时显得心惊肉跳，并且打了一个寒战。在她旁边的地上，乱七八糟地散落着很多方扁小匣，以及摞得厚厚的一叠从匣里拆取出来的音乐磁盘。这时她正在用手里的匕首划破匣子外面的塑料包纸，以便把匣子打开。毫无疑问，她在盗窃。

她很快意识到有人在接近她，抬起头来看了一下，随后继续她的勾当，显得一点也不把齐先生放在眼里。

齐先生说他当时"惊呆了"，因为这个少女"真的是又年轻又漂亮，少有的漂亮，而且不仅漂亮，看上去还非常稚嫩、非常可爱，却在做这种事。”他“简直不能相信”。

正在齐先生又吃惊又不知所措的时候，一个商店保安走过来，也看见了这一幕。

“我以为他会上前制止那个女孩，把她抓起来，结果他根本没那么做。”齐先生说。

保安像齐先生一样，也是在离少女还有几步的地方就停下脚步，不同的是，保安轻轻咳了一声，试图让少女注意到他。少女没有使他失望，立刻知道了一个保安就站在她面前，注视着她的一举一动，而且极可能对她出手，但她却依然若无其事的低头拆解匣子，又取出两只磁盘才罢休，接着显得心有不甘地站起来，神色自若，带着些傲气，谁都不看，也不慌乱，手持匕首十分自在地走过齐先生和保安身边，仿佛他们根本不存在，头也不回地缓缓走出商店大门。

齐先生说他“又一次惊呆了”，因为看上去这个少女对自己的犯案毫不在意，似乎这种劣行理所当然；她的手法大胆而娴熟，态度又自然洒脱，显然是老于此道，却又这么年轻；而且她显得一点也不担心被人抓获关进监牢，像是早已习惯了囹圄之灾，同时极度藐视法律。

齐先生“又一次惊呆了”还因为保安的举措使他感到非常意外——这个保安竟然眼睁睁地看着盗贼离开却不采取任何行动。不过齐先生很快就明白了那不是保安的过错。

少女离开后，齐先生问保安为什么放她走，保安说：“你看见她手里的刀了吗？我可不想被她捅一刀！”

保安告诉齐先生，半年多前就在这家商店，他的同事——另一个保安，因为企图阻拦一个小偷，被小偷在脸上头上砍了几刀，小偷随后不知去向，到现在警方也没有破案。这个同事尽管没有死，却从此毁了容，即使实施再多的整容手术也不可能从根本上获得弥补，一辈子都将面目狰狞。而这个同事还不到二十岁。

齐先生问保安，商店对这个因为保护商店财产所以遭到极大伤害的同事有什么关照和报偿，保安说，这个同事买了健康保险，大部分医疗费用将由保险公司支付，同事自己也要承担部分费用，他不知道商店有没有给同事补贴，但是认为医疗方面的事情大概与商店无关。又说等哪天同事恢复了工作能力，或许商店会给他安排个比较轻松也比较低薪的职位，又或许一生都不再有人愿意雇用他，他只能凭借政府微薄的救济金艰难度日，至于娶妻生子成家立业，连想都不要想。

保安对齐先生说，不管怎样，他这个同事的一辈子算是完了，所以他经常提醒自己待人处事一定要避免莽撞，绝不能仅仅为了履行保安职责就重蹈同事的覆辙。

保安强调，其实他“很想抓住那个女孩”，可是心里害怕，不敢抓。

讲完这件事后齐先生意犹未尽，想告诫严岩几句。

“小严啊，你到美国时间还不够长，可能还不大了解美国。根据我的经验，在美国要时刻当心。美国的犯罪率太高了，谁都不知道什么时候会发生什么事。”齐先生说，“动刀子算好的，老美最多的还是动枪。‘啪’的一声，子弹就过来了，死都不知道是怎么死的！”

这件事也是晚上打烊后，齐先生在餐厅跟严岩一起喝啤酒时说的。当晚该回去睡觉的时候，齐先生一边提着裤腰站起来，一边忍不住要讲他看到的那个少女。

“我跟你讲，小严，”齐先生面露微笑，眼睛里闪烁着只有在回味美好往事时才有的那种迷离色彩，“那个女孩从我身边走过的时候，哎呀，我简直就把持不住我自己。那个腰，那个腿，那个……一扭一扭的，真的是人间尤物。她要是让我跟她走，到哪儿我都去。可是你看她，手里拿把刀，虽然长得好，身上却有一股杀气。我想啊，她在外面一定有人接应，谁要是惹她，肯定没好结果。”

严岩这时也已经站了起来。他正要朝外走，齐先生忽然说：“小严啊，先坐下，待会儿再走。我想起一件事，觉得不讲不痛快。”于是两人重新坐下。

那个艳丽的美国少女勾起了齐先生的记忆。齐先生告诉严岩，他在台湾时曾经有个很漂亮的女朋友，当然，是中国人，齐先生从来不敢奢望有白人女友。

“气质又好，往那儿一站，顾盼生辉，带出去谁看了都羡慕，真的是有面子。”齐先生说，“感情也好。俩人在一起的那个缠绵缱绻！”

“那你怎么没跟她结婚呢？”严岩问。

“我那时已经结婚了嘛。”齐先生摆出一副无可奈何的样子。

“她呢？”

“她那时是单身。”

“老婆不知道？”

“怎么能让她知道！凶神恶煞的，有事没事都骂人，两人在一起就吵架，一分钟的安宁都没有，真让人受不了。所以我才会找别的女人。”

“可是你们两个还是在一起过了这么多年。”

“有什么办法？有两个小孩，又不能离婚，你说我能怎么办。”

“后来呢？我是说后来你和那个女朋友怎么样了。”

“分手了。”齐先生说完叹了口气。

“怎么会分手呢？”严岩问。

“本来不会分手，就是因为她太老实了。我老婆起初根本不知道我和她的事，后来跟她认识了，非常欣赏她，对她特别好。她看我老婆对她那么好，心里过意不去，有一次不知道怎么的就把我和她的事告诉了我老婆。这下子还了得！我老婆闹得天翻地覆，我和她除了分手没有别的办法。分手那天她伤心得不得了，哭着一再跟我说对不起，说心里多么难受。我能怎么办？只能安慰她。其实我何尝不伤心不难受。你不要看我其貌不扬，我对人尤其是对女人知道怎么关心体贴，知道怎么理解她们，怎么适当迁就她们，所以总是有些女人喜欢我，可是我最喜欢的就是她。说实话这些年我一直在怀念她，也不知道现在她在哪里。”齐先生十分感慨地说。

“分手后有没有再联系？”严岩问。

“没有。分手不久她就到美国来了，后来听说她嫁给了一个美国人，没几天又离婚——我想是不合，再往后就没听到她的消息了。”齐先生显得神色黯然。

“是不是有什么办法能打听一下？”严岩起了恻隐之心，说不清是对齐先生，还是对那个虽曾误入歧途但却依然善良的不幸的女人。

“上哪儿打听呢？这么大个国家。”齐先生苦笑着摇了摇头。

气氛变得有点沉重。两人都沉默了一会儿。接着齐先生放开嗓门唱了一支忧伤的爱情歌曲，内容是思念远去的情人。唱完后，他振作着站起来对严岩说：“好啦，往事不堪回首，可日子还是要过！”

十五

严岩晚上睡的地方的确要比齐先生睡的靠近门和大玻璃窗的小餐厅要黝黯和安静得多，仅此一点就足以使他觉得齐先生善于关心体贴他人的言论绝非虚言。齐先生学识丰富，见闻广博，平时十分豪爽开朗，偶尔显得多愁善感、心境悲凉，待人通情达理、谦和周全，别人和他在一起往往有如沐春风的感觉。这些特点使严岩很愿意和齐先生接近，但是与此同时，严岩隐隐意识到两人之间在为人及观念等诸多方面有不少差异，而且齐先生城府很深，难以揣度，所以尽管齐先生对他像对知心朋友似的几乎无话不说，他还是提醒自己，在跟齐先生交往时务必保持清醒，保持适度戒心。

这里差不多所有条件都比他以前做过的几家餐馆的好。睡的虽然只是一张放在地上的床垫，但床垫宽大平整，使他躺在上面浑身舒服，并不感到跟普通床铺相比有何不同。每天经过十几个小时的劳累，回到宿舍时他已十分疲倦，往床垫上一躺，睡意便如层层潮水般涌上来，转瞬间淹没了身体，淹没了意识，让他迅即沉沉入睡。这是在黄老板秽气难闻的厨房里睡凸凹不平的肮脏沙发不能比的，也远胜于在莫德斯托陈旧的旅馆里和一群昏昏欲睡的迟暮老人在一起消磨时间。不仅如此，整个环境也与以往大不相同。在阿巴克基的这家四川饭店，他感受到来美国后难得的同时存在的同事的友善、老板的关心、工作的稳定和收入的满足，以及不再为移民局阴影担忧的轻快。总之，他觉得他现在处于在美国的最好时期，离开旧金山来到这里是正确决定，如果可能，如果不出意外，他打算在这里长期待下去。

至于工作，严岩很顺利，仅仅在开始几天遇到点微不足道的语言障碍。

之前他工作过的几家中餐馆的服务生都是清一色的华人，无论客人讲什么语言，送到厨房的点菜单上写的必定是中文，而四川饭店的服务生全是对神奇的方块字一无所知的美国人。最初两三天，由于他英语欠佳，所以当这些年轻的美国姑娘手持菜单健步走进厨房，对他高声并且快速念出上面的菜名，而后把菜单放在他面前的时候，他不仅常常听不懂她们在念些什么，还常常看不懂她们写些什么，因为她们的字迹十分潦草，又经常使用缩写，比如甜酸肉，正常的英语写法是 SWEET AND SOUR POPK，可到了她们笔下便成了 S S PORK，他借助手里的餐馆菜单也无法找到这个菜名，不得不请教身边的齐先生。齐先生本来是怡然自得地站在城楼看风景，想知道严岩能不能应付美国人的英语考验，这时就微笑着不慌不忙地指点几下。

大概从第四天开始，齐先生可以安心欣赏景致了。

“不错不错。”看到严岩已经能够对美国姑娘们使用的餐馆英语应付裕如，齐先生欣喜地笑着对严岩连连称赞。

从严岩到四川饭店工作开始，客人点菜后不必再像过去那样久等，少了许多质疑、催促和抱怨，女服务生们感到十分喜悦。她们看得很清楚，严岩的炒菜速度比刘师傅和齐先生的炒菜速度快得多,心里对严岩格外赞赏。在这些美国姑娘的观念里可没有什么论资排辈,而且她们不大掩饰自己的感受。

这天正是万事俱备,只差十分钟客人就将欢欢喜喜地登门送钱的时候,一个高个子女服务生从服务站娉娉婷婷地走进厨房,在严岩对面停下脚步,用她光彩闪烁的美丽蓝眼睛直视着严岩,说:“嘿,严先生,我是丽莎。”

当然,她说的是英语。至于“严先生”,是餐馆所有美国人出于尊敬对严岩的一致称呼。餐馆所有中国人则都叫他“小严”,连老黑也不例外。

“嘿,丽莎。”严岩笑着用英语回答。

“你非常棒。”丽莎说,“你不知道你来之前我们要等多久才能拿到菜。我们都很感谢你。你真的非常棒!”

美国姑娘说完这几句话后转身走了。

“她们都喜欢你,说你炒菜又快又好。”站在旁边的银花说,“你来了以后她们不需要等太久菜就炒出来了,她们高兴,客人也高兴,给她们的小费也多。”

“这样说不合适吧?都是大家一起做出来的。”严岩有点尴尬,看了看齐先生和刘师傅,希望他们不要感到不快。

其实齐先生和刘师傅并不介意丽莎和银花讲的话,因为首先她们讲的是显而易见的事实,即便不讲大家也都看得清清楚楚,其次是齐先生和刘师傅对严岩能以高效的工作为他们减轻压力并使经营流畅十分欣赏,尽管嘴里不说,心里却有同感,当然,还有第三点,那就是严岩对他们始终保持着真诚的尊重,他们也就不计较别人对他的赞扬。

“小严,刚才这个女服务生长得漂亮不漂亮?”银花显得饶有兴致地说,“我们店里的几个美国女孩都很漂亮,不过最漂亮的那个你还没有看见,她休假了,过几天才会回来。”

“真的吗?你的意思是我看到的这些女孩已经够漂亮了,可是还有个女孩比她们更漂亮。那在我们这儿做的美国女孩是一个比一个漂亮了。”严岩说。

“那当然,不信你问马太太。”

“你说的那个美国女孩叫什么名字?”

“她呀,叫萨琳娜,长得好得不得了,人也好得不得了。头发是金色的,很亮,一丝一丝的整整齐齐。身材就不讲了。哎呀,怎么会有那么好的身材!真的,我没有乱讲,过几天你看见她就知道了。”

一旁正在切菜的马太太用温柔和缓的语调说:“真的,银花讲的是真的。是不是齐先生?”马太太边说边抬起头来望着齐先生。

齐先生正在抽烟,嘴里一个连着一个吐出几只蓝色的烟圈。他漫不经心地看着这些烟圈在空中晃晃悠悠地越飘越大,渐渐消散。听了马太太的话,齐先生胖鼓鼓的脸上显露出几分得意,说:“算是我们运气不错,正好赶上美国经济萧条,工作机会不多,我们招工启事一登,马上就有一大堆人来应聘,那我们当然拣好的要,所以咱们请的几个老美,不论男女,个个年轻精干,外形又好。这里面最好的就是萨琳娜。

她来找工作的时候我还在想，长得这么漂亮，干活不知道怎么样。哎，你别说，又踏实又利索。人也好，为人本分、待人友善，有动有静，而且坦率，有话该讲就讲，但是有分寸，不乱讲，还不像有些美国女孩那样一天到晚叽叽喳喳说个没完。”

“齐先生对萨琳娜有研究。”马太太笑着说。

“职业习惯，纯属职业习惯。”齐先生连忙加重语气解释，“我以前是记者，记者当惯了，看见特别的人和事，难免要观察分析一番。我只不过是欣赏萨琳娜。刘师傅也很欣赏她，是不是刘师傅？”

刘师傅老成持重，无意加入这场议论，却也不想否认自己的感受。他谁也不看，低着头像自言自语似的说：“我那就是和齐先生闲聊聊。说实话，这女孩人不错。”

“看，谁都说她好！”齐先生说。

因为家眷都在休斯敦，所以齐先生有很长一段时间是独自在阿巴克基。严岩没来的时候，许先生通常不在餐馆，刘师傅不抽烟不喝酒，也不喜欢闲聊，晚上下班就回宿舍休息，剩下齐先生一个人枯燥无聊，也只好回去睡觉。严岩来了以后，由于在学识和见解方面各有所长，又能彼此理解，于是齐先生和严岩都有兴趣交谈，常常在晚上其他人离开后留在餐馆里谈天说地。

这天晚上打烊后齐先生忽然来了兴致，要带严岩和刘师傅到市中心的一家夜间俱乐部“见识见识洋人的玩意儿”。起初刘师傅不肯去，说“你们两个去就行了，我这么大年纪去干什么，我就在家歇着。”不过最终怕伤了老板的面子，在齐先生和严岩的劝说下还是去了。

载着三人的汽车在阿巴克基中央大道一个十字路口驶入了旁边的停车场，那里已经黑压压地不知道停了多少车，齐先生转了好一阵才找到停车位。旁边一座灯火辉煌的独立建筑就是他们要去的地方。接近大门的时候，他们听见了里面传出的乐曲声。入口有人把守，想进去的话男人必须付费，女人则不必。检查身份证上的年龄是获准进入前的法定程序，依照法律，不满二十一周岁的人不得入内。三人把身份证取出来拿在手上展示给门卫看，门卫对齐先生和刘师傅都只扫了一眼，不看身份证就让他们通过，随后拦住严岩，仔细查看了他的身份证后才放行。

“他们以为你不到二十一岁。”齐先生笑着对严岩说。

“是还不到嘛！”严岩也笑了。他知道，白人常常把中国人的年龄估计得比实际年龄低，而在中国人眼里，白人常常显得比他们的实际年龄大，中国人以为已经十七八岁的白人女孩，其实也许只有十三四岁。有些白人脸上二十几岁就出现明显皱纹，四十岁时更是沟壑纵横，这是因为白人发育较早，皮肤又薄，容易起皱、松弛。中国人多半喜欢白皙的肤色，所以经常有人羡慕白人，但是恐怕谁也不喜欢自己显得衰老。中国人的皮肤通常比较细腻柔润，不易过早产生皱纹，与白人皮肤相比，二者各有千秋。在不同肤色相比较的问题上，大自然显然十分公正。

进门之后严岩才知道，里面的空间比从外面看时感觉的大得多。他们先是经过了一条很长的走廊，然后才到达大厅，这时出现在他们眼前的至少有数百个来宾。在离他们很远的地方有个舞台，一支乐队正在上面奏乐演唱，整个大厅里乐曲声如雷鸣般震耳欲聋。舞台前是个很大的椭圆形舞池，许多人在那里结伴跳舞，人们的舞姿随着乐曲的不同而改变。这时演奏的是激昂的摇滚乐，他们随心所欲的大幅度扭摆身体，做出各种狂烈动作，像是要把聚集在心里的全部烦恼或者快乐尽情宣泄出来。后来台上演奏舒缓甜蜜的柔美乐曲，舞池里的男女顿时变成了另一种人，他们一对对温存相拥，显示出无限情意。这时女人把自己依偎在男人身上，如同惹人怜惜的婴儿，男人则伸手搂住女人，让她风情万种地进退旋转。

舞池周围早已座无虚席。三人在靠墙的地方找到了空位。刚刚落座，就有一个轻衫短裙的女服务生走过来问大家要喝什么。齐先生和严岩要了啤酒，刘师傅要的是可乐。饮料很快就送来了。连同小费一起，齐先生当即把账付清。——这是所有夜间俱乐部的规矩。

即便坐在远离乐队的地方，摇滚乐响起时声音依然很大，讲话必须用浑身力气才能使对方听到，演奏抒情乐曲时情况要好得多。在这个满眼美国人的地方，三个中国人起初只是静静地观赏面前的景致，后来才渐渐进行交谈。

乐队演奏完几支曲子后总是停顿一下稍作休息，舞池里的人便随之退场各归其位。待到乐声再起，舞池里陆陆续续很快就又填满了人，而这时的舞者、舞伴，跟先前的一场必定不尽相同。

时常有男人从座位上站起来走到一个素不相识的女人面前，十分谦恭有礼地邀她共舞，这个女人有的来时就有男伴相随，有的是独自一人。独自一人又妩媚动人的女人，最能激起男人的兴致。

能使异性动心，无论男女都会感到快乐，这是人类的天性，但如何回应则必须经过斟酌。被邀女人若对面前的陌生男人感到合意，便会欣然起身，否则会寻找借口拒绝。遭拒的男人不免失望，但脸上依旧会保持微笑，温文尔雅地说一声："没关系"，尔后不失风度地转身离去。

在平时的两性交往中，女人一旦遇到真正使她心仪的男人，多半会出于情感的驱使而不顾一切，但是对无意交往的男人的追求则多半会坚决拒绝。她们拒绝的方式总是十分委婉巧妙，温柔得仿佛春天的溪水，绝对避免刺痛男人的心，使男人既惆怅又无奈，同时对她们难以忘怀。不过夜间俱乐部这类场所里的男女交往没有那么严重和复杂。

"小严，你看到没有？喏，就在那儿。"齐先生一边说，一边把舞池里的一对舞伴指给严岩看，"我观察了很久，这两个人不认识，可是在一起已经跳了好几场。我估计待会儿这个男的可能会把那个女的带回家。"

齐先生的声音在轰响的乐曲声里如同风中残叶，但是严岩听清楚了。

"真的？你是说他们刚认识就会到一起。"严岩说。

"老美认为有感觉就行，跟认识多久没关系。"齐先生解释说。

"可是相互之间总该有点了解吧。"

"小严，这你就不知道了，他们很多人就是来找一夜情的，根本不在乎对方是谁，事情办完了说声拜拜，从此互不相干。"

“这么随意?”

“当然,老美都是这样。”

严岩以前从未想到男女之间的事可以如此简单直接。他明白齐先生说的应该是事实,心里却难以接受,有点怀疑。不过在这之后的整个晚上他的确再也没有看见那对舞伴。

过了一会儿,齐先生说:“小严,想跳舞就去啊,去找个美国女孩试试。”

严岩笑了,说:“我怎么行。我根本不会跳,英语又不好。齐先生你英语好,你去找她们试试。”

刘师傅也说:“齐先生可以找个美国女的跳。”

“我也不行。”齐先生说,“人家白女人根本看不起咱们,英语再好也没用。你去请她跳,她肯定拒绝。……喏,喏,你们看见没有?”齐先生忽然把手指向一个方位。

顺着齐先生指的方位,严岩看见一个男人正微微弯下腰身与面前坐着的一个美国姑娘攀谈。他的脸几乎正对严岩,尽管大厅里光线暗淡,严岩依然能辨识出那是个三十来岁的亚裔男子。男子展露出既谄媚又尴尬的笑容,在那个美国姑娘身边磨蹭了很久,似乎在一遍又一遍地表白和示好。美国姑娘显然不愿接受他的请求,微笑着一再摇头,他却迟迟不肯离去,不过最后终于放弃了,然后又四处张望,寻找新的目标,慢慢地朝另一个美国姑娘面前走,到了跟前,依旧是卑微地笑着,依旧是久久地站着,依旧是一无所获。但他并未完全气馁,继续转来转去,希望能交上好运,然而他的步伐已经变得十分迟缓,神色也已经显得十分犹豫。有一次,他的目光正好和严岩的目光相遇,也许是意识到另一个亚裔一直在注视他,他像是有点羞愧地笑了一下,连忙把目光移开。

“真给咱们丢人!”齐先生满脸鄙夷的神情,“人家不跳就不跳,纠缠个什么!求人家人家也不跟你跳。”

“不一定是中国人吧?”严岩说。

“谁知道是哪里人,反正是让咱们丢人。”齐先生说,“人家老美根本搞不清。”

刘师傅摇着头说:“啥玩意。什么人不好找,非得找美国妞,人家还不要你。”

严岩倒觉得“美国妞”不是不能找,事实上他有点同情那个亚裔男人并为之感到难过,因为那个亚裔男人在满屋的白人面前表现出了少见的勇气,却由于明显的差异和歧视而一再遭拒。不过严岩很不喜欢那人面对美国女人时摆出的一副可怜相,认为既然做就大大方方地做,坦坦然然地做,不要低三下四,不要战战兢兢,不要自卑,不要以为白人高人一等。严岩也不赞成那人毫无把握就贸然行事的做法。严岩自己做事总是要有相当胜算才出手,而且他自尊心很强,无法忍受接二连三的屈辱。

尽管遇到点让人扫兴的事情,总的来说这天晚上他们三个还是过得很愉快。咕嘟咕嘟灌了几杯啤酒后,齐先生笑称自己现在的状况有如啸聚山林的好汉们的“大碗喝酒,大口吃肉”。

“你们想想看,我几个月前还在休斯敦苦熬,过的日子连狗都不如。餐馆就那么几个座位,还没人,门口也没人进来。哎呀那个惨!没想到时来运转,摇身一变,现在风风光光地当老板、数钱,还请你们出来喝酒。"齐先生说。

过了一会儿,齐先生忽然又有点担忧,说:"咱们的生意不知道能不能这样一直维持下去。"

"咋不能呢!啥问题也不会有。"刘师傅对齐先生的话很不以为然。

严岩也说:"是啊,没有理由不好嘛。我想会一直好的。"

"嗯,这真的很难讲。"齐先生说,"刘师傅知道,小严你可能不知道,生意这东西神鬼难测。很多人看别人赚钱,以为做餐馆生意很容易,自己也跟着做,结果大把钞票投进去了,一个客人都不来。有的店也不知道什么原因,本来没好东西,客人还就是喜欢,生意红火得不得了。还有的店是好了一阵,然后就不行了。"

严岩没有再说什么。刘师傅也没有;他历来话不多,这时不想和齐先生争论,但是心里认为只要由他主厨,四川饭店的生意就不可能衰落。

接着齐先生告诉严岩——刘师傅始终对聊天不感兴趣,所以齐先生只是对严岩讲——他父亲最初带领全家随国民党败退到台湾时,整个台湾人心惶惶,乱起一团,很多事情无人过问。曾经有段日子,他父亲尽管贵为国民党省党部高官,一家人过的日子还是很苦。慢慢好了些后,他父亲也只不过有个连冷衙门都没得坐的虚衔,到处遭人白眼。

"本来嘛,几十个省的官都挤到一个小岛上,你也是官,我也是官,可是兵在哪里?总不能堂堂司令下面只有一个马弁吧?连那些以前不可一世的军政大员都还一个个降职赋闲,更不要说像我父亲这样的党务官员了,本来就没权,现在更没权,也就是拿点薪水养家糊口,求人办事都没人理你。我也算是从小就体验了世态炎凉,知道谋生不易。"齐先生感慨地说,"我大学毕业当记者,接触的人形形色色,上至达官显贵、富商巨贾,下至贩夫走卒、游民地痞,黑白两道,三教九流,无所不有。说到底,大家争来争去无非就是为了权和钱。你说还有什么?"

"总还有理想和责任吧。"严岩说,"像咱们是中国人,当然是希望看到中国强大。家人呢,也希望能照顾好。"

"这话倒也没错。说不定哪天我请我父亲到美国来看看,让他知道我这个做儿子的有出息了,让他高兴高兴。以前哪怕他要来我都不敢请他来。"齐先生说。

凌晨一点多,三人打道回府。

"二位感觉怎么样?"汽车驶上中央大道后齐先生问,"是不是有点意思?"

"出来玩玩不错。"刘师傅说。

"有刘师傅这句话就行。小严肯定高兴。"齐先生感到很满意。

"当然高兴啊。不过我还是在想,先前一块儿跳舞的那两个人,刚认识就到一起,是不是有点太快了。"严岩说。

"那是你的想法,人家老美不那么想。"齐先生说,"他们都那样,只要喜欢就行。我跟你讲过的,是不是?"

"感觉好像有点乱。"严岩说。

"这完全是观念问题。"齐先生笑着说,"老美认为生理有需要就应该得到满足,就像渴了要喝水、饿了要吃饭一样，天经地义，无可指摘，要是压抑，就是违背人性，就不人道。老美的观念跟咱们的传统观念不同，但是我想不能要求人家跟咱们一样，大家应该彼此尊重。其实这里也没有谁对谁错，就是文化差异。”

接着齐先生又说：“不过老美有一点很好，就是不管你的收入、地位、学识、年龄，认为能让自己动心才最重要。当然，你得是白人才行。”

“如果遇到的是亿万富豪或者流浪汉呢？”严岩没法改掉他喜欢认真的习惯。

齐先生说：“你讲的那是特殊情况，自当别论。我讲的是一般情况。”

毕竟已是下半夜，整座城市仿佛在梦中沉睡。汽车开得飞快。路边的光影不断从车窗掠过，沿途商家的招牌在茫茫夜色中灯光凄迷。

在车身的起伏摇动和如催眠曲般的音乐声中，严岩的意识逐渐变得模糊，丝毫没有察觉到汽车在公寓的停车场上缓缓停了下来。

“好啦，到家了！”也许是由于兴奋，齐先生直到这时依然精神十足，“我想啊，下次把咱们餐馆的女服务生带去，肯定更热闹。”

严岩这时有些清醒了，说：“好啊，到时候说不定你可以请她们跳舞。”

“估计没问题。你也可以请她们跳舞。”齐先生说，“她们心里怎么想，我不知道，不过我是老板，她们在我这儿打工，怎么也得给我点面子，你们说是不是？而且我带她们出来玩，她们肯定高兴。嗯！下次带她们去！”

十六

严岩到四川饭店工作的第六天，饭店招聘了一个韩国裔女服务生。她的姓英文写作“LEE”，中文写作“李”，她能把这个“李”用汉字一笔不差地写出来，而且“李”的韩国读音和中国读音相同。能写是因为直到第二次世界大战结束前的一千多年时间里，朝鲜半岛始终沿用中国的汉字，时至今日，汉字在朝鲜半岛依然可见，LEE 也学过一些，当然不会忘记自己的姓应该怎么写。

LEE 看上去有二十七八岁，个子中等，身材丰满匀称，相貌不算出众，但是柔和生动，尤其是两只眼睛，波光流转、风情无限。

她时刻都在有意无意地显示自己的女性魅力。她的脸上总是洋溢着妩媚的笑容，走路时总是尽量让步履矫健、把胸脯挺高。她知道女人扭摆腰肢产生的诱惑，知道怎样的姿势和动作能让身体呈现出迷人的曲线。在一些异性面前，她的眼神燃烧着火焰，面容展露出娇羞，让他们止不住心旌摇动。

她的样子很容易使人认为她是个不够庄重的女人，这种看法也许有点道理，但若是因此以为她玩世不恭，甚至以为她是个“坏女人”，那就有失公允了。

她生性善良，活泼奔放，从无害人之心；待人亲切热忱，说话既坦率又真诚；对生活满怀激情，充盈着与生俱来的渴望和憧憬。

她原本在韩国一家酒吧工作，光顾这家酒吧的客人大多是附近美军基地的官兵，他们热情直率，出手大方，常常给她很多小费。她喜欢他们，特别是其中一个叫艾瑞克的，她觉得艾瑞克年轻俊秀，心肠又好，像个可爱的小男孩。艾瑞克也喜欢她。他们在一起度过了一段美好时光。但是她知道自己不能对艾瑞克托付终身，因为他只是一个小兵。她的一个要好的姐妹嫁给一个美军下士，婚后不久随丈夫去了美国，几个月后在电话里告诉她，下士退伍了，却始终找不到合意的工作。这个姐妹说，美军士兵通常只有高中学历，除少数人外，军中生涯并没有教会他们谋生的本领，所以不少人退伍后由于对社会所需技能一无所知而到处碰壁，贫困潦倒，有的甚至沦落为无家可归的流浪汉，她自己就看到过有人胸前悬挂写着“我是老兵，请帮助我”的纸板在街头乞讨。LEE 后来跟艾瑞克分了手，决心寻找机会嫁给一个美军军官，然后跟随丈夫去她向往的美国。

她的运气不错，攀上了个美军上校。上校比她大将近二十岁，但这并不妨碍两人交往。他是电脑专家，文质彬彬，风度十足，喜欢亚裔女性的温柔甜腻。而她喜欢他的几乎所有方面，特别是喜欢他的地位和收入，却不知为什么，心里像是缺乏点对他的激情，像是和他之间有层看不见的隔膜，即便彼此相拥也觉得不那么亲密，不过她对自己说，这种感觉并不重要，重要的是他十分优秀，把命运和他系在一起绝不会错。

她的柔情蜜意使上校无可抵挡。她如愿与上校喜结连理，随着丈夫的调防来到美国新墨西哥州阿巴克基的军事基地。

上校薪资丰厚同时热爱自由，不愿住基地提供的军官宿舍，在许先生的公寓里租了一套有两间卧室的住宅安家，所以上校夫妇跟严岩他们几个算得上是邻居。

LEE的生活舒适清闲。上校对她很体贴，她无须出外工作，每天的事情只是服侍丈夫，整理房间，观看电视节目，有时上街购物。上校对她的个人开销从不过问，家里日常生活也全部由她打理，但是从来不向她透露财务状况，似乎那与她毫不相干。她常常觉得，她在家里像个女仆，而不是女主人。

上校出差频繁，即便不出差，白天家里也只有她孤身一人。左邻右舍都有自己的事情要忙，院子里时常空无一人，静得可怕。时间久了，她渐渐感到单调沉闷。她是个热情的女人，只有二十几岁，正是生机蓬勃的年龄。她需要人陪伴、交谈，需要炽烈的感觉，这种过于平淡乏味的生活使她觉得自己在一天天枯萎。

她其实有个女友，是个叫美奈子的日本人。美奈子在日本时嫁给了一个美军中士，随丈夫来到美国。中士和上校在同一个基地工作，起初并不相识，直到有次两人偶然相遇聊了几句，才知道彼此的妻子都是亚裔。上校想到LEE平时无人交往十分寂寞，便邀请中士携妻子到家里做客。美奈子像LEE一样，也是在美国举目无亲，也是觉得夫妻关系不够亲密，于是两个女人同病相怜，一见如故。这之后中士和上校不曾再见面，两人的妻子却成了朋友。但是美奈子的生活远不如LEE的优裕，她必须出门打工，很少跟LEE见面。

最终，LEE实在无法再忍受那种冷冰冰的舒适，决心找份工作。她看中了就在公寓对面的四川饭店，那里每天都很热闹，如果能去那里工作，一定会有很多乐趣，而且韩国有不少中国人，她对中餐和中国文化都不陌生，对中国人也有传统的好感。她提出申请，当即获准。

四川饭店对服务生工作的时间安排与严岩以往做过的中餐馆不同。以往的中餐馆，服务生几乎每天上班，从午餐尚未开始直到晚餐全部结束，始终待在餐馆，只在午、晚餐之间有点休息时间。四川饭店的服务生全是外国人，没人愿意干那么长时间，并且根据美国法律，员工每周工作时间若超过四十小时，雇主必须为超出的时间支付高于普通时薪的工资。华人服务生顾及情面和饭碗，通常谁都不拿这条法律来跟雇主据理力争，雇主自然乐得少付一点是一点，同时在安排工作时间方面毫无顾忌。然而外国人截然不同，他们从小习惯于依法维权，完全不能容忍任何违背法律的行为，倘若雇主胆敢克扣薪水，他们绝对不会善罢甘休，甚至会把雇主告上法庭，使雇主不仅遭受惩处，而且声名狼藉，颜面扫地。所以无论多么吝啬的华人老板，只要聘用外国人，在薪资方面必定是遵纪守法的好公民。许先生和齐先生深明大义，当然不会以身试法，不过也不会情愿多付薪水。事实上，餐馆的美国人里谁都不想每周工作超出四十小时。同样是根据美国法律，他们的这一意愿必须获得尊重，任何人都不能强迫他们改变意愿。

LEE找份工作只是为了消愁解闷，并不打算做太多时间，她提出每星期工作三到四天，这个要求得到了满足。

她在餐馆里如鱼得水，没几天就跟大家搞得很熟。有时她忙里偷闲，跑到厨房饶有兴致地看人干活，还说她喜欢烹饪，会做一手韩国美味。她称赞厨房所有的人，对每个人都亲切，离开时总不忘让众人领略一番白居易说的“回头一笑百媚生”。

“小骚娘儿们。”有次刘师傅说。

旁边的齐先生一声不响，若无其事地微笑着。

有个叫艾米的美国女服务生也关注厨房，经常站在服务站通往厨房的门口，把身体倚在门框上静静的朝里看。不过她的目光总是停留在严岩身上，肆无忌惮地看了又看，直到别人提示她有事要做才“噢”的一声如梦初醒，连忙转身回去工作。过一阵子，她又重新返回原处，依旧目不转睛地看着严岩。

厨房里的人都对艾米的举止看得清清楚楚，这里面当然包括严岩，但是谁也不点破。严岩装作一点都不明白，希望事情赶快过去。

终于有一天，银花忍不住对严岩说：“小严，我看她很喜欢你啊。”

“喜欢我好啊，你不是说她们都喜欢我吗？”严岩做出漫不经心的样子，想让银花不要再说。

可是心直口快的银花停不下来。

“这个喜欢和那个喜欢不一样！”银花容光焕发的脸上笑嘻嘻的，“她想要你跟她好！”

“哪有这回事，银花你不要乱讲。”严岩说。

“哎呀，怎么没有！谁都知道嘛。”银花依旧笑着，“我看她浑身是劲，你要是跟她在一起，吃不吃得消啊？”

严岩还没有来得及回答，马太太就用她一贯柔和的声音不紧不慢地说：“银花说的是真的。美国人从小吃得好，身体很强壮，我们亚洲人恐怕对付不了。”

“你们胡说什么呢！”严岩不由得笑起来，“谁要跟她在一起了？怎么就对付不了啦？”

“哎呀，真的想试试啊？”银花笑得更厉害了。她和马太太久居东南亚，对各种男女私事司空见惯，同时她们都是中年女人，这个年龄的有经验的女人谈起两性关系时大多不仅毫无禁忌，而且兴致勃勃。

“没有没有。”严岩赶紧郑重申明，“我没那个意思。”

“真的没有啊？没有最好。中国人还是应该找中国人，这样才合得来嘛。”银花说。

这天晚上齐先生和严岩又在大家走后留在餐馆里饮酒聊天，齐先生喝完两罐啤酒，忽然念道：“问世间情是何物，直教人生死相许。”

接着他告诉严岩，他又想起了对严岩说过的那个女友，不过那个女友却多半不会想他，即使想也仅仅是回忆，而不是期盼复合。

“小严啊，你可能不一定知道，不管以前两人感情多好，也不管是因为什么原因分手，女人一旦分手就非常决绝，不会再跟过去的男人重温旧情。男人就不行，老是藕断丝连，忘不了过去的女人。”齐先生说。

随后齐先生的情绪有点消沉，一面叹息一面念了些“多情自古伤离别”，“此身虽在堪惊”，“不知今夕何夕”之类的句子；终于脸上又露出微笑，用感慨的声调念出曹操的“对酒当歌，人生几何”。

“小严，你看这个人生啊，你说它快乐也快乐，你说它悲哀也悲哀，有的时候呢，还会乐极生悲。”齐先生说，“你知道恺撒大帝吧？据说他有这么个故事，我讲给你听，你看是不是这样。”

齐先生讲的故事是这样的：古罗马统帅恺撒大帝有次阅兵，他面前旌旗招展、长矛锋锐、战将如云。他威风凛凛地检阅，看上去得意洋洋，却忽然落下泪来。他的左右面面相觑，不明白他们英武的统帅怎么会在一瞬间变得那么悲伤。一个近侍小心翼翼地问恺撒到底发生了什么事情。恺撒说：你们看我的大军，声威浩荡，所向无敌，我麾下的每个将士都是披坚执锐勇不可当的英雄，可是一百年后，我的这支军队早已烟消云散，跟随我的所有人也都荡然无存。今天我率领他们建立伟大的功业，不久我们会全部死亡，谁也不可能重返这个神奇的世界，而这是任何人都没有力量改变的，即便是我，和我的军队。我想到这些，所以感到悲哀。

讲完后齐先生说：“小严啊，你有没有想过，人从生到死，也就是从无到有，又从有到无，到最后什么都没有，这人生到底有什么意义？”

严岩回答说：他也不知道答案，不过倒是很早就想到过生与死这个让人困扰的问题。那时他只有十四五岁，一天晚上从学校上完自习回家时抬头仰望群星，浩渺沉寂的星空使他感到惆怅。他忽然想：一个人来到世上，然后离去，之前没有这个人，之后也不会再有这个人，这条生命就这么永远消逝了，连同亲情、友情，连同学识、记忆、抱负，仿佛一起碎裂了，飘散了，渐渐隐入深邃幽暗的夜空，再也看不见了，就像从来没有存在过。既然这样，还不如从来没有到过这个世界，那样就不会遭受告别人世的痛苦。他感到非常悲伤。不过后来忙于种种琐事，很久没有再想，直到有次又仔细想了一下，结果豁然开朗，认为这个问题其实无须多想，因为由于新陈代谢的缘故，生命从诞生到消亡始终在变化，最初的和最终的其实是非常不同的个体，因而对生死应该坦然看待。

“你想想，齐先生，一个人生下来的时候只有几斤重，过几年长到十几斤，二十几斤，由于不断生长，不断新陈代谢，这时组成人体的物质还有多少是刚生下来的那个小婴儿身上的？恐怕要有也只有一点点，说不定连一点也没有。从纯物质角度来讲，这时完全是另外一个人，刚生下来时的那个人已经不存在了。悲哀吗？没有人会悲哀。事实上不管是谁，过几年就一个样，也就是说过几年就是一个不同的人，过去的那个人是永远地消逝了，仅仅是由于遗传，由于记忆，才让我们觉得前后完全是一个人。所以我认为对生死不要有太多感慨，既然来了就好好生活，想到要走也不要过于悲伤，因为人的一生就是在不断地生死，几十年里已经不知道死了多少次，只是我们平时不觉得。”严岩说，“其实走了也就是回归自然，回到过去千百万年里我们原有的分散的状态，而不是像现在这样凝聚在一起。十年前的你和我，二十年前的你和我，今天说不定就处于那种状态，跟正在讲话的你和我完全不同，我们也不觉得有什么。说到底,物质不灭,状态变了,但还是在那儿。这样想心里会好受点,你说是不是?”

“嗯!小严,你这种言论我还是第一次听说,不过好像有点道理。你这也算是看破红尘——真的把生死看得那么淡?”齐先生说。

“那倒没有。”严岩说,“我一直很珍惜生命,因为生命来之不易。我知道任何生命都是自然界无数年演变的结果,中间只要有一个环节出点差错就根本不可能延续,而且一旦失去就永远失去,所以每个生命都非常珍贵。我想,从原始生命的最初形成到能够产生我们,这种概率恐怕只有多少亿分之一,我们能来到这个世界是奇迹。不管谁,能来到这个世界都是奇迹。生命本身就是奇迹。我不可能把生死看得很淡,我只是说到了非走不可的时候要尽量使自己坦然一点,不要过于悲伤。不过这并不表明到了那一刻我真的能够使自己坦然,也许我根本没办法做到,因为人是有感情的,要离开自己热爱的东西,并且是永远离开,肯定非常痛苦。”

“我还以为你真的看破红尘了呢,看来还是没有。”齐先生笑着说。

“没有,我看不破红尘,那是和尚的事情,我这辈子做不了和尚。”严岩说,“我只是觉得人好好生活就行了,不能对生死之类的事想太多,那纯粹是个从古到今没人能解答的问题,慨叹一番可以,不能老去想它。”

齐先生表示赞成严岩的观点,随后与严岩一起背诵了陈子昂的《登幽州台歌》和刘邦的《大风歌》,以及曹操《龟虽寿》中的句子,像是倾吐完了胸中的感触,心情变得舒畅些了。他说对严岩这样学理工科的人却知道些文科的东西感到诧异,因为包括他在内的不少人认为搞理工的人严谨、刻板,缺乏情趣,也缺乏文学艺术方面的造诣。严岩回答说,那是种偏见,至少是种误解,其实很多从事理工行业的人同时喜欢文学艺术,其中一些人吹拉弹唱样样在行,大部分人写的文章逻辑清晰、叙事分明,平时很注重生活情调;他至今还能背诵的马致远的《天净沙·秋思》,就是他十七岁时在一个理工大学学生的文章里看到的。

“我觉得人是可以有多方面爱好和专长的,不是说在一个方面行,在另一个方面就一定不行。像拿破仑,大家都知道他是政治家、军事家,但是很多人不知道他同时也是法学家,主持制定了法国的民法,而且他在数学领域还有个三角方面的拿破仑定理。鲁迅本来是学医的,后来投身文学,用起笔来照样锋利。有人说达·芬奇除了是画家,还是工程师,留下了不少工程草图。”严岩说。

“像我也是啊!原先是写文章的,现在当老板赚钱,也算是脚踏两界!”齐先生半真半假,眉飞色舞地说。

两人都笑起来。

接着齐先生评论了一些古代文人,说现在“再也没有人能写出他们那样的作品了。”严岩不同意,说有一个人能写出来,只是齐先生要么不知道,要么没有想到。

“我不知道?我没有想到?那怎么可能!”齐先生不相信,“现在谁还有能力写出那种东西?没有人能写出来。”

“真的有人能写出来。你好好想想,我不能肯定你是不是知道。”严岩看着齐先生说。

“你说的这个人是不是在大陆?”齐先生也看着严岩,像是想起了什么。

“在大陆。”

“是不是前几年刚刚去世?”

“是啊,他已经去世了。”

“你这样讲我就知道是谁了。”

“齐先生对他的作品有什么评价?咱们只谈艺术水平,不谈别的。我觉得他古文和现代文都写得非常好,而且写古文就是古文,没有现代文的痕迹,写现代文就是现代文,没有古文的痕迹。他能够做到随意切换、挥洒自如,除他之外谁都做不到。他的诗词就不讲了,我想齐先生一定看过,过去几百年都很少有人能写得那么好。齐先生认为是不是这样?”

“这个……”齐先生思忖了几秒钟,说不清是情愿还是不情愿,有些尴尬地笑着说:“要是从纯艺术角度来讲嘛,大概是那么回事。”

十七

这天离午餐开门还差二十分钟的时候，每个人都在忙碌。厨房里炉火通红，热气蒸腾，各种声音嘈杂无序。

这种情景看在齐先生眼里，当然是全世界最好的舞台剧。

忽然银花叫了一声："萨琳娜，你回来啦！"

严岩这时恰好炒好一份菜，他立刻转过身来，一边把锅里的菜倒进面前的盆子里，一边看这个被众人称赞的萨琳娜究竟是什么模样。

萨琳娜正从他面前走过。她很年轻，面容娇美柔嫩，肌肤在雪白中透出浅淡的绯红，亮闪闪的金发在脑后扎成的俏皮的小马尾增添了她原本就十分鲜明的青春气息。

她步伐迅速，像滑冰似的转眼便穿过厨房，在尽头处的洗碗机旁和银花友好的相互问候了一下，随即转身走进旁边的服务站。

就在萨琳娜转身的那个瞬间，严岩感到她的体态格外动人，这并非是他特别留意的结果，而是任何人都不可避免的反应，如同一幅名画或者一片美景摆在面前，谁都会不由自主地过目难忘，并且从心底发出赞叹。美国有不少女性身材美好，尤其在她们的少女时代更是如此，但是萨琳娜的这种身材依然非常罕见，只能用"好到极致"或者"无懈可击"来形容。

然而最触动严岩心灵的还是萨琳娜的眼神和表情，那里有着成年人中少有的孩子般的纯真安静，以及使人感到亲近的质朴和友善。她没有一丝一毫的矫揉造作，没有一丝一毫的傲慢冷漠，也不像很多美国人那样见人就大声说笑，仿佛在显示：我来了！我很快乐！我无所顾忌！我无所不能！她静静地走过去，就像一道清澈的山泉，怡然自在地穿过丛林和绿地，在广阔的蓝天下温柔地微笑。

萨琳娜给予严岩的第一印象极其美好，而第一印象非常重要，这不仅体现于人际交往，甚至连文学也难逃同样的命运。歌德认为："一个作家在再版时改动他的故事，哪怕改得更有韵味，也是损害了他的作品。我们总是容易接受第一个印象，人类天性如此，连最离奇不过的事迹也能信以为真，立刻牢固地铭刻在心中，谁要想涂抹或删改它，只会自讨没趣。"

不过严岩对萨琳娜的"第一个印象"不需要"涂抹或删改"，而是需要锦上添花。在接下来的几天里，严岩加深了他的第一印象。他注意到了萨琳娜更多与众不同的地方：在最忙乱的午餐高峰时段，她时常闪电般抽身来到厨房，告诉大家餐厅里急需哪种菜肴，如果这时恰好有炒出的菜，她就立刻端出去；有时她非常吃力地把堆满待洗盘碗的大盆搬进厨房，又顺手把干净盘碗带走。这些都不是她的分内工作，可是她一点也不计较。严岩明白了为什么银花特别喜欢萨琳娜，因为银花自己也是这样。

进厨房为客人叫菜取菜时，萨琳娜的表现也与其他服务生的表现不同。或许是由于民族性，美国人常常显得神气活现，甚至趾高气扬，但萨琳娜不是那样，她总是十分温和平静，叫菜时望着菜单大声念出上面的菜名，而后把菜单搁在厨师面前，转身就走，从来没有多余的眼神、言语和动作，只是专心工作，取菜时说声“谢谢你们”，谁都不看。

她能双手一次端五六盘菜，照样健步如飞。不过这一点别的服务生也能办得到。

一天午餐生意快结束的时候，餐厅里只剩下两桌客人。严岩到自助餐台查看饭菜是不是还需要添加，回来时途经服务站，看见萨琳娜正从兜里取出厚厚一叠钞票递给一个叫瑞恩的收碗工。严岩知道，萨琳娜给瑞恩的是她午餐小费的一部分，是依照行规行事，但他从未见过有谁给这么多，多得使他吃惊。他的内心顿时一阵震撼，因为他感受到了萨琳娜异乎寻常的慷慨和善良。

美国有法律规定的最低工资，但是服务生由于赚取小费，所以服务生的固定工资远远低于法定的最低工资，小费是他们最主要的经济来源。在大多数情形下，他们能做到每个月收支平衡就算十分不错，手头拮据是常有的事，所以严岩觉得萨琳娜的行为非常难得，并且体现出了她高尚的人品。

这时萨琳娜从他身边灵巧的一闪而过，到餐厅去了。瑞恩把纸币对折，塞进口袋。严岩忍不住说：“她给你很多钱。”

“她总是这样。”瑞恩很高兴地笑着说，“她是个非常好的姑娘，每个人都喜欢她。”

“我想客人也喜欢她，看上去她赚了很多小费。”严岩说。

“哦，当然，她的小费永远是最好的。她对客人好，对谁都好，简单地说，她就是个非常非常好的人。”瑞恩说。

“你们在谈萨琳娜吗？没有人会比她更好，”丽莎不知道什么时候进到服务站里来了，听见有人议论萨琳娜，不由得插嘴，“而且她值得大家信赖。”

“一点不错。”瑞恩当即表示赞同。

“严先生，你和萨琳娜相互认识过了吗？”丽莎问。

“还没有。”严岩说。

“哦，你应该了解她，跟她讲讲话。她是个很好的人，就像你一样。”丽莎说，“我来介绍你们认识。”

“也许下一次，我想我需要回去工作了。”严岩觉得不应该在服务站待太久，边说边准备离开。

正在这时，萨琳娜进来了。丽莎连忙说：“严先生，稍微等一等！”

丽莎微笑着看看萨琳娜，又看看严岩，很热心地说：“好吧，让我来给你们作相互介绍。严先生，这是萨琳娜，我的朋友，最好的姑娘。萨琳娜，这是严先生，非常好的厨师，是在你度假时来的。”

“我知道。很高兴认识你。”萨琳娜露出娇羞的笑容，向严岩伸出手来。她的灰蓝色的眼睛里闪动着美丽的光彩。

“很高兴认识你。”严岩说，握了下萨琳娜的手，感到她的手非常柔软。繁重的劳动并没有伤害她细腻的皮肤。

后来严岩跟萨琳娜断断续续聊过几次，得知了一些她的情形。

像很多美国高中生一样，萨琳娜在高中即将毕业时对是否紧接着就入读大学举棋不定。她天生怀有怜悯之心，很想成为一名护士，这时却下不了立刻苦读四年的决心，最终打算先工作几年再说。这种做法在美国十分常见。在经历了长期学习的压力后，不少美国中学生希望一旦获得高中毕业文凭便让自己放松一下，先离开校园几年，然后再读大学。

美国拥有极其庞大而且完整的教育体系，各类大学数不胜数，其中既有全世界最顶尖的私立名校，也有政府出资主办的各州州立大学和城市社区大学，它们通常被认为是声誉可靠的学校。另外，美国还有成千上万五花八门的大学，这些大学有的十分不错，有的十分糟糕，有的名字很吓人，其实里面什么都没有，还有的仅仅传授一些专门技能，类似于中国过去的“中专”或者“技校”，但是学制要短得多，教会学生职业知识后就让他们毕业当技术工人，却也堂而皇之地顶着“大学”的名头。

鉴于上述事实，在美国要入读大学是件毫不费力的事情，任何人只要有高中毕业文凭就一定能进去，区别在于进的是哪种大学、哪所大学。顶尖大学的入学竞争非常激烈，只有特别出色的学生才存在被录取的可能，普通学生只能望洋兴叹。事实上，一些以对学生要求严苛著称的大学，譬如麻省理工学院和加州理工学院，即便请普通学生进去也最好不要进去，因为倘若资质不够高，进去后再刻苦也难免遭到淘汰。读比较一般的大学则不同，但也不是轻而易举。关于在美国读大学有这样一句话，叫做“进去容易出来难”，指的是美国大学学业繁重，对学生要求严格，进大学读书多半不难，但要想完成学业获得文凭却很不容易。这一点除了纯粹以赢利为目的的少数学校，尤其是所谓的“野鸡大学”，全美国的所有大学，无论水平高低规模大小，一概如此。

从某种观念来看，美国人读大学读得十分潇洒，只要一纸高中文凭在手，他们任何时候想读就读，不想读就不读；有的读读停停，有的半途而废，有的慢吞吞地用七、八年时间读完四年的课程，有的二十八、九岁三十多岁才进大学读书，还有的到了古稀之年忽发奇想，要把这个世界的知识掌握到手并且随身带走，于是拣一门喜欢又比较容易的学科完成学业，拍一张白发苍苍的学士照，让自己感到心满意足，不负此生。

当然，高学历并不等于高收入。美国不少人对理工科要么缺乏兴趣，要么望之生畏，在大学里纷纷选择哲学、心理学、社会学或者英语作为自己的主课，等到好不容易毕了业，却难以找到相应的工作。他们中的一些人最终不得不从事根本不需要大学学历的工作，获得的收入与没有大学学历的人相同，甚至比没有大学学历的人低，因为若年龄相仿，人家多半比他们资历深得多，那么多年读大学甚至研究院所花费的时间、金钱和精力，以及生命的一部分，对他们来说是完全虚耗了。

依照美国的观念，子女成长到十八岁时应该自食其力，自谋前程，父母不再有养育子女的责任，也不再有管束子女的权力。萨琳娜既然打算暂时不读大学，高中毕业又正好十八岁，自然要找份工作。处在她当时这种年龄的美国年轻人绝大多数都渴望摆脱家人束缚，获取个人自由，她也一样。她从小要好的一个女伴那时在阿巴克基，对她说这座城市不大不小，有山有水有平原，景色壮丽，四季分明，既不人多拥挤，也不人少空旷，是个使人感到适宜的地方。她来了，没想到她的那个女伴不久就随男友走了。

“现在我一个人在这儿，但是没关系，我很好。”萨琳娜微笑着告诉严岩，还说她喜欢阿巴克基不算喧闹也不算单调的环境，说阿巴克基天高地阔，让她感到无拘无束。

她有辆十年车龄的二手轿车，独自租住一套单卧室公寓住宅，手头经常没有余钱，但总能攒出足够的钱来按期付清房租，水、电、煤气的款项也从不拖欠。她很享受她现在的生活：自由自在，心安理得，每天都很快乐。

她规规矩矩、本本分分，既诚实坦率又明情达理，既温柔安静又活泼洒脱，从来不喜欢奉承别人，也从来不喜欢炫耀自己。在了解到她的为人后，严岩深深感到，她确实是个非同寻常的姑娘，尤为特别的是她作为地道的美国人，身上却像有很多中国元素，这是他以前从未遇到过的，以后也没有再遇到过。

四川饭店的方方面面都让严岩感到愉快和满足，不过凡事皆有意外，在他工作近三个月的时候，发生了一件使他难过的事情。

这件事的直接相关人是刘师傅和齐先生。当初刘师傅还在加州，跟齐先生在电话里商谈薪水时，要求的月薪是一千八百美元。这是个合情合理的要求，却被齐先生以餐馆尚未开张，无法知晓开张后生意好坏为由否决，只同意每月付刘师傅一千四百美元，但是承诺只要生意能做起来就一定给刘师傅加薪。至于加多少，当时没有说明，也不便说明，因为要靠生意状况来定。刘师傅一方面经历丰富，一方面又始终老实本分，以为齐先生像他一定守规矩、讲信用。在他看来，只要由他主厨，在阿巴克基这个远离东西两岸的偏远城市让餐馆生意兴旺可说是易如反掌，那时不要说一千八，就是两千、两千多，老板也会心甘情愿的双手奉上，唯恐失去他这个顶梁柱。不过万一真的见了鬼，生意竟然做不起来，他刘师傅也只好自认倒霉，决不会向老板多要一分钱。

眼看四川饭店一鸣惊人，老板整天眉开眼笑，刘师傅有如稳坐钓鱼台，气定神闲地等待老板发薪水时把那个一千四改成一千八，甚至两千几。头一个月，没改。——正常。才开张嘛，谁知道以后会怎样？第二个月，没改。——也正常。人家还想再看看。第三个月，还是没改。——怎么会呢？照理说，如果生意特别好，或者个人表现特别好，做满三个月是应该加薪的。好吧，老板抠门，不会做人，咱不跟你计较。等！等到做满六个月，你总得加薪吧！

于是刘师傅耐着性子等，认为齐先生至少会把他的月薪长到两千。这期间严岩来了，不过刘师傅觉得这对他不会有丝毫影响，因为正是由于他的厨艺，四川饭店的生意才如日中天，四川饭店离不开他，他在这里的地位不可动摇。

尽管心怀怨忿，刘师傅依然一如既往地埋头工作，然而直到离他做满六个月仅差几天的时候，老板却还是显得若无其事，他终于感到，不能再沉默了。

“齐先生，餐馆生意不错。”刘师傅用闲聊的方式开场。

“不错，生意不错。”齐先生脸上保持着与人交谈时的一贯微笑，意味深长地看着刘师傅。对刘师傅想说什么，他心知肚明，早就做好了应对的准备，却只是不痛不痒地回了一句。

“大家伙儿做了快六个月了，你们当老板的是不是该考虑给大家加点工资了？”刘师傅不想拐弯抹角。

“哦，那当然，我这几天一直在考虑这事。”齐先生显得十分通达，仿佛根本无须任何人提醒或催促，他本来就准备用加薪来回报众人的辛劳。

“齐先生打算把我的工资涨到多少？”刘师傅问。

“刘师傅，你认为涨到多少比较合适？”齐先生想弄清刘师傅的想法，没有直接回答。

“你是老板，你说涨多少。”刘师傅不好意思直言，希望能从齐先生嘴里听到一个使他振奋的数字。

可是齐先生不肯讲，依旧要刘师傅说出想法。“讲讲没关系嘛，讲出来我们考虑。”齐先生很爽朗地说，像是不管什么都好商量。

这是利益攸关的时刻，刘师傅不再顾及情面，用沉着坚定的语调清清楚楚地说：“别的人你们看涨多少，我认为我的工资应该涨到一个月最少两千。”

“行！回头我跟许先生商量一下。”齐先生表现得十分爽快。

刘师傅顿时如释重负，三个月来的郁闷一扫而空。“这老板还算识时务。”他想。是啊，餐馆生意能有今天，全是他的功劳，若是把他逼走，他的酱汁秘方当然不会留下，那时菜肴风味大变，客人一定抱怨，生意势必一落千丈。这么简单的道理，老板不可能不懂，怎么敢让他走？每月两千的薪水，不多！生意这么好，加个几百块钱对老板来说算得了什么！

刘师傅心情舒畅，甚至开始考虑是不是应该把老伴从加州接过来。阿巴克基天高气爽，房价比加州低得多，他觉得买座房子，退休后就在这里安度晚年，似乎是个不错的打算。然而他很快就明白了那不过是他的幻想。

第二天，齐先生用十分抱歉的语气告诉刘师傅，许先生认为，虽然目前生意兴隆，但是没人知道能否延续，所以暂时无法满足他的要求，希望他能体谅老板的艰难和苦衷。

“我也是没办法。”齐先生做出爱莫能助的样子，“刘师傅，你也知道餐馆平时是我管，但真正当家的还是许先生，他不同意，你说我能怎么办？其实我是一直很想把你的薪水大幅往上调的。”

刘师傅又失望又愤懑，真想解下围裙一走了之，可是回加州要重新找工作，什么时候才能找到、待遇如何，都是让他烦恼的问题。思索之后，他决定先保住手里的饭碗，但是不能让自己受太大的委屈。

“没有两千也行，不过总要涨吧？”刘师傅说。

“涨是肯定的。”齐先生说。

“能涨到多少?”

“……恐怕不会太多。”

“再低也得有一千八吧?这个数不高,别家店都这样。”刘师傅说出了他能接受的最低数字,要是比这个数字更低,在他看来就是不把他当人了。

“我是没问题,可是许先生不这样想……”齐先生说。

“一千八都不行?那他说给多少?”刘师傅觉得心在往下沉。

“他……我都有点说不出口。”齐先生回避着刘师傅的目光,显得很为难。

“你说吧,没关系,是不是一个子儿也不给我加?”刘师傅开始强硬起来,准备破釜沉舟。

“那倒不是,就是加得不多。”

“说吧,到底多少。”

“那我就说了。刘师傅,你听了可别生气,——那不是我的意思。许先生说他最多只能给你加到一千六。”齐先生赔着笑脸,用含有歉意的腔调说。

刘师傅感到被打了一闷棍。

“你们就是要我走嘛,走就走,我还不想干呢。你们给我买张飞机票,做完这个星期我就回加州。到哪还会没口饭吃!”刘师傅脸色铁青地说。

齐先生立刻做出沉痛的样子劝慰刘师傅:“唉,刘师傅,你这是何苦呢?就是两百块钱嘛,犯得着生那么大的气?哪天总要加的。许先生他成天不在餐馆,什么都不知道,你别跟他计较。你走了我怎么办?不要提走的事。”

“没有我生意照做,我算什么!”刘师傅说。

“唉,刘师傅,你这就是说气话了,餐馆没有你怎么行?别去想加州了,一千六先拿着,回头我再找许先生说说,看什么时候能给你再加,你看怎么样?不要急嘛。咱们相处得也不错,说实话像我这样的老板还不多呢,是不是?先做着,钱总是有得赚的。”齐先生叹息着,显得苦口婆心。

可是刘师傅毫不动摇。这时在他心里,一千八象征着最起码的尊重和尊严,而一千六则代表着轻蔑和侮辱,二者之间相差的不仅仅是两百美元,因而绝不可能调和。

“没有一千八我肯定不干,你们两个老板看着办。”刘师傅说完这句话后转身就走。

他不信这个餐馆能没有他,缺了他的酱汁,他们拿什么来取悦顾客?可是老板却像对他的去留漠不关心,是吃错药啦,还是在玩什么把戏?他想了半天,怎么都捉摸不透其中的奥妙。

他心绪烦乱,抽空把严岩叫到厨房后门外的屋檐下,把整个事情讲给严岩听。

“他们只给你涨到一千六?这太说不过去了!”严岩感到十分惊讶,因为一千六的月薪对刘师傅这样厨艺精湛的老资格大厨来说实在太低,而且生意又那么好,何况那多半是刘师傅的功劳。

“他们说生意还不稳定,不肯多涨。”刘师傅神情落寞地低着头说。

“怎么才算稳定？开张半年，每天都忙，还要怎样？刘师傅，你应该找他们再说说，他们应该最少给你涨到一千八。”严岩愤愤不平地说。

“我就是这么跟他们说的，看他们咋决定，给一千八我就干，不给我就走。我看他们不敢让我走，这个店的生意是我帮他们做起来的，我走了生意肯定垮，不信你看他们敢不敢让我走！”刘师傅说这句话时脑海里在想他的酱汁秘方，那是他心血的结晶，也是他在四川饭店的护身符。他相信，这道护身符能保证他在与老板的对垒中立于不败之地，现在老板只不过是在跟他玩花样，其实不敢放他走，只要他不退缩，到最后老板一定会向他妥协。

可是严岩没那么乐观，他隐隐感到：这件事并不简单，中间似乎有些蹊跷。哪个老板会为了区区几百美元就摆出要把自己的顶梁柱拆掉的架势呢？而且不像是虚张声势，这实在让人费解，而越是让人费解，越表明里边另有名堂。刘师傅也许有点过于自信了，说不定要不了多久，他就很可能不得不黯然离去。

严岩为刘师傅感到担忧，忽然想起就在两个星期前的一天，齐先生像是很随意地问他在这里工作生活的感受，他说很好。齐先生又问他有没有回加州的打算，他说没有。

当时齐先生还面露微笑地说：“真这么想？那是要在我这儿长期做了。”

他随即开玩笑般回答：“是啊，除非你开除我。”然后告诉齐先生，他喜欢阿巴克基闲适自在的气氛和便于学习英语的环境，只要工作稳定，就会一直待在这儿。

“一直待在这儿，哪都不去。”齐先生仿佛要确定一下似的说了一句。

“肯定哪都不去。”他说。

对于那次交谈，他原本以为齐先生只是想了解他在这里是否安心，因为每个老板都希望能干的下属能长期追随自己，现在他猜测，齐先生其实是在为刘师傅的即将离去预作准备；齐先生无意挽留刘师傅，甚至可能有意逼迫刘师傅走。

严岩感到对刘师傅的歉疚，如果没有他，齐先生或许会对刘师傅退避三舍。但是他告诉自己，他需要这份工作；他与刘师傅的交情还没有达到“为朋友两肋插刀”的地步；对别人的劳资纠纷，他无权过问。

尽管如此，他还是无法容许自己袖手旁观。

他找齐先生谈了一次，希望能使刘师傅避免不快的结局。他没有料到齐先生的态度十分决绝，事情注定不可挽回。

“他是有点功劳，可是他不能摆出那个样子！”齐先生向严岩讲他和刘师傅间的恩怨时显得对刘师傅非常厌恶，“你看他那个架势，好像餐馆没他就不行，好像我欠他一大屁股债，应该给他买房子买地，一辈子都敬着他。你说我怎么受得了！要走就走，我不留。我倒不信他走了餐馆会垮。”

“我这样想，齐先生，刘师傅工作还是不错的，两百块钱对你来说也不算什么，你看是不是就给他一千八，这样人事方面也稳定点。”严岩说。

“不是钱的事儿，两百块我还拿不出来？关键是我看见他就烦。我又不能走，那就只有他走了。”齐先生说，“人事方面你不要担心，他走了，你做大厨，再让马先生学炒菜,咱俩暂时多辛苦点,以后就好了。”

“我觉得有点对不起刘师傅。”严岩说。其实他已经预感到只要刘师傅走,他就会出任大厨一职,现在又听见齐先生亲口承诺,却丝毫不感到高兴。

“小严,这你就想太多了。”齐先生说,“这事完全是我和刘师傅之间的事,跟你一分钱关系也没有。说实话我也是不得已才让他走,我都不自责,你自责个什么。”

谈到这里,严岩已经无话可说。

对刘师傅是否真的在齐先生面前恃功倨傲,严岩不是当事人,无从判断,但是他相信,四川饭店里几乎所有人都把刘师傅看做生意兴隆的第一功臣,使身为老板、又是被许先生作为行家专门请来救场的齐先生感到颜面无光,才是刘师傅遭受打击的最主要的原因。

事实正是如此。齐先生无法容忍在他主宰的地盘上有人享受超乎寻常的敬重和颂扬,而他却被看做是全凭他人才发财的无能之徒,一直想赶刘师傅走。刘师傅的所谓“架势”,多半是齐先生心理失衡导致的臆想。这次刘师傅提出待遇问题时,齐先生已经做好了准备,他根本没有和许先生商量,只是以许先生的名义向刘师傅提出了一个谁都知道不可能接受的薪水数字,迫使刘师傅卷铺盖走路。

十八

无论作出了多么大的贡献，也无论多么坚信四川饭店生意的兴隆非他不可，刘师傅最终还是怀着悲愤和困惑离开了这个他倾注了无数心血和寄予厚望的餐馆。

临行前一天，刘师傅把严岩叫到没人的地方，问严岩想不想回加州。

“你也是加州来的，要是想回去，等我找到工作帮你问一下，说不定咱俩还能在一块儿干。这个店的老板啊，”说到这里，刘师傅摇了摇头，“不值得给他们干。”

严岩说：“刘师傅，你不要替我操心，回去后把你自己的工作找好就行了。”

“我找工作肯定没有问题。我想过了，回去后我不在旧金山找，到周围小城找，那些地方北方餐馆很多，找个大厨当，我估计不难。等我当了大厨，再跟老板说说让你也去，就看你想去还是不想去。”刘师傅说。

严岩不打算回加州，又不想伤刘师傅的心，只好含糊其辞地说：“现在什么都还不知道呢，到时候要是真的不错的话，我再考虑。不管怎样，刘师傅，你先把你自己的工作找好，别的都是小事。”

刘师傅离开一个星期后，从加州给严岩打来电话，说他已经在离旧金山不远的斯达克顿找到大厨的工作，若是严岩想回加州，现在就可以到他所在的餐馆做炒锅。严岩心怀愧疚，对刘师傅的好意表示感谢，说他需要认真想一想，如果决定去，就给刘师傅打电话。

他没有给刘师傅打电话，刘师傅也没有再给他打电话，他们从此断了联系，但是严岩始终记得这个敦厚朴实的老厨师。

就在刘师傅走的这天，齐先生不紧不慢地对严岩说：“小严啊，从今天起，你就是大厨了。可是菜的味道咱们不能变，客人吃惯了，味道一变，他们可能就不来了。”

“那怎么办？刘师傅走了，咱们只能试着把味道调得跟他的一样，最后可能会多少差一点，不过我估计问题不大。”严岩说。

“哎，你信不信，我能把味道调得跟他的一模一样。”齐先生表情神秘地说。

“怎么会呢？”严岩不大相信。

“你看看，小严，这你就知道姜还是老的辣了。”齐先生显得很得意，“要是我连他的秘方都没拿到，怎么敢放他走！”

齐先生告诉严岩，他早就在偷学刘师傅的酱汁配方。每当刘师傅为制作酱汁到储藏室取各种调料时，他都悄悄跟在后面，仔细观察刘师傅的一举一动，默记于心，然后用笔写下来。由于调料位置的缘故，刘师傅总是背对门口，而且他为人老实，根本不会想到有人在身后窥视。偶尔也会发生刘师傅在无意间转过身来看见齐先生的情形，这时齐先生就装作是来找刘师傅谈工作，讲几句无关紧要的话遮掩过去。刘师傅襟怀坦荡，从来没有起过疑心。

“现在我对他的秘方了如指掌。他以为我没他不行，也不想想，我是什么人！我不过是略施小计,他恐怕再过多少年都不明白是怎么回事。"齐先生像是凯歌高奏般地说。

严岩心里产生了对刘师傅更多的同情,以及对齐先生的反感。他再度提醒自己,对齐先生的言行,务必要保持警觉。

从此,严岩在四川饭店担任大厨,月薪也从一千二百美元增长到一千四百美元。同样获得增长的是他的工作时间,从每周六天变成七天,这是因为少了刘师傅,他哪怕一天不做,这一天厨房也难保秩序井然,所以齐先生希望他每天都做,他不便拒绝。然而这样一来,与以往相比,他的薪水一点也没涨,仅仅是职务升了,责任重了。不过他并不在意每天都要上班,他还年轻,体力充沛,毕竟每月能多拿两百美元,辛苦点他也心甘情愿。

这种状态持续了整整一年,之后才在他的要求下得以每逢星期一休息。在四川饭店工作期间,他曾三度获得加薪,并且每年有七天休假。

马先生终于如愿当了炒锅。他依旧沉默寡言,神色凝重,做起事来身体僵硬,领悟能力不算很好,但是十分努力,也十分循规蹈矩,在严岩的指导下,慢慢地可以应付炒菜的工作。马太太是个明白人,知道丈夫学会点东西不容易,教丈夫的人也不容易,几次向严岩表示感谢,特别称赞严岩教技术时一点都不保留。严岩听了总是笑笑,最多说一句:"这没有什么。"

不过马先生炒菜的水平始终不高,速度也始终不快,齐先生除非生意特别忙,总要摆出老板的派头,并不努力做事,所以严岩的工作比刘师傅在的时候更加繁重,这一点特别表现在炒菜上面。忙起来他全力以赴,不觉得累,可是只要客流高峰一过,便马上感到浑身疲软,这时就随意吃点东西。到了正式吃饭的时候,不管别人吃什么,为了恢复体力,他一定给自己弄点牛肉吃。他不觉得这么做有任何不妥,也不觉得有半点心虚,因为他认为这是保障工作效率的需要,也是他身为大厨的权利。齐先生看在眼里,从来不说什么。

餐馆聘了个新人出任油锅。这是个年轻人,姓林,大家叫他小林。小林个子不高,眉目清秀,脸上常常挂着像是有点羞怯,又像是有点谄媚的浅笑,眼神游移不定,几乎不朝人直视,讲话很慢,语调柔软,头发梳得光溜溜的。

银花家和小林家相距不远,两人彼此认识,一见面银花就叫起来:"小林,不做少爷,来打工啦?"

小林尴尬地笑着,说:"银花你不要乱讲,什么少爷。"

银花说:"以前是,现在不是了。"

严岩感到好奇,就问银花是怎么回事。银花告诉严岩,小林一家原先在柬埔寨,小林的父亲林先生是当地有名的商人,还是华侨领袖,后来局势变化,家里的财产被全部没收,好在人都平安,目前全家在美国。林先生虽然大半辈子都在经商,却始终向往社会主义,到了美国,依然谴责资本主义的不公和丑恶。

"他以前是少爷嘛,享了很多福。"银花指着小林说,"现在没有福享了,跟我和老黑一样,也是穷人。"

“银花,还有我啊。”马太太温和地笑着说。

可是银花不承认马太太的穷人身份,说:“你不是,你比我们有钱。”

小林学东西很快,没多久就把油锅那一套做得像模像样。齐先生感到很满意,对严岩说:“不错,这小子以后可以做炒锅。”

齐先生不知道,只要他不在,小林就偷懒,做事慢慢吞吞,不肯使力气,讲他他既不争辩,也不加速,只当没听见,还经常借故上厕所,躲在里面半天不出来,宁愿闻臭气也不想干活,所以厨房里没有一个人喜欢他。

这天午餐刚刚结束,齐先生到前台查账去了,严岩忽然看见一个四十几岁的粗壮女人,露出一张岩壁般生硬冷峭的脸,上面的表情十分傲慢,正一声不响地站在服务站门口朝厨房里看。她一步也不跨进厨房,只是肆无忌惮地把厨房里的所有人一个个慢慢看过来,那种眼神就像隐身于草丛中的母狮在凝视它的猎物。

“什么人?”严岩心里起了疑团,但是一句话也没有说,别的人也没有说话。大家都回避那个女人的目光,只当她不存在。谁都不知道她是什么时候消失的。

过了一会儿,齐先生回到厨房,一见严岩就问:“小严,有没有看见我太太?她说她刚才到厨房来了。”

严岩这才知道那个女人是何方神圣。他告诉齐先生,齐太太只是朝厨房里看,并没有进来,然后问为什么齐太太会在这里。

齐先生解释说,他在休斯敦的中餐馆不久前关门大吉,太太今天早上刚刚开车来到阿巴克基,随即找好了住房,他过会儿就要搬出餐馆宿舍,与家人团聚,另外,他正在城市另一端许先生的购物中心为太太装修一家中餐馆,大概两个月后便可开张。

严岩说:“好啊,齐先生,你现在有两家餐馆了。”

“小餐馆,几十个位子。”齐先生满脸苦笑,“就是让她有点事做,不要来管我的闲事。”

“真的搞不到一块儿。”严岩说。

“真的搞不到一块儿,见面就吵架。什么都管,什么都非听她的不可,不对也得听。她一来,我的好日子算过到头了。”齐先生边说边叹气。

“会不会哪天你太太想来这儿?”严岩问。

“那可不行!”齐先生像被马蜂蜇了一下,脸色都变了,“她来我马上走!”

不管齐先生将来走不走,严岩这时差不多每天吃完午饭就走。与以往做炒锅时不同,自从做了大厨,午餐后直到晚餐前的这段时间完全由他自己安排。他的工作效率非常高,相应的体力消耗也就非常大,所以除非有非做不可的事情,他总选择回宿舍休息个把钟头,然后再回厨房为晚餐作准备。

夏天已经来临,公寓四周的大树枝繁叶茂,给烈日中的人们挥洒出片片阴凉。庭院中央的泳池里碧波荡漾,看上去使人心旷神怡,水中清晰可见的三色瓷片在阳光的照耀下不断变幻着炫目的异彩。

严岩每次回宿舍时总会看见一些美国人在玩水嬉戏。住在这个公寓里的大部分是年轻的单身男女,他们以前互不相识,现在成了邻居,便一起游泳交谈,无拘无束,仿佛多年好友。

美国人年轻时通常很注重自己的体形,很多年轻男人体格强壮、肌肉发达,很多年轻女人身材健美、曲线玲珑。泳衣的设计者们不知出于什么考虑,让男人泳裤松松垮垮的一直垂到膝盖,似乎想掩饰男人身体的尴尬,却用他们的三点式杰作稍稍遮住女人身体最引人遐想的部位,让她们尽量展示诱人的魅力。结果男人们感到既舒适又自在,女人们像是也很满意,有的还特意挑选比基尼里小得不能再小的尺寸来使自己显得更加性感。看来渴望异性崇仰的目光,意图激起异性的欲望,是年轻男女的共同天性。

到严岩住的二楼宿舍需要上一个露天楼梯,上来后是个略微伸出墙壁、可以望见左邻右舍的凉台,凉台朝里有两个门,也就是说,有两套住房,餐馆宿舍是其中一套,另一套里住着一个美国男人。由于作息时间不同,严岩很少见到那个美国人,也不清楚他的名字。

有次严岩正在上楼梯,左侧凉台上一个身着比基尼的年轻姑娘,栗色的披肩长发,满面春风,对他嫣然一笑,向他招手。严岩报以回笑,也向她招手,没有停下脚步,很快走进自己的房间。关好门后,他回想那个姑娘的举止,感到她刚才像是在表示乐意与他交往。是的,他没有弄错,以前她就曾经几次注视过他。但是他不想接近她。由于种族和文化差异,也由于语言障碍,他常常觉得和这些美国人之间隔着一道难以逾越的鸿沟,不过对餐馆里的那些美国人,因为每天在一起工作,相互熟悉,他不大有这种感觉。

一天午餐后,严岩回宿舍把一堆待洗衣服拿到公寓洗衣机房里洗。机房不大,并排摆着一台洗衣机,一台烘干机,旁边是一张桌子,对面有台自动售货柜。很不巧,两台机器都在运转,他只能等待。看了洗衣机显示屏上指示的剩余时间,他决定把装满衣服的篓子放在地上,回宿舍等,因为洗衣机房里实在太热。他并不担心他那些沾满油渍的衣服会被人顺手牵羊。美国尽管盗窃成风,但几件廉价的旧衣服,只怕还是入不了小偷的法眼。

估计时间差不多了,他又来到洗衣机房。这时烘干机里的衣服已经被人取出来堆放在旁边的桌子上,静候主人来取,原本在洗衣机里的衣服则被移到烘干机里,正在旋转。很明显,这是他前面两个人中的后来者把先到者的衣服从烘干机里取了出来,放到桌上,把自己的衣服从洗衣机转放进烘干机。这种做法严岩在美国司空见惯,他有时认为不大妥当,但是从未见过有人因此不满。本来嘛,你的衣服已经烘好,却占着位置半天不动,别人帮你动一动,对你没有任何损害,完全可以被视作一件微不足道的小事。

严岩把自己的衣服塞进洗衣机里,启动后返回宿舍。按照计划,他将在衣服洗好时再去洗衣机房,把衣服放进烘干机里烘,然后回餐馆干活,在晚餐开始前到洗衣机房把烘干了的衣服送回宿舍,再去餐馆上班。

他依据算好的时间再度来到洗衣机房,准备把他的衣服放进烘干机里。这时桌上的衣服已经被人取走;烘干机停着,但是烘好的衣服还在里面;他使用的洗衣机刚好停下来，却没有地方烘洗好的衣服。

他看了看手表，知道他的时间不多，于是希望烘干机里衣服的主人能尽快出现，可是左等右等，过了十几分钟，始终不见那人的踪影。他需要回餐馆上班，感到不能再等，却又不想动别人的东西，所以迟疑了一会儿，但终于还是把烘干机里的衣服取出来放到桌上，然后把自己的衣服放进去。

就在这时，一个十分严厉的声音突然在他耳边响起来："嘿！你在干什么?!"

严岩侧过头来，看见门口站着一个满脸怒火的美国男人，二十来岁，短衣短裤，趿拉着一双拖鞋，血红的腿上长满了乱糟糟的粗长汗毛，手臂上也是，还有一些从短衫领口爬了出来。

这是个白人。不过白人的皮肤未必白，有的像这人一样，皮肤红得仿佛要渗出血来，有的皮肤发黄，甚至比黄种人的肤色更深，还有的惨白，白到毫无血色，看了让人心惊。真正拥有白里透红、光洁柔润皮肤的白人，只是白人中的少数。除了皮肤的差异，不同地域的白人在形体方面的差异也十分明显，比如世世代代生活在北欧的居民，通常身材高大，肤色白皙，金发较多，祖祖辈辈生活在南欧的居民则身材相对矮小，肤色较深，头发的颜色也深，金发很少。当然，由于千百年来人类的不断迁徙和融合，逐渐变得你中有我，我中有你。在有些地方，白人间的差异变得不是那么明显，但是在其他一些地方，这些差异依然清晰可辨。

浑身像是要冒血的美国年轻人的话使严岩吃了一惊。

"我只是把这些衣服取出来放到桌上，因为我需要用烘干机。"严岩一边向年轻人说明情况，一边在想，是不是真的触犯了法规。

"你应该等人来！"年轻人依旧语气严厉。

"我等了一会儿，没人来，所以……"严岩打算解释。

"不！你不能那么做！"年轻人非常粗暴地打断了严岩的话，"你不能碰别人的东西！我是警察，我现在就可以逮捕你！"

警察！逮捕！！这两个词接连冒出来，实在是太震撼、太可怕了。

这是严岩在美国第二次跟警察打交道。上一次是在加州莫德斯托的大道旁，当时那个警察以为他要轻生，小心地用警车把他与车流隔开以尽量避免一场可能的悲剧发生，即使那只是个误会，却仍然让他对那个警察的职业精神印象深刻，满怀敬意。而现在这个警察却为了一点随处可见的小事就仿佛想毁灭他的人生。

这个人没有穿制服，没有任何东西能够证明他的警察身份，但是严岩相信他是警察，因为他的态度和语气完全符合警察的特征。不过即便是警察，在不值勤的时候，也有与值勤时同样的权力吗？为一件无足轻重的小事，哪怕做这事是有点不妥，是不是就真的应该把当事人铐上双手押送警局呢？严岩无从知晓，但是明白不能给自己招惹麻烦。

"对不起，我不知道不能那么做。"他对年轻人说。

"你不能那么做。记住，你不能那么做！"年轻人还是像全身都在喷血，"别让我再看到一次！"

年轻人拿着衣服走了，严岩感到像是逃过了一劫。就为这点事差点被抓起来蹲监狱？简直不可想象，然而却是真真切切的事实，刚刚发生在他身上。

他想，如果真的要抓人，这个警察应该先把自己抓起来，今天最先把别人的衣服未经许可从烘干机里取出来的不就是这个警察吗？

他很想知道，如果他是白人，刚才这个警察是否会那么凶悍。当然，他心里清楚，这个问题不会有答案，就像世界上很多事情一样，明明摆在那里，却没有把柄可抓，使人无可奈何，只能不了了之。

后来他把这件事讲给齐先生听，齐先生说，这个公寓里好像是有个警察，大概就是严岩说的这个人；至于种族因素，肯定是存在的，否则这个警察不可能那么凶；遇到这种人，只能敬而远之。

“千万别跟警察过不去。”齐先生说，“美国警察动不动就杀人，你死了白死，我还从来没听说过有一个美国警察因为杀人——不管杀得对不对——被关起来。”

“你是说，警察无故杀人也没事。”严岩说。

“没——事！”为了强调，齐先生有意把声音拉得很长。

“一点处罚也没有？”严岩对齐先生的话不完全相信。

齐先生想了想，说：“要是你真的有确凿证据，肇事警察说不定会多少受点处罚，但是肯定不重。人家当然要维护自己人嘛，何况你很难有确凿证据，光凭嘴说没有用，谁会相信你！”

齐先生又说，美国人看起来彬彬有礼，和颜悦色，其实暴力倾向非常严重。“中国小说里讲什么一言不合，拔刀相向，人家老美不拔刀，一言不合，拔枪就打，打死你再说。有时候根本没有什么合不合的，觉得不对就杀人，心情不好也杀人。”

齐先生说他看过两篇报道，都是美国人自己写的。一篇讲朝鲜战争期间，有一次几百个朝鲜平民为了躲避战乱，携家带口地仓皇逃难。美军担心里面有潜藏的敌方人员，便把他们拦截在一条河边，用机枪扫射，不分老幼妇孺，全部杀害。另一篇讲越南战争时期，一支美军遭到游击队伏击，死了几个人，随后这支美军袭击事发处村庄企图报复，却没有找到一个游击队员。美国人恼羞成怒，当即把这个村庄的全体村民集中起来，对他们大肆屠杀，连襁褓中的婴儿也不放过，一共杀死了五百多人。

“我想啊，暴力可能是老美的一个特性，所以跟老美打交道一定要当心。你看，吃饭也好，喝酒也好，开车也好，老美像是随时随地都会为一点小事打起来，而且还是动枪，你说你要不要当心。”齐先生说。

过了一会儿，齐先生又说：“不过呢，也不能就说老美不好。你看人家，赈个灾啊，献个血啊，搞个慈善啊，好像公德心还不错，大多数人也遵纪守法。”说到这里，齐先生停下来想了想，脸上露出自嘲似的微笑，然后说：“有时候还真弄不明白老美，就是觉得跟咱们不大一样。”

十九

刘师傅回了加州,齐先生搬到家里住,餐馆宿舍里现在只有严岩一个人,晚上回来后,他再也感受不到过去的热闹,面对的只是空空荡荡的墙壁和冷冷清清的房间。客厅里有张沙发,他时常坐在上面让疲惫的身体慢慢复原,却不想睡觉,有事没事都要熬到过了半夜,快两点了才上床,连他自己也说不清是为什么,大概是由于心境凄凉。

太太的大驾光临似乎并没有影响齐先生的好日子,事实上,这些天他的心情像是比过去更好。星期四晚餐营业开始不久,齐先生宣布下班后请大家到夜间俱乐部喝酒跳舞,想去的都可以去。

严岩中午就知道了齐先生的计划,所以下午从宿舍回餐馆时带了件干净的短袖衫放在储藏室的架子上。厨房里其他人听到消息后,很兴奋地议论了一阵,有的想去看热闹,有的说去了没意思,就是美国人在那儿唱啊跳的,跟我们一点关系也没有,有的说累了一天,该回家休息了,明天还要上班。小林原本想去,被银花奚落了几句,不做声了,连起初想去看热闹的人也打消了念头,最后没有一个人要去。

晚上打烊后,等厨房里其他人陆陆续续全走了,严岩来到餐厅,这时齐先生和LEE、丽莎、萨琳娜正坐在大圆桌旁谈笑风生。LEE 这天晚上不上班,但是也来了,而且浓妆艳抹,打扮得花枝招展。

"齐先生,别的人呢? 他们不去吗?"严岩用英语问。旁边都是外国人,如果讲中文,就显得冷落了他们。

"有的有事,有的想回家,就咱们几个去。"齐先生用英语回答。

"还有安德森,他回家接他太太去了,说好了在夜间俱乐部门口见面。"LEE 碰了一下齐先生的胳膊,像是在提醒他,接着对严岩说:"严先生,你知道安德森,就是那个新来的收碗工。"

"我知道。"严岩说。

"对,还有安德森。"齐先生想起来了,"他问我能不能让太太也去,我说没问题。"

"齐先生,咱们什么时候走?"严岩问。

"马上走。不过她们几个……"齐先生朝三个女服务生扫了一眼,"想先回家化化妆,换换衣服。"

"天经地义。"严岩想。

"不包括我,我已经准备好了。"LEE 马上申明,"只是丽莎和萨琳娜,她们需要先回家。"

随后 LEE 看了严岩一眼,用十分娇柔的声调说:"严先生,我将坐齐先生的车。我想你可以坐萨琳娜的车。萨琳娜,你认为这样可以吗?"

严岩本来以为自己会坐齐先生的车,所以对 LEE 的话感到意外。他看看齐先生，齐先生微笑着不发一语，像是早就和LEE达成了协议。他转过头来看着萨琳娜，说："萨琳娜，我可以坐你的车吗？"

"当然可以。"萨琳娜十分肯定地说。尽管这是个突如其来的请求，她心里毫无准备，却还是答应得很爽快。她的脸上展露着即使在暗影里也依然灿烂的可爱笑容。

"谢谢你。"严岩对萨琳娜说。萨琳娜回答说不必客气。

"她会把你带去再送回来。是吗，萨琳娜？"丽莎说，一面看着萨琳娜。

"我会的。"萨琳娜说。

"瞧，我知道萨琳娜会的。"LEE显得很高兴。

严岩到储藏室换了短袖衫，牛仔裤在工作时有围裙罩着，还算干净，所以他不打算换，脚上的网球鞋也说得过去。齐先生早有准备，到卫生间十分钟，出来时全身焕然一新，大背头梳得油光闪亮，一双崭新的橘红色意大利皮靴更是格外引人注目。现在只差姑娘们回家梳妆打扮了。

严岩坐进了萨琳娜的汽车。路上两人没有讲话。汽车转了几个弯，驶上阿巴克基的中央大道，在一个十字路口减速左转，路口一角，正是严岩和齐先生、刘师傅来过的那家夜间俱乐部，也是今晚他们要去的地方。

"哦，原来在这儿。"严岩心想。

很快，汽车转进了与夜间俱乐部同侧的公寓停车场，停车场旁边有几排平行着向里延伸的住房，道路对面是一大片尚未开发的荒地，黑沉沉的什么都看不见。

"来吧，严先生，你可以到我宿舍里等我。"汽车停稳后萨琳娜说。

严岩有点迟疑，不知道该不该去，因为他不想在萨琳娜的宿舍里遇见陌生人，若是遇见了，会使他感到有些冒昧，有些尴尬。

"有人在你宿舍里吗？"他问萨琳娜，"像是……你的男朋友或者什么人。"

"没有，没有人在我宿舍里。"萨琳娜的脸上露出了微笑，"我有个男朋友，但是他不住在这里，他有他自己的住处。我们只是有时见面。来吧，不要担心。"

严岩跟随萨琳娜，沿着一条小道往前走。在一座房子的第四个门口，萨琳娜停住了脚步。

"我就住在这儿。"她说，一面打开房门。

客厅里陈设很简单，除了一张沙发、一个咖啡桌和一台电视机，几乎只有墙上的几幅画。不过从进门开始，严岩便感受到年轻姑娘住处常有的那种温馨气息。这种醇酒般醉人的温馨气息，是任何男人无论如何也营造不出来的。

"你在这儿坐一会，我进去换衣服。"萨琳娜说，接着有点抱歉地加了一句："你不会想看别处的，有点乱。"说完后不好意思地笑了一下。

去夜间俱乐部这种比较轻松随意的地方无须特别的装扮，尤其不适合穿正式的服装。萨琳娜到卧室脱掉上班穿的旗袍，换上一件浅色暗格短袖衬衣和一条生产时有意褪去些颜色的蓝色牛仔裤，这种牛仔裤按照女性的完美身材缝制，从腰部直到膝盖与她们的身体完全吻合，使她们得以展现出极其动人的曲线。萨琳娜喜欢这种牛仔裤，它穿在她身上正正好好，不差分毫。接着她来到卫生间，先洗脸，然后借助墙上的大镜子化妆。这件事对她来说十分简单,仅仅是把眉毛描得颜色深一点,再梳理一下她心爱的金发。她从不涂脂抹粉,因为那样做只会遮掩她的美丽,损伤她的皮肤,也从不使用唇膏,因为她的红唇已经足够鲜嫩。眼睛的明媚,容颜的柔和与层次,她都不需要仰仗人工的雕琢。

萨琳娜很快就把自己打扮好了。她仔细端详着镜子里的漂亮姑娘,心里感到非常满意。

回到客厅时,萨琳娜问严岩:"严先生,我没让你等太久吧?"

"噢,没有,你很快。"严岩连忙说。

他们到达夜间俱乐部时齐先生和LEE已经在门口等候。不久,人全部到齐。齐先生问大家,"有没有人不到二十一岁。"

"我们没问题。"安德森夫妇异口同声地说。

"我也没问题。"LEE说,"丽莎和萨琳娜怎么样?"

"我二十二岁。"丽莎一面回答,一面望着萨琳娜,"你呢,萨琳娜?我记不清了,你好像还没到二十一岁。"

"那是以前。"萨琳娜俏丽的脸上光彩焕发,显得十分快乐,"前几天我刚刚过生日,现在二十一岁了。"

"太好了!"丽莎说,"生日快乐!"

大家也都跟着说:"生日快乐!"

"谢谢你们。"萨琳娜甜蜜地笑着,像是有点害羞。

夜间俱乐部里照例人山人海,喧闹非凡,他们好不容易才在边缘地方找到四个座位——中间一张桌子,两边各一张双人长椅。他们一共有七个人,四个座位显然不够。正在大家到处张望的时候,旁边一对美国老夫妻站了起来,示意可以坐他们的座位。一行人连忙表示不能这样。可是老夫妻解释说,他们来这里是为了重温他们已经逝去的年轻岁月,现在觉得该回去了,所以大家无须客气。随后老夫妻祝大家玩得快乐,又道了晚安,两人相互拥搂搀扶着,慢慢地一步一步走了。

"小严,看见没有,有的人就是非常有教养。"齐先生望着老夫妻的背影称赞。

严岩心里除了称赞,还有感叹。

老夫妻留下的是同样的四个座位,于是每个人都坐了下来。很自然的,丽莎、萨琳娜和安德森夫妇坐在一起。LEE和齐先生坐在同一张椅子上,严岩坐在他们对面。

服务生刚刚把啤酒端上来,LEE就拉着齐先生要去跳舞。齐先生眼里闪着得意的色彩,却摆出一副无可奈何的模样,慢吞吞地起身,跟在LEE的后面走进舞池。这时乐队正演奏激昂猛烈的摇滚乐。LEE十分兴奋,剧烈地扭动腰身,脸上洋溢着不可遏止的欢笑,目不转睛地看着齐先生。齐先生也笑,同样目不转睛地看着LEE,但是似乎有些矜持,有些深不可测。他的肥硕的身体非常笨拙,几乎无法摇摆,只是随着LEE的移步慢慢转圈子。

严岩静静地坐着,一边喝啤酒,一边看别人跳舞。安德森夫妇也去跳了,起身时两人手牵着手,显得很恩爱的样子。接着有个年轻的美国男人走过来,站在丽莎和萨琳娜的桌子旁边。严岩隐隐约约听见他说想请一位姑娘跳舞,随便哪位,只要肯赐光就行,结果好像萨琳娜让丽莎去跟那人跳。随后严岩看见丽莎站起身来,很高兴地笑着,跟随那人步入舞池。

当音乐转为节奏缓慢的抒情舞曲时,齐先生展现出了深厚的功力。显然,他对于这种把女人搂在怀里的浪漫双人舞十分娴熟,完全可以称得上是轻松自如、游刃有余。LEE 把整个身体紧紧贴着齐先生,任凭齐先生支配,甚至连眼睛也闭起来,显得非常陶醉。

终于到了乐队暂作休息的时间,乐曲声停止了,舞池里的人纷纷归位。LEE 像是余兴未了,依旧紧紧依偎着齐先生,直到要入座时才分开。

“我喜欢他!”坐下来后 LEE 喜形于色地对严岩说,“他很棒,像只大狗熊。我喜欢大狗熊。瞧,多么柔软!我喜欢!”她边说边捏齐先生身上的大肥肉,仿佛齐先生真的是她的大狗熊。当然,应该是玩具大狗熊。

齐先生面露笑容一言不发,若无其事地抽烟喝酒,随她动手动脚。

这时台上又响起了乐曲声。LEE 很热心地对严岩说:“严先生,你不能只是坐在这里,你应该去跳舞,要是没人跟你跳,我来跟你跳。你想现在去跳吗?”

严岩说:“我从来没跳过舞。我不会跳。”

“谁都不会。你只要随意动你的身体就行了。”LEE 鼓励严岩。

“好吧,说不定我会试试。”严岩动了心。

过了一会儿,他们看见萨琳娜和安德森一起回来。LEE 立刻向萨琳娜打招呼:“萨琳娜,来,坐到我们这儿。”

萨琳娜微笑着走过来,在严岩身边坐下。

“你们为什么回来了?我想舞曲还没有结束。”LEE 问萨琳娜。

“你知道,我不会跳慢舞。”萨琳娜解释说。——她把那种男女相拥的舞称为“慢舞”。

“好吧,不过说不定你可以跟严先生一起跳舞。他就坐在这里一个人喝酒,那是不对的,他应该去跳舞。他说他不会跳,但是我想你可以教他,是吗?”LEE 说。

“是啊,我想可以。严先生,你想跳舞吗?”萨琳娜转过脸来对严岩说。

“我不会跳舞。但是如果你愿意教的话,我想我可以试试。”严岩说。

“我愿意教你。”萨琳娜温柔地说,“只是我跳得不好。”

当乐队重新开始演奏激越的摇滚乐时,萨琳娜站起身来对严岩说:“来吧,严先生,让我们一起跳舞。”

严岩跟随萨琳娜走进舞池。他的周围全是人,每个人都在驾轻就熟般地纵情舞蹈,唯独他对跳舞一无所知,连如何开始都不会,一时有些不知所措。

萨琳娜却先跳了起来,一面说:“严先生,别看他们。喏,就像我这样,跳就是了。”

萨琳娜随着音乐节奏做出各种既优美流畅,又极有韵味的动作,仿佛一朵快速变幻的云。严岩也跟着跳。可是萨琳娜的舞姿很难模仿,因为她的动作都是随意而为,没有规律可循,严岩只能跳自己的,总觉得动作不够协调,也不合节拍。

“面前要是有个大镜子就好了,”他想,“这样就可以知道自己糟在哪里。真不知道萨琳娜和别的人怎么会跳得那么好。”

让他感到鼓舞的是,萨琳娜并不认为他跳得不好。

“瞧！严先生,你会跳舞,你跳得很好。”萨琳娜说。

“真的吗?”严岩不大相信。

“当然。”萨琳娜很认真地说。

两人回座位的时候,LEE 正贴着齐先生的耳朵说话,齐先生很享受地边听边笑。丽莎的位子依旧空着,自从跟那个年轻男人离开后,没有人再见过她的踪影。

安德森后来又邀请萨琳娜跳了一次舞,不过他多半是陪自己的太太跳。还有两个美国人来请萨琳娜跳舞,萨琳娜答应了其中一个的请求。严岩和萨琳娜也再跳了一次,这次他感到自在了些,同时有些长进。齐先生和 LEE 整个晚上形影不离。丽莎始终芳迹杳然。

看看时间不早了,齐先生问大家感觉如何,每个人都说玩得非常高兴。

“那么,你们认为是不是该回家了?”齐先生问。

“我想我们该回去了。”安德森说。

“别的人怎么想?”齐先生边说边把头转向萨琳娜,“丽莎在哪里?”

“我不知道。”萨琳娜蹙着眉头,显得有些担心,“从她去跟一个男人跳舞开始,我就再也没有见过她。”

“那我们怎么办?”齐先生一面说,一面四处张望。大家也像他一样,转着身子在人丛里寻觅丽莎的踪影,过了好一阵,没有任何结果。

“我想我们不必找了,她一定是跟那个男人走了。”安德森说。

“你确定吗?”萨琳娜还是有些担心。

“我认为我们应该再等等。”LEE 说。

齐先生马上表示同意,说:“我们再等十分钟,如果她还是没回来,我们就走。”

安德森耸耸肩膀,没有再说什么。

正在这时,萨琳娜惊喜地叫起来:“丽莎！你去哪儿了?”转眼间,丽莎出现在了众人面前。

“我回来了!”丽莎脸上笑嘻嘻的。随后她看了大家一眼,显得有点吃惊:“怎么,我们回家啦?”

“是啊,我们正要走。”安德森说,“我们等你,你一直不回来,我们以为你跟那个男人走了。”

“不不不,你说什么!”丽莎笑得花枝乱颤,“我不会跟他走的,他不是我喜欢的类型。开始我以为他是,但是……不,他不是。”

“我们准备回去了,你呢?也打算回去吗?”齐先生问丽莎。

“好吧,如果你们都想回去的话,我也回去。”丽莎意犹未尽,但是不想一个人留在这里。

“好了，该回家了，一起走吧！”齐先生招呼大家。

于是众人离开夜间俱乐部，在门外互道晚安。接受款待的几个人向齐先生致谢，齐先生说不必谢，又说能和大家一起出来玩让他感到很快乐，以后有机会的话还要再请大家出来玩。

萨琳娜开车送严岩到他的公寓门口。严岩谢了萨琳娜。随后萨琳娜掉转车头，汽车像飞一般的疾驰而去。严岩目送她的车灯渐行渐远，直到消失。刚才还在和大家一起欢乐，现在只剩下他孤身一人。

天上一轮明月，那是供万里之外的他乡异客仰望故土亲人的明镜。夜色笼罩大地，四周空无一人，房屋、树木、花草，都已沉沉入梦。严岩唯恐惊动熟睡的邻居，小心翼翼地打开公寓的铁门，结果铁门还是哐地响了一下，清脆的金属声在寂寥的夜空里久久颤动和回荡。

房间里很安静，没有收音机，没有电视机，没有以往三人时的交谈，没有任何声音和生气。客厅里靠墙放着一个长沙发，卧室里腾空摆着一张没有床头的双人床，齐先生和刘师傅在时的两个床垫现在被摞起来放在小餐厅的墙边，除了这些，整套住宅里什么都没有，连幅画也没有。

严岩在沙发上坐了很久，寂寞凄凉的感觉渐渐吞没了他的全身。这种感觉已经很久没有侵蚀他了。从他下定决心弃学打工以来，在一年多的时间里，他就像在茫茫大海里沉浮漂流，必须时时应对风浪的袭击，完全无暇顾及思乡之情。他照常与家人通信，定期向家里寄钱，但是在本该存在的思念方面，在对天伦之乐的渴望和期待方面，他早已变得麻木。

现在他很幸运地踏上了一片陆地，这里阳光明媚，景色秀丽，风浪已经离他远去，然而忧伤却重新开始啃噬他的心灵。他需要温情，哪怕只是几句家常话、几盘家常菜，可是他的妻子女儿与他远隔重洋，他不能拥抱她们，不能亲吻她们，甚至连看一眼也办不到，这种难熬的痛苦，没有亲身经历过的人是绝不可能仅凭想象就能领会的。

他找出妻子女儿的照片，其中几张是离别时带来的，别的是妻子陆陆续续寄来的。带来的照片使他回忆起往昔的欢乐和甜蜜，每一时，每一刻，现在回想起来都是那么珍贵，那么韵味无穷。寄来的照片中，妻子依旧娇美，女儿在一天天长大，每次寄来的照片上的模样都显得和以往不同。不能亲眼看见女儿的变化成长，使严岩感到无可弥补的遗憾和悲伤。他追忆和回味把他幼小的女儿抱在怀里的那种温馨感觉，心想，等到重新见面时，她将不再是那个天真稚嫩、紧紧搂着爸爸不肯松手的小女孩了，她还会记得小时候和爸爸在一起的甜蜜快乐吗？她会因为长期离别而对爸爸感到陌生、甚至没有感情了吗？

他叹了口气，把照片整理好收起来。他知道应该上床睡觉，可是毫无睡意，心情比刚回来时更加抑郁。房间里沉闷得使人窒息，他感到需要出去走走。

原野里吹来的晚风给他带来了凉爽，却无法驱散他心里的忧伤。月亮躲进了云层。孤零零的路灯黯淡昏沉。他沿着人行道走过一个又一个路口，不知道走了多远，然后往回走，到了公寓门口，又在公寓周围走了一阵，渐渐感到疲倦，思维仿佛要停顿了。“回去吧。”一个声音在说。

他有点迟疑，但终于回去了。明天还要上班，他必须恢复体力。

二十

从此，晚上下班后严岩经常到寂静无人的街道上走很久，直到感觉浑身困乏，连忧愁的精力也消耗完了的时候才回宿舍睡觉。

在去夜间俱乐部后不久的一个晚上，严岩从外面回来，要转向公寓铁门时朝街道对面的四川饭店瞥了一眼，意外发现停车场的树影里有辆汽车，很像是齐先生的。他感到好奇，决定过去一探究竟，走近一看，果然是齐先生的车。这么晚了，齐先生的车怎么会在这里呢？他在餐馆里吗？严岩心里升起了疑团。他没有多想，径直向餐馆大门走，想看看齐先生是不是真的在里面。

齐先生这时正坐在餐馆门厅的椅子上。这是用硬木做成的中国式三人长椅，上面刷着晶莹透亮的红漆，看起来很像是华贵的红木制品，椅背和扶手上装饰着龙飞凤舞的图案，用精美的黄色绸缎套得严严实实的坐垫又厚又软。齐先生把两条腿分开来尽量放松，两只手臂左右伸展搭在椅背上，头向后靠着，舒舒服服地闭目养神。大战之后，他还没有喘过气来。

他的面前还有一张考究的大茶几，两边各有一把跟长椅类似的单人椅。

门锁的响声把齐先生吓得魂不附体，他一下子坐得笔直，心脏通通乱跳。“谁?!谁会来这里?!”

门开了。齐先生紧张得差点窒息，直到看清进来的是严岩，这才松了口气。

“是你啊，我还以为是谁呢。”齐先生说，身子又开始瘫软了。

“齐先生，你怎么会在这儿?”严岩边说边在单人椅上坐下来。

“我正想问你呢。这么晚了怎么还没睡觉?”

“睡不着，出来走走，看见你的车停在那儿，我就进来了。还没回家啊?”

“马上就回去。”

“齐先生在餐馆里是不是有什么事?”

“没有，能有什么事。”

这时里边什么地方咔嚓响了一声，声音不大，但是很清晰。

“什么声音?”严岩一阵紧张，屏住呼吸朝里看。门厅和餐厅间隔了道屏风，里边漆黑一片，像是什么动静也没有。

“我过去看看。”严岩说，一面要站起来。齐先生抬起手来做了一个向下压的动作。

“没什么，马上你就知道了。”齐先生神态平静地说。

严岩听到了地毯上的脚步声，接着看见一个人从屏风后面的黑暗里走出来——原来是LEE。

“嘿，严先生。”LEE娇羞地笑着向严岩打招呼，一点也没有躲躲闪闪的意思。

严岩马上明白了是怎么回事，并且一点也不感到讶异。这件事本来就有征兆，现在出现的一幕完全是顺理成章。这里是美国，任何人都有权在法律允许的范围内做自己喜欢的事情，外人不得干预，所以对齐先生和LEE的事情，严岩认为自己应该不闻不问、听之任之，只当什么都没有发生。

“嘿，LEE，你也在这里。”严岩很坦然地说，“你在后面干什么？”

“我刚才在厕所里。你怎么会来这儿？”LEE毫不避讳，紧紧依偎着齐先生坐下来，同时把一条手臂搭在齐先生的背上。

“我看见齐先生的车停在外面，所以……”严岩说。

“还好你现在才来，要是你早来一步……你知道，那时候我们正在享受快乐。”LEE满脸欢笑，起身坐到齐先生腿上，双手勾着齐先生的脖子，在齐先生鼓胀的大脸上恣意亲吻。

“你知道，我爱他。”LEE转过脸来对严岩说，接着又亲了齐先生一下，非常娇媚地问齐先生：“你爱我吗？”

齐先生色眯眯地看着LEE，用十分肯定的语气说：“我爱你。”

严岩觉得不应该再待在这里，于是站起身来，说：“齐先生，我回去了。”

“哎呀，急什么，再坐会儿！”齐先生显得很真诚地说。

“不好吧？你看你们……”严岩说。

“没关系。”齐先生加重语气说，“该办的事已经办了，她要疯就让她疯，你坐你的，不要管她，咱们说咱们的话。”

严岩只好重新落座。

严岩和齐先生讲话用的是中文，LEE一句也听不懂，便问齐先生：“你们在说什么？”

“我们说你性感、漂亮。”齐先生煞有介事地说，还在LEE的脸上亲了一下。

“真的吗？”LEE十分高兴，娇笑着把身体更紧地贴着齐先生。

“这小妞太有劲，”齐先生朝严岩一边苦笑一边摇头，“吃不消她。”

“一上来就吃不消了？”严岩心里感到好笑。

“哎呀，你不知道，成天都要，要一次还不够，把我搞得精疲力竭。”

严岩忍不住笑出声来，说：“那说明她喜欢你。”

“嗯！这话倒是不假。我别的不行，这点本事还是有的。”齐先生洋洋自得地说，“你看她，年轻，先生又经常不在家，一个人寂寞，被我三言两语一挑逗，马上就来了劲。现在你看，缠住我不放，撵都撵不走。——是吗？”齐先生的最后一个词是用英语对着LEE说的。

“是什么？”LEE不明白齐先生在说什么。

“你爱我。”齐先生说。

“当然，我爱你。”LEE含情脉脉地看着齐先生，一点也不知道齐先生在捉弄她。

严岩感到非走不可了，便对齐先生说：“齐先生，我要回去睡觉了。”一面起身去开门。

这次齐先生没有阻止他，只是交代说：“小严，这件事千万不要告诉任何人。”

严岩说:“齐先生,这你放心,我肯定不会对任何人讲的。”随即出了门。

第二天午后,严岩正在宿舍客厅的沙发上坐着休息,齐先生开门走了进来。

“小严,怎么样,还好吧?”齐先生意味深长地笑着问。尽管他的话十分含混,却明明白白的是指昨天晚上的事情。

“好啊。”严岩若无其事地说。

“没让你觉得……有点什么?”齐先生依旧笑着。

“你是说你和 LEE 的事? 那是你们的事情,和我一点关系也没有。”严岩说。

“本来嘛,一点小事,在美国根本是稀松平常。”齐先生这时笑得有点猥琐,“周瑜打黄盖,一个愿打,一个愿挨,两厢情愿。我的情况你知道,我老婆你也看到过,那个凶样,谁都受不了,所以有现成的摆在面前,不要白不要,你说是不是? 有句诗说花开堪折直须折,莫待无花空折枝。放那儿也是放那。”

“不过齐先生,你回家那么晚,太太会不会怀疑?”严岩说。

“不会。”齐先生十分肯定地说,“我跟她多少年都不办那事儿了,看见她我就又怕又厌恶,哪还有那个劲! 她早就以为我不行了,三天三夜不回家,她也不担心。”

“看上去 LEE 很喜欢你。”严岩说。

“主要是在家里太寂寞,而且没人疼她。”齐先生忽然变得神情忧郁,音调也低沉了很多,“她说起来是有个家,可是先生一天到晚出差,也不知道在外面干些什么,有时候是不是真出差她都搞不清楚。先生每年的假期有多少天,她不知道,家里有多少钱,她也不知道。其实上校从来就没把她当太太,只不过是让她服侍自己。她跟我讲这些的时候,一边讲一边哭,蛮可怜的。”

齐先生叹息着,摸出香烟,点燃后吸了几口,袅袅青烟开始在房间里盘旋弥漫。过了一会儿,他从裤子口袋里掏出个信封,一声不响地交到严岩手里。

“齐先生,这是什么?”严岩有点诧异。

“打开看看就知道了。”齐先生神色从容的继续抽他的香烟。

严岩打开信封口,发现里面有几张照片,抽出来一看,原来全是 LEE 的单人照,共有三张。一张是从 LEE 的侧后方拍摄的,照片上 LEE 一面回头看镜头,一面努力把臀部向上翘。另一张里,LEE 面对镜头坐在一张椅子上,上身挺得笔直,一条腿弯曲着抬起来紧贴身体,另一条腿向侧面分开。最后一张,LEE 上身下弯,头部上抬,双手扒着树干以维持身体平衡,同时让胸脯和腰部尽量下垂,臀部尽量上扬,两腿直立绷紧,整个身体从头到脚呈现出美妙的 S 型曲线。LEE 在所有的照片上全都一丝不挂,女人最隐秘的部位一览无余。这样的照片,除本人外,只应该由最亲密的情人小心珍藏。显然,这些照片都是 LEE 送给齐先生的。

严岩非常惊异,觉得实在不能想象任何人会把这种照片放到一个毫无关联的人的面前,同时在想,照片上是齐先生的女人,与他有人世间最密切的肌肤之亲,她满怀热情地把自己完全奉献给他,没有一丝一毫的保留,他享受了她的柔情和身体,也享受了她的依赖和信任,他本来应该爱惜她、感激她、保护她,可事实上却在卑鄙地亵渎她、出卖她,把她当作一张废纸,而她轻信甜言蜜语,头脑发昏,竟然把这种不可外传的私密照片送到这个无耻之徒手里。

严岩为 LEE 感到难过，但是他知道，年轻恋人在激情难抑的时候常常做出让自己后来懊悔的事情，当时却觉得义无反顾，别人爱莫能助，他什么也做不了，只能冷眼旁观。

“齐先生，怎么会让我看这种照片？”严岩说，一边把照片放回信封里。

“就是让你帮个忙。”齐先生平静地说。

“帮什么忙？”严岩十分困惑地问。

“我想让你帮我找个地方把这些照片藏起来。”齐先生说，“你看，她给我的这些照片我不能老放在身上，放在家里更不行，要是被我老婆发现，那还不闹翻天，扔了又觉得有点对不起她，想来想去，还是放你这儿。你帮我保管，别让任何人看到，哪天我要了再还给我。”

齐先生的话又像是还有些情意，像是无可奈何才出此下策，严岩感到自己刚才对齐先生的谴责也许有点过于苛刻，但是无论如何，他还是无法认同齐先生的做法，因为那实在太缺乏对女性最起码的尊重。

“齐先生，这不合适吧？你看，这些都不是普通照片。”严岩说，心里很不情愿帮齐先生这个忙。

“哎呀，这没有什么嘛，也就是几张女人裸体照片，谁还没见过女人，是不是？”齐先生说，“而且我知道你对 LEE 没有兴趣，放你这儿你也不会看，只是帮我保管一下。行了，帮我个忙，好不好？你知道我也是没办法了才放你这儿。就这样，我还有事，回头再聊。帮我把照片放好，哪天我要的时候再还给我。”

齐先生说完后，拍了拍严岩的肩膀，起身走了。

严岩只好想办法，最后决定把这些照片连同信封一起收藏在他的箱子夹层里，等待齐先生随时来取。然而直到几年后他离开四川饭店，齐先生再也没有提起过照片的事，严岩自己也渐渐淡忘了这件事，很多年以后，才在一次整理物品时无意中又看见这几张照片，这时他、齐先生和 LEE 早已天各一方。

几个星期后的一天下午，严岩照常回到宿舍小憩，当时他躺在卧室床上正有点睡意朦胧，忽然听见房门开锁的声音，他知道是齐先生来了，立刻坐起来。

齐先生笑容可掬地进了卧室，说：“小严，在睡午觉啊？”

“稍微躺一会儿，养养精神。”严岩说。

“小严啊，不好意思，要请你帮个忙。我想用一下你的卧室。”齐先生说。

“想到床上休息啊？来啊，我到客厅沙发上去。”严岩站起身来。

“哦，不是这样。”齐先生显得有点尴尬，“这个……LEE 马上就要来，我们想在这儿……办点儿事。”

原来是这样。严岩忍不住笑起来，说：“那我出去走走。”

“那倒不必，今天外面天气不大好，我看你就在客厅里看电视就行了。不会太久，完了你睡你的觉，我们走我们的路，两不耽搁。”齐先生说。

“好吧，那我就在客厅里坐着。”严岩说，“齐先生怎么会想到来这儿？”

“没办法,她这会儿又来劲了。要是他先生出差,我们可以到她家里去,可是今天她先生上班,现在已经是下午三点,她先生随时都可能回来,那就不能去她家,只好到你这儿来。”齐先生说。

宿舍是餐馆租的,也就是齐先生付了钱才有的,齐先生要用,严岩无话可说。正在这时,严岩听见有人进门的声音,便连忙说:“齐先生,那我到客厅去了。”一面快步离开卧室。

“一会儿就好,你看你的电视。”齐先生像是有点过意不去。

严岩走进客厅的时候,LEE 刚好把门关严,转过身来。迎面看见严岩后,她满脸绯红的娇笑着打了声招呼,不等严岩回答便一溜烟地从严岩旁边滑过,身形一闪,进了卧室,随手把门关上。

严岩在沙发上坐下来,已经睡意全消。面前厨房的吧台上现在放着一台十四英寸的黑白电视机,这是严岩来到美国后买的第一件奢侈品,是几天前才从一个新来的女服务生那里买来排遣寂寞的。自从有了这台电视机,每天晚上回到宿舍时他都会在第一分钟把它打开,变换频道寻找可看的节目,那时已经临近午夜,所有的新闻,所有的精彩节目,都早已在观众高峰时段播出过了,电视上只放映些老掉牙的陈旧影视片和动画片,以及一些纪录片,让角角落落为数寥寥的夜猫子们打着瞌睡消磨时间,而且大多数电视台到后半夜不久就停播,可供选择的节目并不多,但是聊胜于无。有时严岩呆坐在沙发上一看就是几个小时,已经非常困倦了也不愿上床睡觉,因为他觉得面前有点移动的画面,有点生命的响声,即便是枯燥无味也要远胜过空洞的黑暗和死一般的沉寂。

至于购买这台电视机的故事,就只能让严岩一笑置之了。

新来的女服务生名叫罕娜,三十来岁,台湾人,父亲在日本占领台湾时期当过官,家里曾经风光一时。她对日本既崇拜又亲近,十分向往,美国在她心里倒还是其次,但是到了最后,却还是嫁给了一个驻扎台湾的美军士兵,随丈夫来到美国,然而她始终不甘心,老是嘀嘀咕咕地说美国如何如何不好,日本又如何如何好,尤其是日本的家用电器,在她看来当然是天下第一,别人告诉她,其实在最尖端的科技领域,譬如航空航天、高端电子、精密军工制造等等行业,日本远远落后于美国,她却一点都不相信。其实她从来没有去过日本,只是凭无知和想象把日本吹得天花乱坠。

“不觉得美国好?”有次齐先生问罕娜。

“美国有什么好?”罕娜皱着眉头回答。

“先生呢,先生总是好的,对不对?”齐先生知道她嫁给了美国人。

“好什么?”罕娜直摇头,浑身抖动了几下,做出很厌恶的样子。

“这么喜欢日本,是不是你有日本混血?”齐先生说。

“没有,要有就好了。有的话我肯定去日本,不会来美国。”罕娜脸上显出又伤心又失望的神情。

罕娜一到四川饭店就打听有没有人愿意买她的十四英寸黑白电视机,她说那是日本名牌,刚刚买了两个月,本来是为了省钱才买黑白的,现在改变了想法,感到还是彩色的好，所以情愿比原价降低百分之十卖掉。很快她就找到严岩头上，问严岩想不想买。

“日本名牌，绝对好；买来就没用过，还是新的；给你打九折。”罕娜一再强调。

严岩这时正打算买台电视机来让宿舍里有点生气。他想了想，认为买罕娜的电视机像是不错的选择，既能便宜点，又和新的差不多。

“行，就卖给我好了。什么时候能拿来？”严岩说。

“明天就给你带来。”罕娜说。第二天上中午班时，她果然抱了一台电视机进来。严岩当即与她钱货两讫。

午餐生意结束后，严岩把电视机抱回宿舍，端端正正对着沙发在厨房吧台上放好，然后插上插头，打开开关。电视图像很清晰，声音也不错，他心里一阵欢快——以后一个人在房间里不会再那么清冷沉闷了。只是电视机外壳上蒙着不少灰尘，于是他拿起抹布去擦，无意中在电视机后面一角看见了出厂时间：1976 年 9 月。原来这台电视机已经被罕娜用了几年，她却说是刚刚买了两个月，而且没有用过。

“这种事也做得出来。连兔子都知道不吃窝边草。”严岩想。他没有料到罕娜会欺骗他。

世上有些唯利是图又自作聪明的人，常常为了一点小利便罔顾最基本的社会准则，做出令人侧目的缺德行为。有时他们因为利欲熏心而昏昏沉沉，竟然在众目睽睽之下胡作非为；有时他们以为自己掩饰得很巧妙，以为别人都是傻瓜，却不知别人心明眼亮，早就把他们的伎俩看得一清二楚；有时他们有恃无恐，认为自己可以恣意妄为而不必担心遭到惩罚。他们或许会暂时得逞，并且为他们的“高明”沾沾自喜，但他们其实非常愚蠢，最终一定会自食恶果。被他们欺诈捉弄的人即使不是从最开始，也会很快就把他们从里到外看得透透彻彻，不过出于种种缘故未必会把他们的丑行点破，只是在心里对他们既鄙视又憎恶，而他们却没有丝毫的察觉，还在自鸣得意。

罕娜大概只是这些人中的一个小角色，但是她的愚蠢程度与她的同行相比毫不逊色，关于这一点，仅仅从她认为严岩看不见电视机后面那么大的字，或者认为严岩看不懂阿拉伯数字，就能得到充分证明。当然，最大的可能还是她从来就没有考虑过她玩的花样是否会有什么破绽，因为她肩膀上架着的只是一个空洞的脑袋。

像罕娜这样的人不是很多，但却像苍蝇老鼠般让人厌恶。严岩无缘无故地被罕娜欺诈，心里十分难受，不过他并不打算找罕娜理论，也不打算把这件事告诉任何人。他对自己说：“给罕娜留个脸面吧，撕下来太难看了。”

罕娜心满意足地获得了额外的十几美元，这也是她为她自己确定的全部价值，因为她就是按照这十几美元的价钱把她的人格卖掉的，一个丧失人格的人，剩下的还有什么？

罕娜在四川饭店很不得意，斤斤计较、处处想占别人便宜，使前台所有人都对她避而远之；厨房里的人就不必讲了，大家一看她冷若冰霜的神气，就明白做苦工的小人物们谁也不在她眼里，然而这些小人物同样有自己的尊严，所以只要面对她，大家也都冷若冰霜。罕娜知道没有人喜欢她，却依然十分傲慢。

直到有一天，严岩感到好像一个星期都没有看见罕娜的身影，问丽莎，才知道在一次午餐时，罕娜乘乱把客人留在桌上给别的服务生的小费偷偷塞进自己口袋，她以为她做得神不知鬼不觉，却还是被一个客人看见并在付账时把事情告诉了琳达，琳达当即把罕娜叫过去质问。最初罕娜企图抵赖，结果经受不住那个客人的斥责，承认了她的行为。这种行为在餐馆是不可能被允许的，所以从那以后，罕娜再也没有来过四川饭店。

"你知不知道她后来去了哪里？"严岩问丽莎。

"我不知道。谁会关心她在哪里！"丽莎轻蔑地说。

现在齐先生和 LEE 在卧室里办他们的好事，严岩在客厅里看他的电视，他把电视机的音响关掉，以免妨碍卧室里两人的兴致。客厅里静悄悄的毫无声息，卧室里同样静悄悄的毫无声息，严岩正感到诧异，突然听见 LEE 不知道该说痛快还是该说痛苦的惨叫声，随之而来的还有床吱呀吱呀的呻吟声。不过正像齐先生所预言的"不会太久"，只一会儿，这些声音就消失得无影无踪，整套住宅重新变得鸦雀无声。接着卧室的门开了，齐先生摇晃着从里面走出来，两只手还在腰间摸索着系皮带。

"吃不消她，真的吃不消她。"齐先生一边喘气，一边自嘲地笑着摇头。

"要不要坐一下？"严岩往边上挪了挪，把大半个沙发让给齐先生，齐先生一屁股坐下来，重重地吐了口气。过了一会儿，LEE 才从卧室出来。她满脸通红，朝严岩十分迅速地瞥了一眼，脸上露出羞涩的笑容，一面加快步伐小跑似的出了房门，没有说任何话。

齐先生慢慢缓过劲来，盯着严岩看了几秒钟，对严岩显示出的神色自若感到困惑：一场精彩的好戏就在面前上演，他真的会那么无动于衷吗？

"小严，刚才就一直在看电视？"齐先生别有意味地问。

"也没什么看的，就是开着，你看我把声音都关了，怕影响你们。"严岩猜到了齐先生在想什么，却不愿说破，他想，齐先生如果要说什么，就随他说吧。

"我们两个在里边办事，没影响你？"齐先生开始直入主题。

"没有，我看我的电视。"严岩说。

"真的能坐得住？里边可是一男一女裸体大战哪，你怎么，柳下惠坐怀不乱？"齐先生笑得有点诡异。

严岩不由得哈哈哈笑出声来，说："齐先生，你这是高看我了，我可没那本事。说实话 LEE 的条件不错，但不是我喜欢的类型，我对她没感觉，所以不管你们干什么对我都没有影响。"

"真这样？"

"真这样。"

齐先生沉思了一下，说："你的意思是，要是遇到喜欢的，你也会动心。"

"那恐怕免不了。"严岩说，"我想谁都会，因为大家都是凡人，都有人性弱点，真正的道学先生，能做到美色当前心如止水的，有几个？关键是能不能克制自己。"

齐先生像是对严岩的话感到很满意，没有再说什么，笑着走了。

二十一

这天午餐快开门的时候，LEE带着一个年轻女子来到厨房，向大家介绍说："嘿，这是我的朋友美奈子，她是新来的服务生，日本人。"

美奈子二十多岁，个子比LEE高一点，长相甜美，肤色白皙，有着亚裔女性中少见的动人身材。她朝大家招招手，脸上笑眯眯的。小林目不转睛地盯着美奈子看，全身仿佛凝固了一般。

"小林，不要看傻了！"银花大声嘲笑。

"看看又不要紧，女孩子长得漂亮就是给人看的嘛。"小林的脸皮很厚。

"怕你晚上睡不着觉。"银花说。

"怎么会睡不着，说不定会睡得更好。"小林的目光始终没有离开美奈子。

四川饭店的生意依然如故，但是齐先生这几天却有些烦恼，因为许先生打算脱离餐馆，提出把他名下的一半股份全部卖给齐先生。

许先生有不少生意，四川饭店作为其中之一，最初是不得已才经营的，而且尽管营业状况好得惊人，其收入也只不过占许先生整体收入的一小部分，所以许先生对四川饭店并不特别看重。当然，这个"整体收入的一小部分"并非是个小数目，能够得到它，许先生自是十分喜悦，然而却有两个原因，促使许先生决意从四川饭店脱身。

第一个原因是他对齐先生缺乏信赖。经营权在齐先生手里，财权自然也在齐先生手里，而像餐馆这类现金进现金出的生意，主政者要在财务上做手脚，而且做得天衣无缝，简直是易如反掌。许先生深知齐先生的人品，不相信齐先生能做到出污泥而不染，那么齐先生肯定是在暗中搞鬼，可是他却一筹莫展。这种明知被骗又束手无策的感觉很久以来一直在折磨许先生，终于使他决定宁愿少些收入也要坚决退出。

第二个原因是他对齐先生缺乏信心。他很清楚，餐馆生意靠的是刘师傅，现在刘师傅一去不返，尽管生意依然很好，但是究竟能好多久呢？就凭齐先生以往开一家倒一家的本事，谁能担保齐先生不会再把这一家弄垮？而且天有不测风云，四川饭店的生意目前的确十分兴旺，但是半年后呢？一年后呢？说不定哪天客人会突然不来了，就像当初突然蜂拥而来一样，那时餐馆变得门庭冷落，价值也一落千丈，倒不如现在见好就收，赚一笔钱放进口袋，万一哪天生意转为萧条，他尽可以逍遥自在地"站在黄鹤楼上看翻船"。

乍一听说许先生要离开四川饭店，齐先生心里一阵慌乱，因为即使许先生不参与四川饭店日常经营，在齐先生的感觉里也还是棵可以在下面乘凉的大树，现在这棵大树看来很快便不复存在，想到以后将由自己独力支撑，齐先生不由得感到心虚胆寒。

"唉，小许，你这是干什么嘛。"齐先生想竭力挽留许先生，"俩人在一块儿干得好好的，怎么说走就走呢？还是一块儿干啦。"

“老齐，你也不是不知道，我有一大堆事情要忙，不想操四川饭店的心。”许先生说。

“也没让你操心嘛，就是坐在家里数钱，那不是挺好的吗？”

“现在是不错，以后天晓得，就你那几下子，说不定哪天生意就垮了。你觉得好，你一个人做，钱还能赚得更多，我是肯定要走的。”

“唉，小许……”

两人又争论了几句。许先生去意坚定，即便齐先生做出可怜巴巴的样子求他留下也毫不动摇。最后许先生要求齐先生在一个星期内把钱准备好，然后一手交钱，一手交货，从此许先生与四川饭店再不相干，当然，作为房东，饭店的房租许先生还是要照常收取的。

“老齐，你不要给我玩花样，到时候钱一定要拿出来，不然我就在你最忙的时候来这儿找你麻烦，让你做不成生意。”许先生临走时说。

“小许，你也不能这么财大气粗嘛。”齐先生战战兢兢地小声发了句牢骚。

“我就是财大气粗，你能把我怎么样？”许先生说，“告诉你，赶快把钱给我准备好，不然我真的来你这儿闹，你看我敢不敢！”

许先生走了。齐先生明白事情不可挽回，开始思索怎样把许先生的股份买下来。事实上，许先生并没有狮子大开口，他把四川饭店的价值定为十六万美元，考虑到饭店的赢利状况，这个估价相当低，齐先生若用八万美元把许先生的全部股份买到自己名下，仅需两年左右就能收回本钱，尔后看着白花花的银子只进不出。这表明许先生尽管讲话咄咄逼人，其实还是十分顾及与他的老同学的交情。

然而齐先生却踌躇不决。餐馆开张半年多，账面上的分红再加账面下的偷窃，已经使齐先生聚敛了不少财富，要拿出八万美元，对他来说毫无问题，可是他一分钱也不愿意拿出来，因为他对自己、对餐馆前途没有任何信心。过去做的每个生意都一败涂地，齐先生早已对做生意望而生畏，四川饭店的成功让他得意洋洋，其实他依旧心虚，依旧惊魂未定，现在需要一下子拿出八万美元，是除去四川饭店股份外他资产的大部分，他怎么都觉得像是有把利刃在割他的肉。

“万一生意突然垮了呢？那我不是什么都没有了吗？”他非常痛苦地想，随后决定捂紧钱袋，绝不允许自己再度落入一贫如洗的悲惨境地。

当然，许先生的股份是非买不可的，不过齐先生认为，那些股份不必由他来买，他有个弟弟，叫弟弟买就行，到时候他依然大权独掌，又无须承担过多风险，可谓是两全其美。

齐先生没有姐妹，也没有兄长，只有一个弟弟，这时在得克萨斯州的达拉斯当工程师，与他从小关系密切，而且一直对他很尊重。两兄弟在家里被父母称为老大、老二，他们也就跟随父母称呼彼此，哥哥叫弟弟老二，弟弟叫哥哥老大，后来连和他们相识的人也受到影响，只要谈起兄弟二人，便会以齐老大、齐老二相称。

在齐先生眼里，弟弟很有钱，至少比他要有钱得多，工程师当了二十年，每年几万美元的薪水，再怎么也应该累积了不少钱。四川饭店刚开张的时候，他曾因为突如其来的意外赚进大把钞票而喜不自胜，打电话把情形告诉弟弟，当时弟弟一边祝贺他发财，一边显得十分羡慕。齐先生确信，现在有这么好的入股机会，正是弟弟求之不得的，所以肯定不会放过，必将迫不及待地把许先生的股份买下来。

齐老大没有料到齐老二竟然会犹豫不决。

“老大，怎么会有这么好的事？生意好，许先生为什么要走？”还没等老大在电话里把话说完，老二便满腹狐疑地问。

“老二，你也知道嘛，他做的是大生意，看不上餐馆这种小生意，觉得操这个心不值得。”老大说。

“老大，你不是说都是你在管吗？”

“谁知道！说不定人家嫌当餐馆老板不光鲜，不想顶这个名头。”

“……也有可能。他要多少钱？”

“八万。他认为餐馆值十六万，他要把他的一半股份全部出让，正好八万。”

“能不能压点价？”

“想都不要想，他那个人你还不知道，所以我一句话都不讲。不过说实话老二，我认为这个价钱相当不错，你买下来，估计不到两年就能把本钱赚回来，你想想看，要是投资的话，有什么东西能让你两年就还本？华尔街那些美国大公司，你去买它们的股票，估计十年都不行，你说是不是？真的是绝佳机会！”

“餐馆现在每个月能赚多少？”

“基本上是六七千吧。”老大少说了一万还要多，那一万多是他偷偷塞进自己口袋的，当然不能说。

“老大，你不是说生意很好吗？那应该不止这个数啊。”老二顿时起了疑心。

“哎呀老二，你又不是不知道，我这儿主要是做自助餐，收费不高，随便吃，薄利多销。你看看前面后面要用多少人，光给他们开工资就要不少钱，再看看那些老美，一个比一个能吃倒罢了，还扔的比吃的都多，你说我光进货得花多少钱！真的只能赚这么多。”老大竭力辩解。

“老大，你骗谁都不能骗我，咱们可是亲兄弟。”老二还是不相信老大的话，企图用亲情让老大变得本分一点。

“哎，老二，你这么说就不像话了，我是你亲哥哥，怎么可能骗你！我跟你讲的句句是实话。”老大显得很不高兴，仿佛一片好心遭到无端质疑。

毕竟是从小就敬重的兄长，老二不想惹老大发怒，态度马上变得温和：“老大，不好意思啊，我就是随便说说，你不要生气。不过我在想，你自己也可以买许先生的股份，为什么不买呢？”

“有钱我会不买？就是没钱买才找你。我过去一分钱也没有，这几个月赚的钱，有的拿去给你嫂子装修餐馆了，我跟你讲过，我和她水火不容，给她弄个餐馆，免得她成天找我吵架；有的要买车，你知道我和你嫂子的两辆车早就破得不像样子，不换不行，小刚年龄不小了，也得给他买辆车；另外还要还你嫂子家的钱，这个事你可能不知道，前几年我们穷得没办法，找她老爸老妈借了不少钱，现在有了钱，当然要尽快还给人家。所以你说我还有什么钱。”老大不管真的假的，能想到的就全都说出来。

“老大，你以前真的穷到跟嫂子家借钱？怎么从来没有听你说过？”借钱的事完全是老大编的谎言，老二听后有点吃惊，有点将信将疑。

“这种丢人的事怎么好意思跟你讲，要是你不信，打电话问你嫂子。”老大硬着头皮说。他不相信老二会打电话向他太太求证，即便打并且获知真情，他也完全可以用太太只不过是羞于承认而已来作搪塞。

老大的估计没有错，老二马上说：“我不会给嫂子打电话的，你知道我从来就跟她说不到一块儿。”

“那你准备怎么办？买还是不买？”老大说，“我看你千万别错过这个好机会。你想想看，上哪儿去找这么好的投资效益，一点不用操心，两年就能回本，要是我有钱的话，肯定早就买了，你还犹豫个什么！”

“行，老大，你让我回头跟老婆商量一下，明天给你回话。”老二显得跃跃欲试。

第二天，老二果然打来电话。

“老大，我想再问你一个问题，你说餐馆每个月能赚六七千，是不是大体上有保障？”老二说。

“我想应该有保障。”老大说。

“生意不会往下掉？”老二追问了一句。

“不会！绝对不可能！”尽管毫无信心，老大还是回答得斩钉截铁。

“行，那我就买。”老二说，“不过我可能买不了那么多。”

“什么？！”老大惊得像心脏挨了一记重锤，“老二，你搞什么鬼？什么叫买不了那么多？”

“老大，你别急。”老二赶紧解释，“我本来是想都买下来的，可是回家一算账，才发现只能买百分之四十的股份，再多我拿不出钱来。”

“只剩百分之十，一万多美元，你拿不出来？”老大不相信。

“老大，我真的拿不出来。”

“那你的钱呢？我总以为这些年你存了不少钱。”

“没那么多啦。老大，你知道嘛，房子、车子、小孩读书、出门度假，在美国什么都要花钱，我能存几万块已经不错了，我那些美国同事，不管是谁，你要他拿几千块出来都没有。”老二像是说得很诚恳。

“那还有百分之十的股份怎么办？”老大感到很烦。

“老大，你凑点钱买下来就行了。”老二说。

“跟你讲了，我真没钱。”

“真没钱？”

“真没钱。”

“老大，你要是真没钱的话，我倒有个主意，你问问小严，我想他很可能愿意买，要是他买的话，咱们就没问题了，而且以后你还不用担心他会走，对你有好处。”老二曾经几次听老大提起严岩，每次老大都说严岩如何如何能干，又如何如何可靠，这时忽然想起来，脑子里灵机一动，产生了新的办法。

“嗯！这倒是个好主意，回头我就去问小严，估计问题不大。老二，你那份钱尽早给我寄来，别在那儿拖着。”老大说。

“你不要担心，老大，明天我就把钱寄去。”老二说得十分肯定。

老大感到如释重负：老二的钱很快就会到手，严岩那边，应该不会有问题。

“安居平五路。”他想起诸葛亮的故事，尽管他并没有“平五路”，心里还是很有些得意。

严岩没让齐先生多费口舌，仅仅问了一个问题就同意购买四川饭店百分之十的股份。他问的是餐馆的赢利情况，他认为这是最关键的，只要能在较短时间内把本钱收回来，就值得投资，别的都无关紧要。对四川饭店的前景，他满怀信心。

齐先生告诉严岩的赢利数字与他告诉自己亲弟弟的一模一样。齐先生认为，在这一点上根本没有亲情可言，谁能担保老二和严岩不会因为起疑而互通信息呢？所以他必须做得滴水不漏。事实上齐先生的确没有过虑，后来老二几次三番从达拉斯打电话给严岩，疑心重重地问严岩究竟分了多少钱，两人比对之后，发现齐先生告诉他们的赢利数字完全相同，老二抓不到老大的把柄，也就只好作罢。

但是严岩面临一个问题，就是由于陆陆续续向家里寄了不少钱，这时他手里只有一万美元，不过他并不担心，因为他相信能从姑妈那里借到不足的六千美元。他从中国来美国的机票费用，以及到美国后买衣服鞋子等等的开销，这些起初由叔父姑妈垫付的钱，他在工作后不仅还给了他们，而且还以偿付利息的名义额外给了他们一些钱作为酬谢。他认为他在姑妈那里已经建立了十分良好的信誉。

然而姑妈却不认为严岩有任何信誉。

“那怎么行啊？我哪有钱借给你！”姑妈在电话里听见严岩向她借钱的请求后当即一口回绝。

“姑妈，我知道这点钱你肯定是有的，借给我，我保证很快就还给你。”严岩说。

“天晓得你会不会还，你要是不还，我拿你一点办法也没有。”姑妈说。

严岩虽然看不见姑妈，但是猜想姑妈的脸一定拉得很长，他很想苦笑，说：“姑妈，我以前用你的钱不是都还给你了吗，我跟你借钱肯定会还的。”

“以前只有一点点钱，你要真的不还我也只好算了，现在你要借六千块，要是你们餐馆生意不好，你连工作都没有，拿什么还我？”姑妈说。

严岩又一次想苦笑，因为他觉得姑妈的话很荒唐，美国不是只有四川饭店一家中餐馆，即便四川饭店倒闭，他还可以去别家中餐馆打工，姑妈的钱是一定会还给她的。姑妈是一时糊涂了吗？严岩不知道，但是他知道，他绝不会欠债不还。

他想尽力消除姑妈的顾虑，说：“姑妈，餐馆生意真的很好，就是因为好我才买它的股份，不然我怎么会买？借你的钱，我肯定几个月就全还给你，另外再给你利息。姑妈，你就帮我这个忙，我说的话，我一定做到。”

姑妈半天没有讲话，等严岩从话筒里再听到声音时，讲话的人变成了姑父。

“严岩啊，你是说餐馆生意很好，所以你要买他们的股份，是不是这样？”姑父显得比姑妈温和得多。

“是的，姑父。可是我的钱不够，想请你们帮忙借我一些钱，我保证很快就还给你们。”

“你觉得没有问题？”

“肯定没有问题。”

姑父不讲话了。过了一会儿，严岩听见话筒里传来姑妈的声音：“严岩啊，我跟你姑父商量过了，我们可以借给你三千块，再多就没有了，不够你自己想办法。你赚了钱要马上还给我们，利息就算了。”

严岩又竭力争取了一阵，但是姑妈始终不肯松口，最终确定严岩向姑妈借三千美元，姑妈将尽快把钱寄来。

还差三千美元，不过严岩认为问题不大。他把这个情况告诉齐先生，齐先生说事情很好解决，办法是齐先生先替严岩把钱垫出来，然后每月从严岩的薪水中扣除一千美元还给齐先生，三个月即可清账。

结果许先生如愿拿到他要求的八万美元，齐老二和严岩分别获得四川饭店百分之四十和百分之十的股份，并在大约两年后收回投资成本，齐先生基本上按照他最初讲的赢利数字每月按比例给齐老二和严岩分红，毕竟一个是亲弟弟，一个是餐馆大厨，无论暗地里如何做手脚，面子还是不能撕破，所以齐先生不便做得太过分，当然，大头依旧是齐先生的。

于是四人各偿所愿，皆大欢喜。

至于严岩向姑妈借的三千美元，由于每月除了一千四百美元的工资，还有大约六百美元的分红，平时又几乎没有开销，所以扣除还齐先生的钱后，他依然能够偿还姑妈的债务，仅用四个月便已付清。到了第五个月，他又以支付利息的名义寄给姑妈二百美元，姑妈收下后没有说任何话。

二十二

四川饭店的股份一点也没有改变严岩的工作和生活，他照常上他的班，做他的事，他和齐先生都没有对餐馆任何人讲这件事，所以谁都不知道，唯一不同的，是从此每个月他手里多了一张分红的支票。

有人形容军队是“铁打的营盘流水的兵”。餐馆当然不是军队，但是人员流动也很频繁，严岩到四川饭店几个月，厨房里除去走了一个刘师傅，来了一个小林，别的没有变化，但是前台的服务生除了丽莎和萨琳娜，以及现在算是有了些资历的 LEE 和美奈子，其余几个全换了人。

新来的女服务生中有个叫玛格丽特的美国人，身高超过六英尺，块头也大，是真正高头大马的体形。据她自己说，她以前比现在还要重五十英镑，经过努力减肥才成了现在这个样子。玛格丽特长相俏丽，性情爽朗，一头过肩的金色和栗色相间的长发有如波浪，裸露在紧身旗袍外的手臂和腿雪白而且强健。尽管她个头很大，胸脯和臀部尤为发达，但是腰却非常纤细，使她看上去格外凸凹有致。她精力充沛，无论是大踏步走路，还是在原地站立不动，全都显得浑身是劲。

玛格丽特已经名花有主，丈夫是中东某国来的研究生，黑发浓眉，眼睛明亮，体格强壮，唇上留着短髭。有一次他来餐馆接玛格丽特回家，看见的人开玩笑说，玛格丽特的确需要这样的男人才能对付得了。

其实玛格丽特需要更多的滋润。

有一天生意特别好，严岩午后没有回宿舍，留在厨房里赶工。到了下午四点，他觉得该准备的都准备好了，便打算在晚餐开门前休息一下，这时要回宿舍已经太晚，于是他决定就在餐厅里坐会儿。

不到营业时间，餐厅里没有开灯，只是凭借服务站里啤酒柜透出的灯光和从门厅天窗射进来的自然光，才能隐隐约约辨识出里边的情形。严岩从厨房穿过服务站，来的两个餐厅中的大餐厅。周围很安静，看上去空无一人。他走在地毯上的声音十分轻微。刚刚往前走了几步，他忽然发现在他的左前方有两个人，一个是玛格丽特，坐在拼在一起的四张椅子的尽头，另一个是刚来没几天的收碗工丹尼，在拼起来的椅子上屈身侧卧，并且把头搁在玛格丽特的大腿上，一只手不知道在哪里，另一只手正在玛格丽特身上抚摸。玛格丽特这时也看见了严岩，立刻叫了一声：“嘿！严先生。”丹尼吃了一惊，当即收手坐起身来，显得十分狼狈，不过马上就恢复镇定，也叫了声：“嘿！严先生。”像是什么事情都没有发生。

严岩向他们回了一声“嘿”，从他们身边走过，他本来是打算就在大餐厅里休息的，这时却不得不装作是仅仅从大餐厅路过。玛格丽特和丹尼的行为使他感到讶异，然而他告诉自己，这种事在美国每时每刻都在发生，他不应该、也没有必要大惊小怪。

小林很快就嗅出了味道。谁也不知道他是如何接近玛格丽特的,但是玛格丽特显然对新的崇拜者并不排斥,有几次,当服务站里只有玛格丽特一个人的时候,厨房里的人看见小林急不可耐地走过去,一边在她耳旁悄声讲话,讲得她娇笑着两眼发光,一边遮遮掩掩地伸手在她丰满的臀部揉捏。渐渐的两人胆子越来越大,动手动脚时显得旁若无人。

“小林,你本事很大啊。”终于有一天,银花不紧不慢地笑着说。

“哎呀银花,这算什么嘛。”小林心里很得意,脸上却装出此事不值一提的表情。

“我怕你不行。”银花说,“你看她先生的样子,比牛还要壮,你呀,两天就被人家榨干了。”

“银花你不要乱讲,这种事谁也不知道。”小林红着脸争辩。

“我还以为你知道呢,弄了半天,你现在什么都不知道。”银花说。

“哎呀,跟你讲不清,我和她……反正你是不会知道的啦。”小林说。

结果只过了几天,每个人都知道了。其中一个原因是,在这种事情上,美国人绝不拖泥带水,他们很干脆,要么互不相干,要么真刀实枪。

这天午餐后,正当小林满面春风的在厨房里向大家夸耀他“和玛格丽特的关系已经不一般了”的时候,玛格丽特忽然从服务站里走了出来。原来她还没有回家。

“嘿!”玛格丽特妩媚地笑着向大家打招呼,然后说:“我要跟小林谈点事。”

小林跟随玛格丽特走到厨房后门口,两人站在那里轻声交谈了几句。接着小林转过头来,朝众人这边瞥了一眼,随即迅速拉了玛格丽特一把,两人一闪身,躲进了旁边的储藏室,把门关得严严实实。

厨房里的所有人,包括这时正准备回宿舍休息的严岩,全都惊呆了。大家面面相觑,不知所措,因为谁也没想到这两人竟然会在他们眼皮底下翻云弄雨,厨房里刹那间变得十分安静。没有任何人讲话,只是人们脸上的表情很快由最初的惊愕变成了微笑。

储藏室里发出了声音,像是有什么东西被撞到了,不过总而言之还算平静,没有搞得地动山摇。

大家并没有等多久就看见玛格丽特开门出来。她从众人面前走过,依然是很神气地迈着大步,依然是满脸的欢笑,仿佛什么事都没有发生过。忽然,她扬起了一只手,这只手的四根手指都蜷缩着,唯独小拇指竖起来,并且随着她手腕的旋转而扭摆。

“非常小!”玛格丽特一边轻蔑地摇头,一边大声嚷着,“非常小!非常小!”

大家都看着她笑,没有一个人说话。

这时小林从储藏室里走了出来。他满脸通红,尴尬地笑着,也像玛格丽特一样摇头,不过摇得很慢,一边像是在思索或者回味。

“小林,刚才游泳游得好不好啊?”银花笑得合不拢嘴,大声奚落小林。

“银花你说什么?”马太太一时没听明白。

小林倒是听明白了,脸色立刻变得更红,用几乎是乞求的语调说:“哎呀,银花,你不要这样讲嘛。”

银花依旧笑着，说："我说你不行，你还不信，没有淹死，已经很好啦！"

马太太这时明白过来了，低着头差点笑出声来，说："银花，不要讲小林了，给他留点面子。"

银花说："他能做，我为什么不能讲？"

几个人正在议论的时候，玛格丽特拿着她的小包从服务站走出来，准备穿过厨房回家，途中在小林身边停下脚步，低头向小林耸了耸肩膀，撇了撇嘴唇，仿佛在说："抱歉，我没有感到快乐，以后请不要再惹我。"

从此小林和玛格丽特变成了陌路人，一场来得快、去得也快，让厨房里整日辛劳的人们看得津津有味的喜剧，瞬间落了幕。

四川饭店的位置靠近一个巨大的美军基地，前前后后在这里工作的人里有好几个是军人眷属。一个美军少校的妻子，名叫安娜，不久前来四川饭店当了服务生。她是德国人，但从小就学英语，丈夫又是美国人，所以英语十分流利，像严岩这样的非美国本土人士完全听不出她的口音跟地道美国人的口音有何不同。她的年龄比别的女服务生稍大一点，当年和驻扎德国的未来丈夫相识相恋，婚后因丈夫调防来到美国，但依然保持德国国籍，现在已经是两个孩子的母亲。安娜对工作认真严谨，正如人们印象中德国人的作风，对人则率真善良。或许是物以类聚、人以群分的缘故，安娜几乎从一开始就喜欢跟严岩讲话。

这天午餐快结束的时候，安娜告诉严岩，她的丈夫待会儿要来接她一起去美军基地吃饭。

"你也可以进军事基地？"严岩有点惊奇，因为他一直以为只有军人才能进入戒备森严的美军基地。

"当然。只要有军人带领，谁都可以进去，你也可以进去。"安娜说。

"你说我也能进军事基地？"严岩更加惊奇了。

"你当然能进去。"安娜十分肯定地说，"如果你想去，等我丈夫来了，你跟我们一块儿去。"

严岩从未想到会有这样的事情。他一直对美军基地感到好奇，很想看看这么神秘的地方到底是个什么样子，现在有了机会，自然不肯放弃。

"好啊，如果不妨碍你们的话，我想去看看。"他对安娜说。

"不，一点也不妨碍我们。"安娜温和地笑着说，"我丈夫很快就会来，我们可以一起去。"

过了一会儿，安娜的丈夫身着笔挺的军官制服走进餐馆大门，安娜上前跟少校讲了几句话，少校向站在一旁的严岩看了一眼，连说了两遍"没问题。"

"看，严先生，我说你可以进基地吧，"安娜高兴的向严岩招手，"来吧，咱们一起走。"

于是严岩钻进少校夫妇的汽车，随同他们前往美军基地。

从距离基地入口还有几百码的地方开始，双向车道被从中央切开分成了两条路，一条是进去的路，一条是出来的路，每条路都窄得只容一辆车通过。切开的部分修了一条长长的人行道，人行道朝基地端的尽头便是基地入口，那里有个警卫室，美军卫兵全副武装，荷枪实弹，任何进出车辆都必须停下来接受检查，不得违规，否则后果严重。就在两个星期前，一个美军军官开车经过警卫室时不知何故没有停车，卫兵当即毫不犹豫地开枪扫射，把这个军官打得血肉模糊，命丧黄泉。

少校在即将接近警卫室时开始减速，这时已经有一个卫兵从警卫室走出来，一只手握枪，另一只手挥动着，示意汽车停下来接受检查。少校稳稳地把车停在警卫室门口，同时把驾驶座旁的门玻璃放下来。卫兵向少校行了一个军礼，少校立即还礼，把证件递给卫兵。卫兵仔细查验证件后把它还给少校，并且又一次立正敬礼，少校也马上还礼，然后把证件放好。汽车继续前行。自始至终，对坐在车里的安娜和严岩，卫兵一句话都没有说。

就这么进来了？严岩感到难以置信。但是他很快就明白了为什么会这样。汽车在基地里开了好一阵，他看到的仅仅是大片空地，既没看到任何军事装备，也没看到任何军事设施。后来他听说，这个基地的所有重要物品都深藏地下，地面上只有商店、酒吧、餐馆和健身房之类的建筑，即便用卫星拍照，照到的也只是一片荒地和几间平房。

汽车又前进了一分多钟，来到一座建筑物前。少校把安娜和严岩带到建筑物内一家餐厅。这是一家付费餐厅，不是电视电影里常见的那种美军官兵每人手持一个大盘子，排队取不要钱的饭菜的样子。三人在一张餐桌旁坐下，很快就有服务生过来把菜单递给他们。严岩对西餐一无所知，拿着菜单连很多菜的名称都看不明白，菜名下面的小字介绍更是让他不知所云。少校和安娜都说他们平时午餐只是随便吃点，今天来这儿是为了吃烤土豆，于是严岩也要了一份烤土豆。

没等多久，每人面前都放了一个装在盘子里的比拳头还大的土豆，也许是为了避免烘烤时水分蒸发，土豆外面裹着一层锡纸，另外，土豆上方已经被厨师从中央切开一个大口，里面放了一些牛油。除此之外什么也没有。

事实上，大多数美国人对午餐不大讲究，像少校和安娜这样一块烤土豆就算一顿饭，未必是有意节俭。美国军人待遇优厚，薪水很高。谁要是考进军官学校，读书期间的所有费用完全由军方负担，不过如果毕业后拒绝服役则要遭受惩罚。依照法律，在正常情形下，军校毕业生必须完成规定的服役年限，那之后是去是留，根据军队需要和个人意愿决定。通常一个军官服役达到二十年，可以选择退役并终生领取军队提供的个人退休金，同时可以另寻工作，无论这份工作收入多寡，都丝毫不影响从军队领取的退休金，除此之外，这个退役军官还有权到任何一家军事基地的商店购物，这些商店都不收取购物税，商品价格也比普通商店低廉。

服役年限足够长的美军士官在退役后也能享受上述待遇，不过他们的退休金大多不是很高，而且即使在军中服役一辈子，他们也很难成为军官。在美国，要成为军官通常必须拥有军官学校或者大学毕业文凭。

安娜后来曾邀请严岩到她家过圣诞节。她和丈夫及两个孩子住的是军队免费提供的军官宿舍，家里有条德国狼狗，说是从德国带来的，严岩问她怎么带来，安娜回答说是乘军用飞机来的。据她说，美国军人调防时，家眷和宠物都要由军方负责运送和安置到新的基地。

圣诞节过后不久，安娜的丈夫又一次奉调去德国，安娜和两个孩子自然随同前往。他们去的地方当时被称为西德，与之相对的是东德。20世纪80年代初，世界正处于冷战时期，人类有史以来最强大的东西方两个军事集团剑拔弩张，兵锋相对，随时可能爆发把整个地球毁于一旦的大战，而西德位于西方集团的最前线，美国在那里部署着它在欧洲最精锐强悍的军事力量。这时没有一个人预见到仅仅几年之后就发生了柏林墙倒、东欧易色、两德统一等一系列使人瞠目结舌的历史巨变。

安娜临行前对严岩说，希望以后还能见面，并且一起开家中餐馆。不过从那以后严岩没有再获得安娜的信息。

然而他始终记得和安娜的友谊。

由于想尽量省钱，严岩极少到别家餐馆吃饭，像跟安娜和她丈夫一起外出用餐的事情完全是因故偶尔为之，不过有一次，他破例到附近一家美国牛排馆吃了牛排。本来他没有这个念头，但是没能经受住 LEE 的再三怂恿。LEE 喜欢大块头，即便肥胖也是好的，所以她总对严岩说，他应该经常吃牛排，这样才会更加强壮，又说这家做的牛排如何如何好吃，让严岩听了觉得仿佛真的是人间美味，于是决定前去品尝一次。

牛排馆在一个十字路口，离四川饭店不远，这天午后严岩只用五分钟就走到了。美国的牛排馆常常有意保持传统风格，无论外墙还是内部都使用大量木头，同时让整个牛排馆具备沉稳厚重甚至粗犷原始的格调。有些牛排馆还喜欢在大门外安放一个很大的母牛塑像，这家牛排馆同样如此。

严岩推门进去时已经是下午两点半，里面静悄悄的一个人也没有。过了一会儿，才有个女服务生察觉到来了客人，连忙从后面赶过来迎接，把严岩带到一张又宽又长的木桌旁，待他坐好后递给他一份菜单，又给他端来一杯加冰的水，随即转身离去，以便他静下心来选择自己喜欢的菜肴。

没有音乐，没有声响，偌大的牛排馆里只有严岩一个人。他忽然有种不舒服的感觉，很想马上离开这个地方，却又觉得不能离开。他想，既然进来了，就一定要点菜，否则可能被美国人讥笑，而他是绝不愿意被美国人讥笑的。

他拿起菜单，看来看去，看不明白上面到底写的是什么，这时女服务生走过来，问他要点哪一个，他便拣了个价格中等的牛排指给女服务生看，说就要它。女服务生又问他对牛排烧烤程度的要求，就是他希望把牛排做得几分熟：是稍稍烤一下，牛排几乎还是生的，依旧鲜血淋漓，还是略微熟一点，牛排红得带血，但是血不至于会流下来，或是完全熟透。完全熟透的牛排看不到一丝红色，没有任何弹性，也没有任何汁水，吃起来硬邦邦的味同嚼蜡。可是他既没有这些概念，又听不懂女服务生在说些什么，只能胡乱答应一声。女服务生态度和蔼地笑着，说他要的佳肴很快就会端上来。

果然，没多久严岩就闻到了牛排绵延不绝的诱人香气。接着女服务生端着他的牛排走过来，在他面前端端正正放好，然后指着桌上一个深色瓶子告诉他，那里面是A—1 SAUCE，美国最有名的专门为享用牛排而制作的调料。

严岩怀着多少有点庄严的心情，准备享受他的美食。牛排不是汉堡、热狗之类的食物，价格很贵，美国的中产阶级即使在家里也不大吃，更不要讲经常到牛排馆大快朵颐了，严岩则是有生以来第一次享用牛排，心情自然不同寻常。

他先把餐巾展开，在腿上铺好，然后郑重其事地左手持叉固定牛排，右手用刀切下一小块，再用叉叉着这块牛排送进嘴里，咬了一下……“嗯！这么难吃！”他的整个脸都皱了起来。肉又腥又硬，没有一点味道，他难受得差点吐出来。原来当他回答对牛排熟度的要求时，女服务生正好在问他是否要让牛排熟透，他没听懂，随口说了声好，厨师尊重他的选择，十分认真的按照他的要求把他的牛排烤得像木头般结实干燥，同时依照美国牛排馆的传统和民众的习惯，在牛排里不加任何调料，使之完全保持原始风味。现在摆在他面前的就是这么一块让他感到难以下咽的东西。

“怎么办？”在好不容易才借助水的功效把第一块牛排吞下肚后，他看着盘子里沉甸甸的牛排发愁，犹豫了一会儿，终于下了决心。

“一定要吃完，不然美国人会笑我的。”他想。

他开始吃第二口。这次他在牛排上撒了些盐再吃，感到有些滋味了，可是依旧很腥，这时他想起女服务生讲的A—1 SAUCE，于是尝试着倒了一些到牛排上，牛排立刻有了十分刺激的味道，不那么腥了。剩下的问题是如何把又干又硬的牛排吃完。——好在有水！而且牛排旁边有个烤土豆，这两样东西都能帮他把牛排咽下去。

他十分努力地吃着，仿佛在完成一项艰巨的工作。中间女服务生曾经过来问他牛排的味道如何，他笑着说非常好。他在美国生活已经接近两年，知道美国人在公众场合即便遇到不快的事也很少抱怨，却常常对平凡的小事大加赞扬，为的是展示风度和教养。在美国人眼里，他并不是个单纯的“人”，而是“中国人”，所以他也必须表现出风度和教养，以维护中国人的尊严和良好形象。

当他用完他想象中美味的牛排大餐离开牛排馆的时候，女服务生亲切地笑着说，欢迎他再来。他知道他不会再来，所以未置可否，但是诚挚地向女服务生表达了谢意。

后来他认为这完全是他自己的过错，怪不得别人，正如有人要求把他的馄饨煮一个小时，馄饨当然变成了混沌，谁也不会觉得好吃。其实只要火候适度，牛排的味道是很好的。A—1 SAUCE也的确是很好的调料。

类似的洋相严岩还出过一次。那天是感恩节，包括四川饭店在内的几乎所有商场店铺都歇了业。严岩原本打算到四川饭店弄点东西吃，却在一个人无聊闲逛时看见路边一家美国餐馆难得地开门营业，他觉得这家餐馆像是那种普通的连锁店，估计饭菜价格不贵，便决定进去吃一顿，一则可以避免独自一人呆在四川饭店的清冷，二则可以让自己在过节这天换换口味。

都说感恩节是美国人合家团圆的日子，但总还是有些不那么幸运的人不得不孤孤单单地度过这一天。严岩走进这家美国餐馆的时候里面已经有了不少人，看上去大多没有家人陪伴。离门口不远的吧台处恰好有个空位,他便坐了上去。

毕竟是英语程度有限,严岩看着菜单,还是搞不清楚上面到底写的是什么,幸亏菜单上有十分精美的彩色图片,清清楚楚地展示出装在盘子里的诱人餐点,让人一目了然。他看中了其中一样,尽管他连名字都叫不出来,但十分明显的全都是肉,而且价格便宜。服务生来了后,他指着图片让服务生明白他要的东西。他没有把所要东西的名称念出来,因为他既不知道这个名称的含义,也无法确定这个名称正确的英语发音。

等了很久,他才看见服务生把他要的东西端过来,这时他已饿得发慌,只盼着能赶快把什么食物——任何食物——塞进嘴里狼吞虎咽。服务生手中盘子里的一大块东西确实是肉,热气腾腾的十分诱人,可是当服务生把这块肉放在他面前时,他立刻感到有些不妙,因为这块肉发出非常难闻的浓烈腥气,薰得他皱眉蹙额。他迟疑片刻,还是拿起了刀叉。肉已经被烧烤成褐色,看不出属于什么部位,他切下一块放进嘴里,才知道是牛肝。

烹调牛肝不同于烹调牛排,并不讲究几分熟,而是一律要熟透,熟透的牛肝不仅硬,而且由于在烹调时同样不加作料而气味难闻,根本不像牛排即便不加作料也香气四溢。严岩不知道美国人怎么接受得了这么腥的东西,心想也许是他们的口味跟他这样的中国人不同,正如美国的烈酒都加香料,呈琥珀色,而中国的烈酒多为不加香料的清酒;完全是从中国引进的茶,到了西方人手里也被改头换面地掺进各种水果或其他食物的味道,他们才喝得津津有味,中国人则除了几种花茶,多半还是喜欢喝纯粹的茶。

他勉强吃了一块牛肝,顿时感到反胃,再也没法吃下去,只好饿着肚子离开这家美国餐馆,到四川饭店吃自己做的中国饭菜。

当然,严岩去外国餐馆用餐的经历并不是都这么悲惨。这时他已经随齐先生吃过几次披萨,觉得这种据传根据中国大饼演变成的意大利食品真的很能激起食欲,让人吃起来欲罢不能。不过这也要看披萨表层的用料和厨师的手艺。但是无论如何,披萨今天能够风靡全球,的确有它的道理。

日本的生鱼片用料考究,从事这一行的厨师必须经过多年训练才能具备从业资格,所以生鱼片价格昂贵。本来严岩是不会去尝试的,但是那次齐先生鸟枪换炮,买了一辆新车,几个美国人起哄要他请客,LEE 也从旁推波助澜,齐先生要面子,又正好可以借机炫耀,便很豪爽地请大家第二天午餐结束后到市中心一家日本餐馆享用了这种日本人的经典食品。

以精致闻名的法国大餐严岩也吃过。那是他从阿巴克基回旧金山探亲的时候,当医生的表哥请父母到一家豪华法国餐馆吃晚餐,祖母和严岩也应邀前往。大家在餐桌上议论欧洲各国食品的风味,阅历丰富的表哥认为,英国餐点十分寻常,德国人跟中国人一样爱吃猪肉,但是做出来的花式和味道不能和中餐相提并论,法国菜做得精美,意大利的面食值得称道。表哥还根据他的经验评论了其他一些欧洲国家的食物。

随着岁月的推移，严岩逐渐品尝了很多国家的菜肴，这些国家分别属于北美、南美、东欧、西欧、北欧、地中海一带、东亚、东南亚和南亚，对其中的大部分国家，严岩曾经亲临其境，品尝的是地道的该国佳肴，或许是由于口味的缘故，他最终得出的结论是：中国美食天下第一。

在他看来，先不要讲声名显赫的八大菜系，光是浩如繁星的各地小吃就已经足以让人一想起来就忍不住垂涎欲滴。这种感觉在远离祖国的海外华人中尤其强烈。若问海外华人最怀念故乡的什么，回答往往是故乡的特色小吃。事实上，在海外即使像包子、油条、豆浆、锅贴、饺子、馄饨、烧卖、米粉之类在国内民众眼里司空见惯的日常小吃都难寻踪迹，更不要提风味独特的地方小吃了。中国人遍布全球，海外中餐馆星罗棋布，但是这些中餐馆绝大多数要靠招徕外国顾客来维持，而外国人与中国人口味不同，中国人喜欢的小吃在外国人那里几乎没有销路，所以海外中餐馆虽多，小吃店却寥寥无几，只是在华人云集的大都市里偶尔能看见一两家，这为数不多的小吃店提供的大多是很普通的小吃，哪怕个别小吃店打出特色小吃的招牌，也往往由于缺乏必需的食材或是手艺不精而导致做出来的东西不伦不类。中餐是门艺术，要做好非常不容易，稍微差一点就大不一样，否则就不会分什么菜系、有什么名厨了。

不过严岩认为，在西式糕点方面，还是欧美技高一筹，毕竟那是西方人的创举和看家本领，中国的糕点师傅无论如何努力也难以望其项背，这就如同中国的古典诗词、水墨画和书法，外国人哪怕学得再惟妙惟肖，也出不了屈原、李白、杜甫，出不了苏东坡、辛弃疾，出不了吴道子和王羲之。

二十三

LEE变得越来越不检点，即使四周全是人也毫不掩饰对齐先生的热情，齐先生则是怡然自得、听之任之，没过多久，他们的事在餐馆里已经尽人皆知，只有极少来餐馆的齐太太还蒙在鼓里。

这天晚上打烊后，齐先生叫严岩留下来，说有事要谈，两人正坐在门厅的椅子上讲话，忽然有人从外面敲门。谁会在这个时候来呢？严岩想，一边看了齐先生一眼，齐先生却显得胸有成竹，笑了笑，不慌不忙地起身开门。门开了，进来的是LEE。

“发生什么事了？你说来的，可是我等了半天你都没来。”LEE一见面就抱怨齐先生。

“我正要去，”齐先生赔着笑脸说，“有点事要跟严先生讲一下，讲完就去。”

“我不管。你说要来的，可是没有来。”LEE一脸的娇嗔。

“对不起，对不起。”齐先生接连道歉，搂着LEE的腰朝长椅这边走，刚刚坐下，LEE就一屁股坐到他腿上，双手抱着他的脖子在他脸上亲吻。

齐先生随LEE放肆了一阵，才重新开始跟严岩讲话，却不料LEE的劲头方兴未艾，齐先生讲了没几句，她就拉着齐先生要走。

“你们可以以后再谈。”LEE满脸娇媚地嚷着，“来吧，亲爱的，到我家里去！”

“只有几句话，讲完就走，好吗？”齐先生柔声细气地央求她。

“不，不。”LEE不肯答应，依然拉齐先生，但是拉的方向改了，不是朝大门，而是朝餐厅。

齐先生马上领悟了LEE的意思，向严岩无可奈何地笑了一下，起身跟随LEE隐入了餐厅的幽暗。

这次没有上次在严岩宿舍里的风狂雨骤。严岩没有听见任何声响。过了一会儿，两人回来了，脸上都带笑，只是齐先生的笑有点尴尬，LEE的笑透着失望。

“今天不行，”齐先生一边摇头叹息，一边在椅子上重重坐下来，“雄风不振。待会儿到她那儿再看看怎么样，说不定吃点蚝什么的会好一些，那玩意儿补，她经常弄给我吃。”

齐先生找严岩谈的是他为齐太太筹建的餐馆即将开张，因而需要一名厨师的事情。他要严岩在两个星期内教会小林炒菜，哪怕炒得不好，只要能炒出来就行，然后让小林去新的餐馆当炒锅。在他看来，那不过是个只有五六十个座位的小店，而且装潢简单，会去那里吃饭的客人多半不了解中餐，应该很容易对付，所以并不觉得需要全力以赴。四川饭店的成功使他得意忘形，而且不管刘师傅还是许先生的离去都没有对生意造成损伤，这时他已经忘记了以往的惨败。

小林很灵光，一个星期后大致掌握了炒菜的要领，炒出来的菜尽管算不上好，但还是能说得过去。随后齐先生特意把齐太太带到四川饭店厨房，叫小林炒菜给齐太太看，问齐太太是否认为小林可以去她的店当炒锅。

“很好啊，炒得很好嘛，一看我就想要他。”齐太太说，脸上露出厨房里的人从未见过的愉悦。

其实大家都看得很清楚，由于某种十分微妙的缘故，齐太太一看见小林就喜欢，那种看小林的眼神就像母亲在凝视自己心爱的婴儿。小林对齐太太则是不断地谄笑，并且时不时地瞥齐太太几眼。

齐先生和齐太太刚刚离开，银花就忍不住揶揄小林：

“小林啊，你妈妈要你啦！”

“银花，你不要乱讲，她怎么会是我妈妈。”小林脸上显出厌恶的表情。

“哎呀，她喜欢你嘛。有妈妈很好，以后可以每天让你妈妈抱着吃奶了。”银花边说边笑，别的人也跟着笑。

“银花，……”小林不知道说什么好，脸色变得通红。

几天之后，齐先生的新餐馆开张，小林走了，接替他的是他父亲林先生。林先生戴副眼镜，头发花白，但是身体依然结实。他为人正直善良，性情认真执著，年轻时就信仰社会主义，崇尚公平正义，反对剥削压迫，无论是从小优裕的生活，还是他所在的柬埔寨七十年代的变故，或是作为难民来到美国并且接受美国政府的经济补贴，都无法改变他根深蒂固的信仰。他反感耳闻目睹的资本主义的丑恶，向往理想中的社会主义的美好。其实在柬埔寨时，他曾经经商多年，手下有不少人为他工作，他一面凭借这些人的剩余价值过着富足的生活，一面又厌恶使他能这么做的社会制度，他常常心里不安，但又认为自己是迫不得已——弱小的个人无力抵抗强大的社会，即使这个社会十分不合理。他始终相信自己是社会主义者，至少是社会主义的拥护者，如果能实行社会主义，哪怕让他上缴他的全部财富，他也会衷心赞成。

不过林先生早就失去了他的全部财富，现在他只是一个以难民身份被美国接纳的穷人，而且美国政府的经济补贴已经期满，他必须依靠自己的劳力谋生。然而像他这样六十来岁的年纪，即便是拥有高学历、高技能的美国白人，也常常一职难求，这里所讲的“职”，指的是与学历技能无关的低薪工作，所以林先生能谋得四川饭店油锅的位置很不容易，完全是靠了儿子的推荐和齐先生的同情。人们说“恻隐之心，人皆有之”，这句话在大多数情形下确实成立。

其实林先生除了手脚没有儿子利索，做得丝毫不比儿子差，因为他非常努力。他做起事来专心致志、一丝不苟，很快便赢得了厨房里所有人的尊敬。

就在林先生到四川饭店工作大约两个月的时候，厨房里来了一个二十几岁的洗碗工，大家叫他小田。小田来自中国大陆，这时在新墨西哥大学攻读硕士学位，平时做学问，周末中午来餐馆洗碗。

小田很喜欢讲话，讲起来很直率，像不少初到美国的大陆人一样，经常拿中美两国作比较，得出的结论往往是一叶障目、不见泰山。“美国才是社会主义，”是小田常讲的一句话，而且讲的时候显得非常感慨。他称赞美国的一切——从天上到地下，从过去到未来，提到中国就垂头丧气。

厨房里除了小田，只有严岩是从大陆来的。严岩无意和小田争辩，心想你还是慢慢看清楚再说吧，不要下车伊始，哇啦哇啦，知道得多了，看法才会真切。别的几个都来自东南亚，而且老黑听不懂中国话，起初没有一个人在意他讲些什么，但是到了后来，林先生听得无法忍受了。

"你这叫做不了解情况乱发言。"林先生一开口就郑重其事。

"……我……讲得不对啊？"小田没料到这个言语不多的老先生会突然站出来指摘他，一下子愣住了。

"当然，你什么都不知道就凭空乱讲。"林先生摇着头，没有停止干活，连看也不朝小田看一眼。

小田感到受了侮辱，脸色有些发红。他不相信这个在厨房里做粗活的老人能真的知道什么。

"林先生，你说我讲得不对，那你讲讲是怎么回事，算是我向你请教，好不好？"小田表面的斯文里夹杂着傲慢。

"那我就讲，讲得不对的地方你指出来，我可以跟你讨论。"林先生说。

厨房众人眼里的林先生这时像换了一个人，谁都没想到他这么能讲。他告诉小田：首先是不要妄自菲薄，因为在世界历史的大多数时期，中国都是最强大、最有影响力的国家；中国人的智慧才华、勤劳勇敢和坚忍顽强绝不逊于任何人。过去几百年中国衰落了，近代更是受尽了列强的欺凌，但是若把这些放到人类漫长的历史里看，则不过是短暂的挫折，根本算不了什么。波斯帝国、马其顿帝国、罗马帝国、奥斯曼帝国，都曾经不可一世，也都早已烟消云散，只有中国依旧巍然屹立。古埃及、古巴比伦、古印度，不仅当初灿烂的文化已经难寻踪迹，连创造这些文化的人也要么消逝无影，要么流散殆尽，只有中国人和中国文化依然在祖先的土地上一脉相承、长盛不衰。假以时日，中国势必重返世界的巅峰。

林先生并不否认美国的成功，也不否认美国人的勤劳和创造精神，以及美国的竞争体制，但是谴责白人对印第安人的屠杀和迫害，谴责美国利用自己的强大在世界上恣意妄为。

"美国人的富裕生活在很大程度上是靠压榨贫穷国家的人民获得的。很多西方发达国家的民众能过得那么好，也是这个原因。"林先生说。

小田没有反驳林先生的论点，但是认为至少在美国国内，政府是关心普通民众福祉的，在一些方面甚至实行社会主义，这就是为什么他说"美国才是社会主义。"

"你具体讲讲美国怎么实行社会主义。"林先生对小田说。

"这方面例子很多嘛，公立中小学免费、退休金、失业救济金、规定最低工资标准、给穷人经济补贴和医疗保险、为老人提供照顾，还有别的。"小田说。

"那些都是为了社会稳定而采取的措施，不是社会主义。"林先生说，"你先告诉我社会主义的定义是什么。"

"社会主义的定义啊……"小田张口结舌，说不出来。从小到大，社会主义这个词他听过不知道多少遍，也讲过不知道多少遍，然而这个词的确切含义却似乎从来没有人认真探究过,他也从来没有看到过对这个词的解释。不过他不想显得一无所知,而他也的确知道一些。

“社会主义就是各尽所能,按劳分配,还有公平公正,没有剥削压迫。”小田想尽量讲得无懈可击。是啊,还能有什么呢?

“你看,你根本不知道什么是社会主义。”林先生却对小田的回答很不满意。他摇了摇头,说:“我来给你讲。”

林先生告诉小田,社会主义一词源自拉丁文,是一种经济社会学思想,主张整个社会作为整体,由社会拥有和控制产品、资本、土地、资产、资源等,其管理和分配基于公众利益;依照这一定义,美国肯定没有实行社会主义。

林先生讲得言之凿凿,使听的人不能不信服。小田开始对这个满身油污的老人刮目相看,没有再说什么。

林先生又说,小田刚才提到的那些美国政府的利民措施,是美国在三十年代经济大萧条后进行改革的结果,目的是避免陷入困境求告无门的老百姓的愤怒和反抗危及他们的利益和权力,绝非真的关心民众疾苦,而且改革得并不深刻。林先生举自己为例,说像他这样快六十岁的人,政府完全不管不问,即便贫困潦倒也必须等到六十五岁才能获得补贴,如果没有儿女照顾,他恐怕根本活不到那一天,还说他们全家人都没有医疗保险,又没钱做年度检查,得了绝症都不知道,知道了也没钱治疗;事实上整个四川饭店的员工,无论是中国人还是美国人,都没有医疗保险;美国有很多处境悲惨的穷人和流浪者,只是小田还没有看到。

争论以林先生获胜收了场。几个星期后,一向沉稳的林先生忽然为一件事生起气来。

这天他一进厨房就气呼呼地说:“搞什么鬼!现在就给我寄这种东西,怕我不死!”

这件事已经滋扰了他很多天,他也烦恼了很多天,这时忍不住说出来,说得没头没脑,谁都不明白他在说什么。

“怎么回事,林先生,是不是有什么让你不高兴?”严岩问。

“当然是有嘛。”林先生说,“我刚满六十岁,他们就给我寄东西,开始我还不知道寄来的是什么,一查字典,才知道是火葬场的广告,说火葬比土葬省钱,叫我跟他们联系,早点准备后事。我才六十岁,活得好好的,他们硬说我要死了,你说缺德不缺德?而且他们不停地寄,没几天寄一份,没几天又寄一份,好像在说,你快死了,你快死了。你说怎么会有这种事,不死也要被他们气死了。”

严岩很同情这位老人,连忙安慰他说:“林先生,你不要跟他们生气,他们是美国人,观念跟咱们的不一样,像是谁家有人得了绝症,咱们中国人总是尽量不告诉病人,免得病人除了病痛还要遭受精神折磨,可是美国人会把真实病情一五一十地告诉病人,甚至连还能活多久都讲得清清楚楚,因为他们认为病人有知情权。美国人还喜欢立遗嘱,年纪不大,什么病都没有,就把遗嘱立好。他们不避讳谈论生死。他们给你寄那些东西,也就是想做点生意,赚点钱,没有别的意思。你要是不喜欢,就把那些东西扔掉，千万不要生气。"

"他们信教，以为死了可以上天堂，不怕死。"银花笑盈盈地说了一句。

"有什么天堂！我看他们就是因为怕死才说有天堂，自己骗自己，让心里舒服一点。天堂好，那你现在就去，活着干什么。"林先生说。

"你们说起天堂，让我想起我一个朋友说过的话。"严岩说，"我这个朋友读过圣经，他说根据圣经的描述，从上帝创造世界直到今天，一共只有几千年。我真不知道那些信教的人，特别是那些又搞科学又相信上帝的人，怎么解释宇宙已经存在了亿万年的事实。"

"能不能解释，很多人根本不管，反正是别人怎么讲，他们就怎么信，随波逐流，人云亦云，能独立思考的不多。"林先生说。

"这话是没错。"严岩说，"不过我想真相终归是真相，有些事情也许需要很长时间才会让大家明白，但是一定会有明白的那天。林先生你说是不是？"

"希望有那一天。"林先生的怒气随着话题的转换在逐渐消散。

第二天，林先生轮休，已经转到齐太太的餐馆掌勺、大家多日不见的小林忽然在午餐快结束的时候走进了厨房。

"小林，你爸爸今天没有上班。"银花说。

"我知道。我就是来看看。"小林说。

"来看谁？看玛格丽特，是不是？"银花笑嘻嘻地问。

"哎呀，我看她干什么，我就是来看大家的啦。"明明是想看玛格丽特，小林却不愿意承认。

"我们没有什么看的，看她就说看她，不要骗我们。"银花说。

"真的不是来看她嘛，我没有骗你。"小林说。

旁边的马太太温和地笑着说："小林啊，你想看也看不到了，她上个星期不做了。"

"不做了？"小林呆了，显得非常失望，"那她去哪里了？"

"我们不知道。"银花说，"你去问琳达，她可能知道。你想去找她啊？"

"我不问。走就走了，关我什么事。"小林镇定些了，不想让自己显得过于懦弱和凄惨。

"是的小林，走了就算了，不要再去想她。"马太太安慰小林。

可是银花还想捉弄小林，说："小林，你的情人走了，还有妈妈。"

小林的眉毛顿时皱了起来，说："哎呀银花，你又乱讲，什么妈妈！"

"妈妈就是妈妈，我没有乱讲。"银花不紧不慢地笑着说，"都知道你妈妈喜欢你。"

"谁要她喜欢我！"小林不知不觉地像是承认了银花强加给他的"妈妈"，用鄙夷的口吻说，"我要她喜欢。"

其实小林讨厌齐太太，仅仅是出于利益才讨好她，这时他认为应该讲些齐太太的坏话，免得大家把他看作齐太太的奴才。

"长大啦？"银花还在嘲讽小林，"不要妈妈喜欢啦？"

"谁会要她喜欢！"小林说，"她这个人真的太糟糕了，做出来的事让你都想不到。"

“哎哟,讲妈妈不好啊?”银花的语调像是在吟诗。

“不是我讲她不好,是她真的不好。我给你们讲件事。有一次客人要炒面,正好面条用完了,完了就告诉客人嘛,让客人点别的,没想到她从垃圾桶里把前面客人吃剩倒掉的一点面条捡起来用水洗一下,叫我加一大堆包菜丝炒给客人吃。你看这种事也做得出来。”小林讲完直摇头,脸上露出厌恶的表情。

厨房里听的人都感到难以置信,一个个目瞪口呆的相互看着。

小林又告诉大家,由于生意清淡,有些准备好的食材还没用就腐烂了,齐太太依然要他炒给客人吃,经常有客人当即把菜退回来,还有客人把菜几乎原封不动地留在餐桌上,一声不响地付账走人。

“没见过有人这样做生意,我看不久肯定会倒掉。”小林低着头说。

“不能倒!”银花一面笑,一面做出害怕的样子,“要是倒了,你妈妈就要来这里了。哎呀,要把我们吓死啦!”

大家对齐太太的印象,除了凶恶和不近人情,现在又多了缺德,同时每个人心里都开始感到她变形的阴影像是在慢慢笼罩过来。

这时发生了一件或迟或早必然会发生的事情。

这天午后,严岩在宿舍里正准备靠在沙发上舒舒服服地休息一下,齐先生进来了。自从上次和 LEE 在严岩的卧室里倒海翻江,这是齐先生时隔多日后再度前来,他早已“无事不登三宝殿”,所以他的前来使严岩感到并不单纯。

“齐先生,是不是有什么事?”待齐先生肥大的身躯重重落在沙发上后,严岩问。

“唉……”齐先生长长地叹了口气,低着头,两只无神的眼睛看着地面,久久不发一语。

严岩从来没有见过齐先生像现在这个样子,连忙问:“怎么回事?齐先生,出什么事啦?”

“唉,还能有什么事。”齐先生抬起头来,身子坐直了些,“这些天家里闹得天翻地覆,鸡犬不宁——我和 LEE 的那点事啊,他们都知道了。”

“谁都知道了?你太太?还有谁?”

“我老婆知道了。LEE 的老公也知道了。”

“他们怎么知道的?”严岩问。其实他一点也不为这件事情的败露感到意外,只是想弄清楚是如何败露的。

“我不知道。我老婆就是告诉我,她什么都知道了,还说她打电话把什么都告诉了 LEE 的老公。我问她怎么知道的,她不讲。我揣测啊,有两个人嫌疑最大。”齐先生说。

“你觉得是哪两个?”

“一个是小林。这小子喜欢拍马屁,在我老婆那儿做,有可能为了讨她的好,把我给出卖了。”

“是有这种可能性。”严岩说,“不过小林这个人处事圆滑,不大喜欢招惹是非,我看他不见得愿意得罪你。”

“我也这样想。得罪我，对他有什么好处!”齐先生一边沉思，一边点着头说。

“那还有一个呢?”严岩问。

“还有一个就是琳达。”齐先生语气坚决地说。

“怎么会是她呢? 她在这儿跟你和LEE的关系都不错，跟你太太只见过几面，一点交情也谈不上，她为什么要那么做?”严岩感到意外。

“小严，这你就没我有经验了。”齐先生苦笑着说，“女人和女人之间有种咱们男人想象不到的同情心。琳达这个人我知道，爱管闲事，而且只要心里有事，你要她不讲，她受不了。再说她知道我不能把她怎么样，老公赚不少钱，也不差她那一点，最多不干。所以她没什么顾虑。”

“有这种可能。”严岩说，“这事什么时候发生的?”

“已经五六天了。”

“我一点都没看出来，风平浪静的。”

“底下可是暗潮汹涌，船都翻了。”齐先生依旧苦笑着，“这种事当然只能在家里闹，总不能闹到餐馆来，见了客人和员工，戏该演还得演，不演怎么办。”

“你太太说了以后，你说什么?”严岩总喜欢刨根究底。

“一开始我当然不承认，可是她讲得很肯定，而且大吵大闹，又摔东西又破口大骂，什么脏话都出来了，像条疯狗似的，把我逼得没办法，最后我只好认了。”

“现在情况怎么样?”

“现在啊，LEE是肯定不能再在这儿做了，还有就是上校提出离婚，LEE也同意了，办手续需要时间，不过LEE没法再待在上校那里，所以这几天我一直在忙着帮她找住处，今天早上她刚刚搬进去。”

“搬到什么地方?”

“离这儿不远的一个公寓。”

“她生活会不会有什么问题?”严岩问。他对LEE抱着同情，因为他觉得，LEE毕竟有她的热心和善良。

齐先生看了严岩一眼，说:“这你放心，我对她肯定是要负责的，不可能提起裤子就走人，而且她以后完全是我的人了，我不管谁管。你看这几天，我帮她找房子，给她付定金，付房租，还要去给她买家具。以后她的开销都得靠我。走到这一步，不管也不行。”

严岩笑了，说:“齐先生，看来你手里的钱没全部上缴给太太。”

“那当然，钱怎么能都给老婆! 小严，你记住，男人手里一定要有钱，不然就死路一条。”齐先生说。

“上校会不会找你麻烦?”严岩问。

“LEE说不会，我想也是。”齐先生显得毫不担忧，“你想想看，这种事老美恐怕个个都经历过，而且可能还不止一次，早就习以为常，再说上校从来就没把LEE看作是他太太，最多不过是个用人，所以他也不在乎。说不定他早就想离婚了，这回正好有个借口。”

严岩吁了口气，不知道该说什么。

从这天开始，服务生中少了 LEE 的身影。餐馆里一切照常。几乎每个人都知道发生了什么事，却没有一个人发表议论。——就像一阵风消逝了，从此无声无息，仿佛从来就没有存在过。甚至生命也是如此。

二十四

1982 年夏末的一天，前台经理琳达请四川饭店所有员工到家里做客，因为她刚刚买了房子，很想向大家展示。她和厨房里几个从东南亚来的华人都是广东人，广东人家乡观念很强，所以她一邀请，厨房里几个广东人全部捧场。严岩和老黑也去。琳达手下的服务生和收碗工自然不会不给她面子，凡是这天上班的都说要去。

说是作客，其实就是利用午、晚餐之间的空当去玩一下。琳达的房子在城市西郊，虽然并不太远，但若是除去路上往返时间，在她家最多只能逗留一小时多一点，不过大家还是很高兴，因为难得有这么多人在一起玩，尤其是厨房员工，本来午餐后应该做事的，今天齐先生算是网开一面，放大家出去自在一番，当然，该做的事情一件也不能少，只是要在这之前之后赶得更紧些。

琳达的房子坐落在一片坡地上，一行人浩浩荡荡到达的时候，她的丈夫和孩子都不在家，里面只有一条狗，看见这么多人进来，狗兴奋得汪汪乱叫，一个劲儿地摇尾巴。房子进门处是个布置漂亮的客厅，旁边可以看见餐厅和厨房。琳达没有让人参观她的卧室，而是把大家带到与厨房相连的一个房间，介绍说这是家庭厅，只有考究的房子才会除了客厅还有家庭厅；客厅用作接待来宾，平时多半闲置，家庭厅则是一家人日常活动的场所，看电视、聊天、靠在沙发上休息，都在这里。琳达的家庭厅很大，朝后院有排明亮的大玻璃窗，还有一道通往后院的门，出门几步有个注满水的游泳池。站在玻璃窗前可以看见天边巍峨起伏的群山、远处绵延伸展的城市和平坦广阔的原野。

几个美国人换上泳装，有的跳进游泳池游泳，有的在游泳池边的躺椅上用遮阳帽盖住脸让身体晒太阳，中国人则留在室内闲聊。几个广东人很自然地用广东话交谈，严岩插不进去，却注意到了琳达的狗，这条狗开始还似乎饶有兴致地听大家讲话，现在已经温顺地卧在主人脚边，把头搁在伸直的两条前腿间昏昏欲睡。

狗既忠诚又勇敢。有这么一个电视片断让严岩印象深刻：在天寒地冻的北极雪原，一只饥饿的北极熊向一个人冲过来，这个人急忙躲进汽车把门关紧，他的一条小狗却没有来得及进去。凶猛的北极熊冲到跟前后站起身来用力拍打车窗，人和熊之间只隔着一层玻璃。这时小狗奋不顾身地扑上来撕咬熊腿，在巨大的北极熊面前，它显得那么弱小，那么无力，根本无法对北极熊构成威胁，但它就是不休不止地拼命进攻。北极熊被搞得怒不可遏，终于转过身来捕捉小狗，连续扑了几次，都被灵巧的小狗轻易躲过，而且这条狗不仅不逃，还气势汹汹地仰起头来朝北极熊狂吠，仿佛要把北极熊一口吃掉，北极熊不胜其扰，只好悻悻离去，小狗还不肯罢休，又追上去叫了几声，才得胜归来向主人不停地摇尾巴。

这个电视片断来自公共电视一个叫《自然》的节目，在这个节目里，江河湖海、日月星辰、高山深壑、大漠荒原，以及风霜雨雪、林木花草等等无所不有，非常引人入胜,不过严岩最喜欢看的还是有关动物的纪录片。这些纪录片使他了解到,在人类眼里显得自由自在的各种动物其实绝大多数每时每刻都在为生存而苦苦挣扎,哪怕是老虎、狮子、鳄鱼和大象也同样如此,比较起来,人类是最幸运的,然而人类又极其不幸,因为人类常常为争权夺利而自相残杀。

严岩还注意到琳达家的坡下是宽阔的河谷,曲折的河水忽隐忽现,他问琳达那是什么河,琳达说是格兰德河。严岩听后感到名字好像很熟悉,想了想,才记起原来这是一条与美国扩张大有关联的著名河流,他曾经读过相关文章。

格兰德河发源于落基山脉,流经阿巴克基后一路南下,在新墨西哥州和得克萨斯州交界处的艾尔帕索转向东南,成为美国和墨西哥的界河。河水最终注入墨西哥湾。它原本是墨西哥的内河,而现在墨西哥人只能望河兴叹。

美国今天面积第二大的州得克萨斯,十九世纪早期是墨西哥领土,那时得克萨斯地广人稀,又正值美国西进浪潮方兴未艾,大量美国人汹涌而入占地垦荒,势力日益强盛,与墨西哥政府的矛盾冲突也日益尖锐,终于,这些美国人在 1836 年宣布得克萨斯脱离墨西哥独立建国。墨西哥不甘心国家分裂,军人出身的总统圣安纳亲率大军征讨。这时仓促组建的得克萨斯军队十分弱小,只得节节后退,直到一个叫圣哈辛托的地方才稳住阵脚,隔着一座小丘与尾随而至的墨西哥军队对峙。谁都没有想到,久经战阵的墨西哥总统大人竟然在两军近在咫尺、战事一触即发的时刻潇洒得一塌糊涂,不仅不设防,还命令手下官兵舒舒服服地睡午觉,他自己则与漂亮的女仆共赴云台。得克萨斯军队乘机进攻,转瞬间把墨西哥人打得魂飞魄散、溃不成军,尊贵的墨西哥总统顿时变成了卑微的囚徒。接着这个总统兼囚徒签署文件同意得克萨斯独立,尽管随后新成立的墨西哥政府宣布不予承认,原属墨西哥的得克萨斯还是从此成为独立的得克萨斯共和国。

这场历史大剧演到这里还只是刚刚完成序幕,接下来的是得克萨斯与墨西哥之间的边界争端。墨西哥认为得克萨斯的边界应该到较东面的纳埃索斯河为止,得克萨斯却认定更加朝西的格兰德河——就是严岩眼前的这条河——才是边界,双方为此冲突不断。到了 1845 年,势单力薄又本身就是美国移民执掌的得克萨斯经过议会表决加入美国,从而使得克萨斯和墨西哥的领土争端变成了美国和墨西哥的边界争端,而这正是一直企图把疆域扩展到太平洋沿岸的美国梦寐以求的。1846 年 1 月,美国以领土争端为借口,高举保卫国土的正义大旗,出兵越过纳埃索斯河,占领该河到格兰德河间墨西哥的大片领土。美国的入侵迫使墨西哥向美国宣战,不料正中美国下怀。时任美国总统波尔克煞有介事地宣称,墨西哥"入侵了我们的边界,在美国领土上撒了美国人的血"。美国国会随即通过决议向墨西哥宣战,接着美军兵分数路,从陆地和海上向墨西哥大举进攻。

墨西哥当时是个有七百万人口和三万多军人的落后农业国,军队装备简陋,缺乏训练和纪律,而美国经济发达,军队装备精良,训练有素,同时掌握完全的制海权,双方实力对比极为悬殊,战争进程不言而喻。1847 年 8 月,美军兵临墨西哥首都墨西哥城城下,9 月,美军攻克该城。尽管这时墨西哥各地军民还在英勇抗击入侵者,墨西哥政府却宣布投降，与美国谈判。但战败国根本没有讨价还价的本钱，不过是俯首帖耳地听凭战胜国凌辱宰割。1848 年 2 月 2 日，双方签订《瓜达卢佩-伊达尔戈条约》，根据该条约，美国攫取了墨西哥二百三十万平方公里的国土。今天美国的加利福尼亚州、内华达州、犹他州的全部，以及科罗拉多州、亚利桑那州、新墨西哥州、怀俄明州的部分地区，都是这时墨西哥被迫割让的。这些领土的面积超过墨西哥全国总面积的百分之五十五。一个著名的历史学家指出，"这是这类战争史上最大的土地抢夺行为"。参战的美军将领格兰特后来承认，"这场战争是强大民族对弱小民族所曾进行的最不正义的战争之一"。

战争使美国获得今天美国版图上西部和南部广阔的土地和丰富的资源，成为连接大西洋和太平洋的强大帝国，墨西哥则元气大伤，地位一落千丈。

但是风水轮流转。如今美国与墨西哥毗邻的加利福尼亚、亚利桑那、新墨西哥和得克萨斯，由于每年不计其数的墨西哥移民和美国境内墨西哥人的高生育率，随处可见既讲英语又讲西班牙语的墨西哥人。在不少地方，墨西哥裔居民的数量早已远远超过白人居民的数量，使这些地方看起来更像是墨西哥的地盘，而不是美国的地盘。

严岩想，在格兰德河流域生活的墨西哥人一天比一天昌盛，正日渐成为所有种族中人数最多的一支，格兰德河也许不会重新成为墨西哥的内河，然而谁又能断定在将来的某一天，包括格兰德河在内的墨西哥被迫割让的疆域不会再度成为墨西哥人的天下呢？

他正在这样想的时候，忽然听见琳达在叫他。

"哎，小严，"琳达说，"你怎么光坐在那里不讲话？"

"我……"严岩定了定神，"我没有话讲，你们讲广东话，我一点都不会。"

"你呀，小严，你应该去跟那些美国人讲英语。我跟你讲，在美国就是要讲英语。"

"我也想跟他们讲啊，可是讲不了几句。要是能有个地方学英语就好了。"

"你想学是不是？"琳达眨了眨眼睛，"你想学我可以找人教你。我觉得萨琳娜不错，她要教你一定会教得很好，不过你要给她付钱，在美国都是这样，我看按最低时薪付就可以，反正她也不用费力气。你想不想跟她学？想的话等下他们进来的时候我跟她讲。"

严岩略为迟疑了一下，说："好啊，你这个办法不错，就是不知道萨琳娜愿不愿意。"

琳达说："哎呀，她人很好的，我讲她肯定愿意。"

过了一会儿，几个美国人从游泳池回来了，大家都羡慕地赞叹他们健美的体魄。

"年轻就是好。"马太太轻声说，像是想起了自己的青春岁月。

"我年轻的时候也没有这么好，要是有这么好真的要高兴死了！"银花笑着大声说。

琳达要萨琳娜过来，就请她教严岩英语一事征询她的意见。萨琳娜微笑着说："好啊，没问题。"然后移动视线看着严岩，说："那么，严先生，你是想让我教你英语了。”

“是啊，”严岩说，“如果对你来说可以的话。”

“完全可以。”萨琳娜嫣然一笑，“你希望我怎样教你呢？”

“这样行不行，”严岩说，“每次你上午班，下班后到我的宿舍教我一个小时英语。我就住在街道对面，回头我带你去认识一下。另外，我将付钱给你……”

“我告诉严先生他应该给你付钱，”严岩的话还没有说完，琳达就插进来对萨琳娜说，“按规定的最低工资付，你觉得怎么样？”

“很好。”萨琳娜笑着说。

从此，每逢萨琳娜上午班，严岩都尽早把午饭吃好，营业一结束就回宿舍等她，待她到达后向她学一小时英语，并在她离开时付清她当天的薪水。

严岩宿舍的客厅里唯一能坐的地方是那张长沙发，每次他就坐在萨琳娜身边听她讲课。萨琳娜没有教材，讲课用的是严岩断断续续搜集来的几本日常英语会话书，这些书图文并茂，里面的英语全都是平时生活中的常用对话，教初学者如何问路、存款、订票、点菜等等。严岩早就拥有这些书，却因为劳累所以几乎从来不看，现在有个真正的美国人用纯正的美式英语对他进行单独指导，他本该、也很想专心致志地学习，可是根本办不到。

萨琳娜就坐在他身边，他和她相距得那么近，稍不留神就会触碰到她。她不使用任何香水，但是她的芬芳使他陶醉，那是一个年轻姑娘的体香，清新纯净得如同最原始的山野里青草百花诱人的气息。她的金发轻拂着他的心。她的美貌无可比拟。然而让他难以自持的不是这些，而是她孩子般的单纯和安宁，她的诚实、善良、率真、温柔和偶尔显露的动人的娇羞，它们共同形成了她的气质，形成他无力抗拒的巨大磁力，使他情不自禁地想靠近她、拥抱她、亲吻她。虽然明知不该如此，他却无法压抑从心底升起的欲望的涌动。

严岩喜欢萨琳娜已经很久了，从第一次见面开始就喜欢。这么出色的姑娘，谁会不喜欢呢？但是喜欢不等于爱，他并没有对萨琳娜一见钟情。事实上，他很少对女人动心，有了妻子女儿后更是如此，这一次他也没想到他会动心，却不知何时不知不觉落入了爱的陷阱。他知道他不该这样，一直在努力挣扎，他对自己说：这是不对的，我有妻子女儿，我爱她们，她们对我来说不仅是亲人，更是生命，如果没有她们，我的生活将失去所有意义。这些都千真万确，而且他十分明白，却还是不能自拔。后来他想，应该尽量找出萨琳娜的缺点，这样才能使自己得到解脱，结果发现完全是徒劳，因为萨琳娜实在完美得无可挑剔。最终他只能告诫自己，他没有资格做任何事情，只能尽力克制汹涌的激情。与此同时，他一方面感到他和萨琳娜仿佛处处相投，并且知道自己也相当出色，因而揣测萨琳娜对他多半也有类似于他对她的感觉。另一方面，为了摆脱困扰，他努力告诉自己萨琳娜没有对他动心的理由。事实很清楚：他三十三岁，已婚，中国人，英语生疏；萨琳娜二十一岁，单身，美国人，英语流利。两人在种族、文化、观念、习俗、饮食、爱好等等几乎无论哪一方面都有天壤之别，而且这里是美国，在美国人眼里，他是与他们格格不入的陌生人。他要自己相信，亲近萨琳娜是件既不应该也不可能的事情，因而不要胡思乱想，同时与她保持距离。

然而理智的樊篱在感情的洪流面前常常一触即溃。这次琳达提议要萨琳娜教他英语，他本该回绝，却没能躲过欲念的摆布。现在两人相邻而坐，萨琳娜身上仿佛有种魔力，使他意乱情迷，神志恍惚。有一次他不由自主地想触摸她柔滑的手臂，又有一次他忍不住要亲吻她娇嫩的脸颊，幸好都在最后一刻猛然惊醒，才没有酿成让他羞惭的过错。

萨琳娜这边的情形要简单得多，她来严岩宿舍的唯一目的是教他英语，如果不是不好意思拒绝琳达的提议，她永远不会想到来这里。她喜欢严岩，不过仅仅是喜欢而已，与爱无关。她有男朋友，但是那跟她对严岩动心与否没有任何关系。正如严岩告诉自己的那样，萨琳娜对所有外国人——也许欧洲人要稍好一点——都有种陌生感，即便欣赏也并不感觉亲近。她从未打算和一个外国人谈情说爱，那超出了她的想象，与地道的美国男人交往在她看来才是天经地义、理所当然。而且她对严岩几乎一无所知，只是由于工作关系因而有些好感。语言障碍是妨碍她对严岩动情的另一原因。人们用语言交谈，经由交谈能够获知彼此的观念、学识、气度和情怀，生动有趣的语言使人兴味盎然，枯燥乏味的俗套使人昏昏欲睡，而像严岩这样，讲起英语来因为吃力所以结结巴巴，又难免词不达意，还由于担心讲不好于是显得紧张拘谨，很容易让人认为他愚钝笨拙，而不是机敏睿智。萨琳娜即便没有因为严岩的英语欠佳而对他产生不好的印象，也必定加深了她和严岩之间隔着一道鸿沟的感觉。所以她来这儿除了教英语，没有任何别的意图，每次都只是专心讲课，完全不去注意严岩的心思。

然而正像某些人讲的，女人只要一眼就能看出男人是不是爱她。萨琳娜几乎从来没有认真看过严岩，但还是很快就察觉到了他难以掩饰的隐秘。她本来从未有过教人英语的念头，而且在经历了忙碌的午餐工作后渴望回家休息，却由于天性善良，便没有拒绝琳达的提议。不过她并不打算一直教下去，暗自确定了两个月的期限，而目前的情形使她认为自己应该尽早辞职。

她不想直截了当地告诉严岩她不会再来，她怕那样做会使他难过，正好过几天她姐姐将从佛罗里达来这里看她，她觉得可以把这件事拿来当辞职的借口，心里感到轻松了些。

这天萨琳娜讲完课站起身来的时候说："严先生，我想告诉你一件事，我姐姐来这儿看我，我需要陪她，所以我想我以后不能教你英语了。"

严岩没有料到萨琳娜会说这样的话，顿时感到心情沉重。几个星期来，只要萨琳娜上午班，他就知道他心仪的姑娘会来和他共度一段虽然短暂但是十分美好的时光，尽管那不是约会，却足以使他忧伤的心得到抚慰。他不应该抱有奢望，而他也打消了奢望并且渐渐能控制自己的情绪。看见她，坐在一起听她说话，已经使他非常满足，这真的够了，他别无所求。可是萨琳娜突然将不再来了，他感到难以形容的失落和悲凉。

"你是说你姐姐来这儿看你，是吗？"他问萨琳娜。

“是的。”萨琳娜娇柔地微笑着说。

“那么等你姐姐走了，你能不能再来教我英语？”他又问。

萨琳娜没有想到严岩会提出这样的问题，一时不知所措，不知道该不该讲其实是她不想来，稍稍迟疑了一下才说：“我很抱歉，严先生，我想我不会再来了，工作后我很累，想回家休息。我教了你一个月，你已经学会了很多东西，以后可以自己看书，试着多跟人讲，要是有问题就问我，你看好吗？”

萨琳娜的声音是那么的温柔甜蜜，使严岩有种情人一去不复返的感觉。他竭力控制自己的情绪，点了点头，说：“好吧，谢谢你。”

“噢……”萨琳娜察觉到了严岩的伤感，上前轻轻拥抱他，企图抚平他心里的创伤。严岩伸手扶着萨琳娜的肩胛，用脸在她额头上贴了一下。整个过程只有短短几秒。

“好，我该走了。再见。”萨琳娜说，随即转身离开房间。

严岩目送萨琳娜远去，看着她走下楼梯，穿过庭院，直到她的背影在公寓门外一闪而逝。他感到怅然若失。

严岩的宿舍里恢复了往昔的沉寂。萨琳娜再也不会来了。她就像轻捷的小鸟，转瞬间飞进了无边的蓝天，留下他独自悲伤。

不过他并没有失去理智，知道这样很不好，一次又一次的努力想把萨琳娜忘掉。可是他办不到。他满脑子都是她，她的身影总在他眼前晃动，无论如何努力都没法让自己不想她。他真希望妻子就在身边，那么令他烦恼的一切就完全不可能发生，因为妻子的爱和温存能够让他抵御所有的诱惑。然而两人远隔重洋。现在他一边明知不对，一边又无力斩断情丝。他责备自己的软弱，却又无可奈何。

每天到四川饭店上班，他都盼望萨琳娜的出现，只要看见她，便感到安宁和满足，否则整整一天都无法驱散胸中惆怅的阴霾。他的心仿佛空了一块，要靠萨琳娜的倩影来充填。不过他十分注意维护他的自尊和颜面，从来不特意到萨琳娜工作的地方看她，只在她来厨房的时候悄悄瞥她几眼。他无法抑制自己对萨琳娜的喜爱，她的一颦一笑、一举一动，在他看来都是那么美好、那么可爱，尽管理智告诉他应该把萨琳娜从心里排除掉，他却怎么也做不到。

渐渐的严岩明白了一个道理：感觉是脱离理智的独立存在，理智无力支配感觉。像是有人渴了、饿了、疼了，这些感觉绝非凭理智就能消除。谁也无法强迫自己喜欢感觉不喜欢的东西，反之亦然。爱是一种感觉，并不从属于理智，如果一个人心里真的涌起了爱的波澜，便没有任何理智或者说教能够压制。

抑郁的黑云总是压着他的心。白天他还能借助繁忙的工作遮蔽满腹的忧伤，晚上下班后却无法忍受孤身一人的凄凉，只能依靠出门散步让清爽的空气和晚风一点一点地抚去他的苦闷和感伤。无论是明月当空还是星斗阑干，也无论是凉风拂面还是大雨滂沱，他都要漫无目标地走很久，直到后半夜更深人静时才回宿舍，这时他已疲惫不堪，郁闷也有些舒缓，于是简单洗浴后随即上床睡觉。日子就这样一天天的重复。

这天晚上严岩照例出了门，沿着公寓前的街道向北走，转过几个弯到达中央大道后向西走。中央大道是阿巴克基东西方向最主要的街道，也是这个城市最老的街道之一，两侧大多是有了些年代的餐馆、酒吧、夜间俱乐部、汽车旅馆、加油站和规模不大的购物中心。比较新型考究的楼宇和商场都在别的街道上。

不过中央大道依然有片规模宏大的建筑群，那便是新墨西哥州最大和最重要的高等学府新墨西哥大学。新墨西哥大学在美国算不上出类拔萃，但严岩还是感到那里弥漫着令他神往的校园气氛和学术魅力。他始终喜爱学校里相对安静单纯的环境，同时对从事学术工作的人充满敬意。

现在他正朝新墨西哥大学方向走，渐渐看见了里面的灯光。他原本是来美国读书的，这时早已成了逝去的梦想，即使心有不甘也毫无办法。前不久他刚刚知道如果当初他能入读美国的学校，而不是被迫弃学打工，就可以用学生身份申请妻子和女儿以陪读的名义来美国与他团圆，整个情形就会大不相同，无论是他还是妻子都不会遭受相思之苦，他也不会有今天的烦恼。不过他对他的抉择一点也不后悔，因为他的确是别无他途，而且他认为他不能抱怨姑妈，因为他的路本来就应该自己走，别的任何人，哪怕是亲朋好友，都没有为他作出牺牲的义务和责任。

美国的大学通常不设围墙，人和汽车可以从不同方向自由出入，新墨西哥大学也是这样。学校主要入口处的街道对面有个灯火辉煌的冰淇淋店，尽管已是午夜时分，还是有不少学生在那里兴高采烈地进进出出。这时已是深秋，阿巴克基的夜开始有了寒意，但是这些年轻的美国人仍然衣衫单薄，似乎完全不觉得冷。与普通的中国人相比，来自欧洲，尤其是欧洲北部的人大多具有更强的耐寒力，这显然和他们一代又一代的祖先数千年来生活在冬天特别寒冷的地区有关。

严岩想起了自己的女儿。现在她大了些，不过也只有五岁，比他眼前的这些美国学生小得多，但终究有一天也会进大学。会进什么样的大学呢？他不知道，但他相信女儿是一定会进大学并且一定会完成学业的，绝不可能像他这样半途而废。如果女儿足够聪明——他认为女儿足够聪明，却又感到这时还有点言之过早——他希望她能进美国最优秀的学校，像是哈佛或者麻省。还是麻省吧，他想，因为他自己是学理工的，对理工情有独钟，而麻省理工是全世界理工类第一名校。

他肩负着很多责任和期待，从未丧失对生活的热情，一直在努力振作。随着时间的流逝，他逐渐能够使自己的心情保持大致安宁。

二十五

落英缤纷的秋天刚刚过去,朔风凛冽的冬季便接踵而来。这一年阿巴克基的冬季格外寒冷,大雪下了一场又一场,还来不及融化就又有无尽的雪花从灰暗的空中飘洒下来,地面、树上和屋顶都覆盖着厚厚的积雪,屋檐则挂满了晶莹坚硬的冰棍。全城到处是白茫茫的一片。

严岩晚上下班后仍然出门散步,不过不像以往走得那么远,只是在宿舍附近几条街踏着由于冻得结冰而发出咔嚓咔嚓声响的积雪走个二十几分钟,随即回宿舍看电视、睡觉。

四川饭店在整个冬季一切如常,生意并没有受到恶劣气候影响,依旧天天宾客盈门。美国人显然一点也不介意冰雪的阻挠,哪怕是一路打滑也要开车前来让自己饱餐一顿喜爱的美食。

齐先生在严岩轮休时来过他宿舍一次。很长时间以来,齐先生早已极少登门,这次来是为了联络一下他们之间日渐疏淡的友情。

这天齐先生坐了一会儿,就说要带严岩到不远处的 DUNKIN DONUTS 喝咖啡。那是一家美国有名的连锁店,主要提供咖啡和甜面圈。

可是严岩只想在宿舍里好好休息。他望了一眼窗外纷飞的雪花,说:"没什么事就不用去了吧,齐先生,在这儿坐坐聊聊就行了。"

"老在家里干什么!"齐先生说,"走啦,到那儿喝点咖啡,吃点甜面圈。咱俩也好久没一块儿出去了。没事出去转转,别老坐在家里。"

这时室内温暖如春,室外天寒地冻。严岩本来只穿着一件衬衫,听了齐先生的劝告后套了一件薄薄的化纤棉衣就准备出门。像很多步入而立之年不算太久的人一样,他总感到自己在各方面都和二十几岁时毫无差异,依然精力充沛、行思敏捷,依然血气方刚、不惧严寒。

然而齐先生却有些担心,说:"小严,你穿这么少不行吧? 要不要加件衣服?"

"不用,这就可以。"严岩说。

随后两人出了门。外面寒气逼人,不过严岩没有觉得冷。他在心里暗想:"还好没有觉得冷,不然就狼狈了。这说明我还不老,仍然年轻。"

齐先生和严岩在店里边喝咖啡边吃甜面圈,随意聊些东西。中间严岩问齐先生,齐太太主持的餐馆现在生意怎么样,齐先生说:还能怎么样? 不要说赚钱,齐太太能拿到自己的工钱就算不错了。生意这么糟糕,他给她出了不少主意,希望能有所改善,可她就是固执己见,一点都听不进去。

"我拿她没办法。"齐先生说,"她的店现在就是在那儿硬撑着,再这样下去迟早肯定垮掉。"

时间来到 1983 年 2 月底,阿巴克基的严冬开始逐渐退却。风不再那么刺骨寒冷,墙角阴暗处的积雪日见消融。温暖明媚的春天正缓缓走来,让世间万物重新展露出欣欣向荣的景象。

接下来当然是夏天,这是一年里最蓬勃、最热烈的季节,所有生命这时都达到自己机能的最高峰,其中包括人类。年轻男人们露出强健的体魄,年轻女人们则争先恐后地显示动人的肌肤和身材。

若要说在哪些方面男不如女,"美"必定是其中之一。女人天生比男人貌美,也远比男人爱美。有人说爱美是女人的天性,这句话大概不会有谁反对。同时美是需要给人看的,而不只是面对明镜自我陶醉。事实上即使是在寒冷的冬天,在应该把自己裹得严严实实的时候,依然有女人把"爱美"远置于"保暖"之前,尽可能让自己轻衣薄衫,以展现玲珑的身体曲线。美国一些年轻女人,尤其是正在成熟的青春少女,哪怕是在冰天雪地的冬季出门也只穿一件很短的外衣,大腿根以下仅有近乎透明的丝袜,甚至连丝袜也没有,让修长的腿部赤裸裸地露在外面来显示自己的性感和健康。这时就已经不是单纯的"爱美"了,而是明明白白地诱惑在两性交往中意志相对脆弱的男人。

类似的一幕正在四川饭店厨房里上演。仿佛突如其来,不管上班还是不上班,美奈子都会在厨房出现。谁都不记得是从什么时候开始的,只知道近来她总是容光焕发地走进来,十分妩媚地笑着跟大家说话,显得分外亲切友善。她的容貌本就姣好,身材又是足以与任何欧美女性相媲美的曼妙,上班的紧身旗袍自然把她勾勒得一举一动都摇曳生辉。而她在不上班也来餐馆的时候,则改穿贴身短袖汗衫和勉强盖住大腿根的紧身短裤,以便让自己展现出更加让人难以抗拒的女性魅力。

厨房里的几个人起初有点惊讶,不过随即就明白了是怎么回事,大家都很兴奋,仿佛在看一场好戏。自从小林和玛格丽特在众人面前呈现精彩的表演以来,厨房里已经很久没有出现这么欢乐的气氛了。

随之而来的是西瓜攻势。每次美奈子进来,手里都捧着一个西瓜,往桌上一放,招呼大家来吃,自己却走开不吃,任厨房里一群人随意享用。

这时银花总是叫老黑:"老黑,把瓜切了让大家吃嘛!"

于是老黑便一声不响地露出笑容切瓜,还没切完大家就围过来拿瓜吃,只有严岩从来不吃。

这天又到了吃瓜的时候,严岩还是不吃。银花说:"小严,你为什么不吃?不喜欢吃啊?"

严岩说:"你们吃就好了,我不想吃。"

"为什么不想吃?"银花笑着说,"她就是买给你吃的,你应该吃嘛!"

"不要胡说,她是买给大家吃的,跟我有什么关系!"严岩说。

"哎呀,你这样讲,她听见要不高兴了。"银花说,"她是买给你吃的嘛,我们都知道。她喜欢你。"

"谁喜欢谁?"大家忽然听见了小林的声音。原来这时他正好从外面进来,听见大家议论,便问了一句。

“喜欢谁都跟你没关系，她喜欢小严。”银花说。

“谁喜欢小严？”小林问。

“美奈子。每天都给我们买西瓜吃，比你的玛格丽特好。”银花笑着说。

“哎呀，好什么，也就是身材不错嘛。”小林显得酸溜溜的。

“长得不好啊？”银花说，“我看比玛格丽特好看。”

“好不好都跟我没关系，我早就走了。”小林说。

“你在这里也不行，你以为你在这里她就会喜欢你啊！想吃西瓜就吃，不要乱想，想也没用。”银花说。

这场戏上演了二十来天，慢慢地也就谢了幕。

很多人认为女人在两性关系中通常是被动的一方，其实未必如此。爱情是女人的生命，缺乏爱情滋润的女人会枯萎。当炽烈的火焰把心烧得焦渴，热欲的洪流汹涌澎湃的时候，没有任何人能够处之泰然，因而女人若遇到使她心动的男人，势必会采取行动，只是女人的精致、温柔和巧妙，都远非男人能及，她们的行动自然也含有这些特质，即便是发动攻势，也不会让“我爱你”三个字首先从自己嘴里吐出。她们做的是用最委婉最隐晦的方式，传递出最清晰最诱人的信息。在施展这些使男人意醉神迷的魔法方面，她们几乎个个都是行家。

如果一个女人爱上一个男人，就会有意无意地眉目传情，用她眼里的脉脉情意来融化他的心，她会显得格外温顺柔媚，使他不由自主地涌起和她亲近的欲念。从容貌的俏丽、发型的别致，直到服饰的搭配，她都会用尽心思。在他面前，她的动作会比平时更加矫健，体态会比平时更加优美。她会不止一次的似乎在无意中出现在他身边，让他注意到她的存在，感受到她的气息。她可能借故和他搭讪，使他知道她对他的关切，也可能沉默不语，使他仿佛置身于恬静迷人的幽谷。女人并不总是喜欢守株待兔。她们绝不仅仅是待采的花朵。

也许她十分矜持，在他面前拘谨、慌张，甚至逃避他的目光，然而她的羞涩或许恰恰能激起他的怜惜和疼爱。也许她非常冷静，把自己掩饰得天衣无缝，使他毫无察觉或者以为她高傲冷峻，于是对她不存幻想，这时她不免懊恼，心烦意乱，很快便露出真容。

爱的感觉不分男女。当一个女人深爱一个男人的时候，她会渴望看见他，时刻和他在一起。她从不拒绝他的任何要求，甘愿为他做任何事情。她对他的体贴无微不至，他的一声轻咳也会使她不安。有时她会担心他对她的情意，总希望她永远是他心里的唯一。只要有他，她就会每分每秒都沉浸在温馨甜蜜的拥抱里，感到心灵的安静、明朗和欢乐。在她眼里，他胜过世间的一切。

有人说世界上并不存在真正的爱情，所谓的男女相爱，不过是种难以持续的冲动或者迷惘。他们说，爱得死去活来的一对情侣会因为性情、观念或者环境的改变而分道扬镳；两人共同生活后，却常常发现其实彼此并不相投；一些人在激情中以为自己身浴爱河，但是随着岁月的流逝、相互的熟稔，随着新鲜感的消失和缺点的显现，热情逐渐冷却，生活趋于平淡，直到枯燥乏味，相互间再也感受不到丝毫吸引力，最后剩下的只是日复一日穷极无聊的“过日子”；而这些都还算是好的，很多人终其一生都没有尝过爱的滋味，仅仅是由于“需要”才走到一起。

然而爱情是确确实实存在的，即便有时爱情会褪色，也不能因此就否认它的存在，这正如最美的花最终难免凋谢，我们却不能否认它曾经的娇艳。

不过使人遗憾的是，爱神并不慷慨。尽管几乎每个人都能享受到与伴侣相处的快乐，却很少有人经历过真正的爱情，那是一种两人间难舍难分、欲火焚身又至死不渝的激情，它不会在婚姻的殿堂里飘散，也不会被时间的流水冲淡。真心相爱的男女，即使容颜老去，也依然相爱如初，即使天各一方，也依然情思绵绵。无论是谁，在漫长的人生中若能体验到一次这样的爱情，就足以称得上幸运。

但是美奈子和这种爱扯不上一点关系。她是个二十几岁精力旺盛的女人，丈夫却不能满足她的全部需求，使她渴望其他男人令她激动的爱抚。不同于某种男人的来者不拒，女人哪怕只是为了寻欢作乐，大多也不会对男人不加甄别就以身相委，总要有些喜欢，才会心甘情愿。美奈子把她认识的所有男人进行了一番比较，认为严岩最合她的心意，早在前些日子就已经向他发出了种种暗示，却没有得到任何回应。这让她感到意外，也感到失望，却更加激起了她的热情，于是出现了前面的一幕，结果还是一无所获。

这件事发生后不久，有一天齐先生用审视般的目光看了严岩一会儿，随即兴致盎然地笑着说：“小严啊，听说有人自己送上门来，你还居然不要。”

严岩马上明白了齐先生是指美奈子的事情，回答说：“我对她没兴趣。”

齐先生说：“不管有没有兴趣，那是个女人，人家女人送上门来你不要？”

严岩笑了，说：“真的不想要。”

“你看看，你要这样就完了。”齐先生显得很替严岩惋惜，“男人嘛，哪有女人白送给你还不要的。有没有听说过这样一句话：水干净就洗脸，水混浊就洗脚。你对她没兴趣，就当是洗脚好了。”

可是严岩无法接受齐先生的观念。

又过了一个月，严岩在路上遇见了 LEE。自从 LEE 辞职后乔迁新居以来，严岩和她很少见面，不过只要见面，LEE 对他总是一如既往的热情友好，这次也一样。

“嘿，严先生，好久没见了，你好吗？”快走到严岩面前时，LEE 高兴地说。

“我很好。你呢？”严岩说。

“我也很好。”LEE 说，“你应该来看我。自从我搬到新的地方，你还没有来过。”

“对不起，我想哪天我会去看你的。”严岩说。

“明天晚上怎么样？明天晚上你下班后到我那儿去，我们可以一起喝啤酒、看电视、聊天。你认为可以吗？”LEE 很认真地提出邀请。

这种邀请是不便拒绝的，况且严岩没有其他事情，于是就答应了。

第二天晚上下了班，严岩如约来到 LEE 的住处。这里有两幢两层的公寓楼，都面朝街道方向，并且有长廊。LEE 住在临街一幢二楼的 7 号房间，从街上就能借助灯光看见门上依稀可辨的“207”三个数字。

这时晚风清凉，明月高悬，纯净浩瀚的墨蓝色夜空隐隐闪现着深邃而令人神往的光辉。严岩想起了李白的《静夜思》。——仿佛信手拈来的几句诗，简单明了、朗朗上口同时韵味无穷，远胜过那些咬文嚼字、竭力用屈齿聱牙又艰深隐晦得无人能懂的语言来炫耀自己所谓学问才华的拙作。

他揿响了 LEE 的门铃。门开了，站在他面前的是美奈子。

“嘿，严先生，进来吧！”美奈子十分妩媚地笑着，浑身散发出刚刚沐浴过的气息，一件薄如蝉翼的半透明睡衣像是随时会从她的肩头滑落下来。

“嘿，美奈子，你在这里。LEE 在哪里？”严岩说。

“我在这里！进来吧，严先生！”严岩听见了 LEE 的声音。她坐在沙发上，正好在严岩的视线被美奈子遮住的位置。

严岩进门之后对 LEE 说：“我不知道美奈子也在这里。”

“是我让她来陪我的，今天晚上她就在这儿过夜。”LEE 说，“来吧，严先生，坐下来。美奈子，你能拿些啤酒来吗？”

美奈子答应了一声，立刻从冷柜里取来几瓶啤酒。严岩边喝啤酒边跟 LEE 和美奈子闲聊，一面打量 LEE 的住宅：几件家具显然是新购置的，数量不多但应有尽有；墙壁和桌柜上恰到好处地安放着各种照片和装饰物，使房间里充满了生活气息，也显示出女主人的细腻心思和爱美情怀。相比之下，独身男人的宿舍通常会单调乏味得多。而且公寓相当新，室内室外都修建得十分考究，没有丝毫粗制滥造的痕迹。

“看起来什么都好。”他对 LEE 说。

“当然，每件事都好，我非常快乐。”LEE 十分满足地笑着说。

严岩想，对 LEE 而言，生活中旧的一章已经过去，新的一章正在开启，现在她感觉良好，可是以后呢？就这么做着一个人的情妇，过着不着边际、也谈不上保障的日子吗？这条路能走多远，走向何方，恐怕连 LEE 自己都不知道。

他怀着对 LEE 的担忧喝完了手里的啤酒，站起身来准备告辞。

“好啦，我算是来过了。”他对 LEE 和美奈子说，“现在我想我应该回去了。”

“不！不！”LEE 顿时叫起来，“严先生，你不能走，你刚刚进来。美奈子，你不是说要跳舞给严先生看的吗？严先生，别急着回去，坐下来看美奈子跳舞。她是个非常好的舞者，我担保没有谁能比她跳得更好。”

严岩感到不能马上就走，否则会显得失礼，于是答应了一声，重新坐下，和 LEE 一起看着美奈子，等她跳舞。

美奈子忽然变得忸怩起来，说：“我说过跳舞吗？”

“你当然说过。”LEE 用不容置疑的语气说，“来吧，美奈子，别害羞。”

美奈子有些迟疑，但是终于下了决心，很甜蜜地笑了一下，说：“好吧。”

她缓缓走到客厅中央空一点的地方，先站好，随即悠然起舞。她体态袅娜，舞姿优雅，跳得很专注，那件柔软菲薄的睡衣随着她肢体的扭摆轻轻飘动，为她的舞蹈带来额外的力量。严岩自始至终感到一种陌生的异国情调。

跳完了。美奈子微微喘息着，两颊绯红。

LEE立刻大声叫好，随即鼓起掌来。严岩也跟着称赞和鼓掌。

“瞧，我告诉你了她是个非常好的舞者。”LEE十分兴奋地对严岩说，“如果你希望的话，我想她可以每天为你跳舞。”

“那一定很好，但是我不认为那种事会发生。”严岩站起身来，用友好温和的语气说，“谢谢你们。这是个非常美好的夜晚，不过我想我应该走了。”

“不行，你不能就这么走！”LEE娇嗔地嚷起来，“瞧，美奈子跳累了，你应该给她按摩。美奈子，带严先生到卧室去，你们可以用我的床，我就坐在这儿看电视。”

“不啦，我不想把你的床弄乱。”严岩连忙说，一边向门口走，“我真的该回去了，明天还要上班。谢谢你们，晚安。”

“晚安，下次再来。”LEE没有再坚持。

“晚安。”美奈子轻声说，向严岩挥了挥手。

回宿舍的路上，莫名的惆怅和纷杂的心绪一直在缠绕着严岩。到了公寓门口，他不想进去，折转身来朝中央大道方向走。自从去年冬季以来，他一直都在宿舍附近散步，这时却不知何故萌生了想去很远地方的念头。

在中央大道路口，他没有像过去那样每次都左转，而是右转后继续往前走，过了几个路口，看见前方街道对面彩灯闪烁，走进些再看，认出那里正是他和齐先生去过两次的夜间俱乐部。

他随即想到萨琳娜的住处就在夜间俱乐部旁边与中央大道垂直的街道上，只要几分钟便能走到，心里不由自主地涌起了去看一眼的欲望，于是在夜间俱乐部门前的十字路口穿过中央大道，向萨琳娜住处的方向走。为了避免被她看见，他走在她住处的街道对面，快走到时进入旁边空旷的荒地，进去很远才停下脚步。

这时天上起了云，原本皎洁的月亮藏匿得无影无踪，荒地里一片漆黑。严岩觉得谁都不可能从街上看见他，绝不至于引起怀疑和尴尬，所以十分放心地站在那里向萨琳娜的住处张望，然而由于方向的缘故，他一点也看不见她的房间，只能看见公寓的停车场和里面的车辆，他随即寻找那辆他熟悉的汽车，但是未能找到。

他想，看来她不在家，大概是去了酒吧或者夜间俱乐部，不久就会回来，因为这时已经过了午夜。他产生了等她回来，看见她后再回去的念头。

正值1983年的9月中旬，郊外吹来的阵风使阿巴克基的夜晚凉爽宜人。严岩目不转睛地注视着前面的街道，不放过任何一辆在上面行驶的车辆，然而不知道过了多久，就像古人说的“过尽千帆皆不是”，尽管不时有汽车从他眼前驶过，他却始终没有盼来他等待的那辆。

夜更深了。晚风渐渐有了寒意，天地间一片沉寂。远处夜间俱乐部已经人去灯熄，他前面的街道上早就毫无动静，再也没有一辆汽车在上面行驶，但他还是不愿离去，依然在原处目不转睁地注视着前面的街道。

突然，他看见一束光柱从中央大道方向朝他和公寓这边快速移动，随后明显减速。借助路灯的微弱光亮，他认出了光柱后面的那辆汽车。是的，那是她的车，他期待了很久很久的车，虽然非常老旧，但始终对他有着特殊意味的那辆车。

那辆车在停车场上一个正对着他的位置缓缓停了下来。这时一个可怕的念头在他脑海里一闪即逝，使他的心顿时痛苦得紧紧收缩。接着，他看见驾驶座旁的门被推开，萨琳娜从车上下来，依然是那么婀娜的体态，依然是那么敏捷的动作，永远都有种使他心动的力量。虽然由于太远而看不清她的面容，他还是感到十分满足，因为他终于看见她了，而且她身边没有别人。这就足够了。他感到一阵轻快。

萨琳娜没有片刻停留。她不会想到在她对面广阔的黑暗里有个人一直在等她，这时正全神贯注地看着她。她转过身去，迈着迅捷的步伐穿过停车场，在屋角的阴影里身形一闪，从严岩的视线中消失了。

这个倏尔而逝的瞬间，如同一幅不朽的图画，永远镌刻在严岩的记忆里。

人的生命是个过程。人生的每一刻都是这个过程的一个瞬间。生命的每个瞬间都不尽相同。距离遥远的两个瞬间的生命几乎是两个不同的生命。然而无论生命如何变化，即使在他人生的最后一刻，严岩也会清晰地记得在沉静的夜色中，萨琳娜从车上下来，快步穿过停车场、隐入屋角暗影的这个瞬间。

他知道他应该回去了。那个他曾经进去过的温暖的房间，不是他应该向往的地方。他开始往回走。这时他不仅感到安宁，而且感到愉悦。他的心里仿佛有一道欢唱着的小溪流过。

从此他再也没有在夜间单独外出。无论白天晚上，他都没有再去过萨琳娜的住处一带。他依然不能忘怀她，依然对她一往情深。——从心灵深处涌起的爱，是不会消退的。

但是时间的流水和不懈的努力，能够使他控制自己的情绪，让他把忧伤和遗憾深深地藏在心底，让种种烦恼在离他尽可能遥远的天边徘徊。

他一直在与命运中的各种不幸顽强抗争。他时常提醒自己：人生会遭遇很多磨难，但是做人绝不能消沉。

二十六

时间到了 1983 年 11 月下旬。

这天银花对严岩说："小严，马太太现在很高兴。"

严岩问："为什么？"

银花说："你不知道啊？她和马先生要当老板啦！齐太太那家餐馆卖给他们了，齐先生没有给你讲啊？"

"齐先生一句话都没有讲。"严岩说，"你怎么知道的？"

"马太太告诉我的。"银花说，"说是还没有签字，不过已经定了。齐太太开不下去了嘛，客人一天比一天少，赚的钱还不够付工资和房租，不卖不行。齐太太对马太太说，是亏本卖给她的。马太太也说不贵。"

"好啊，马先生马太太不是一直想自己开餐馆吗？这下好了。"严岩说。

"哎呀，他们好，我们就不好了。齐太太对马太太说，等她的餐馆卖给马太太了，她就到我们这里来。要来管我们啦！麻烦啊！"银花依旧笑容如常，但笑容里却有几分惶恐和不安，不过对她来说这只是一时的反应，很快她就会变得坦然。饱经风霜的中年人即使面对坎坷的命运，也总能稳稳当当地秉持兵来将挡、水来土掩或者暂时委曲求全、慢慢寻找机会的法则。他们不大意气用事，往往是深思熟虑，谋定而后动。

果然，两天后齐先生告诉严岩，齐太太的餐馆已经卖给了马先生马太太，从下个月 1 号开始，齐太太将成为四川饭店的主管，他自己则将完全退出四川饭店的一切事务。

"我跟你讲过，我是绝对不能和她共事的，在一起就是吵架。现在她要来，我就只好走。"齐先生很勉强地笑着对严岩说，"不过你没关系，她知道没你不行。你炒你的菜，该干什么干什么，不去跟她啰嗦，她也不能把你怎么样。生意总不能不做。你就帮帮我的忙，在这儿替我撑着，以后厨房就全靠你了。"

严岩没有别的选择，只能答应齐先生的请求。其实齐先生早已不再管厨房的事，最多在发生特殊情况时偶尔来帮一下忙，所以他的离开对厨房工作基本没有影响。另外，银花也早就不洗碗了，改做打杂的事情，老黑则早就做了抓码，两人原先的工作都由比较新的员工接替。

不过严岩心里还是对齐先生的离去感到有些失落。他知道齐先生心机深沉，未必能称得上是正人君子，但是齐先生善于揣摩别人的心思，并且有足够的理解力和包容心，总是不愠不火，讲话做事恰到好处，又显得十分温厚通达，使人和他在一起时有种寒冬季节在暖和的房间里坐在沙发上喝茶的感觉，现在却突然要走，取而代之的是个人见人厌的恶婆。

"齐先生以后有什么打算？"严岩问，因为他认为像齐先生这样四十几岁的人如果无所事事，生活会很枯燥。

“暂时还没考虑。慢慢看吧，说不定到圣塔菲再开一家。”齐先生思忖着缓缓地说。

马太太这几天心情很好，显得比往常更加和颜悦色。就连向来沉默寡言的马先生也变得愿意跟严岩交谈几句了，尤其是一些炒菜的诀窍，问了严岩几遍，还是不放心，又再问。即将实打实的为自己拼搏，马先生想把平时的疑团都弄清楚。

“马先生，你运气好，碰到了小严，要是别人，人家不肯告诉你的。”银花说。

马先生仿佛没有听见银花的话，脸上毫无表情，并且不发一语。

“他知道，他知道。”马太太连忙帮丈夫打圆场，“他就是不喜欢讲话，心里什么都知道。小严，谢谢你啊！”

“噢，没什么。”严岩说，“只是你们以后恐怕要更辛苦了。”

“苦我们不怕。马先生很能吃苦，家里都是靠他。”马太太笑容满面地说。再过几天就要走，马太太希望能让丈夫在大家心里留下好印象，而不仅仅是刻板沉闷。

“小严，你不知道，马先生每天天不亮就去送报纸，已经有半年了。他打两份工。”银花说。

“不是天不亮，是半夜就要起床，开车去报社拿报纸，再按地址一家一家送到他们门口，天快亮了才回来，赶快睡一下又要来餐馆上班，很累的。我对他讲不要这么辛苦，他不听，我也只好随他。”马太太边说边看了马先生几眼，眼神里流露出疼惜和担忧，马先生却头也不抬，像是什么都没有听见。

过了一会儿，马太太又说：“我跟他讲好了，等我们自己的餐馆开张，他就不送报纸了，只送到这个月的最后一天。”

这个月的最后一天很快就到了。凌晨一点十五分，床头的闹钟响了，马先生立刻把声音关掉，但是马太太还是被吵醒了。

“……当心……”马太太含混不清地嘱咐丈夫。

“不要紧，一会就回来了。”马先生一边宽慰妻子一边在黑暗中摸索着穿衣服。为了不妨碍妻子睡眠，他没有开灯。

马太太清醒了点，说：“多穿点衣服，外面很冷。”

“我知道。”马先生说，显然是不想让妻子担忧，却由于在黑暗中辨不清衣裤的前后左右而手忙脚乱。马太太很快就察觉到了丈夫的艰难。

“把灯打开啊。”马太太说。

“已经好啦。你不要操心，好好睡觉。”只有夫妻俩在一起时，马先生的话并不比别的做丈夫的话少。

“跟你讲告诉报社不做就好了，你非要做到月底不可。这么冷的天，半夜就要出去。”由于心疼丈夫，马太太忍不住抱怨。

“不能说走就走，总要给人家点时间找人嘛。好啦好啦，睡吧。最后一次，做完就不做了，不要担心，我一会就回来了。”马先生说。

马太太叹了口气，转身睡了。

第二天就是 12 月 1 日,夫妻俩餐馆开张的日子。通常新店开张,老板需提早几天作准备,确定一切就绪才能开门迎客,但是这一次,两边讲好了齐太太照常进货和准备食材,今天晚上下班后马先生马太太去清点存货,当场结账,明天即可正常营业,所以不必提前准备。依照惯例,餐馆存货是要单独结算的,不包含在餐馆售价之内。

想到明天便会重新拥有自己的生意,马先生精神抖擞。前些年在越南西贡的时候他就有自己的生意,一家祖上传下来的珠宝店,财富和身份的象征。百年老店,声誉卓著,宾客如云,妻子又能干,他自己几乎不用操心,平时喝茶、下棋、打牌、聊天,优哉游哉。结果一场巨变使他全家变成难民,偷藏起来的珠宝又大半被儿子遗落大海,好歹保住的一点,在美国只够做个小生意。不过即便这样也还是比囊中羞涩的普通人好得多,因为只要有自己的生意,无论大小,就不必再看别人的脸色。

外面气温很低,寒风飕飕地刮着,天色阴晦并且透着点光,像要下雪的样子。但是马先生不觉得冷。他刚刚过了五十岁,身体很结实,浑身有很多力气,而且他是个男人,这个家要靠他来撑。一个儿子刚进大学,还有个女儿在读中学,不靠他,靠谁呢?虽然比起其他难民他算是有钱的,但是只有他自己知道,一想起那些失去的财产,他的心就如刀割般的疼。在失去财产的事情上,妻子比他坦然得多,然而那些财产毕竟是他祖传的家业啊!全都丧失在他的手里,谁能体验到他的痛苦和不甘呢?一年前他听说了送报纸的工作,这种工作很辛苦,但是酬劳高,于是他动了心。尽管妻子反对,他还是递了申请,因为他觉得,为了这个家,也为了弥补过去的损失,哪怕再辛苦也要努力赚钱。到手的每一张纸币都是对他心灵的一次抚慰。半年前,他终于如愿以偿。

美国不同阶层的社区泾渭分明。马先生一家住的公寓位于低收入社区,简陋的房子离街道很近,没有露天停车场,更不可能有车库,所有汽车一律停在路边,而且全是没精打采的旧车。

马先生轻车熟路地到报社取了几大摞当天的报纸,随即按地址一份份送到订户门口。他负责的是城市东南方向的一片区域,住在这里的都是中产阶级,很多人一早起床梳洗完毕后做的第一件事就是开门拾取送来的报纸,然后一边吃早餐一边翻阅,了解最新的社会动态、股市行情,以及世上其他大大小小的事情。

马先生总是把车开到一个他认为适当的地点停下来,再步行分发附近的报纸,尔后开车到另一个地点。过了几小时,报纸送完了,马先生感到很疲惫,但是心情很好,因为马上就能回家睡觉,而且从明天开始就是完全为自己工作。对于送报生涯的结束,他心里交织着如释重负又依依不舍的感觉。

像过去半年一样,马先生开车驶上归途的时候倦意一阵阵袭来,身体仿佛在腾云驾雾,眼皮越来越沉重,面前的道路变得模糊摇曳。他忽而感到自己还清醒,忽而又猛地一惊,赶忙睁开眼睛,才发觉刚才睡着了,好在都只是一刹那,并没有酿成大祸。

“不能出事!绝对不能出事!我有家,我一定要回到家里!”马先生一边警醒和激励自己，一边极力振作。他用手在腿上使劲掐了一下，又朝脸打了两巴掌。汽车摇摇晃晃地飘忽着向前行驶，渐渐接近他的家。

前车窗上落下了什么东西，一片又一片，很快就化了。是雪。无数雪花正从茫茫夜空中纷纷扬扬地洒落下来。

路边不远处就是他的家。马先生停车停得很猛，但是他不觉得，他早已又困又乏，头脑昏沉。下车时他感到四肢僵硬，腰酸背痛，不过总算是平平安安地回来了。再过最多一分钟，他就能走进自己温暖的家，然后钻到热烘烘的被子里舒舒服服地睡上一觉。

地上已是一片白色。鹅毛大雪在漫天飞舞。马先生微微弯着腰，身体前倾，拖着两条沉重的腿踉踉跄跄的往家走。为了能尽早回家休息，送报纸时他总是片刻不停地赶工，现在他累得只想一步扑到床上倒头就睡。

突然，他听见一声枪响，并且觉得耳边仿佛有什么物体以不可思议的速度掠过，还没等他来得及有任何反应，他右背靠近肩胛骨的地方就被重重地打了一下。他身子一歪，差点跌倒，同时感到撕心裂肺般的剧痛。

"怎么回事?!"马先生一下子清醒了，却又有些迷惘。他强忍疼痛回头看了一眼，发现他的车后停着另一辆车，里面有人，而且不止一个。

"刚才没有这辆车。他们想干什么?"

极其可怕的不祥感如电光石火般从马先生脑海闪过，使他的心猛烈地收缩、颤抖。这时他注意到一股深色液体正从他右胸上方流出来，他习惯性地想用右手去摸，却抬不起来，随即改用左手摸了一下，觉得液体温暖、粘黏。他把手靠近眼睛，想看清到底是什么，却闻到了腥味。原来是血。他的身体已经被子弹击穿，鲜血正源源不断地涌出伤口。

马先生的惊恐没有语言能够形容。他感到死神阴森森的巨大黑影正从他头上笼罩下来。但是他不想死。前面就是他的家，只要进了门，便能躲过这场灾难。

他疼得浑身抽搐、扭曲，气都透不过来，仍然竭力挣扎着朝家走。妻子在里面等他回来，儿女需要父亲的荫护；经历了千辛万苦，明天，生活将展开新的一页；他不甘心就此失去生命。只要再走十几步，转过墙角，那辆车里的人就会看不见他，而且他住的是最靠近墙角的一套住宅，他很快就能躲进家里。

停在马先生汽车后面的那辆车里有两个不到二十岁的美国年轻人，肤色深的叫通尼，肤色浅的叫史蒂夫，两人手里有把 AK47 自动步枪，贯穿马先生身体的子弹就是从这把枪里射出来的。

美国人非常崇尚武力，散落民间的各类枪支的数量几乎等同于人口数量，一些幼儿才刚刚蹒跚学步就被父母抓住小手扣动扳机，练习射击。有人认为这是美国的文化和传统，其成因与美国的历史密切相关，因为美国江山的获取凭借的就是武力。从最初强占印第安人的土地，到拥有十三个州，建立美利坚合众国，再到驱赶印第安人，向西部扩张，直到发动美墨战争，攫取墨西哥一半国土，美国疆域获得的每一步靠的都是武力。今天美国的全球霸权凭恃的也是武力。美国人因武力获利，因而崇拜武力,他们不能想象手里怎么能没有枪。对他们来说,枪不仅是自卫的武器,进攻的武器,也是实力和强权的象征。两百多年来,美国人已经习惯于、并且坚守着自己的实力和强权,这不仅体现在美国政府对外交往的意识和行为中,而且也十分广泛地体现在美国普通民众的身上。

时至今日,美国的持枪犯罪层出不穷,早已到了民众习以为常的地步。小学生带枪到课堂上企图杀人,中学生大学生研究生在校园开枪滥杀无辜,都算不得惊人之举,至于在家里从老人到孩童因持枪误击导致亲人丧生的意外,更是多得即使有媒体报道也极难引起人们的关注。

通尼和史蒂夫书读得一塌糊涂,对枪却很在行。他们玩过不少枪,但是最向往的是 AK47 自动步枪,这种俄国名枪自问世以来几十年盛誉不衰,被公认是既简单可靠又威力强大的单兵武器,通尼和史蒂夫一直梦想着能拥有一支,几经努力和周折,他们总算在一个星期前通过黑市交易如愿以偿。

"兄弟,咱们终于有了 AK47。"通尼用手在枪上摸了又摸。

"终于。"史蒂夫说。

两人都兴奋不已,第二天就找地方试枪。他们把车开到一处僻静无人的荒野,各自开了几枪。

"太棒了,非常强大,开枪时光凭震动你就能感觉到它多么有力量。"通尼对手里的枪赞不绝口。

"要是前面有人,我担保可以一枪把他打出个大窟窿。"史蒂夫眼睛发亮。

"想不想找个人试试?"通尼的语气就像聊天一样。

史蒂夫一点也不吃惊,说:"你真的想那么做?"

"为什么不呢?我想看看有人被 AK47 子弹击中的时候会是怎样的情形,是像我们在电影里看到的那样,还是电影里那些演员在装模作样地骗我们。我从来没看到过,真的很想看看。你觉得怎么样?"通尼望着他的朋友说。

"这事容易,我们只需要找个人作靶子。"史蒂夫当即表示赞成。

有人说,死亡和爱情是文学艺术的两大永恒主题,美国好莱坞则有两大无所不在的女神,分别是暴力与色情,她们不仅存在于影视作品中,而且在美国现实生活里随处可见,其中色情还有点羞羞答答、遮遮掩掩,暴力却是飞扬跋扈、横行无忌。中国人形容冲突时的拳脚交加乃至拔刀相向,在美国人眼里不过是澡缸里的巨浪,根本不值一提,他们是遇到事情拔枪就打。夫妻吵架、路上开车时彼此起争执、警察看人不顺眼、学生对老师或者同学有气,都随时可能朝对方开枪。用暴力手段让自己得到满足已经成为一些美国人思维模式里坚不可摧的环节,就连杀人取乐也不算稀奇。通尼和史蒂夫就正准备这么做。

两人要商议的是什么时间、在哪里下手。在本地作案显然不高明,应该到远些的地方,越远越好。他们住在科罗拉多州南部与新墨西哥州相距不远的一个小城,周边大片区域只有几个小镇,很难找到下手的合适地点,但若开车沿 285 号公路南下越过州际线,大约三个小时即可抵达新墨西哥州首府圣塔菲,耗时不算太久,距离又足够远，而且是在不同的州。他们认为，如果跨州作案，又绝不留下任何痕迹，随即以最快速度逃离，一定会让警方四顾茫茫、一筹莫展，于是决定到圣塔菲实施他们的计划。

说干就干，通尼和史蒂夫没有一丝犹疑。昨天两人算好时间，带着枪和地图，傍晚时驱车进入圣塔菲。他们先在一家餐馆填满肚子，然后坐在车里养精蓄锐，等夜再深一点时下手。

行动的时刻到了。通尼持枪，史蒂夫开车，两人到处寻找目标。他们不慌不忙、自自在在，既不紧张，也不恐惧，像是在玩日常游戏。他们最想找的是单独行走的人，为此在一个又一个餐馆、酒吧和夜间俱乐部的停车场逗留，等待下手机会。有几次他们看到了单个的人，但都还没等他们靠近，那人就已经钻进汽车。另外几次是有几个人聚在一起慢慢走，或是一对男女在一起依偎着走，这时两人完全有足够的时间接近、开枪，但是那要冒风险，因为可能被人看清楚他们的车，甚至他们的脸。当然，他们可以远远地开枪，然后迅速逃逸，不过那不合他们的本意。他们费尽心思跨州来到这里，图的是清清楚楚地看到当一个人被 AK47 子弹击中的时候，是怎样痛苦地、绝望地挣扎，然后死去。他们渴望观赏血淋淋的残忍场面。

结果他们未能如愿。直到圣塔菲所有的营业场所全部熄灯，大街小巷空无一人，他们也没有找到下手的目标。

"怎么办?"通尼有点垂头丧气。

史蒂夫叹了口气，说："我也不知道。"

"就这么……回去啦?"通尼显得心有不甘。

史蒂夫想了想，说："不，我们可以等天快亮时再找机会，那时有些人要出门上早班。"

"好主意!"通尼立刻来了精神，大声称赞。

这时史蒂夫慢悠悠地说："不过我想我们应该换个地方，不在圣塔菲干这事。"

"为什么?"通尼睁大了眼睛。

史蒂夫说："如果你看看地图，就会知道圣塔菲不是我们的最佳选择。"他把地图递给通尼，继续说："往南开车一个小时，就是阿巴克基，它不仅离我们那儿更远，而且比圣塔菲大得多，会让我们有更多的机会，更少的风险，所以我认为我们应该去阿巴克基。只要一小时。一个小时就能到。"

"行，没问题。"通尼对地图不感兴趣，看都不看就表示同意。

两人到加油站给汽车油箱注满油，又买了两袋薯片，六瓶可乐，把车停在路边，吃饱喝足，然后斜靠在坐椅上打盹。凌晨三点半，他们开车向阿巴克基进发。

大约四点半的时候，汽车驶入了阿巴克基。他们专找居民区，只要看见就把车开进去，一条街一条街地搜寻作案目标。美国人经常把车停在路边或者车库外的车道上，如果车主正好在走出家门准备上车时被两人看到，就会当即成为他们手中 AK47 的枪靶。

两人像没头苍蝇似的乱转，不知不觉来到马先生正在送报纸的地区。这时开车的还是史蒂夫,就在他经过一个十字路口时,忽然发现左侧街道上有车灯的光亮,还有个移动的人,没等他来得及反应,汽车已经越过十字路口。他赶紧减速,一边叫:"通尼!"

"……什么?"通尼正困得昏昏欲睡。

"有人在那里。"

"噢……"通尼含混地回答了一声,突然间清醒了,大声问:"真的?!"

"是的,就在我刚刚经过的街上。"史蒂夫边说边打方向盘让汽车调头。

通尼立刻抓紧枪坐直身子。"哗"地一声,子弹上了膛。

这时马先生恰好送完报纸,正坐在车里准备回家。就在他快要转过前面路口的时候,两人看到了他的车,随即跟上去,但是不跟得太紧,以免前面车上的人起疑。其实马先生已经困倦得连路都看不清,根本不会注意到后面有两个恶魔在尾随。当马先生把车停在路边,一只脚刚刚落地的时候,通尼和史蒂夫的车在他身后不远的地方也停了下来,但是他一点都没有察觉。

接着通尼举起枪来,瞄准,扣动扳机,子弹出膛。清脆的枪声在黎明前的夜空里发出摄人心魄的回响。

"我打中他啦!我打中他啦!史蒂夫,你看见没有?我打中他啦!"看见马先生差点倒地,并且痛苦得浑身痉挛,通尼兴奋得大叫。

"干得好!来,该我了,让开点。"史蒂夫把枪从通尼手中拿过来,要通尼将身体往后靠,好腾出位置让他瞄准射击。

这时马先生正挣扎着企图转过墙角,只要转过去,就能躲避子弹的攻击。同时马先生战栗的心里还唯恐后面的人会追过来,让他来不及逃进家里就被杀死在门口。

没有人追过来,但是子弹追过来了。史蒂夫连开数枪,射出的子弹中有一颗从马先生的后背进入身体,穿透心脏,从前胸飞出。马先生剧烈地摇晃了一下,没有发出任何声音就栽到地上。热腾腾的鲜血从他身上如泉水般涌出来,融化并且淹没了周围的白雪。

有人说,在人生的最后一刻,在阴阳交替的一刹那,在无边永恒的黑暗落下来的时候,整整一生会如闪电般迅速而又清晰地从这个人脑海掠过。如果真是这样,马先生一定看到了他的妻子、他的儿女。他想说什么吗?是不是有些叮嘱未能来得及说出口?在告别人生的那一刻,他是坦然接受了不可抗拒的命运,还是仍然对气象万千的尘世依依不舍?这些疑问,永远没有人能够回答。

太阳将重新升起,但是马先生不会再站起来,他永远倒在了这片冰冷的土地上。同样冰冷的漫天大雪正从幽暗的夜空里无声无息地落下来。

二十七

每次马先生深夜出门，马太太都睡不安稳，即使再困倦也只是迷迷糊糊、似睡非睡，或者刚刚睡着又突然惊醒，一定要等丈夫回来，轻轻触动了床铺，马太太才会一声不响地沉沉入睡。

外面的枪声，马太太听到了。她先是吃了一惊，从床上坐起来，心想不知道发生了什么事；愣了一会，突然感觉不对，连忙下床，衣服都顾不得穿，三步两步冲到门口。这时又有几声枪响，马太太觉得仿佛枪枪都打在她心上。她不顾一切地拉开门，看见马先生正在她面前弯着身子倒下。

马太太发出了惨叫。她想把丈夫扶起来，却没有成功。她用手去捂丈夫的伤口，但是血仍然在流。她惊恐万状地呼喊着丈夫的名字，然而丈夫毫无反应。她终于明白，丈夫已经走了，再也不会回来。她跪到地上，把丈夫搂在怀里，让她的脸贴在丈夫的脸上，泣不成声。大颗大颗的泪水从她悲伤绝望的脸上滚落下来，和丈夫的血融合在一起。她只穿着单薄的衣衫，寒风吹动着她的鬓发，大雪降落在她身上，但她全然没有感觉。她把丈夫抱得那么紧，夫妻俩就像冰天雪地里的一块岩石。

惊惶失措的儿女也出来了。哀恸的哭声使人心碎。几个胆大的邻居赶过来帮忙，他们先把马太太从马先生身边强行拉回屋里，给她披上外衣，接着七手八脚地把马先生抬进来，让他平躺在地毯上。这时马先生的身体还没有僵硬，他终于回到了自己家里。

有人想起了报警，还有人赶紧跑到街上朝两边张望，但是歹徒已经逃得无影无踪。警车和救护车在转眼间拉着凄厉的笛声几乎同时到达。一个医务人员查看了马先生的伤势后神情肃穆地摇摇头，用迟缓沉重的语气说："我很难过，他已经走了。"警察随即询问，记录，拍照，勘测。马太太一边流泪，一边用颤抖的声音断断续续地向警察讲述她知道的每一个细节。邻居们也都尽其所能提供信息和各自的见解。最后，在征得马太太的同意后，救护车载走了马先生的遗体以便警方作进一步查验。

看见马先生倒地不起，心满意足的通尼和史蒂夫立刻逃逸，两人驾车一路狂奔，天亮不久就回到他们的小城。他们约定，对任何人都绝口不提今天发生的事情，即使彼此之间以后也同样如此。两人都装得若无其事，照样玩，照样笑，无论是抽烟酗酒、赌博吸毒，还是偷鸡摸狗、打架斗殴，都与过去毫无二致。邻州阿巴克基发生的凶杀案在这个偏僻的小城里几乎无人知晓，更不可能会有人怀疑到他们头上，时间久了，连他们自己都似乎觉得那件遥远的事跟他们一点瓜葛也没有。

阿巴克基的警方一直在努力破案，却由于缺乏线索而迟迟未获进展。警方手里的各种案件堆积如山，不可能为一件无头案耗费太多的时间精力，于是马先生的案子在一段时间后被束之高阁，成了悬案。

五年后，案件侦办有了意想不到的突破。在一次缉毒行动中，警察拘捕史蒂夫时缴获了一支 AK47 自动步枪。不等警方盘问，史蒂夫就主动交代这正是五年前杀死马先生的那把枪，不过他坚称开枪的是通尼，他“只是没能阻挡得住通尼的残酷行为”。

“你们都知道，通尼是个疯子。我真的什么都没干。”史蒂夫目光闪烁，装出一副十分无辜的样子。

谁都不相信他的鬼话，却又没有证据给他定罪。通尼一年前抢劫杀人后逃脱了警方的追捕，从此下落不明。有人说他逃到了南美洲，还有人说他到墨西哥加入了黑社会组织，不过已经在一次争夺地盘的帮派枪战中身亡，但是警方无法证实这些传言的真伪。直到很多年以后，马先生的案子依然是悬案。

马太太，这个看上去柔弱的女人，在失去丈夫后表现出了异乎寻常的坚强。料理完马先生的后事，马太太把自己关在家里三天没有出门，第四天上午，她一声不响地到本该是她和丈夫合开的餐馆独自查看和准备各项事宜。又过了两天，餐馆正式开张。

齐先生不得不在齐太太的淫威下忍气吞声两个星期，因为小林需要暂时留在马太太的餐馆里教会她一些基本炒菜技能后才能离开。遇到这种突如其来的悲惨变故，谁都会对马太太表示出同情，但是归根到底，咀嚼悲痛的是马太太和她的儿女，尤其是马太太本人，没有任何别的人，哪怕是父母和兄弟姐妹，或者最贴心的好友，能够分担她的不幸。

厨房里的几个人起初议论叹息了一阵，但是这个话题过于沉重，慢慢地也就没人讲了。银花去看过马太太几次，见面时两人几乎无话不谈，唯一的禁忌是提到马先生，因为银花担心勾起马太太的伤痛，马太太则是怕说多了惹人厌烦。

这期间厨房里来了一个大家叫他胖子的年轻人。胖子是作为越南难民来到美国的华人，老实本分，没什么本领，相貌差不多可以称得上平常。他知道不会有人把他放在眼里，因而有些自卑，遇事逆来顺受，从不跟人起争执，别人叫他做什么，他就做什么，有人拿他开心，他也不生气。不过厨房里没有谁真的欺负他，这是因为除了众人的善良，还因为严岩从来不欺负人，大厨如此，谁都不敢另行一套，所以胖子算是运气不错——但是也不尽然。

有天严岩跟胖子在一起切菜，这时胖子已经来了三个月，依照惯例，新人做满三个月，如果做得好，老板会加薪，否则要等做满六个月才加。严岩觉得胖子踏实肯干，大概会加薪，就问他薪水加了没有。

“一分钱也没有，还是三百块。”胖子闷声闷气地说。

“只有三百块？怎么会只有三百块？太欺负人了。”严岩十分惊诧，想起当初姓宫的老板娘给他的月薪也是三百块，不过那是三年前，而且旧金山的薪水历来比阿巴克基的低，所以虽然看起来一样，实际上齐太太比姓宫的更加凶狠刻薄。

严岩感到愤愤不平，问胖子：“胖子，你知不知道这里的起薪应该是多少？”

“我知道。七百块，以后升到八百块，再往后就看各人自己了。”胖子一点也不糊涂。

“那你怎么会同意她给你三百块呢?”严岩觉得胖子的行为难以理解。

胖子说:“我来找工作的时候,老板娘问我要多少钱一个月,我想反正七百块这个数是不会变的,就说随便你给多少都行,没想到她会只给我三百块。”

原来是这样。严岩真想讲胖子几句:怎么能以为所有人都会循规蹈矩呢?就没有一点防范意识吗?

“你应该找老板娘谈谈,这个数太低了。”严岩鼓动胖子。

“找她,我不知道怎么讲。是我说的给多少都行,我不能怪她,要怪只能怪我自己。”胖子慢条斯理地说。

严岩有种爱莫能助的感觉。他想,一个人必须争取并且维护自己应有的权利,如果这个人过于迂腐懦弱,任人宰割,别人是帮不上忙的。

这时胖子又郑重其事地说:“老板娘该给我的钱不给我,心里肯定会不安。我虽然钱少拿了,可是我不做坏事,心里要比她舒坦。”

严岩没想到胖子居然还会精神胜利法,顿时感到哭笑不得。

半年后胖子辞职去了纽约,说是因为纽约有乐透奖,运气好的话会发财。又过了半年,齐太太告诉严岩,胖子从纽约打电话来说想回四川饭店上班。几天后胖子果然从纽约回来了,还是老样子,只是瘦了些。严岩没有问他为什么会回来,也没有再问过他的薪水,至于是否中了乐透奖,不问就知道,也就不必问。

还有个叫阿见的香港人在厨房做过几个月。阿见对老板娘很恭敬,但是看不起在厨房里打工的人,认为他们都是从又穷又土的地方来的没有见过世面的乡下人,不像他在香港这样的大都市里出生长大,身份、见识和眼光自然都要高得多。

“香港!……你们没去过。”阿见提到香港就摆出不可一世的样子,好像香港世界第一,而且整个香港都是他的。

阿见三十几岁,光棍一条,用他的话说就是“无家一身轻”。他从香港移民美国,在洛杉矶的中餐馆厨房做过几个月,看见客人一批一批地进来,老板一把一把地数钱,便很想自己也开一家。想开店需要会炒菜,可人家连锅勺都不许他碰,只让他打杂。后来他打听到出了加州机会就增多,于是来了阿巴克基。他心里明白,想学厨艺就不能得罪大厨,所以无论脑子里怎么想,表面上总是对严岩很恭顺,但是严岩还是能感受到他骨子里的傲气。

有一天严岩问阿见:“阿见,我听我一个朋友说,香港每天很晚了街上还人山人海,非常热闹。是不是这样?”

阿见当即露出满脸的得意,说:“那当然,人多得不得了,全香港的人都出来了。”

“为什么这么晚了还有那么多人在街上?”

“逛街嘛,我们香港人喜欢逛街。”

“在家里看看电视、聊聊天,或者看书下棋,也都很好啊。”

“哪有地方!家里都是挤得身子都转不过来,谁也不想在家里,都想出去。”

“听说香港的住房都小得像鸽子笼,卧室里除了床,连床头柜都放不下,是不是真的?”

“哦,这……可能是有的。”阿见显得有点尴尬,“不过香港也有不少大房子,你坐车翻过山就能看见,很远才一幢,又大又漂亮,四周都是树,前面能看到海。美国这里我都没见过有那么好的房子。”

“你是说那些富豪的住宅。”严岩笑了。

“是啊。真的很漂亮,我看全世界也不多。”

“有没有进去看过?”

“我怎么能进去看!还没到跟前就会被挡住,那都是人家的私人地盘,很大一片,根本不让你靠近。”

“那你们家在香港住的是什么样的房子?”

“我父母在乡下有老房子,我出来打工,没跟他们一起住。”

“自己住一间?”

“哪有那么好的事。”阿见沮丧得一下子瘪了下来,眼神变得十分黯淡,“都是几个人合租,上下铺,睡地板的都有,环境也糟得不得了。在香港你要有钱才行。”

“原来他知道香港不是天堂,尤其是对像他这样的底层平民来说更是如此,却还要自以为身在云端,可以蔑视地上的大众。”严岩想。他不明白,一个人如果正常,怎么可能会有这种心态。

“不过香港还是很好的啦,以后会怎样就不知道了。”阿见像是忽然想起了什么。

“这话怎么讲?”严岩问。

“哎呀,你是中国大陆来的,讲了怕你不高兴,我就不讲了。”阿见谄媚地笑着说。

“有什么关系,你想讲就讲。”严岩说,心里一点也不在意阿见会讲些什么。

“那我就讲啦?小严,你听了可不要生气。”

“讲啊!”

“那我就讲了。”阿见看严岩神色坦然,不担心了,“小严,你知道再过十几年,到1997年,中国内地要把香港从英国人手里收回去,很多人说那是‘九七大限’。大限的意思你懂吧?就是要死了,香港到1997年要死了。”

“这不可能。”严岩说,“中国大陆这些年来一直发展得很好,香港收回来后没有理由不好。”

“小严,我不是要跟你争啊,你说中国大陆发展好,可是大陆到现在还是很落后,和香港比就像很穷的乡下,根本没法比。”阿见说。

“你不能拿这么大的中国大陆跟香港一个城市比。大陆在新中国成立前是什么样子你知道不知道?”严岩说。接着他告诉阿见:从19世纪中叶鸦片战争开始直到1949年国民党败退台湾,中国受尽了列强的欺凌掠夺,同时战乱连绵、政权腐败,导致全国满目疮痍,人民苦不堪言,待到中华人民共和国成立的时候,中国的状态是百业萧条、形同废墟,无论工业、农业、科技、教育,都只能用“一穷二白”来形容,而正是在这样的情形下,中国的几代人从上到下节衣缩食艰苦奋斗,为国家今后的发展奠定了极其广泛坚实的基础。现在已经建立了完整的工业、科研和教育体系,遍布城乡的医疗机构;农业产能不断增长,人民的精神风貌、知识水平和思维眼光都达到前所未有的高度。而香港主要是凭借大陆对外交往窗口这一特殊功能才得以发展,香港的农副产品、淡水、电力等等最起码的生产生存要素始终依靠大陆提供,如果没有大陆,香港不过是块海里的石头。

听完严岩讲的话,阿见说:“小严,你讲的这些都没有错,可是那里的老百姓一直都还是很苦啊。”

严岩说:“你讲的也没有错,大陆老百姓是一直很苦,不过苦是为了给将来打基础。你想想看,如果大家都想一开始就过好日子,那就把钱都用到农业和轻工业好了,没几年就会觉得日子不错,可那只是一种非常初级的温饱日子,好不到哪里去,国家和人民都不可能富强。大陆是大家咬紧牙关,把钱省下来搞重工业、搞教育、搞科研、搞医疗。这些都非常费钱,自然没有多少钱能用来改善日常生活,所以老百姓的日子很苦,但是奠定了快速发展的基础。中国这几年发展很快,以后可能会更快,这都跟以前奠定的基础有关。就像盖一座很大很高的房子,在规划勘测等等之后,打地基是最艰难、最耗时费力的,但又是必不可少的,这时房子看上去只是个乱糟糟的工地,一点都不好看,也不可能享用,房子盖好后很多人甚至有可能忘记地基的存在,但是谁也不能否认对房子来说地基是最根本最重要的。所以我的看法是,大陆老百姓这几十年的确过得很苦,但是非常值得,因为如果没有这个苦,就不可能有中国的大发展。事实上是几代人在酬劳极低的状况下为后人开辟出了康庄大道,他们是为国家牺牲奉献的几代人,应该永远受到人们的尊敬和颂扬。”

“可是我听说那时候的大陆人都很懒,都不好好干活,有没有那回事?”阿见有些迟疑地说。

“那是胡扯。”严岩说,“阿见,你知不知道英国为什么会把香港还给中国?那是因为中国强大。如果中国还像以前一样贫弱,英国根本不会把香港交出来。为什么强大?当然是干出来的。如果不是几十年一直勤奋工作,怎么会有今天的成就?你去查查资料,看看1949年是什么样子,现在是什么样子,不要不知道就乱讲。我在中国大陆当过八年工人、两年农民,我知道大陆人干活非常努力。个别不好的有没有?当然有,这种人哪儿都有,香港有,美国也有,是不是?事实上根据我的体验观察,大陆人在工作方面绝不比其他任何人差,像我就不比你差。”

阿见赶紧赔笑脸,说:“小严,我可真的没有说你啊,我说的那些也都是听来的。”

过了一会儿,阿见说:“小严,你知道现在很多香港人急着移民出去,怕香港被收回后就没有民主自由了。”

严岩感到好笑:每天被洋人踩在脚下,却要摆出一副享受特权的样子。他对阿见说:“阿见,自由这个概念并不存在十分明确的定义。你说民主,我想问一下,香港的官都是选出来的?”

“噢,不是选出来的,都是任命的。”阿见说。

“谁任命的?”

“当然是英国人任命的。英国女王任命总督,总督再任命下面的人。”

“都不是香港人自己选的?”

“一个都没有。还让你选！英国人根本看不起香港人,香港是人家的殖民地。”阿见有点垂头丧气。

“那你还讲什么香港有民主。”严岩说。

阿见没有再说什么。其实他心里还是很想替香港吹嘘一番,却怎么也想不出合适的理由。

来到海外的中国人,除非是数典忘祖的败类和卖身求荣的叛贼,以及随风摇摆的墙头草,谁都不愿听别人说祖国的坏话。那是魂牵梦萦难舍难分的故乡,是祖祖辈辈生存繁衍的地方,即便有瑕疵,也不容任何人信口雌黄。

在西方世界出生长大的华裔因人而异。他们有的满怀中国情,即使从未到过中国也依然认为自己是中国人,并且以身为中国人和拥有中华文明而自豪。但也有人认为自己与中国毫不相干,因而被形容为外黄内白的香蕉。有些“香蕉”不仅不维护自己祖国的利益,还追随某些外国势力企图阻挠中国进步,因为他们担心中国强大会对他们造成伤害。“香蕉”们有时让人觉得可怜,因为无论他们对所在国如何忠诚,人家还是不把他们看作是自己人,使“香蕉”们总有一种无根无基四顾茫然的悲哀。

最荒诞可笑的是有那么一些人,他们的祖宗是中国人,他们生活在中国的土地上,吃中国饭,讲中国话,过中国的节日,拜中国的神灵,却硬说自己不是中国人。

阿见收敛了点,其余一切照旧。他无法改变他的本性。世界上有种人,看别人时总觉得样样不好,对自己则从来不看,当然是样样都好。他们目中无人、狂妄自大,其根源在于他们既无知识又缺乏最基本的判断力。学海无涯,越是知识渊博的人,越是知道自己的不足,所以非常谦虚,只有浅薄愚昧的人才会不知天高地厚地以为自己事事精通、无所不晓。阿见就有点这种味道。

尽管瘦得三根筋挑起一个头,阿见还是非常自恋。他裤子后面的两个口袋一个插着小梳子,一个塞着小镜子,这两件东西是他欣赏自己的法宝,一有空就取出来,一边梳头一边神情陶醉地照镜子,还时常满意得哼几句小调。

“好看不好看啊?”有一次银花讥笑他。

“怎么会不好看！当然好看。”阿见说,“你看我这脸型,长得像外国人。喏,这里,还有这里。”阿见转着头让银花看他脸上的不同部位。

“你像外国人啊？笑死我啦。”银花忍不住笑出声来,“长得好应该有太太,怎么到现在还没有!”

“没有是我不想要,我要先开餐馆赚钱,等有了钱,不漂亮的女人给我都不要。”

“好像已经赚到钱了嘛。你真的想开餐馆?”

“迟早的事,到时候叫你看。”

慢慢地,严岩同意阿见学着炒点菜。阿见很努力,几个星期下来,炒出的菜渐渐有了点模样。他十分兴奋,尾巴也翘了起来。

“小严,我跟你讲过不管什么我一学就会。你看我这菜炒得怎么样?”这天阿见指着他刚炒好的菜,看着严岩等待夸奖。

"不错,有进步。"严岩说。

"我看已经很好啦,"阿见显然不满意严岩的评价,"比我原先做的两家餐馆的好得多。他们还不肯教我呢。有什么了不起！现在我比他们都强。"

"那两家店的生意怎么样?"严岩问。

"生意还不坏。哎呀,那是因为地点好。小严你知道的,他们就是靠地点,还有运气,别的真不怎么样。"阿见说。

地点和运气的确是左右餐馆命运的两大要素。阿见讲得不错,严岩也就没有再说什么。

过了几个月,阿见向大家宣布,他要当老板了。

"真的当老板了?"银花有点不相信。

"当然,我说过当老板就肯定会当。"阿见显得春风得意马蹄疾。

"准备在哪里开?"严岩问。

"路易斯安娜的新奥尔良。跟我朋友合开,他管外面,我管里面。"阿见说。

"你有没有去看过?"严岩认为这种事情应该亲自看过斟酌过才能作决定。

"不用看!"阿见很不以为然地摇着头,"我那个朋友可靠得很,他看过了,说不错,那就肯定没问题。"

"还是自己去看一下好,做生意要谨慎,你这样有点太草率。"林先生蹙着眉头说。他是老手,深知生意场上风高浪险,稍不留神就会血本无归。虽然阿见不讨人喜欢,但终究不是坏人,所以林先生不想看阿见栽跟头。

可是阿见非常自负,不仅不领情,还怀疑这些穷打工的在嫉妒他。

"哎呀你们……"阿见很不耐烦,"跟你们讲没有用,到时候我开奔驰宝马回来给你们看。"

奔驰宝马的威力很大,没有人再作声了。

过了几天,阿见启程去新奥尔良当老板。又过了几天,银花从餐厅回厨房,还没进门就叫起来:"哎呀,我知道他不行嘛,还说要开奔驰宝马回来给我们看!"

大家知道银花讲的是阿见,纷纷问她到底发生了什么事。

"阿见完啦!"银花激动得满脸通红,"他刚才给齐太太打电话,说他那个餐馆在又破又旧的居民区,周围什么店都没有,每天只有一点点生意,还怕有人来抢,吓得要死。他说他打工十几年攒的钱全都投进去了,没想到会是这个样子,以后不知道怎么办。"

"这么快就不行了,怎么会这样。"严岩说。他原本以为阿见好歹还有点希望。

"都是他那个朋友,图便宜。便宜没好货!"银花说。

"跟他讲要自己去看,他不听,现在你看。要怪也只能怪他自己。"林先生说。

"不知道会不会慢慢好一点。"严岩心里对阿见产生了几分怜悯。

"不会好!"银花说,"他不行嘛。自己没本事都不知道,还吹牛。"

三个月后,传来阿见的最新消息。他跟朋友合开的餐馆连水电煤气费都付不出来，房租则更不必提，只好凑出几百美元在报上登广告出售餐馆。当地人都知道这一带衰败萧条，谁也不愿意替他们当傻瓜。总算有个人从外地打电话来问情况，但随后便音讯杳然。房东催他们交房租，各种账单接踵而来，可是他们两手空空，根本拿不出钱。两个朋友焦头烂额，互相抱怨，终于反目成仇。最后他们不仅要白白放弃餐馆，还必须偷偷潜逃，因为他们与房东签的是五年合约，上面清清楚楚地规定，无论营业与否，他们都要向房东缴足五年租金，否则会被房东告上法庭。

“我明天一早就离开新奥尔良。我以前那个朋友今天上午已经走了。”阿见在电话里告诉齐太太。在这之前他已经向齐太太讲述了整个事情的经过，在这之后齐太太到厨房向在场的所有人转述了同件事情的经过。其实阿见本来可以坚强一点，不必把他的遭遇告诉任何人，但是他无力承受独吞恶果的悲痛，于是向齐太太诉苦。他认为齐太太像他一样也是从发达地方来的，也在做生意，所以一定能够理解和同情他，而厨房里的那些人则没有资格与他平起平坐。他不知道齐太太一放下话筒就兴冲冲地赶到厨房，连说带笑地把他的悲剧一五一十地讲给那些被他瞧不起的人听。

随后齐太太得意地说：“我早就知道他开不起来。当时他对我说要去新奥尔良开餐馆，我一听就知道不行。他没去过新奥尔良，我去过，又穷又乱，除了一片旅游区，到处死气沉沉。就凭他那个样子能把生意做起来？我才不信呢。可是我一句话都不说，等着看笑话。看见没有，一下子就垮了。”

没有人再听到过阿见的消息。

二十八

又是一年的春天。这次是 1984 年。

马太太的餐馆已经开张了几个月,趁着这天休息,严岩决定中午时分到她的店里看望她。

几天前他听银花说,马太太不久前买了住房,房子坐落在一个中产阶级社区,周边环境看上去还不错,却没想到刚搬进去两个星期,就被窃贼潜入偷走了一台彩色电视机和一部照相机。这件事发生在白天家里无人的时候,马太太认为是邻居中有人干的,因为只有邻居才知道她家里白天没人。她特别怀疑住在街道斜对门的一个人,但是没有证据,只能不了了之。

严岩不打算在见到马太太时提起她家里被盗的事情。这种不快的事情,既然提了于事无补,就还是不提为好,免得使人徒生烦恼。

马太太的餐馆在阿巴克基城的另一端,离四川饭店和严岩的住处很远,需要乘坐公交车才能到达。美国城市的公交车不像中国的那样四通八达,除了纽约、旧金山之类少数人烟稠密的都市,大多数城市,包括洛杉矶、达拉斯、休斯敦这样的大城市,由于市区面积广大、市民居住分散,所以公交车无法处处顾及,只是在一些主要街区有行车路线,并且车辆不多,有些城市甚至没有公交系统。美国被称为轮子上的国家,汽车普及率很高,一个人只要有车,无论上班、购物、访友、旅行,坐进自己汽车里开着就走,非常方便,也非常自在,但是没有车的人就苦了,因为美国城市的规划和建设方方面面都基于大家都有车的设想,工厂、公司、学校、商场、银行、邮局等等大多离居民区很远,一个人若是没有汽车,就如同没有双腿,哪儿也去不了。阿巴克基也是只有不多的几条公交路线,也是要老半天才能等到一辆车,好在严岩有时间,剩下的只需要耐心。

美国的公交系统也有值得称道的地方,像是汽车马力充足,无论多么陡的坡,呜呜呜的就上去了,不像这时中国的公共汽车上个小坡还要换低速挡,哼哧哼哧的半天才能爬上去;司机态度良好,若是刚起步时发现后面有人招手,多半会当即把车停下等那人上车;车上设有孕妇、老人和残疾人专座;车门有特殊装置,可以让坐轮椅的人十分方便地上车下车。另外,据说美国一些城市的公交系统由于乘客不足所以入不敷出,但这些城市还是继续维持公交系统运营,以免引起有需求的市民的不便和遭到无视下层民众疾苦的指摘。

车来了。严岩上车后发现连他和司机在内一共只有八个人,其中一男一女大概是因为年轻体健,有位子也不坐,很自得地站在那里随着汽车的行进摇摇摆摆。

下车后步行二十分钟,严岩看见了马太太的餐馆。也许是由于餐馆建得晚,只能建在别人挑剩下的位置,所以它缩在一个 L 型购物中心的角落里,不显得引人注意。

这时是中午十二点半多一点，餐馆午餐生意最忙的时候。严岩在路边闲逛，等待高峰时段过了再进去。一点二十分，他走进马太太的餐馆。里面比四川饭店小得多，没有门厅，进去就是长方形的餐厅，摆着十几张桌子，有不少客人正在用餐，还有一桌客人在等饭菜端上来。厨房里传来锅勺相撞的声响，空气中弥漫着诱人的香味。生意看上去不错。

严岩告诉前来接待的女服务生他是马太太的朋友，今天是专程来看马太太的。女服务生笑着说马太太就在厨房里，没有阻拦的意思，于是严岩径直走进厨房。

马太太正在炒菜，平时白净的脸被炉火映得发红，看见严岩后十分高兴地说："小严，今天怎么会有时间来呀？好久都没见了。我在忙，等一下跟你讲话。不好意思啊，先在餐厅坐一下，想喝什么自己随便拿。"

"你忙你忙。"严岩赶紧说，"我就坐在外面。"

严岩回餐厅时扫了一眼，发现马太太的午餐经营方式和他在南旧金山市打工时邢老板的相同，也是只提供几样客人最喜欢的菜，炒好后保温，客人要哪一样，服务生马上就能舀了端过去，店家又快又省力，客人也不必久等，算是两全其美。他点了一份有芥蓝牛肉、春卷、炒饭和蛋花汤的合饭，是这里午餐中最贵的一种，又要了一杯可乐。平时节俭，这时却不能节俭，因为一定要给马太太面子，同时也是对她生意的支持，也许马太太只能从中赚取无足轻重的一块钱，但这一块钱是他表示的一点心意，而心意是不能用钱来衡量的。

过了一会儿，马太太脸上露着严岩熟悉的微笑走过来，坐在他桌子的对面。

"味道可不可以啊？我炒的菜没有你炒的好吃。"马太太说。

"嗯！没那回事，很好吃嘛。"严岩说，"马太太，你这是广东风味吧？"

马太太说："是啊，我只会炒广东菜。小林教我炒菜，别的都好，就是口味我改不了，所以我的菜还是广东味道，和你们的不一样。"

"好吃就行。"严岩说，"我不管是哪的，只要好吃就喜欢，特别喜欢各种小吃，像是西安的羊肉汤泡馍、武汉的三鲜豆皮、长沙的酸辣米粉、上海的蟹粉小笼，都喜欢吃。还有你们广东的饮茶。有一次在北京还吃过炒饼，以前从来不知道有这种东西，吃在嘴里有种特别的味道。这些都不知道什么时候才能再吃得到。——哎，马太太，我看你不简单哪，开珠宝店还能做这么好的菜。"

马太太笑着说："这不算什么啦，炒菜这个事，做女人的都会。我也是从小就帮我爸爸妈妈做事情，也吃过很多苦。"

"我觉得生意不错嘛，是不是？"严岩说。

"还好啦。发财就发不了，可以赚点钱。"马太太显得很满足。

"客人主要是些什么人？"

"都是在附近上班的，有的人一个星期来几次。"

"可齐太太就是做不起来。"

"不知道她怎么会做不起来。我刚开始看到这个位置，担心会不好做，其实不难做。在附近上班的很多人中午都要出来吃饭，周围还有不少居民，只要好好做，他们就会来,不好好做就不行,别人也不是傻瓜。"

"马太太,你觉得做生意有没有什么诀窍?"

"诀窍就不好讲。"马太太想了想,接着说:"地点很重要。东西要好,要讲诚信,不能骗客人,你骗客人一次,他就不会再来了。你以为你占了便宜,其实是把声誉搞坏了,以后生意会很难做,吃亏的是你自己。我从来不骗客人。"

这时女服务生走过来准备把账单递给严岩,被马太太伸手拦住。

"账单不要给他,不要收他的钱。"马太太对女服务生说。

"哎,那不行,钱是一定要付的,哪有吃饭不付钱的。来,把账单给我。"严岩边说边向女服务生伸出手来。

马太太把手挡在严岩和女服务生之间,说:"小严,到我这里来就不要讲钱,我不会要的。"

女服务生无法确定老板娘的真实意图,站在那里犹豫不决,直到马太太朝她做了个手势,说"你去忙啦,我说了不收他的钱"才转身离开。

严岩问马太太租金如何,马太太说:"租金不贵。许先生人很好,给我减了三个月房租。"

"噢,那很好啊。"严岩早就听说马太太餐馆所在的购物中心是许先生的产业,但是没想到许先生会给马太太这么好的优惠。

"许先生的生意做得很大。"马太太说,"他要给我减房租,我对他说,我谢谢他,可是我不要别人可怜我,我喜欢靠自己。我说你不要减。他说中国人在美国不容易,所以他总是给中国人减三个月的房租,帮他们度过刚开始生意还没有做起来的难关,齐太太开店时也减了,不是专门给我减的,我就算了。"

马太太告诉严岩,儿子女儿周末会来帮忙,平时因为要读书,白天不能来,晚上有时来,但是不能指望。在她讲这几句话时,严岩看见她的眼睛里有道不易察觉的阴影掠过。严岩觉得她一定是在怀念马先生,如果有马先生在身边,她会轻松得多,现在重担全在她一个人身上。他想:一个人无论多么坚强,也需要有人扶持,这种扶持有时不必是体力上的,精神方面的扶持往往更为重要,适当时刻亲人的一句安慰、一声鼓励,胜过世上的一切。在马太太平静的外表下面,谁都不知道隐藏着多少无处诉说的孤寂和痛苦。再过几年,当她的儿女能够独立的时候,会不会远走高飞,使她身边连个说话的人也没有呢?很多像她这样的人就是在几乎被世人遗忘的景况中无声无息地度过余生的,他希望马太太不至于落到那种境地。

严岩怀着有些忧郁的心情离开了马太太的餐馆。出门前他不顾马太太的阻拦,把餐费和小费放在靠近门口的柜台上,随即迅速走开。

回到宿舍,打开门后他看见地上有张纸,显然是被人从下边门缝塞进来的。他拾起来一看,吃了一惊,原来那是公寓经理下的逐客令,要他们月底搬出去,关于原因,上面只字未提。

他立刻找到齐太太,把那张纸给她看。齐太太也感到诧异。

"你们是不是做了什么事,违反人家规定啦?"齐太太问。这时住在餐馆宿舍里的除了严岩,还有胖子。

“没有,绝对没有,我们向来遵守规矩。”严岩说。

“也没跟邻居发生纠纷。”

“怎么可能呢?我们上我们的班,平时跟他们面都见不着。”

“那是为什么?没欠他们什么啊,房租和水电煤气费我都是按时付的。我打电话问问许先生。搞的什么鬼!”齐太太拨通了许先生的电话,两人谈了一会儿。

“怪不得,”齐太太放下话筒后说,“许先生上个月已经把公寓卖给了一个美国人,他现在不是房东了。他还说,看,还是我好吧,人家老美一来就赶你们走。好什么?卖了也不告诉我们。”

“那我们怎么办?”严岩问。

“你去找公寓经理,问他为什么要你们走。”本来是老板该管的事,齐太太推给严岩。

“好,我去问。”严岩不想跟齐太太啰嗦,因为他知道齐太太根本不讲道理。

他找到了经理。果然换了人,以前那个和气的老头不见踪影,换了个满脸横肉的大块头,虽然都是美国人,大块头和老头的态度却截然不同。

经理两臂交叉搁在挺起来的肚子上,脑袋傲慢的向上偏着,两只圆眼睛里含着明显的敌意,嘴角上挂着讥讽的微笑。严岩向他提出疑问。

“我不必告诉你为什么要你们走。”经理冷冷地回答,“你们要走的话也不必告诉我为什么。”

他讲得振振有词,让严岩无话可说。其实事情很清楚:LEE早已搬走,整个公寓里只有严岩和胖子不是白人,如果再把他们两个赶走,公寓就成了纯白人的世界。严岩明知这就是他自己和胖子被逐的原因,却不能对经理明言,因为经理连一句涉及种族歧视的话也没说。像这种在合法外衣的掩盖下只做不说的行为,是美国白人至上主义者排斥迫害有色族裔的惯用伎俩。

“那只有你们自己另外找地方了。”听完严岩关于与经理交涉情形的陈述后齐太太说,“不过再找的话你们帮我省一点,要比现在的月租低一百块。”

“低就低吧,有地方睡觉就行。”严岩想,没有和齐太太争辩,但是提出应该租两卧室套房,这样胖子也有自己的卧室。齐太太没有反对。

第二天午餐结束后,严岩叫胖子跟他一起在餐馆附近的公寓寻找住处,问了好几家,最低房租都比齐太太定的要高。第三天也是一样。直到第四天,才在离餐馆两英里的地方租到廉价住宅。这里没有停车场,车必须停在路边,没有地方洗衣服,要走很远的路才有公共洗衣机房,没有围墙,更没有游泳池;房子陈旧不堪,室内气味难闻。但是只要有工可做,有钱可赚,这些都无关紧要,唯一不便的是每次上下班都要走至少半小时的路,因为严岩和胖子都没有汽车。

不过没车的困扰很快便消除了。厨房里来了个叫阿龙的三十几岁的泰国人。阿龙皮肤黝黑,体格强壮,自称从小练泰拳,曾经是职业拳手,又说来美国后找不到合适工作,看见遍地林立的中餐馆,就到中餐馆打工,盼望自己哪天也能开一家。他有辆旧车,漆已经残缺剥落,开起来喀喀作响,但毕竟比两条腿强,严岩和胖子就坐阿龙的车上下班。

阿龙本性善良,但是有点傲气,性情执拗,不大讲话,尤其不喜欢别人对他指手画脚。有几次小林想显示自己的权威,都碰了钉子。看着阿龙漠然的眼神和健壮的体魄,以及脸上似有似无的嘲笑,小林很快就对阿龙敬而远之。厨房里几乎所有人都跟小林一样,唯独严岩例外。

阿龙钦佩严岩的为人和能干,心里服严岩,所以凡是严岩交代的事都毫无抵触地努力完成。他工作踏实,学东西很快,不管别人如何看待他,严岩始终认为他是个不错的人,两人之间从来没有矛盾冲突,也不存在交流方面的障碍。

有次严岩问阿龙有没有家室,阿龙说没有。

"想不想哪天找个中国女人结婚?"严岩跟阿龙说笑。

"中国女人?"阿龙突然变得很兴奋,脸上止不住地笑,说:"当然,我希望我能有个中国太太。"

严岩说了一个"好"字,就没有再说什么,免得阿龙以为他可以帮忙介绍中国女友。他察觉到了阿龙对中国的好感和向往,但是帮不上忙。

像阿龙这样,包括中国人在内的亚裔男性,由于种族、语言、习俗、收入以及缺乏时间、交往机会等等缘故,找美国女性做伴侣的可能性微乎其微,找亚裔女友也非常不易,因为这时在美国处于适婚年龄的亚裔单身移民大多是来这里闯荡天下的男人,女性很少。银花和马太太都有女儿,但她们年龄尚小,即便到了谈婚论嫁的时候,也未必会看得上在厨房做工的男人。

齐先生也有个女儿,叫小玉,十六岁的年龄,乖巧聪颖,是父母的掌上明珠。齐太太对她尤其宠爱有加,不管她要什么都会尽量满足她。小玉到餐馆来过几次,每次看见严岩都会依照齐先生要求的称谓叫声"严叔叔好",对别的人也很亲切。齐太太只要见到她,立刻就换了个人,终日阴沉刻板的脸刹那间变得容光焕发,满面欢笑。其实齐太太也会笑,一种是需要时挤出来的皮笑肉不笑,再一种是看见爱女时发自内心的真笑,第三种还有待开发。小玉有个哥哥叫小刚,远没有妹妹那么幸运。小刚读书不如小玉,而且来美国时已经过了不必努力就能轻而易举地掌握英语的年龄,所以直到去年快二十岁时才进入不算名牌的新墨西哥大学。齐先生主政四川饭店的时候小刚偶尔来过,对人很有礼貌,称严岩也是"严叔叔",大家觉得他老实本分,都喜欢他,然而严岩听齐先生讲过几次,小刚跟齐太太的关系非常僵,除非必要,母子间完全不讲话。齐先生认为原因在于小刚性情直率,不会看风使舵,也不喜欢卖乖讨好,而以齐太太的秉性,身边的人必须恭维她、奉承她,对她百依百顺,她才会喜欢,否则势必招致她的憎恶。

从齐太太接手餐馆开始,齐先生几乎销声匿迹,小刚也再没来过,但是这天午餐营业刚刚结束,严岩却意外看见小刚从后门走进厨房。

"严叔叔好。你们大家都好。"小刚一进来就问候所有人。

"小刚,你很久没来啦。要不要吃点什么?"严岩记得半年前小刚曾经带一个朋友来吃饭,要了一份青椒牛肉和一份麻婆豆腐,当时还是齐先生当家。作为老板的家人,小刚偶尔请厨师炒菜吃是十分正常的事情,现在差不多还是午餐时间,严岩猜想小刚来这里是想填填肚子。

小刚有点踌躇,不过还是讲了:“严叔叔,能不能麻烦你给我炒半份青椒牛肉、半份麻婆豆腐?我就是喜欢你炒的这两样菜,你看行不行?不行就炒一样。”

严岩笑了笑,说:“没问题,你稍微等一下,马上就好。”随即干净利落地把两个半份菜炒好,分别装在不同的盘子里。

“谢谢你,严叔叔。真不好意思。”小刚说。

“别客气,快拿去吃吧。”严岩向小刚做了个手势。

小刚端着盘子到餐厅去了。严岩在厨房唯一一张椅子上坐下来,开始享用他的午餐,没想到才吃第二口,就听见齐太太气势汹汹的声音:

“小严,刚才是不是你给小刚炒的菜?!”

“是啊,怎么啦?”严岩抬起头来,看见齐太太十分不满地站在厨房通往服务站的门口。

“你为什么给他炒两个菜?!”齐太太声色俱厉地问。

“为什么,不就因为他是你儿子吗?餐馆大老板的儿子想吃东西,我能拒绝吗?即便我做了额外的事情,也是为你家里人做的,你不说谢谢我,反倒来责备我,是不是有些太荒谬了?”严岩默默地想,觉得齐太太实在是不可理喻。

“他要两个,我就炒了。”严岩说。

“你这么好啊?一个就够了,还炒两个!”

“两个都是半份,没多炒。”

“半份也不行。以后不管他要几个,你只给他炒一个。太享福啦!”

“哎呀,齐太太,他想吃就让他吃嘛。他是你儿子。”银花在边上劝齐太太。

齐太太没睬银花,语气严峻地交待严岩:“他要是再来,就是一个菜,不要多炒。”说完转身就走。

“很厉害呀!”估计齐太太不会听见,银花笑着装出吓得发抖的样子说。

“还跑来训我!我是给她儿子炒菜。”严岩感到既好笑又愤怒。

“她不喜欢她儿子。”银花说。

“那也没有这么干的。又不是让她费劲,我愿意炒,跟她没关系。”严岩说。

“没有见过这样做母亲的,看见儿子吃点东西,好像吃她的肉一样。”林先生也忍不住要说几句,“别的母亲要是看见有人对自己小孩好,都会说谢谢,在她眼里成了坏事,真是莫名其妙。”

谁都不知道母子俩在餐厅里发生了什么事,不过从此小刚再也没有来过餐馆。

严岩见到齐先生时提到这件事,齐先生神色淡然地笑着说:“你现在知道她啦?她干什么荒唐事我都不惊讶。我是不会讲她的,讲什么都没用,她永远认为自己绝对正确。”

“再怎么也是她的亲生儿子。”严岩说。

“亲生儿子又如何？天下最毒妇人心。当年武则天为了权位，把两个亲生儿子都杀了，亲生女儿才刚出生就被她亲手掐死。女人哪，什么事都干得出来。”齐先生说。

“男人也一样啊，凌迟、腰斩、剥皮、屠城、灭九族，都是男人干的，不能说女人就一定比男人狠。而且不管男人女人，真正极其狠毒的不多。”严岩说。

“我也知道真正狠毒的人不多，但是你要知道，女人狠起来比男人更狠，因为她们很容易被感情支配，情绪一起来，理智就没了。像是武则天，把她忌恨的两个女人手脚砍掉，再把她们泡在酒里，说那叫‘骨醉’，最后把她们杀死。汉高祖刘邦去世以后，他的皇后吕雉把他的宠妃戚夫人也是手脚砍掉，称为‘人彘’，就是说戚夫人是猪，然后把她扔到猪圈里。吕雉的残忍连她自己的亲生儿子看了都无法忍受，终于悒郁而亡。”齐先生说，“不过武则天一死，整个武氏家族就被灭门，吕雉一死，整个吕氏家族也是被灭门，都没有好下场。”

“你太太恐怕还没那么狠吧。”严岩说。

“嗯！不一定哦！”齐先生两眼看着严岩，脸上露出有些诡异的微笑，说：“她是没那个权力，要是有的话，你想想看，有什么事她做不出来！”

二十九

一连几个月，齐先生天天都在忙碌。

从齐太太准备接手四川饭店起，齐先生就开始酝酿下一步规划。到美国后的迭遭挫败尽管只是两年前的事情，在他的感觉中却早已成了可以淡忘的遥远过去，每天涌入餐馆的人潮把他的自信推到了天上，现在他认为，他已经掌握了生意成功的所有诀窍，只要他愿意出手，必定是百战百胜。

如果他像许先生一样有钱，当然会干更大的事业，然而目前他只能把眼睛盯在投资较小的餐馆经营上。他打算再开一家，不是开齐太太做垮后卖给马太太的那种简陋小餐馆，那本是用来敷衍齐太太，让她有个地盘自得其乐，与齐先生互不相干的，没想到她居然连个小餐馆都搞不好，最终赔钱卖掉，跑来夺了他的江山。齐先生是想开一家富丽堂皇、能够彰显他为自己设想的身份地位的豪华中餐馆。这个餐馆不能开在阿巴克基，否则就是自相残杀，也不能开在圣塔菲，那座小庙容不了大菩萨。新墨西哥州别的城市更加不成气候。他苦苦思索了几天，忽然想到弟弟齐老二居住的城市达拉斯。

“好主意！”齐先生对自己思维的开阔十分满意。

达拉斯是得克萨斯州人口逊于休斯敦的第二大城市，但其影响力却远超休斯敦，在得州人眼里，得克萨斯的象征是达拉斯，而不是休斯敦。达拉斯的“牛仔”美式足球队在美国家喻户晓，被誉为“美国之队”，球队的价值没有其他任何队可比。很多大企业把总部设在达拉斯，高新科技和传统工商业在达拉斯都很发达。在那里开中餐馆，可以找出一千个理由。

年纪大点的普通中国人第一次知道达拉斯的大名多半缘于1963年美国总统肯尼迪在达拉斯遇刺。这年11月22日，肯尼迪到得克萨斯为竞选连任拉票，中午时分，他的专机降落在达拉斯北边的拉弗机场，随即一行人乘车浩浩荡荡地向达拉斯市中心进发。肯尼迪坐在林肯牌豪华敞篷车后排右侧，旁边是美国第一夫人，前面是得州州长。进入市中心后车队放慢速度。聚集在道路两旁的民众争相瞻仰这个美国历史上当选时年龄最轻、最风度翩翩且风流成性的总统风采。肯尼迪满面笑容，不断向人群挥手致意。总统一行渐渐接近市中心尽头，再转过一个小弯，前面就是高速公路。车队开始加速。

这时几颗子弹从天而降。

无论是高度戒备的总统特工和达拉斯警方，还是热情洋溢的普通市民，谁都没有注意到从路边得克萨斯州教科书仓库六楼一扇敞开的窗口里伸出了一支意大利步枪。一名前美国海军陆战队士兵已经在那儿等候总统先生多时了。这个叫李·奥斯瓦尔德的美国人二十四岁，在美国号称精锐的海军陆战队服役时接受过严格训练，枪法奇准。先前他一面享受食物和饮料，一面目不转睛地注视着总统车队来的方向。终于,车队过来了,接近了。他开始端枪瞄准。等到肯尼迪的总统座车刚刚从他下方通过、肯尼迪本人正容光焕发地笑着向人群招手的时候,他扣动了扳机。时间是十二点三十分。

李·奥斯瓦尔德一共开了三枪,其中两枪命中目标。射中肯尼迪的第一颗子弹从他后面进入,穿透咽喉,第二颗子弹击碎了他的头颅,这个踌躇满志的总统当场殒命。李·奥斯瓦尔德随即落网,两天后在警方押送途中被一个叫鲁比的夜总会老板在众目睽睽下枪杀,临死时声称自己只是替罪羊。之后美国政府公布调查报告,认定这起惊天大案从头到尾都是李·奥斯瓦尔德一人所为,既没有同伙,也不存在任何政治阴谋。然而很多人认为整个案件疑云重重、扑朔迷离,认为政府对公众隐瞒事实真相,几十年来各种质疑、猜测、传言铺天盖地。肯尼迪被害地点早已成为一些游客的必到之处,每天都有人在那里回望这段让美国人不胜欷歔的惨痛历史。

齐先生拿定在达拉斯开餐馆的主意后揣度了一番,觉得仅凭他自己,肯定独木难支,于是打电话给弟弟寻求合作。老二因为四川饭店的大获成功早就对老大羡慕不已,同时对老大的才干深信不疑,所以无须老大多言,老二立刻赞成。

兄弟俩英雄所见略同,一致认为在达拉斯这个大都市要开餐馆就开豪华型的,绝不能为了省钱便搞得不伦不类,只要装潢好菜肴好,食物饮料的价格可以定得高一些,讲究排场的得州佬是不会吝惜口袋里那点钱的。高投资一定会带来高回报。至于若生意惨淡将导致血本无归的风险,他们不予考虑。

开餐馆第一要紧的是地点选择。美国人提起做生意,总是强调“地点!地点!地点!”中餐馆老板们也一样,因为地点适当与否常常决定生意的成败。兄弟俩不敢大意,齐老二一有空就开车到处寻觅查看,齐老大几次专程坐飞机前往达拉斯。他们理想中的地点要符合以下几个条件:位于繁华商业区;交通便捷;停车方便;建筑新颖。这不是件容易事,但两兄弟最终如愿以偿。他们选中的地方在一个规模巨大开业未久的购物中心里,这个中心分为五个相对独立的部分,每部分都有一个中央建筑,其中一个中央建筑正好还没人租用,而且面积非常符合两兄弟的期望。购物中心有几个占地广大的停车场,各类商店、餐厅、酒吧一应俱全,还有邮局、健身房和电影院,同时离美国30号州际高速公路不远,将来即使有人从很远的地方慕名而来也十分方便。

提到州际高速公路,不妨谈谈美国的公路系统。美国公路四通八达,密如蛛网,其中最重要的是东西走向、从南到北编为10号、20号、30号、40号、70号、80号、90号的七条州际高速公路,以及南北走向、由西往东编为5号、15号、25号、35号、55号、65号、75号、85号、95号的九条州际高速公路,这十六条高速公路构成美国公路网的主干道,也是美国经济的大动脉。里面的20号、30号和35号三条高速公路穿越达拉斯大都会区。

两兄弟联系购物中心管理部门,了解到他们想要的那个中央建筑的租金数目,又请几家装修公司派人到现场估算施工及设备费用。一切都很顺利,剩下要做的是与购物中心商定租赁条件和签约。这时老二接到老大从阿巴克基打来的电话,说是有件事需要坐飞机来达拉斯和他谈。

“老大,有什么事电话里讲就好啦,没必要专门跑一趟。”老二感到有点迷惑不解。

可是老大说:“这事一定要当面谈。”

两人见面时哥哥亲切地笑着提出让弟弟意想不到的要求:享有技术股份。也就是说,由于他的技术,不出资,就可占有一定股份。哥哥的理由很充分:设想是他提出来的,餐馆布局和装潢有赖于他的专长,更不必说设备采购、经营方式、菜肴种类和风味,如果不是因为他,根本就不可能有这家餐馆。当弟弟的听了哥哥的要求后半天没有讲话,踌躇了一阵,慢慢觉得哥哥的要求也算是有理可依,在商言商,纵使亲兄弟,也要明算账。不过老二不同意老大提出的技术股份占总股份三分之一的主张,坚持认为最多只能占四分之一。老大争辩了几句,也就很大度地对老二让了步。两人从一开始便达成各占一半股份的协议,考虑到老大的股份中有一半是不出钱的技术股,所以老二的实际投资将是老大实际投资的两倍。老二算了算账,呆了,因为他拿不出那么多钱。

“真没这个钱。”老二愁眉苦脸地说。

“什么时候了,还来这个。”老大有点不高兴,“该拿就拿出来。”

“能拿出来就好啦,问题是拿不出来。”

“干了这么多年,钱去哪儿了?老二,你说没钱我不信。”上次买许先生的四川饭店股份时老大就不信老二没有足够的钱,这次依然不信。

“老大,你不信我也没办法。我这个人你又不是不知道,该花就花,买房子买车,每次回台湾还要在那些女孩子身上花钱,能有这些已经不错了。”

“那怎么办?这个店算是没法开了。”老大非常失望。

“都走到这一步了,怎么也得开。行啦,老大你也别难为我了,钱拿出来,先帮我垫着,以后赚了钱每个月还你。”老二神色怡然地笑着说。

“老二,你以为我有钱?”老大惊得眼睛都鼓了出来。其实他真的没有那么多钱,即便有,也不想拿出来。谁知道老二会不会心甘情愿地还债!

“老大,生意这么好,总能再拿些钱出来吧?”老二也不相信老大。

“有钱我会不拿出来?”老大苦笑着摇了摇头,“我刚刚好了两年,最近买了房了,再抛去各种开销,你算算我能有多少钱。跟你说实话,付这个四分之一的钱已经快到我的极限了。”

好一会儿谁也不讲话。慢慢地,两个亲兄弟之间产生了信任感,都意识到对方讲的是实话。之前他们都高估了对方,都以为对方很有钱。这一点也不奇怪,因为每个人都对自己的经济状况讳莫如深,即使是关系密切的兄弟姐妹间也相互不知底细,常常由于表象和猜测而产生误解。现在他们南柯梦醒,原来两人耗时费力苦苦追求的,不过是一枕黄粱。

他们可以选择开一家外观寻常些的餐馆,这样便不存在资金短缺的问题,但是他们不愿降格以求,其原因首先在于他们的心理无法承受那种变化,这就像要他们一下子从贵族贬为平民,他们是宁死也不肯的,另外,那种餐馆多如牛毛,很难引起食客的兴趣,谁都不能担保开张之后能够赢利。

齐先生回到阿巴克基后每天闷闷不乐,连LEE的百般抚慰也无济于事。他脑子里总是出现那个购物中心的样子。一个难得的发财机会,一个他梦寐以求的豪华餐馆,就这么丢掉了,他实在心有不甘,可是想了又想,还是一筹莫展。

"英雄气短。"想到最后,齐先生有种悲壮的感觉。

他没有料到幸运之神会再度眷顾他。这天他接到弟弟的电话,得知事情有了转机,弟弟一个姓胡的华裔同事,也是弟弟的老友,表示有兴趣入股。不过胡先生提出让他的内兄唐先生也入股,并且希望他和唐先生能与齐家两兄弟平分秋色,最终每人各持四分之一股份。老二要老大拿主意。老大起初很不高兴:这不是要夺我的半壁江山吗?但他是个有度量的人,这个未来的餐馆又寄托着他的厚望,怎么都难以舍弃,而且部分拥有总比完全没有强,尤其是有个念头在他脑子里一闪,于是当即下了决心。

"行,只要能把餐馆开起来。"老大在电话里对老二说。

"还有一件小事。"老二有点吞吞吐吐,"说了怕你不高兴。"

"说吧,什么事?"

"他们两个……说你的技术股份是不是占总股份的百分之二十就行了,说你只要出百分之五的钱就能有百分之二十五的股份,已经很好啦。他们认为那样比较公平。老大你……觉得怎么样?要是不行就不要勉强。这是他们俩的意思,我是没问题。"

老二讲得很温和,但是老大明白,这不是在向他征询意见,而是在向他提出要求,如果他拒绝,那两个很可能就此罢休。他很想骂那两个不知好歹的家伙几句,很想说些"没有我就没有这个餐馆"或者"没有我你们谁也别想赚钱"之类的话,但是忍住了,一句都没说,因为他不想冒险。

"我没问题。"老大回答得很干脆。

老二倒有些犹豫,说:"老大,你确定想好了?这样咱们就只有一半股份了。"

"老二,一半也比没有强。说实话要是真的放弃了,我心里肯定不痛快。"老大说。

"行。老大,你说怎么办就怎么办,我听你的。"老二认为自己应该跟老大同进退。

只是老二不知道,老大答应得这么爽快其实另有缘故。这涉及齐先生的苦衷。家里女人如狼似虎,他被管得服服帖帖,在外面拈花惹草,却又不能不出手阔绰。幸亏当初老婆还在休斯敦,鞭长莫及,使他能偷偷藏起一笔钱,不然LEE每月的开销还不知道去哪里找着落。可是那些钱迟早会用完,以后怎么办?齐先生百思不得其解,只能走一步是一步,还得在LEE面前装出腰缠万贯的样子。接到弟弟电话时他不知怎么的突然开了窍,所以无论什么要求,他都乐于答应。

齐先生想到的是不把技术股份的事告诉齐太太,只对她讲四个人出的钱都一样。他能这么做,全凭老婆的凶悍强大使他在她面前连炫耀的勇气和兴致都没有,以至于她对他不必花钱就有股份的成就一无所知,到时候他可以神不知鬼不觉地把一大笔钱扣下来抓到自己手里,尽管这些钱只是由夫妻共有财产变成他的个人财产,但是意义却非比寻常。

"……"齐先生找不出词来宣泄他的兴奋。

以后的进展一帆风顺。在达拉斯这个理想地点装修的餐馆渐渐初现端倪。大门口排列着金色圆头大钉的两扇红门要等以后才安装。进去后迎面是座别致的拱形小桥,下边池子里届时将注入流动的水,还会有几条大尾金鱼在那里优哉游哉。桥的尽头是迎宾台,每位来宾都会享受到最殷勤的接待。若被引入右侧餐厅,他们会感到进了宫殿,里面的精美奢华必定让他们叹为观止。这个餐厅可以容纳一百人同时进餐。左侧餐厅更大,差不多可以容纳两百人,但那里是另一番景象,是仿照皇家庭园建造的:中间雕栏玉砌,四周宫墙回廊,头上飞檐斗拱。以后还会有精美典雅的桌椅,再加上特别定制的餐具。厨房里已经安装了抽油烟机,炉台刚刚就位,只待接上水和煤气,其余油锅、汤锅、切肉机、绞肉机、冰箱之类正陆续抵达。眼看一部生财机器即将成型。

齐先生隔几天就飞到达拉斯看一看,回来后每天打电话询问弟弟餐馆的最新进展。这个大手笔都是他一个人的杰作,是完全依照他几乎不加约束的意愿建造的,即使与真正的皇宫相比,看上去也毫不逊色。齐先生的兴奋和得意无可形容。

这天在从达拉斯返程的飞机上齐先生就盘算好了,回去后首先要看望LEE。几个月来为了新餐馆,他不仅耗尽了时间精力,而且情绪起伏不定,以至于经常对LEE心不在焉,现在他忽然觉得前段时期对这个小情人有些过于冷落。齐先生比谁都清楚,他的年轻女人精力旺盛,热情似火,时刻渴望爱的甘露。今天晚上,他打算给她一个意想不到的惊喜。

飞机在阿巴克基机场降落时是下午三点。齐先生并不急于行动。他先开车到一家咖啡馆,坐在舒适的沙发上悠闲自在地品尝咖啡,一边望着窗外来去匆匆的车辆行人。六点整,他走进一家牛排馆。LEE经常烹饪牡蛎使他增加精力,牛排也许无法与牡蛎相比,但是能量也很可观。齐先生没有饮酒,因为据说酒精会让男人的某个功能下降。不过烟是可以吸的。享用完牛排,齐先生气定神闲地吞云吐雾,消磨时间,心里琢磨着即将来临的两军大战,进门时讲些什么,然后讲些什么,先做什么,再做什么,都想得一清二楚,渐渐有些陶醉起来。

直到晚上八点,齐先生才怡然自得地哼着小调,慢悠悠地钻进汽车向LEE的住处进发。这时吃下肚的牛排正发挥最大的功效,又用几个小时养足了精神,齐先生蓄势待发。

天色逐渐暗下来,道路两侧华灯初上。齐先生放下窗玻璃,让夏日的晚风随意吹拂。收音机的音量被调到最大,以便与主人的情绪相称,跳荡激越的摇滚乐把齐先生拉回到青年时代。

到了,齐先生把车停稳。他来过这里很多次。定金和月租是他付的,房间里的家具是他买的,那个千娇百媚的女人当然也是他的。他每次看到这个地方都会产生既踏实自在又温馨甜蜜的感觉,不像在家里,如果只是冷若冰霜倒也罢了,还要动辄遭受劈头盖脸一顿臭骂,那样的家,哪里还有家的味道?但是这里也不是家,不过是他能够纵情享受的私人乐园。他从来不曾把 LEE 看作他生命里的一部分。他没有家。

其实齐先生来这里一趟很不容易。自从私情败露,他就被严加管束,老婆总怀疑他图谋不轨,几乎天天对他盘查诘问。然而越是这样他越想来,只是每次都要慎之又慎,还不免提心吊胆,但那也是一种刺激,一种乐趣。过去几个月由于琐事缠身,他不大常来,尤其前一阵子新餐馆装修到了紧要关头,为免出错,他在达拉斯连续逗留了整整两个星期,现在他要把这两个星期的缺憾全部弥补出来。

汽车驶近时齐先生看见了 207 号房间窗户透出的灯光。她在家。是的,这个时候她应该待在家里等候他的电话,渴望他的到来。他不慌不忙地走上二楼,在 207 号门口站住。他当然有钥匙,但却无意使用,因为钥匙转动的声音等于告诉她"我回来啦",那么见面时她感到的将不是百分之百的意外,只有在毫不知情的状态下,在打开房门的一刹那突然看见自己朝思暮想的恋人,才会激起她发狂般的欢乐,而那正是他希望看到的。

齐先生伸手揿响了门铃,等待享受他的小情人的惊喜表情,以及随之而来的拥抱和亲吻。他仿佛已经能感受到她年轻火热的身体紧紧贴在他身上的滋味。

门……没有动静。齐先生又揿了一次门铃,里面还是毫无反应。他非常失望,只好掏出钥匙自己开门。室内灯火通明,但是空无一人。齐先生径直走进卧室,这里飘浮着他熟悉的香水味,并且似乎还能嗅出她诱人的体香。那张让他享尽温柔的床显得有点凌乱。他盯着床看了很久,眼神里闪烁着满足和自得的笑意。

LEE 大概是去吃晚饭了,齐先生猜想。他到客厅坐下来看电视,上面正在播新闻。美国 ABC、NBC、CBS 三大电视台每天都有新闻节目,不过除非发生惊天动地的大事,否则这些节目对世界上其他地方的事几乎只字不提,只讲美国,好像美国就是整个世界。在它们的报道里,美国的棒球冠军被称为世界冠军,美国的冰球冠军也被称为世界冠军。当然,只有美国才有的美式足球,其冠军更是世界冠军。若有重要国家的领袖到访美国,三大电视台偶尔会稍稍提及,但是那些弱国小国穷国的要人则与这种礼遇无缘,他们最多只能在影响力不大的公共电视台露面,而且获得的接待与普通来宾无异。此外,隶属于三大电视台的各地方台每天也播自己的新闻,讲的基本上都是本地的事情,其中交通和天气是必不可少的话题,就业、住房、健康和车祸时常被提及,毒品和暴力之类的新闻早已失去对观众的吸引力。

新闻之后是连续剧,但是齐先生无心观看。他不是来看电视的。已经过了九点。接着是九点半。马上就是十点。LEE 依然没有回来。是跟朋友一起去看电影了吗?不会出什么事吧?齐先生有些担心,忽然想起有一次他也是找不到 LEE,后来见面时 LEE 说当时是和美奈子在一起,还把美奈子家的电话号码写在一张纸条上让他查询,他记得他并没有给美奈子打电话,但是把那张纸条塞进了皮夹子。他摸出皮夹子,发现纸条还在里面,尽管按照美国观念这么晚了打扰别人很不礼貌,他还是硬着头皮拨通了美奈子的电话。

"谁?"话筒里传来不快的男低音。

“真是抱歉。”齐先生几乎是在点头哈腰，“我是 LEE 的朋友，我只是想知道 LEE 是不是和美奈子在一起。”

“没有。我妻子今晚没出去，LEE 也没来过。”那边的声音像是和缓了点，“还有什么事?”

“没有别的事。谢谢你。”齐先生连忙挂断电话。

时针指向十一点，齐先生开始感到烦躁不安。他注视着门，可是门纹丝不动。有时外面走廊里响起越来越近的脚步声，他以为 LEE 回来了，却又听见脚步声逐渐远去。后来他几次掀起窗帘向外张望，有一次甚至走到马路上久久徘徊，还是始终不见 LEE 的身影。终于，一个可怕的念头在他心里渐渐滋生成型。真的会那样吗?怎么可能呢? 他无法相信会发生那种事，可是不能不怀疑。时间一点一点地流逝，他对自己猜测的认可度在一点一点地增加。他的全身都在发抖。

“臭婊子!”齐先生咬牙切齿地骂了一句。他想不出能有什么更刻毒的话来发泄他的愤恨。

他仔细检视整个套间，确信没有留下他的任何痕迹。当他看到那张床时心里充满了厌恶。离开房间时，他希望能迎面看见独自归来的 LEE，听她急匆匆地讲述合情合理的外出原因。然而那些只是他的幻想。

在确定没人注意后，齐先生迅速穿过街道，在几株枝叶繁盛的灌木里把自己隐藏起来。他就像一个训练有素的间谍，一动不动地死盯着对面的公寓。

时间仿佛凝滞了。在他面前的路上，有的车疾驰而过，有的车缓缓停靠；有人挥手告别，也有情侣热情相拥着走进公寓。窗口的灯亮了，又熄灭了。不知道过了多久，还是没有 LEE 的踪影。

齐先生早就瘫软得跪在地上。他肥胖的身躯受不了那种弯腰躬背、半蹲半立的姿势。这时已经过了午夜，齐先生周围像是死一样的沉寂，他觉得似乎整个世界都在享受睡眠，唯独他还在坚守岗位。

“难道她今天晚上在什么地方不回来了?”他想，一边感到心像被鞭子狠狠抽了一下。

牛排给齐先生带来的能量早已荡然无存，现在他饥饿难忍，真想吃点什么，可是无论身上还是车里，什么食物也没有。使他更难受的是口渴。先前在 LEE 的房间里他一心等她回来，没想到要喝水，这时口干舌燥得像焦灼一般。好像这些麻烦还不够多，齐先生又有了要小便的感觉，他忍了很久，终于无法再忍，看看四下无人，连忙爬起来扯拉链，但是已经晚了一步，裤裆裤腿湿了几片，鞋子也遭了殃，剩下的全撒在地上。不过他十分执著，依然坚守在原地，决心弄清楚到底是怎么回事。

又过了不知道多久，空中落下雨来。雨越下越大，还响起了几声惊雷。密密麻麻的急雨转眼就把齐先生淋得透湿。气温随雨快速下降。起风了。齐先生冷得牙齿打战。他环顾四周，发现右边相距不远的一棵树可以助他遮风避雨，但是树下无处藏身，后面也有树，不过隔着另一家公寓的围栏。他只好任凭大雨浇泼，渐渐感到难以支持。

“回去吧,看来她今天晚上不会回家了。”齐先生对自己说,觉得意气消沉。随后他一只手撑着地面,另一只手压着膝盖,竭尽全力想站起来,却不料才刚刚起身就因为遍体疲软而扑通一声摔到地上,混杂着尿的雨水和污泥顿时沾满了他半边身体,连嘴唇和脸颊也未能幸免。不过他最终还是挣扎着站了起来。

这时一辆崭新的“野马”牌轿车正在他面前的街道上如雪橇般流畅地驶过来。

三十

齐先生立刻注意到了那辆得意洋洋的“野马”。尽管感到头晕目眩、浑身无力，他还是一眼就认出了那是他给 LEE 买的车，于是连忙弯腰屈膝，在灌木丛里透过茂密的枝叶监视前面的一举一动。

“野马”在街道对面的路边停了下来。齐先生看见里面有两个人。这两人并不急于离座，而是相互拥抱着十分缠绵地接吻。齐先生的心剧烈地抖了一下。随后一个年轻的美国男人从驾驶座一侧开门出来。另一侧的门紧跟着也开了，出来的正是他期盼已久的小情人，她的脸在黯淡的路灯下显得不大清晰，但是齐先生还是能看到他熟悉的娇媚笑容，不过这次不是对他笑。她面朝齐先生站在人行道上，等她的新情人绕过车头到她身边，却不待那个男人靠近便急不可耐地迎上去。接着两人相互依偎着朝公寓走，年轻男人边走边伸手在 LEE 丰满的翘臀上随意抚摩，LEE 则用双手紧紧搂着那人的腰，几次仰起头来亲他的脸。

齐先生看得浑身冒火，每根血管都在爆裂。他险些从灌木丛里冲出来，狂吼着，怒骂着，把这两个不知廉耻的狗男女痛痛快快地教训一顿。尤其是那个男的，那个胆敢勾引他女人的混蛋，他要三拳两脚把那家伙打得跪地求饶。但即便是求饶他也不会善罢甘休，他要继续打，苦苦哀求也没用，他要一直把那个男的打得倒地不起，打得奄奄一息，打到他自己精疲力竭，再朝地上“呸”地一声吐口唾沫，然后转过脸来狠狠盯着 LEE，那个居然昧着良心在外面偷汉子的贱人。在整个过程中，她必定是吓得浑身发抖，躲在边上噤若寒蝉。他让她见识到了他勇猛无比的男人雄风！还敢吗？要不要吃一记老拳？但是还没等他发作，她已经扑过来跪在地上，泪水涟涟地抱着他的腿乞求宽恕。像所有的英雄一样，他无力抵挡女人的眼泪……

然而齐先生什么都没干，甚至连哼一声也不敢。那个看上去很强壮的年轻人使齐先生望而生畏，如果真的打起来，倒地不起的八成是齐先生自己。齐先生不是没有力量，只是那些力量大多要用来支撑他的体重。速度和敏捷不是他的长项，格斗技巧他一无所知。年纪也是问题。唯一的优势是他的肥肉，再重的拳打在上面也会像打在棉花上一样毫无力道，不过若是一拳挥到脸上，恐怕就只好倒下去了。齐先生很清楚，他不是那人的对手。好汉不吃眼前亏，他还没有丧失理智。关于这一点，自然是要归功于他沉稳冷静的美德。

齐先生还有一个蛰伏不动的理由。深更半夜闹起来，一定会惊动邻居。美国人遇到纠纷，不管是自己的还是别人的，动辄打电话叫警察，若是警察来了，齐先生该如何应付？说他跟这个女人睡过觉，所以别的男人不能染指？美国人会告诉他，人家是单身女人，想跟谁睡跟谁睡，跟一百个人上床也与你无关。付了钱？她强迫你了吗？没有。那是你心甘情愿地讨好人家，不然这么漂亮的年轻女人，凭你？……就算出再多钱也不能限制别人的自由，美国的奴隶制时代早就过去了。什么？这个一身肥肉的丑八怪家里还有老婆？什么样的女人会嫁给他呢？跟那个年轻人一比，他真的应该赶快躲起来，却居然还想占有两个女人。

最终所有人都会指着齐先生的鼻子大声嘲笑。

打又打不过，吵又不能吵，齐先生只好忍气吞声。不过他心里还存着一丝希望，就是那个男人会离开这里。他等着，眼睛一眨不眨地盯着 207 号房间亮着灯光的窗口。他没有等太久。里面的灯灭了。

仿佛有一道雷电把齐先生劈得粉碎。他万念俱灰。谁也不知道他是怎么回到汽车里的，连他自己都不知道是怎么回的家。在家门口，他清醒了一点，尽管感到两腿发软，却没有马上进去，而是让自己先定一定神。刚才的事情如同一场噩梦，他觉得实在难以置信，却又不能不信，因为那全是他亲眼所见。现在他只想躺下来喘息。他小心翼翼地开门，唯恐惊动家人。

还好，里面漆黑一片，鸦雀无声，看来他们都睡着了。齐先生蹑手蹑脚摸到主卧室门外，随即以最轻柔的手法缓缓拧动把手……

“去哪儿啦？”黑暗中突然传来冰冷的声音。齐先生吓得浑身一抖。

“没去哪，就是飞机晚点。”

“晚这么多？我不信。把灯打开！鬼鬼祟祟的，像贼一样。”

“开什么灯啊，赶快睡觉啦。”齐先生不想让老婆看见他的狼狈相。

“叫你开灯你就开，还个什么嘴！”齐太太火气上来了。

“好，好。”齐先生连忙答应。灯亮了，他看见老婆衣衫不整地坐在对面椅子上。

“身上一身泥是怎么回事？脸上也是。怎么全身都是湿的？”齐太太的目光在齐先生身上扫来扫去。

“下雨，不小心摔了一跤。”

“从飞机场回家摔了一跤？怎么可能！你老实告诉我，到底发生了什么事。是不是又跟那个狐狸精鬼混去了？我就知道你今天晚上不会有好事，从床上起来一直在等你。”

“说什么呢，我这不是一下飞机就回来了吗？”齐先生做出很委屈的样子。

“少骗我！什么东西，狗改不了吃屎，就喜欢那个臭婊子！”齐太太变得更凶了。

“哎呀，你小声点好不好，小孩都睡了，明天还要上学。”

“你心里还有小孩？我看你心里只有那个贱货，钻到她那个臭洞里不想出来。”

“好啦，不要讲了，讲得那么脏，要是他们听见了，像个什么样子。”

“我说她脏你心疼了是不是？还讲样子！你什么样自己不知道？又肥又老又丑，说你是猪都不配，真不知道当初怎么会上你的贼船，算我瞎了眼！”

“你们吵什么啊，我都没法睡觉了。”小玉不知道什么时候进来了，站在那里边揉眼睛边抱怨。

夫妻俩立刻安静下来。当妈妈的心疼地对女儿说：“不吵啦不吵啦，快回去睡吧，明天还要上学呢。”

小玉撅着嘴巴走了。齐先生责备太太：“你看，我说不要吵吧。”

“少乘机！还不都是因为你！”齐太太压低嗓门吼着。这时门外有个人影闪了一下，齐太太以为小玉还没有回去，便用温柔到极致的声调问：“小玉，你还没去睡呀？”

“是我。”门外传来的嗓音比小玉的低沉得多。

“小刚，你在那儿干什么？”齐太太顿时变得声色俱厉。

“我……你们的声音能不能小一点？”小刚躲在门外不敢露面。

“还要你讲！要你管我的闲事！”齐太太把刚才看见女儿后压抑起来的怒气倾泻到儿子头上。小刚一声不响地走了。

沉默了几分钟，战火再度燃起。这一次两人都降低了音量。从齐太太牙缝里挤出的话句句像锐利的刀锋。齐先生起初还嗫嚅着辩解几句，但是很快就缴械投降，任凭齐太太肆意辱骂。终于，齐太太骂累了，起身准备睡觉。齐先生跟着脱衣服。

“你干什么？”齐太太瞪了齐先生一眼。

“睡觉啊。”齐先生感到困惑，愣了一下。

“没让你睡。你出去。”齐太太看都不看齐先生，恶狠狠地说。

“……总要……睡觉吧？”齐先生结结巴巴地说。

“找那个烂女人去睡。”

“跟你讲了我和她之间什么事也没有。”

“你想有什么事？一天到晚都想，以为我不知道啊？给我滚出去！”

“你让我去哪儿呢？又没地方可去。”齐先生做出可怜巴巴的样子，希望能使老婆发点慈悲。

齐太太没有发慈悲，倒是迅即想出了齐先生可去的地方：“没地方就去厕所，反正你茅坑里也睡过。”

“厕所……”

“你滚不滚？”

“好，好，我滚。”齐先生灰溜溜地朝卧室门外走。

“你真的要去她那里？”齐太太眼睛里冒出火来。

齐先生很想回敬一句：“不去她那里去哪里？”可是他不敢，而且他心里清楚，就是让他去他也没法去。这种两面受气的苦楚，只有他自己知道。

“怎么会呢，我就睡客厅。”齐先生小声说。

“你要敢去找她，以后就不许回来！”门在齐先生身后“呯”的一声关上了。

齐先生最初睡在沙发上，可是沙发不够长，又是外凸内凹，很不舒服，便只好滚下来睡在地毯上；薄薄的地毯下面铺着水泥，他的衣裤都还是湿的，夜间气温又低，睡了一会儿，渐渐感到有些冷；起身在客厅转了一圈，找不到可盖的东西，又怕回卧室取毯子会挨骂，只好躺下来把身体缩成一团来保暖。幸亏他极度疲惫，很快就睡着了，却不料才刚刚打了几个呼噜，又冻醒了。这时他急中生智，想到了厨房里擦手的毛巾、擦炉台的抹布、做饭用的围裙，还有厕所里的毛巾和餐厅里的椅垫，立刻起来把那些东西搜刮一空，这里一片，那里一片，乱七八糟地盖在身上，又把背紧紧贴着长沙发，终于昏昏沉沉的一觉睡到天都亮了还浑然不知。

“哎呀,爸,你怎么睡在这儿?吓死我啦。”齐先生模模糊糊听见女儿像是从天外飘来的尖叫声,可是他过于困倦,一动也没动。

过了一会儿,齐先生听见了儿子的声音:“爸,你要不要到我床上去睡?”

那个声音很小,不过是俯在齐先生耳边讲的,所以齐先生听得很清楚,但他还是不想动,只是又感到冷,于是说:“我冷。”

很快他就觉得有什么东西盖在身上,马上又睡着了。他睡得很死,鼾声惊天动地,连齐太太离去时狠狠摔门发出的响声也无法相比。他一直睡到将近中午,开始咳嗽,越咳越厉害,还不断流鼻涕。他不得不爬起来,当即感到天旋地转两眼发黑,差点摔倒,连忙扶着沙发坐下。他生病了。

齐先生一连病了十几天,这期间受尽了齐太太的侮辱。本来依照病情,他一个星期就应该大致康复,可是心情恶劣使他的病反反复复。他每天都在心里盘算着要如何出这口恶气。他要狠狠报复。再捉奸是一定捉得到的,这回齐先生将随身带把枪,但不会让那个家伙一枪毙命,而要专打他的两腿之间,那个男人最珍惜、女人最喜欢的部位,让他一辈子抬不起头。可是这么一来,齐先生自己难免牢狱之灾。不值得。这种事只能凭想象图个痛快。剩下能对付的只有LEE。齐先生忽然觉得他最恨的是这个女人,这个贱女人。他为她提供了他力所能及的最好的生活待遇,是他在养她,她什么都不缺……对了,缺男人,她缺男人。可是就不能忍着点吗?没男人就不能活了吗?贱人!齐先生恨不得把她打个半死。这是很容易的,就凭他的熊腰虎背……再往后呢?自然是一刀两断,让她走投无路,那时她一定会流着眼泪说,他才是她的真爱,她的生活里不能没有他,乞求他看在过去的情分上饶恕她。然而齐先生心里只有愤恨,没有怜悯,他将抛弃她,头也不回地扬长而去。这种残枝败叶!……

不过如果LEE不按照齐先生编排的剧情演出怎么办?齐先生知道,像很多韩国人一样,LEE性情刚烈,似水柔情能够在刹那间转为冲天烈焰,若是两人真的翻脸,她很可能一去不返,说不定还会把那个年轻男人带到齐先生面前炫耀,那齐先生就真的是苦不堪言了。不,这不是齐先生想要的结局,他还舍不得他的尤物,他唯一的温柔乡。他定下神来梳理纷乱的思绪,渐渐感觉到清晰。不就是寻欢作乐吗?不就是玩玩她吗?既然如此,何必认真呢?只要她肯陪他睡觉,——他相信她是肯的,因为她是真心喜欢他。那种看他时眼里的绵绵情意和每次见到他时脸上的喜悦是装不出来的。——他完全可以既往不咎。不过钱是他出的,又岂能容他人分享!他苦苦思索,终于想出一条妙计。那是一个两步走的方案,他必须先完成第一步。

齐先生看了日历,等待星期天的到来。这一天到了,齐先生照例把他的大背头梳理得油光闪亮,开着新买的福特牌“王冠”大轿车来到四川饭店。他从厨房进去,一进门就笑容可掬的向大家打招呼:“好久不见啦。各位好,各位好。”

“齐先生好。”小林知道齐先生不欣赏他,很恭敬地问候了一句便赶快低头做事。胖子和阿龙跟齐先生不熟,于是不讲话。老黑也不讲话,依旧只咧着嘴笑。齐先生很随意地在老黑背上拍了一下。

“齐先生，很久不见你了，家里还好吧？”看见和善的齐先生，平时言语不多的林先生难得的客套几句。

“好，好。都好，都好。”齐先生连连点头致意，“银花还在这里呀？”

“不在这里在哪里？又没有地方去。你要把我开除了我就走。”银花笑着说。

“你可不能走，厨房里没你不行。你早就不洗碗了吧？现在谁洗碗？”齐先生显得很亲切。

“一个墨西哥女的，叫玛丽亚，等一下才来。”银花说。

“墨西哥人信天主教，今天是星期天，他们应该去教堂。玛丽亚上班没问题？”齐先生有些担心，因为四川饭店毕竟是他的餐馆。

“玛丽亚会来的，她说去不去教堂没关系，好多人嘴里说信教，其实心里不怎么信，她也一样。”银花说。

“那就好。”齐先生边说边把目光转向严岩，“小严，你跟我来一下。”

齐先生知道什么时候来餐馆最合适。这时刚刚开门营业，餐厅自助餐台上各种食物堆积如山，而客人还没有大批涌入，厨房里的人有点喘息时间。他把严岩叫到一边，问严岩能不能星期一跟他一起出去。

星期一是严岩的休息日，干什么都行，所以严岩回答说没问题，只是齐先生几个月不来，一来就要他一起出门，他感到有点蹊跷。

“你打算去哪儿？”他问齐先生。

“也就是……随便转转。我想要 LEE 也一起去。”齐先生说。

“齐先生是不是有什么事？”

“……没什么……特别事。”齐先生吞吞吐吐。他先前下了决心，现在却忽然感到难以启齿。

“要没什么事我就不去了。”严岩说，“你跟 LEE 在一起，我去干什么。”

“嗳，那可不行，你非去不可。这回你一定要帮我的忙。”齐先生说。

“齐先生，到底发生了什么事？”

“唉——”齐先生长叹一声，随即咬牙切齿，“想不到她居然背叛我。”

“谁？”严岩心里一惊，想到了那个名字，但是不愿意说出口。

“除了 LEE 还有谁，她跟一个老美在一起鬼混。”

“有这种事？”

“晚上我在她宿舍外面亲眼看见的。俩人进去后把灯灭了。哎呀，那一会儿我简直要疯了，全身的血都在往上冲。”

“那你现在打算怎么办？”

“我准备明天找她谈，所以要请你一起去。”

“你们俩谈私事，我在边上不好吧？我想我不应该去。”

“小严，我请你去是要你帮忙的。”齐先生加重语气说，“你看，到时候我会跟她搞得很僵，要是你在场，可以两边劝劝，缓和一下气氛。你要是不去，肯定很难收场，那就麻烦了。”

“你的意思是不准备跟她太计较。”

“也不完全是那样，就是想先谈谈，看看情况再说。”

这时银花朝他们大声喊：“小严，他们要菜啦！不能讲了！”

“就这样。明天上午十点半我来接你，先去吃点东西，然后找个地方。”齐先生说完匆匆走了。

其实齐先生不想把他的丢人事告诉严岩，可是又不能不讲，因为他感到仅凭他一己之力，事情很不好办。面子固然重要，女人更重要。齐先生唯恐鸡飞蛋打，力图小心谨慎地做得万无一失。如果有另外一个女人愿意自投罗网，齐先生当然不会在意 LEE，然而他知道那种可能性根本不存在。若非他当老板，LEE 来打工，被他的殷勤、体贴和卖乖迷惑，恐怕连看他一眼都不会，要他再有这种艳遇，实在是天方夜谭。

严岩知道了又怎么样？不会怎么样。齐先生对此信心十足。这缘于他的心理优势。首先他是成功商人，严岩不过是在他手下打工。其次，齐先生认为 LEE 当初也认识严岩，却选择了他，足以证明他更为优秀。不错，严岩说过由于类型的缘故所以对 LEE 不感兴趣，但是谁知道呢？吃不着的葡萄总是酸的。齐先生一直对严岩讲的话半信半疑，每次只要想到 LEE 是跟他而不是严岩在一起，他就有一种胜利者的感觉。无论商场还是情场，齐先生都春风得意，谁有资格嘲笑他？即使是跌了一跤，齐先生依然高人一等，所以他不怕把事情讲给严岩听，而且他知道严岩为人厚道可靠，不会把他的丑事到处宣扬。

情况在严岩这里没那么复杂。他心里很平静。对齐先生与 LEE 的交往，他始终置身事外，不闻不问。入乡随俗，那是别人的事，跟他毫不相干，他既不撮合，也不挑拨。嫉妒吗？笑话。他从未对 LEE 动过心，同情和担忧倒是有一些。年轻轻的就寄人篱下，机能旺盛却坐守空闺，这种日子有什么过的？他认为 LEE 应该摆脱齐先生，找份工作，另辟蹊径，但是她显然没有这个打算，而且对齐先生依恋不舍。她不知道齐先生仅仅把她当作玩物。严岩心里明白，却不便明言，只能想那是别人的事，就由它去吧，现在突然发生意外，齐先生要他帮忙，他难以推托，只好敷衍，但是为自己确定了决不干预的方针。明天去了以后该怎么办，能怎么办，他心里一片茫然。

第二天上午，齐先生如期而至，随后和严岩一起去 LEE 的住处接她。LEE 见到齐先生照例又抱又吻，嘴里还说：“蜜糖，我真想你。”齐先生保持着惯有的微笑，显得十分雍容大度。

齐先生把车开到一家名为“教堂”的炸鸡店，三人进去大快朵颐。在美国，最大的炸鸡连锁店是“肯德基”，其次便是“教堂”。一些人认为“肯德基”的炸鸡比较讲究保持汁水，“教堂”的炸鸡则更加香脆。吃炸鸡通常少不了一个煮熟了的、外面裹着牛油的玉米棒子，以及可乐之类的饮料。像严岩和齐先生这样的男人大多喝普通饮料，在意身材或是想减体重的人，譬如 LEE，就喝所谓的节食饮料，其实就是里面的糖分少一点，也可以看作是水分多一点，价钱却跟普通饮料无异。于是在健康饮料的光环下，厂家心安理得地赚取更高利润，饮者心安理得地喝了又喝，两边都乐不可支。也有些怕胖的人，不要饮料，只喝水。美国餐厅提供给客人的饮水都是从水龙头接来的,不收费,被认为十分干净。另外,美国人普遍喜欢加了冰的饮料,水也一样,所以除非特别要求不加冰,服务生端上来的杯子里都有冰。欧洲则不同,很多餐厅只提供需要付费的瓶装水,而且不给冰。

齐先生兴致很好,一边吃得满嘴流油,一边色眯眯地看LEE,把LEE看得羞容满面,浑身乱扭。回到车里大家精神饱满,又说又笑。LEE在严岩面前从来不掩饰她的热情,一路上随心所欲的对齐先生一会儿亲,一会儿捏。齐先生神色泰然,随她胡来,一面像是不经意的左转右转,渐渐把车开到郊外。

蓝天如刚洗过般的清澈并且宁静,几朵白云悠然自得。齐先生把汽车转进一条乡间公路。这里远离城市喧嚣,偶尔才能看见一户人家。田野里绿色无边。路旁野花摇曳。稀稀落落的几棵树,棵棵枝繁叶茂。齐先生轻车熟路,三转两转,又到了更小的路上,最后转上一条土路。严岩感到这里不仅远离城市,而且完全是穷乡恶壤,两边的坡地干涸荒凉,沿途看不到一个人,也看不到一座建筑。终于,前面出现了一片小树林,待到靠近时,齐先生把汽车缓缓停下来,招呼严岩和LEE进去休息。

三人来到小树林里的一个空地上。严岩仔细看了看四周,发现道路前方地势越来越低,再往前看,仿佛少了一块,显然坡度很大。他猜想,前面不远处很可能是格兰德河河谷,这种地方常常风势猛烈,导致土地贫瘠、寸草难生,所以这一带才会显得那么凄凉。这片顽强的小树林,就像沙漠里的绿洲,既生机蓬勃,又孤独寂寞。

远方迤逦绵亘的丘陵庄严肃穆。天边高耸入云的大山淡如青烟。阵风卷动着尘埃。空中没有一只飞鸟。周围没有半点声息。这是个被人遗弃和忘却的地方,无论谁来到这里,都会从心底产生永恒寂静的感觉。

为了寻找这种地方,齐先生一连几天煞费苦心、不辞辛劳。阿巴克基是座孤城,四周高山峡谷、河流平原应有尽有。齐先生开车跑遍城郊,选中了荒山野岭中这片人迹罕至的小树林。他始终相信,女人是感情生物,受情绪支配,而情绪则受环境影响;在灯光迷离或者花前月下的浪漫氛围里,尤其是若能再借助徐徐清风带来的惬意和稍稍饮点酒激起的兴奋,是不难把女人带上床的;而小树林这里的环境会使孤立无援的女人感到惊慌和恐惧,因而变得非常软弱,这时天生强大的男人就能轻而易举地把她们收拾得服服帖帖,让她们对男人百依百顺。

齐先生和LEE这对情侣紧挨着坐在一起。如果不是负有使命,严岩本该回避,这时却坐在他们对面。好在齐先生心中有数,LEE历来无拘无束,彼此又那么熟,所以没有人觉得尴尬和不便。大家随意聊天气和景致,以及一些无关紧要的话题,每个人都仿佛在享受悠闲的时光,气氛既轻松又融洽。但是严岩知道,风暴正在逼近。他看看LEE,LEE像在花园里尽情玩乐的小女孩,再看看齐先生,齐先生深藏不露,正绘声绘色地讲些两性间的趣事。

就在LEE被齐先生逗得笑声连连的时候,齐先生伸出手来,在她年轻的脸上轻轻抚摸。LEE露出娇羞的笑容,情意无限地望着齐先生。

"你爱我吗?"齐先生笑眯眯地看着LEE的眼睛,用耳语般的声音问。

"当然。"LEE显得非常甜蜜。

“你确定吗？”齐先生的声音比天上的浮云还要柔软。

“当然，”LEE用不容置疑的语气说，“我永远爱你。”

严岩不是第一次看到这样的场景，这种老套的剧情，无论真假，都激不起他的兴趣。他漠不关心，目光也转向别处，然而接下来的一幕，就让他不能不关心，也不能不看了。

三十一

啪！啪啪！犹如晴天霹雳，齐先生接连狂抽了LEE三个耳光，当他再度将巴掌高高举起的时候，严岩已经扑过来抓住了他的手臂。

“哎，齐先生，有话好好说，不要打她。”严岩的胳膊像铁钳般结实有力，齐先生挣扎了一下，未能撼动。不过严岩觉得，齐先生并没有太用力，多半只是在虚张声势。

齐先生的每一步都经过深思熟虑。他早就计划好要狠狠打LEE三下，第四下架势要摆出来，但节奏一定要放慢，以便严岩能够及时阻止。不打，他难解心头之恨，而且他不能任由LEE恣意妄为，必须要让她有所畏惧。穷追猛打，他又怕LEE的倔脾气发作，会不顾一切地跟他对打。她也可能会由于恐惧而逃之夭夭，或者由于愤恨而扭头就跑，在这样山径崎岖的荒郊野外，年轻的LEE转瞬间便会跑得越来越远，而他只能勉强追几步，然后气喘吁吁地看着她从视野里消失。齐先生知道，LEE一旦离开就不会回来，她将孤零零的在旷野里游荡，谁能担保她不会失踪、死亡？谁能担保她不会遭到猛兽袭击？即便在她跑脱之前抓住她，齐先生也难以收场，她要走，你要她不走，那不是得求她吗？齐先生会一眨眼就从判官变成乞丐，以后她将更加肆无忌惮。所以齐先生不能没有严岩的携助。当齐先生作势扬起手臂的时候，他需要严岩的阻挡，这样他才能既显得凶悍无比，又不把事情弄僵；假若LEE要跟他拼命，他当然不能示弱，这时就全靠严岩把两人拉开，不必他缴械投降；如果LEE要跑，他尽可以装作满不在乎，反正严岩一定会把她追回来。现在开局顺畅，看来没有什么能逃脱齐先生的老谋深算。

突如其来的打击使LEE惊恐不已。她没有反击，也没有跑开，只是双手抚摸着滚烫疼痛的脸颊，目瞪口呆地看着齐先生。泪水渐渐涌满她的眼眶，接着她泪如雨下。齐先生面目狰狞，一语不发。

“你为什么打我？”LEE问。她的脸上满是泪水、凄惶和委屈。

齐先生依旧不发一语，只是凶神恶煞般地看着她。

“你为什么打我？”LEE又问。仍然没有回答。她低下头，捂着脸放声大哭。

齐先生看着她哭，还是不说话。严岩在旁边不知所措。

LEE哭了一会儿，要站起来走开。齐先生一把拉住她，大吼一声：“坐下！”

“你为什么打我？！”LEE大声质问，同时扭动身体，把齐先生的手甩开。

“你不知道我为什么打你？！”齐先生厉声叫道。

“我不知道。为什么？”LEE边说边抹眼泪。

“你知道为什么！”齐先生如狼似虎。

“我不知道！”LEE突然不哭了，刹那间变得无比坚强。

“那个美国年轻人是谁？！”齐先生单刀直入。

“我不知道你在说什么。”LEE神色冷峻，声调也同样冷峻。

“你怎么会不知道？我亲眼看见你和他在一起！”

“我从来没有跟别的男人在一起。”

“不要骗我，跟你讲了是我亲眼看见的。我亲眼看见！”

“在哪里？”

“在你宿舍门口。你们两个深更半夜才回来，进门就关灯。我看得清清楚楚。”齐先生一面说一面恨得直咬牙。

可是LEE却语气平静地说：“根本没那回事。”

“我亲眼看见的。”齐先生重复着刚才的话，想不出还能再说什么。

“不可能，从来没有那回事，你一定是看错了，那不是我。”LEE仰起头来直视齐先生，用十分肯定的语气说。

“我会看错？”

“当然，你看错了。”

“真的不是你？”齐先生像是矮了一截。

“怎么会是我。”

“你真的没跟别的男人在一起？”

“从来没有！我没有别的男人，只有你，你是我唯一的男人。我不知道在你身上发生了什么事，你确信你没出毛病吗？你疯了吗？”LEE又开始流眼泪了，仿佛受尽了屈辱。

齐先生的头脑和心都乱了。难道是真的看错了？或者那一切全是梦中所见？她否认得那么坚决，没有一丝羞愧，是不是真的冤枉她了？——不对，我明明看得一清二楚，绝不可能连她也认错。是她。是她跟那个男人在一起，千真万确……还想抵赖，好厉害的女人！差点被她搞糊涂了，总算没有上当。可是她不屈不挠，原本计划好的对她劈头盖脸一顿痛骂是不可能实施了，更不要指望她会哭哭啼啼地求饶，下一步该怎么走呢？

齐先生机关算尽，就是没算到即使证据确凿，LEE依然死不认账。好在看风使舵是齐先生的拿手好戏，既然硬碰不行，就来软的，总之以达到目的为宗旨。

其实LEE的眼泪不是装出来的，她没有那么好的演技。本来对于背着齐先生偷情，她心里有些愧疚不安，但是被齐先生几个巴掌一打，她倒觉得理直气壮了。打过了，就谁也不欠谁，凭什么要我向你认错？我就是不承认，你能怎么样？你家里有老婆有孩子，我孤身一人，想说句话都没人听，这种寂寞沮丧，没有体验过的谁能理解？我一个活生生的女人，就不该有女人的欲望吗？想起我了才来，舒服过了就走，剩下我一个人度日如年。为什么我不能寻求快乐？难道我不是人吗？这么多的委屈和悲愤都在一瞬间爆发，LEE泪如泉涌，哭得非常伤心，全身都在发抖。她决意对齐先生寸步不让。打我！你怎么会打我？你怎么敢打我？你一直对我百般体贴，没有一件事不顺从。你总是向我献殷勤，逗我欢笑，让我为所欲为。你就是我的大狗熊，温顺、柔软，任凭我随意玩乐，想咬一口就咬一口，想踢一脚就踢一脚，今天居然兽性大发。那么好吧，我也翻脸无情。

然而齐先生想的是两情相悦,至少是能钻进LEE的被窝。他很快就看出必须改弦易辙,走怀柔路线。不过他有点不甘心,还想试试运气。

“好啦,别哭了。”齐先生掏出纸巾为LEE拭泪,“跟我说声对不起,这件事咱们就不提了,好吗?只要你说一声对不起。”

“我什么都没干!”LEE板着脸,根本不朝齐先生看。

齐先生终于明白,他是被这个女人彻底打败了。

“好吧,是我错怪你啦。”齐先生低声下气地说,“现在我只想知道一件事:你还爱我吗?——你知道我一直爱你。”

LEE迟疑了一会儿,说:“我爱你。”

“你确定爱我吗?”齐先生提心吊胆的又问了一次。

这次LEE没有迟疑,回答说:“你知道我爱你。”

齐先生很希望能再问一句:“是不是只爱我一个?”可是他没那个信心和胆量。那是要稳操胜券才能问的,万一LEE回答“不是”或者“我不知道”,齐先生就只能瞠目结舌了。他不想使自己难堪。现在他的心情好似在集市上拣了便宜,只想快点付钱走人,生怕摊主反悔。

“看,我们彼此相爱,是吗?”齐先生柔声细语的竭力弥补裂痕,“都是我的错。我应该更关心你,花更多时间陪你。请相信我,以后我一定会把你照顾得无微不至,没有人会比我对你更好。你知道,你永远都是我的心肝宝贝。”

LEE的眼泪流下来了。她的屈辱总算有些舒缓。齐先生在摇尾乞怜,他又变成了那只她熟悉的大狗熊,既然如此,就饶恕他一次吧。LEE心软了。

齐先生取出纸巾,轻轻替LEE抹去泪水。LEE撅了撅嘴唇,显得楚楚可怜。齐先生随即伸手抚摩LEE的脸庞,小声问:“感觉还好吗?”

“我疼。”泪水又涌满了LEE的眼眶。

“都是我不好,真的对不起。来,朝我脸上打。”齐先生把头侧过来,让一边脸对着LEE。

LEE望着齐先生的模样忍不住笑了一下,马上又不笑了。

“看,我知道你舍不得打我,因为你爱我,是吗?”齐先生一脸的谄媚。

“我想是的。”LEE低下头来,轻声说。

这时旁边突然响起陌生的声音:“嘿!你们都好吗?”

三个人都吃了一惊,抬头看时,才发现一个肤色黝黑、身材健壮的中年男人站在离他们几步远的地方。

“我们都好。你呢?”齐先生不慌不忙地笑着回答。

“我很好。”中年男人说,“你们在这里干什么?你们知不知道这里是印第安人保留地?”

原来他是印第安人。大家又吃了一惊。齐先生赶紧说:“我们不知道。真抱歉,我们现在就离开。”

三人正要起身,印第安人伸手做了一个稍稍向下压的动作,说:“没关系,你们可以在这里。”这时他注意到 LEE 泪眼汪汪，立刻问：“每件事都好吗？”

“都好。”齐先生满脸堆笑地回答。

“为什么这个女士在哭？”印第安人线条坚毅的脸上神情严肃。

“因为有点小争执。”齐先生轻描淡写地说。

“你是她什么人？”

“我是她男朋友。”

“真的？”印第安人看看齐先生，又看看 LEE，不大相信。

“真的，我是她男朋友，你要是不信可以问她。”齐先生把脸转向 LEE。

印第安人也跟着把脸转向 LEE，态度温和地说：“女士，请告诉我发生了什么事。不要害怕，没有人能伤害你。请告诉我实话。”

LEE 凄凉地笑了一下，说：“没发生什么事。”

“你确定每件事都没问题吗？”印第安人加重了语气。

“我想是的。”

“他是你什么人？”印第安人看着齐先生问 LEE。

“他是我的男朋友。”

“他真的是你男朋友吗？”印第安人还是不大相信。

“真的，他真的是我男朋友。”LEE 用肯定的语气说，一面努力让脸上露出微笑，“不用担心，每件事都好。谢谢你。”

“好吧。我就在附近，如果有事情发生我会过来。”印第安人走开了，临走时看了齐先生几眼，像是不放心，又像是在警告。他没有走远，只走到小树林边缘、离三个人有几十步的一棵树下，然后坐在地上面朝空旷的原野。

齐先生和 LEE 开始窃窃私语。严岩听不清他们在谈什么，也不感兴趣。他注视着坐在树下的印第安人的背影，心里涌起深沉的敬重和悲怆之情，因为这些仪表庄严的印第安人曾经是美洲广袤大地的主人，他们创造过辉煌独特的文明，享受过自由自在的生活，却从欧洲殖民者入侵开始，遭受了四百余年惨绝人寰的迫害、驱赶和杀戮。

严岩很小的时候就听说美国有种人叫“红人”，是美洲土著居民，被欧洲白人移民杀得几近灭绝。当时他就为这些不幸的“红人”感到悲愤，并且对这件事情留下了不可磨灭的印象。到美国后他才知道，所谓的“红人”就是印第安人。其实他们是地道的黄种人，肤色不红，至少不像一些白人那么红，却不知何故被称作“红人”。美国首都华盛顿的美式足球队英文名称是“REDSKIN”，就是说这支球队是“红人队”，但是与被称为“红人”的印第安人毫不相干。

很多学者认为，印第安人原本生活在亚洲北部。大约两万五千年前，今天亚洲东北端和美洲西北端之间的白令海峡由于气候变化导致海平面下降而形成连接两大洲的陆桥，靠狩猎为生的一些亚洲北部人口为了追逐猎物，在海水重新淹没白令海峡前陆续迁徙到美洲，从而形成了人类学里的蒙古人种美洲支系，也就是印第安人。还有学者认为，部分印第安人是经由太平洋上一个个岛屿从海上逐渐进入美洲的。

印第安人相信“万物有灵”，对自然界的山山水水心存敬畏。他们并非单一种族，而是有很多部落和部落联盟，语言和宗教信仰也不尽相同，但是被公认为性情正直、勇敢、朴实、谦和、慷慨、好客。这些高尚的品德，就连殖民先驱哥伦布也承认。

在天文、历法、数学、建筑、艺术和音乐方面，印第安人都有高度成就。尤其在农业领域，印第安人对人类的贡献之大不可估量，世界三大农作物之一的玉米就是印第安人培育成功的。植物学家认为，能把野生玉米培育成农作物极其不易，而印第安人在五千年前就获得成功，实在是非常了不起。另外，马铃薯、红薯、花生、番茄、黄瓜、南瓜、辣椒、菠萝、草莓、可可之类今天人们已经习以为常并且几乎不可或缺的食物，也都是印第安人早年辛勤栽培的成果。印第安人培育成功的还有很多豆类作物，现代社会广泛使用的橡胶最初同样出自印第安人之手。

事实上，“印第安人”这个称谓是欧洲殖民者强加给美洲大陆原住民的。1492年，意大利探险家哥伦布在西班牙王室赞助下企图开辟欧洲到亚洲的新航线，却误打误撞“发现”了美洲“新大陆”。他以为抵达的是印度，于是称美洲的主人为印第安人。哥伦布至死都不知道他“发现”的是美洲。

由于白人的“欧洲中心”观念和对世界舆论的操纵，致使“新大陆”、“印第安人”这些词被大多数人一直沿用，像人们熟知的“中东”、“远东”之类的名称，也是“欧洲中心”论的反射。现在印第安人在加拿大已经被改称为“第一民族”，这是他们本该拥有的地位，也显示出加拿大人对历史的反思和公正意识的觉醒。

哥伦布的“发现”为西班牙王国对美洲进行血腥征剿和疯狂掠夺开辟了通道，所以他受到西班牙王室的格外尊崇，在他于 1506 年以五十五岁高寿去世之后，他的棺椁被隆重安置在基督教世界五大教堂之一、西班牙最大教堂——塞维利亚大教堂大厅的高台上，而且不是平放，是由四尊人像高高抬起。研究指出，这四尊人像是那个年代先后四个西班牙国王的塑像，仅凭这一点，人们就能想象得出西班牙在美洲攫取了多少财富，美洲原住民又遭受了多少苦难。

哥伦布受到在美洲定居的所有欧洲移民乃至整个西方世界的崇拜和赞美。美国政府把每年 10 月的第二个星期一定为“哥伦布日”，以纪念和表彰这个为欧洲“发现新大陆”的白人的英雄。印第安人对此不满，但是白人并不理睬：谁让你们不是白人！

中国人认为人死后入土为安，即使是贵为天子的皇帝最终也要黄土覆盖，然而欧洲人观念不同，在欧洲很多地方，人越是尊贵，死后越是要高出地面。——这倒不是说越高越好，没有人会在死后被放到摩天大楼顶上。——在伦敦泰晤士河畔英国议会大厦旁的西敏寺大教堂里，人们可以看到带领英国由弱转强的伊丽莎白女王的灵柩安放在过道一侧房间里的高台上，而过道另一侧与之相对的房间里的高台上则安放着被伊丽莎白砍头的苏格兰女王玛丽的灵柩，两者几乎同样高度、同样规格、同样豪华。玛丽的亡灵能得到这么显赫的荣誉是由于她的儿子在伊丽莎白去世后依照法律继承了英国王位。这个国王用这种不同寻常的方式表达他对被杀母亲的怀念，同时为她恢复地位和尊严，里面隐隐含有对伊丽莎白的愤恨和控诉，但他却从未公开表示过对伊丽莎白的任何谴责或者不敬。在我们中国人看来，这些做法有些不可思议，但是欧洲的文化和历史就是这么让外人难以理解和眼花缭乱。

其实英国最大的教堂是同样位于伦敦的圣·保罗大教堂，它也是基督教五大教堂中的一个，另外三个分别是梵蒂冈的圣·彼得大教堂、意大利的米兰大教堂和佛罗伦萨大教堂。不过西敏寺大教堂的地位在英国独一无二，因为英国国王的加冕典礼通常在这里举行，诸多英国国王的最终归宿也在这里。除此之外，西敏寺大教堂里还安息着像达尔文和牛顿这样一些世界巨人。

巴黎的先贤祠里则安息着雨果、居里夫人等令人景仰的历史人物。其中居里夫妇的两个棺椁叠放在同一平台上，居里夫人在上面，这也许是因为她的地位更为崇高。

巴黎先贤祠大厅旁两个面对面侧厅的台子上长眠着欧洲近代三大思想解放运动之一的启蒙运动中的两个旗手——法国著名思想家、哲学家、文学家伏尔泰和卢梭。他们都主张"天赋人权"，人人平等。伏尔泰强调法律应以人性为出发点，每个人都有追求生存和幸福的权力。卢梭尤其倡导"主权在民"，一切权利属于人民，同时认为主权高于人权，集体权利大于个人权利，个人自由大于集体自由。两人根本观点一致，却经常为一些无关宏旨的分歧争执不休，结果其中一个在1778年逝世，另一个紧跟着也在同一年逝世，后人把他们安排得门对门，不知是否为了便于他们在夜深人静的时候继续两人之间永无休止的论战。

伏尔泰和卢梭之前的启蒙运动主将是孟德斯鸠。他是西方国家学说和法学理论的奠基人，正是他提出了立法、行政、司法三权分立的学说。这个学说后来成为美国和其他一些国家确立政权架构的理论依据。

然而美国的这些学生在对待印第安人的态度和行为上完全违背了他们导师的教诲。先不讲早期那些由于在欧洲本土遭到宗教迫害，因而逃避到美洲的新教徒是如何获得善良的印第安人的慷慨帮助才度过最初的难关，却在站稳脚跟后反过来迫害印第安人的唯利是图和忘恩负义，也不讲那之后直到1776年的西方殖民者是如何肆无忌惮地压榨、驱逐和杀戮印第安人以获取财富和土地，因为那时还没有建立美国，所以种种恶行不应该算在美国头上，我们只看美国建国后是怎样对待美洲大陆原来的主人的，特别是被视为美国象征的几个名人留下的名言及他们的作为。

1779年，美国国父华盛顿指示他剿杀印第安人的将军："在所有印第安人居留地被有效摧毁前不要听取任何有关和平的建议。"1783年，华盛顿把印第安人与狼相提并论，说"两者都是掠食的野兽，仅仅在形状上不同。"华盛顿还主张对被杀害的印第安人"从臀部往下剥皮，这样可以制作出高的或者并腿长的长筒靴来"。

1807年，以高举平等和人权大旗著称的美国独立宣言主要起草人、美国第三任总统杰弗逊指示他的军队："如果印第安人反抗美国人去获取他们的土地，那么，对印第安人的反抗就要用短柄斧头反击。"其实军队不用短柄斧头杀人，而是用刀，用枪，用炮，杰弗逊在这里只是作比喻，意思是要凶狠，因为用短柄斧头杀人，场面一定比用别的武器杀人更为血腥惨烈。杰弗逊又说:“如果我们约束自己不去举枪迎向这些部落,那么在这些部落灭绝之前我们不会安静地躺下,……”“在战争中,他们也会杀死我们中的某些人,但是我们会杀死他们全部!”美国人必须“追求灭绝印第安人或者将他们驱赶到我们不去的地方。”

杰弗逊之后的美国第四任总统麦迪逊也是名人,被称作“美国宪法之父”,并且是1789年通过的把民众基本权利以法律形式予以确立的十条宪法修正案——“人权法案”的起草人和推动者。1814年,麦迪逊颁布法令,规定白人每杀死一名印第安妇女,美国政府就奖励五十美元;杀死一个十二岁以下的印第安人,无论婴儿幼儿男孩女孩,同样奖励五十美元;如果杀死一个年龄大于十二岁的印第安男人,即使这个男人是风烛残年来日无多的老人,奖金便提高到一百美元。同时规定所有杀人者必须剥下被害的印第安人的头皮作凭证,以领取美国政府的奖赏。

当时无论五十还是一百美元都是一笔不少的钱,麦迪逊是在用重赏之下,必有屠夫的方法来尽可能多的残杀乃至灭绝印第安人。

同样标榜自由、平等、人权的美国总统林肯在1862年对三十八个印第安人部落酋长强加罪名,并且下令把他们全部绞死。林肯还颁布“宅地法”,激励白人强占印第安人的土地资源。不计其数的白人随之变本加厉地驱赶和屠杀印第安人。从1860年林肯当选总统开始到1890年对印第安人的“翁迪德尼大屠杀”,是印第安人灾难格外深重的三十年,这期间美国正规军在各地民军配合下对印第安人发动了一千多次疯狂剿杀,到1900年前后,曾经遍及整个美国的印第安人仅仅剩下二十多万。

对于1492年哥伦布第一次到达美洲时在今天美国境内生活的印第安人究竟有多少,学界众说纷纭。有人说只有一百多万,多数历史学家认为超过一千万,而据一些诚实、严谨的学者在1980年代末到1990年代初依据史料作出的推算,那时印第安人的数量在三千万到一亿之间。就让我们采用一千多万这个数字吧。只剩下二十多万,想想看,这就像一个百人的村寨,经过四百年的繁衍生息,本来应该有几百人甚至几千人,最后却只剩下两个人,而且依旧被踩在脚下,暗无天日,无处申冤……

一个美国历史学家指出:“美国向西、向南、向北三个方向猛烈推进时,不仅排挤了阻止它前进的国家,而且残暴地粉碎了这些土地上原来的主人——印第安人的反抗。这种残酷地驱逐印第安人的行动是美国历史上最可耻的污点之一,而当时美国许多杰出的民主领袖也曾积极参加这些行动。”

为什么高喊人权的领袖们会做出那些看似不可思议的事情呢?难道他们心口不一?绝对不是。谁要是以为他们心口不一,就冤枉他们了。假若在美国独立宣言中写下了那么精彩的句子,以至引起无数后人崇仰的杰弗逊能够一觉醒来,他一定会彬彬有礼地告诉你(且慢!你最好不是看起来像印第安人的黄种人,否则杰弗逊先生很可能会立刻召唤他的枪手。):“非常抱歉,我想你大概误解了我话里的真正含义。请你务必首先搞清楚概念。当我写下‘所有人生而平等,造物主赋予他们若干不可剥夺的权利,其中包括生命权、自由权和追求幸福的权利’这句话的时候,我所指的‘人’,是白人,尤其是白人男子,印第安人是不包括在内的。事实上,印第安人正如尊敬的华盛顿总统告诉全世界的那样,是掠食的野兽,既然如此,我当然不能把印第安人归入人的范畴。换句话说,请允许我用更为通俗的语言来表达我的意思——印第安人不是人。所以我主张的任何人权都与印第安人无关。什么?别的人种吗?你说的不是白人?"令人崇仰的杰弗逊先生这时多半会温雅的微微一笑,然后说:"请参照印第安人。无论如何,我认为我必须申明,'所有人生而平等'中的'人',仅仅指白人。"

接下来恐怕不会有人问,为什么杰弗逊本人,以及华盛顿和其他声名显赫的美国开国元勋们的庄园里会有那么多任人宰割的黑奴,因为答案已经十分明确。

其实在美国遭受不公正待遇的不仅是有色人种,还包括白人妇女。直到1920年,美国白人妇女才争取到选举权。直到今天,包括白人妇女在内的所有美国妇女依然在为获得与男人同等的权益而抗争。

我们不应该苛求前人,时代是逐步前进的,我们自己的一些思想言行也有可能不被后世认可,但是我们同样不应该过度美化、甚至神化某些被别人出于种种原因抬到天上的人。是非善恶,都应该还其本来面目。别人赞颂为其带来利益的人顺理成章,我们中国人则实在不必随声附和,这正如人家的祖先给自己的后人留下了丰厚遗产,我们无须跟在那些子孙的屁股后面,跪在他们祖宗牌位前感激涕零地谢了又谢,拜了又拜。

印第安人的反抗从未停止,但他们不是一个坚强的整体,只是众多分散的部落和部落联盟。他们军事装备简陋,缺乏训练和经验,很容易被各个击破。面对经历了工业革命,持有精良武器,组织严密、训练有素的欧洲殖民者的攻击,印第安人只能节节败退。

1830年,美国政府通过"印第安人迁移法案",进一步把印第安人全部驱赶到密西西比河以西为他们划定的保留地。这些孤立分散、支离破碎的印第安人保留地绝大部分是白人认为毫无价值的贫瘠山地和沙漠。在那之后,一旦任何保留地里发现可供开采的矿产或者其他资源,定居在这些保留地的印第安人便立刻遭到再度驱赶。1887年,美国通过"道斯土地分配法",把原本按规定属于印第安人的保留地中的大部分又不由分说地从印第安人手里夺走。

直到1924年,受尽磨难的印第安人才获得美国公民资格,而他们本是这片土地的主人。这时他们不过是在荒芜地带自生自灭的一个小族群。他们一贫如洗、奄奄一息,对殖民者的贪婪构不成任何障碍,而殖民者却可以借此给自己披上宽厚仁慈的外衣。

1934年,罗斯福总统推行"新政"时通过了"印第安人重新组织法",允许印第安人组建自己的政府,不再改变印第安人保留地,停止强迫印第安人放弃传统文化和宗教信仰。四百年来,印第安人第一次喘了口气。

1950年代以来,随着大众民权意识的进一步觉醒,印第安人的遭遇引起了更多的社会关注,印第安人的境况逐渐得到改善,但是时至今日,印第安人的平均收入和教育水平依然远远低于美国平均水平,而失业率则高于美国平均水平。印第安人人口数量不到美国人口总数量的百分之一。

生活在美洲其他地区的印第安人在数百年里同样命运悲惨。据统计在殖民时期,西班牙殖民者屠杀了一千三百万印第安人,被葡萄牙殖民者屠杀的印第安人有一千万。

严岩读过一些关于印第安人的文章,一直沉浸在对文章内容的回忆里,他的心情因而变得沉郁,并且几乎忘了为什么会在这里,直到齐先生连叫几声才回过神来。

这时那个印第安人依旧背朝他们坐在树下,一动不动地凝视着面前曾经完全属于印第安人的美洲大地。

三十二

“走了，该回去啦。”齐先生对严岩说，一边吃力地站起来。也许是坐得太久的缘故，他笨重的身体摇晃着向一边倾斜，LEE 赶紧扶了一把。

“你感觉怎么样？”LEE 担忧地问。

“我很好！”齐先生马上挺直腰身，做出精神抖擞的样子。

树下的印第安人仿佛完全没有注意到他们准备离开，自始至终，他不曾向这边看一眼，然而每个人心里都清楚，只要有任何风吹草动，他就会立刻察觉并且毫不犹豫地走过来。

也许是知道了所处的是印第安人保留地，三人更觉得周围景物凄凉，回去的路上起初谁都不讲话，气氛有些压抑。

前方绿意渐渐浓郁。他们重新回到了熟悉的环境，再度感受到生命的活力，心情也都畅快了些。这里显然不再是印第安人保留地。齐先生左手控制方向盘，右手伸出去轻轻触摸 LEE 的手。LEE 没有拒绝。齐先生还几次侧过头来看 LEE，每次脸上都堆着讨好的微笑。

过了一会儿，齐先生对严岩说：“小严，那个人说他是印第安人，把我吓了一跳。照以前的规定，外人是不能随意进印第安保留地的，印第安人也不能随意离开保留地，现在不知道还是不是那样。我当时想，可不要惹什么麻烦。还好没有。”

严岩说：“那个印第安人看上去很温和。”

“是啊，而且跟一般人没什么两样，也是衬衣、牛仔裤、运动鞋，他要是不说，我真的一点也看不出他是印第安人。以前只在照片上见过，鹰羽冠、披肩、披毯，各式各样的民族服饰，现在不知道还有多少印第安人的装束是那样。”齐先生显得十分感慨。

“这就是文化传承的问题。”严岩说，“如果文化消失了，这个民族也就消失了。文化是维系一个民族的纽带。不过据说很多印第安部落一直在努力维护传统习俗和生活方式，有的甚至拒绝用电和自来水，宁愿受苦也不肯破坏自然环境。”

“印第安人能生存下来非常不容易。”齐先生想起了看过的一些有关印第安人的文章，“现在他们算是能安心过日子了，以前可不行。我印象很深的是有个印第安人部落，什么都按照白人的要求去做，终于被白人称为从野蛮变成文明的典范，大受赞扬，结果没多久在这个部落的地盘里发现了金矿，那些白人马上宣布这个部落的所有人依旧是野蛮人，必须全部迁走。纯粹的指鹿为马。是白是黑，随他们说。”

“也不讲自由、平等、公正了。”严岩说。

“老美那些东西也就是喊喊，没有人当真。”齐先生说。

“齐先生真这么认为。”

“还能怎么样？明摆着是工具，需要时用一下，用完就往边上一扔。”

“不过我觉得也不完全是那样。”严岩说，“其实他们还是很相信他们宣扬的那些东西的,但是如果那些东西跟他们的利益有冲突,就会被他们彻底抛弃,因为他们看重的首先是利益。对他们来说什么都可以放弃,唯独利益不能放弃,什么都可以牺牲,唯独利益不能牺牲。这是他们最根本的观念,无论在哪个方面都体现得十分明显。”

齐先生笑着说:“小严,你这话没错,老美干什么事都是那样。不过我说的也没错,我说那些东西他们并不当真,是说他们有时候会奉行,要是对他们没好处就不奉行,跟你的意思差不多。”

汽车回到阿巴克基。也许是由于地势平坦、道路宽阔,这座城市总给人一种舒畅的、自由自在的感觉,而且它一点也不单调。格兰德河穿城而过。25 号与 40 号州际高速公路在市内交叉。繁华地带车水马龙,各类店铺遍布全城。居民区安怡幽静。城外北、西、南三面是大片的原野,极目处群山起伏。

阿巴克基最为奇特的是位于东郊的圣地亚山,这座山仿佛一道由南向北遮天蔽日的高墙,在广阔的平原里拔地而起,静静地俯视着阿巴克基。它面朝阿巴克基的一侧山势嵯峨、绝壁千尺,另一侧也十分陡峭,但有一条险峻的盘山公路蜿蜒而上直达顶峰。从阿巴克基城内眺望圣地亚山,巨石嶙峋的悬崖在风和日丽时光泽变幻、暗影浮动;遇到阴天,从山脚到山顶云雾氤氲,特别是山顶,这时若隐若现,格外空濛迷茫;要是大雨滂沱,整座山便只剩山脚还依稀可辨,其余部分则是水汽弥漫,如梦似幻。

严岩来到阿巴克基后从第一眼看见圣地亚山开始,就一直感到这座山对他有种特别的魅力,总想上去一探究竟,只是可惜没有汽车。

在一家中国杂货店门口,严岩要齐先生停车让他下来。在美国,这种杂货店不像中餐馆那样随处可见,但在稍具规模的城市里通常都有,里面来自中国大陆、台湾、香港和东南亚的各类华人生活用品,像是饭锅、炒菜锅、蒸笼、碗筷,以及中成药、干货、罐头、糕点、调味品,还有礼佛拜神的香、打点小鬼的钱,只要老板想得到、卖得掉,店里又放得下的都能找到,只是种类不大齐全。有些杂货店同时卖中国人喜欢、美国超市不提供的中国特有蔬菜和冷冻食品。当然,在华人众多的都市里有规模宏大的华人超市,里面能买到几乎所有中国食物和其他物品,不过在阿巴克基这样和更小的城市,中国人就只能凭这些供应不全的店铺来聊解思乡之苦了。

严岩在这家店买过几次罐装鲜炸鲮鱼,这种鱼被炸得焦黄后浸在油里,十足的中国风味,吃起来非常香脆。四川饭店的菜就是那么几种,一年到头毫无变化,翻来覆去地吃,早就厌了。而且美国的肉类养殖只求快,猪肉鸡肉都淡而无味。牛肉炖的汤乏善可陈,不过炒牛肉却很鲜嫩,海鲜类在四川饭店是不许员工吃的,所以严岩每天都是吃牛肉炒蔬菜。这已经是特殊待遇,因为他是大厨,别的员工大多时候只能吃几乎一成不变的自助餐。不过再好的东西顿顿吃也受不了,所以他偶尔会到外面买点食物换换口味。其实他最想吃的是在中国菜市场里堆积如山的小青菜,但是在这里,不要说小青菜,就连大白菜也没有。

不少华人开的杂货店和超市有中文报纸,有的还有中文杂志,大陆的、台湾的、香港的、本地的、外地的、收费的、免费的，因地域等等缘故各有不同。美国的很多华人，尤其是不谙英语的华人，常常就是经由这些中文报纸和杂志了解世界上的各种事情。

严岩买了一罐鲜炸鲮鱼，又拿了一份免费报纸边走边看。买付费报纸要花几角美元，他舍不得。其实免费报纸的主要内容与付费报纸上的相差无几，它是靠广告赚钱，否则哪来白吃的午餐。

从杂货店走回宿舍要半个多钟头，若打算到四川饭店吃晚饭，又要再走一程。自从搬到新的地方，除了上下班要仰赖阿龙的老爷车，休息日想填饱肚子也很麻烦，以前只需穿过街道就可以到四川饭店随意吃喝，现在要走个半天。离宿舍最近的餐馆也不止一英里。看见身边一辆辆汽车疾驰而过，严岩在考虑是不是也应该有辆车。这种在美国几乎人人都有的、被视为必不可少的代步工具，在他眼里始终是种奢侈品，买一辆车、哪怕是旧车的钱，换算成人民币，数字也相当惊人，抵得上他在中国时很多年的薪水，所以他从来没有买车的念头。不过现在他已经习惯了以美元计价，而且工作稳定，收入也不错，没有车又的确不便，于是他想，也许是该买辆车了。

严岩下车后，齐先生和LEE一起来到LEE的住处。齐先生本想当即重温旧情，因为他急于借此寻觅失去的感觉和修补受损的关系，并且在心理上获得两人之间依旧亲密如常的抚慰，可是LEE还没有从刚刚受到的打击中恢复，仍然有些悲伤沮丧，齐先生不便勉强。他忽然觉得，这次的事情对两人都造成了巨大创伤，谁也无法真正摆脱由此带来的阴影，过去那种两人在一起如鱼得水般轻松快乐的日子，也许已经一去不返。

齐先生感到失落和惆怅，但是决心维系他的乐园，被别人践踏过的乐园。他打算把它修复，每一朵花，每一棵草，他都将悉心照料。他不能没有一片属于自己的天地。

他知道应该怎么做。这天他先是带LEE看了场电影，其间自然少不了饮料和爆玉米花，然后请她到法国餐厅吃大虾。法式餐点的精致十分有名，价格昂贵也同样有名，但是齐先生既有钱又大方。晚饭之后的节目是到夜间俱乐部消磨时光，内容是喝酒跳舞。齐先生相信，在女人酒酣耳热之际搂着她小声讲绵绵情话，是最能令她陶醉的。他没有在夜间俱乐部里耽搁太久。他明白趁热打铁的道理。当两人再度来到LEE的住处时，他果然攻城略地，所向披靡。午夜之前，齐太太回家不久，齐先生也回来了——就像模范丈夫应该做的那样。

第二天齐先生又花了一整天时间陪LEE，以后几乎天天如此。达拉斯中餐馆的装修这时已经没有什么事需要齐先生特别操心，四川饭店由齐太太当家，不容齐先生操心，齐先生乐得怀揣大把钞票和他的小情人一起自在快活。辛勤耕耘获得的成果一天比一天丰硕。过了几个星期，他们看上去已经和好如初，仿佛彼此间什么不快的事都没有发生过——至少两人都希望对方是这么感觉。

有几次齐先生借故早早告辞，还有一次连续两天不露面，等到夜幕降临后悄无声息地隐身在LEE的公寓对面那簇灌木丛里，监视LEE的一举一动。每次他都提心吊胆,只要有一个男人走进对面的公寓,甚至只要有一辆汽车在街道上远远驶来,他就会紧张得喘不过气,心脏怦怦怦地像要跳出来。不过还好,那些都是虚惊。令人敬佩的是他风雨无阻,十分顽强,尽管每次都感到疲惫不堪,却还是坚持到底以保证万无一失。最后他相信,确实再没有不速之客入侵他的私人领地,规划中的第二步,应该可以实施了。

虽然目前看来没有异样,可谁又能担保以后依然如此呢?而且现在齐先生只要走进 LEE 的住处便会产生厌恶的感觉。那个男人,也许是那些男人——的身影似乎还在房间里徘徊,他或者他们的气息仿佛还能嗅得出来。无论如何,齐先生认为应该换个金屋来藏娇,这就是他规划中的第二步。

齐先生的打算不是仅仅让 LEE 换个住处那么简单,而是同时给 LEE 找个伴,这样 LEE 就不至于像以往那样孤单寂寞,还会由于有双眼睛在旁边而有所忌讳,也就不大可能再去招蜂引蝶。当然,如果 LEE 的这个同伴能给齐先生充当耳目就更好了,不过齐先生没那个奢望,因为他知道,在美国谁都不愿意做那种窥探他人私情、暗中通风报信的龌龊事。十分自然的,这个同伴必须也是女人,而且两人都有自己的卧室和卫生间,都能享受充分的个人自由。至于租金和水电煤气之类的费用,齐先生将全部承担。

关于人选,齐先生也早已想好,那就是萨琳娜。齐先生很清楚:人们平时相处不难,但若住在同一个屋檐下就自当别论了。一些鸡毛蒜皮的小事,一些无关紧要的摩擦,甚至一个不经意眼神导致的误会,最后都可能激起不可调和的冲突。萨琳娜通情达理、温柔善良,跟所有人关系融洽,每个人都喜欢她,其中也包括 LEE,如果能让她给 LEE 做伴,两人间一定会相安无事。显然,没有人比萨琳娜更为合适。

齐先生把他的想法告诉了 LEE。对于要搬家,LEE 稍一迟疑,就答应了。不必齐先生多言,LEE 明白齐先生的心思,她有些不快,但是不想违背齐先生的意愿,毕竟她的生活费用要靠齐先生提供,而且她心里依旧有他。对于请萨琳娜做伴,LEE 很赞成。这么单纯可爱的姑娘,无论谁跟她在一起都会感到愉悦,可是萨琳娜愿意那么做吗?齐先生和 LEE 都感到没有把握。

中国人主张无功不受禄,美国人没有这个观念,他们对于别人的赠品,不管是钱还是其他物质,一概来者不拒;一面很高兴地接受,一面很真诚地道谢。如果有人拒绝,他们一定会认为这个人不可理喻。萨琳娜没有理由不喜欢免费住房,不过两人同住一套住宅,即使都有自己的天地,总还是不如一个人独住自在,有利有弊,萨琳娜如何权衡,两人无从揣测。

齐先生知道美国人很难通融,他们有主见,性情坚强执著,从不轻易妥协,即使是像萨琳娜这么温柔的姑娘也同样如此,如果她不喜欢,就会直截了当地说"不",那样齐先生将会十分难堪,所以他想把难题推给 LEE。

"LEE,我想你去跟萨琳娜谈比较好,这是你们两个女人之间的事,我一个大男人,去讲这种事不大合适。"齐先生说。

LEE 也不愿出面,而且理由充分。她当即回绝了齐先生的提议:"不,去跟萨琳娜谈的人不应该是我。你是出钱付所有费用的人,我不能替你向她保证,你必须亲口告诉她,她才会相信,所以一定是你去找她谈。”

齐先生很为难:“你知道,我不知道我能不能说服她,而且你想想看,她一个年轻女孩,我去跟她谈这种事情,总有些荒诞怪异的感觉。……”

正说着,齐先生心里又起了新的担忧,马上停下来不说了,一声不响地看着 LEE。

“你怎么啦?”LEE 问。

“没什么,就是有点烦。”

“你烦什么?说啊!”

“好吧。”齐先生有点尴尬,“我啊,担心萨琳娜会以为我在胡思乱想。她要是起了疑心,这件事就没法办了。”

“你是不是在胡思乱想?”LEE 像被马蜂蜇了一下。

“我没有!”齐先生赶紧申明,随后竭力辩白:“那不可能。美国姑娘?我从来没有想过。你也知道,她们不喜欢中国人。”

“你的意思是,你喜欢她们,她们不喜欢你。”LEE 怒气冲冲地瞪着齐先生。

“不,不,不。”齐先生连说了三个“不”字,“我只是想说,我不可能打美国姑娘的主意。”

“你确定?”LEE 依旧对齐先生怒目而视。

“当然,你知道我只爱你一个人。”齐先生满脸赔笑,“好啦,咱们还是想想怎么能让萨琳娜来给你做伴。”

LEE 的情绪平静下来。她想了想,说:“我认为你可以要严先生跟你一起去和萨琳娜谈,这样萨琳娜就不会多心。”

“你真的这么想?”齐先生愣了一下。

“当然。”LEE 的语气十分肯定,“你知道为什么吗?因为所有人都信赖严先生,就像所有人都信赖萨琳娜一样。在四川饭店,最受大家信赖的就是他们两个。相信我,如果严先生跟你一起和萨琳娜谈,我担保萨琳娜不会想到别的地方去,只会认为这是件好事。”

“好主意!我怎么没想到这一点。”齐先生笑逐颜开地称赞 LEE。

LEE 娇嗔地撅了撅嘴,说:“瞧,我比你聪明。”

“那当然。”齐先生马上恭维,一边在 LEE 的脸上亲了一下。

齐先生认为,要严岩同行不会有问题,这样就不仅能避免与一个年轻姑娘谈论私事的尴尬,并且胜算大增。他如释重负,很快找到严岩,告诉严岩他准备要 LEE 换个住处,同时请萨琳娜给 LEE 做伴。严岩听了心里发笑:为了 LEE,这个齐先生真的是煞费苦心,不遗余力,其实以后究竟会怎样,谁都不知道。

讲到最后,齐先生说要请严岩帮忙。

“可以啊。”严岩说,“是不是要我帮她们搬家?”

“帮忙搬家估计也是需要的。”齐先生说,“LEE 对我说,萨琳娜和她的男朋友分手已经半年了，到现在还是一个人，说是不着急，没有合适的就不要，所以如果搬家，咱们是得帮她一把。不过我说的不是帮她搬家，是想请你帮我一起去说服她。我还不知道她愿不愿意跟 LEE 在一块儿住呢。”

“你想要我去说服萨琳娜？”严岩感到非常惊讶。

“对呀。我知道你跟她关系不错，你帮我动员动员她，一定要请她跟 LEE 一起住。你知道，这件事对我太重要啦。”齐先生说。

“齐先生，你可能搞错了，我和萨琳娜连一点特别关系都没有，这个忙我真的帮不上。”严岩觉得齐先生讲的话实在是不着边际。事实上，他跟萨琳娜已经有两年不曾交谈。

然而不管严岩怎么推辞，齐先生始终坚持己见，后来他用十分温和却又不容分辩的口吻说：“小严，你不要讲了。我知道你跟萨琳娜的关系，你说的话她一定听。你看，我也是没办法了才来找你，你总不能不帮忙吧？试试看好不好？真不行我也不怪你，但是你一定要跟我去，好好和她谈。我的事，怎么也得请你帮忙。”

严岩只好答应，说：“好吧，那我就跟你一起去。不过齐先生，你真的不能指望我，不要以为她会听我的。你是说咱俩一块去找她谈，是不是？”

“那当然，我肯定得去。”齐先生十分满意地笑着说，“哪天你休息，她也休息，我联系好了，就来接你一块去找她。小严，我先谢谢你啦。”

齐先生走了。严岩想了半天也不明白为什么齐先生会因为与萨琳娜之间的事来找他。他对自己说，我能帮什么忙呢？我跟她真的一点关系也没有，连话都很久不讲了，要我去帮忙，这不是荒谬吗？

齐先生的厚望让严岩有种无端获奖的感觉，他心里很不安。其实他根本不想参与齐先生和 LEE 的事情，不过既然答应了，总是要去的。

三十三

这天是星期一,严岩休息的日子。快中午的时候,齐先生推门进来了。

“怎么样,小严?走啦!咱们现在到萨琳娜那儿去。我已经给她打过电话了,说有事要找她谈,她在家等我们。”齐先生精神抖擞地说。

“你有没有对她讲要谈什么事情?”严岩问。昨天他已经知道齐先生准备今天去萨琳娜那里。

“没有,到那儿再说。走吧。”

两人坐进齐先生的汽车。齐先生边开边问:

“小严,到现在还没车啊?”

“没有,好像没多大用。”

“怎么会没用呢?当然有用。在美国到哪儿都需要车,该买一辆啦。你看有几个人没车。”齐先生脸上浮现着很不以为然的笑容。

“说实话最近我也在考虑买辆车,”严岩说,“就是不知道该买辆旧车,还是该买辆新车。”

“当然买新车。”齐先生看了严岩一眼,仿佛是说“这还要想!”然后说:“你要是买别人用过的车,有什么毛病你一点都不知道,搞不好三天两头的修,又费精神又花钱。你现在收入不错,有这个条件就应该买新车,还在想买什么旧车。”

“这倒也是,那我就买新车。”严岩觉得齐先生的话有道理,“齐先生认为像我这种情形,买什么车比较合适?”

“我个头大,喜欢大车。你……我不知道。”

“我喜欢中型轿车。”

“那正好。”齐先生顿时兴致勃勃,“福特公司最近推出一款两门轿车,叫‘雷鸟’,外形流畅,非常特别,这个‘雷鸟’就是中型车。我前不久在他们那儿买过车,跟他们熟,如果你有兴趣,哪天我带你去看看。”

“好啊,等你有时间了咱们一起去。”想到不久将有自己的汽车,严岩很兴奋。

过了一会儿,齐先生问:“小严,你有没有学会开车啊?买车得有驾照才行。”

“开车我已经学会了,是跟阿龙学的,上个月刚刚拿到驾照。”严岩说。

“行啊,”齐先生点点头,显得很满意,“就只差车啦,哪天去买回来。”

汽车转进中央大道,一路向东行驶,只一会儿,严岩又看到了那家给他留下深刻印象的夜间俱乐部,又看到了那片他曾经在漆黑的夜晚伫立良久,只为等待萨琳娜归来,以便看她一眼的空地。时过境未迁,眼前景象依旧。

齐先生把车停在路边,两人穿过停车场,沿着公寓前的小道前往萨琳娜的住宅。这时正值夏末,阿巴克基蓝天澄净,阳光和煦;周围草地青翠诱人,几棵小树亭亭玉立。到了一扇门前,齐先生看了一眼上面的号码,停下脚步说:“到了,就是这里。”

不错，是这里，严岩不仅来过，而且进去过。他不会忘记这个地方，这个让他魂牵梦萦，却又必须竭力回避、竭力忘却的地方。今天他又来了。他原本不应该来，然而似乎冥冥中偏偏有种力量，让他与萨琳娜再度离得这么近。在四川饭店，他和她几乎天天见面，但那纯粹是由于工作，而且不必真的打交道。遇到客人点菜，萨琳娜到厨房只需先念一下菜名，然后把菜单递过来，等严岩把菜炒好，按了电铃，萨琳娜再进来取菜，说声谢谢，就要转身照料客人，从头至尾，除非有事要特别说明，否则连对话都多余。另外，自从齐先生和LEE有了交往，尤其是自从齐太太在四川饭店独揽大权以来，就再也难得有下班后几个人聚在餐厅里一起饮酒聊天的情形，每个人都是来去匆匆。距离上一次来这里并且进入房间已经有整整两年，严岩从未想过他会再一次来这里，现在那个让他情思难断的可爱姑娘与他只有一门之隔，并且很快就会站在他的面前，他感到久违的温馨甜蜜，同时感到忐忑不安。但是他没有慌乱。

齐先生按了一个门铃。门开了，萨琳娜站在门口，笑着，一如既往的娇艳动人。她的深邃的灰蓝色眼睛在阴影里显得格外明媚，金发下的柔嫩脸庞绽放着朝霞般的光彩。她只说了声"嘿"，算是打了招呼，然后静静地等待齐先生和严岩讲话，就像个稚气未脱的小女孩。

美国人的习俗与中国人的不同，并非是只要有人来访就必定请入室内，如果只是简单交谈几句，多半就在门口完成，随后各行其是。美国人通常也不会因为上司登门便受宠若惊地端茶递水、忙里忙外，他们总是从容自在而又不失礼貌，与中国人不尽相同的礼貌。萨琳娜不认为会有什么事需要长谈，所以她这时的举止完全是美国人的习惯使然。

"嘿，萨琳娜。"齐先生客客气气地说，"很抱歉打扰你，你好吗？"

"我很好，你们呢？"萨琳娜的声音总是那么柔美。

"我们都好。我们来这里，是因为有件事想请你帮忙。"齐先生显得十分谦恭。

"我？我能帮你们什么呢？"萨琳娜有点吃惊，但依然保持着她的平静和笑容。她看了严岩一眼，然后问："你们想进来谈吗？"

"不用了，就是一件小事，说完了我们就走。"齐先生清楚美国人不喜欢别人占用他们的业余时间，"是这样，你知道我和LEE的事情，现在她一个人住，我担心她太寂寞，所以我想，你能不能把你的宿舍退掉，搬去跟她一起住，所有的费用全部由我负担，你一分钱也不必出，而且我会租一套有两间卧室两个卫生间的住宅，让你们都有自己的地方，不至于造成不便，你觉得怎么样？"

"就是这样吗？"萨琳娜问，心里感到难以置信。她把目光从齐先生转向严岩。——就像所有遇到疑难的人一样，希望能从值得信赖的人那里寻求答案。

"是的，就是这样。"严岩看着萨琳娜的眼睛说，"齐先生不放心LEE一个人住，想给她找个伴。他们认为只有你合适，所以如果你愿意的话，那就太好了。"

萨琳娜相信严岩，这个中国男人曾经表露过对她的情意，她当时借故躲避了他，从那时直到现在，他从来没有纠缠过她，也从来没有为难过她，他做所有事情仍然该怎样就怎样，对她既不奉迎，也不排斥，所以她依旧喜欢他，并且对他更加尊敬。她知道她身边的同事对严岩的感觉也是如此。既然严岩讲的跟齐先生讲的一样,那么这件事就没有什么可怀疑的地方。

“看上去十分简单。”萨琳娜想。既帮了别人的忙,又省了自己的钱,这么好的事,完全没有拒绝的理由,当然马上答应。

“好,我可以那么做。”萨琳娜爽快地说。

“你确定吗?”齐先生不放心。

“当然确定。”萨琳娜俏丽的脸上笑容迷人,“除非你改变主意。”

“不会不会,我不会变的。”齐先生连忙说,显得十分高兴,“谢谢你,你帮了我的大忙。那就说好了。我将尽快寻找合适的公寓,找到就告诉你,到时候我和严先生来帮你搬家。我想你或许需要人帮忙,因为我听说你现在是一个人,是吗?”

“是啊。”萨琳娜嫣然一笑,“不过这没有什么。”

随后齐先生向萨琳娜告辞,并且再次表示他的深切谢意,但是他没有按照中国人的习惯和她握手,也没有按照美国人的习惯轻轻拥抱她。中国人和美国人在交往时都意识到彼此间文化习俗的不同,又有一层天然隔膜,因而在礼仪方面常常感到不知所措,于是宁愿欠缺也唯恐做出不当行为而招致对方反感。齐先生在美国人面前有点萎缩,遇到热情爽朗的美国男人,他多半会把手伸出去,但若面对的是美国女人,特别是年轻妙曼的美国女人,他连碰一下也不敢。

一件大事轻而易举地办成了,两人都感到心情舒畅。齐先生说要请严岩到著名的意大利连锁餐厅“橄榄园”吃午饭,可是严岩不想去,因为他觉得自己没做什么。

“齐先生,没必要那么费事,你把我送到我宿舍附近,我随便在哪儿弄点东西吃就好了。”严岩说。

“那怎么行。”齐先生坚持着,“你帮我那么大的忙,总不能连顿饭也不吃。”

“我没觉得帮了你什么忙啊。”

“怎么会没有呢?我认为你对她讲的那几句话对她影响挺大的。我说她会听你的。你要是不来,我肯定有麻烦。”

“真的吗?我怎么不觉得?”严岩笑了,一面回想刚才他对萨琳娜说了些什么。他确实不知道自己是否帮了齐先生的忙,不过齐先生盛情难却,只要不太破费,吃顿饭也不算大事,于是说:“那这样吧,齐先生,咱们找家披萨店,吃披萨,你看怎么样?”

齐先生很豪爽地说:“行,去哪儿都行。”

美国最有名、规模最大的披萨连锁店是“披萨屋”,它的各个分店通常有自己的独立建筑,外形的确像屋子,但是屋顶十分特别,既红又高耸,看上去分外醒目。除了“披萨屋”,美国还有些别的披萨连锁店。同一系统的连锁分店,无论在哪里,食物千篇一律,售价则或许略有差异。与众不同的是独立经营的披萨餐厅,为了在残酷的竞争环境中生存,这些独立餐厅努力创建自己的特色风味,因而做出来的披萨往往比连锁店的披萨更加鲜美可口。齐先生和严岩到一家名为“威尼斯”的独立披萨店享用午餐。当然,这里没有满城的水,也没有浸在水里的房子,有的是餐桌餐椅、厨师和服务生,以及使人垂涎欲滴的披萨。

据说披萨是由马可波罗把中国大饼的制作方法带回意大利后，意大利人根据自己的喜好改造而成，如今已是风靡全球的美食。意大利人在面饼上别出心裁地加奶酪、香肠、肉末、蘑菇、青椒、橄榄以及其他的东西，经过烤箱烘焙，吃起来真的是让人欲罢不能。美国披萨店的餐桌上通常有个小瓶，里面装有干辣椒末，撒一些在披萨上，便又多了一层刺激食欲的味道。不过披萨一定要趁热吃，同时喝冰凉的可乐，才会获得最佳的饮食享受。

不久后的一个星期五，齐先生告诉严岩，给 LEE 和萨琳娜租的公寓套房一切就绪，下星期一，严岩休息的那天，可以帮她们搬家。到了星期一，严岩破例早早起床，匆匆吃了些头天晚上准备的干粮，齐先生就来了。两人到专门出租载货车辆的一家连锁店租了辆驾驶舱后面有封闭车厢的汽车。这个租车公司的英语名称若音译成汉语，大致为"友好"。"友好"公司在美国各地有很多分店，为客人提供包括拖车在内的各种载货车辆，客人不管在本地使用还是要跨越美国全境，用过之后都可以就近在任何一家"友好"分店还车，非常方便，同时租金低廉。

这天萨琳娜只上午班，但要到下午两点才回来。严岩和齐先生先帮 LEE 搬家。LEE 已经提前作了准备，服饰被褥等分别归类，柜子抽屉全部腾空，所有物品整装待发。几个人先搬大件东西，然后把小些的见缝插针般往空档里塞。别的都还好，不过有一卧一立两个柜子十分沉重，当初齐先生为 LEE 购置时美国公司送货上门，两个 200 多磅的美国彪形大汉抬上来也要费些力气，现在由小两号的严岩，小四号的 LEE，加上半号都不小，但是脂肪多于肌肉的齐先生往下抬，着实不易。大家呼哧呼哧地喘气，互相叫着当心，一路生怕手滑脱落，过门洞和在楼梯中间转弯时宁愿自己被挤被顶，也要尽力避免柜子剐蹭。家具就像主人的脸面，是绝不可毁容的，否则看着就令人伤心。好在最后都完好无损，几个人感到十分欣慰。

终于，除了一个吸尘器，东西全部搬完并且装车。随后齐先生和 LEE 检查室内所有地方，以确定没有任何疏漏。严岩用吸尘器吸地。炉台、烤箱和冰箱之类 LEE 在前一天便已清理干净。接着 LEE 到公寓管理处结账、归还钥匙，众人上车向新的住处进发。

新住处位于阿巴克基东北方向一条安静的大道旁，外面环绕着在美国难得一见的围墙。汽车驶进大门，转了几个弯，在一座楼房前停下来。

"就是这里，在一楼。"齐先生对严岩说，"你看见那个窗户没有？进去向右转，第二个门就是。"

于是大家朝里搬东西。卸比装容易得多，又不必上楼下楼，连那两个柜子也没费太多周章。LEE 的卧室在套房左侧，里面有专用卫生间和可以走进去的衣橱。东西全搬进来后，大家先是把齐先生为 LEE 买的十分漂亮考究的长、短沙发和咖啡桌在客厅里放好，再把同样漂亮考究同样是齐先生买的餐桌餐椅在餐厅里摆好，然后考虑 LEE 卧室里的家具分别放在什么位置最合适。这是需要点艺术眼光的，同时能反映主人的气质和心思。便于使用、切忌死板、搭配妥当、主人走动时不至于磕磕绊绊、尽量让房间显得宽敞明亮，都是必须考量的因素。这方面齐先生完全没有灵气。

严岩和 LEE 商议着确定了家具摆放的位置,放好后大家都认为效果不错。严岩的任务算是告一段落,剩下的物归原位、房间布置之类的事情,齐先生和 LEE 一边喁喁私语,一边慢慢地做。

严岩仔细打量了一下整个套房。进了门是一个大客厅,餐厅和客厅相连,接下来是厨房。进门后向右,与 LEE 的卧室相对,另有一间为萨琳娜准备的卧室。两间卧室面积相似,并且都有可以走进去的衣橱,不过萨琳娜使用的卫生间在她卧室门外,尽管出门即到,却不是她的专属,套房里的人谁都可以用,这表明 LEE 住的是主卧室,萨琳娜的则不是。

严岩又出去看,注意到走廊尽头是双扇门,然后才是通向院子的大门。这种情形很少见,不知是由于这家公寓特别讲究,还是出于安全考虑,无论如何,都表明齐先生在尽心尽力。大门外庭院深广,道路宽敞,几十幢式样新颖的房子散落其间。所有房子都有自己的停车场,同时四周绿树环绕。院子南北方向各有一个椭圆形游泳池,池边摆放着一些轻便躺椅。这时居民们大多在外忙碌,整个公寓大院静悄悄的空无一人。几只披着海蓝色羽毛的小鸟在阳光照耀下的草地上一跳一跳地觅食。

到了中午,齐先生的意思是找个好点的饭店让大家饱餐一顿,可是 LEE 急于整理房间,只想随便到哪儿吃些快餐。齐先生自然是懿旨难违。于是三人到相距不远的"汉堡王"快餐店点了汉堡包、炸薯条和可乐,三下五除二地吃完就走。"汉堡王"在美国是与"麦当劳"分庭抗礼的第二号餐饮连锁业巨头,彼此竞争激烈,凡是有"麦当劳"的地方,附近几乎必定有"汉堡王",有时干脆隔街相对,如同打擂台。两家的餐点相似、价格相似,连店面和停车场大小都相差无几,很有点中国古典小说里描绘的捉对厮杀的味道。

下午两点,LEE 继续整理她的物品,齐先生和严岩到萨琳娜的住处帮她搬家。十分凑巧,他们的车刚停下来,萨琳娜的车也到了。这时她已经换掉了上班穿的中式旗袍,改穿短袖衬衣和紧身牛仔裤,看上去曲线玲珑。

"嘿,萨琳娜,你准备好搬家了吗?"齐先生神情愉快地问。

"当然。来吧,什么都准备好了。"萨琳娜笑着回答。

严岩和齐先生跟随萨琳娜走进她的房间。与 LEE 相比,萨琳娜的东西要少得多,也轻得多。美国人流动性很大,未婚年轻人迁徙的频率更高,所以很多美国人只买简单轻便的家具,以便随时搬家,有时不得已必须把家具扔掉或者送人,也不至于觉得太可惜。萨琳娜也有两个柜子,但是用料不像 LEE 的那样厚实,因而不大用力就能搬动。正搬着,出现了一个事先未曾想到的难题,就是新住处的客厅、餐厅都已经摆放了 LEE 的家具,不可能再添加一套,所以萨琳娜的同类家具该如何处置,大家都感到十分棘手。齐先生再三向萨琳娜道歉,问她是否可以把这些家具暂时存入专供出租的库房,由他支付费用。萨琳娜看着她的家具犹豫了一会儿,然后说:"不,不必了。你已经给我租了住宅,我不能让你花更多的钱,就把这些家具送给需要的人吧。"

严岩一直看着萨琳娜。当萨琳娜说出这番话时,他从她的眼神和表情里看出她其实对这些家具非常不舍，因为无论价值高低，它们都曾伴随过她，即使是一块放在桌上的鹅卵石，平时不经意地瞥上一眼，渐渐地也会使人产生感情，何况是每天使用的物品。但是她不好意思让齐先生破费，自己又缺乏必要的经济能力，所以宁愿舍弃。

可是齐先生感到过意不去，执意要萨琳娜把那几件家具存入库房，然而萨琳娜态度坚决。最终几个人把她的长沙发、咖啡桌，以及餐桌餐椅放到路边的人行道上，又在上面贴了纸条，注明任何人想要都可以取走。这是美国人处理多余但依然有使用价值的物品的常用方法。此外还有两种方法。一种是捐给慈善机构转交穷人，这时捐的基本上都是衣服、被褥和食物。其中衣服被褥应该洗干净，食物必须是瓶装或者罐装的，而且没有逾期，从未开启。另一种是美国有名的“车库销售”，这种情形经常发生在家庭拥有独幢住房的中产阶级住宅区，通常是在周末，卖主一早把写有“车库销售”几个字的告示牌安放在离家不远的路口醒目处，然后让车库门大开，自己逍遥自在地坐着，静候顾客上门。这时待售物品早已在车库里各就各位，有的挂在架子上，有的摊在桌子上，还有的搁在地上。女人服装是必定有的，而且大多扮演主要角色，从衬衣到外套，从色泽质朴的到绚丽多彩的，长的短的厚的薄的，皮的棉的丝的绸的，琳琅满目，反映着女人生活的精致和曼妙，也反映着她们对美和青春永驻的追求。但是不会有内衣，因为那些东西太具个人色彩，不便与人分享。另外像是工具、柜子、沙发、桌子、椅子、吸尘器、自行车、婴儿车等等，也常常是待售之物。所有物品都是主人用过后不想要的，其中有些看起来跟从商店买回来的原装品几乎一样新，事实上也的确没用多久，只是由于主人不喜欢才要卖。“车库销售”的任何商品都要价不高，而且顾客可以跟卖主讨价还价，因而包括本身就是中产阶级的一些人常在周末到这些居民区游逛，以寻求有用又低价的东西。他们从一个售货车库到另一个售货车库，有时看一眼，觉得没有感兴趣的东西，马上就走；有时转来转去，看看这个，摸摸那个，跟临时老板聊几句；有时相中一样东西，便仔细端详，判断是否状态良好。在美国，除非卖家特别申明，所有从商店买的东西只要保持完好并且不曾使用，都能在规定期限内退货，不过“车库销售”除外，它连发票也没有，银货两讫，从此互不相干，所以买时一定要先看清楚，看好了，价钱也谈好了，接下来便是一手交钱，一手交货。

搞这种车库销售的很少有华人。华人总是精打细算、勤俭持家，买东西时斟酌再三，买回来后物尽其用，难得有多余的东西需要出售。美国人则要豪气得多，他们无论收入多少，大多不怎么算账，只要喜欢就花钱。有人为了看明星表演或者一场球赛，情愿往返开车十个小时，同时花掉自己半个月的薪水，也有人为了一只外形漂亮的名牌包，欠下不知何时才能还清的债。不少接受过良好教育的高收入人士同样缺乏适当的理财观念，他们花钱如流水，购置豪车豪宅，带家人周游世界，享受得不仅分文不剩，而且债台高筑，一旦失业就不止房子，连家庭都难保完整，因为很多美国人无法忍受贫困的折磨，这时夫妻争吵、失和以至离婚自然顺理成章。美国有关机构的调查一再显示，绝大多数美国人要么完全没有积蓄，要么仅有微不足道的一点余钱，所以当经济衰退的大潮席卷美国，大批公司裁员、倒闭时，不计其数的失业者中没有几个能支撑得住。有人认为这种悲惨完全是咎由自取，因为若是他们能像中国人一样未雨绸缪，就绝不至于吃那种苦头，不过也有人认为，中国人和美国人在理财方面的差异源自观念不同，因而不应该站在中国人的立场对美国人的做法予以评判，其实美国人的做法更有利于经济发展。孰是孰非，莫衷一是。

离开萨琳娜旧居的时候，严岩望着那片开阔的、留下他无数足迹和不可磨灭的记忆的空地，心里涌起仿佛向老朋友告别的感觉。

在新的住宅，两个年轻姑娘一见面就高兴的相互问候，还热情地拥抱了一下。LEE 问萨琳娜要不要帮忙，萨琳娜回答说不必，有齐先生、严岩和她三个人已经足够。LEE 笑着说了声"如果需要就叫我"，便转身回去继续整理她的物品。

萨琳娜的东西没过多久就全部搬进了她的卧室。随后她静静地站在那里，把右手食指放在嘴里用牙齿轻轻咬着，凝神思考家具该怎么摆放才最合适。齐先生和严岩都一声不响，等待她作出决定。

萨琳娜一时拿不定主意，但是很快注意到齐先生和严岩都在干巴巴地站着，觉得有点过意不去，于是说："我很抱歉。"

"没关系，"齐先生赶紧说，"你慢慢考虑。"

可是萨琳娜还是觉得过意不去。她让她的目光在严岩脸上停留了几秒钟，仿佛在征询严岩的意见，然后对齐先生说："齐先生，这样好不好，你去帮 LEE，让严先生留下来跟我在一起。我想这儿两个人够了，LEE 也需要帮忙。"

"行，那我就去帮 LEE。"齐先生说，"如果这里有事需要我，我马上回来。"

齐先生走了，房间里只有严岩和萨琳娜。严岩独自站在使他深深动情的姑娘身边，感到难以摆脱的局促不安。还好萨琳娜在专心致志地思考她的房间布局，她看看家具，又看看四周，没有注意他的困窘，让他感到轻松了不少。

"好啦，我知道应该怎么做。"萨琳娜忽然显得胸有成竹，"我想把床放在这儿。"她指着房间的一个位置给严岩看，然后又指着另外的地方，说："一个柜子放这里，还有一个放那里。你觉得怎么样？"

严岩本来没有去想这件事，因为他认为那完全应该由萨琳娜自己决定。这时他想了想，感到萨琳娜的选择不错，而且是唯一恰当的选择，于是回答说："我想那样很好。"

接着严岩帮萨琳娜把床架安装好，又把床头装上，再把硬床垫抬到床架上，罩好床裙，最后把软床垫抬上去。至于床上用品，萨琳娜说她可以自己铺放。随后他们把两个柜子搬到预想的地方。三件大东西摆好后，两人站到房间不同位置从各个角度审视效果，都感到很满意。床头柜和一把椅子也摆好了。接下来严岩帮萨琳娜移动专门用于搬家的大纸箱，把里面装得满满的东西一件件取出来交给她去放置。在打开其中一个纸箱时，严岩看见两幅装在木框里的油画，真正的原作，不是印刷品。一幅画的下半部伸展着广袤的原野，上半部是苍茫的天空和起伏的群山，意境深邃壮阔。另一幅描绘人迹罕至的原始森林，几缕阳光穿透密叶，一条小河缓缓流淌，画面给人一种非常静谧安宁的感觉。严岩欠缺鉴别绘画技巧的才能，但是被上面的美景深深感动。他把两幅画拿在手里反复观赏。

“你喜欢吗？”严岩耳里传来萨琳娜的声音。

“我喜欢。”他说，“好画。你从哪儿弄来的？”

萨琳娜笑了，说：“它们都是我画的。”

“真的？你怎么会画得这么好？”由于惊讶，严岩情不自禁地说。

萨琳娜感到难为情，连忙说：“不，我不认为我画得有多好。我在学校里上过绘画课，这种画谁都画得出来，如果你学了绘画方法，你也能画。”

“好吧，我希望我也能画出这种画来。”严岩说，“你能不能告诉我，这些画你是凭想象画的，还是照着真正的景色画的。它们看起来像真的一样。”

萨琳娜有点羞涩地笑着，说：“我是根据真的风景，加上我的想象画的。我是从蒙大拿州来的，蒙大拿地域广大，景色非常优美，我喜欢那里的原野，也喜欢那里的山脉、森林，以及河流。”

“那么你喜欢圣地亚山吗？”严岩问。

“我喜欢，一座看上去很神奇的山。”萨琳娜说，“你呢？”

“我也喜欢。我一直很想上山看看，可是没法去，因为我没有汽车。”

“是吗？我感到难过。”萨琳娜心里涌起了同情和怜悯，“我有汽车，如果你希望的话，我想我可以带你去那里。”

“真的？”严岩感到喜出望外，因为终于可以上山一游了。他知道萨琳娜历来真诚，她这么说决不是随口客套。

“当然是真的。”萨琳娜娇柔地笑着说，“你想去吗？”

“我当然想去。”严岩说，“你认为我们什么时候可以去？”

“必须是我们都休息的日子。”萨琳娜说，“我知道你每个星期一休息，不过下星期一不行，再下个星期一我可以带你去，你觉得那样好吗？”

还有什么事能比这更好呢？严岩想。于是两人约定在下下个星期一上午十点，萨琳娜开车到严岩的宿舍接他上山。严岩把他的地址写在一张纸上交给萨琳娜，嘱咐说万一丢了就告诉他，他好再写。萨琳娜要他别担心，说她不会丢的。

很快到了该吃晚饭的时候，齐先生走过来告诉严岩和萨琳娜，LEE 想要他给大家买“多米诺”的披萨吃，问他们是否赞成。严岩和萨琳娜都说好。

“多米诺”是美国最负盛名的披萨外卖连锁店，只做外卖，不提供堂吃。严岩认为美国所有披萨连锁店中，“多米诺”的披萨是做得最好的，远远胜过“披萨屋”的披萨。需要的话，打通电话到附近的“多米诺”，大约半小时，就会有个身穿“多米诺”工作背心的人把刚刚出炉的披萨送上门来。听到门铃声，室内的人把门打开，门外站着的送货人先确定一切无误，然后从一个保温套里把装着披萨的大扁方盒取出来交给食客，同时接过食客递来的包括小费的现金付款，随后人走门关。装着披萨的盒子随即被放到桌上打开，现出诱人的、热腾腾的披萨，香气四溢。

三十四

1984 年 9 月底的一天，是严岩和萨琳娜约定一起上圣地亚山的日子。

这天天高气爽，阳光灿烂。萨琳娜起床后照例刷牙、沐浴，对着镜子把头发梳理好，又稍稍描了眉毛。天气开始凉了，而且又要上山，所以她穿了件长袖衬衣。下面依旧是牛仔裤。她总是喜欢牛仔裤，极少穿裙子，因为她觉得穿牛仔裤比较自在，不像穿裙子那样由于各种缘故需要随时小心。

接着她开始做她的美国式早餐：一杯热牛奶、两片烤面包、两个煎鸡蛋、几条煎培根。她通常会在烤面包上抹些牛油，再加些果酱。她最喜欢的果酱是杏子酱，原因是那里面有种特别可口的味道。

吃饭时看电视是免不了的。餐桌离电视机很远，角度也不好，所以她习惯于把早餐放在咖啡桌上，然后坐在地毯上边吃边看，这是因为沙发太高，坐在上面吃摆在咖啡桌上的食物必须把腰弯得很低，身体不大舒服。美国人每隔几天就用吸尘器清理地毯的尘埃，有时还请专业公司清洗，所以他们不认为地毯不干净。坐在地毯上，躺在地毯上，在地毯上玩，都是美国人习以为常的事情，他们甚至不认为地毯和床之间的干净程度有何差异，不会有任何儿童因为在地毯上打了滚后爬到床上而招致父母的斥责。

早餐后萨琳娜把房间收拾了一下，吸地，擦桌子、镜子以及炉台。用过的餐具用水冲过后放进洗碗机里，就像换下来的衣服一样，不必用手洗。床上的枕头和被褥只需稍作整理——所有人都是这样，没有人每天把被褥叠得整整齐齐。事实上，除非是要放到柜子或者衣橱里，普通美国人不叠被褥，如果有亲朋好友来家里住，为他们准备的床，上面的被褥也不是叠起来，而是平平整整地铺在床上。

预定出发的时间到了。这个时间是萨琳娜看过地图后，估算了从家里到严岩宿舍需要的时间，再加十分钟确定的。无论上班还是为别的事情，她从不迟到，总是比规定时间提前到达。她不管做什么事都认认真真，踏踏实实。

萨琳娜把车开到严岩宿舍外的路边停下来。这里的环境远不如她现在住的地方，也不如她过去住的地方。路面还算说得过去，人行道则是乏善可陈。停在路边的汽车没有一辆是新的，它们要么脱落了一片片的漆，看上去满身疮痍，要么色泽黯淡，显得没精打采。有些车这里那里蹭撞得变了形，而车主显然没钱修理或者并不在意，其中一辆车的窗玻璃少了几块也不再装，只用胶带固定几片塑料布，让它们遮住窗口。周围的房子十分简陋，门前屋后杂草丛生，中间的小径坎坷不平。

萨琳娜一点也不为眼前的景象吃惊，因为美国的穷人区历来是这副模样，很多比这更加残破。她也不认为自己跟住在这种地方的人有什么不同。她是在一个中产阶级家庭里长大的，从小到大在父母的呵护下生活得无忧无虑，但是从高中毕业开始就完全凭借自己的力量谋生，再也不依赖父母。有时父母问她是否需要帮助，她总是说她过得很好，请他们不要担心。她从来不乱花钱，尤其不买奢侈品。她对浮华的东西不感兴趣。她始终兢兢业业地工作，收入足够维持她的开销，平时无须特别当心，喜欢什么就买什么，日子过得舒适惬意。和普通美国人一样，她也没有多少积蓄，但总能把各项开支安排得恰到好处，从未让自己像周围不少人那样陷入收支失衡的困境。

萨琳娜一直与父母家人保持着良好感情和联系，然而很多美国人不是这样。一般来说，美国人家庭观念淡薄，他们认为，父母有养育子女的责任，不过只要子女年满十八周岁，父母就算尽了责，以后无论读书还是工作，子女都应该自己做主，依靠自己的力量生活，父母既无权干预，也无须提供帮助。与此同时，子女没有赡养父母的义务。子女成功是自己的，失败也是自己的。成功了是否回报父母，取决于子女本人，父母无权要求，也不存在道德约束和社会压力。失败了，不能强求父母帮助。另外，如果父母去世时有遗产，子女能否继承要依据父母遗嘱中的规定，仅仅在没有遗嘱的情形下，子女才会自动获得继承权。美国法律把子女和他们的父母看作各自独立的个体，彼此不具备依存关系，如果一对老夫妻贫困潦倒，即便他们的子女家财万贯，他们也能向政府申请生活补贴。

美国的人际关系非常冷漠，人们相互间的热情握手、拥抱、问候和告别，大多只是在履行礼仪，其实大家平时很少往来。一些中国人看见美国人在一起时哪怕互不相识也显得热烈友好，便以为他们亲如一家，那完全是误会。美国人这么做跟我们中国人看见有人从家门口路过，于是客气地问："要不要进来坐坐?"或者"吃饭了没有? 进来吃点东西嘛!"一样，只是种交往方式，并没有确切含义。事实上美国人都是靠各自的本领单打独斗，从来不指望、也难得有人协助他们，即使患病受伤，最多也仅仅能从亲朋好友那里获得些关切。他们都很孤独。

接近十点整的时候，萨琳娜来到严岩宿舍门前，由于上面没有铃，所以她轻轻敲了敲门。门马上开了，严岩站在室内很高兴的向她打招呼，但是没有请她进去，因为严岩觉得房间里实在没有什么可看的，而且空气中混杂着从餐馆厨房带回来的油烟味、食物味和终日辛劳的男人身上的种种气味。

自从在美国打工以来，除了牛仔裤，严岩没有穿过别的裤子，这天他穿的依旧是牛仔裤，不过洗得干干净净，不像平时工作时难免有油渍，上身也不像工作时只穿汗衫，而是加了件衬衣，脚上是双半旧的运动鞋。

两人来到萨琳娜的汽车旁，萨琳娜说她昨天已经给车加过汽油，现在要给引擎加机油。十几年车龄的老车，开起来机油消耗得很快，时不时地要加一点。她打开前车盖，抽出测机油的量尺，果然看见机油量到了警戒线，的确该加了，于是从后车厢里取出一瓶备用机油准备往机油口里倒。

严岩觉得自己不应该袖手旁观，就说："我来好吗?"

萨琳娜说："好。"随即把机油瓶交到严岩手里。

严岩拿着机油瓶犹豫起来。一面是机油口很小，另一面，由于管道阻碍，无法把机油瓶贴紧机油口，只能高高的悬空倒，这样就难免把机油洒得到处都是。严岩不喜欢把事情做成那样。他想了想，对萨琳娜说："稍微等一下，我去拿样东西。"然后朝宿舍跑。回来的时候，他手里多了一张报纸。

萨琳娜感到好奇，问严岩："你打算干什么？"

严岩认为与其解释半天，不如做出来给萨琳娜看，所以回答说："你会看到的。"

接着严岩先把报纸折叠成几层，然后卷成漏斗的样子，把小孔对准机油口，向里边倒机油。没有一滴机油洒在外面。这是地道的中国土办法，在中国不足为奇，然而看在习惯于使用各种现成工具、不必自己动脑筋想办法的美国人眼里却很神奇。

"严先生，你很聪明。"萨琳娜由衷地称赞。

严岩感到不好意思，连忙解释说："不，你不知道，这种方法每个中国人都会。"

两人坐进汽车里向圣地亚山进发。萨琳娜在一个路口让汽车驶上 40 号州际高速公路，向东绕过圣地亚山的南端，然后转入进山的道路。

这时汽车在圣地亚山的东面，也就是从阿巴克基城来看的圣地亚山的背面。随着汽车的前进，两边的树越来越多。偶尔能看见几只拖着长尾巴的灰色松鼠在树下的草丛里跑动。不知不觉间，汽车已经沿着盘山公路向上行驶，放眼望去，除了开辟公路时裸露出的岩石，整座圣地亚山都笼罩在郁郁葱葱的密林里。漫山的树中最多的是一种严岩叫不出名字、在西方风景画里经常出现的松树，它主干笔挺，向周围生出小枝，四季常青，成年时能有十层楼高，寿命可达数百年。美国很多山脉都覆盖着这种松树，远远望去仿佛绵延不绝的绿色绒毯。

公路很陡，并且一直在回旋。路的一侧是突兀的巨岩，另一侧是峻峭的悬崖。地势越来越高，原先一些需要仰视的山头渐渐变得像在仰视他们。下面的峡谷绿阴遮蔽，深不见底。公路几处急转弯的地方，沿悬崖每隔几步埋设着半人高的方形石柱，不过它们多半只起警示作用，很难真正避免连人带车坠入深谷的危险。渐渐地地势更高了，已经能看见山下的平原。严岩感到汽车像是在高空中飘浮。他看看萨琳娜，萨琳娜神色自若，显得十分从容。这不是她第一次开车上圣地亚山，她知道旁边就是万丈深渊，稍有不慎便会粉身碎骨，但是一点也不慌乱。

又转了几个弯，眼前豁然开朗，前面的山坡上面展现出宽广的天空。严岩知道他们正在接近山顶。萨琳娜当然更知道。路到了尽头，旁边是平整的大停车场，萨琳娜在一个车位把汽车稳稳停下来，对严岩说："好啦，我们到了。"

严岩觉得萨琳娜一路开车上山很不容易，就问她："你感觉还好吗？"

萨琳娜笑着说："我觉得很好。来吧，该下车了。"

再往上走几十步就是圣地亚山顶峰，不过严岩并不急于登顶，因为他注意到离停车场不远、同样比顶峰低一点的地方有个小饭店，他想让萨琳娜先休息一下，吃点东西再说。他征询萨琳娜的意见，萨琳娜表示赞成。

两人沿着一条小径走进饭店。饭店建筑完全用木头构成，以便与周围环境协调一致。里面很小，没有厨房，两个工作人员前面的玻璃柜里摆着各种三明治，身后的台子上放着袋装炸土豆片和热咖啡，旁边的冰箱里有可乐之类的冷饮。就是这些，没有别的，真正的一切从简。饭店不全年营业，再过几个月，当严冬降临、大雪封山的时候，这里将空无一人。整个圣地亚山顶峰一带只有这一座小木屋，游客都是当天上山，当天下山，没有人在山上留宿。这么做也许是为了尽可能保持圣地亚山的原始风貌。

小饭店里的顾客不多。严岩和萨琳娜前面的一个人在看灯光明亮的玻璃柜里的三明治，琢磨着要哪一个。旁边一张桌子上，一对年轻夫妇带着一个长得很生动的小男孩在吃东西。轮到他们了。严岩为他自己和萨琳娜各要了两个三明治，分别是火鸡肉的和牛肉的，里面都有奶酪和蔬菜，又要了两杯可乐。萨琳娜拿出钱来要为自己的一份付账，严岩很肯定地说全部由他来付，萨琳娜没有坚持，笑了一下，说："好吧，谢谢你。"

饭店里共有六张桌子，十二条长凳，也都是用木头制作的。两人在靠墙角的一张桌子旁坐下来，从那里可以看见窗外蜿蜒的山路、峭立的石壁和茂密的森林。

午餐虽然简单，却是十分可口，两人都吃得津津有味，不时交谈几句。

萨琳娜感到像在自己家里似的舒适自在，因为严岩始终温雅谦和并且从容不迫，不像有些男人那样看见她貌美便要么大献殷勤，要么故作姿态，要么局促紧张。

严岩一直很自信，在任何人面前都没有自卑感，尽管这里是美国，而他的祖国尚未摆脱贫困，他自己又在做既苦又累的底层工作，却从来不认为他低人一等。他遵循不卑不亢、平等待人的原则，无论对同胞还是对外国人都是如此。他相信自己绝不比别人差。这使他即使面对萨琳娜这样少有的漂亮姑娘，也能做到举止得体，谈吐自如。尤其是不久前帮萨琳娜搬家，他在与萨琳娜短暂的接触中彻底消除了最初的拘谨。更为重要的是，萨琳娜这时在他心里仅仅是个可爱的姑娘，而非他的梦中情人，以前对萨琳娜的意念，他想得很清楚，都是些可望而不可即的天边的云霞，是既不应该、也不可能追逐的，他早已放弃。心里没有负担，自然不会慌乱。

不过他并不能让自己完全坦然，因为他担心萨琳娜会对他产生疑虑，进而回避他，使两人之间的交往和友谊不复存在，而这种交往和友谊是他目前十分珍惜的。他太孤寂，需要朋友，若是有一个可信赖的好友，将能帮助他支撑过不知何时才会到头的艰难时光。他很希望能和萨琳娜像最好的朋友那样来往。如果能每隔一段时间跟她见面聊几句，一起做点两人都喜欢的事情，他就会非常满足。除此之外，他对她别无所求。

他也不是要专门找萨琳娜做朋友，而是因为除了萨琳娜，没有人合适。交个好友对任何人来说都很不容易，何况他的生活圈子这么狭小。然而萨琳娜愿意吗？他无法确定，但是认为至少应该先避免使她产生不必要的顾虑。

吃完午餐后，严岩问萨琳娜："萨琳娜，你想不想听一些关于我的事情？"

"好啊，"萨琳娜说，"如果你愿意讲的话。"

于是严岩原原本本地告诉萨琳娜：他是为了读书才来到美国，却由于种种缘故不得不放弃学业。他在中国有妻子女儿，他爱她们，将来一定会和她们团聚。就连他在美国已经是逾期居留也没有对萨琳娜隐瞒。他认为只有心思歹毒的人才会把这种事拿来害人，而萨琳娜绝不是那种人，并且她知道后势必会守口如瓶。讲完后严岩感到如释重负。现在萨琳娜已经知道他没有任何别的企图，他可以坦坦荡荡地跟她交往，也许，两人真的能够成为朋友。

萨琳娜十分安静地听严岩叙述，认为那些事情都很平常，没有让人惊异的地方。她心里很赞赏严岩的坦诚。

听完后萨琳娜说："好啦，现在你的事情我都知道了。谢谢你告诉我。"

接着他们走出木屋，沿一条被人踩出来的弯曲小径登上山顶。山顶很长，也很平坦，几乎没有树，一条石子路贯穿南北。最南端的峭壁上有座只剩下残垣的石头建筑，不知何时何人所建，也无法想象出它的用途。山下原野茫茫，仿佛笼罩着无边的薄雾。偌大的阿巴克基城，收缩成很小的一片。城内的高楼大厦无从辨识。格兰德河不见踪影。远山缥缈。天空高不可测。

严岩感受到天地的壮阔和生命的脆弱。他想：从古到今，任何人都只是天地间的一员，所有人都只是天地间的过客。生命是美丽的，也是悲怆的。如果陈子昂今天站在这里，不知道会写出怎样的传世之作。

他还想：历史上有些如灯塔般照耀人类生活的伟人，其中几个是我们中国人，他们有的生活在古代，我们无缘瞻仰他们的风采，有的曾经就在我们身边，如同我们的亲人，虽然他们都已远去，但他们的形象却在我们心里永存，每时每刻，从乡村到城市，从平原到山岭，到处都能感受到他们巨大的、不可磨灭的身影。

在山顶石子路稍稍偏北的一个地方，严岩和萨琳娜看见有条分岔的小径通向一片岩石后面，于是沿着这条小径走，来到小径尽头的悬崖上，他们的背后是石壁，脚下是一小块平地，两人就站在那里观赏风景。

远方的空中有些黑点在向这边移动。渐渐地看清了，是一群南飞的大雁，它们排成整齐的人字形，有节奏地搧动着翅膀从严岩和萨琳娜头上的高空飞过。严岩想起了大约是小学一年级学的一首诗：

秋天来了，
天气凉了，
一群大雁往南飞。
一会儿排成个人字，
一会儿排成个一字。

几十年过去了，严岩始终没有忘记这首诗。或许会有人嘲笑它太简单，甚至连诗都算不上，但是严岩喜欢它的明快和生动。他认为只有朗朗上口并且意味隽永的作品，才是真正的佳作。这些作品都不用生僻难懂的字，也不用晦涩聱牙的语言，作者不装腔作势，不过度雕琢，不卖弄文才。他欣赏不了他觉得语无伦次、不知所云的文字，比如下面一段据说被不少人传唱的"大作"：

刚刚有喝了稀饭。

昨晚上门没关。
不知坐飞机为哪般。
狗狗居然会叫唤。
别问我烦不烦。

他认为优秀作品之所以有感人的力量，首先在于作者贴贴切切地写出了自己和作品中人物的真情实感，使读者的心灵因而产生共鸣。另外，正如歌德在《少年维特之烦恼》里强调的，写作要言简意赅。这无疑是正确的，因为只要人们稍加留意，就会注意到包括中国作品在内的所有留存后世的名篇名言都有这一特点。

空中的雁群越飞越远，在苍茫的天幕上渐渐显得似有似无，最终消失。严岩的脑海里浮现出那首著名的《清平乐·六盘山》：

天高云淡，
望断南飞雁。
不到长城非好汉，
屈指行程二万。

六盘山上高峰，
红旗漫卷西风。
今日长缨在手，
何时缚住苍龙。

他觉得没有什么能比这首词的前两句更好地描绘眼前的情景了，词里展示出的胸襟和情怀无人可及，这种作品只有旷世奇才才写得出来，因为它产生于白话文时代，却能与千年前唐宋时期最杰出的诗词媲美，这就像一个从未上过外语学院，也从未到过外国的中国人，仅仅凭借小时候的一点根底和自己的领悟，创作出了足以与英、美历史上最出色文学大师的名著相提并论的英文杰作。

萨琳娜始终顺着严岩的意愿。无论是吃东西，还是往哪儿走、逗留多久，严岩每次都征询她的意见，她总是十分随和。对于无关紧要的事情，她多半乐于接受别人的主张。她不忍心看见别人因为未能遂愿而难过。但若是遇到大事，她一定有自己的主见。她的性情很活泼，又常常很安静，不像很多美国人那样有事没事都滔滔不绝地讲个没完，不过只要她有话要讲，就必定会用适当的方式和语气清清楚楚地讲出来。当她高兴或者激动的时候，话会比平时多。

到了下午两点多，严岩觉得山顶一带能到的地方都到了，能看的景致都看了，又觉得不便占用萨琳娜过多时间，就问她是不是想回去。萨琳娜回答说，应该由严岩决定，因为这次是专门为他来的，又问严岩是不是尽了兴。严岩说非常尽兴，也非常感谢她带他到这儿来，不过他认为应该下山了。随后两人回到萨琳娜的汽车里，沿着盘山公路下行。

到山底后萨琳娜开始加速，汽车风驰电掣般地飞速前进。这时他们远远看见前方有辆汽车停在路边，车旁站着几个人，其中一个不停地朝这边挥手。他们前面两辆车里的人没有理会，但是萨琳娜减低了车速，靠近时，看清了挥手的是个墨西哥男人，他身后站着一个女人和一个小女孩，像是他的妻子和女儿，小女孩只是茫然地站着，两个大人则显得很焦虑，不像心怀恶意的样子。萨琳娜在路边把车停下来，问他们是不是需要帮助。墨西哥男人说，因为要让小女孩到路边树林里方便，所以他把车停了，引擎也关了，没想到怎么都无法再发动起来，问两人有没有办法。萨琳娜感到为难，因为她和严岩都是外行，于是向墨西哥人表示歉意，说他们也不知道该怎么办；话刚落音，又忽然说可以去看看，然后叫严岩和她一起跟随墨西哥男人来到那辆毫无气息的汽车旁。这辆车比她的车更加老旧，不仅残破，而且有扇门的颜色与车上其他部位的颜色完全不同，一看就知道是个外来户。萨琳娜要墨西哥男人把前车盖打开，又要他把一个很大的扁圆形东西的盖子取下来。严岩站在一边像在看魔术。过了一会儿，萨琳娜对墨西哥男人说："你再试试好吗？"墨西哥男人答应了一声，赶紧坐进车里，拧动钥匙，踩油门。"轰"地一声，引擎启动了。墨西哥人对萨琳娜再三道谢。

两人回到汽车里重新出发时，严岩对萨琳娜说，他没想到她还会修车，真是不简单。

"不，我不会修车，那纯粹是由于运气好。"萨琳娜有点害羞，"有一次我的车也是发动不起来，有人说可能是汽油加得太多，需要把那个圆东西的盖子打开，让汽油挥发掉一些，我照他说的做，结果真的行。刚才我想起那件事，就试试，要是不行我也没办法。我很幸运。"

"那个圆东西叫什么名字？"严岩问。

"我不知道。"萨琳娜娇柔地笑了，说："现在你相信我不会修车了。"

汽车又进入了40号州际高速公路，不过这次是向西行驶。圣地亚山群峰矗立的南端十分清晰地出现在他们眼前。随着汽车的飞驰，大山在不断变换角度，展示出不同的雄姿。渐渐地严岩又看见了圣地亚山朝向阿巴克基城的巨大陡峭的岩壁。圣地亚山依旧巍峨挺拔，依旧庄严肃穆，依旧在不动声色地俯瞰大地，使严岩感到敬畏。他无法想象，仅仅一个小时前，他就站在它的顶端，那个似乎一伸手就能触摸到天空的地方。

他们回到了市区，回到了凡尘。在严岩宿舍外的路边，萨琳娜把汽车缓缓停了下来。

"好啦，我到家了。"严岩怀着深切的感激和歉意对萨琳娜说，"你感觉怎么样？我想你一定累了，从早上到现在还没有停过。我应该请你进去坐一下的，可是那里什么都没有，没有咖啡，没有饮料，而且，你知道……所以……"

"没关系，我还好。"萨琳娜说，"你呢，觉得今天过得快乐吗？"

"非常快乐。"严岩说，"真的很谢谢你带我上圣地亚山，让我度过了一段美好时光。”

“我也度过了一段美好时光。”萨琳娜说。

“你认为我们以后还能一起出去吗？就像今天一样，享受快乐时光。”严岩问。

“我想可以。”萨琳娜微笑着回答。

“那太好啦。”严岩很兴奋，“你看什么时候我们能再出去？”

“或许……我想下星期一就行。以后我会要求每个星期一休息，这样你要去哪里我都可以带你去。”萨琳娜美丽的眼睛里仿佛起了一层薄雾，使她显得格外动人。

“那我下星期一还是上午十点等你来，是吗？”严岩问。

“我想是的。”萨琳娜说。

严岩下了车。关上车门前，他对萨琳娜说：“谢谢你，萨琳娜。开车当心。再见。”

“再见。”萨琳娜向严岩挥了挥手，严岩也向她挥手。

萨琳娜开车走了。严岩目送她的汽车渐渐远去，心里感到难以形容的欢畅。

三十五

第二天,午餐生意结束后严岩正在吃饭,齐先生到厨房来了,一看见他就说:“小严,昨天去哪里了?我到你宿舍找你也不见人。赶快吃,吃完了我带你到车行看车。”

严岩愣了一下,他没想到在他买车这件事上齐先生比他更积极。不过他觉得也是该有辆汽车了,去就去,只是要趁午休时间去买,时间好像有点紧。

“齐先生,时间可能不够吧?”他有些犹豫。

“够啦,咱们快去快回。车行离这不远,一会儿就到。人我也联系好了,不用等,到那儿就有人接待。快吃吧,吃完咱们就走。”齐先生显得兴致勃勃。

“你看我这衣服,可以就这么去呀?”严岩指着身上的油渍笑着问齐先生。

“哎呀,谁管那个。人家想做你的生意,到那儿就是座上宾。”齐先生说。

“去哪家车行?”严岩问。

“福特。你知道我的车就是在那儿买的,所以我跟那儿的人熟,我估计我带你去买他们的车,价钱上他们可能会给点优惠。还有就是我上回对你讲过福特的‘雷鸟’,是两门的中型轿车。你不是说喜欢中型轿车吗?两门车又有点跑车的味道,我想你开很合适。去看看,喜欢就买,不喜欢也没关系。”齐先生语调轻松地说。

“行,去看看‘雷鸟’。”严岩说,“不过我知道还有一种车叫‘傲视莫比’,老是看见它的广告,好像很好。齐先生认为‘傲视莫比’怎么样?”

“傲视莫比”是通用汽车公司一款两门中型轿车的中文音译名称,与“雷鸟”相比,二者在市场上的地位和名气不分轩轾,都是这时同类车里的佼佼者。严岩在旧金山时,华文报纸上关于它的广告铺天盖地,严岩作为外行对它的质量性能一无所知,只是由于异乎寻常的广告势头和“傲视莫比”这个名字带来的似乎君临天下的架势,因而留下了深刻印象。善良的中国人在翻译外国人名、地名和物品时,总是尽量选用最美好、最富于绚丽色彩、最具有浪漫情调的文字,致使中国读者在阅读时对外国的一切常常产生如诗如画般的联想。严岩便是这些读者中的一员。

齐先生认为“雷鸟”可以比得上这个“莫比”。“都差不多,”他说,“说实话都是中档车,好也好不到哪里去,坏也坏不到哪里去,不过‘傲视莫比’还是老样子,在这一点上肯定不如‘雷鸟’。要么待会儿我带你先到‘傲视莫比’那里过一下,再去看‘雷鸟’,你可以自己比较一下哪个好。”

“时间够不够?”严岩问。

“没问题,两家紧挨着。”齐先生说。

严岩匆匆把饭吃完,坐齐先生的汽车到了经营“傲视莫比”的车行,停车场上几百辆“傲视莫比”排列得整整齐齐,如同军威严整的士兵。齐先生开着车慢慢地转来转去,像是和严岩一起检阅它们。中间两人停车下去查看了车窗上标明的价格。

“小严,看见没有,都还是老样子。”齐先生说,“你要是买,说不定明年他们把车的样子改得面目全非，你的车就会显得很旧，我看你还是考虑‘雷鸟’比较好。”

这时一个美国人从边上有着玻璃墙的营业大厅里走出来朝他们张望，齐先生连忙加速离去，一面对严岩说：“得走了，这家伙是来拉生意的，要是被他缠上就走不了啦。”

齐先生开车离开“傲视莫比”车行后随即进入就在道路对面的福特车行，这里的大停车场上同样陈列着数以百计的车辆，不过都是福特公司的产品，其中大部分是“雷鸟”。巨大高耸的广告牌上画的也是“雷鸟”，画中用鲜明的英文写着：“无与伦比的雷鸟英姿！”

齐先生把汽车一直开到离营业大厅不远的一个车位停下来。两人刚下车，立刻看见一个西装笔挺的美国男人在向他们这边走。

“嘿，你们好吗？”双方相隔十几步时美国男人满面笑容的和他们打招呼，到跟前后他一边彬彬有礼地讲些欢迎和很高兴见到你们之类的话，一边十分谦恭的与齐先生和严岩握手。

“皮特，这是严先生。小严，这是皮特。”齐先生为两人作介绍，然后对严岩说：“我的车就是通过他买的，人还不错，今天我联系的就是他。”

皮特跟严岩寒暄了几句，旋即转入正题，说：“我听说你想拥有自己的汽车，这是非常好的主意。在美国每个人都有车，每个人也都需要车。我还听说你对‘雷鸟’感兴趣，对此我一点都不意外，谁都喜爱‘雷鸟’，尤其是今年。只要看一眼，你就会注意到它具有全新的外形，非常漂亮并且极富创造性，完全是行业潮流的领袖，就连很多豪华轿车也相形失色。我担保在同类车里‘雷鸟’是最出色的，没有任何别的车比它更好。”

接着皮特向严岩介绍“雷鸟”的性能。他的话里有很多术语，又涉及专门知识，严岩似懂非懂，没有听的兴趣，便趁一个间隙问皮特可不可以让他和齐先生现在就去看车。

“当然可以。”皮特马上说，“请随意，就像在你自己家里一样。如果你看中一辆，想试开，我这里有钥匙。”

严岩和齐先生一起走进了“雷鸟”群。它们的确非常漂亮，这主要得益于它们没有任何其他车辆可比的极为流畅的外形。严岩注意到其价格与“傲视莫比”的价格相差无几。他打开其中一辆的车门，坐到驾驶座上看感觉如何，觉得很舒服，又握握方向盘，看看车里别的东西，觉得也都不错，于是打算就买“雷鸟”。随后他选中了一辆外壳是白色，内部是黑色的车。齐先生认为这个选择很好，说是不仅有反差，而且黑色显得豪华。严岩倒没去想是否豪华，也不知道黑色是不是真的就像齐先生说的那样有某种特殊功能或者意义，作那种选择仅仅是由于喜欢。

买车前必须要试开。齐先生让严岩留在原地等，他去找皮特要钥匙。严岩看见齐先生还远没有走到营业大厅门口，皮特就已经迎了出来，紧走几步，把一件显然是汽车钥匙的东西递到齐先生手里。

“来，小严，开开看。”走近时齐先生朝严岩晃了晃手里的钥匙。

“齐先生，要不要你来开？你比较有经验。”严岩说。

“开吧。”齐先生说，“是你买，得看你感觉如何。”

随后齐先生把钥匙交给严岩，自己坐在副驾驶座上。

这是严岩第一次开新车，心里有点紧张。他先定定神，让自己熟悉一下车内环境，然后启动引擎，确定挂的是倒挡，再小心翼翼地倒车，唯恐碰撞两边的车辆。现在需要的是往前开。他把车开出车行，在附近大小街道转了一阵，渐渐感到得心应手。

“感觉怎么样?”齐先生问。

“不错，很安静，没什么震动，马力也够，一踩油门速度就起来了。”严岩说。

“新车嘛。”齐先生神色怡然地说，“怎么样，就是它啦?”

“就它啦。”严岩说。

“不过你可要想清楚，付过钱就不能退了。”齐先生提醒严岩，“在美国任何地方买东西，只有买车可以讨价还价，但是别的东西你要是不喜欢，可以退货，人家把钱一分不少地还给你，买车不行，你一旦买了，就不能退。你说我就是不想要，非退不可，行，人家当用过的车收回去。你说我只开了一天。一个小时也不行，也算用过的车，那价钱就要比你买的时候付的低得多。所以你一定要想好，想好了，咱们找他们谈。”

“我想好了，就是‘雷鸟’。”严岩说。

“不会后悔?”

“不会，决定了就不会后悔。不过价钱要合适，这就要靠齐先生你跟他们谈了。”

“这你放心。”齐先生胸有成竹地说，“价钱肯定不会差。你看，我以前在他这儿买过车，现在又带你来，他还指望我带更多人来呢，所以一定会给咱们好价钱。他们这些搞销售的基本工资都不高，靠的是拿佣金，车卖得越多钱拿得越多，所以只要能卖出去，他们就愿意降价。但是有个限度，因为车行给他们规定了最低售价，再低的话车行就不赚钱了。当然啦，他们还是想尽量要高价，这样他们赚的钱更多。咱们要做的是尽量把价钱压低，压到他们能接受的最低价。这个不容易。我跟懂的人聊过，知道出价大体上应该比他们的要价低多少，但这也就是个估价，不能保证人家一定会接受。我想啊，到最后如果能把价钱压到某个咱们认为可以的程度，也就行了，你觉得怎么样?”

“也只能这样。齐先生你看着办好啦。”严岩说。

在这件事情上，严岩相信齐先生。他觉得齐先生有时还是很有热心的，不像齐太太那样心理黑暗，无缘无故地总想看别人遭殃，别人遭殃她就高兴，人品差得不如阴沟里的老鼠。齐先生这边呢，这时一方面很想显示他的能干，另一方面很享受购车时的感觉。平时他在美国人面前总感到自己低人一等，购车时的情形则完全不同，他是顾客，而顾客就是上帝，这是美国商界永恒的信条。当然这只是说顾客至上，并非说身为顾客就能颐指气使、为所欲为。不过无论如何，现在齐先生是比那些平日里神气活现的老美高了一头，看见他们对他毕恭毕敬的样子，齐先生真的是一肚子的满足。

皮特在营业大厅里始终注视着外面的动静,从两人的表情和姿势里,他意识到今天是个好日子,看见他们朝营业大厅走过来,便立刻迎了出去。

“情况怎么样?你们喜欢那辆车吗?”走近时他问。

“严先生认为那辆车不错,他打算买。”齐先生说。

“太好啦,我告诉过你们那是非常好的车。”皮特笑容可掬的为严岩和齐先生拉开营业大厅的玻璃门,“来吧,我们到里面谈。”

皮特把严岩和齐先生带到他的办公室,请他们坐在面朝他办公桌的两张扶手椅上,然后十分殷勤地问:“你们要喝点什么吗?咖啡还是可乐?”

齐先生告诉皮特不必张罗,因为他和严岩需要尽早赶回去,现在只想谈价钱,看看能不能快速成交。

“当然,我们可以那么做。”皮特连忙答应。夜长梦多,他可不想让面前的两个人有改变想法的机会。

美国所有的待售汽车都在车窗上明码标价,不过谁都知道那只是讨价还价的起点。齐先生要皮特开价,皮特说了个数字,齐先生笑着摇头,说不可能那么高。皮特把价格降了一些,齐先生还是说不行。于是皮特问齐先生愿意出多少钱,齐先生说了个数字,这回轮到皮特摇头了。

“不行,不行,”他说,“我很抱歉,我不能把车卖这个价钱。”

“我出的价钱已经很好了。”齐先生蹙着眉头,却露出笑容。

“真的不行,”皮特说,“要是行我就卖给你了。不,真的不行。”

“你肯定你不能接受那个价钱吗?”齐先生对皮特的话表示质疑。

“绝对肯定。”皮特赔着笑脸说,“即使我同意,经理也不会签字。”

“好吧,你再给我个数。”齐先生说。

皮特说了个数字,齐先生说不行,要他再低点。皮特看着齐先生沉思了片刻,然后笑着摇了摇头,说“齐先生,这是我最后的要价,不可能更低,希望你们能够接受。”接着说了一个新数字。

齐先生微笑着看了皮特一眼,转过头来用中国话对严岩说:“小严,我看也就是这个数了,看他的样子,不可能再降。你觉得这个数怎么样?”

“不错啊,”严岩说,“我也觉得已经到头了,不可能比这更好。”

于是双方成交。严岩需要先付头款,剩余的贷款,分三年清偿。由于这时他没有建立起金融信誉,所以贷款须由齐先生担保。另外,严岩不能当即把汽车开走,因为他来得匆忙,没带支票,不可能马上付款,同时车行也需要时间准备相关文件。双方约定第二天下午两点在四川饭店完成购车手续,届时皮特将把“雷鸟”开来交给严岩。

回去的路上,严岩向齐先生致谢。齐先生说:“不必谢,小事一桩,真没费什么力气。说实话他也是看咱们在行,所以很干脆,没跟咱们多纠缠,不然的话肯定把咱们哄得团团转,让咱们出了高价还感谢他。”

“要是你出的价钱明明合理，他就是说不行，那该怎么办？”严岩问。

“拔腿就走，一句话也不跟他啰嗦。”

“那不是搞僵了吗？本来想买的东西买不成了。”

“不用担心，我保证两天之内他们一定给你打电话，完全接受你的条件。”齐先生说，“他们这些把戏我还不知道！想要高价；你一走，他急了，担心生意做不成，又赶快打电话说可以。他不知道你就是想买他的车，根本没打算去别家车行。”

“万一碰到个人，死硬，就是不跟你联系呢？”严岩觉得那么做不踏实。

“那你就跟他联系。”

“那不是很没面子吗？”

“你看看，你这就是面子太薄了。”齐先生说，“商场上讲什么面子，谁认识谁！”

第二天下午两点，皮特准时把严岩要的“雷鸟”开到四川饭店的停车场上，后面还跟着一辆随行的车，等公事办完时带他回去。消息传开后，整个四川饭店一片沸腾，除萨琳娜和一个叫艾姆妮的女服务生必须留在餐厅照料客人，琳达必须守护钱箱，其余人全部跑出来看新车。这时“雷鸟”已经依照行规被清洗得里里外外一尘不染，亮光闪闪地停在那里，大家像看明星似的左看右看，发出阵阵赞叹。

“哎呀，要是有钱我也买一辆！现在没有钱。”银花激动地嚷着。

“银花，你买辆新车没问题吧？你和你丈夫两个人都工作嘛。”严岩说。

“她想省钱开餐馆，现在舍不得花钱。”不大讲话的老黑笑嘻嘻地替银花解释。

“真的想开餐馆啊？”严岩问银花。

“总要开的嘛。别人能开，我也能开，能开为什么不开。”银花说。

这时齐先生开车来了。三个当事人到餐厅就着里面的桌椅很快办好了购车手续。临行前皮特握着严岩的手说祝贺他，希望他享受他的新车。皮特走后围观的人也渐渐散去，“雷鸟”旁只剩下严岩和齐先生，以及刚刚从餐馆里出来看新车的萨琳娜和艾姆妮。齐先生指着“雷鸟”告诉两个姑娘，这个车是他帮严岩买的，又眉飞色舞地讲他是如何争取到了最好的价钱，正讲得起劲的时候，忽然说他相信严岩会乐于带她们坐新车兜风。

“真的吗？”萨琳娜瞥了严岩一眼，显得很兴奋。

严岩还没有来得及回答，齐先生就用中国话对他说：“小严，带她们去兜兜嘛。”

“行啊。”严岩说，随即招呼萨琳娜和艾姆妮：“来，姑娘们，上车吧。”

两个姑娘兴高采烈地准备上车。萨琳娜要艾姆妮坐前面的位置，艾姆妮说：“不，不，你坐前面。”一边钻进车里坐在后排座位上，于是萨琳娜在副驾驶座坐了下来。

严岩把自己的坐椅和后视镜按照需要调了调位置，又重新审视了一遍“雷鸟”的操作系统，在确定所有人都系好安全带后，发动了引擎。

“你想去哪里？”他问萨琳娜。

“哪里都行。”萨琳娜笑着说，“让我们去纽约。”

“好，去纽约。”严岩回应萨琳娜。当然，他们仅仅在说笑话。严岩把汽车开到公路上，一会儿在大道上飞驰，一会儿在小街里慢行。“雷鸟”自始至终平稳流畅。

“真舒适，像坐在飞机里一样。”萨琳娜轻声称赞。

“你想开吗?”严岩问萨琳娜。如果萨琳娜想开，他会毫不犹豫地让她开。

“不，我不能开你的汽车，它太新了。”萨琳娜说。

“那完全没关系，如果你想开，现在就可以开。”严岩说，“要不要我把车停下来?”

“不，我不会开你的新车的，说不定等你的车开到五千英里的时候我会开一下。”萨琳娜用十分柔和的声音说。

回到四川饭店时，严岩告诉萨琳娜，他仍然打算每逢星期一跟她一起出去，不过现在他已经有了自己的汽车，他将开车到她的住处与她会面，无须她再来接。萨琳娜笑着说好。

新鲜事接踵而至。第二天，就在大家还在谈论严岩的新车时，传来了又有人要买新车的消息，而且这个车是世界名牌，身价远远高于严岩的“雷鸟”。

带来这个消息的是小林。他从餐厅回厨房，一进门就说：“哎，我告诉你们啊，齐太太刚才跟我讲她也要买车。”

“她也想买‘雷鸟’啊?”银花问。

“当然啦，她看小严买了一辆嘛。”胖子慢悠悠地说。

“哎呀，你们。她怎么会看上‘雷鸟’，她想买奔驰。”小林说，同时脸上一副“你们这些穷人连人家有钱人的心思都不会揣摩”的神情。

厨房里的人都沉默了。奔驰，这可不是他们这些做苦工的能够奢望的。如此豪华的汽车对他们而言有如富人手上闪闪发亮的大钻戒，是怎么也不会去想的。平时在街上偶尔看见，即使近在咫尺也觉得远在天边，没想到它很快就会站在他们平淡无奇的旧车旁趾高气扬地炫耀身份和财富。

过了一会儿，银花问：“小林，你妈妈怎么正好也在这时候买？是不是要和小严比?”

“那还要讲。”小林说，“你想想嘛，小严开新车，她当老板开旧车，心里肯定不舒服。她一定要压过别人才行。她什么样子，我太清楚了。”

“她有钱，随便她买什么。”银花说。

于是苦工们都心怀好奇，等待瞻仰声名显赫、威风八面的奔驰轿车的雄姿。

奔驰的大驾没过几天就光临了。就在这个星期六，午餐打烊后不久，银花出外倒垃圾，回来时进门就叫：“哎呀，真的来了！就停在外面，我们一直忙，到现在都不知道。”

“什么来了?”有人满脸困惑地问。

“奔驰嘛。”旁边的人说，“前几天讲的齐太太要买奔驰，现在来了。是不是，银花?”

“是啊，就在外面。”银花说。

“走，去看看。”不知道谁说了一句，大家立刻争先恐后地往外走，都想先睹为快，有人一边走一边急匆匆地问银花“好看不好看”，银花说：“当然好看啦，你看看就知道了。”

现在这辆世界名车的真容展现在众人面前。该怎么赞美它呢？或者，还是如实地描述它吧。它可怜巴巴地缩成一小块，就像瘪了的豆腐干，人们印象中奔驰轿车的精美豪华在它身上全无踪影。这真的是大名鼎鼎的奔驰吗？怎么会是这种垂头丧气又弱不禁风的模样？大家面面相觑，不知道该说什么才好。

但它的确是奔驰，车头正中那个尽人皆知的标记便是它尊贵身份的证明。没有人认识它，因为它是奔驰家族问世不久的最新成员，芳名“奔驰 190”。它又窄又小，仿佛轻轻一推就会倒，普通身材的人坐在里面十分局促，像齐太太那样的大块头不知道要怎样蜷缩才能把自己塞进去。

“怎么这么难看。”终于有人忍不住说了一句。

“难看也是奔驰，咱们买不起。”小林声调低沉地说。

“这种车就是给那些想出风头、口袋里又没有多少钱的人开的。”胖子撅着嘴巴轻蔑地说。

“你说齐太太没钱？”小林不以为然的斜视着胖子，“不要乱讲。钱她肯定有，就是舍不得花。”

“舍不得花就不要买奔驰。”银花不知道什么时候又出来了，“买奔驰就是为了气派嘛，要买就买大的，你看这个车，比本田最小的车还要小，开在路上别人看见了都不知道是个什么东西，还不如小严的‘雷鸟’。”

这时大家看见齐太太手里拿着鼓鼓的钱包正朝这边走，顿时停止了议论。

“你们在看我的车啊？”齐太太两眼发光，很得意地露出少有的笑容，然后用居高临下的神态把众人扫视了一遍，仿佛高傲的女王扫视她的群臣。

“都想看看。这种车很少嘛，没有几个人买得起。”小林满脸堆笑的恭维。

“银花，我的车好不好？”齐太太似乎更在意银花的评价。

“奔驰嘛，怎么会不好。”银花敷衍了一句。

“好贵哟。”齐太太叹了口气，随即挤进了她的豪车。在经过停车场连接街道的小斜坡时，不知道是不是她转弯过急，奔驰朝一侧倾斜着晃了几下才稳住。

“哎呀，小林，你妈妈怎么会买这种车？”银花惊得叫起来。

“她……你还不知道。”小林皱着眉头，满脸都是鄙夷的神色。

齐太太的荣耀没能维持多久，仅仅过了几天，大家就注意到她的名车伤痕累累：雨刷被折断，两个前车灯灯罩被打得碎裂残缺，车体右边被利刃划出几道长痕。据说轮胎也被捅破过。齐太太垂头丧气地说，一定是有人心生妒忌，才做出这种缺德的事情。好在有汽车保险，齐太太到奔驰车行把车修得焕然一新，之后依旧显得很得意。不料才过了一个星期，类似的事情再度发生。齐太太怀疑是一个看上去有些神经质的邻居干的，可是她既缺乏证据，又害怕惹得那人发火了给她一枪，只好忍气吞声，又到车行把车修好。结果没过多久，她的奔驰豪车再一次遭人破坏。这次她索性不修，说是修了也白修，而且保险费还会提高，就这么把车开来开去，颜面也不要了。

如果真能就这么持续下去，也算是齐太太的福气，然而事实上齐太太的噩梦才刚刚开始。不到半年，“奔驰 190”接连出毛病，齐太太不得不一次又一次地把她高贵的名车送回车行修理。车行的人十分谦恭有礼，再三对她表示歉意，又告诉她奔驰轿车绝非浪得虚名，只是她的运气似乎不大好，因为其他“奔驰 190”极少出问题。他们强调并且安慰她说，她的豪华座驾仍然在保修期内，所以不仅修车分文不取，而且每次修理时间若超过四个小时，便会安排一辆汽车供她免费使用。

这种经历没完没了，齐太太终于感到不胜其烦，坚决要求退车还钱。车行的人依旧十分谦恭有礼，用最温暖同情的态度、最清晰明确的语言告诉她，车是不能退的，如果她想卖，他们可以买，但是付款将比她当初付给车行的低很多。齐太太当即大发雷霆，痛斥车行那些对她笑脸相迎的人都是骗子，引得旁边的顾客对她侧目而视。然而她毫不在意，又要求见车行经理。经理很快就来了。他把她请到自己的办公室里，向她一再解释，她还是怒气冲冲地大声咆哮，声称这辈子再也不会买奔驰，要买就买凯迪拉克。经理微笑着表示歉意，说愿意以优惠价格购买她的豪车，并且给出了具体数字。可是齐太太连听都不想听。

“我绝不会把我的车卖给你们！”她吼着，“到哪儿不能卖，为什么要卖给你们！让你们占我的便宜！”说完头也不回地走了。

“她是个疯子。”旁边的人对经理说。

经理很沉得住气，不动声色地说：“好吧，咱们等着瞧，我猜她还会回来的。”

他猜得不错。仅仅过了两天，齐太太果真又开着她那辆尽管有毛病但仍然跑得动的名牌轿车来到奔驰车行。车行的人照旧十分谦恭有礼，并且注意到“疯子”同样十分谦恭有礼。他们没问齐太太为什么会回来，但是都很清楚，那是因为她发现无论哪里的价钱都没有奔驰车行经理给的优惠价好。齐太太又找到了经理，低声下气地询问是不是还能给她那个优惠价。经理心里怀着轻蔑与嘲讽，和颜悦色地说完全可以。素来骄横的齐太太感激得差点跪下来。

她重新买了车，一辆普普通通的本田轿车。

“齐太太，你应该买辆好车嘛，怎么会买本田？”小林向她显示关切。

“再叫别人破坏呀？”她有气无力地摇摇头，“就开本田啦。”

三十六

星期一上午接近十点的时候,严岩如约开车抵达萨琳娜的住处。这是他帮萨琳娜和LEE搬家后第一次来这里,而他这次的心情和上次相比截然不同,因为上次仅仅是帮人搬家,这次则是将与一个年轻可爱的姑娘作为好友共度一段注定快乐的时光。

他揿响萨琳娜的门铃,随即听见了她的声音:"来啦!"接着门被向里拉开,站在他面前的正是萨琳娜,他当即感到一阵愉悦。

"嘿,严先生,进来吧。"萨琳娜微笑着用她一贯柔美的声音说。

严岩走进室内,在沙发上坐下来,打量着气息温馨的客厅。

"只有你一个人在家吗?"他问萨琳娜。

"只有我,LEE出去了。"萨琳娜说,"想喝饮料吗?我没有茶,但是有可乐和啤酒。"

严岩说:"水就行。"

这时电视上正在播放韵律操健身节目,一个穿紧身服的女子在努力作示范动作,意图激起观众购买她替某家公司推销的韵律操录像带的热情。不少美国人喜欢大吃大喝又缺乏运动,导致肥胖成为普遍现象,于是旨在减少脂肪的各类运动应运而生,韵律操便是里面广受欢迎的一种,它无须任何器具携助,只要求徒手做出各种舒展筋骨、延伸肌肉的动作。有些示范者本身即是著名的减肥成功人士,他们的现身说法自然具有不同寻常的说服力,还有些示范者则是原本就身材极佳的俊男美女,他们的作用是唤起观众的想象,似乎只要购买他们示范的录像带照着做,自己也会像他们一样健美。

严岩对萨琳娜看韵律操节目感到有些意外,因为在他看来萨琳娜的身材十分完美,根本不必看这种节目。

他问萨琳娜:"萨琳娜,你在看这个节目?"

"是啊。"萨琳娜说,"事实上我有一盘韵律操录像带,有时我会照着录像做运动。"

"真的?"严岩笑着说,"我不认为你需要做这种运动——你知道我在说什么。"

萨琳娜也笑了,笑得十分甜蜜,然后说:"我知道。不过我做韵律操不是为了减肥,而是为了健身。我已经有好几年没怎么健身了。我在高中的时候得过蒙大拿州中学生运动会一千五百米赛跑的第二名,那次我本来可以做得更好,可是我为了节省体力以便最后冲刺,没有按照教练的安排早点加速,结果到终点时离第一名差了半步,到现在想起来还觉得对不起我的教练。"

"好吧。"严岩说。

接着萨琳娜说了一句非常简单、却让严岩始终不能忘记并且为之感叹的话。她说:"你知道,如果你每天运动,就会每天都一样,永远不会衰老。"

她说得很认真,神气、语调和所说的话都像孩子般天真单纯。严岩心里涌起了对她的深深的怜惜。他想,她还年轻,生命在她眼里仿佛无限漫长,好像只要小心维系便能青春永驻,然而事实却是人生最美好的年华非常短暂,而且往往在人们不知不觉中消然逝去,永远不再回来。他很想告诉她量变导致质变、自然规律不可抗拒的道理,但是一个字也没有说,因为他不忍心破坏她的好心情。

随后他们出了门。美国的习惯是只要自己有车,就不坐别人的车,所以他们是各自开车。萨琳娜打算买件秋天穿的外衣,于是他们先去市中心的一家商场。萨琳娜选了三件,都是有点紧身的。她喜欢这类服装,就像其他人一样,她也希望展示自己的美好。她把这几件衣服拿到试衣间试穿,每试一件都从里面出来,转着身体要严岩看,问他好不好。严岩每次都觉得好,当然也每次都说好。

试完了,萨琳娜问严岩:"严先生,你认为哪件比较好?"

严岩说:"我认为都好。"

萨琳娜笑了,说:"你得告诉我,我应该要哪一件。"

"哪一件都行。"严岩说,因为他认为不管哪件穿在萨琳娜身上都很漂亮。

可是萨琳娜不满意严岩的回答。她看着严岩娇嗔地说:"严先生,你不帮我。"

"对不起,萨琳娜,"严岩说,"不过我真的认为哪件都行。"

这时他看见不远处有个女售货员,心想女人挑选女性服装的眼光一定比他的好,就问萨琳娜要不要征询那个女售货员的意见。萨琳娜朝女售货员看了一眼,又把目光转到严岩身上。

"不,我不需要她的意见。"萨琳娜说,"我只想要你告诉我,我应该要哪一件。"

"行。"严岩说,随即把三件外衣一件件拿起来仔细对比,最终确认其中一件的式样更加新颖别致,于是建议萨琳娜要这一件。萨琳娜把这件外衣展开来又看了看,然后抿着嘴唇笑了一下,说:"好,我就要这件。"

她的灰蓝色的眼睛里这时闪动着异常快乐的光彩。

接下来他们到一家名为"凯尔斯"的餐厅吃饭。这家餐厅后来成为他们外出就餐时最喜欢去的地方。它是个区域性中档连锁餐厅,不像很多快餐店那样单调无趣,也不像特别讲究的餐厅那样使人拘谨;通常坐落在十字路口,有自己的独立建筑和停车场,里面环境幽雅、气氛轻松,提供的餐点丰富多彩,味道不比高收费的餐厅差。严岩最常点的是"FRENCH DIP",它由两片夹着烤牛肉的法国面包和一小份酱汁组成,吃的时候把夹肉面包蘸着酱汁吃。法国面包很有嚼头,烤牛肉很香,酱汁又鲜美,合在一起十分可口。不过"FRENCH DIP"分量不大,所以严岩通常会再要一份沙拉或者炸土豆条。萨琳娜多数时候是点一份火鸡肉沙拉,再来几片面包。至于付账,起初萨琳娜要付自己的一份,而严岩坚持两人的费用都由他付,并且予以实行。后来萨琳娜不再争执,随严岩按照他的中国逻辑行事,不过要求由她付小费,严岩表示同意。萨琳娜付的小费每次都很丰厚,这一方面是出于她慷慨善良的本性,另一方面是由于她对同行的理解和同情。她深知小费是服务生的主要经济来源,那些服务生和她一样,都处于社会的基层,每个人谋生都十分不易。

离开"凯尔斯"后，萨琳娜提议去打保龄球。显然她对这种运动，或者说是娱乐，既喜爱又在行，可是严岩只在电视上看过别人打保龄球，自己从来没有接触过。

"好啊，我们去打保龄球。"他对萨琳娜说，"不过我想让你知道，我没有打过，不会打。"

萨琳娜一点也不在意严岩会打还是不会打。"没关系，"她说，"我可以告诉你怎么打，很容易的。"

其实这种容易只适用于萨琳娜，而非严岩。萨琳娜打得很好，侧身做出一个优美的动作，胳膊还在空中划着弧线，很重的保龄球已经咚的一声向前滚动，远端排列得井然有序的木瓶随之被撞击得哐啷啷地往下倒；若是还有几个运气好点的依旧屹立，萨琳娜就瞄准后再把保龄球不紧不慢地抛出去，保龄球在光滑的球道上悠然前行，每次都能击中目标。严岩看萨琳娜打得那么轻松准确，以为不难。他以前经常打球游泳，感觉自己的运动天赋不算差，可是轮到他上场时才知道打保龄球并不容易，他抛出的保龄球要么只打到边上的几个木瓶，要么干脆斜到球道旁的凹槽里，摇摇摆摆的什么都不干。有好几次，他觉得瞄得很准了才抛出去，保龄球却根本不按照他希望的线路前进。

"我打保龄球不行。"他对萨琳娜说，并且有点难为情。

"不要紧，"萨琳娜说，"我们只是想让自己快乐。这是你第一次打保龄球，多打几次就好了。"

过了一会儿，严岩还是打不好，心里开始担心萨琳娜会感到扫兴。他觉得这就像两个人在一起打乒乓球，一个是高手，一个连球也发不过去，肯定没有乐趣。但是萨琳娜似乎一点都不被严岩糟糕的球艺影响，始终兴致很高，严岩偶尔打出一个好球，她就马上高兴地鼓励他："看，你好些啦。"

到了下午四点，严岩感到也许应该向萨琳娜说再见了。上次两人一起去圣地亚山就是差不多在这个时间分的手。他不想占用萨琳娜太多时间，他怕她有些自己的事情需要办理，早就想走，只是因为不愿意让他失望才没有说出来。

他问萨琳娜是不是该回去了。萨琳娜回答说，如果他想回去，他们就回去。严岩说他到晚上再回去也不要紧，他不过是不想把她拖在这里，所以才问她。

"我也可以到晚上再回去。"萨琳娜笑着说，"但是说不定你想走了，那我们就走吧。"

离开保龄球馆时，萨琳娜问严岩今天是否快乐，严岩说非常快乐，然后问萨琳娜下星期一能不能再一起出来。萨琳娜说她上次已经告诉过他，她的休息日改在了星期一，所以只要他希望，她都可以在那天陪他出来消磨时光。

"那我还是星期一上午十点到你的住处找你。"严岩对萨琳娜说。

开车回去的路上，严岩感到来美国之后从未有过的轻快和满足。现在他有了一个好朋友，一个他心仪的年轻姑娘，她既温柔又善良，并且理解和同情他的遭遇。他知道她不是他的亲人，也不可能成为他的亲人，但是却觉得她如同亲人。他可以信赖她，什么话都能对她讲，无须任何提防，甚至不必斟酌言词。他跟她交往时完全没有心理负担，因为他已经把他的根底毫无保留地向她和盘托出，丝毫不用担心她会对他起疑。他和她之间存在着的是真挚的友谊，这种友谊之所以存在，首先是因为他们的为人相似，其次是因为他们的性情相投。他们在一起时总是十分融洽，即使谁都不说话，也没有人感到尴尬。

随后的这个星期与过去的任何星期相比都没有差异。四川饭店的生意依旧兴隆，员工们依旧忙得不可开交，齐太太的脸上依旧看不到笑容。严岩和萨琳娜几乎天天在餐馆见面，依旧像以往一样各自忙碌，除了由于工作需要偶尔讲几句话，没有别的交谈。

星期一到了。严岩算好时间，上午十点准时来到萨琳娜的住处。一个星期的不相往来并没有使他们疏远，仿佛这个星期从来不曾存在。

他们看了一会儿电视，然后去吃午饭，地点仍然是“凯尔斯”。饭后萨琳娜还是提议找个地方边玩边打发时间，不过这次她想去的地方不是保龄球馆，而是台球馆。

打台球和打保龄球一样，都是美国人喜爱并且习以为常的娱乐。很多美国人并不了解第三世界的贫穷落后，以为整个世界都像美国这样富庶发达，在他们看来，他们喜爱并且习以为常的娱乐，世界上其他地方的人也同样喜爱和习以为常。身为在美国长大、从未离开过美国的年轻姑娘，萨琳娜也是如此，所以当她向严岩提议打保龄球和台球时，她完全没想到其实严岩对这两样东西陌生得连亲眼见过都谈不上。

严岩又一次老老实实地告诉萨琳娜，他不会打台球，但是很愿意向她学。

“好啊。”萨琳娜笑着说，一点也没有显得失望。

台球馆在一个购物中心里，进去的地方有个酒吧，除了卖酒，还卖一些简单的点心和可乐之类的饮料。再往前走是个很长的房间，里面放着八张球台，每张球台上方悬挂着带圆形灯罩的吊灯，把球台及其周围照得雪亮。不过谁要站在离球台稍远一点的地方，便会进入灯罩的阴影，光线要暗淡得多。

严岩知道打台球和打保龄球都属于需要技巧的运动，他在电视里看到过这两种运动的职业竞赛，那些人打起来真的是得心应手、潇洒自如。不过打保龄球只需要打好自己的，打台球则还需要谋算，先打哪个，再打哪个，如何为自己创造条件、为对手设置障碍，都必须仔细斟酌。他和萨琳娜当然无须那么费神，他们只是来消遣，何况他是个第一次摸球杆的新手。萨琳娜也不是职业球手，但是远比严岩强，击球时那种姿势，那副神态，都像模像样，而且多半打得很准。她不在意严岩打得不好，严岩自己也不在意，因为这本来就不是他应该熟悉的东西。

中间他们到酒吧买了几次啤酒，打打球，喝喝酒，聊聊天，时间转瞬即逝，很快便临近下午四点。严岩看看萨琳娜，想知道她是否有打算回去的意思，这时萨琳娜正一杆把球撞击进球台角上的洞里。

“萨琳娜，你想回家吗？现在差不多四点了。”严岩说。

“不，我还想玩。”萨琳娜头也不抬地继续打球。严岩没有再说什么。

时间一点一点地过去，眼看快五点了，萨琳娜还是没有想回去的表示。到了快六点依然如此。这有些不同寻常，严岩渐渐感到迷惘和不安。他几次留意萨琳娜的举止,看不出她有什么异样,她仿佛只是在专注于如何击球,很少说话,也很少看他,即便轮到他上场时也是这样。严岩模模糊糊地觉得,什么事情正在发生,却又怀疑自己的感觉。他告诫自己不要胡思乱想,因为那实在是过于缥缈。这时距离吃完午饭已有很久,啤酒的作用开始显现。严岩的头脑有些昏沉。他感到他就像大雾弥漫的江面上一只无人驾驶的小船般茫然;周围的人影有点恍惚,灯光也有点摇曳。

忽然他听见萨琳娜在问:"严先生,你还好吗?"

这时他才注意到萨琳娜正满脸担忧地站在他面前。他马上振作了一下,让自己清醒点,然后对萨琳娜说,他什么都好,只是可能有些饿。

萨琳娜马上说:"你就坐在这里,我去买吃的。"随即急匆匆地到酒吧买了三个三明治,又要了两杯水,回来后把两个三明治和一杯水递给严岩,剩余的留给自己,一面对严岩说:"我真的很抱歉,忘记我们应该吃饭了。"

严岩连忙安慰她,说那不是她的过错,他自己也没有想到吃饭的事情。可是萨琳娜还是很自责,严岩想把买食物的钱给她她也不要。她说:"不,我不想要你的钱。都是我不好,让你挨了饿。"

吃完东西后他们继续打台球,但是都心不在焉。严岩的酒意已经消散,却依然感到昏昏沉沉地如在云里飘浮。萨琳娜显得心神不宁,时常沉默不语,动作也变得迟缓。

七点多的时候,萨琳娜轻声问严岩:"严先生,你想去我的住处吗?"

这就像问一个口渴的人要不要喝水,严岩想都没想就答应了。这时夜幕已经降临,外面凉风习习,灯光朦胧,严岩眼里的世界同样朦胧。在他开车跟随萨琳娜的汽车前往她住处的路上,他说不出自己是处于怎样的状态,也不知道自己是去干什么,他已经失去了对自己的控制,完全在听凭命运的安排。

当萨琳娜用钥匙开门的时候,她温柔的气息和诱人的芬芳使站在她身旁的严岩心醉。走进房间,严岩感到如梦似幻。他从未想过他会在这个时刻来到这里。LEE的卧室门敞开着,里面一片漆黑,显然没有人。客厅里光线柔和。严岩的思绪有些迷乱。他不能确定萨琳娜为什么要他来,也不知道自己应该怎么办。他没有说话,萨琳娜同样没有说话。他们谁也没有看谁。

这时电话铃响了。两人如梦初醒。萨琳娜拿起话筒听了几句,马上说不行,又听了几句,回答说好,她会去的。放下话筒后她显得心烦意乱。

"谁打电话来了?"严岩问。

"四川饭店。说有人病了,必须回家,问我能不能去。我不想去。"萨琳娜神情忧郁地回答。

"那你就不要去。今天是你的休息日,如果你不想去,就不必去。"严岩说。

"我本来不想去,可是琳达说今天晚上有几个很大的定位,一定会很忙,现在已经忙起来了,非常需要我,所以我就答应了。可是我真的不想去。现在我该怎么办呢?"萨琳娜懊丧得像要哭出来。

严岩知道,餐馆遇到紧急情况时要在家休息的员工去帮忙是常有的事情,萨琳娜却为此表现出超乎寻常的烦恼，这不符合她的性情，显然她不是不想去帮忙，而是不想离开他。严岩心里的疑团消散了，取而代之的是对萨琳娜的一片柔情。他不想让萨琳娜走，但是不知道该说什么好。

萨琳娜心情沮丧。这个电话来得真不是时候，打乱了她的计划。她不想去餐馆，可是她已经答应了，而且她知道餐馆的确需要她。踌躇了一会儿，她终于下了决心。

"我想我必须得去。"她低着头自言自语似的说。接着她问严岩："严先生，你能在这儿等我回来吗？"

萨琳娜显得忧心忡忡，讲话的声音又轻又柔软。严岩心里充满了对她的爱怜。

"能。我等你回来。"他对萨琳娜说。

"真的吗？"萨琳娜有点担心。

"真的，我就在这儿等你，哪里都不会去。"严岩用十分肯定的语气说。他不想让萨琳娜有任何担忧。

"谢谢你。"萨琳娜娇柔地说。

她到卧室匆匆换好上班的服装，出来时告诉严岩，她不会在餐馆待太久，只要最忙的一阵过了就马上回来，要严岩一定等她。严岩说他一定会等，要她别担心。他送她上了汽车，站在她驾驶座旁的车窗外向她告别。萨琳娜发动引擎，挂倒挡，汽车开始向后退出车位……却忽然又停了下来。

萨琳娜放下车窗，望着严岩的眼睛，喃喃地说："我很快就会回来的，等我，好吗？我不想让你走。"

她的神态是那么的忧虑，目光里情意无限。严岩的心融化了。没有思索，也没有迟疑，一股不可抗拒的力量驱使他向萨琳娜俯下身来。萨琳娜一动不动地靠在椅背上，等待着渴望已久的亲吻。他们的嘴唇贴在了一起。车门隔在他们中间，但是谁都感觉不到它的存在。严岩用手轻轻托着萨琳娜柔嫩的脸庞，萨琳娜伸出双臂勾勒着严岩结实的颈背，两个真心相爱的人亲密拥吻，共享着生命里最甜蜜最美妙的时刻。这个梦幻般的情景和感觉，他们在一生中谁也不会忘记。

萨琳娜开车走了。严岩回到室内，感到神志恍惚，如在梦中。他从来不曾想到会经历刚才的一幕。他不知道这件事怎么可能发生，但它的的确确发生了，这实在不可思议，远远超出了他最狂野的想象。事实上直到今天下午，他始终没有察觉到任何征兆，哪怕是一点最细微的迹象或者最隐讳的暗示也没有。两年前萨琳娜对他毫不动心，现在却对他情意缠绵，为什么会这样呢？是什么原因使她变得判若两人？女人的心思隐秘而多变，她们的想法，即使是极细致的男人也常常感到难以捉摸。严岩像是身陷迷雾般的茫然。

他想起了他的妻子和女儿。她们远隔重洋，望眼欲穿地盼他归来阖家团圆。他爱她们，她们是他生命的依托，若是没有她们，他的生活就没有任何意义。同时他对她们负有责任。无论是因为感情还是出于道义，他都绝不能失去她们。命运弄人，现在他又爱上了另一个女人，他真的爱她，不是逢场作戏，也不是饥不择食，甚至不是普普通通的动情，而是源自内心历久不衰的挚爱。他刚才亲吻了她，享受到了她醉人的温馨和甜蜜。他已经很久没有这种体验了。他不仅爱她，而且感激她，但是他知道这么做对不起他的妻子，因而感到很内疚。

九点多的时候，严岩听见门外传来急促的脚步声。他猜想是萨琳娜回来了。他猜得不错，确实是萨琳娜，她是等客人稍稍少了些就要求回家的，一路上归心似箭。现在她站在门外，正准备用钥匙开门，门已经被拉开，她的心上人就站在她的面前，并且用深沉而又热烈的眼神注视着她。

"哦，你还在这儿！"萨琳娜激动地轻声呼唤，张开双臂搂住了严岩的脖子。严岩随即揽着萨琳娜纤柔的腰肢，把她紧紧抱在怀里。他们互相贪婪地用嘴唇亲吻，用脸颊抚摩，仿佛久旱的禾苗吸吮雨露。

"稍微等等。"萨琳娜忽然说。她松开严岩，转身进入卧室，一分钟后又走出来。这时她已经脱掉上班穿的服装，换上一件轻软菲薄的浅色睡衣，她的雪白的肌肤在朦胧的灯光下半隐半现。她既娇羞又勇敢地看着严岩，等待他的行动。她渴望感受他的火一般的激情，并且真正的相互拥有。

萨琳娜美艳动人，魅力无与伦比，然而严岩这时却告诉自己不能再碰她。他正在为他刚才的举动自责。当萨琳娜还没有回来的时候，他本来已经想好不再和她亲近，却在她柔软的身体贴着他的时候，又情不自禁地拥吻她。现在他决心强迫自己与她斩断情缘。

他回避萨琳娜的目光，用尽可能温和的语气说："萨琳娜，有件事我想跟你谈谈，好吗？"

萨琳娜立刻明白事情起了变化，眼里的光彩随即变得黯淡，但是依然含情脉脉地看着严岩，柔声说："好。"

"是这样，萨琳娜，……"严岩缓慢而又十分艰难地开始讲述了他对他们之间关系的想法。总而言之，他告诉萨琳娜他爱她，但他是有家室的人，所以他不应该跟她相恋，也不能够跟她相恋。萨琳娜表示理解。接着他问萨琳娜，他们以后是不是还可以做朋友，萨琳娜笑着回答说："可以，我们仍然是朋友。"在整个交谈过程中，萨琳娜始终保持平静，并且始终目中含情。他们说话时都心平气和，因为他们彼此尊重，谁也不勉强谁。

事情已经讲清楚，严岩觉得自己应该回去了。他向萨琳娜告辞，萨琳娜没有挽留，但是显得依依不舍。其实严岩也舍不得离开萨琳娜，他只是认为他不应该继续在这里逗留。他问萨琳娜，明天晚上下了班，他可不可以再来看她。萨琳娜俏丽的脸上立刻展现出发自内心的喜悦，她告诉严岩，只要他愿意，每天晚上都可以来。严岩马上说，那他就每天晚上来。

萨琳娜亭亭玉立。她的妩媚和温柔又一次摧毁了严岩原本就不够坚强的意志。正当他准备转身离开的时候，心里忽然产生出一股不可遏止的欲望。

"我可以再吻你一次吗？"他问萨琳娜。

"可以。"萨琳娜不假思索地回答，然后静静地等待。

严岩又一次把萨琳娜搂在怀里，用他的热吻一遍又一遍地覆盖她鲜嫩的嘴唇、脸颊和脖颈。萨琳娜温顺地迎合着他的每一个动作。

“我就是想吻你。”严岩一边享受使他陶醉的甜蜜感觉，一边在萨琳娜耳边小声说。

“嗯……”萨琳娜像是有点窒息。

“喜欢我吻你吗？”严岩轻轻地问。

“喜欢。”萨琳娜的声音仿佛梦呓。

严岩松开萨琳娜，看着她的眼睛说：“我以后还能吻你吗？我真的很想吻你。”

萨琳娜抿着嘴唇笑了，情意绵绵地说：“如果你想吻，就能吻。”

“你肯定吗？”严岩问。

“是的，我肯定。”萨琳娜毫不犹豫地说。

接着严岩重申他没有改变想法，还是说他不能和萨琳娜有恋人关系，却又想吻她。他问萨琳娜，这么做可不可以。他的要求非常荒诞，但是萨琳娜答应了，因为她爱他。她渴望和他亲近，无论他对她做什么，她都心甘情愿。

在回去的路上，严岩心里的感触五味杂陈。本来，能够跟萨琳娜作为朋友每个星期见一次面，已经让他十分满足，他早已放弃任何幻想，完全没有料到会出现刚刚经历的转折。这时他感到激动、欢畅，还有深深的慨叹，然而更多的是茫然。他不明白究竟是什么缘故使事情演变到现在这种状态。

后来在心情趋于平静之后，他逐渐认识到，事情演变到现在这种状态其实非常自然，完全是顺理成章。当初他坠入情网，固然与萨琳娜美好的身材相貌有关，但最主要的原因是萨琳娜异乎寻常的单纯和善良，以及他感到两人性情相投，在一起时有如水乳交融。那时他以为萨琳娜对他也有相同的感觉，并且他知道自己也很出色，于是猜想萨琳娜同样难逃爱情的束缚，却不料萨琳娜并非如此，使得他非常意外和失望。后来他告诉自己，也许是他和萨琳娜之间与生俱来的鸿沟妨碍了她的感情的滋生，而她本来是应该对他动情的。现在萨琳娜突然改变念头，他揣摩不出其中的缘故，但是认为这恰恰证明了他最初的判断没有错，也就是说，她爱他是十分自然、理所当然的。在想清楚事情的来龙去脉后，他心里感到既甜蜜又坦然。

不过在这个晚上，在离开萨琳娜后回自己住处的路上，严岩还没有弄清楚那些疑团。在繁复的心绪之外，他只是简单地认为，现在的情形已经好得远远超出他最高的期望。他想：还有什么能比现在的情形更好呢？不会有了，因为现在的情形已经好到了极致。

严岩走了，萨琳娜感到怅然若失。但是她告诉自己不要难过。她对自己说：“他爱我，他说了他爱我，而且那么热烈地拥抱我、亲吻我。他是真的爱我，只是因为别的原因，才没有留下来。”

她心里依然充满了对严岩的柔情。她不介意他有家室。在她的感觉里，中国在地球的另一端，几乎是另外一个世界，离她非常遥远，那里的人仿佛仅仅是些模模糊糊的影子，她不想为那么缥缈的事情烦恼。她爱的人就在她眼前，她无法遏制自己对他的燃烧的欲念。

她在沙发上坐了很久，夜很深了也毫无睡意。她一会儿甜蜜地回味和严岩在一起时的情景，一会儿又为以后发愁。她不希望他只做她的普通朋友，如果真是那样，她将非常伤心。她是那么的爱他，她想每时每刻都和他在一起，一步也不分离。会那样吗？她不知道。但是她知道，他并不是一去不回，明天晚上他就会来，而且以后每个晚上他都会来。是的，他还会来的，每天晚上他都会和她在一起……她的心渐渐感到安宁。匆匆漱洗后，她躺到床上，很快就睡着了。

三十七

第二天晚上，严岩和萨琳娜都在四川饭店上班。快打烊的时候，萨琳娜还有一桌客人没有走，可是她急于回家，便把这桌客人托付给另一个服务生，对琳达说她有事要赶回去，随即匆匆忙忙地离开餐馆。

她想尽快回家，因为严岩等一会儿就要来，她必须在他到达前把一些事情准备好。进了房间，她先到卧室换上轻软的睡衣，让自己摆脱束缚，同时让自己显得更加可爱。瞧，睡衣的腰带在纤柔的腰间随意一系，上下的丰满和动人的曲线顿时展露无遗。接着她把她的赤脚套进一双粉红色的绒拖鞋，快步走进卫生间。现在要做的是漱洗一下，拂去工作带来的疲惫，让美丽的脸庞愈加鲜嫩。除此之外，漂亮的金发也需要稍加整理。她把她的小马尾重新扎好，所有头发都理得很顺，没有一根显得混乱，头发中左右各有一小绺被她有意留在两耳边自然飘垂，以便增添她的发型乃至容颜的生动。她忽然想，是不是应该换一种发型呢？有些变化，引起点新鲜感，说不定会产生出乎意外的效果。她试着把头发在脑后绾成一个髻，希望能使自己看起来典雅庄重，可是又觉得这种发型更适合于穿套装、踩高跟鞋，想把自己打扮得雍容华贵的女人，而她却是个质朴的、喜欢自由自在的姑娘，并且她感到这种发型使她少了点活泼，少了点青春气息。“不，我不喜欢。”她在心里说，决定还是保持她俏皮的小马尾。

随后她坐在客厅沙发上一心一意等严岩来，连电视机也没有开。她聚精会神地倾听楼房外汽车驶近的声音，每当有车停下来，就想是不是他来了；走廊里只要传来脚步声，她就一面心怦怦乱跳，一面等待他揿响门铃。她等得很焦急。她迫不及待地想见到他，却不知道为什么这么久了他还不来。

她难以相信自己竟然漏过了汽车和脚步的声音，也许是因为那个瞬间她正在想心事。她只听到门铃突然响了，很清脆的一声，便立刻从沙发上跳起来，小跑到门口把门打开。她等的人站在她的面前，英俊、从容，正用炽烈并且充满爱意的目光看着她。她稍稍迟疑了一下，随即伸出双臂搂住他的脖子，仰起脸来寻找他的嘴唇。她的身体向后呈现出优美的弧形。她感到她被他紧紧地抱在怀里，她的嘴唇、脸颊、眼睛、耳朵和脖颈在轮流享受着他火一般的亲吻。她一动也不动地闭着眼睛听凭他爱抚，心里洋溢着欢乐和甜蜜。哦，这种感觉是多么的美好！她但愿时间在这一刻凝固，让她能就这样永远陶醉在这个使她倾心的男人怀里。

这天晚上他们在一起呆到过了午夜。他们随意闲谈：生活、工作、健康，过去的经历，今后的打算，兴趣和爱好，……想起什么谈什么。他们的观点和看法常常惊人的一致，这使得他们的交谈非常愉快。很多事情微不足道，可是他们依然谈得津津有味，即使是路边的一棵草、一块石头，也能成为他们的谈资。他们还不时发出会心的微笑，互相温柔地看着对方。当热情在胸中激荡的时候，他们就拥抱在一起亲吻，或者用手抚摩让自己心动的人，有时是抚摩脸和脖颈，有时是抚摩手和手臂。他们当然也有沉默的时候，但那就像观赏芭蕾舞剧天鹅湖时两幕之间的短暂休息。无论他们说什么、做什么，或者什么也不说、什么也不做，他们都感觉得到他们的心贴在一起。

时间是个调皮的东西，它忽快忽慢，让人难以捉摸。先前萨琳娜等严岩的时候，它磨磨蹭蹭地不肯移动，现在两人到了一起，它却一闪即逝。几乎是在眨眼之间，严岩觉得已经晚得不能不走了。他向萨琳娜告辞。萨琳娜想要严岩留下来，但是没有说出口。他们拥抱、亲吻、互道晚安。严岩迈着大步走了。

欢乐在刹那间变成了凄凉，萨琳娜感到难以忍受的怅惘。“他走了，就这么走了，连头也没有回。”她伤心地想。这一次，她没法让自己做到像前一天晚上那么安然，他把她的心带走了，让她那里空空荡荡。他的热吻留下的火焰还在她的嘴唇上燃烧，她还能感觉到被他有力的臂膀紧搂着喘不过气来的震颤，她想抱他，吻他，向他诉说绵绵情话。她想要他对她说，他爱她，而她会回答说，她也爱他。是啊，她还没有对他说过这句话。现在她非常强烈地想让他知道，她真的是多么的爱他。她要把她对他的感觉告诉他，这个感觉一直在她心里澎湃，迫使她一定要吐露出来。他呢，他说过他爱她，然而那是在解释别的事情时说的，说出来后没有让她感到甜蜜。她想要他深情脉脉地看着她的眼睛，清清楚楚、温温柔柔地告诉她，他爱她，而且爱得不能自拔。可是他已经走了，走得很坚决，像是没有一点留恋。

萨琳娜很苦恼。她想，为什么会这样呢？真的只是他讲的那点缘故吗？应该是吧，不过那有什么关系呢？遥远、缥缈，仿佛一片雾，为什么要那么在意呢？她又想：他只是一个人在这里，没有伴侣，真不知道他是怎么忍受住难熬的孤寂的。难道他不渴望醉人的温情吗？他应该渴望啊。是的，他一定渴望，谁都会这样，这是人的天性。那么，他心里必定是想要我的。想到这里，萨琳娜的心跳加快了。

她走进卫生间，在明亮的灯光下端详镜子里的自己。镜子很大，除了被柜子遮住的膝盖以下部分，她的全身都被映照出来。她从来不顾影自怜，从来不自我迷恋，也从来不曾怀疑过自己的容貌和身材，可是现在，她转着身体在镜子里仔细看自己。里面的姑娘无懈可击。“没有什么不好啊。”她感到有点困惑，“别的也都没有不好啊，我们什么都谈得来，而且我感觉得到他对我的情意。”终于，她告诉自己，他只是还没有摆脱内心的羁绊，也许，他需要一点时间。

萨琳娜期盼着她和严岩的相互拥有。矜持吗？羞涩吗？总是会有一些的，然而它们更多存在于相恋的朦胧时期。闸门一旦打开，束缚便不复存在，蓄势待发的大水将汹涌而出，一泻千里，没有任何力量能够阻挡。她是个个性独立的美国姑娘，在她美丽的外表下面，跳动着一颗既勇敢又羞怯、既坚强又柔软的心。如果她没有动情，谁也不能强迫她，如果她动了情，她绝不压抑自己。当她爱上一个人时，她不会过于遮遮掩掩、羞羞答答，当然，她也不会咄咄逼人，或者强人所难，她会用委婉的方式，传递出明确的信息，尔后静候回音。不过这种情形以前从来没有发生过，因为总是别人向她献殷勤。现在，在她和严岩之间，闸门已经开启，她无法控制她奔涌的激情，她也无须控制她奔涌的激情。任何人坠入情网，看到光明时，都是如此。

这天夜里她在床上辗转反侧，久久不能入眠，直到黎明的熹微开始在窗户上显现时才迷迷糊糊地睡着。起床后她到四川饭店上午班，因为看见严岩而感到快乐和踏实。但是到了晚上，由于没有她的班，她只好待在家里。她坐立不安，心像少了一块，总想着餐馆里的厨房，想着严岩的模样。她希望她这时也在餐馆，以便能够看他一眼。

她克制着自己的情绪，心不在焉地看电视，等待那一刻的来临。过了一会儿，她认为应该做点什么，好让时间过得快一点，于是取出韵律操录像带放映，随着上面的示范活动身体。接着她让自己稍事休息，待身体的热度降下来再洗澡，以免生病。洗完澡，她忽然感到一阵冲动，忍不住开车到四川饭店门前往返了几个来回。她的心上人就在里边，虽然看不见，但她还是觉得他离她很近，心情渐渐变得安宁。这时餐馆停车场上的汽车黑压压一片，还有些车正在进来，另外有些车正准备离开。她知道严岩和他的一群人正在争分夺秒地忙碌。那种情景她以前见过无数遍，不过从来不去留意，也从来没有感受，现在却觉得格外生动、格外亲切，因为他在里面。她很想进去看看，但是终于没有把车停下来。

回家后她照例身着轻软的睡衣。这是美国公寓的住宅，房间里一年到头保持恒温，无论什么季节，凡是健康的人，睡觉时只需要盖一条薄毯，起床后只需要穿一件单衣。这是个舒适自在的天地，不管是沙发、床还是地毯，都可以在上面随意坐着、躺着，如果感到困倦，尽可以在原处打盹、睡觉，即便不盖东西也多半也不会着凉。

她什么都不想，只是安安静静地等严岩来。接近十点钟的时候，LEE 从外面回来，跟她打了声招呼便走进自己的卧室，把门关上，像是准备马上就睡觉。当初齐先生要她们两人一起住，是希望 LEE 有个伴，也有所顾忌、有所节制，其实真住到一起，她们不仅是依旧各自过日子，而且连面也很少见。LEE 大多数时间都不在家，萨琳娜不知道 LEE 每天在干什么，也从来不问，仅仅根据 LEE 的房门状态来判断 LEE 是不是在卧室里，因为 LEE 只要进了自己的卧室，就必定把门关上，只要外出，就必定让门敞开，所以 LEE 卧室门的启闭是她在不在里面的信号。这很像一些欧洲王室的做法：当国王在宫殿里时，象征王室的旗帜会在宫殿顶上升起，否则会降下来。LEE 的卧室门常常是开着的，有时一连几个昼夜都是那样。虽然 LEE 不工作，却好像很忙。两个姑娘见面时常常热情的寒暄几句，别的似乎也没有多少话好讲，不过相处得十分融洽。齐先生很少来，并且从来不在这里过夜。萨琳娜有时觉得住在这里的好像只有她一个人。

门铃响了，萨琳娜连忙起身把门打开。他们又相聚了。这次两人谁都没有迟疑，当即相互拥抱在了一起。这是非常自然的。这种感觉非常美好。

接下来萨琳娜向严岩做了一个表示安静的手势，又指了指 LEE 的卧室，严岩马上明白了她的示意。为了不打扰 LEE，他们没有在客厅停留，而是立刻走进了萨琳娜的卧室。严岩坐在床上，把唯一的椅子让给萨琳娜。就像前一天晚上一样，他们心情愉快，无所不谈，常常情不自禁地拥抱亲吻。也像前一天晚上一样，时间对他们没有任何同情和怜悯，不知不觉中，按惯例该分手的时候又到了。严岩看了一眼萨琳娜，说："有点晚了，我想我应该回去了。"说着就准备站起来。

这时萨琳娜用天籁般的声音非常温柔地说："不，我不想要你走，我想要你留下来。"

严岩感到一阵震撼。他没有料到萨琳娜会这么说。真的吗？她是真的要我留下来吗？他明明听得清清楚楚，却还是觉得难以置信。

"你确定吗？"他问。

"我完全确定。"萨琳娜说，"我不要你离开我，我想和你在一起。"

她说得十分坚决，没有丝毫犹疑。仅仅在几个星期前，她还根本不曾想到在不久后的一天，她会对一个人说出这些话来。她认识严岩已经很久了，她一直喜欢他，第一次见面就喜欢他，但那只是喜欢，与爱情毫无关联。她喜欢他是因为他的温雅、爽朗，还因为他得干练，他总是能快刀斩乱麻般地把菜炒出来，而且不仅看着漂亮，味道也好，让客人赞不绝口；同时他相貌俊秀，体格强健，尽管不像一些美国人那么壮硕，却是十分匀称，行动特别敏捷；另外，他把厨房管理得井然有序，他手下的一群人都对他心悦诚服。她知道收碗工和其他几个服务生也都喜欢他。然而所有这些都不会使她对他动心。在她眼前，严岩是个外国人，这个外国人不是来自被她视为故土的欧洲，而是来自一个陌生而遥远的国家。她觉得她和严岩之间像隔着不可逾越的绝缘层，彼此完全格格不入。事实上，即使是像齐先生这样能用流利的英语跟她对话，请她和别的美国人喝酒跳舞，为她提供免费住宅的亚裔，她依然感到相互间有层隔膜，何况严岩连英语都讲不好。她对严岩从来没有亲近感，甚至从来没有认真看过他一眼。两年前当她察觉到他对她的情意时，她一面有些感动，一面又十分诧异，因为她真的认为，这种事怎么可能发生在他们两人之间呢？她与他是在不同的星系里啊！

她没有预料到圣地亚山之行会改变一切。那时她出于善良的本性，产生了同情和怜悯，于是热心地带严岩上山。当她和严岩一起在山上的时候，她只是感到舒适快乐，并没有多想，等到分了手，却忽然感到说不出的落寞和惆怅，同时不可遏止地回想他在她身边时的情形。"怎么会这样呢？"她问自己，"为什么我老是想他呢？难道我爱上他了吗？这不可能啊！"她极力挣扎，想把他忘掉，让自己的心情恢复平静。但是她做不到。她仿佛中了魔法，总是想着他，走路时想，做事时想，饭也吃不香，觉也睡不好，他的身影无时无刻不在她眼前浮现，连闭上眼睛也是这样。她渴望看见他，只有看见他，她才会心安，才会快乐。

终于，她告诉自己，她是真的爱上他了。

是的，她是真的爱上了严岩。可是她认识严岩这么久，为什么以前从来没有这种感觉呢？她想了又想，却怎么也找不出答案。他没有改变，还是那个人，什么都一样，而她对他的感觉前后却有天壤之别。她不知道这究竟是因为什么。她竭力回忆他们以前的几次交往，由于不曾珍惜，那些情形在她印象里已经非常淡漠，但是她依然能够十分肯定，她心里从未激起过爱的火花。她只是喜欢他，仅此而已。那么圣地亚山之行怎么就改变了她的心思呢？在那个过程中发生了什么特别的事情吗？没有，什么事也没有发生，他们只是简简单单、自自在在地浏览风景和交谈，然后各自回家，然而她的心思却彻底地改变了。这实在是个难解的谜。直到很多年以后，她都想不明白其中的原因。

不过谁又能明明白白地告诉我们，这到底是怎么回事呢？关于爱情，众说纷纭。有人说"情迷一点"，也有人说爱情是盲目的、不可捉摸的。其实爱情能够产生绝非只是"一点"那么简单，并且必定有其缘故，而这个缘故千变万化、因人而异。这里我们不妨尝试着对萨琳娜转变的缘故作点揣测。经由比较，我们可以发现，她和严岩的圣地亚山之行虽然只有短短几个小时，却远远长于他们以前每次接触的时间，尤为重要的是，这次没有任何别的事情分散萨琳娜的精力，使她能够有意或者无意的更多地关注严岩，从而感受到他令她动心的品质和魅力，于是便在不知不觉中十分自然地爱上了他。还有个不应遭到忽视的因素，就是与两年前相比，严岩的英语水平大有长进，现在他不仅能和萨琳娜通畅地交谈，而且能展现出他从容自信的本色，不再像英语讲得结结巴巴时那样显得紧张拘谨。

至于萨琳娜的心跳是在哪个时刻加快的，恐怕连她自己都不知道。也许是在小木屋朝外看风景的时候，也许是在山顶漫步远眺，或者仰望雁群的时候，也许是在不经意间看严岩一眼的时候，总之，是在圣地亚山之行的某个瞬间，他拨动了她的心弦，而她当时只是朦朦胧胧的有种特别的感觉，直到分了手，她才意识到，原来她已经对他一往情深，不能忘怀。

然而我们并不能确定这些揣测是否成立。连萨琳娜自己都想不明白的事，我们当然不能仅凭想象就作出结论。我们能够确定的是，她爱严岩，并且爱得极其真切，极其热烈。

他们之间的所有障碍和隔膜，这时都已化为乌有，种族、肤色、语言、文化、年龄及其他一切差异，在他们的感觉中都不复存在，他们只看到自己面前的这个人，仿佛天地间只有他们。他们彼此爱慕，渴望相互拥有。热血在他们身体里激荡。

萨琳娜离开椅子站起来，缓缓走到严岩面前。他感受到她诱人的、不可抗拒的气息……

炽烈而汹涌的岩浆冲破了脆弱的地壳。两个生命奏响了属于他们的乐章。窗外，风把树木吹得簌簌作响。在无边的夜色里，远远传来几声雷鸣。下雨了，密集的雨点打得房子瑟瑟发抖。格兰德河的水急剧上涨，河水凶猛地冲击着堤岸，同时向下游倾泻。天快亮的时候，风和雨都平息了。巍峨的圣地亚山一如既往的庄严肃穆。

早上起床后，严岩去卫生间，隔着客厅看见了 LEE。这时他们各自站在自己的卧室门口。LEE 也看见了严岩，感到有点意外，但是并不感到惊奇。她微笑着向严岩热情地打招呼："嘿！严先生，你好吗？"

严岩也微笑着，说："我很好。你呢？"

"我也很好。"LEE 说完就进入自己的卧室，把门掩上。显然她不想妨碍他们。

这天严岩和萨琳娜都要上午班，其中严岩需要去得早一点，尽管他们刚刚共度了一个美好的夜晚,他却依然感到心中存疑,临出门的时候他问萨琳娜:“萨琳娜,你想要我今天晚上再来吗?”

萨琳娜的眉头微微跳动了一下,因为严岩问的话让她十分诧异。

“当然。”她像是有点不高兴似的说,“我想要你每天晚上都来这里。”

严岩心里很甜蜜,也很安宁。他把萨琳娜搂在怀里,与她吻别。可是离开萨琳娜后,他开始感到不安,整整一天都不安。他先是想到他的妻子,觉得有愧于她,觉得不应该做对不起她的事。然而他又舍不得离开萨琳娜。在这件事情上,他很软弱,缺乏坚强的意志和决心。不过他准备在和妻子团聚的时候,向她坦承一切。他不打算隐瞒,因为那违背他的良知,即使遭到责备,遭到惩罚,他也将那么做。接着他想到萨琳娜,无论从哪方面看,她都是个非常好的姑娘,这么好的姑娘实在是少之又少,在他的人生中能够遇到确实是他的幸运,他爱她,她也爱他,然而他们不可能永远在一起。他想,她真的明白自己在做什么吗?她是否认真想过这件事情的最终结局?爱情的烈焰正焚烧着她,他不知道她能不能清晰地思考。他认为他必须提醒她,把事情的前景清清楚楚地展示给她,由她来作出判断。他宁愿与这个他深爱着的姑娘分手,重返孤独寂寞,也不忍心让她受到伤害。

当天晚上,严岩来到萨琳娜的住处时没有进门,他要萨琳娜到他的汽车里去,说有事要对她讲。萨琳娜感到惊异,说在房间里讲就好了,为什么要到汽车里去呢?可是他坚持他的请求。她没有争执,顺从了他的意愿。

“有什么事不对了吗?”刚刚坐下,她就望着他的眼睛有些忧虑地问。

“也没什么大事。”他说,一边回避她的目光。

“告诉我什么事不对了,好吗?”萨琳娜温柔地说。她的心在收缩——怎么,只有一天功夫,难道他就变了吗?

“萨琳娜,你知道我爱你。我永远都爱你。”严岩用肯定的语气说。萨琳娜感到些许安慰,然而依旧在担心。严岩继续说:“但是你知道我是结了婚的,我不能抛弃我的妻子和女儿,有一天我会回到她们身边,那时我们必须分手。你知道这些,是吗?”

“我知道。”萨琳娜说。

“你怎么想?”

“我认为没有问题。”

“你的意思是,你不在意哪天我们会分手。”

“我不在意。”

严岩的目光在萨琳娜的脸上停留了几秒钟,像是在探询她最后那句话的真实性。萨琳娜神态平静。其实在她说那句话的时候,她的心仿佛被利刃割了一下。她当然在意,可是如果她把这点说出来,就势必为他们的关系投下让两人都十分不快的阴影,她的温柔和善良,使她很自然地想避免那种情形发生。而且这时她一心要维护他们之间的爱情,这个爱情让她享受着从未有过的快乐和甜蜜,使她绝不愿意放弃。任何可能的干扰,任何可能破坏他们关系的因素,她都会毫不犹豫地排除。

对于未来的隐患，她现在顾不上去思考和忧虑。

但是严岩想把事情讲得更加清楚些，他不希望在将来的某一天，萨琳娜为她今天的行为后悔。他对她说："我们都是真诚的人，谁也不伪装自己，所以你看到的我是真实的我。如果你不爱我，就不会爱我，如果你爱我，就是真的爱我。当然，你知道我爱你。随着时间的推移，我们相互间会爱得越来越深，等到哪一天，当我们必须分手的时候，我们一定都会感到非常痛苦。你想过这些吗？"

"不要紧的。"萨琳娜声音很轻地说；接着又加了一句："我不想为那些事担忧。"

严岩没有再说什么，然而在他的心底，他觉得，会有那么一天，他们两人都将品尝到他们自己用甜蜜酿成的苦果。

这时是 1984 年 10 月中旬。深秋的夜空月色皎洁。墨蓝色的天幕纤尘不染。晚风清凉，沁人心脾。几颗忽隐忽现的星星在沉静地俯视大地；它们的光芒也许在秦汉时就已经发出，却直到现在才抵达我们的地球，它们现在发出的光芒，将照耀我们的后人。在每一个人的面前，是永恒的宇宙、变幻的世界、奇妙的人生，和所有这一切的无穷的奥秘。

"你还有别的话要对我说吗？"萨琳娜问。

"没有，没有别的话。"严岩回答。

"这就是为什么你要我来你的汽车里吗？来吧，让我们回房间里去。"萨琳娜说。

三十八

严岩和萨琳娜在一起相处得十分和谐，两人彼此尊重，事事相投，从不争吵。他们心里始终燃烧着爱情的火焰。

有几次，萨琳娜非常懊恼地对严岩说："以前我喜欢你，可是不爱你。我不知道为什么。我简直不相信我自己会那样。"

严岩听了总是笑笑，什么都不说，也觉得没什么可说。

他称呼萨琳娜时照惯例使用她的名字，然而没过多久，她就有点不高兴了，因为她认为那种称呼不够亲切，不够甜蜜。

"严先生，我不想要你叫我萨琳娜，我要你叫我宝贝。"有一天她非常娇柔地对严岩说。

"好啊。"严岩说，随即叫了她一声"宝贝"。叫的时候他感到很不自然，可是萨琳娜十分满意，她马上应了一声，脸上展现出甜蜜的微笑。

"那你怎么叫我呢？"严岩问萨琳娜。

"我也叫你宝贝呀。"萨琳娜说。

从这时起，"宝贝"成了他们相互的称谓。

这天午餐后严岩正在餐厅里休息，——自从搬离餐馆对面的公寓，由于新宿舍距离太远，他就不再在午餐后回去，只是到餐厅里坐着打个盹。——齐先生来了，他是从 LEE 那里得到消息，专程来找严岩的。当 LEE 把她亲眼所见的严岩和萨琳娜的恋情告诉他时，他感到非常惊奇和不可遏制的嫉妒。他想，这怎么可能呢？一个美国女人和一个中国男人！在白人面前，他历来自惭形秽，对于他口中的"洋女人"，他更是连想都不敢想，在他认识和听说的人里，他也从来不曾听说有谁获得过"洋女人"的青睐，他怎么都没有想到这种他认定绝无可能的事情竟然会在他的眼前发生。他忽然觉得比严岩矮了一截，因为他的 LEE 显然无法跟萨琳娜相提并论。本来由于 LEE 的缘故，他在严岩面前很有些自鸣得意，现在则很有些自叹不如了。

"要是我当初胆子大一点，去试一试，是不是会……"齐先生琢磨着。

"没戏！"他很快就得出结论，一边自嘲地笑了一声，并且摇了摇头。

为什么严岩就能把洋女人"弄到手"呢？有什么特别的技巧和诀窍吗？齐先生苦苦思索了半晌。他是情场老手，看来的、听来的、实践得来的，怎么也算得上阅历丰富，可是他看不出严岩能玩出什么花样来，因为他知道严岩根本是个不喜欢、也不会玩花样的人。钱吗？应该谈不上。严岩能有几个钱？那么，也许是年轻英俊的缘故了。很可能。嗯，很可能是这样。想到这里，齐先生不由得叹了口气。

无论如何，这都是一件使齐先生感到震撼的事情，他忍不住激动和好奇，一定要到严岩这儿来探个究竟。

过去在台湾，齐先生和几个玩世不恭的狐朋狗党聚在一起的时候，大家对两性关系总是津津乐道,只要谁有点风流韵事,必定得意洋洋地拿出来炫耀吹嘘一番,因为在他们看来,这种事情在朋友圈里不仅不必忌讳,而且应该拿出来供大家分享。当然,多半只是在精神上分享。讲的人眉飞色舞、绘声绘色、巨细无遗,听的人兴致勃勃、全神贯注,一边在心里描绘那些香艳的场面,一边垂涎欲滴地跃跃欲试。所有人都心旌摇荡。他们都是读过圣贤书的人,这时讲出来的话却一个比一个更下流、更露骨、更肆无忌惮。

不过齐先生并不指望在严岩那里出现同样的情形。他知道严岩不喜欢吹嘘炫耀,而且认真起来常常表现出不容轻侮的庄严,使他感到在与严岩交谈时不宜显得唐突。

还没有坐稳,齐先生就迫不及待地说:"小严啊,打听个事儿。听说你和萨琳娜……那个什么,有没有那回事?"

严岩笑了一下,说:"有啊,有这回事。"

"你小子不简单哪,跟个洋妞泡上了。"齐先生目光闪烁,脸色发红。

"这没有什么嘛,也就是两个人互相喜欢。"严岩说。

"不简单,不简单。"齐先生一边像是在赞叹,一边在脑子里寻找合适的词,"怎么就让你给……上手了?"

严岩又笑了一下,说:"说实话我也不知道。我真的什么都没干,就是那么发生了,到现在我都有点弄不清到底是怎么回事。不过我想大概是因为她觉得我这个人还不错吧。"

"没有别的?"

"你说还能有什么。"

"就这么简单?"

"我想这应该是件很简单的事。"

"嗯,洋女人,啊?"齐先生用非常艳羡的语调感叹着。

严岩说:"其实真到了一起,根本就没那些感觉,就是两个人,你喜欢我,我喜欢你,别的似乎都不存在,这时一点都不觉得相互间有什么差异。洋女人也是人,她要是喜欢你,自然会想和你在一起,其余的她完全不在意。"

齐先生盯着严岩的脸看了半天,像是在品味他这些话的含义。

又聊了一会儿,齐先生走了,临走时笑着大声说了句:"为国争光!"接着仿佛有点担心似的嘱咐严岩"保重"。严岩觉得,齐先生讲这些话,多半还是出于自卑心理。他认为其实不必把事情看得那么严重,因为中国人并不比外国人差。

没有任何事能逃得过众人的目光。尽管严岩和萨琳娜对他们的事情只字不提,并且从来不在别人面前显示恩爱,大家还是从他们的眼神、表情、说话的语气等等方面透露出来的细微迹象,很快便看清了那点小小的秘密。厨房里的一群人本来就喜欢萨琳娜,这时自然对她更加友好,更加亲切。只是小林被银花奚落嘲弄了一次。

"小林,你不行啊!"银花大声笑着说,"妹妹跟别人走啦!"

小林显得很尴尬,说:"走就走了,跟我有什么关系。"

“哎呀，谁不知道你喜欢她，以后做梦也不行了！”

“银花你又乱讲。”小林的脸涨得通红，“没有什么啦，也就是长得漂亮嘛。”

“身材不好啊？我看比那些模特都好。”

“说那干什么？好不好都跟我没关系。”小林皱着眉头苦笑，显出很可怜的样子。

老黑听不懂他们在讲些什么，也不问，只是保持着他一贯的微笑。阿龙也听不懂，也不问，显得漠不关心。胖子自然是听得懂的，但他只敢在心里笑，脸上则装出若无其事的样子。

这时严岩就在旁边，他没有说什么，也没有觉得好笑。

一天晚上，萨琳娜告诉严岩，她的姐姐要来阿巴克基看她，以前每次来，姐姐都住在她的住处，这次自然也一样，所以在那几天，严岩必须回他自己的宿舍。

“只有三天，过三天她就会走，然后你就可以回来，好吗？”萨琳娜神色忧郁地看着严岩的眼睛，用非常温柔的语气小声说。她担心严岩会感到不快。

严岩察觉到了萨琳娜的担心，安慰她说：“这不要紧，你不要担心。”

到了那天晚上，严岩回到了自己的宿舍。这时正值隆冬，天气非常寒冷。房间里开着暖气，温度没有问题，但是由于一年四季照射不到阳光，又无人关注通风透气，所以难免潮湿，并且有明显的霉味和汗味，以及其他一些隐隐的、说不清楚的怪味，是完全不能与萨琳娜那儿相比的。尽管他对室内的一切依旧熟悉，却觉得这里好像已经不再是他真正意义上的住处，他只不过是来暂住几天。

阿龙和胖子看见严岩回来都感到惊讶。他们心里有些疑惑，有些猜测，但是都没有说出来。严岩是大厨，他们对他心存敬畏，所以通常并不随心所欲地跟他讲话，而是有所节制，讲究分寸，即使严岩在他们面前从来不摆出高人一等的架势，彼此相处得如同好友，他们也还是那样。这时他们认为不问为妙。稍稍寒暄了几句，就好像担心严岩会以为他们起疑似的，两人一前一后匆匆洗完澡，随即躲进他们的卧室——这时阿龙和胖子共用一间卧室——把门关上，再也没有出来。

现在客厅里只剩下严岩一个人。离开了几个月，他的卧室还是原封不动的老样子，阿龙和胖子哪怕两个人同住一间卧室，也没有谁打他卧室的主意。他应该去睡觉，然而他毫无睡意。客厅里有台电视机，如果开的话，必须要把音量调到极低，以免妨碍阿龙和胖子的睡眠。严岩想了想，认为还是不开为好。房间里静谧无声，除了难闻的味道，还弥漫着他久违的、觉得难以忍受的冷寂的气息。这仅仅是第一个晚上，可是他已经忍不住怀念起萨琳娜来了。她给了他那么多的温情，那么多的甜蜜，很多天来，每到这个时刻他们都在一起，今天却只有他独自一人，使他不由自主地感到惆怅。

不过现在他已经不再为他和萨琳娜交往的是非曲直烦恼了，而只是顺其自然地享受他们之间仿佛突如其来，又仿佛冥冥中早已注定的情缘。他心里似乎同时装着两份情意：一份属于他的妻子和女儿，她们是他生命的根基，他永远不可能忘记，永远不可能抛弃，另一份属于萨琳娜，一个他曾经魂牵梦萦，却从未想到真的会对他一往情深的不同寻常的美国姑娘。二者并行不悖，都在他心里占据着不可动摇的地位,都被他以全副热情挚爱着。

这么讲像是有点不能自圆其说。是啊,既然是“两份情意”,又怎么可能都获得“全副热情”呢?

也许,我们在理解对感情的描述时应该或多或少地忽视数学概念的严格,或者,是上面的描述不够贴切,让人难以理解,所以我们不妨换个方式,打个比方,看看是不是能够把严岩的情感状态表述得清楚一点。

我们可以设想一个人离开了他热爱的故乡,来到一座陌生的城市。这座城市美丽而生气蓬勃,到处都是机会,他在这里一帆风顺,生活得非常惬意,于是便很自然地对这座城市充满了爱。但是他绝不会忘记他的故乡,那个他出生长大的地方,那片他祖祖辈辈生息繁衍的热土,在他对他现在居住的城市满怀热爱的时候,他对他的故乡也满怀热爱。这两个爱同时存在,并且都绝非半心半意,而是真正的全心全意。这种情形随处可见,谁也不能否认。

现在我们或许可以理解严岩的心境了。不过他与那个在新的城市里过得非常惬意的人有一点明显不同:那个人尽管热爱他的故乡,却未必会回去,但严岩是一定会回到他妻子和女儿的身边的。他的这个信念极其坚强,没有任何力量能够撼动。然而在这一刻,他心里想的只是萨琳娜,他无法抑制见不到她而产生的惆怅。

就像以往心情不畅时常做的那样,他离开宿舍来到街上,希望能借助室外的空阔来舒缓胸中的郁闷。这时夜空晴朗,冷风阵阵,四周空无一人。他沿着人行道在他所住的居民区走了几圈,还是感到心情不畅,严寒却像是已经浸透了他的骨髓,使他浑身发抖。可是他不想回去。

好在他的汽车就在路边,他钻了进去,用他冻得僵硬的手勉强发动引擎,把车开了出去。他先转上中央大道,一路到达几乎是城市最东端的尤班克大街,左转后直开到最北边的蒙哥马利大道,然后再向左转,到圣马特尔大街又向左转,接下来就不再留意是在哪条路上,只是木然的或者左转,或者右转。阿巴克基除了靠西的老城区外,广大新区的主要道路都很宽阔,两侧的建筑又都和道路保持一段距离,而且人们在这个寒冷的冬夜也都早就躲进了自己的房子,所以他面前始终空空荡荡。不过这正好符合他的需要,因为空荡里有种安宁,这种安宁能够慢慢稀释和吸收他的忧愁,让他逐步恢复平静。

他不知道自己在路上待了多久,只是漫无目的地驾车飞驰。终于,在一个瞬间,他忽然觉得,够了,该回去睡觉了,随即把车往回开。

再过一个路口就是宿舍,这时他看见在他的前方有一辆缓缓移动的汽车,这使他感到十分意外,因为当他开车在阿巴克基一条又一条街道上行驶的时候,从一开始就看不到别的车辆,甚至连警车都看不到,仿佛整座城市只有他一个人还在室外,所以他没有想到会看见另一辆车。这么晚了,天气又这么冷,谁还会在街上呢?更加使他意外的是,这辆车在前面的路口停下来后便不再走了。这个路口设有停车标志,依照交通规则,所有车辆到此必须停车,然后在循规礼让行人和其他车辆并判定不存在任何危险后,应该立即重新启动,可是这辆汽车却停在那里纹丝不动。这到底是怎么回事？严岩不由得紧张起来。

这是在美国，一个十分强大富庶，同时犯罪猖獗的国家，而且是在人员混杂，谁也不知道谁的身世背景的底层居民区，又是寂静无人、四顾茫茫的深夜，抢劫、杀人、无缘无故的伤害，随时都可能发生。严岩把他的汽车在离前面那辆车有几十步的地方停下来，高度戒备地注视着它的动静，心里希望它快点离开。

然而那辆车依旧纹丝不动。在“雷鸟”车灯的照耀下，严岩看见那辆车驾驶座旁的门被推开，里面出来一个人。在最初的一刹那，他没有辨识出那个人是谁，因为他的车灯聚焦前下方，他一时看不清那个人还蒙在阴影里的面容。不过下一秒他就认出来了。是她！那么熟悉的身影！那么婀娜的步伐！她正一步步地向他走来。

他惊呆了。他没有想到会在这样的情形下见到萨琳娜。她怎么会在这儿呢？但是他来不及多想，愣了一下后立刻下车迎过去，这时萨琳娜已经来到他前面不远的地方。

“嘿，宝贝，你怎么会在这里？”他又激动又喜悦地问萨琳娜。

“我想你。我想看见你。我睡不着觉。我到这儿来找你。我已经在街上转了很久。我想去敲你的门，我不在乎别人怎么说，我就是想见到你。我爱你，你是我的宝贝，我想和你在一起。”萨琳娜语气急促地说了一大串。

严岩非常感动。他心疼地把她抱在怀里，温柔地亲吻她。两颗相互深爱的心，现在都获得了安宁。

他问她：“宝贝，你怎么会把汽车停在路口呢？”

她说：“因为我看见你在我后面。我一下子就认出了你的车灯，知道那是你的车，我高兴得心都快跳出来了，没想到应该先移动汽车就下来了。真的是你，我简直不能相信。你怎么会在这儿呢？你去什么地方了吗？”

严岩一面亲吻萨琳娜的脸颊和脖颈，一面在她耳边小声说：“我去找你了。”

“真的？”萨琳娜惊讶得睁大了眼睛，满含歉意地说：“实在对不起，我不在家，让你空跑了一趟。”

萨琳娜的样子使严岩十分不忍，他连忙安慰她说：“啊，不，不，我逗你呢，我没有去你那里。我只是想见你，可是见不到你，心情不好，所以开车到处转，不知道转了多久。现在总算见到你了。”

“哦，可怜的宝贝。”萨琳娜动情地轻呼着，用她柔润的嘴唇不断亲吻严岩，然后搂抱着他，把脸贴在他的肩上。

这时天寒地冻，滴水成冰，但是他们谁都不觉得冷。

夜空中的群星看到了这一幕。万千年来，它们阅尽了人间的悲欢离合、喜怒哀乐，如果它们真的有灵，一定会为之感叹。今晚的这一幕，在它们眼里也许不算什么，但是严岩和萨琳娜却永远不会忘记。将来他们会回忆起这个既寒冷又温馨的夜晚，以及他们之间其他一些让他们刻骨铭心的时刻。许多人都有自己的故事，正是这些故事——无论是喜是悲——使得人生意味无穷，而不是平淡无奇。

这个晚上他们最终还是各自回去了，不过那时他们的心灵都已得到了无上的满足，因为他们不仅如愿见到了自己的情侣，而且感受到自己是被多么深切地爱着。这种美好的感觉足以使他们安安心心地度过余下的两天。

时间如流水。不知不觉间，转眼便到了 1985 年的春天。深秋时落尽残叶的干枯的树枝，这时缓缓抽出青翠的、看上去毛茸茸的嫩芽，草地则从冰雪带来的僵滞中苏醒，一天比一天显得更有生气。阳光和煦，连风也变得温柔。

这天晚上没有萨琳娜的班。严岩下班后来到她的住处——现在也是他的住处，用她给他的钥匙开了门。往常这个时候，只要听见钥匙开锁的声音，她就会立刻走过来，待门打开后给他一个热烈的拥吻，可是今天却不见她的身影。他以为她在卧室或者卫生间，连叫了两声"宝贝"，都没有得到回应。接着除了 LEE 的卧室，他找遍了整套住宅，还是不见她的踪迹。

这是从未发生过的情形，严岩不由得感到蹊跷。他知道萨琳娜在阿巴克基没有家人，朋友自然是有的，但都是泛泛之交，若非逢年过节或者有特别的事情，通常很少来往，尤其是自从与他相恋，她更是一心一意和他在一起，没有理由独自一人这么晚了还不回家。那么，这到底是怎么回事呢？

也许 LEE 知道萨琳娜去了哪里，可是她的房门紧闭，看来是已经睡了，如果前去打扰，显然过于粗鲁。严岩只好坐在客厅里等萨琳娜回来，然而左等右等，周围只是一片沉寂。随着时间的推移，他渐渐感到焦虑不安，各种不祥的念头开始像走马灯似的在他脑海里旋转。一会儿是车祸：他仿佛看见她的汽车被撞得稀烂，她本人则受了重伤，正在被送往医院急救；一会儿是抢劫：几个歹徒突然从她前后冒出来，把她围在中间，用枪指着她的胸脯，逼她交出所有值钱的东西，可是她没有任何东西值钱，歹徒们十分恼火，于是给她一枪，或者把她连人带车劫走；一会儿是有人心怀鬼胎，出其不意地从她身后勒住她的脖子，企图把她拖到黑暗的角落里；……他越想越恐惧。他觉得她也许正在遭受折磨，在期待他前去解救，而他却坐在这里什么都不干。有时他甚至觉得她已经遭到了不幸，而这正是由于他的不够坚决，如果他及时行动，也许就能避免不幸的发生。尽管他也告诉自己她不会有意外，不应该胡思乱想，他的担忧和不安还是愈来愈强烈。

终于他决定不再等待，而是出门去找她。这么大的阿巴克基，他不知道该去哪里找，可是谁知道呢？只能是碰碰运气，再怎么也比就这么坐着干等好。他怀着颤抖的心把车开了出去。他留意每一辆在路上遇到的汽车，又常常把车开到尚在营业的餐厅、酒吧和夜间俱乐部的停车场上，仔细查看是否有萨琳娜的汽车。遇到旁边有黑魆魆空地的路段，他必定放慢车速，竭力望穿暗夜小心观察，还一面痛苦地想，她是不是就躺在那片空地里。有几次他看见前方警灯闪烁，那是出了事情的信号，他的心顿时缩成一团，立刻加速赶过去。好在都只是普通的车祸，所有人都无大碍，并且都不包括萨琳娜和她的汽车。

中间他返回住处一次，里面还是静悄悄的不见萨琳娜的踪影，他随即又开车出来继续寻找。无论如何，他必须得知她的下落，否则心里不能安宁。

真是苍天不负苦心人，连他自己也没有想到他竟然真的找到她了。可是在那一刻，他只能远远看着她，既不可能上前跟她讲话，也不可能让自己感到喜悦。

当时他在一个加油站给他的汽车加油，准备离开时，无意中看见在他左侧一家快餐店的外卖窗口处停着一辆汽车，车上的人正伸手接过里面服务生递来的一袋食物。不用看第二眼，他立刻认出那就是萨琳娜和她的汽车。这已经够让他感到不可思议了，因为她好端端的，却不与他相聚，还这么晚了来买外卖食品，但是更加让他感到不可思议的，是她旁边坐着另外一个人，一个他也认识的男人——小刚，齐先生的儿子。他们两个怎么会在一起呢？而且是在深夜！他感到他的心猛烈地跳动了几下，接着像是被什么东西用尖利的牙齿撕咬着、啃噬着。他浑身的血在喷涌澎湃。

他完全不能相信眼前的情景，然而这情景却切切实实地摆在他眼前。不过他克制住了自己，没有贸然行动，只是远远跟在萨琳娜的汽车后面，看他们往哪里去。

萨琳娜的车开得忽快忽慢，严岩也把车开得忽快忽慢，尽量使两车之间保持适当距离，以避免让她起疑。萨琳娜没有再在别处停留，而是逐渐离开了中心城区，这时道路更为宽阔，并且几乎没有其他车辆。她把车开得飞快，然后忽然减速，转进了道路左侧的一个停车场。再靠里边一点，是座正对街道的公寓大楼。

严岩当即急剧减速，让汽车靠路边慢慢滑行。接着他远远看见萨琳娜和小刚从前面的车上下来，小刚下车时像是没有站稳，身体歪了一下，随后两人走进了那座公寓楼。严岩马上加速转进道路右侧另一家公寓的停车场，在一个正对街道对面公寓楼的车位把车停好，屏息静气地注视着前面的动静。过了一会儿，那座楼房三楼的一个窗口亮起了灯光，他确信他们就在这个窗口所在的房间里，因为这时其他窗口都没有灯光变化。

“看来这是小刚住的地方。”他想。

尽管眼前的事实使他满怀疑虑，严岩还是难以相信萨琳娜会做出有负于他的事情。他们在一起如胶似漆；她对他爱得那么热烈，那么真挚，怎么可能转眼就变了呢？他不相信她会那样，实在没有理由。他对自己说，不要惊慌，不要胡乱猜想，沉着点，看看到底是怎么回事，也许只是有什么特别的原因，他们才会在一起，不至于有可怕的事情发生。他死死盯着那个窗口，希望萨琳娜能从里面出来，开车离去。但是他等了很久，始终不见她的身影，窗口的灯光却忽然熄灭了。

他的心顿时坠入了深渊，并且感到整个世界一片沉寂。不过也许是由于极度的失望，他慢慢地反倒有些平静了。再珍贵的事物，当不可挽回的时候，无论多么痛惜，一个人应该做的只能是面对和接受，而做到这些所需要的坚强和勇气，他还是有的，尽管免不了撕心裂肺般的惨痛。另一方面，他在内心深处一直怀有对萨琳娜的愧疚，因为他无法向她作出她所期望的承诺。有朝一日，他们必将分手。这些天来她给予他的温情和甜蜜，在他看来或多或少是他的非分之物，能够获得已经让他觉得不可想象和极为感激，他又有什么权力去干预她的自由呢？如果她真的移情别恋，他认为他实在是无话可说。

不过即便所有的事实都指向一个使他感到震惊和痛苦的结论，他依然在心里留存着一丝渺茫的希望。他还是不能完全相信事情会糟糕到那种境地。但是如果的确是那么糟糕，他也不打算回避。他坐在他的驾驶座上，始终注视着那个窗口和那座楼房，直到天亮，哪儿也没有去。

三十九

黎明的曙光在静静地驱散沉沉的夜色，严岩对面楼房的窗户接二连三地亮起了灯光，但是他特别留意的那个窗口却迟迟没有动静。他把目光转向楼下的停车场，想知道是不是有他要找的人从楼房里出来。没有。他随即把目光转回到那个窗口，忽然看见了小刚的身影，却又在刹那间消失得踪迹全无。

这时他的心情十分沮丧，身体也感到疲惫，同时几乎不再抱任何希望。他想：为什么我还要待在这里呢？就是为了让自己难过吗？回去吧，回去休息一下，还要紧张地工作一天呢。今天晚上总还会跟她见面的，不管什么事，到时候就将一清二楚。

他没有再朝那个让他伤心的窗口看一眼，把汽车开上了回去的道路，他要去的是他自己原来的宿舍，而不是过去几个月他每天晚上都去的地方。那个地方对他来说像是突然变得陌生了，并且给他冷冰冰的感觉。

时间还早，一路上几乎看不到其他车辆。凄凉和感伤笼罩着他，使他心里一片茫然。眼前的道路仿佛是宽广的原野，他就像骑在马上听凭马儿驰骋。他把车开得越来越快，可是他全无感觉，直到后视镜里出现刺目的闪光。

"怎么回事？"他吃了一惊，连忙查看时速表，表上的指针在 54 英里的位置上。一辆警车紧紧跟在他的后面。他被警察盯上了。

"怎么会这么大意！"他责备自己。这条路限速 40 英里，依照惯例，如果超速不足 10 英里，警察通常会网开一面，但是他超速 14 英里。有什么说的呢？只有束手就擒。

他立刻减速，把车转换到最靠右边的慢车道，准备停车接受处罚。正好路边有块位于两座房子间的空地，空地靠里端是另一座房子的后墙，三座房子形成一个凹字形，开口处正对街道。为了避免妨碍其他车辆通行，他把汽车开进这块空地，直到接近空地最里面的地方才停下来，好让身后的警车有足够的地盘。接着他把身旁的车窗放下，并且关掉引擎。

这时他觉得自己像是身陷囹圄，任人处置。不过这种景况反倒使他感到安全，因为既然是无路可逃，而且显示出没有反抗的企图，死盯着他的那个警察或许会减少点对他的戒心和敌意。美国经常有惯犯逃犯在遇到警察时鱼死网破般的以死相搏，而警察在对待这种人时则毫不留情，他可不想为了超速行车这样的小事让警察大开杀戒，使自己白白丢了性命。

他从后视镜里看见那辆警车紧跟着也驶入空地，在距离他车尾十几步的地方停了下来，车顶的警灯依旧在闪烁，引擎似乎也没关。车里坐着一个年轻的白人警察。这个警察把车停稳后，先是手持报话机讲了几句，大概是在告诉同事他所在的位置和所处的状态，接着把目光转向他的前下方，严岩猜想他是在看电脑荧屏，根据他输入的严岩的车牌号码得知车主的信息，查看严岩是否有犯罪前科，并且了解前面的汽车是不是已遭人盗窃，以及其他只有警方才知道的情况。当然，在这整个过程中，这个警察一刻也没有放松对严岩的监控。

严岩知道自己必须小心谨慎，因为任何会导致怀疑的举动都极有可能招来杀身之祸。就在不久前，老黑的邻居，一个从老挝来的移民家庭刚刚经历了一场令人震骇的灾难。

老黑的这个邻居家里共有五口人，夫妻俩加上三个小孩，其中最年幼的是个两岁女孩。来美国后做丈夫的原本在一家建筑公司给客户盖房子，工作时不慎从高处摔下来，不仅折断了腿，而且扭坏了腰。这家公司给每个员工买了医疗保险，他无须为疗伤费用发愁，但是从此失去了从事重体力劳动的能力。公司也算是仁至义尽，安排他到公司总部做看门和清理垃圾之类的工作，不过收入就大不如前了。他的妻子起初是在家里带孩子做家务，这时不得不出门打工。她个头不高，体质单薄，讲不了几句英语，别人对她讲英语时她似懂非懂，同时性情腼腆，看见外人总是紧张，自然也就有些畏缩；在家里十分勤快能干，把丈夫和孩子照顾得无微不至。夫妻俩感情很好，丈夫对她非常疼爱。然而像她这种情形找工作十分不易，因为美国雇主多半喜欢爽朗干练、体力充沛并且没有语言障碍的人，亚裔老板一看她的身材就担心她体力不足，最终她好不容易才通过朋友介绍在一个家政公司找到工作，所做的是到需要的人家替屋主搞卫生，这种工作薪水不高、时有时无，但是好歹能赚点钱补贴家用，所以她还是很高兴。她为这份工作买了辆有十几年车龄的老爷车，并且努力学会了驾驶技能，虽然每次开车她都害怕，但是想到她的家庭，她就觉得再怕也要开。

那天很像是个好日子，因为她一家接着一家不停地工作，忙了整整一天。收工时她粗略算了一下，认为这天的收入是笔不少的钱，顿时感到浑身舒畅。不过这时比平常晚了不少，使她心里有些焦急，她需要尽快赶回去为一家人做饭，还要把托在别人家的小女儿接回来。

她在不知不觉中把汽车开得飞快，转眼就引起了一个警察的注意，这个忠于职守的警察当即开车追赶，同时启动了耀眼的三色闪光警灯。这是件每天都在美国各地不断发生的小事，遇到了便只能是规规矩矩地停车认罚，可是她不但不停车，反而猛踩油门加速逃跑。谁也无法确定为什么她会那样，因为她历来是个老实本分的好女人。事后有人揣测，也许她根本不明白警灯闪烁的意义，也就不知道应该立即停车，反倒是看见后感到心惊胆战，脑子里乱成一团，完全不能正常思考，情不自禁地只想快点逃掉。老黑认为这个揣测大概符合事实，因为后来她的丈夫告诉老黑，她十分欠缺与警察打交道的经验，而且始终对警察怀着极大的恐惧，那些荷枪实弹的警察在她眼里个个孔武有力同时杀气腾腾，仿佛凶神恶煞，平时她看见他们总是避而远之，这时一定是在惊恐中认为如果她落到那些人手里，势必会被他们不由分说地折磨得半死，就像她在电影里电视上看到过的被警察无情摧残的人那样，于是拼命逃跑成了她最自然的反应。

她开车一路狂奔，顾不得看路口是绿灯还是红灯，也顾不得看路上有没有别的车辆和行人，总之她完全丧失了理智。人们只能猜测，这时她感到后面紧追不舍的警察是张着血盆大嘴，要把她一口吃掉的恶魔，而她自己仅仅是在不顾一切地企图逃脱劫难。她的老爷车建造于 1970 年前后，当时汽油价格低廉，厂商不必顾虑汽车的耗油性，生产的汽车常常又大又重又坚固，所以她的车尽管陈旧，耐撞性能却十分出众，沿途把好几辆外形漂亮但车体单薄不堪一击的日本汽车撞得七歪八扭，还有一次差点撞到正在过马路的行人。她和她的汽车这时已变成危害公共安全的祸患，可是她却对此一无所知。

在她后面追赶的警察当然不能随她胡作非为，早就呼叫同伴支援，不计其数的警车在灯光闪动的同时发出尖利的笛声，从四面八方急速赶来。她顿时感受到警察铺天盖地般包抄夹击的震慑力，因而愈加惊惶失措。她不断夺路而逃，即使剐蹭到警车也毫不犹豫。种种迹象表明，这时她的心在狂跳，她的神经紧张得几乎崩溃，她眼里看到的是一片青面獠牙，她脑海里只有一个念头："逃！逃！逃！"她想逃回家，那个安宁的、充满亲情的、属于她自己的小小的家。

然而她不可能逃得掉。在一个离她的家不远的路口，她被几辆横挡在面前的警车成功拦截，尾随在后的十几辆警车转瞬间在她两侧和身后摆出阵势，把她围得水泄不通。紧接着所有的警察都跳下车来，一边用警车作掩护，一边迅速拔出手枪，几十个黑洞洞的枪口瞄准着同一个目标。几个警察大吼着："离开你的汽车！举起你的手来！"

这个路口有个加油站，据当时刚加完油还没离开的一个目击者说：他站的位置使他正好能看见她的脸，她看上去既惊恐又茫然，好像是被吓傻了。她似乎不明白到底发生了什么事，也听不懂警察在吼些什么。她坐在驾驶座上很久没有动。

警察则认为她拒绝服从命令，因而非常恼火。他们用更加严厉的声音狂吼，眼里冒出火花，面容变得狰狞。几个离她远一点的警察身手敏捷地跃进到离她更近的汽车后面。情势极度紧张，可她却像是要坐以待毙。加油站这里有两个好心的女人为她焦虑万分，拼命挥手喊她下车，她起初没朝她们看，后来注意到她们，但只是看着她们发呆。两个女人意识到她听不懂她们在喊些什么，急得一再摆动身体做出下车和举手的姿势。终于她明白了她们的意思，迟疑了一下，随即推开车门，一边从里面钻出来，一边举起双手。围观的民众都松了一口气。

这时枪声响了。不是一声，而是过年放鞭炮似的几十声、一百多声。谁也不知道警察开了多少枪。民众只是清清楚楚地看见她两只脚在地上还没有站稳，身体就已经被从不同方向射来的密集的子弹打得像狂风里的落叶般摇摆，接着便如一段木头似的倒在地上，再也没有动一下。在最初的一刹那，所有的旁观者都惊得目瞪口呆，大家都觉得心脏像是被重锤猛击了一下，没有一个人能说出话来，也没有一个人能相信自己亲眼看见的事情。紧接着那两个好心的女人发疯般的尖叫起来，其中一个迅速捂住眼睛，把身体转向旁边，另一个也迅速捂住眼睛，但随即又把眼睛露出来，用极其惊惧悲痛的目光注视着躺在地上一动不动的躯体，眼眶里渐渐涌满了泪水。

"我的上帝，他们杀了她。我的上帝，他们杀了她。……"她嘴里不停地念叨着。

男人们神色严峻的紧蹙眉头,保持着沉默。有人在摇头。突然一个年轻男人愤怒地放声大叫:“怎么回事?! 为什么他们要杀她?! 为什么他们要杀她?!”

他旁边一个男人说:“我不知道。他们就是把她杀了,我不知道为什么。”

她就这样死了,永远离开了她挚爱的家、丈夫和三个孩子。谁也不可能真正体验到她家人的丧亲之痛。她的丈夫从此独自支撑着这个破碎的家庭,脸上再也没有欢笑。三个孩子常常为思念母亲而哭泣,尤其是她两岁的女儿,以前每个夜晚都在妈妈身边安安静静的一觉睡到天亮,现在除了白天哭着找妈妈,夜里还时常惊醒啼哭,一面困得连眼睛都睁不开,一面伸出两只小手喊妈妈抱,惹得当父亲的忍不住跟着伤心落泪。

在她被打成蜂窝的遗体所躺的血泊里,警方发现了一个黑色小包,里面有她的驾驶执照、几张印着“我们信仰上帝”的美钞,以及一张每个人都笑得十分快乐的全家照。警方认为小包是她的物品,开车时放在身边,下车时拿在手上。而正是这个小黑包,给她带来了杀身之祸。

根据事后警方的解释,击毙她是因为她威胁到警察的安全。他们说,她从车里出来时手里拿着一件黑色的东西,看上去很像武器,在那个千钧一发的时刻,为了保护自己,警察不得不果断开枪,而只要有人开第一枪,其余的人自然也就随之开枪,于是乱枪齐发,枪枪直击要害,以免她有任何反击能力;警方的举动完全遵循法律和相关规则,不存在一丝一毫的过失。

她成了枪下冤魂,却无处申冤。她的丈夫说她来美国后成了虔诚的基督教徒。谁都不知道她会不会到她信仰的上帝面前哭诉,但是谁都知道不会有任何人因为她的惨死而受到惩罚。那些庄严的检察官和法官对于这种多如牛毛的小事根本就不屑一顾,即便有人申诉,他们也必定会不闻不问,轻蔑的一笑置之。有人说,如果她真的在天有灵,那么下雨时滴落到她亲人脸上的水珠一定是她悲伤的眼泪。

美国的警察全都接受过警官学校的严格训练,拥有合格证书,因而一律被称为警官。很多人相信,警察除了拥有矫健的身手、敏捷的反应和射击、格斗等等技能外,还接受了一个宗旨般的教条,就是只要“感到”威胁,即使并不能辨明对方是否有武器和攻击意图,为免自己遭受伤害,也可以、应该、甚至必须毫不犹豫地置对方于死地,哪怕事后证明当初完全是误判,所谓的威胁只不过是一点小小的虚惊;对于由此产生的恶果,谁也无须承担责任。在警察的观念里,他们自身的安全至高无上,杀错人则无关紧要,于是种种悲剧在美国随时随地都有发生的可能,连一个持玩具枪的小孩也会因为未能立即服从警察放下假枪的第一声命令而惨遭杀害。所以当严岩注视着后视镜里全副武装的警察时,他知道自己决不能有半点疏忽大意。

警察正一步步走过来。他走得很慢,不慌不忙,每一步都十分平稳。他的右手不大摆动,手掌微微张开,贴近大腿。那里有他的手枪。只要他感觉到任何可能对他构成威胁的风吹草动,他就会在迅雷不及掩耳的瞬间拔枪射击。这个动作他做过几百次、几千次,早已娴熟无比,哪怕是在梦中被人唤醒,睡眼惺忪的也能做得与平时一样快速准确。打靶是他的日常训练项目,在十几步的距离,他绝对能做到弹无虚发乃至一枪毙命。当然,一旦扣动扳机,他一定会连发数枪以确保万无一失。

这时严岩已经小心翼翼地取出他的驾驶执照,准备在警察靠近时呈递过去。在做这件事时他尽量把动作幅度控制到最小,同时尽量避免显得激烈,以免引起警察的怀疑。他不是基督徒,绝不幻想这个多半是信教的警察会遵循上帝的教诲让他打过左脸又打右脸,反而是担心这个警察会听从上帝许多别的教诲,企图让他成为祭献给上帝的羔羊,就像亚伯拉罕打算对自己亲生儿子所做的那样。他也不指望在他命系一线时上帝会大发慈悲出手相救,因为既然全能的上帝在自己的无数忠实信徒死于非命时都无动于衷,当然也不会对他这个非信徒额外施恩。

警察在离他一步远、稍稍偏后的侧面停下脚步,那个地方对警察而言无论进攻还是防御都是最佳位置。

"嘿!"警察用温和平静的语气打了声招呼,显得很有礼貌。

然而严岩心里明白,只要他稍有不慎,就极有可能风云突变。他一面把他的驾照递给警察,一面真诚地表示他的歉意:"对不起,我开得太快了。"

"没关系。"警察说,同时接过严岩的驾照,看过一眼后继续说:"有人打电话说你在他公寓的停车场上逗留了一个晚上,你能告诉我是什么原因吗?"

原来警察要他停车并不是由于他超速,而是由于有人怀疑他图谋不轨。

严岩感到十分困窘。他不好意思地笑了一下,说:"因为我的女朋友和一个男人在街道对面的楼房里,她一直没有出来,所以我在那儿守了一夜。"

年轻警察的眼里掠过了一丝不易察觉的笑意。他沉吟了几秒钟,然后很干脆地说:"好吧,我相信你。你可以走了。"随即大步返回警车,调转车头扬长而去。

在刑事案件、民事纠纷层出不穷的美国,小小的桃色事件对这个警察来说早已司空见惯,不足为奇,而且他一定感受到了严岩态度的诚恳,因而相信严岩讲的是实话,何况严岩并没有触犯法律,更没有犯罪前科。至于超速行车,本来就不是他要求严岩停车的原因,而不予追究,则大概是因为他对严岩的遭遇感到同情,所以网开一面。

"祸不单行。不过还算好,碰到一个做事爽快又讲道理的警察。"严岩松了一口气。他知道,如果碰到个优柔寡断并且疑心重重的警察,说不定会把他扣上手铐押到警局进行详细盘查,那他的麻烦就大了。他有种逃过一劫的感觉。

他总算回到宿舍半睡半醒的休息了一阵。由于从来不打听萨琳娜的班次安排,所以他直到午餐时没见到她才知道她这天不上午班。不过晚餐时她来了,看见他时对他嫣然一笑,什么都没有说,整个晚班期间也看不出她的情绪较之平时有何不同。晚班结束时萨琳娜依旧比严岩走得早,因为严岩每次都要等厨房所有的人都搞好清洁、吃过晚饭,确定一切无误后才能离开。

当严岩用钥匙开启萨琳娜的门锁时,萨琳娜像往常一样立刻走了过来,门一开就热情地拥抱着他亲吻。这种拥抱和亲吻以前总是使他感到非常甜蜜,可是这一次他没有那种感觉。

萨琳娜察觉到严岩的冷淡和不快,当即用十分温柔的语气轻轻地问:"哦,宝贝,什么事情不对了吗?”

严岩向前走了两步,把门关上,但是没有再向前走,一面朝 LEE 的卧室看了一眼。门是开着的,说明 LEE 外出未归。他要现在就把事情弄清楚。为此他已经等待了一天一夜。

“昨天晚上你去哪儿了?”他问萨琳娜,同时尽量让他的神态和语调显得平和。

“哦,我正要告诉你呢,我跟小刚在一起。”萨琳娜说,“昨天下午他打电话给我,说当天是他的二十一岁生日,想请我帮他庆贺。我本来不想去,可是他说他找不到别的人,又说二十一岁生日对他很重要。你知道的,在美国一个人必须满二十一周岁才能进酒吧、买含酒精的饮料,才算真正成年。——所以他很希望能有人为他庆贺。你知道我,我没法拒绝这种请求,就答应了。最初我以为在你下班时我能回来,可是到了晚上,他又说他从来没有进过酒吧,总算等到二十一岁可以进去了,所以一定要去一下,要我跟他一起去,我也就去了。喝起酒来时间过得很快,我都不知道已经那么晚了。”

“那你也应该回来呀。你不回来,我就出去找你,看见你们在外卖窗口买食物,买了以后就到我估计是他的住处去了,那是怎么回事?”严岩说。

“他喝醉了,”萨琳娜说,“但不是醉得很厉害,还能说话走路,我都不知道他已经醉了。他说想去另外一个酒吧,我就陪他去。我开我的车,他开他的车,可是他喝得太多,没法把他的车保持在一条直线上,歪来歪去,被警察抓住了。警察测量他身上的酒精含量,含量超出正常范围。他们给他开了罚单,说他不能开车了,把他的车也拖走了,还要他过几天去见法官,说不定还会坐牢。他非常沮丧。原本是高高兴兴地过生日,没想到惹出大麻烦,我只能安慰他。这时我们两个都饿了,就去买食品,然后我送他回去。到那儿以后他说他心情不好,要我陪他一会儿,等吃完东西再走。吃完东西他又说他感觉清醒些了,希望我能等他个把小时,他去卧室睡一下,然后坐我的车去把他的车取出来。我能怎么办呢?我必须帮助他,所以就答应了。他进卧室睡觉,我坐在客厅沙发上等,过了不知道多久,他一直没有出来,我又不方便到他卧室里去叫他。后来我实在是太困了,想在沙发上稍微睡一会儿,结果一觉睡到了天亮。”

“你把灯关了。”

“是啊,灯开着我没法睡,我只是想安安心心地睡一会儿。——你怎么知道我关灯了?”

“我什么都看见了。我跟在你的汽车后面,把车停在对面的停车场上,整整一夜都在看着你所在的房间的窗口。”

“真的?”萨琳娜惊讶得叫起来,“你应该进来呀!为什么你不进来呢?我可怜的宝贝,我真的太难过了。”

她抱着他,温柔地亲吻他的脖颈、嘴唇和脸颊。她的眼睛里充满了歉意和怜爱。

严岩心里的冰雪融化了。他相信萨琳娜的每一句话,因为他了解她的为人和她对他的感情,而且她讲的原因合情合理,她在事情整个过程中的所作所为也完全符合她的性情。另外,严岩觉得萨琳娜在叙述时十分坦诚,没有丝毫躲躲闪闪或者遮遮掩掩的地方。他不是个多疑的人,但是有足够的敏锐,决不至于愚钝到连真话假话都分辨不清。萨琳娜没有一个字提到她和小刚之间毫无瓜葛,严岩认为这恰恰说明了她的无辜,因为她根本连那种念头都没有,自然不会想到需要提出来并且为之申辩。

这件使严岩感到既可怕又匪夷所思的事情就这样结束了,没有对他和萨琳娜之间的情感造成任何伤害。只是他不曾想到,知道这件事的还有别的人,而且这个人为他判断的正确性提供了佐证。

几天后的一个晚上,萨琳娜在卫生间里沐浴,严岩在客厅里坐在长沙发上看电视。LEE 推门进来。相互打过招呼后,LEE 在严岩旁边的单人沙发上坐下来,眼睛里含着点神秘的微笑,说:“严先生,每样事情都好吗?”

严岩立刻感觉到 LEE 的弦外之音,回答说:“是的,每样事情都好。为什么你要问?是有什么话想说吗?”

“小刚看见你啦!”历来心直口快、对严岩尤其如此的 LEE 一点也不拐弯抹角。

“是吗?”严岩感到有些意外,“他怎么会看见我?”

LEE 笑着说:“那天晚上他从萨琳娜的车上下来的时候,注意到你的车开得很慢,他觉得奇怪,不过当时他还不知道是你的车。第二天早晨他向窗户外面看,看见你坐在车里,正对着他的住处,才知道那是你的车。他把这件事讲给我听——你知道,他对我就像对姐姐一样,他知道但是并不介意我和齐先生的交往,因为他讨厌他母亲,同情他父亲——问我为什么你跟踪他,并且在他窗外守了一夜。我说你把他的女朋友弄到你的房间里,他当然要盯着你。他说他不知道萨琳娜是你的女朋友,还说他喜欢萨琳娜,想追求她,所以借过生日请她出去。我对他说,不要想入非非,萨琳娜不可能跟你好。他说他也知道希望渺茫,只是想试试,以后肯定不会再想。另外他说那是他的一厢情愿,萨琳娜完全不知情,他们之间从来没有发生过任何事。我说这些你听见了吗,严先生?”

这时萨琳娜身着薄衫从卫生间里走了出来。两个姑娘互致问候。随后 LEE 说:“萨琳娜,你看上去真漂亮。”

“谢谢你。”萨琳娜笑着说。

她的金发稍微有点乱、有点潮湿,脸上的绯红比平时更加鲜艳。她的深邃的灰蓝色眼睛里流动着柔美的光彩。严岩忍不住说:“宝贝,到这儿来,让我亲一下。”

由于 LEE 也在场,萨琳娜感到有些羞涩,但是她没有迟疑,步态轻盈地走到严岩面前,俯下身来,给了他一个香喷喷的吻。

四十

美国的华人新移民常常渴望拥有自己的生意，因为他们中的大多数人没有美国高等教育文凭，英语又不好，只能从事最底层的工作，尽管又苦又累，还是难以养家糊口，即便来美国前是工程师、教师、医生之类受过良好教育的人也一样，而哪怕是最底层的工作也多半只能在处于美国社会边缘的华人圈子里寻找，像是城市收集垃圾这样的职业，在美国基本上被教育程度不高的黑人和白人垄断，华人极难渗入，这里面既有语言的因素，也有种族的缘故。总之在美国主流社会及普通美国人眼里，美国的华人，包括在美国出生、讲得一口流利英语、一句中国话也不会、以美国人自居并且爱美国超过爱其他所有国家的"香蕉"们，都不是真正的美国人。在他们心目中，美国人依地位高低的排序是：白人、黑人、拉丁裔人，至于包括中国人在内的亚裔，则是外来户，并不是美国大家庭中的一员。

华人在美国通常自成体系，与美国主流社会泾渭分明，这一方面是由于华人观念、传统、习俗的独特，另一方面是由于美国主流社会对华人的歧视和排斥。不仅华人，韩国人、日本人等等也是如此。事实上，白人、黑人、拉丁裔人之间同样壁垒分明，但是他们相互接受的程度远高于他们对亚裔的接受程度。

一些中国香港、台湾和东南亚的华人是带着满荷包的黄金美钞来美国的，他们一到美国就开旅馆，开餐厅，开商店，开修车行，开加油站，或者投资房地产和其他生意，过着以钱赚钱的逍遥日子。可是像严岩这样从中国大陆来的人就没那么幸运，他们身无分文、一贫如洗，必须千方百计寻找工作，干着最苦的活，拿着最低的薪水，忍受着老板的白眼和一些爬得高了点的人的训斥，同时省吃俭用，一点一点地积攒用血汗和悲愤换来的钱，期待将来能有出头之日。

做生意除了需要相应的资金，就是要选择自己熟悉的、认为有把握的行业。较之其他国家来的人，美国的华人移民有个得天独厚的优势，便是美国各地林立着不计其数的中餐馆，千百年来饱受磨难的中国人又好歹都会些切菜炒菜之类的厨艺，并且具有吃苦耐劳的精神，所以哪怕是一个英语字母都不认识，也能在随处可见的中餐馆里找碗饭吃。于是成千上万的华人移民在别无他途的情形下，把到中餐馆打工作为他们谋生的首选，打算自己做生意时，最先想到的也是开家中餐馆。

然而开中餐馆并不意味着赚钱，正如齐先生所言，不是门一开客人就会哗哗地进来。大部分中餐馆开张后都维持不了几天，幸存的中餐馆，真正能做到生意兴隆、财源广进的只是少数，多数是勉强支撑，老板拿到手的钱与替人打工的薪水相差无几，甚至可能更少，而且还要为里里外外各种事情操劳，以及为生意的委靡不振忧烦。他们之所以仍在坚持，要么是还没有遇到出价合理的买主，要么是宁愿赚取点聊以为生的小钱，也不愿放弃自己的地盘，转而为别人打工，被别人颐指气使。美国政府部门的数据显示，包括中餐馆在内的所有小生意成功率很低。所以当人们把辛辛苦苦积攒起来的血汗钱投进波诡云谲、危机四伏又变幻莫测的商场时，是在用自己过去和未来不知道多少年的生命进行一次败多胜少的豪赌，许多人因此在一夜之间血本无归，并且留下深重的、永远无法痊愈的心理创伤，甚至导致情人反目、家庭破碎。不过即便如此，仍然有不少人心怀改变命运的期盼，义无反顾地前仆后继，希望自己能在激烈而且残酷的竞争中成为胜利者。严岩就是这些人中的一员。

从到美国的第二年开始，严岩就意识到寄人篱下的打工生涯难以使他摆脱贫困，一直在想哪天能有自己的中餐馆。这时慢慢有了些积蓄，虽然并不多，但是离能开一家普通中餐馆所需资金相差不大，于是便开始更加认真地思考自己做生意的打算。本来他在人手方面存在问题，因为若是开的话，他一个人没有办法里外兼顾，现在有了萨琳娜，如果她愿意打理前台，问题自然迎刃而解。当然，他希望萨琳娜不是只帮他的忙，而是跟他合伙一起做生意，风险共担，利益共享，只是不知道萨琳娜是否有兴趣和决心，因为抛开风险不谈，仅仅是打理前台就是件很辛苦的事情，不但方方面面都要操劳，而且每天都要工作很长时间，这对惯于吃苦的中国人来说完全是理所当然的事情，然而对生活潇洒、注重休闲的美国人来说则是种难以忍受的折磨。

萨琳娜从未打算开中餐馆或者做任何生意。她是个单纯质朴的姑娘，没有所谓的雄心野心，只想安安静静地过日子。现在的生活在她看来已经非常美好。对于未来，她有时希望自己成为一个护士，不过大多数时候她不想那些，只是十分满足地享受目前的时光。

这天严岩对她谈起开中餐馆的打算，问她愿不愿意跟他合作，她想都没想就同意了。她当然同意，因为那是严岩想做的事情，不管什么事，只要他想做，她都会同意。为什么不呢？她爱他并且信赖他。不过她一点积蓄也没有。严岩说没有关系，只要她能帮他照管前台就行。

餐馆必须开在好的位置才有成功的可能。阿巴克基的好地段都被人占了先机，严岩又不想跟齐先生打擂台，所以不考虑本地。旧金山是严岩最喜欢的城市，但是旧金山市区面积狭小，中餐馆早就一家紧连一家，几乎到了无缝插针的地步，令人望之却步。美国东部、北部和不少地区的城市，无论大小，严岩都没有去过，想起来便有种茫然的感觉，也就不认为应该前去冒险。而加州的洛杉矶似乎是个诱人的地方。洛杉矶地域广大，华人众多，总使人觉得蕴藏着无限商机，虽然他们都没有去过，但是严岩在同属加州的旧金山生活过一年，所以至少在他看来，洛杉矶并不那么遥远和陌生。于是两人决定在适当的时候开车前往洛杉矶，一面看看是不是有开中餐馆的机会，一面顺便游览沿途风光。

时间来到 1985 年初夏，天气不冷不热，正是出行的好季节。严岩利用一年一度的七天休假，萨琳娜请假一周，两人开始实行他们的计划。

这天早上，他们乘坐严岩的雷鸟轿车从萨琳娜的住处出发，几分钟后转入 40 号州际高速公路向西行进。40 号高速公路的最西端在俯视太平洋的洛杉矶郊外与南北方向的 15 号州际高速公路相交，最东端位于北卡罗来纳州濒临大西洋的威明顿，连接美国东西两岸，是美国南方最重要的陆上通道。洛杉矶距离阿巴克基约 800 英里，也就是差不多 1 300 公里，除非日夜兼程，否则一天之内不可能到达，所以他们打算在路上花费两天时间。

这时阳光明媚，蓝天澄澈，几朵白云悠然自得。离开阿巴克基后宽阔的高速公路上车辆稀少，使他们感到无拘无束、自由自在，加上一身轻松，他们心情的舒畅无可形容。

起初他们穿越一片平原，公路两侧的房舍、田园、农业机械不断向后退却，慢慢地进入了山区，道路变得起伏迤逦，幽深的峡谷、高耸的群峰、苍翠的密林相继映入他们的眼帘。亿万年来，这些大自然的奇景默默地绝世而立，即便在今天，它们依然远离尘埃，静谧空寂，使严岩在赏心悦目的同时，有几分慨叹和怅惘。

路边有时能看见小镇、加油站、汽车旅馆和各种店铺。美国交通部门认为，一个人开车时间达到两小时，就会感到疲倦，应该稍事休息后再继续前进，因而美国高速公路每隔一段距离会在路边有一个休息场所，里面有停车场、厕所和椅凳，以及附近一带的地图，并在地图上标明该处所在的位置。不过大多数人到休息场所只是为了去那个有点气味的房间，要是错过了，当然还可以到途中的店铺方便，不过若遇到大片荒凉的区域——这种区域在美国很多，不是像在中国内地那样随处有人——极可能很久不见人烟，这时如果身体相关部位的肌肉忍无可忍，就难免让人陷入尴尬的境地。

两小时后汽车驶离新墨西哥，来到亚利桑那州境内，这时周围的土地显得有些干涸；渐渐地又进入了山区，景色再度让他们感到美不胜收。午后不久他们抵达弗来格斯达福，一个群山环抱、风光旖旎、人口不足五万的小城，但这已经是前往洛杉矶途中 40 号高速公路上最大的城市。从这儿沿 17 号高速公路南下，大约两小时可以直达亚利桑那州首府凤凰城；沿 180 号高速公路北上，一个多小时可以到达举世闻名的大峡谷。

亚利桑那是美国西南一个与墨西哥接壤的州，它的北部位于横跨科罗拉多、新墨西哥、犹他和亚利桑那四州的科罗拉多高原，其余部分为山岭和盆地，境内有大片沙漠，不少地区气候干燥，夏季异常炎热。首府凤凰城的年平均温度位居美国主要城市首位。这些因素使很多美国人在年老体弱时从北方迁徙到亚利桑那，以躲避原居住地的阴湿寒冷。

大峡谷是发源于落基山脉的科罗拉多河用亿万年时间在科罗拉多高原上侵蚀冲刷而切割成的一道巨大裂缝。它大体呈东西方向，蜿蜒曲折，极不规则，长为 300 多公里，深度超过 1 公里，顶端南北相距 6 到 30 公里，谷底宽度不足 1 公里，最窄处仅为 100 多米。其剖面从上往下形成 V 字形，两侧崖壁高度不同，南部边缘比北部边缘低数百米。科罗拉多河水在谷底回旋流淌。

根据美国媒体报道，大峡谷中野生动植物资源十分丰富，但是最令人拍案称奇的是它宏伟壮丽、气象万千的景致。人们描述大峡谷里遍布奇峰怪石，而且由于岩石成分和性质的差异，陡峭的崖壁会在阳光下呈现诸如鲜红、黝黑、铁灰、深褐之类五彩斑斓的颜色，让人眼花缭乱、为之赞叹。不仅如此，这些色彩还会随阴晴和光照的不同而变幻莫测,像是天气阴沉时,山谷中仿佛紫雾弥漫;日出日落,阳光斜照时,巨大的石壁会展现出灿烂的橘红色。有个美国总统赞颂大峡谷的雄伟和美丽"无可形容,不可比拟"。另一个美国总统称大峡谷是"上帝的杰作"。美国的统计数字显示,每年有数百万人慕名前往大峡谷观赏其独步天下的风光。

这么不同凡响的名胜,又离得这么近,严岩和萨琳娜自然不愿错过。他们在40号高速公路旁一家名为"乳品女王"的快餐店吃过午餐后,立刻驱车北上,似乎并没有耗费太多时间就到达了大峡谷南侧的悬崖边。

眼前的景象使他们感到静穆空旷。极目远眺,可以看见大峡谷北侧起伏割裂的高原,不远处则可以看见峡谷中的一些岩壁,不过由于峡谷上宽下窄,有不少突兀的斜坡和零碎的石阶阻挡视线,所以他们完全看不见谷底,也就完全感受不到峡谷的深邃,而且由于峡谷的曲折,使他们只能看见附近的一部分,从而无法认识到它的漫长。至于大峡谷的宽度,借助有关部门在悬崖边玻璃框里张贴的山川形势图上注明的峡谷北侧的位置,对照实物,可以了解到南北两侧的确相距甚远,中间一片看起来有些空的地方的下面显然是峡谷,但是除了接近谷顶的一小截外,什么都看不见。

严岩想起他在中国曾经见过的一些纵横交错的深沟大壑,觉得闻名遐迩的大峡谷似乎也不过如此,心里有些失望。

"没有那么神奇。"他对萨琳娜说,"没有我想象的那么好。"

"是啊,没有多少可看的。"萨琳娜也有同感。

这时旁边一个美国人说,大概要坐小飞机,沿崖壁飞行,才能真正领略大峡谷的壮美雄奇。他说他看过航拍的有关大峡谷的影片,里面展示的景色足以表明对大峡谷的所有赞美都绝非过誉之辞。

另外一个美国人对这种说法表示同意。他说他坐过那种小飞机,无论从高空鸟瞰,还是在峡谷两壁间观赏,大峡谷的美景都令他印象深刻。不过他强调他这辈子绝不会再坐那种飞机,因为那种从相距不远的拉斯维加斯出发的旅游小飞机安全系数很低,他搭乘的那架飞机不知是由于气流影响还是机械状况不佳,在空中颠簸得非常剧烈,尤其让他不安的是飞行员显得醉醺醺的,仿佛有点神志不清。望着窗外坚硬的岩壁和幽深的谷底,他一路心惊肉跳,十分担忧随时会掉下去摔得粉身碎骨。他觉得那场经历如同拿生命冒了一次险。

"我不会向任何人推荐坐那种小飞机游览大峡谷。"最后他很认真地说,"也许应该下到谷底徒步旅行,我听说那样做不错,但是需要花费几天时间。"

严岩和萨琳娜在大峡谷呆了约莫半小时,随后开车南下,转上40号高速公路后不久就到路边一家汽车旅馆投宿。这时已是傍晚时分。

第二天一早他们继续向洛杉矶进发,下午到达了洛杉矶近郊。他们决定在进城前找家旅馆过夜,因为城外旅馆的价格相对便宜。

第三天清晨,萨琳娜开车,严岩手持新买的洛杉矶地图辨识方向并且告诉萨琳娜行车路线,两人进入了洛杉矶。从阿巴克基出发以来,他们轮流开车,谁想开多久就开多久,感觉疲倦就换人,但是到了洛杉矶这样交通拥堵路况复杂的大都市,鉴于萨琳娜对路名路标识别得比严岩更快更准，于是由她开车较为妥当。

位于加州南部、濒临太平洋的洛杉矶是美国仅次于纽约的第二人口大城。不过人们口中的洛杉矶并非仅仅是洛杉矶市，而是由包括洛杉矶市在内的一百多个城市组成的大洛杉矶地区，这些城市紧密相连，彼此间看不到任何界线，完全是一个整体。洛杉矶气候温和、干燥少雨、阳光充足，除了有少量丘陵外，整个地区地势平坦，面积广阔，给人向周边无限延伸的感觉。

严岩和萨琳娜先是到了蒙特利公园市、阿罕布拉市、圣盖博市等华人聚居的城市，感到这些地方谈不上十分繁华，倒是已经有了不少中餐馆，想必竞争一定异常激烈。接着他们随意朝洛杉矶的不同方向行进，注意到一些地段有大片的族群社区，其中墨西哥裔社区规模极其庞大，若在这些地方开中餐馆，是成是败，实在不可预料。而且他们意识到，与纽约和旧金山那样人口密集的都市不同，洛杉矶尽管居民人数远超千万，却由于地域广大而使很多地方人烟稀疏，一些地方甚至十分荒凉；在某种意义上，洛杉矶是无数乡镇的巨大组合，被视为都市象征的摩天大楼即使是在洛杉矶市中心也寥寥无几。随着时间的消逝，他们在洛杉矶开中餐馆的兴致和念头也在消逝。

于是从这时开始，旅游成为这次出行的主题。他们决定当天下午前往被称作“地球上最快乐的地方”的迪斯尼乐园。这当然要首先填满肚子。他们人生地不熟，只能凭感觉选择了一家外观看上去还不错的中餐馆，没想到这家餐馆提供牛肉炒米粉，是严岩喜欢的美食，也是在阿巴克基连想都想不到的东西。严岩对萨琳娜说，他打算为自己要一份，但是担心不合她的口味，问她是不是想点别的东西。萨琳娜回答说，严岩要什么，她也要什么。

“我想尝试一下。”她说：“如果你喜欢，说不定我也会喜欢。”

结果她真的喜欢，还说味道很特别，以前从来没有吃过这种食物。严岩告诉她中国有很多好吃的东西，其中很多他自己也没有吃过，看到有关报道就会忍不住去想象它们的美味。

饭后他们来到位于洛杉矶东南方向安纳海姆市的迪斯尼乐园。它是世界上第一座迪斯尼乐园，1955 年开业，迄今正好三十年。

迪斯尼乐园是才华横溢的华特·迪斯尼创办的现实版童话世界，充满梦幻般的奇思异想，是融合了超乎寻常的创意和传统工艺、现代科技的璀璨结晶。这里各类栩栩如生的卡通形象和种种或者使人沉静安恬，或者使人兴奋激动的娱乐节目，给每个游客带来莫大的欢乐和享受。严岩和萨琳娜很幸运，因为这时不是旅游高峰季节，乐园里的人潮远远谈不上接肩摩踵，所以他们十分尽兴地玩遍了所有感兴趣的项目。

下一步他们打算看看声名显赫的好莱坞。这时天色正慢慢暗下来，要去必须等到明天。他们驱车在 5 号高速公路上斜穿洛杉矶，在偏西北方向的好莱坞一家有着二十世纪早期风情的旅馆过了一夜。

好莱坞最初是洛杉矶近郊一个“尘土飞扬的小镇”，后来成为洛杉矶市的一部分。由于早年电影制作公司云集,好莱坞成为美国电影业的中心,不过随着数十年来大多数著名电影公司接二连三外迁,好莱坞日渐衰落,风光不再,蜕变成一个充斥着毒贩、乞丐、游民、妓女和罪恶的区域。人们耳熟能详的日落大道、星光大道、中国戏院之类的名胜和环球、哥伦比亚、华纳兄弟、派拉蒙等当年铸就好莱坞辉煌的影片公司,大多与今天的好莱坞没有关系。好莱坞在今天更多的只是美国影视娱乐业的一个象征。

至于好莱坞后山上"HOLLYWOOD"几个白色大字母,起先是1923年房地产商为推销当地的新建住宅而设置的广告牌,原本后面还有"LAND"四个字母;树立之后便无人过问,渐渐荒废,直到1949年才由好莱坞商会出面把"LAND"拆除,将其他字母修复,成为后来人们看到的样子。现在它是好莱坞最为醒目的地标。

早上他们乘车离开旅馆,在好莱坞的大小街道上兜了一阵,看到沿途房屋陈旧黯淡,市面冷冷清清。他们这时并不知道好莱坞早已衰败,因而感到非常意外和失望,无法相信这就是大名鼎鼎、星光灿烂的好莱坞。随后他们转进101号高速公路向西北方向行驶,不久来到门前矗立着巨大地球仪的环球影城。

他们在里面参观了一些著名影片的拍摄现场,领悟到原来银幕上那么庄严的大厦其实大多不过是用廉价木板拼成的单薄的外墙,电影里挥金如土的大富翁的豪华客厅也许连天花板都没有。他们还观看了专门为游客安排的精彩演出,体验了地震、火灾、桥梁坍塌和大白鲨突然跃出水面、向他们露出刀锋般利齿之类有惊无险的场面。影城里有几座规模宏大、外形像工厂车间的建筑,他们推测里边是摄制影视作品的地方。在一处地势很高的室外台阶上,他们停下脚步,眺望影城外远方绵延的丘陵和阳光下绿树环绕的楼房。

迪斯尼乐园和环球影城被很多人认为是洛杉矶最负盛名、最不应错过的两大旅游胜地,在亲身体验之后,严岩和萨琳娜感到二者各有千秋,其中迪斯尼乐园似乎更适合于比较年轻的人,而环球影城则似乎更适合于比较成熟的人。当然,若是有人既年轻又成熟,或者十分成熟但依然身心年轻,那自然是无所不适。

离开环球影城后,他们驱车沿着一条滨海大道向南行驶。这时阳光和煦,浮云逍遥,道路蜿蜒起伏。他们的左边伸展着连绵不绝、林木遮掩的西班牙式住宅,右边是一望无际碧波荡漾的太平洋。他们感到不可言喻的自由和心旷神怡。

依旧是萨琳娜开车。刚刚越过一个路口,她忽然把车速减下来,看了严岩一眼,说:"宝贝,你想去海洋公园吗?"

严岩说:"想啊,哪里有海洋公园?"

"刚才经过的路口有个广告牌,说在那儿转弯,前面不远就有一个。你想不想去?"

"我想去。你呢?"

"我也想去。让我把车掉头,我们可以现在就去。"

十几分钟后,他们来到一个规模中等的海洋公园。在这个太平洋畔风景如画的公园里,他们除了观赏一些珍奇的海洋生物,还参加了三个活动。前两个分别是欣赏海豹和杀人鲸的表演,都是过去只能在影视上看到的。第三个是在一片绿草如茵的坡地上观看高空跳水,表演者是一男一女两个年轻人,他们将从几十米的高塔上跳进紧贴塔基的水池。本来从高处跳水就是件危险事,但是更让人惊异的是地上的水池仅仅比一张双人床稍大一点。从理论上来讲,除非有意,否则跳落到池外的概率很低,不过任何人凭想象就知道,从几十米的空中向下看,小小的水池几乎只是一个闪光的点,往下跳不仅需要技巧,还需要极佳的胆量和稳定的心理。两个表演者显得神色自若。他们先是微笑着向游客们挥手,随即一前一后向上攀登,到达顶端后俯身再度挥手。这时下面的主持人告诉大家,他们马上就会跳下来。所有人顿时屏息静气,仰头注视塔顶的两个人。年轻男人先跳。只见他一跃而起,在空中做了个 180 度的转体动作,箭一般地落入池中,激得水花四溅。观众立刻报以热烈的掌声和欢呼声。接着年轻女子也表演得同样出色,观众的鼓掌和欢呼更加热烈,还有人大声吹口哨。

他们离开海洋公园时暮色苍茫,落日余晖中的太平洋显得格外绚丽,水天相连处,云霞仿佛在剧烈地燃烧。这是他们在洛杉矶的最后一个晚上,第二天一早,他们将踏上返回阿巴克基的归途。

晚餐后天色已是一片漆黑,他们打算就近找个地方过夜,可是开车转来转去,始终找不到看上去比较廉价的旅馆。这时路边出现一个十分气派的大旅馆,两人商量了几句,决定进去问问价钱。问过之后他们二话没说就走了出来,因为那不是他们情愿用辛辛苦苦挣的钱换一夜住宿的地方。其实美国的旅馆无论收费高低,真正的差别只在于名气、规模、外观和厅堂,除了所谓的套房之类,客人的房间大同小异,而且所有旅馆都称得上舒适干净和设施齐全,所以完全没有必要为一张床付出高昂的费用。

最后他们找到一家平价旅馆。临睡时严岩照例察看地图以选择最佳行车路线,注意到如果他们愿意在返程途中多花点时间,就可以绕道拉斯维加斯,在那儿逗留一个下午和一个晚上,然后再回阿巴克基。他把这个情况告诉萨琳娜,问她想不想去拉斯维加斯。

“我想去。”萨琳娜毫不犹豫地说,显得非常高兴,接着又说:“这真是太好啦,我们可以去看看拉斯维加斯。”

第二天清晨,他们告别洛杉矶,在朝阳的辉映下沿 15 号高速公路向拉斯维加斯进发,沿途大多是浩瀚的戈壁荒原,景象十分苍凉。午后不久,他们来到被美国人称为“沙漠中的绿洲”的拉斯维加斯。

拉斯维加斯是美国内华达州最大城市,它以博彩业起家,以博彩业闻名,是全球位居第一的赌城,也是人们眼中的罪恶之城。这是个用无数金钱堆成的极尽奢华的地方,每天都吸引着源源不断的人潮从世界各地前来寻欢作乐、试试手气。有人说拉斯维加斯是天堂,如果你穷困潦倒,它可以让你一夜暴富,也有人说拉斯维加斯是地狱,如果你腰缠万贯,它可以让你在转眼间变得一贫如洗。

除了博彩业,拉斯维加斯还云集着世界一流的歌舞、杂技和魔术人才,为来宾提供极为精彩的表演，其中有些是在水里和冰上进行。这是拉斯维加斯大亨们的又一敛财手段，同时也是为了招徕更多的赌徒和游客。

拉斯维加斯的魅力使人流连忘返，拉斯维加斯的丑恶使人望之却步，但是对严岩和萨琳娜而言，无论魅力还是丑恶都无关紧要，他们只是出于好奇来这儿看看。各家赌场规模的宏伟、内外装饰和布置的精美豪华，以及赌客们的热情乃至疯狂都使他们感到惊异，不过也就如此而已。他们谁都没有赌博的欲望，只是在一家名为“丽都”的赌场附设剧院购买了当晚的演出票。这种票不定座位，全凭门口的男侍想把来宾带到哪里是哪里。

他们提早进了晚餐，赶在开演前半小时来到剧院门口，没想到里面已经是黑压压地像是座无虚席。他们以为必定是只能坐在最偏远的角落里了，结果竟然被男侍带到正面是主舞台，其余几面是环形伸展台的最佳位置。这原本是要往男侍手里塞一笔丰厚的小费才有可能获得的优待，却因为他们比别人来得都晚，这时只剩下这两个座位还空着，所以让他们拣了便宜。

女侍为他们端来两杯香槟。旁边一个美国男人向他邻座一个褐发女士介绍说，即将登台表演的是来自法国巴黎的著名团体。过了一会儿，大厅里的灯光渐渐黯淡下来，舞台上的深红色天鹅绒帷幕徐徐升起。演出开始了。节目主要是舞蹈，中间穿插杂技、双簧、讲笑话和小丑逗趣。舞者是清一色的妙龄女郎，她们全都舞技精湛、面容姣好，而且个头高挑、身材玲珑，连体形也几乎一模一样；几十个人在热烈的乐曲声中昂首阔步，做出大开大合整齐划一的舞蹈动作，同时每个人脸上都洋溢着欢快的笑容。那种华丽、激情和技艺的完美结合，一次又一次的把观众情绪推向高潮。

严岩和萨琳娜以前从来没有看过这么精彩又别具一格的表演，两人都感到非常享受。演出结束后萨琳娜激动地对严岩说：“宝贝，谢谢你带我来拉斯维加斯。我真的没想过会看到这么好的演出。”

严岩告诉萨琳娜不必谢，说他自己也是第一次看到这么好的演出。走出剧院，在拉斯维加斯清凉的月光和宜人的晚风里，他满怀深情地抱着她亲吻，对她柔声说：“我爱你，宝贝。”

“我也爱你。”萨琳娜的声音仿佛来自遥远的星空。

第二天早晨，他们离开了拉斯维加斯。与夜晚流光溢彩、游人如织的盛况不同，这时的拉斯维加斯极其安静。在距离拉斯维加斯大约半小时车程的胡佛水坝，他们作了短暂停留。

胡佛水坝位于内华达州和亚利桑那州交界处的科罗拉多河上，是美国在二十世纪三十年代建造的举世闻名的水利工程，坝体呈弧形，高度超过 200 米，是当时全世界最大的水坝。游客可以购票进入水坝内部参观，但是严岩和萨琳娜急于赶路，所以只是瞻仰了水坝的雄姿、观赏了水坝上游形成的米德湖一带的波光山色便重新启程。

这是他们出行的第六天，他们将在当天夜里返抵阿巴克基，届时他们会舒舒服服地睡个好觉，以解除旅途中的疲劳。他们的七天休假即将结束，并没有达成他们想找到开中餐馆合适地点的愿望，不过那本来就只是尝试，而不是非完成不可的目标，所以他们一点也不在意。这次旅行使他们得以游览和体验美国西南部的诸多名胜，目睹好莱坞的没落和拉斯维加斯的繁华，观赏难得一见的表演，这些都让他们感到不虚此行。旅途中那些极其美好的时刻为他们的一生留下了刻骨铭心的、使他们永远怀念的记忆。

一个人的生命里能有多少这种记忆呢？！

四十一

阿巴克基四川饭店始终让齐先生感到高枕无忧，后来在达拉斯开的那家中餐馆近来却让齐先生有些烦恼。那家餐馆是齐先生心血的结晶，是他的得意之作，如果说他有什么能拿出来向人炫耀的东西，居于首位的必定是那家餐馆。他给那家餐馆起了个不同凡响的名字，叫做“御膳园”。其实从外观、门厅、过道直至餐厅，就装潢的精美和宫廷般的场景而言，这个名字倒也恰如其分，尽管很多东西并非货真价实，然而在这个世界上如假包换的东西又究竟有多少呢？一些看似庄严公正的司法、客观中立的报道，往往不过是权贵们随意摆弄的玩偶和掩藏其下谋取私利的护符，即使是仿佛势不两立的“黑道”“白道”，也时常有着惊人的相似。关于这些，任何人只需稍加留意便会看得一清二楚。

御膳园由齐老大、齐老二、齐老二的朋友胡先生和胡先生的内兄唐先生各持百分之二十五的股份，但是到头来真正执掌御膳园大权的是唐先生。这是因为在齐家兄弟与胡、唐二人两个阵营的对垒中，齐老大远在千里之外，鞭长莫及，齐老二孤掌难鸣，即便加上欠缺分量的齐老二的妻子也仅有两人，而胡、唐二人加上各自的妻子则有四人，何况餐馆尚未开张便有唐先生的另一个妹妹前来投奔，于是在御膳园里形成了五比二的局面。齐老二自然是识时务者为俊杰，早就拱手让出大权，自己退避三舍，偏安一隅。而在胡、唐二人里，胡先生是一介书生，凡事温文尔雅，若是客客气气的与人交往毫无问题，但要让他管理复杂动荡的餐馆事物就有点强人所难了。所以作为唐家长兄的唐先生众望所归地出任御膳园总经理，同时拿着不菲的薪水。齐老二和胡先生依然保持原有工作，晚上和周末来御膳园转转，算是照料生意，也都有不错的酬劳。三人的妻子都被安排到本来只需要一个人的酒吧负责调酒，而且待遇都很优渥。另外，包括唐先生另一个妹妹在内总计四户人家都有子女在读书之余来做服务生，所获的薪资当然要比在其他地方做相同工作获得的丰厚。这么一来，尽管御膳园从开张那天起就门庭若市，账面上却仅仅是收支平衡，从未赢利。

四个老板中只有齐先生被甩在一边，从头到尾没有一分钱的进账。他怀疑其中有诈，多次当面或是打电话质问老二，得到的回答都是“绝无此事。”他心有不甘，却无可奈何，只能暗自叫苦，认为是替别人做了嫁衣。不过他依然对御膳园情有独钟，因为那毕竟是他的杰作，而且当初正是凭借御膳园才使他得以把齐太太口袋里的钱掏出来供养他的小情人，所以只要御膳园有一点风吹草动，他就免不了牵肠挂肚。

几天前老二打来电话，说是御膳园的大厨要去邻州俄克拉何马自己开餐馆，再过两个星期就会走，所以必须尽快寻找新的大厨。而这么重要的大事，除了齐先生，没有人能够打理。齐先生当即交代老二在当地中文报纸上火速刊登招聘启事，自己第二天就赶到达拉斯，在随后的几天中面试了几个闻讯而来的厨师，觉得都不满意。那些人要么是经验和厨艺不足，要么是不大接受御膳园被齐先生确定的菜式风味，意图另行一套，还有的态度倨傲或者性情阴鸷，让齐先生心中不悦。齐先生斟酌再三，忽然想到应该用自己的子弟兵，他的设想是把小林调来御膳园当大厨，同时提高小林的薪水。他认为从普普通通的阿巴克基前往著名都市达拉斯，收入又增加，小林没有拒绝的理由。

“嗯，这个主意不错。”齐先生对自己灵活机变的应对能力十分满意。

可是等他回到阿巴克基把他的主意对齐太太一讲，当即遭到齐太太的反对。

“不行！小林不能走。”齐太太用不容争辩的语气说。

“那怎么办？御膳园不能没有大厨啊！”齐先生顿时感到走投无路的焦虑。

齐太太却显得气定神闲，说：“别人也可以去嘛，你让小严去，小林不行。”

齐先生惊得眼珠子都鼓了起来：“让小严去？四川饭店怎么办？四川饭店你不要啦？”

齐太太脸上露出嘲讽的神色，目光里满是鄙夷，说：“看你这个熊样，你担什么心哪，好像小严走了四川饭店就会垮似的。其实咱们现在这样的生意少了谁都行。你没看那些客人，菜一端上去，哗啦哗啦的一会儿就吃个精光。你自己也讲过，咱们这就是养猪场。也邪了，不管做什么客人都喜欢。我看谁炒菜都一样，有小严没小严都一样，正好那边要人，你让他去，免得我看见他就烦。”

齐先生沉思了一会儿，说：“你真的想要小严走？”

“这有什么好想的，走得越早越好。”齐太太说。

“这可是你说的。万一哪天生意不好，跟我一点关系都没有。”

“怎么可能会生意不好，你还真以为缺了小严不行啊？我倒不信了。你叫他尽快走。”

“小严走了，你打算让谁做大厨，小林？”

“小林不行，在厨房没威望。我也不要大厨，给银花加点工资，让她在厨房管事，小林和阿龙炒菜，就行了。每个月还能省几百块钱。”

“嗯，这倒也行，咱们口袋里还能多点钱。”齐先生忽然觉得齐太太的点子很精明。

“那就这样。”齐太太说。

“别着急，别着急，让我再想想，好好再想想。这可是件大事。”齐先生不想这么仓促就作决定，而是要深思熟虑，以确保万无一失。

思考再三，齐先生认为齐太太的高见切实可行。是啊，四川饭店的经营已超过三年，始终生意兴隆、客源稳定，小林也算是不错的厨师，阿龙的厨艺又日渐长进，再有银花统领一切，无论是日常工作还是饭菜质量，应该都没什么可担忧的。至于严岩，又不是对他过河拆桥，只不过是要他换个地方，而且由于地区差异，他在御膳园将获得比在四川饭店更高的薪水。另一方面，除了齐太太不喜欢严岩，齐先生自己也感到与严岩渐行渐远，因为两人间的那层朋友关系由于萨琳娜的缘故已经变形。强烈的羡慕和嫉妒使齐先生一想到严岩和萨琳娜在一起就觉得心像在火中炙烤。什么人都行，怎么偏偏是个他熟识的中国人呢？要是严岩不在这里，眼不见心不乱，齐先生会感到舒坦得多。

这时突然有个念头在齐先生脑子里一闪：也许萨琳娜根本就不会跟随严岩去达拉斯！为什么要去呢？抛弃这么稳定的工作和免费的公寓吗？对，她八成不会去！

齐先生自己没有经验，但是时常听人说，美国人的热情来得快去得也快，往往两人头天晚上还如胶似漆，第二天一起床就分道扬镳。他估计，当初萨琳娜看上严岩大多是出于一时冲动，甚至只是出于对神秘东方的好奇。谁知道呢？反正齐先生无法相信一个"洋妞"会真的爱上一个中国人。而且齐先生知道，美国人都很自私，绝不肯牺牲自己的利益去迁就别人，他认为若是权衡利弊，萨琳娜实在没有多少前往一个陌生城市重塑生活的理由。是的，她多半不会去！那么，让严岩离开四川饭店极可能是釜底抽薪，如果真是那样，对齐先生来说就远不止是舒坦得多，而简直是痛快至极了。

"妙！"齐先生兴奋得在心里大叫了一声。

可是怎么才能使严岩同意去御膳园呢？他要是不同意怎么办？不行，绝不能让严岩有丝毫回旋余地，必须想个办法，使他非走不可。这是个十分棘手的难题。齐先生苦苦思索，推翻了一个又一个方案，几乎到了江郎才尽的地步……

不过齐先生毕竟是齐先生。

这天午餐结束后严岩照常在餐厅休息，银花满脸通红地过来告诉他，齐太太要他到门厅去。他来到门厅，看见齐太太独自坐在椅子上，神色依旧是千年不变的傲慢、自负和冷漠。

他问齐太太："齐太太，你找我有事啊？"

"很简单的一件事。"齐太太仿佛一块僵硬的石头，"我就是要告诉你，我这个餐馆不需要大厨，谁炒菜都一样，谁炒菜我的生意都照样好，所以从现在开始你不是大厨，你的工资我也要往下扣，厨房里的事以后不归你管，我让银花来管，你只管做你自己的事情。"

没有任何警示，没有任何客套，也没有任何商量余地，完全是对严岩肆无忌惮的突然袭击。即便是对齐太太的恶劣早有体会，严岩还是没有料到她竟然比他认为的更加恶劣，他当即感到不可容忍的轻蔑和羞辱。

"这分明是赶我走。"他在心里想，"照她说的那样，我是无论如何不能再在这儿呆了。"

"我不干了。"他对齐太太说。

"干不干随你。"齐太太眼睛看着地上，面无表情地说，接着仰起头来起身就走。

愤懑在严岩胸中激荡。他不知道下一步该往哪里去，但是认定非离开这个地方不可。随后他想到齐先生，觉得应该把目前的情况告诉齐先生，看齐先生怎么说。

"小严啊，你看，我早就跟你说过她这个人蛮横霸道，一点道理都不讲。"听了严岩的叙述，齐先生在电话里的声音像平时一样镇定从容，连一丝一毫的惊异也没有，"她这个样子，我也没有办法。不过你先别着急，咱们想想看该怎么办才好。你在哪里？在餐馆是不是？哪儿都别去，我马上过来，咱们见面谈。"

齐先生很快就到了，一如既往的亲切和蔼。

“怎么样，要不要到外面哪家店喝杯咖啡，吃点东西？”齐先生笑容满面地问严岩。

“不用了，刚刚吃过饭。”严岩说。

“好吧，那咱们就在这儿聊。”齐先生十分爽朗地说。

于是两人坐在餐馆门厅的扶手椅上谈起来。严岩没有向齐先生诉苦，但是齐先生讲了很多为严岩抱不平的话，并且把齐太太狠狠谴责了一番。最终齐先生叹了口气，说他对老婆的胡作非为无可奈何。

沉默了一会儿，齐先生忽然说：“小严啊，我倒有个主意。”

“什么主意？”严岩问。

“说实话是个很好的主意，只要你愿意，真的非常好，比留在四川饭店好得多。”齐先生一本正经地说，“你看，正好前两天拉达斯那边打电话来，说御膳园的大厨要走，他们正准备找人，如果你愿意去，我就打电话告诉他们不要找人了，你去那儿做大厨。怎么样，是不是考虑一下去达拉斯？你知道达拉斯那边的薪水比阿巴克基的高，你去的话工资肯定长，而且要是跟达拉斯比，阿巴克基算什么？是不是？我看你在四川饭店现在这个情形，也确实是没法待了。另外啊，在阿巴克基像咱们这种规模的中餐馆没几家，你想就在本地再找合适的工作我估计非常不容易，所以我认为你去达拉斯是最好的选择，也就是换个地方嘛，而且条件比这儿好得多，你觉得怎么样？”

严岩想，去达拉斯的确是条不错的出路，不过也是巧了，这边把他逼入绝境，那边正好有个位子在等他。

齐先生看严岩没有马上回答，以为他有顾虑，认为应该对他作点劝导，于是笑着说：“在考虑啊？舍不得萨琳娜是不是？没有必要嘛，女人哪儿没有！男人肯定是以事业为重啦，有了钱还怕没女人？得州的女孩是有名的漂亮，到那儿再找一个！”

严岩想：“原来他认为萨琳娜不会跟我走。既然这样，还逼我离开这里，真的是一点交情也不讲。”

其实严岩没有顾虑，这时倒是觉得去御膳园远比呆在四川饭店好。为什么要继续看齐太太这个怪物的脸色呢？好山好水多的是，一个发臭的池塘有什么好留恋的！

“行，那我就去达拉斯。”他对齐先生说。

“想好啦？真准备去？”齐先生有点不放心。

“真准备去。”

“会不会有什么问题？”

“没有问题。”

“肯定去？”

“肯定去。”

“好！那咱们就说定了，你去御膳园。”齐先生很兴奋，“我马上通知他们，说你决定去。做完今天你就不用上班了，回去收拾东西，能在一周之内到御膳园报到就行。这期间工资照发，一分钱也不少，而且我保证你到那边后工资会长。你看，这多好，比待在这儿好得多。”

这时严岩想到应该把他在四川饭店的股份卖给齐先生，否则等他一走，以后是赔是赚就只能听凭齐先生夫妇胡诌乱编了。听了严岩的要求，齐先生倒没有为难他，同意按原价收购他的股份。

“你在我这儿做真的是值了。”齐先生对严岩说，“分了几年的红，到头来当初投的钱还一分不少全部拿回去，天底下上哪儿找这么好的事！”

当晚萨琳娜也上班，严岩要她工作结束后先别回家，说有事情要对她讲。等到其余人全都走了，他们在餐馆停车场严岩的汽车里进行了一段对话。

“宝贝，有件事我要告诉你。”严岩说，“我辞职了。”

萨琳娜连头也没有转过来，只是望着窗外的夜空平静地说：“好啊。”

“你真的相信我辞职了？”萨琳娜的淡然使严岩感到意外。

“是啊，我相信，因为你讲得很认真。”萨琳娜依然平静。这一方面是因为身为美国人，她习惯于尊重别人的抉择，另一方面是因为她信赖严岩，知道他绝不会无故辞职，而是必定有不得已的苦衷。当然，还有一个原因，那便是她温存坦荡的性情。事实上从他们建立亲密关系以来，她一直对严岩十分柔顺，她对他的爱情、钦佩和依赖与日俱增，他作任何决定她都会依从。

“齐先生要我去达拉斯的御膳园做大厨，我已经同意了，过几天就动身。你打算跟我一起去吗？我是说去达拉斯，不是说去御膳园，那儿恐怕不会有你的位置。”严岩说。

“当然，不管你去哪里我都跟你去。”萨琳娜说。

“为什么？”尽管对萨琳娜的回答一点都不感到意外，严岩还是问了一句。

“因为我爱你。宝贝，你知道我爱你。”萨琳娜说，一面转过头来含情脉脉地凝视着严岩。

“谢谢你，宝贝。我爱你。”严岩看着萨琳娜深邃美丽的眼睛说。

“我也爱你。”萨琳娜说。

他们相互侧过身体，在夏夜皎洁的月光下拥抱在一起。

差不多同一时刻，在齐先生家的客厅里夫妻两人也有一段对话。

“我告诉你，小严已经同意去御膳园了。怎么样，我这出戏编导得不错吧？要不怎么说马王爷有三只眼！”齐先生得意洋洋地对齐太太说。

“少在我面前卖弄！你不就知道玩点阴谋诡计吗？还有什么本事？不还是得靠我出来做恶人。”齐太太斜了齐先生一眼，鼻子里还哼了一声。

“你那是本色演员，不用演，本来就是。我不一样，是要动脑筋的。你看我略施小计……”

“放屁！”齐先生本想炫耀，可是话没说完就被齐太太打断了，“还说我是本色演员，我就那么无能啊？我要是不凶狠，谁会听我的？帮了你的忙，还要被你数落，我撕烂你的狗嘴！”

“好好好，不说那些了。”齐先生连忙赔笑脸，“不过这下子小严可是真走了，往后我看你得多操点心，不然生意掉下来就惨了。”

“又放屁了!”齐太太感到受了侮辱,脸色变得铁青,“跟你讲了生意好跟他一点关系都没有。你把我看作什么?连猪都不如是不是?我告诉你,就咱们现在这种生意,是个猪都做不垮!”

“行,行。那就好,那就好。咱们不说了。”齐先生赶紧偃旗息鼓。

第二天萨琳娜打电话辞了职,和严岩一起整理两人的物品。在接下来的两天里,除了继续整理物品,他们预订了“友好”公司的闷罐拖车,付款让修车行在相对而言更为结实的萨琳娜的汽车尾部安装了连接拖车的装置,同时由于跨州长途行驶的需要,还让修车行给她老旧的汽车作了全面检修。住宅是齐先生提供的,LEE 将继续住在里面,因而不存在退租的问题。

临行前一天下午,乘着午餐和晚餐当中的间隙,严岩抽空到四川饭店厨房向他的同事们告别。见面时气氛有些凝重。林先生说了些嘱咐的话。小林说了些客气话。老黑还是咧着嘴笑不说话。胖子一再说严岩是好人,又说走了最好,到哪儿都比在齐太太手下打工好。阿龙压抑着情绪,很郑重的和严岩握手,祝他一路顺风,并且说没想到他这么快就会走,本以为能一直跟着他干。银花最难过,眼睛泛红,说大家在一起多么好啊,一下子几年过去了,说着泪水止不住地往下流,又赶紧用手抹去,让自己露出笑容,说:“真的要走了,以后不知道还能不能再见面。”

这时是 1985 年 8 月初,严岩在四川饭店打工超过三年。

辞职后的第四天清晨,严岩和萨琳娜到“友好”公司把拖车挂在萨琳娜的汽车后面,回到住处往里装他们的物品。拖车不大,又是封闭式的,所以尽管他们的物品并不多,但要全部装进去依然很不容易,需要仔细筹划,小心安放,同时见缝插针。他们干得不错,没有返工,装完时看上去正正好好。现在只待启程了。

这时 LEE 也在家。严岩为她始终如一的友谊向她致谢,请她照顾好自己。萨琳娜也向 LEE 表达了相似的意思。LEE 对严岩和萨琳娜说了些祝福的话。两个姑娘友好地拥抱。大家挥手告别。

他们开始向达拉斯进发。严岩要萨琳娜开他的“雷鸟”,他自己开萨琳娜的汽车,两辆车连同萨琳娜汽车后的拖车相继转入 40 号高速公路向东行驶。渐渐的,阿巴克基,这座使他们邂逅、在他们生命中留下深刻印记的城市离他们越来越远。阳光下的圣地亚山一如既往的雄伟庄严。严岩在心里默默地说:“再见了,阿巴克基。再见了,圣地亚山。”

下午一点多他们抵达阿马里诺。这是得克萨斯州西北角一座有十几万人的著名城市。他们在这儿的一家中餐馆吃了午饭,随后开车在主要商业区浏览了一番,认为这里是个可以考虑开餐馆的地方。

黄昏时他们来到位于 287 号高速公路上、距离达拉斯有 100 多英里的维其塔弗尔,决定停下来找家汽车旅馆投宿,第二天早上再前往达拉斯。当晚他们驾驶“雷鸟”在维其塔弗尔转了几圈,感到这个城市人口稀少、布局分散,不适合他们开餐馆。

他们在次日上午进入了达拉斯。人们所说的达拉斯通常是指达拉斯大都会区,又被称作达拉斯—福沃斯地区。他们所在的东西向穿越达拉斯的 30 号州际高速公路上车潮汹涌，道路两侧的高楼大厦鳞次栉比，这种景象强烈地冲击着他们的视觉，使他们感受到达拉斯异常旺盛的气势，也使他们十分振奋。

这时他们的第一要务是寻找合适的住处。也真是机缘巧合，就在与御膳园所在购物中心隔30号高速公路相望的地方便有几处绿树遮掩、环境幽雅的公寓，他们在其中一处租到了让他们非常满意的一套单卧室住宅，并且可以立刻入住。这套住宅位于二楼，有落地窗和凉台，楼前是本楼居民专用的停车场，再过去一些是围墙，墙外隔着一大片空地是30号高速公路。他们能透过落地窗看见宽阔的天空、土地和川流不息的车辆，同时室内十分安静。

公寓占地广大，里面分布着几十幢式样别致的住房，中间道路纵横。每几幢住房附近有一个游泳池，严岩和萨琳娜下楼后走十几步就有一个，后来他们去游过几次。当天晚上，他们先把拖车交还给“友好”公司，然后到“T. G. I 星期五”餐馆享用西餐，并且喝了点酒，最后回到他们的新居一觉睡到天亮。

第二天是严岩辞职以来的第六天，他们出门购置了简单但是舒适的沙发和一张买后需要自己装配才能成型的咖啡桌，以及几把放在吧台边的高脚椅。萨琳娜用她的画作和其他艺术品对各个房间进行了只有心思灵巧的女性才能作出的布置和点缀，使温馨的、洋溢着生活情趣的气息顿时充满了整套住宅。晚上他们一起坐在沙发上观看刚刚租来的由录像机播放的电影。临睡时严岩对萨琳娜说，他一路开她的汽车，感觉不错，准备以后仍然开她的车，“雷鸟”从此由她来开。萨琳娜甜蜜地笑着，多少有点羞涩地接受了严岩的好意。

所有事项都在严格按照日程安排进行。翌日上午，严岩吻别萨琳娜，前往御膳园报到。富丽堂皇的门面和金碧辉煌的内景使他叹为观止。他见到的第一个人是唐先生，一个十分豪爽的中年人。后来他听说唐先生的故乡在中国大陆，年轻时曾经在美国军校留学，不过早已抛弃被灌输的幻想，移民美国前在台湾一家国际公司任职。随后他见到齐老二、胡先生和几个太太，他们都显得既高兴又热情，表示非常欢迎他来。这倒不是客套，而是因为他们早就从齐先生那里听说了他的才干，他的到来使他们悬了十几天的心终于放了下来。

接着唐先生带他到厨房跟第二天就要离职的现任大厨姚师傅和其他员工相识。御膳园的厨房比四川饭店的厨房宽敞，设施分布更加合理，而且新得多，不像四川饭店当初买的全是旧货。他看了心里很喜欢。另外，尽管人和环境都需要重新熟悉，他却有种轻松自在的感觉，因为他从此摆脱了那个不可理喻的齐太太的沉重阴影。

他对唐先生说：“唐先生，那我现在就去干活了。”边说边准备从唐先生身边走开。

唐先生连忙伸手拦住他，说：“不急，不急。小严，跟我到前面去一下。”

到了餐厅，唐先生问：“小严，真的今天就打算上班了？”

严岩说：“是啊，说好的今天报到嘛，那当然是要上班了。”

唐先生很爽气地说：“需不需要再休息一天？明天再上班也不迟。”

“不需要，”严岩说，“今天就是来上班的。”

唐先生说了个“行”字，随即告诉严岩，他的月薪会比在四川饭店时多两百美元，他搬家的这些天都按工作日计算,同时御膳园将支付他四百美元作为迁徙费。迁徙费?严岩没想到会获得这笔费用,不过也没想到要拒绝这笔费用。最重要的是,他感受到御膳园几个股东对他的器重和循章办事的作风。如果要说“第一印象”,那么他对御膳园的第一印象至少可以算得上是良好。

四十二

在达拉斯御膳园的两年是严岩在美国打工生涯中最愉快的时期。齐老二每次来餐馆只是转转就走,并且不大常来,来了也不多讲话,似乎是局外人。胡先生晚上经常在餐馆,但是像个旁观者,既不管事,也不做事。生意全靠唐先生兄妹和唐太太操持打理,御膳园仿佛是唐家的餐馆。唐家几个人彼此相处和睦,对员工又友善,所以整个餐馆充溢着温暖的气氛,而且他们都喜爱烹调,常常不是这个就是那个做些蒸饺、烧卖之类的点心请大家品尝,让员工们有其乐融融的感觉。

萨琳娜始终没有找到合意的工作。她还是想做她熟悉的服务生,但是前后工作的几家美国餐馆生意都很清淡,她一面是小费微薄,一面又工作时间不足,使她深感烦恼。严岩时常安慰她,说赚多赚少都没有关系。

他们之间的爱情从未被时间的流水冲淡,而是日渐浓郁。每天上午分手时他们都紧紧拥抱着吻别。晚上严岩下班回来,只要萨琳娜在家,她就必定会在钥匙响动的那一刻快步赶过来把门打开,随即扑进他的怀里。如果萨琳娜仍在上班,严岩就前往她工作的餐馆,在门厅里静静地等她。

达拉斯的很多地方都留下了他们的身影和足迹。在达拉斯摩天大楼林立的市中心,他们登上顶部托举着巨大球型建筑的高塔,坐在典雅的旋转餐厅里一面饮酒,一面俯视窗外广阔的城市景色。在同样位于市中心的体育馆,他们观看了达拉斯小牛队和一支来访球队的美国职业篮球联盟比赛。来访球队中有个据说是美国篮球史上身材最高的球员,十分精瘦,腿又细又长,胳膊也又细又长,往篮板下一站,手一举就超过篮筐。他的球技其实乏善可陈,但是他的模样和在防守端高墙般的震慑作用具有极大的喜剧感,因而激起了全场观众一阵又一阵的惊叹和欢呼。

在阿灵顿的"六旗游乐园",他们体验到一些十分刺激的感觉,其中最使他们难忘的是一个从几十米高处以自由落体的加速度垂直降落的项目。当时他们被固定在椅子上,背朝下,脸朝上,在刹那间突然从高塔上直落地面,那种他们从未经历过的身心悬空急剧下坠的感觉,完全不可形容。当然,在接近地面时他们被极快地减速,否则一定是被摔得粉身碎骨,这种减速使他们感受到的强大压力同样令他们印象深刻。

不过上述几个地方他们都只去过一次,平时他们的生活十分简朴。他们极少去豪华餐厅,也不大逛街,像很多人一样,他们只是为了日常所需才进商场。他们的衣着用品都很普通。严岩历来节俭,萨琳娜也不喜欢随便花钱,她的数量不多的首饰依然是过去那几件。他们的饮食也很简单,奢侈点的不过是买些啤酒回家喝,再就是隔段时间叫个又大又好的"多米诺"披萨解解馋。

有严岩在身边使萨琳娜感到别无所求,连以往不时去一下的酒吧现在对她也失去了吸引力。有次他们住处附近一家新酒吧开张,晚上严岩下班路过时总是看见数以百计的人在门口排队等待进去，心想里面一定不错。回来后他把看见的情形告诉萨琳娜，问她是不是有兴趣去，萨琳娜漫不经心地说了句“也许”，从此不再提起，这件严岩原本希望为萨琳娜增添些快乐的事情也就不了了之。

他们的生活中有些小事微不足道，但是在严岩心里却觉得意味隽永。

有一次，萨琳娜很可爱地笑着问严岩：“宝贝，如果有两条浴巾，一条是蓝色，一条是粉红色，你会选择哪一条？”

严岩说：“我会选择蓝色浴巾。”

萨琳娜笑得更加可爱了。

“这说明你是个男人。”她很认真地说。

“是吗？”严岩一时摸不着头脑。后来他猜想，那大概是道测试心理性别倾向的题，不知道萨琳娜是从哪儿得来的。他感到有点好笑。

严岩当然是男人，从生理到心理都是，不过在明明是男人的情形下被心爱的女人郑重地称作男人，显然具有特别的意义。

“宝贝，你是真正的男人。就像我父亲对我讲过的那样，一个真正的男人。”后来萨琳娜不止一次地看着严岩说，并且每次都不再和色彩有任何关联。

她提到的她的父亲是个参加过第二次世界大战的退役军人。

严岩没有问过萨琳娜这么说的原因，但相信那是她对他的真实感受。他知道她从来不是个喜欢讲假话的人。他永远都不会忘记她对他讲的这些话。

又有一次，萨琳娜很激动地对严岩说：“宝贝，你知道吗，我们一起工作的几个姑娘议论自己的男朋友，她们每个人都说自己的男朋友不好，只有我一个人说你好。我说你非常好，几百万人里才有一个。她们都不信。我告诉她们是真的。我说你们不知道他，他是中国人，跟所有人都不同。”

严岩心里非常感动。他把她搂在怀里温柔地亲吻，对她说：“谢谢你，宝贝。我爱你。”

还有一次，严岩洗完澡后来到客厅，萨琳娜看了他一会儿，说：“瞧，宝贝，你就像我一样白。”

严岩的皮肤与生俱来的白，在国内时有一天他去游泳，坐在泳池边休息时，旁边正好有个皮肤黝黑的十来岁小男孩，小男孩看着他的皮肤，情不自禁地说：“这么白！”

严岩看看小男孩的黑皮肤，马上笑着回了一句：“这么黑！”逗得小男孩也笑了。

美国白人崇尚把皮肤弄成古铜色，认为那样看起来更为健美，很多人为此把几乎整个身体裸露在烈日下暴晒，或者到专门的店铺躺在一个类似人生终极用品的长匣子里接受光照。严岩不知道萨琳娜是不是因为这种风尚而对自己雪白的肤色抱憾，但是他认为她的肌肤完美无瑕，并且想让她知道他的想法。

“宝贝，让我告诉你一件事。”他对萨琳娜说，“在中国，人们更喜欢白皙的肤色。也许美国这里白皮肤的人太多，所以根据物以稀为贵的道理，结果是深的肤色被人推崇。不过我始终喜欢你雪白的肤色。”

“你肯定吗？”萨琳娜问。

"绝对肯定。"严岩回答。

萨琳娜快乐地笑了,说:"宝贝,你真甜蜜。我爱你。"

当然,像美国其他地方一样,达拉斯绝非世外桃源。1986 年 6 月初的一天,当地一家中文报纸堂而皇之地刊登出一则让人浮想联翩的广告,说在某年某月某日,某某"堂"宣告成立,其宗旨是除暴安良,保护所有华商利益,敦请每个华人老板倾力襄助。

在法制严谨、警察遍地的美国冒出这么个组织,它要干什么,连傻子也心知肚明。御膳园里顿时人心惶惶、谈虎色变。唐先生到厨房一面安慰大家说不要惊慌,一面交代把厨房后门关严。这时正值初夏,达拉斯的气温日渐升高,中餐馆厨房里又没有冷气,而且与阿巴克基的干爽不同,达拉斯从 4 月直到 10 月都非常闷热,严岩在一年中的大部分时间工作时总是从早到晚汗流浃背,夏天就连晚上下班回家遇到红灯暂时停车,在冷气系统早已报废的萨琳娜的汽车里即使车窗大开,依然免不了汗如雨下,所以只要把厨房后门关上,里面便热得像蒸笼,于是只好仍然开着。偏偏严岩炒菜的位置恰好在厨房后门入口处,若是歹徒进来持枪扫射,第一个中枪的非他莫属。其实即使关了门,外面有人以正当的理由要求进来也不能不开,而且一定是他开,遇到歹徒,结局相同。这么一来,洞开的厨房后门在严岩眼里仿佛成了阴森可怖的地狱之门,似乎随时会有人突然出现,朝他伸出黝黑的枪口。这种感觉使他一天到晚提心吊胆,却又一筹莫展。能怎么办呢?总不能不上班。可真要就那么死了,又实在太不值得。

终于有一天,午餐营业刚刚结束,御膳园里来了几个身着黑色西装,脚穿黑色皮鞋的年轻华裔男人,自称是那个标榜护正祛邪的某某"堂"的代表,来找餐馆老板商讨要事。唐先生当即满面春风地表示欢迎,请他们在门厅就座,吩咐人奉上热茶,然后十分抱歉地告诉他们,他不过是代为照管生意的经理,真正的老板远在纽约,无法亲自出面接待,但是早已交待他通力合作,并且准备了八百美元的捐款以表示对某某堂成立的祝贺。唐先生边说边把预先装好八百美元现金的信封交到领头的黑衣人手里。那人说了声"谢谢",毫不推却便塞进口袋,接着讲了些华人生意需要靠他们保护,否则难免遭受侵扰之类的话,随即起身告辞。

他们一走,唐先生马上把情况告诉御膳园里的每一个人。大家无从判断那帮人是把到手的八百美元看做是可以接受的"保护费",还是认为钱数太少,因而感到受了侮辱,打算伺机报复。整个餐馆依旧人心惶惶、草木皆兵。严岩还是觉得厨房后门像是地狱之门,随时都担心自己会在突然间一命归天。大家往日的欢声笑语荡然无存。

有人抱怨美国警方竟然会容许那些人胡作非为,别的人解释说,是因为那些人还没有触犯法律,必须等他们犯了案,警方才会依法出手。也就是说,警方出动的前提是必须先有人被打死被打伤,或者遭到盗窃抢劫。至于明火执仗地上门威逼敲诈,由于很难抓到歹徒的把柄,警方也无可奈何。当然,也许达拉斯警方根本没注意到华文报纸上的广告,根本不知道那些人的所作所为,而在御膳园这个小小的天地里,人们只能听凭无法无天的歹徒把恐怖和沮丧笼罩在他们头上。

这种难熬的日子持续了几个月,然后传来令人震惊的消息:离御膳园仅有两英里的一家中餐馆,被人从厨房后门冲进来开枪打死了两个人,凶手随即扬长而去;人们只顾仓皇逃命,连那人的面孔也没有看清。御膳园里所有人一致认定是那个某某"堂"造的孽,但其目的是由于不满而予以"惩处",还是企图在华人商界制造恐慌以便他们予取予夺,则不得而知。大家都盼望警方把那帮歹徒绳之以法,却始终没有得到后续消息,不过那个某某"堂"从此销声匿迹,不知所终。时间久了,人们渐渐地也就淡忘了这件事,御膳园里重新展现出往日的景象。

严岩和萨琳娜一直在为寻找合适地点开自己的中餐馆而不断努力。他们开车走遍了达拉斯大都会区几乎所有城镇。在两个中心城市之一的福沃斯,他们看到由于达拉斯因繁荣而产生的引力效应,福沃斯的资金和人才大量外流,导致包括市中心在内的大片地区异常萧条,甚至一些地处要津车流滚滚的街道两旁也有不少房屋惨遭废弃,不仅里面空无一人,而且门窗不翼而飞,剩下的残墙看上去像是在张着大嘴艰难喘气。

他们还怀着期待去过休斯敦和圣安东尼奥,尽管都一无所获,却使他们得以游览这两座美国名城。

休斯敦出名的原因之一在于它是美国人口数量第四的大都市。另一个原因是作为美国石油化学工业重镇,休斯敦的环境污染程度在整个美国处于顶尖水平,与加州的洛杉矶难分轩轾。不过话虽如此,总还是得分个高低上下,因为美国人对争当第一极其热衷。然而这两个城市却表现出在美国难得一见的谦让,每年都争后恐先,竭力把第一的宝座让给对方。当然,作为美国"最肥的城市",休斯敦人的平均体重在美国独占鳌头,让包括洛杉矶在内的所有城市相形失色。

其实休斯敦在犯罪率和交通混乱方面在美国也名列前茅。严岩和萨琳娜在旅馆听说几天前住在这里的一个游客晚上出门,没想到竟然在一个十分热闹的商店停车场被人开枪打死。他们自己在休斯敦逗留的一天半里,两次险些被闯红灯的汽车撞到,那两辆横行无忌的汽车,一辆是丑陋不堪的旧卡车,另一辆是闪闪发亮的崭新大奔驰。

像美国不少城市一样,休斯敦市中心由于商业向城市周边迁移而变得十分冷清。整座城市的精华地带主要集中在它的西南方向,那里也是很多华人居住和经商的地方。

圣安东尼奥最为人知的名胜是阿拉莫堡。十九世纪时,大量美国移民进入当时地广人稀的墨西哥领土得克萨斯,后来他们企图把得克萨斯从墨西哥肢解,遭到墨西哥军队镇压,一支据守阿拉莫堡的美国人武装被全歼。几年后美国发动美墨战争,迫使战败的墨西哥割让包括得克萨斯在内、超过国土面积一半的疆域给美国。从此,那些在阿拉莫堡为美国利益和扩张而战死的人便成为一代又一代美国人景仰的英雄,阿拉莫堡则成为美国精神的象征,被美国政府作为美国历史的丰碑严加保护,同时接受从全国各地源源不断前来的民众瞻仰。

这样的地方，严岩和萨琳娜也去看了一下。严岩没有问萨琳娜有什么想法，只知道像很多美国人一样，萨琳娜对历史不大了解，也不感兴趣。他自己则是想到了中国的近代史。

圣安东尼奥另一处名胜被称为“河畔漫步”，那里有条曲折平静的小河，河上有游船，沿岸排列着紧密相连的餐馆、酒吧、咖啡厅和小商店，景致和情调别具一格。严岩和萨琳娜自然不会错过这里，乘船和就餐都是免不了的，至于商店里纪念品之类的东西，他们只是稍加观赏。

他们还曾经开车沿20号州际高速公路向东寻找开中餐馆的机会，最远到达路易斯安那州西北部的希瑞弗波特。路易斯安那州的最大城市新奥尔良濒临墨西哥湾，早年是非洲黑奴被贩卖到美国时重要的登陆和交易地点，也许正因为如此，今天生活在路易斯安娜的黑人在全州人口中占有很高的比例。路易斯安娜是美国最贫穷的州之一，这种贫穷在希瑞弗波特的黑人区体现得淋漓尽致。

希瑞弗波特是路易斯安那州第三大城市，人口约为二十万，20号高速公路穿越全城，其中一段路面远远高于两边的地面。当严岩和萨琳娜乘车经过这个路段时，意外看见大批十分矮小简陋的房屋密密麻麻、一望无际，与他们在影视中见过的一些落后国家的巨大贫民窟极其相似。

“美国还有这种地方！”严岩感到触目惊心，难以相信这是美国的景象。

作为全世界最先进发达的国家，美国总体来说建设得很完善，举例来说，一个普普通通的中学，极可能有自己的室内体育馆；一所规模可观的大学，则多半拥有这时中国多数省区都没有的大型现代化体育场。任何人来到美国，都能感受到这个国家的富庶和强大。美国似乎无所不能。美国的黄金美钞似乎取之不尽用之不竭。美国的一些城市即便有贫民窟，也只占不大的一块地方，所以希瑞弗波特的这种情形让严岩感到难以置信。

从高速公路下来进入城市街道后，他们的印象得到了进一步证实，除了城市一隅的白人区外，他们所到之处都十分破败陈旧，甚至连一些主要道路也坎坷不平，而且两边没有人行道，只有泥土，仿佛是粗糙的简易公路。

直到很多年以后，严岩依然清晰地记得这座深深镌刻着美国种族割裂和贫富分化印记的城市的情景。

严岩在御膳园工作接近一年的时候，二厨因故辞职，需要另行请人。这天唐先生来到厨房，要严岩一起去餐厅，说有事要谈。

两人隔着餐桌面对面坐好。唐先生随意询问了几句厨房里的情形，旋即转入正题。

“小严，阿巴克基四川饭店的阿龙，你在的时候他跟你做过，是不是？”唐先生问。

“是啊。”严岩说，心里不明白为什么唐先生会提起阿龙。

“这个人怎么样？”

“还不错。”

“工作没有问题？”

“没有问题。”

“和你关系怎么样?”

“还可以。”

“平时你让他做事情,他做不做?”

“那肯定做。唐先生怎么会提到他?”

“是这样。”唐先生说,“咱们在找二厨,那我还是先打电话给齐老大,问他有什么办法。他说阿龙在那边跟大家合不来,谁说他都不听,齐太太说也不行;其实他工作还不错,就是性格有点孤傲,对谁都不服。不过齐老大说阿龙好像听你的,他的意思是让阿龙来咱们这儿,所以我先征询一下你的意见,如果行就让他来,不行咱们另外找人。你怎么想? ——不要勉强。”

“没问题。你让他来。”严岩说。

“你肯定没问题?”唐先生十分认真地问。

“没问题。你让他来。”严岩把他刚刚讲过的话又重复了一遍。

“行,那就这样。”唐先生说。

过了几天,厨房里正忙的时候,唐先生带着阿龙走进来。严岩和阿龙就像老朋友似的握了手,阿龙兴奋地说:“严先生,又来跟着你干了。”

“好啊,欢迎你来。你看该干什么现在就可以干了。”严岩说。

阿龙立刻系上工作围裙。唐先生面带笑容转身走了。

后来严岩获悉:四川饭店的生意在他离开后显著下滑。尽管炒菜的酱汁与过去相比并无二致,却还是有不少客人抱怨菜的味道不及从前。银花被赋予在厨房管事的责任,但是她既非大厨,亦非二厨,有些事情自己不是十分清楚,别人也不大情愿服从她,厨房里显得群龙无首,很多工作无人监督检查,致使饭菜质量进一步下降。几个月前林先生父子同时辞职开自己的家庭式中餐馆,齐太太舍不得花钱从东西两岸大城市聘请有经验的厨师,就在当地找来两个墨西哥人凑数。这两个墨西哥人对中餐一窍不通,又不像大多数亚裔那样从小做事手脚利索,干起活来慢慢吞吞,学东西也不快,结果一些本该是他们做的事情被摊到别人头上。一个严岩走时招聘的帮厨由于生意下滑早已被辞退,银花任劳任怨,老黑和胖子逆来顺受,玛丽亚只做半工,本来只洗碗,这时也要帮忙切菜。而阿龙由于对要求他做本来不属于他的工作感到不快,所以坚持不做。银花讲他他不听,齐太太讲他他也不听,齐太太十分恼火,恨不得把他一脚踢出四川饭店。现在他转来御膳园,算是得到了解脱,齐太太也算是剔除了眼中钉。

严岩问阿龙,来之前除了他还有谁在四川饭店炒菜,阿龙说平时他和老黑炒菜,其中一人轮休时银花补进来炒菜。

“银花不简单,炒菜也会了。”严岩不由得笑起来,从心底为银花感到高兴。

他不知道的是,阿龙离开四川饭店时齐先生主张从加州聘请厨师,却遭到齐太太坚决反对。

“你神经病啊? 生意都已经不好了,还花钱请人。”齐太太板着脸训斥齐先生,

“我谁都不请，现在这几个人就够了，再请人我们还赚个什么钱！”

“那你让谁炒菜？”齐先生忧心忡忡地问。

“你啊！”

“你可千万别指望我。我干这几天还行，多了绝对不干。”

“不干就不干，我还有银花和老黑，再让那个叫桑切斯的墨西哥人跟着学就行了。老想着花钱请人干什么！”齐太太一副兵来将挡、水来土掩、天下无敌的样子。

又过了半年。1987年2月的一天，唐先生的妻子唐太太忽然神色惊惶的快步走进厨房问严岩：“小严，齐太太这个人到底怎么样啊？”

“怎么样？不怎么样。”严岩说，“唐太太，你怎么会问这个？”

“哎呀，出大事啦！”唐太太激动得像在发抖，“刚才四川饭店那边打电话过来，说银花没来上班，还有两个人也没来，一个好像别人叫他老黑，另一个叫什么胖子，三个人都没来。齐太太打电话给他们，他们都说不干了，要一起开餐馆，过几天就开张。这到底是怎么回事啊？以前他们总是说银花最好，什么都好，又踏实可靠，厨房里全靠她，怎么突然一句话不说就走了，像是有深仇大恨。小严，你说齐太太做人到底是个什么样子？”

“这就不需要我讲了。”严岩笑着说，“你们看看银花是怎么做的就知道了。银花是公认的好人，不管做事还是为人，没有一个人讲她不好。”

严岩未曾想到银花会做得这么决绝，换作是他，他会做得温和得多，但是他理解银花和老黑、胖子对齐太太的深恶痛绝。对于齐太太的遭遇，他没有丝毫同情。

“咎由自取。”他在心里默默地说。

阿巴克基四川饭店的故事到此并未结束。银花几个人离开后，齐先生不得不重操旧业，并且就地紧急聘请厨房员工。前来应聘的人倒是有，不过全部是墨西哥人，没有一个亚裔，因为这时的四川饭店在亚裔社区已经恶名昭著，谁都知道这里有个蛮横霸道的老板娘，也就谁都不想来这里受罪。这期间餐馆歇业了几天，大门外张贴着内部整修的告示。重新开张时，厨房里除了齐先生，是包括玛丽亚在内的四个清一色墨西哥人。

这之后四川饭店的生意江河日下，往昔的盛况已成了一去不返的过眼云烟。不久齐太太辞退了一个墨西哥人，使厨房里的人从巅峰时期的八个人减到连齐先生在内只有四个人。接着又减到只有三个人。

夫妻俩本来就不和，这一来更是天天吵架。齐先生责备齐太太毫无头脑并且一意孤行，齐太太抱怨齐先生厨艺拙劣，又说正是因为齐先生未能始终主持厨房事务，才使四川饭店生意动荡最终一落千丈。就在两口子闹得不可开交的时候，齐太太发现齐先生不仅仍然与LEE暗通款曲，而且还偷拿家里的钱给那个她口里的“贱女人”，顿时和齐先生彻底翻脸。随后两人离婚，各奔前程。

齐先生被逐出家门，颜面尽失，风光不再，又自忖分家时到手的那点钱远不足以让他度过余生，便与LEE忍痛分手，回台湾找老关系谋职混饭吃。LEE伤心了一阵，也就重整旗鼓，另起炉灶。她总是不乏仰慕者，一个各方面条件都不错的美国人喜欢她，并且不问她的过去，LEE也喜欢那个美国人，两人相识只有几个月就到拉斯维加斯结婚度蜜月，一年后LEE生了个混血宝宝，十分满足地过着为人妻为人母的日子。

四川饭店划在了齐太太名下。此前一年儿子小刚大学毕业远走高飞，此后一年女儿小玉也大学毕业，却不愿留在一向宠爱她的齐太太身边，同样远走高飞。齐太太一下子成了孤家寡人。不过她历来有女皇称孤道寡的气势，也许这正好如其所愿。在四川饭店这个小小的帝国里，她还统率着三个墨西哥厨工和两个墨西哥服务生，尽管这五个臣民常常无事可做，却一个也不会再减少，否则他们将向尊贵的女皇集体请辞。但是无论如何，根据宁为鸡头不做凤尾的宗旨，谁都不应该怀疑这个女皇一定还是非常得意的。

只是谁都不知道这个风雨飘摇的帝国还能维持几天。

四十三

1986 年秋天的一个清晨,严岩和萨琳娜乘车沿一年多前来达拉斯时经过的 287 号高速公路,前往当初认为环境还不错的阿马里诺察看是否有开中餐馆的合适地点。对像严岩这样依靠艰苦打工,历经多年省吃俭用才积攒出一点血汗钱的基层平民而言,要开自己的餐馆必定是竭尽全力孤注一掷,并且冒着胜算微弱的巨大风险,稍有不慎就会血本无归,重回一贫如洗的悲惨境地,所以必须万分小心,同时要有一旦看准就破釜沉舟放手一搏的意志和勇气。

严岩这时对自己有清醒的认识,他知道他只能算是半路出家,即使厨艺再好也有限度,要想在美国东西两岸华人众多的大都市,譬如纽约、洛杉矶和旧金山,跟不计其数从小当学徒或者在烹饪学校接受过专门训练的厨师竞争,绝非易事。另外,他的资金也十分有限,只够开一家装潢还能说得过去的中型餐馆,而不可能如御膳园那般又大又奢华。在资金问题上,他从来不指望萨琳娜,甚至不曾问过她,他心里清楚,在大多数人都毫无积蓄的美国,收入始终菲薄的萨琳娜是不会有余钱的,所以他的目标是在竞争并不特别激烈的得州寻找一个合适地点,开家规模适中的中餐馆做美国人的生意。他相信若能如愿以偿,将使成功的希望大为上升,虽然风险依然不可避免,但是已值得下定决心全力拼搏。此前他已经就合适地点在得州主要城市遍寻无果,这时便把目光转而投向阿马里诺这类区域性中心城市。

他们有两天假期。在仔细考察阿马里诺后,他们感到举棋不定。这个城市向他们展示了一些希望,然而这些希望似乎有点渺茫,有点难以捉摸,并不能使他们作出决定。

从达拉斯出发前他们注意到在阿马里诺南边约 100 英里处有个地方叫拉巴克,它不在州际高速公路上,人口接近二十万,是得克萨斯州西北部最大城市,比阿马里诺还稍大一点。他们计划回达拉斯时绕道拉巴克,看那里是不是有机会。谁能料得到呢?或许在这个偏僻的城市里,正好潜藏着他们苦苦寻求的珍宝。

当天下午他们来到拉巴克,在天色变得黯淡前快速巡视了它的主要市区,他们欣喜地注意到:这座城市的道路十分整齐,几条主干道,无论是东西方向还是南北方向,都铺设得又直又宽。街道两边的建筑也有模有样,一点都不显得简陋或是粗制滥造。整个城市方方正正,一条高速公路环绕全城。而美国同等规模城市大多呈极不规则的多边形,道路和建筑与拉巴克的比较起来相去甚远。总之,他们感到这个城市超乎寻常。

晚餐后他们继续开车观察拉巴克。这时天色已是一片漆黑,空中细雨霏霏,街上车辆稀少、雾气迷蒙。他们几次看到原地闪烁的警灯,待到近了才知道原来是有人出了车祸。

“拉巴克的人是怎么啦?”萨琳娜有点困惑,“他们好像不会开车。”

其实这纯属巧合——正好在这个晚上发生了多起车祸,又恰恰都被他们看见了。

第二天上午,他们看到一个从东向西跨越半个城市,房屋风格十分相似的庞大建筑群。询问路人后,他们获悉那是得克萨斯科技大学,里面有两万多学生和数千教职员工。他们揣测,拉巴克的景况必定与这所学校大有关联。

在离得克萨斯科技大学两英里的第五十五大街,他们发现了一个位于十字路口的大型购物中心,让他们深受鼓舞的是,这里有几处待租空屋,其中一处的面积和形状十分符合他们的愿望。

严岩站在这间空屋门前,留心观看购物中心和两条相交道路的情形。这个购物中心名叫"巨石",以一家著名超级市场为主,其余是花店、鞋店、理发店、干洗店、冰淇淋店、录像带出租店之类的商铺,没有餐馆。停车场很大,车位不成问题。路上不断有车经过,还时常有车开进购物中心的停车场。

严岩觉得这个地点非常不错。他征询萨琳娜的意见:"宝贝,你认为这个地方怎么样?"

萨琳娜说:"我认为很好。"

严岩又问萨琳娜:"你对这个城市感觉如何?"

"一个很安恬、看上去很好的城市,我喜欢。你呢?"萨琳娜说。

"我也喜欢。"严岩说,"那么你认为我们可以在这儿开中餐馆吗?"

"我想可以,不过这全凭你作决定。"萨琳娜说。

"我想就在这儿开。"严岩说,"你怎么想?"

萨琳娜说:"我同意。"

他们的不懈努力终于有了结果。下一步要做的是联系房东,洽谈租金租约。如果顺利,接下来是签约,聘请建筑商按照中餐馆的需要进行施工安装,在这期间他们须采购冰箱、货架、厨具、餐具、餐厅桌椅、用于装潢的中式字画、装饰板、装饰灯和其他种种相关物品,并且申请营业执照。等到一切就绪,再请卫生局派人检查,获得通过才能开张营业。在经历了多年奋斗和期盼,以及最终阶段的全力以赴之后,那时成功与否,或许只能是谋事在人,成事在天了。不过严岩深具信心,并不担忧。

这时已经是午后四点,要联系房东,时间过于仓促,只能回去后再说。于是他们在纸上记下房产经纪人的名字和电话号码,随即启程回达拉斯。接着他们通过经纪人跟房东取得了联系。他们得知,"巨石"购物中心由名叫马克和丹尼的两个美国人拥有,两个房东表示非常欢迎他们前去经营中餐馆,但是想知道他们现在正做什么。在获悉严岩是一家豪华中餐馆的大厨后,两人决定派马克到达拉斯实地考察,以确定是否把那间他们想要的空屋租给他们,同时希望他们能对这种做法予以理解。

在美国,无论是住房出租还是商铺出租,预先了解租户背景是必不可少的环节,谁都不愿把自己的产业租给不可靠的人,以免产生让人头疼的麻烦,所以马克要来御膳园看看情形完全是理所当然。

严岩原本不想现在就把他打算在拉巴克开中餐馆的事告诉唐先生,因为八字还没一撇,这时却不得不讲。唐先生听了心里一阵紧缩,但是表现得十分大度。

“没问题,你就让马克来看看。”唐先生语气爽朗地说。

按照约定,马克在严岩休息的这天来到达拉斯,严岩和萨琳娜前往机场迎接,带他进御膳园时午餐尚未开始。严岩陪同马克参观了整个餐馆。唐先生很友善地跟马克握手寒暄,告诉他严岩是这里的大厨,又说严岩非常能干。

马克对御膳园留下了极其美好的印象,对它的大厨不再有任何疑虑,一回到拉巴克便来函表示十分希望严岩前去经营中餐馆,他和丹尼乐于跟严岩签订五年租约,租金从优,同时考虑到创业初期的艰难,将免除严岩头六个月的租金,并且为那间空屋接入水电煤气支付部分费用。这是商场老板看好潜在租户前景,期盼吸引其前来为自己的商场带来兴旺景象的常用手法。

严岩和萨琳娜都很高兴。这时严岩心里产生了一个念头,就是要让萨琳娜拥有一半股份。他相信他规划中的餐馆开张后一定赢利,但是不想独占成果,如果独占,他将深感愧疚和非常不安。他身边这个美丽善良的姑娘对他一往情深,义无反顾地跟随他、陪伴他,不仅在他最孤寂苦闷的时候给了他极大的抚慰和鼓舞,而且使他享尽了无与伦比的欢乐和甜蜜,他觉得不能对她不思回报。如果有福,他决心与她共享,如果有难,他甘愿独自担当。

一天晚上,严岩下班后到萨琳娜工作的美国餐馆把她接了回来。这时凉风习习,月色如水,天气格外清爽。他们没有立即进房间,而是在公寓院子里散步,在一片浓郁的树荫里,严岩停下了脚步,萨琳娜也停下脚步。

“发生什么事了吗,宝贝,为什么你不走了?”萨琳娜问。

严岩说:“是这样,宝贝,我们将有家餐馆,你想不想你和我一人一半,各持百分之五十的股份?”

萨琳娜笑了,说:“我从来没有那样想。你知道我一点存款也没有。我总想那是你的餐馆,我只是帮你。”

“没钱不要紧,”严岩说,“你仍然可以拥有一半股份,就算是我借钱给你,等你有了钱再还给我。”

“可是我不能肯定我一定会有钱还你。”萨琳娜有些不安,“如果——我是说如果。如果餐馆生意不好,我怎么还你呢?”

“不会不好的。”严岩说,“万一真的不好,我一分钱也不要你还。”

“不,宝贝,那样对你不公平。我想餐馆应该全是你的,我只是帮你。我不能赚钱就分一半,不赚钱就什么都不管,不,我不能那么做。”萨琳娜说。

“好啦,别担心,餐馆肯定会赚钱的。”严岩满怀怜爱地亲吻着萨琳娜,一边尽力劝她接受他的提议,“不存在不赚钱的理由,所以根本不会有你没钱还我的可能性。股份咱们一人一半,就这样,好吗?”

“你确定吗?”萨琳娜想了想,还是有些不安。

“我确定。”严岩说,“别担心,宝贝,就这样定了,好吗?”

“……好吧。谢谢你,宝贝,你真是太好了。”萨琳娜十分感动地说。

“这没什么。”严岩连忙说,“你知道我爱你,什么都愿意为你做。我爱我的宝贝。”

“我也爱你，我也什么都愿意为你做。”萨琳娜声音轻柔地说，“时间有点晚了，宝贝，你想回家吗？”

“是的，我想我们应该回去了。来吧，宝贝。”严岩伸手揽住萨琳娜的腰，把她贴在自己身上。他们在月光的辉映下边走边吻，相互依偎着回到了他们的房间。

接下来的几天，他们在电话里跟马克和丹尼商定好租约细节，随后到拉巴克签了约。达拉斯与拉巴克相距 350 英里，倘若早出晚归并且途中不停，开车一天即可来回。

紧接着他们经过查询，在拉巴克找到一个叫道格拉斯的建筑商承包餐馆基建和安装。之后的几个月，有时是他们两人一起，有时是其中一人——多半是萨琳娜，因为她的空闲时间比严岩的多——开车去拉巴克督促施工进度和处理相关事务。工程虽然不大，但是由于所有参与者都缺乏建造中餐馆的经验，所以还是有不少周折，不过整体而言算是进展顺利。到了 1987 年 6 月，餐馆开始显现出它完工时的形态。

这时厨房里的各种设备，像是炉台、油锅、汤锅、冷柜、绞肉机、切肉机、工作台之类陆续到货，餐厅里的桌椅和各种装饰物品，以及服务站里的桌柜、制冰机等等也源源不断地抵达，餐馆的施工进展像是忽然快起来，面貌一天一个样。临近 7 月下旬，除了库房里的几个冰箱和大冷库还没到货、一些零星收尾工作有待完成外，餐馆已经大致建成。

餐馆是按照严岩手绘的草图进行施工的，当初他依据自己的经验和对御膳园的测量，确定了餐厅、厨房、库房、卫生间、服务站等各个房间的方位、大小和平面形状，以及所有设备的安放位置和相互距离，并且对装潢作出规划。不过由于欠缺相关知识，他无法在图纸上把一些装潢的安装方法描述出来，只能等货到后在现场向施工人员说明，好在那些装潢的安装并不复杂，那几个美国工人又都十分通达，所以最终进展顺利。

“非常好，比我想象的还要好。”萨琳娜看见即将完工的餐馆时激动地说。这句简单的评语使严岩感到无上的满足，远胜过其他任何赞誉。

他们的餐馆有一大一小两间餐厅，大的一间有七十八个座位，小的一间有三十六个座位，共计一百一十四个座位。装潢虽不似御膳园那般奢华，却显得更为明朗。墙上悬挂着浮雕式的清明上河图和几幅中国传统字画，其中有黄山迎客松的美景和王羲之《兰亭集序》的书法，天花板上安装着典雅的八角形仿红木灯罩。大餐厅里靠墙是沙发式座位，其余所有座位，包括小餐厅里的，是来自台湾的软垫靠背椅。这种椅子的木料由于漆的缘故，看上去很像红木，软垫呈金黄色，有暗花，外面蒙以透明塑料布。整个椅子非常美观，但是不大坚固，一个普通中国人端坐其上绝无问题，然而经不起一些二百多磅三百磅的美国大块头的重压，特别是不少美国人喜欢边坐边摇摆身体，还有人潇洒起来全身大幅后仰，使椅子翘得只有两条腿着地，使用不久，大多数椅子都开始松动，严岩不得不自己买来铁器一个个予以加固。当然，这些都是餐馆开张之后才发生的事。不过这似乎并非全是坏事，因为倘若这些先天体质欠佳的椅子始终安然无恙，势必会让人更加烦恼。

8 月初，严岩和萨琳娜认为到了该搬迁到拉巴克为他们的餐馆开张作准备的时候，便分别向各自工作的地方提前数天提出辞职的请求。离开御膳园这天，严岩就唐先生一家两年来对他的善待和对他自行经营餐馆的理解向唐先生致谢，唐先生则称赞他在御膳园的出色工作，祝他一帆风顺，生意兴隆。后来他们之间一直保持联系，直到唐先生因故返回台湾。

御膳园厨房里的人事在两年中几经变动，厨工中大多跟严岩谈不上有什么交情，唯独阿龙例外。在很多人眼里，阿龙孤僻冷傲，但是严岩知道阿龙其实情感丰富细腻，甚至有敏感脆弱的一面，只是极少表露。

“在阿巴克基跟着你干没多久你就走了，这次又是没多久，你又走了。”临别时阿龙握着严岩的手，面露苦笑语调低沉地说。

此前唐先生已经告诉严岩，他走后将由阿龙接任大厨，所以他安慰阿龙说，他离去对阿龙来说是件好事，希望阿龙好自为之，帮唐先生照管好御膳园的生意。阿龙点点头，没有再说什么。

8 月中旬的一天，严岩和萨琳娜告别生活了整整两年、给他们留下无数极其美好记忆的达拉斯，来到拉巴克的一个湖边公寓安了家。紧接着他们开始招聘和训练员工。这时正值很多美国学生高中毕业又无意就读大学，所以立刻有一些生气勃勃的美国青年前来应聘。萨琳娜从中挑选了几个当服务生，两个当收碗工，还有一个到厨房洗碗。厨房其他员工的招聘也进行得同样顺利。严岩很快就聘用了两个来自中国大陆的女性，她们都是以家眷身份入境美国、前来陪伴在得克萨斯科技大学攻读学位的丈夫的。中国女性几乎个个能干，有她们做帮手，严岩感到十分踏实。

同时被聘用的还有个自称四十岁，看上去实际年龄像五十岁的华裔男人，他说别人都叫他老郭，在多家中餐馆干了十几年，炒锅油锅都在行。严岩告诉他餐馆目前不需要炒锅，要做只能做油锅。老郭呲着满嘴发黄的龅牙笑，说是没问题。

进货的事也无须担心。严岩和萨琳娜离开达拉斯时唯恐在拉巴克采购不到中餐常用的罐头食品，特意通过御膳园买了很多带来，结果餐馆尚未开张就接到几个从达拉斯打来的推销电话，原来有三家达拉斯的华人公司向拉巴克一带送货，只需一通电话，无论油类、肉类、蔬菜还是干货，没几天他们就会送货上门。

严岩和萨琳娜给他们的餐馆起名“潇湘园”，这当然是严岩的主意。

1987 年 9 月 17 日上午 11 时，潇湘园正式开张营业。这时严岩和萨琳娜身上的钱只剩不到三百美元。

与四川饭店和御膳园的营业方式相同，潇湘园中午提供自助餐和点菜，晚上只提供点菜。其中自助餐价格低廉，有多种主副食供来宾随意享用，饮料另外计费。

拉巴克的不少人早在建造时便注意到这家餐馆，所以门一开就立刻涌进来一大批人，这是潇湘园的第一批客人，数量又多，自然使在潇湘园工作的每一个人都感到欣慰和振奋。萨琳娜脸上洋溢着欢快的笑容，把那些来客引到各自的座位。几个服务生连忙上前迎接，问他们想要什么，向他们介绍自己刚刚知道的几样中餐菜肴。接着又有客人陆陆续续进来。整个午餐期间，潇湘园的工作人员个个忙得不可开交,而客人绝大多数都选择享用价廉物美又能尽情大嚼大咽的自助餐。

晚餐的情形不同。美国的晚餐比午餐更为正式和讲究,而且晚餐每份饭菜的量比午餐的多,价格也高不少。晚餐开门前,潇湘园的所有餐桌都被铺上漂亮的桌布,餐巾则由午餐时的纸巾换成了布巾。下午五点开门后,等了一会儿,客人开始三三两两地进来,整个晚餐景况不像午餐时那么兴旺,不过还算可以。宾客们都称赞饭菜的味道,其中一个服饰雅致的中年女人对萨琳娜说,这是拉巴克最好的餐馆,欢迎她到拉巴克来。萨琳娜听了非常高兴,还特意到厨房把这些赞美的话告诉严岩。

接下来的几天是周末。直到星期天中午,生意始终不错,不过严岩总觉得比他预期的要差一点,他原本指望门一开就宾客如云,就像四川饭店和御膳园开张时那样,但是潇湘园的情形显然有别于那两家。

星期天晚餐生意十分清淡。这很正常,因为美国人从星期五晚上开始大把花钱,这时多数人早已囊空如洗,又要早点睡觉以便第二天一早上班,没有几个人再出门。但是随后几天,无论午餐还是晚餐,生意都显得有气无力,这就不是好现象了。严岩感到十分意外,更多的是担忧和不安:怎么会这样呢?这么多年好不容易才积攒的钱、全副的精力,都毫无保留地投了进去,难道得到的不过是一轮水中明月吗?又过了十几天,生意依然没有起色,尤其是晚餐,大概是拉巴克的人不像大城市的人那样懂得欣赏中餐,往往只有零零星星的几桌顾客,尽管都说好,却没有更多人来。严岩心里非常悲凉,经常忍不住站在服务站通向餐厅的门口查看来了多少顾客,很多次还到萨琳娜的收银柜旁看外面是否有车在附近停下来,是否有人朝餐馆这边走。若有人把门拉开准备进来,他心里就一阵喜悦,若是过门不入,他心里就一阵失望;夜里睡觉也不安稳,时常醒来,感到渺茫和焦虑。这时他想得最多的是他的妻子和女儿。这么多年过去了,她们始终在翘首以盼,他是决心要让她们过上舒适安逸的生活的,可是餐馆生意半死不活,倘若最终一败涂地,他该怎么面对她们呢?

开张满一个月的时候,严岩问管理账目的萨琳娜收支状况如何,萨琳娜说有些结余,但多半是缘于免付房租。也就是说,如果正常付房租,一个月来严岩和萨琳娜的收入加在一起也为数寥寥。

不过至少是有了些结余。他们经过研讨,认为目前经营状况不佳的主要原因是知名度不足,于是决定用手中的结余在当地报纸上刊登自助餐连续三天只收半价的广告。广告登出后产生了惊人效果,一连三个中午,“巨石”购物中心靠近潇湘园一带仿佛熙熙攘攘的集市,自始至终人来人往川流不息,潇湘园门口更是人头攒动,等待就餐的顾客从里面一直排到大门外几十步远的地方。餐馆所有工作人员都忙得天昏地暗,却又兴奋异常。连晚餐也比过去忙碌。

从此潇湘园的生意稳步上升。开张满三个月时,萨琳娜告诉严岩,即使付房租,他们的收入也比替人打工时高出不少。这个消息使严岩非常高兴,非常振奋。其实他在御膳园工作期间曾两度获得加薪,而现在的收入比那时最高的还高,这种结果使他感到经历和承受那么多的风险、忧患和操劳全都值得。后怕吗?他还是有一些的,不过幸亏是“后怕”而不是“前怕”,否则举棋不定或者临阵退缩,就不会有潇湘园和目前的局面。在某种程度上，他感到自己十分幸运，没有像很多投资做生意的人那样陷入钱财尽失却一无所获的悲惨境地。萨琳娜也很高兴，但是没有严岩那么多的感触。自从餐馆开张以来，无论潮起潮落，她始终平静从容。她相信严岩，认为他不会失败，总是非常温顺地听从他、协助他。当严岩情绪低落的时候，她便安抚他、鼓舞他。现在度过了最初的难关，他们在欣喜的同时肯定和激励自己。

"我们干得不坏。"一个说，"我们还将干得更好。"

"是的，我们干得不坏。"另一个也说，"以后会更好。"

这时正值年终，是美国最重大的节日时期。作为非信徒，严岩与这个节日无关。受严岩影响，萨琳娜已经放弃了原本就似有似无的那点观念，也与这个节日无关。不过为了应景和顾及客人的期待，他们还是对潇湘园作了些相应的装饰。

人们在这个节日的当天和前夜通常不出门，于是包括潇湘园在内的绝大多数店铺在这些时间纷纷打烊，却有一家著名牛排馆照常营业。严岩向萨琳娜提议在节日前一天去那里享用晚餐，以庆贺他们终于摆脱困境，踏上坦途。萨琳娜表示赞成。

这是他们第一次、也是唯一一次前往高级餐馆。这家牛排馆比严岩在阿巴克基去过的那家气派得多，考究得多，收费也高得多，不过他们认为稍稍犒赏一下自己，偶尔见识一下这类平时望而却步的场所合情合理，无须自责。

那天晚上推门进去时，他们注意到这家牛排馆连大门也格外庄重厚实。接待生十分恭谨地带他们入座，给他们每人递上一份精美的菜单。紧随而来的男服务生身着制服，同样恭谨，在郑重其事的自我介绍后，询问他们是否需要饮料。他们要了两杯红葡萄酒。在这之前，严岩听说红葡萄酒是搭配包括牛肉在内的红肉的，若是吃海鲜时想饮酒，则应该搭配白葡萄酒。

点菜是萨琳娜的事情。凡是到外国餐馆吃饭，严岩一概听从萨琳娜的意见。萨琳娜给两人各要了一份纽约牛排，交待服务生，牛排要烤得半熟。随后她向严岩解释，半熟的牛排切开吃时牛肉依旧发红，柔软，有汁水，但是没有鲜血，吃起来口感和味道都很好。有人喜欢只略微烤一下的牛排，那种牛排八成是生的，切开后鲜血淋漓。若是把牛排完全烤熟，就会又干又硬，不仅咀嚼费力，而且鲜味尽失。严岩点点头，想起他几年前在阿巴克基那家牛排馆的尴尬和狼狈，在心里嘲笑自己。

他们的食物包括主菜前的沙拉和菜后甜点。沙拉不是由服务生送来，而是放在一个专门房间的柜台上，随客人自己前去取食。他们用完沙拉后，男服务生过来用几乎立正的姿势站着，问现在是不是可以上牛排。在得到肯定的答复后，过了一会儿，两盘热腾腾的、散发着诱人香味的牛排被摆放在他们面前。盘子很大，烤好的牛排旁边有几根碧绿的芦笋和一些炸得微黄的土豆块。最后是两碟小点心，一碟含新鲜水果，另一碟含优质巧克力。在整个晚餐过程中，男服务生几次前来询问他们是否满意，并且把用过的盘碟刀叉收走，换成新的。

几天后他们告别了艰苦创业的 1987 年。潇湘园的生意继续节节攀升。从 1988 年 4 月起，他们开始缴付全额租金，即便如此，他们的收入还是比替人打工时多了一倍。不过直到这一年的夏天，餐馆开张已经超过半年，晚餐情形依然不尽如人意，而且无论怎样努力都收效甚微。最终他们意识到，与阿巴克基和达拉斯的情况不同，拉巴克的顾客大多并不在意各种点菜所具有的特殊风味，而是更为喜欢享用自助餐时的随心所欲，于是他们决定改变以往的方式，晚餐除了依旧可以点菜，也像午餐一样提供自助餐，只是价格比午餐高一些。这个改变起了立竿见影的作用，晚上顿时兴旺起来。到 1988 年年底，潇湘园的生意达到高峰并且逐渐趋于稳定，严岩和萨琳娜的收入比原先打工时多出的部分一年就可以再建一个潇湘园，也就是说，按照这时的收入，他们只需一年就能单凭赢利收回当初的全部投资。

四十四

有人说,世界之大,无奇不有。在潇湘园这个小天地里,尽管没有什么“奇”可言,却也先后有些形形色色的人物和各式各样的故事。

严岩在潇湘园开张后才知道,老郭做油锅还可以,但是从来没有做过炒锅,他来这儿的真实目的是想学如何炒菜,以期有朝一日能当上炒锅,好赚高些的薪水。他摆出可怜巴巴的样子一再求严岩教他,说学会了可以帮严岩炒菜,又诉苦说他在中餐馆干了十几年,一直想当炒锅,却始终没有一个人肯教他,甚至连锅勺都不许他碰。他的模样又肮脏又猥琐,显得异常粗鄙;满口黄牙的嘴只要张开就喷出一股让人作呕的浓烈臭气,像是从来不曾漱口刷牙;说话时总是装腔作势,脸上挂着诡异的假笑。严岩一点都不喜欢他,但还是对他的遭遇起了恻隐之心,教他炒了几样简单的菜,没想到他一只脚还没进门,尾巴已经翘上了天。

“老板啊,我现在会炒菜了,你应该给我炒锅的待遇。”老郭一本正经地对严岩提出要求。

老郭的话让严岩感到不可思议:怎么会有这种事呢?这不是太荒谬了吗?他对老郭说:“老郭啊,我是请你来做油锅的,你想学炒菜,我教了你一点,可你不是炒锅,我不可能给你炒锅的待遇。”

老郭说:“老板,你要是不给我炒锅的待遇,我可是要走啦。”

严岩说:“你要真想走,我也没办法。不过说句实话,你现在只是刚刚开始学炒菜,等以后炒得好些了,我这里要是没机会,你可以随便到哪里当炒锅,可是现在啊,我看你还不行。”

“我不行?”老郭朝严岩看了一眼,扭过头去,脸上一副十分不以为然又十分傲慢的表情,“我看我已经很好了,炒的菜跟你炒的一样,你能做大厨,我做炒锅还有什么问题。”

过了几天,老郭听说得克萨斯科技大学附近的一家中餐馆聘请炒锅,便立刻前去应聘,对老板吹嘘说他曾经是潇湘园的大厨,教会了严岩全套手艺,结果反被过河拆桥。

“潇湘园老板现在自己做大厨,其实他那两下子都是从我这儿学的,学会了就赶我走,真是太可恶了。”老郭张开大嘴,一面喷出双重臭气,一面显得满腹委屈。

那家中餐馆的老板姓钱,是个经多历广的中年人,对老郭的话半信半疑,当即要他炒个菜看看。老郭硬着头皮摆出架势炒了个平时炒过的菜,被钱老板一眼看出是新手,却并不点破,不动声色地留老郭当炒锅。老郭喜出望外,也不把他辞职一事告知严岩,得意洋洋地换了门庭,弄得严岩猝不及防,只好一边自己加班加点,拼命赶工,一边寻人填补空缺。

结果只过了一个星期,钱老板就叫老郭卷铺盖走人。老郭这时还在云里飘浮,瞠目结舌地问钱老板为什么。钱老板说:"老郭啊,不是我不留你,是我不能留你。你看你炒的菜,就不像个样子,每次客人都抱怨,你说我还能不能让你在我这儿干?前几天我让你干是因为我一时没找到合适的人,现在有了,我只能请你走。"

老郭还想争辩,钱老板说:"你不用多说,说了也没用。我谢谢你这几天帮了我的忙,不过也就到此为止。你到柜台去拿你的工资。我已经算好了,也跟柜台的人交代过了,拿了钱你就走,要是认为自己行的话可以去别家餐馆试试。"

拉巴克的中餐馆并不很多,其中几家老郭又都做过,所以对他来说几乎没有一家可以去"试试"。想来想去,他觉得还是回潇湘园好,不仅待遇公道,最主要的还是能有机会学炒菜。

这时严岩还没有招聘到油锅,然而即使如此也不想再用老郭,因为老郭对钱老板讲的诽谤他的话已经传到他耳朵里。不辞而别本来就让他不快,更何况无端损毁他的名声。任凭老郭低三下四地对他连声说"对不起",他还是拒绝了老郭的复职请求。后来老郭先后在拉巴克的几家小型中餐馆谋到差事,都是做油锅兼打杂,有时还要洗碗,不过他在每家工作的时间都不长。几个月后,严岩再也没有听到老郭的消息,但是老郭对他的诋毁在华人中始终有人相信,直到很多年后,还有人凭借老郭的谎言为老郭抱不平,并且指摘严岩行为恶劣。

无独有偶,萨琳娜也碰到件不快的事。潇湘园开张后她聘了个叫米歇尔的三十几岁女人当服务生,因为米歇尔在餐馆行业做过多年,经验十足。却不料才做了两个月,米歇尔就要求萨琳娜让她当前台经理,弄得萨琳娜又吃惊又不知所措。

"我对她说我们的餐馆不大,不需要前台经理,我在前面管事就行了。可是她听了我的回答后很不高兴,好像我没有重用她,又好像我没有她就不行。宝贝,我能怎么办?如果我让她当经理,那我干什么?什么都不干还是听她调遣?"萨琳娜很烦恼地对严岩说。

随后严岩找米歇尔谈了一次话,告诉她萨琳娜就是前台经理,希望她能好好服从和配合萨琳娜。结果米歇尔很快便辞了职,几个月后跟一个男人一起来潇湘园吃了一次饭,看见生意比她走时还好,一句话也没有说,以后再也没有来过潇湘园。

萨琳娜聘用为洗碗工的美国人叫法兰克。幸亏这个名字像是有点诗情画意,否则严岩只怕是早就忘了,因为他在潇湘园没干多久。法兰克刚刚高中毕业,只有十八岁,体格健壮,若是追女人一定会跑得飞快,可是做起事来却是一副没精打采的样子,还时常叹气,仿佛在遭受折磨,做了不到两个星期便辞职。辞职后他无所事事,迫于生活压力加入了美国陆军,但是没过几天就因懒惰和不听管教被开除,又回到拉巴克。曾有人说只有无能的人才会当美国陆军士兵,法兰克的入伍证明这句话似乎说得不错,但是他被解除军籍又证明这句话说得并不准确。美国陆军的入伍标准也许不高,但是每个新兵都必须接受严格训练并达到要求,否则将被陆军除名。也就是说,无论进去时如何,只有合格完成全部训练的士兵才能成为真正的军人。这种情形很像美国一些普通大学,入门不难,但是想完成学业却很不容易。

其实法兰克不算太差。有个美国年轻人来潇湘园做洗碗工,当第一批待洗盘碗放在他面前时，他只看了一眼，一个碗都没洗，一句话也不说，解下工作围裙随手一扔，头也不回地转身就走。

法兰克有个女友名叫格瑞丝，两人在高中时便是情侣，当初一起来潇湘园应聘。格瑞丝性情开朗，人又漂亮，被萨琳娜安排做服务生，餐馆开张后一直做得很好。萨琳娜很喜欢她，对严岩说不知道为什么她会爱上法兰克，因为他们两个不像是同路人。严岩回答说，世界上总有些事情让人百思不得其解，他也不知道为什么。后来格瑞丝在法兰克当兵时移情别恋，并且很快就随新男友搬去了别的州。

法兰克辞职后急需找人充填他空出来的岗位，恰好严岩看见有个二十几岁的美国年轻男人在购物中心的垃圾箱里捡可以卖钱的瓶瓶罐罐，旁边停着辆像是要瘫痪的老爷车。严岩想，我正要找人洗碗，这人穷困潦倒，一定愿意打工赚钱，请他来潇湘园工作不是很好吗？于是便满怀期待地上前与那人搭讪，告诉他不必捡破烂了，这儿有个打工的机会，第二天就可以上班。严岩的话说得清清楚楚，那人也听得清清楚楚，脸上的表情却始终麻木，眼神也始终茫然，只是十分犹豫地说了声“好”。严岩问他名字，他说叫弗朗西斯。第二天中午，正在严岩心怀疑虑的时候，弗朗西斯真的来上班了。

弗朗西斯已婚，有两个小孩。严岩原本以为弗朗西斯靠四处捡破烂勉强维持生计，必定是因为找不到工作，一旦找到，自然会十分努力，没想到他比法兰克更加糟糕。法兰克是不肯出力，但是在被逼无奈时能够做事，而弗朗西斯则是手脚极其笨拙，身体又懒得移动，很像一辈子从来没有做过任何事情。他的神情和目光永远都是呆滞的，仿佛有无限忧愁，同时一言不发，像是灵魂——如果真有灵魂的话——已经升天，躯体也离开了尘世。

午餐的洗涤工作本该在下午两点半左右做好，弗朗西斯总要到四点多才能勉强完成。有次严岩因故离开前交代弗朗西斯切一箱芥蓝，这是一件熟手只需十几分钟，生手也只要二十几分钟便能完成的工作。快五点时严岩回到厨房，看见弗朗西斯坐在那里吃东西，一棵芥蓝也没切。问别人，别人告诉他，从他走后弗朗西斯就一直坐着慢条斯理地吃啊喝的，而且旁若无人的谁也不看，别人催他他也完全不理不睬。

弗朗西斯的样子使严岩想起他在某个地方见到的一批游手好闲的美国年轻人。当时他在无意中开车从那个地方经过，看见一些人三五成群地聚在一起嬉戏闲聊，吞吐青烟。那正是应该上班的时间，他们尽管一个个身强力壮，却显然都不愿意出门工作。而且他们看上去并不因为自己的懒惰而感到羞愧，反而神气活现，十分快乐。在他们的周围，是杂草丛生的土地和小得可怜的陋屋。严岩当时十分感慨地想：有些人只要能填饱肚子，是宁愿伸手要钱或者偷盗抢劫也不肯出一点力的。

当然，严岩并不认为应该把弗朗西斯与那些人归于同类，因为弗朗西斯毕竟比那些人好得多。

最初的几个洗碗工都让严岩感到失望，但是他明白，之所以这样是因为来这儿洗碗的都不是美国的优秀人才。优秀人才！是啊，美国的优秀人才怎么可能来中餐馆洗碗呢？

不过凡事都有例外。

这天萨琳娜到厨房告诉严岩，有个常来吃饭的美国女人带着她高中毕业不久的儿子来找她，说儿子想当洗碗工，还说当洗碗工是儿子很久以来就有的愿望。严岩到餐厅见了母子二人。做母亲的很温雅和善，微笑着请严岩给她儿子洗碗的机会。年轻人叫爱德华，一个使人想起王子的名字，说他一直非常想当洗碗工。他长得白白净净，对人彬彬有礼，讲话看人时有点羞涩。严岩朝爱德华看了一会儿，对他想干洗碗这种粗活感到好奇。

“你确定你想当洗碗工吗？”严岩问爱德华。

“是的，我确定。我总是很想洗碗。”爱德华说。

“你能告诉我原因吗？”严岩又问。

“我不知道为什么。我就是想洗碗。”爱德华脸红了。

爱德华最终如愿以偿。他在潇湘园洗了半年多的碗，始终兢兢业业，态度谦和。他总爱跟女服务生们说话，直言不讳地告诉她们他喜欢女人，将来想当妇科医生。那些年轻的女服务生听了他的话都笑他，有的还一边笑一边跑来把他的话告诉严岩，可是爱德华一点也不在意，仿佛他的爱好天经地义。

爱德华在 1988 年秋进入得克萨斯首府奥斯汀的一所著名大学，几年后顺利完成本科学业，开始攻读研究生课程。他学的是计算机专业。又过了几年，严岩听说他在美国西部一所名校攻读博士学位。

有个叫赖瑞的洗碗工也是个美国年轻人，他个头不高，总是乐呵呵的，做事十分利索。一天中午他上班走进厨房时，脸的一侧又青又肿，眼睛变了形，腿也有些瘸。严岩很惊讶，问他发生了什么事。他若无其事地笑着说，前一天晚上他在僻静处看见一个无人陪伴的女人，顿时色心大动，不料刚从背后把那个女人搂住，正要把她往旁边树丛里拖的时候，来了一男一女两个人，一起冲上来把他劈头盖脸一阵暴打，他好歹算是连滚带爬跑掉了，不然现在肯定是在警局里等待牢狱之灾。严岩听完赖瑞的叙述后一句话也没有说，只是在心里暗暗吃惊。他没有想到这个平时看上去还算温和的赖瑞会做出那种事情，更没有想到赖瑞在讲述这么无耻的罪行时竟然显得满不在乎，仿佛在讲一件十分有趣的事情。

20 世纪 80 年代是艾滋病被人类发现并且猖獗一时，令无数人谈虎色变的时期。美国法律规定，不得对任何人因年龄、性别、种族、宗教、疾病、身体缺陷等等缘故而有任何歧视。潇湘园曾经聘用过两个男同性恋者，一个叫吉米，做服务生，一个叫柯克，在厨房洗碗。

吉米对女人不感兴趣，但是若看见喜欢的男人，就会激动地赞个不停，两只眼睛也死盯着不放。

“看！看！你看见那个男人没有？喏，就在那里。哎呀，真的太性感了，我想要他。”严岩到餐厅查看生意情形时，好几次看见吉米站在通往餐厅的服务站门口，一边示意身边的女服务生看使他心动的男顾客，一边兴奋得忘乎所以。

柯克则要沉默得多，即便讲话也是嗫嗫嚅嚅、声调柔弱，还带着些乞怜的味道。他个子很高，很瘦，像是只有骨头。有一天他忽然愁容满面地到萨琳娜跟前说他有大麻烦，恳请萨琳娜无论如何也要帮他一把，原来他不仅是同性恋，而且患有艾滋病，这种病经由血液和性行为传播，一旦感染，无药可治，最多只能延缓生命的终结，因而十分凶险。柯克本来对他患病一事守口如瓶，这时却因为与同居男友闹翻，那人威胁说要把他的底细向潇湘园老板和盘托出，让他失业，他一时情急，才把真相讲出来。他选择对萨琳娜讲，是由于他认为萨琳娜像他一样也是白人，更容易对他产生同情和怜悯。严岩知道柯克的情形后一面宽慰他，要他安心工作，不必担忧，一面心怀恐惧地回忆自己过去在帮柯克包扎工作时不慎造成的伤口时，是否被他的血液感染，想了半天，认定每次自己都没有伤口，应该不会被感染，才算松了口气。

后来柯克告诉严岩，患病前他的体重有二百七十磅，现在只剩下不到一半。柯克在潇湘园循规蹈矩地工作了几年，中间买了一辆市面上少见的捷克廉价进口汽车，看起来一切都很好。接着他说找到了更好的工作，于是辞了职。又过了两年，严岩听说他已经不幸去世。

柯克那个因分手而感到愤怒的同性恋伴侣从来没有把他的威胁付诸实施。

前后几个在潇湘园厨房打工的女性都是从中国大陆来美国陪伴攻读研究生学位的丈夫的。她们个个踏实肯干。

其中一个是做洗碗工。她大约三十岁，大眼方脸，肤色白皙，显得很自信。她对严岩谈起她的丈夫，说他曾经就读广州一所著名大学。

“我就是因为他是名牌大学毕业才看上他的。”她说，“可是……”

在“可是”后面，她说她现在不认为丈夫有什么本事，因为她到美国后发现很多人都比她丈夫能干。她在讲这些话时显示出对丈夫的轻蔑，仿佛丈夫在一些人面前相形失色，便不再值得她敬重和爱惜，反而是让她为自己感到委屈了。

严岩听过之后感到很不舒服。他想：就只是为学历和地位动心，而没有一点真正的爱情吗？婚姻的基础到底是什么？没有爱的婚姻难道不是味同嚼蜡吗？这山望着那山高，嫌丈夫不够出色，可是他毕竟通过了各种测试，在美国读研究生，你自己的本事在哪里？就那么不知足吗？

有个叫曼蒂的美国女服务生工作时几次忙里偷闲跑到厨房后门口抽两口自己卷的烟，起初严岩不知道她抽的是什么，只感到气味特别，后来才知道是大麻。知道后他立刻要求曼蒂不再抽，她却说这不算什么，很多人都抽。严岩告诉她，别人抽他管不了，她在别处抽他也管不了，但是绝对不允许在潇湘园抽。曼蒂笑着说：“不，不。”像是觉得严岩小题大做，不过从此再也没有在餐馆抽大麻。后来她辞职到拉巴克一家成人夜总会当脱衣舞娘，不仅跑到潇湘园来告诉萨琳娜和其他服务生，还到厨房告诉严岩，鼓动他去看她表演。她一面说一面摆动她丰满玲珑的身体，脸上展露出妩媚撩人的笑容。显然在她看来，跳脱衣舞仅仅是种谋生手段，所以根本不必感到羞耻。

严岩微笑着看了一会儿脱衣舞娘的非脱衣表演，心里在想观念对行为的支配力量。由于观念不同，有的人慷慨赴死，有的人苟且偷生；有的人在天体浴场大摇大摆，有的人把自己裹得严严实实。该如何看待持不同观念的人呢？这个问题只怕永远都不会有一致答案。

曼蒂经过学习最终成为一个药房技工，服装整齐、态度庄严的在药剂师督导下为患者配药，谁也不会想到她以前跳脱衣舞时的艳光四射。

还有个美国女服务生叫爱丝丽，她只有二十岁，长得很秀气，十分单纯善良。严岩觉得她像个不大懂事的小女孩，喜欢跟她逗趣，有时还因为她的稚嫩而取笑她，不过没有恶意，也不过分，结果她不但不生气，反而对严岩动了情。

"严先生常常拿我开心，但是没关系，我不介意，他想开心就随他开心好了。"她对萨琳娜说。

有天午餐结束后，餐厅里只剩严岩、萨琳娜和爱丝丽三个人。严岩站在柜台旁看萨琳娜结账。爱丝丽把收尾工作完成后没有立刻回家，而是走过来挨着严岩，把身体轻轻倚在柜台上，一声不响地看萨琳娜数钱。严岩看了她一眼，不觉得异常，因为她的样子就像个孩子，一个孩子静静地看大人做事是让人感到很温馨很可爱的。不料稍稍过了一会儿，爱丝丽忽然用非常娇柔细微的声音对他说："严先生，你愿意做我的男朋友吗？"

严岩感到很意外，但是没有太吃惊。不知道为什么，这时他依然把爱丝丽看作是个孩子，他觉得对孩子说出来的这种话似乎不必太认真。

他看了萨琳娜一眼，萨琳娜还是在低头算账。她显然很想表现出若无其事的样子，却无法控制自己的情绪，听了爱丝丽的话后一直在偷偷地笑。

"哦，不。"严岩对爱丝丽温柔地说，"爱丝丽，你是个非常好的姑娘，我不认为我好到能够做你的男朋友。我想你应该找一个更好的人。"

爱丝丽像个真正的孩子似的不知道说什么好。她一句话也没有再说，默默地站了一会儿，然后向严岩和萨琳娜道声"再见"，出门走了。

后来爱丝丽向萨琳娜解释说，她以为萨琳娜和严岩仅仅是生意伙伴，所以才会有那样的举动。这件事没有对他们三人的关系造成不良影响。萨琳娜和爱丝丽依旧是好朋友，严岩依旧跟爱丝丽谈笑，彼此间从未感到任何尴尬。不久爱丝丽辞职入读护士学校，坚持不懈地完成了学业，而不是像一些人那样半途而废，最终成为注册护士。注册护士的学位等同于大学学士学位，也就是说爱丝丽完成了大学学业。不仅如此，身为美国注册护士，她一生都无须为就业担忧，同时薪酬丰厚。

爱丝丽辞职后又来过潇湘园几次，其中一次当着萨琳娜的面要严岩陪她回她的汽车，严岩悉听尊便。萨琳娜只是笑，一点也不生气。

像其他生意兴隆的餐馆一样，潇湘园也有很多常客，其中有个五十几岁的美国男人。他身材不高，膀粗腰圆，每天午餐营业时间未到就开辆老式小卡车在正对餐馆大门的车位停下来等待开门，门一开总是第一个进来，朝萨琳娜打声招呼，随即径直走向一个靠墙角的每次他来都固定不变的座位。他只吃自助餐，但是不吃蔬菜，凡是有荤有素的菜肴，譬如芥蓝牛肉，青椒牛肉，他都不用勺子舀，而是把旁边春卷盘里的夹子拿过来，随意搅动这些菜，将里面的肉一片一片夹到他的盘子里。他吃饭时不慌不忙，夹肉时也不慌不忙，完全无视别的顾客在他后面等得心焦，并且用惊异的眼光注视他。美国人在公众场合大多表现得很有教养，否则会遭人轻视和谴责，所以谁都不说他，但是心里大概都别有一番滋味，可他就是那么一副旁若无人的样子。

这么爱吃肉，多花点钱，来一份纯粹的炒肉不就行了吗？“那怎么行，他肯定是没钱才这样嘛。”或许会有人这样想。其实他是拉巴克有名的建筑商，一个百万富翁，好几个女服务生都知道他，其中一个对严岩说，别看他开的是辆旧卡车，他住的房子又大又漂亮。

忽然有一天，这个专挑肉吃的百万富翁没有来，而且从那之后很久都没有来。半年后他又来了，对萨琳娜说，他的血压、血脂和胆固醇都高得吓人，医生嘱咐他少吃牛肉，可是他只要来潇湘园就无法控制自己，所以只好不来；这次是忍不住了才纵容自己一次，以后不会再来了。他很有毅力，从此果然没有再来。

不止百万富翁，平平常常的潇湘园里还来过亿万富翁，一个在盛产石油的得克萨斯赫赫有名的大石油商。他之所以出名不仅由于他的财富，而且由于他的特立独行。在得州民间有不少关于他逸闻趣事的传说。

有人说，他的石油王国无须他操劳便可日进斗金，使他闲得无聊，要玩些花样来打发时间，其中他最喜欢的是寻衅滋事，然后与人对簿公堂。当然，他干的都不是杀人越货之类的勾当，只是挑起些民事纠纷，反正他口袋里有的是钱，随手扔出去几十万，让他的律师把对手收拾得服服帖帖，是他乐此不倦的游戏。也有人说，他确实喜欢打官司，不过都是为了惩治某些平时横行霸道、为富不仁的有钱人。这种说法把他描绘得像路见不平拔刀相助的绿林好汉，不知是确有其事，还是仅仅反映了一些饱受欺凌却无处申诉的平头百姓的渴望。

拉巴克当地一家电视台也是这个亿万富翁的产业。也许是真的闲来无事，有段时间他居然亲自出马在晚间新闻节目里充当气象播报员。潇湘园厨房里有台小电视机，是严岩放在那里抽空看新闻和球赛的，有次这个富翁正一本正经地报天气时，一个看到的女服务生对严岩讲了他的故事。

“有这种事！”严岩吃了一惊，顿时来了兴致。他认真端详电视荧屏上那个带有传奇色彩的人物，觉得大名鼎鼎的富豪看上去无论衣着、相貌还是气度神情都与普通美国人没有任何不同，而且只有三十几岁。

“这就是美国的大富翁。”严岩在心里十分感慨地对自己说。

事实上，在美国一个人的服饰和外形通常并不重要。一个西装笔挺、皮鞋锃亮、头发梳得一丝不乱并且气宇轩昂的美国人，也许只是在试图寻求饭碗，而一个衣着随便仪态散漫的美国人却很有可能家财万贯。

一天晚上，严岩到服务站通往餐厅的门口查看生意状况，这时两个女服务生在显得非常神秘的小声议论。当严岩从她们身边经过的时候，其中一个对他说，那个又是亿万富翁又当气象播报员的人正在餐厅里吃饭。

“在哪里?”严岩问。

“在最远的角落里,你一看就知道。”女服务生说。

严岩怀着好奇朝那个角落看,发现在电视上见过的那个人果真坐在那里。他一身便服,既没有同伴,也没有保镖或者随从,只是独自一人,十分轻松的边吃饭边环顾餐厅里的情形。跟大多数顾客一样,他吃的也是自助餐,吃完就走,如同一阵风。

有个年过八旬的美国老太太是潇湘园的常客。她叫玛丽,退休前是会计师,当时收入不错,所以开的是辆凯迪拉克轿车。然而退休后她年老体弱,常常生病,尽管有医疗保险,许多费用还是得自己负担,导致她的积蓄日见萎缩,退休金也不敷使用,现在开的汽车依然是那辆凯迪拉克,不过已经由当年的光鲜变得和她一样苍老。

玛丽非常慈祥,就像人们口中待人亲切的老祖母。每当她颤颤巍巍地走进潇湘园大门的时候,萨琳娜都连忙上前搀扶她,把她一直送到座位上。由于美国人讲究隐私,所以没有人问玛丽的家庭情况,像是她有没有子女,如果有,为什么似乎没人照顾她等等。偶尔有个叫艾米的六十来岁美国女人陪玛丽一起来,但大多时候玛丽都是独来独往。后来她的视力越来越差,还曾经因为看不清而出过车祸,可是她依旧开车来吃饭。其实每次她都只吃一点东西。严岩和萨琳娜猜想,玛丽大概是独居,她来潇湘园多半是为了能跟萨琳娜聊聊天,以获取在别处得不到的慰藉。终于有一天,艾米到潇湘园来告诉萨琳娜,玛丽几天前已经在睡梦中安详地离开了人世。

有对伉俪情深的美国老夫妻也是潇湘园的常客,每次做妻子的总是紧紧依偎着丈夫走进来,原来由于罹患糖尿病,她早已双目失明,要靠丈夫的臂膀才能辨识方向。尽管如此,她依然长发舒展,服饰整齐,这显然缘于做丈夫的对妻子十分用心。他们都非常温雅谦和,同时礼仪周全。两人不吃自助餐,只点一份很便宜的芙蓉蛋分享。时间久了,大家变得不再生疏,做丈夫的告诉萨琳娜,他曾经因为成绩优异而被医学院录取,却在读了两年半,只差一年半就将成为医学博士时不幸患上失眠症,无法继续学业,只得放弃。之前他在大学学的是生物,当时很难找到工作,于是随兴趣改行学做珠宝首饰,最终成为一名珠宝行业的技工。目前他在第三十街别人的店铺里租了两个柜台售卖自己制作的首饰,生意清淡,收入菲薄,正在等待已经申请了几年的政府廉租房,还不知道什么时候才能获准搬进去。

当他向萨琳娜讲述他的故事时,他表现得十分平静,仿佛那只是些遥远的、几乎快被遗忘的往事。其实假若他当时能够完成学业,便会成为一个地位崇高、受人敬重并且生活非常优裕的医生,可偏偏功亏一篑,使他今天贫困潦倒,即便出门吃饭,夫妻俩也只能共享一份简单的餐点,所以在他抚今忆昔的时候,心里必定会为几十年前那个使他陷入悲苦命运的挫折感到异常深重的遗憾和懊丧,只是他不想在外人面前表露出来。当然,他现在更为关心的是能否尽快租到政府的廉价住房,从而不必在生命快走到尽头时为栖身之处发愁。

经常有男人想和萨琳娜约会,但是都遭到了她的婉言拒绝,不过有个叫安德鲁的美国律师从来没有对萨琳娜提出请求,只是一次又一次地来潇湘园吃饭,寻找机会与她攀谈。萨琳娜察觉到其中的弦外之音,有点不安,把这件事讲给严岩听。严岩听后笑着说，他是你的顾客，你总要善待他；或许他对你有心思，但是知道表白了会遭到拒绝，所以索性不表白，免得以后不好意思再来；既然他没有表白，你就不要有心理负担，只当什么事都没有。萨琳娜边听边抿着嘴笑，最后说，那好吧。

安德鲁总是等晚餐营业快结束的时候才来，直到打烊还一个人坐在那里细嚼慢咽，迟迟不肯离去，有一句没一句地跟萨琳娜搭讪。后来也许是为了避免尴尬，他经常带个朋友一起来。当然，这个朋友也是男人。有好多次，当其他顾客全部走光，餐厅里只剩下他们两个人的时候，他们便一面饮酒，一面纵情高歌，完全无拘无束，仿佛潇湘园就是他们的家。他们唱的曲调常常充满慷慨悲壮的韵味，使严岩想起中国古代的几篇名作。

四十五

1986年年底，当严岩还在达拉斯御膳园打工的时候，美国通过法案，对所有1982年1月1日之前在美国逾期居留以及非法入境美国，并且一直逗留至今的外国侨民赋予永久居留权。

严岩是1981年2月25日入境美国的，入境时那个美国海关官员显然对他要来读书却英语生疏极为不满，只给他十个月居留签证。当时他有些不快，这时那个盖着海关印章的到1981年12月25日居留截止的签证却成为他符合获取美国永久居留权条件的确凿证明。

塞翁失马，焉知非福。老祖宗的这句话一点都不错。

他在得知法案通过的消息后，当即写信告诉在国内的妻子。他从来没有淡忘她，也从来没有淡忘他的女儿。尽管他和萨琳娜之间情深意长，但是妻子和女儿始终是他心里的家，他不可能让自己失去这个家，否则他觉得他将变成无源之水、无本之木，他的生存和奋斗都没有任何意义。他也没有忘记他身为丈夫和父亲肩负的责任，而她们则的确需要他的关爱和呵护。

赴美前他的初衷是学成后归国服务，到美国后，“学成”不得不放弃，“归国服务”的愿望也随之消散。他走上了打工的道路，他在美国的目标转化成了为他的家庭争取较好的生存条件，为他的女儿争取较好的受教育机会。他相信只要不怕吃苦，这些在美国都不难实现。几年来他一面努力工作，一面等待时机转换身份，现在时机终于摆在了他的面前。

他对美国怀着复杂的感情。他觉得美国的成就和弊病都显而易见，美国的辉煌和龌龊都同样令人惊叹。

他认为他永远是中国人。无论他在美国生活多久，都不会有人把他看作美国人，即使他成为美国公民也不会；他自己更加不会。从来到这个世界的那一刻起他就是中国人，直到离开世界的那一刻他仍然是中国人，这是不会改变的，因为他的身体里流淌着华夏祖先的血液。他的观念是中国的，性情是中国的，心灵和躯体也是中国的。他觉得即便他在美国生活一百年，在美国化成灰，他也依旧是中国人。

他曾途经一个小小的墓园。墓园位于濒临太平洋的一个悬崖顶端的斜坡上，下面是深不见底的海水，周围死一般的寂静。由于海风强劲，土地贫瘠，这里没有一棵树，也没有一棵草，只有几十座光秃秃的小坟包和一些歪歪扭扭、陈旧简陋的木制墓碑。这是他所见过的最偏僻荒凉的墓地，它与世隔绝，像是早已遭人遗弃，被人忘却。当时他想，是些什么样的人长眠在这种地方呢？

他停下脚步，为那些亡灵感到深切的悲伤。他们在世时都有自己的亲人，都曾享受过天伦之乐，死后却被安葬在这个远离红尘的绝壁上，一个个孤孤零零，只有寂寞和幽暗。

墓园周围有低矮的栅栏，像是告诫人们不要打扰前人的安宁。这时他注意到所有的墓碑上都有依稀可辨的繁体汉字，用以注明墓主的姓名和生卒时间。他这才知道，原来这是个华人墓地，长眠于此的人都是大约一百年前去世的。他忽然觉得他明白了为什么这些人会被安葬在这里。——那不是他们亲友的疏忽或者草率，恰恰相反，是遵循他们临终时的遗愿。

悬崖上有平地，有背阴向阳的坡地，都符合中国人对墓地的要求，可他们偏偏选择一片向西的坡地作为自己最终的归属，因为这片坡地向太平洋倾斜，在水波浩渺的大洋彼岸，是中国。

那个一水之隔却相距万里的地方，是他们魂牵梦萦的祖国，有他们日思夜想的家人。他们渴望亲吻故乡的热土，祭拜祖先的魂灵，拥抱慈祥的父母，也许还有至爱的妻子儿女，然而疾病、衰老或者伤害摧毁了他们，使他们无法达成心愿。当脆弱的生命之火在风狂雨暴中即将熄灭的时候，他们怀着沉痛的绝望说出了他们最后的意愿。他们要人把他们安葬在太平洋边尽可能高的地方，让他们面向中国，即便坠入永恒的黑暗，他们也期盼能尽量靠近家乡，靠近亲人，哪怕他们知道那时他们什么都看不见。

但是或许他们相信人有灵魂。或许他们指望他们的灵魂能在夜深人静的时候飘越大洋，返回故乡，即使是只能在原处高高升起，看一眼远在万里之外的故土亲人，也一定会使他们激动得泪流满面。他们会情不自禁地高声呼喊："亲人们，我在这里啊！你们看见我了吗?！看见我了吗?！"

当然，这全都只是严岩的猜想，不过他认为他的猜想应该能够成立，否则很难解释为什么这些华人会被安葬在这么荒僻的地方。

墓碑显示这里的一些人去世时还很年轻，只有二十来岁，三十来岁。严岩知道，这些人在美国的命运格外悲惨，因为那时美国正推行恶名昭著的《排华法案》。

早期的赴美华人是在十九世纪中后叶作为劳工被招聘到美国的，他们为美国的开发建设，尤其是跨太平洋铁路建设作出了卓越贡献。随后美国发生严重的经济衰退，导致不计其数的人失业。这本是美国社会体制产生的恶果，却被美国统治阶级嫁祸于华人，诬蔑他们抢走了美国人的饭碗。1882 年，为了迎合与讨好不明真相的选民，美国通过《排华法案》，之后又陆续通过进一步歧视和排斥华人的若干法案。根据这些法案，华工被禁止进入美国；已经在美国定居的华人不得加入美国国籍，家人不得来美国与亲人团聚；华人一旦离境就不许重返美国。直到第二次世界大战中美成为同盟国，美国才在战争后期的 1943 年年底废除《排华法案》。这个法案是美国历史上唯一一个专门针对某一民族的歧视和排斥法案，这个民族是中华民族。法案持续的时间超过六十年。

谁都不希望永远生活在仇恨中，但是首先应该恢复公正。我们不能忘记历史，忘记历史意味着总有一天会重蹈覆辙。

严岩推测，年纪轻轻就死于美国的这些人多半是怀着最惨痛最悲凉的心情去世的。由于《排华法案》的推行，他们无法接家人前来美国，又怕回中国探亲将失去重返美国赚钱的机会，只得孤孤单单、拼死拼活地做苦工，期盼有朝一日能带钱回国与家人团圆，没想到最终竟会命丧他乡，连看一眼故土亲人也做不到。

事实上，绝大多数海外华人热爱祖国的情怀极其深厚，即使是侨居海外几代之后的华人，也大多仍然以中国人自居。中国的历史，中国的文化，中国的传统，乃至中国的饮食，都是海外华人津津乐道引以为傲的瑰宝。中国的复兴，中国的强盛，中国的重返世界巅峰，也都是海外华人翘首以盼并且乐于为之奉献的伟业。在海外华人眼里，中国就是中国，无论情势如何变化，中国都在他们心中。几百年来的历史已经证明了这一点，今后的历史将继续证明这一点。由于某些原因，海外华人生活在别的国家，但是他们对祖国的热忱绝不逊于任何人。

严岩已经在美国生活了几年，并且会继续在美国生活。在他的内心深处，将来的某一天，也许在他的风烛残年，他希望能回到自己的故土，落叶归根，但是现在则打算留在美国，为他和他的家人谋取更好的生活。这自然是基于现实作出的选择。

他是个普普通通的人，一个平凡的血肉之躯。他不够坚强，有很多人性弱点，有很多过失，他知道这些，并为之惭愧，从来无意否认和掩饰，如果因而遭到某种指摘和惩罚，他一点也不打算逃避，因为他认为那是他应该承受的。

现在他时刻关注着使他获得美国永久居留权的法案的实施。他归心似箭，期待能尽快取得居留权，以便早日回国探亲。但是事情的发展并不如他所愿。

法案实施的节奏十分缓慢。首先要由美国联邦政府设置专门机构，制订具体方案，再在各州建立相应机构，并且解决一系列相关问题，然后才开始接受申请。所有申请者都必须经历严格审核，除了在入境和居留方面符合规定外，还不能有犯罪记录，不能对美国安全构成潜在威胁。体检也要合乎要求，罹患传染性疾病者将被一概拒绝。在审核过程中，凡被认为可能符合条件的申请者，都会被安排不止一次的与移民官员约谈，约谈时申请者须向移民官员出示和提供各种材料和证明，回答移民官员的问话，使他们确凿无疑地相信自己符合条件。

有关方面估计这次共有数百万到一千万人获得美国永久居留权，其中大部分是墨西哥人。申请人数量如此庞大，而美国政府的办事人员相对不足，使得法案实施过程旷日持久。

严岩属于最早一批申请者，不过即便如此，还是直到 1988 年秋天才拿到象征美国永久居留权的绿卡，而且只是临时绿卡。正式绿卡的发放要再等大约一年半。

他一共被移民局约谈三次。前两次都在达拉斯。其中第二次约谈时他已身在拉巴克，但是这时拉巴克没有移民局办事机构，所以他必须前往达拉斯。为了尽量减少对潇湘园生意的影响，他搭乘飞机当天往返。在拉达斯他借用唐先生的轿车去移民局，在向唐先生开口时有点迟疑，因为美国这里通常是不便向别人借车的，何况他已经离开达拉斯，唐先生连他在拉巴克的地址都不清楚。然而唐先生在听到他的请求后二话没说就把汽车钥匙交给他，真的是非常爽气。

他最后一次约谈的地点在拉巴克，这时移民局在拉巴克设立了临时机构，由于此前已经确定一切无误，所以这次约谈几乎只是履行程序，类似于案件经过缜密审理后的法庭宣判，不过气氛要轻松得多。那个跟他谈话的五十几岁男人态度和蔼得像在接待一位客人，完全没有移民官员惯有的严峻甚至质疑和挑剔。美国人随意跟严岩聊了几句家常，当他听说严岩已经有七年多没见家人，非常想现在就回去的时候，立刻显示出真诚的同情。

“赶快回去看她们吧。七年是很长的时间，我不知道你们怎么能熬得那么久。”这个美国移民官语调柔和地说。

“你七年没见家人啦？”旁边一个年轻的女移民官听了两人的对话感到十分诧异，凑过来看了严岩一眼，脸上露出难以置信的表情，接着又去看摊在桌上的严岩的中国护照，上面有严岩当初从旧金山入境美国时的海关签证。

“1981 年 12 月 25 日。只差几天！”她边看边念，最后忍不住叫起来，用非常怪异的眼神注视着严岩，仿佛严岩应该被当即扣留。随后她指着严岩的签证质问那个男移民官：“瞧这里，1981 年 12 月 25 日。你确定他符合要求吗？”

男移民官平静而坚定地说：“法案规定的时间是 1982 年 1 月 1 日之前，他完全符合要求。”说完便毫不犹豫地在一份文件上签字，把它递到严岩手里。

年轻女移民官一声不响地走开了。

严岩终于获得了他期待已久的居留权，并在不久后收到邮寄来的临时绿卡，这时照理是可以回国探亲了，然而他却犹豫起来。

使他犹豫的是那张临时绿卡。制作得既粗糙又难看的卡片上的“临时”一词让他产生不稳妥的感觉，仿佛他的居留权并不扎实可靠。另外，他不能确定中国方面是否认可临时绿卡持有人出入中国国境的权力。他想，熬了这么多年才等到这一天，绝不能因为大意而前功尽弃，一定要做到万无一失，再等等吧，等到正式绿卡到手才算没有后顾之忧，现在就回去，谁能担保不出意外呢？

谨慎是他的一贯作风。他当然也具备冒险精神，只是他认为冒险应该以谨慎为基础，二者相辅相成，不可偏废，关键是如何掌握它们之间的平衡。不过他并不能每次都做得恰到好处。

他克制着回国的欲望，写信把他的担忧和打算告诉妻子。妻子复信时一面表示理解，要他安心，一面又问他到底何时才能回去。这些年来，妻子常常把她和女儿的照片寄给他。岁月如流，照片上的妻子似乎始终没有多少变化，女儿却一次一个样，这时已经长成十一岁的大女孩了。妻子早先的来信曾提到女儿见到邻家小孩的爸爸时常常盯着看，还问妈妈：“别人的爸爸都在家，为什么我的爸爸不在家？”“为什么我的爸爸总是不回来？”“爸爸喜不喜欢我？”最近的来信则提醒他，若是再不回来，他的宝贝女儿会不认他这个爸爸了。

时间一天天地过去，起初他还能使自己心平气和，后来则变得越来越烦躁不安，每一天都觉得比前一天更加难熬。妻子女儿的身影总在他眼前浮动。她们似乎近在咫尺，实际上却远在天边，使他深感惆怅和悲凉。与此同时，从每星期由送货的卡车司机带来的达拉斯中文报纸上，他留意到从来没有持临时绿卡的华人在往返中国时遇到麻烦的报道，这显然表明没人遇到麻烦，否则记者们是不会放过这种具有轰动效应的新闻的。他逐渐意识到，由于事关重大又不容有失，他有些过度谨慎，以至于草木皆兵。事实证明，无论是美国还是中国，都尊重临时绿卡持有人的合法权益。

所有现实和心理的障碍至此都不复存在。严岩确信，在回国一事上，他无须再有任何顾虑。这时是 1989 年 2 月，他在美国已经生活了整整八年。

但是他知道他不能说走就走，而是必须把一些事情安排好了才能走。首先要做的是把他的打算告诉萨琳娜。

萨琳娜始终如一的谦和、温雅、善良，似乎在任何情形下都能保持镇定从容；对严岩总是既热情奔放，又柔顺体贴。几年来，她从不介意严岩和他妻子间的书信往来，对于严岩在美国居留权的申请和取得，她除了尽力协助，也从来不去多想。她十分单纯。她挚爱的男人就在她的身边，吸引了她全部的目光。

“他是我的。我爱他，他也爱我，我们会永远在一起。”她怀着不可动摇的信念，十分自在地感受不可言喻的幸福，即使阴云已经在天边聚集，她眼里也依旧是阳光明媚。

任何忠告在爱情的烈焰中都会化为灰烬。尽管严岩在一开始就把可怕的结局告诉了萨琳娜，萨琳娜却从未认真对待，早就忘得一干二净。她只是心满意足地享受他们在一起的每个瞬间。在她心里，他们共同生活的这几年是她生命中最快乐最甜蜜的岁月，这种日子会一直延续，直至遥不可见的永远。她没有意识到那是她的一厢情愿。在某一天，事情将与她的愿望背道而驰。

这一天在她的意外中来临。她毫无准备，猝不及防。当严岩把他回中国探亲的打算告诉她时，她感到天崩地裂，她的心在刹那间被撕成碎片。但是她表现得非常坚强，连脸色都没有改变，仅仅十分平静地说：“好吧。”

严岩在向萨琳娜讲他的打算时同样十分平静。几年来他跟她讲话时多半都是这样。她不仅是他的亲密情侣，而且是他的知心同伴，无论什么事他都会毫无保留地对她讲，并且感到十分自然。尽管这次讲的事情不同寻常，他还是一点也没有顾虑和迟疑，仍然像以往一样非常坦诚地讲给她听，这一方面是由于习惯和信赖，另一方面是由于他认为他的打算顺理成章，何况在最初时就曾讲过，萨琳娜不至于会感到难以接受。他没有把他要回中国探亲的打算当作格外特殊的事情来讲，也没有察觉到萨琳娜平静外表下掩藏在内心深处如刀割般的痛苦。

严岩还告诉萨琳娜：他准备用一个多月的时间培训出一个人来接替他的工作，但是这个人不可能掌握所有的技能，所以在他离开期间餐馆只提供自助餐，不接受点菜，这样就能大致保持菜肴质量，同时减少工作量。不过届时需要她在厨房坐镇，把前台托付给一个她认为可靠的人。等到都安排好了，他打算五月初回中国，一个月后再返回美国。萨琳娜表示赞同，说她会尽力照管好餐馆生意，要严岩别担心。

紧接着严岩把他过期的中国护照寄给在旧金山的姑妈，同时附上合乎规定的照片，请姑妈帮他在中国驻旧金山总领事馆申办新护照，并且购买五月初从旧金山前往中国的飞机票。

一切看起来都很完美。多年的夙愿即将实现。在期待着、想象着回到朝思暮想的祖国和亲人身边的日子里，严岩感到难以形容的兴奋和激动。他没有料到，一场风暴正向他袭来。

他把他将回国探亲的打算告诉萨琳娜后过了几个星期。这天萨琳娜照常开车，严岩坐在她旁边，在一个亮着红灯的路口，汽车停了下来。萨琳娜轻声说："宝贝，有件事我想对你讲。"

严岩说："好啊，宝贝，你想讲什么？"

"我想我必须走。"萨琳娜语调柔和地说，"我的意思是我应该离开你，走我自己的路。你将回中国探望你的家人，所以我认为我们应该结束我们的关系。"

萨琳娜说这番话时表现得十分坚定平静，显然是经过深思熟虑后下定了决心。她的话是严岩没有想到的。几年来，她已成为他生命里的一部分，并且仿佛永远都是他生命里的一部分。他们是最亲密的伴侣，最要好的朋友，彼此水乳交融，相互信赖，从不争吵，任何事情都能高度协调一致。尤其是萨琳娜，尽管有着美国姑娘惯有的独立性，却始终对严岩的任何意愿几乎是百依百顺。这次严岩要回中国，当他把这件事告诉萨琳娜的时候，更多的是把她当作最好的朋友来讲的，就像平时对她讲心里话一样。他没有去想如何与她分手，甚至没有想到要与她分手。

这时他恍然大悟，意识到两人之间的亲密关系是必须要作出了断的。她并不仅仅是他最要好的朋友。当他把他回国探亲的打算告诉她时，事实上是在宣告他们之间情人关系的结束。

他感到非常悲伤和怅惘，他的心像是一下子被掏空了。多年来他始终热恋的这个美丽善良的姑娘这时依旧坐在他身边，并且对他怀着同样炽烈的激情，但却即将离他而去，永远不再回来。可是他能怎么办呢？他无可奈何，只有叹息和愧疚。他觉得他没有理由阻止她，哪怕是一句挽留她的话都讲不出来。

"好吧。"他只能说。

汽车又开动了。萨琳娜的眼睛始终注视着前方。

"你知道我不想离开你，我从来不想离开你。"她说，"这些年我一直生活在梦里，我希望我能永远生活在梦里，但是你把我叫醒了。你对我说你要回中国看望你的家人。以前我觉得她们非常遥远，远得仿佛不存在，我以为我能和你永远在一起。现在我知道那些都不是真实的，我不再在梦里了。我明白我必须离开你，走我自己的路。"

萨琳娜十分镇静地说着。严岩一声不响的倾听。

"你知道对我来说这是多么艰难吗？"萨琳娜继续说，"我哭了好多次。我告诉自己不要哭，可还是忍不住流眼泪。你知道我怎么想？我想，我将永远失去这个男人，永远，他再也不会回到我的身边。你知道我多么爱你，我从来没有像爱你这样爱过任何人，以前没有，以后也不会有。你非常特别，没有任何人和你一样。我再也不可能遇到像你一样的人了。你明白我在说什么吗？你知道我多么痛苦吗？可是我没有别的选择。我必须走。"

"你不必走。"严岩情不自禁地说，"你可以留下来。"

"不,那不可能。"萨琳娜说,"你将回到你的家人身边,所以我必须走。我无法跟别的女人一起拥有同一个男人。"

萨琳娜说得很对,严岩为自己刚才的失言感到羞愧。

两人都沉默了。

随后汽车驶入了停车场。萨琳娜停好车,坐在位子上一动也不动。看她没有动,严岩也没有动。他们的心情都非常沉痛。

过了一会儿,萨琳娜深深叹了口气,音调凄凉地说:"我们相互爱着,我们应该永远在一起,可是我们却做不到。这是多么让人伤心啊!"

泪水从她的眼里流出来,顺着脸颊向下滑落。她连忙把头朝与严岩相反的方向扭过去,一面用手去擦拭。她不想显得脆弱,但还是忍不住啜泣。她的身体在微微发抖。

萨琳娜的伤感使严岩心碎。他知道,尽管她对他非常温顺,却是一个十分坚强的姑娘。在这之前他只见她哭过一次,那时他生了病,病得很严重,很多天都没好,但还要坚持上班,萨琳娜伤心得流下了眼泪。这时他的眼眶里也噙满了泪水,但是他强迫自己不让泪水流出来。他对萨琳娜说:"宝贝,我的心情非常不好,你还好吗?"

萨琳娜说:"我还好。很抱歉,我不应该哭。"

"那没什么,我知道你心里难过。"严岩说,"我心里也难过,可是我们没有办法。"

"我知道,所以我必须走。"萨琳娜脸上泪痕未干,但是不再哭了。

"我理解。我只是想知道,你打算什么时候走。"严岩语调低沉地说。

萨琳娜迟疑了一下,说:"我不知道,也许我可以等你的家人来了再走。"

她经历了很多天空前惨痛的内心挣扎才作出决定,那是她有生以来最艰难的决定。后来她告诉严岩,当时她几乎死去。本来她是决心立刻与严岩分手的,这时却感到犹豫。她还不忍心离开他。

谁又能一刀斩断情缘呢?

但是他们在一起时的气氛从此变了样。天空不再那么明朗,大地也不再那么辉煌。沉重的阴霾紧紧压着他们,使他们窒息得喘不过气来。

一天晚上下了班,依旧是萨琳娜开车,他们本该回家,可是严岩要她把车开到环城高速公路上兜风,因为他想借此舒缓心里难以忍受的抑郁和忧伤。萨琳娜顺从了他的意愿。

这时临近午夜,人们大多已经入睡,环城高速公路上一片空寂。无边的黑夜深不可测,整个世界仿佛只有他们。他们都久久地一声不响,任凭车内音乐播放。他们的心依然系在一起,人却将各奔东西。严岩心境凄凉。眼前的道路似乎没有尽头,他希望它真的没有尽头,好让他们的汽车永不停息,让他们永远不分离。

他怀着无限情意轻轻抚摩萨琳娜的脸,说:"宝贝,我爱你。"

"我也爱你,宝贝。"萨琳娜的声音像是温泉的流水。

"真希望我们能就像这样,永远这样,不必担忧任何事情。"严岩叹息着说。

他们环绕着拉巴克转了一圈又一圈,直到严岩感觉实在太晚了才回家。萨琳娜始终没有说一句催促他的话。

四十六

时间进入1989年4月。这天午餐打烊后,严岩像平时一样到前台询问萨琳娜营业状况,看见她正在翻动一张当地报纸。他十分意外地注意到她在查阅上面的租房信息,这表明她决定最近就从他们的共同住处搬出去。他感到他的心仿佛在刹那间坠入了无底的深渊。

他压抑着自己的激动,在她柜台旁的椅子上坐下来,对她说:"我以为你说过会等我的家人来了才走。"

萨琳娜的视线没有离开报纸,但是眼睛马上湿了。晶莹的泪水在她眼眶里闪动。她克制着不让泪水落下来,一句话也没有说。

她不想解释为什么她会改变主意,因为对她来说那过于艰难,而且免不了落泪。现在她就差点哭出来。可是她情愿在心里哭,或者一个人偷偷地哭,也不愿在严岩面前哭,所以她什么都不说。

她已经不能再总是跟严岩在一起了,尤其是晚上只有他们两个人的时候,越是离得近,越是只有他们两人,她越觉得痛苦。她生命中最爱的男人即将回到另一个女人的怀抱,而她却无力阻拦,只能听之任之。她那么爱他,这些年来她感到一分一秒也离不开他,她渴望自己能与他融为一体,永远,永远在一起,可是现在看见他就使她想起另一个女人,一个遥远的、模糊的女人,一个她连见都没见过的女人,他不仅爱她,也爱那个女人。使她格外悲痛的是,为了那个女人,他宁愿与她分手。和他在一起只是让她感到难以忍受的折磨。

她是决心要离开他了。她无法再承受留在他身边的痛苦。

然而她又觉得不甘心。真的就这么走了吗?这一走就再也不可能回来了啊!她将永远失去他,这个她最挚爱的、注定让她一生刻骨铭心的男人。她实在是心有不甘。是不是还有哪怕是一点点希望呢?难道他就那么狠心,情愿让她离开他吗?

终于有一天,她控制不住内心的煎熬,突如其来地对严岩说:"宝贝,你知道,我爱你,我也能等你八年。"

严岩听了非常感动,也非常难过,因为他觉得在萨琳娜这句简短的话里凝聚着她对他的无限深情和无数眼泪。他心里充满了对萨琳娜的柔情和怜惜。他的胸口像是被什么东西堵塞着、压迫着,使他说不出话来。事实上,他想不出合适的话来回答。

"你不爱我。"萨琳娜十分悲伤地说。

"宝贝,你知道我爱你,从一开始就爱你。"严岩急忙说,"我一辈子都爱你,永远都不会变。"

萨琳娜知道自己刚才讲的只是一句感到委屈时的气话。不过她还有别的话。她的情绪依然激动。

“我爱你比你爱我多。”她说。

“我不那么认为,”严岩说,“你知道我多么爱你。”

“你爱她超过你爱我。”萨琳娜又说。

“那不真实。我对你和对她的爱同样深厚。”严岩说。

“可是你为了她把我抛弃了。”萨琳娜非常伤心地低下了头。

“不,宝贝,不是那样,我从来不想离开你。”严岩尽可能温柔地进行解释,“可是我不能不管她们,我必须尽我的责任。你知道我和你一样痛苦,我从来没有这么痛苦过。我以前告诉过你,我爱你,我也爱她,关键是我对她有承诺,而且我和她还有个女儿,所以,我能怎么办呢?我没有别的选择。但是请记住,我爱你,我永远爱你,在我心里,你永远是我的宝贝。”

严岩的话并不能驱散萨琳娜的忧伤和烦恼,但已使她感到自己没有理由再责备严岩,而且萨琳娜知道,严岩是不会改变他的打算的。她彻底地绝望了,很久没有讲一句话。最后她抬起头来,眼睛里含着泪水,看着严岩,说:“我们永远都是最好的朋友,是吗?”

“当然,一定是。”严岩十分肯定地说。这时在他心里,非常希望并且相信会如萨琳娜所言,他们一生都是最好的朋友。

从这天起,萨琳娜晚上几乎再也没有回家,每晚一打烊她便招呼愿意留下来的美国员工在餐馆聚会,大家随意交谈,尽情饮酒,谁要是困倦就把椅子拼起来在上面打个盹,然后再继续;直到天亮,才把被搞得乱糟糟的餐馆整顿好,各自回家。

萨琳娜这时也回家,不过只是回来洗澡、换衣服、整理仪容,待一切弄好,就又马上出门。在她短暂的逗留期间,严岩一直睡在床上,没有起来。他们的心情都很抑郁,彼此间像隔着一道墙,同时极少交谈,常常连一句招呼也不打。

萨琳娜太悲伤了,和严岩在一起太让她痛苦了,所以她要远离他,靠很多人聚在一起饮酒畅谈来压抑心里的忧烦。她是个美国姑娘,从小接受的教育,长大后周边的氛围,都要求她必须振作,必须坚强。她决心不让感情挫折把自己击垮。她要顽强的自立和生存。

然而她还做不到把她的情绪控制得特别好,她一面在潇湘园和众人高谈痛饮,一面在心里不断想念身处家中的严岩。他的身影始终在她脑海里浮动。他们在一起时甜蜜的日日夜夜,每时每刻都令她回味,使她向往。没有他在身边,即使周围有再多的人,她依然感到落寞空寂。谁也无法取代他,所有人加在一起也抵不上他一个人,他们只不过能帮她借助酒精和喧闹多多少少得到点麻醉。

一天晚上,聚会正热闹时她感到不可遏止的欲望,便当即开车回家。

这时早已过了午夜,但是严岩还没有睡觉。这些天来,他知道萨琳娜由于痛苦所以一直在躲避他,因而对她非常心疼,却又无计可施,只能在餐馆打烊后尽早离开,听凭她依照自己的意愿排遣心里的忧伤。其实他和她一样心境悲凉,回来后无法入眠,只好打开电视机看上面过时枯燥的节目来消磨时间,一面在心里想着萨琳娜,以及过去的美好、现在的凄惨和不可知的未来。

当门锁响动的时候，严岩吃了一惊。他没有料到她会回来。她进来了，十分迅速的把门关上，转身朝他快步走来。

“宝贝，我想你，我不能控制我自己。我就是想回家。我想看见你。”萨琳娜边走边急匆匆地说。她的眼睛始终凝视着严岩，里面涌动着火一般的激情和渴望。

严岩连忙离开沙发站起来，抱住了扑过来的萨琳娜。他们紧紧拥抱着。他们已经很多天没有这样了。

“我爱你，宝贝。”萨琳娜喃喃地轻呼着，用她鲜嫩的嘴唇热烈地吻遍了严岩的脸、脖颈和胸膛。

“我也爱你，宝贝。”严岩激动地说，一面纵情亲吻和爱抚他美丽动人的姑娘。

这天晚上萨琳娜没有离开这个家。

这是他们在一起的最后一个晚上。从此，萨琳娜晚上再也没有回过家。

过了三天，萨琳娜告诉严岩，她已经在第五十五大街西边尽头处租好了一套公寓住宅，再有几天就可以搬进去。她问严岩想不想去看看，严岩说想，于是他们一起前往她未来的新居。公寓很新，环境清雅，不过这时萨琳娜还没有那套住宅的钥匙，所以他们只能在外面看。严岩默默地想，这就是她将要居住的地方。

他忽然感到十分悲伤。他心爱的姑娘再过几天就将无可挽回地离他而去，他们共同的爱巢里将只剩下他孤身一人，那里再也不会有欢声笑语，不会有柔情蜜意，有的只是无边的清冷、寂寞和不忍回首的往事。那些只会给他带来无力承受的惆怅、沮丧甚至消沉，他不想让自己陷入那种悲惨境地。

“我也要搬出来，我不想还是住在现在的地方。只有我一个人，我会感到非常痛苦。”他对萨琳娜说。

萨琳娜明白他的苦衷。第二天，她帮他租到一套公寓住房，就在第五十五大街旁边，从潇湘园往西不远的地方。房间的窗户对着街道。4 月 30 日即可入住。

到了 4 月 27 日，萨琳娜告诉严岩，第二天她将从他们的共同住处搬出去。严岩问她是否需要帮忙，她说不需要，她已经请好了帮她搬家的人。严岩没有再说什么。

第二天是 4 月 28 日，萨琳娜预定搬家的日子。她在前一天晚上照例没有回家。早晨严岩还躺在床上时，听见了开门声。萨琳娜穿过卧室，一声不响地去洗澡，卫生间里传出哗哗的水声。

这是他们一起生活的最后时刻，所以严岩立刻起了床。他走进卫生间，没有看见萨琳娜。她正在澡缸的垂帘后面沐浴。

严岩心里忽然萌生了想最后看一眼他的宝贝的念头。他毫不犹豫地拉开垂帘，凝视着湿淋淋的萨琳娜。

萨琳娜没有惊讶，也没有躲避。严岩突如其来的举动使她两眼发亮。在这个瞬间，她完全忘记了他们即将分手。她娇媚地笑着问：“宝贝，你想进来吗？”

无论过去几个月的情形如何，也无论将来的情形如何，这时他们依然是情侣。他们之间的爱情真挚、深切而热烈，并且永远都不会改变。只要他们还没有分手，就随时可能燃起激情的火焰。

可是严岩这时心情沉重，没有欲念。他摇了摇头，轻声说："不。"随后他把垂帘关上，离开卫生间，没有再说一句话。萨琳娜在刹那间被激起的热情消失了，心情重新变得压抑，也没有再说一句话。

依然是萨琳娜先出门。临走时她对严岩说，她将在午餐生意结束后回来搬家，问严岩要不要留下什么家具。其实家具几乎全是她的。严岩说他一样也不要，只需把电视机留给他就行，因为他要靠看电视来尽可能转移他对伤痛的注意。

在此之前，他们已经依据公平的协议友好地分割了财产。那是件使他们感到非常痛苦和悲伤的事情，可是不能不做。同时萨琳娜把她开了几年的"雷鸟"汽车还给严岩，重新开她原先那辆老旧的汽车。这件事也使严岩心里十分难过。不过萨琳娜告诉他，她准备买辆新车，已经去几个车行看过，只是还没作决定，但肯定会买，严岩这才觉得心里舒坦了些。

晚上打烊后萨琳娜依旧召集了一些美国员工在餐馆里聚会，而且人数比平时更多，连几个当晚没上班的美国人也来了。萨琳娜和他们一起举杯畅饮，谈笑风生，大家就像在欢庆盛大的节日。这次严岩没有像以往一样早早离去，而是独自一人在餐厅角落里沉默无语地坐了很久，中间有美国员工过来向他打招呼，有的还问他要不要酒，他都只是点点头或者摇摇头。

后来他慢慢走到萨琳娜身边。这时她正笑容满面的和一个美国人高谈阔论，装作完全没有看见他就在她面前。他要她随他到外面去，她仍然十分温柔地顺从了他的意愿。

购物中心广大的停车场上只剩下潇湘园门前的几辆汽车。一片残月斜挂树梢，月色就像几年前他们在拉斯维加斯那个甜蜜的晚上一样清凉，然而严岩却觉得格外凄惨。萨琳娜脸上的神情比月色更加凄惨。他们面对面站着，靠得不像往常那么近，仿佛两人之间有道深壑。

其实严岩不知道该说些什么，也想不出能说些什么。到了这种地步，还有什么话好说呢？什么话还有意义呢？可他就是想把萨琳娜叫出来，两人再在一起待了一会儿，似乎这样就真的能减缓他对她依依不舍而带来的满腹悲伤。他知道，从此她将如飞入云天的鸟儿，永远不再复返。

"从现在开始，你就是一个人了，……"严岩好不容易才开了口，想说几句嘱咐和关切的话。

泪水顿时涌满了萨琳娜的眼睛。她打断严岩的话，声音颤抖地说："瞧，我不能看着你，那只会使我哭泣，可是我不想再哭了。"

她用双手捂住脸，迅速转过身去，快步跑进了餐馆。

严岩伫立着，不知道该如何是好。随后他也回到餐馆。里面人声鼎沸，依旧像在欢庆盛大的节日。萨琳娜一边豪饮一边跟身旁的美国员工说笑，始终没有朝他看一眼，似乎非常快乐，但是他能感受到她心里和他一样的苦楚和悲凉。

他没有再打扰她，一声不响地回去了，看到的是除了孤零零的电视机外空荡冷寂的房间。两天后，他也搬离了这个曾经有过无数欢乐，现在却使他窒息的地方。

1989年5月6日清晨,严岩启程回国。萨琳娜开车送他从宿舍去拉巴克国际机场。他将在阿巴克基转机前往旧金山,再从那里搭乘国际航班直飞中国。

在前往拉巴克国际机场的路上,严岩问萨琳娜一个人生活得怎么样。过去几天他们很少交谈,所以他想借这个机会了解一下。他真诚地希望萨琳娜一切都好。对这个在他人生中最艰难时期给予他无限抚慰和甜蜜的姑娘,即使两人已经分手,而且再也不可能复合,他仍然,并将永远怀着最深厚的爱情和最真挚的关切。

萨琳娜回答说还可以。但是严岩感到,和他一样,她也无法驱散心里的忧伤。

沉默了一会儿,严岩说:"我想你需要一个你喜欢他,他也喜欢你的好男人。"

他没有称呼萨琳娜"宝贝"。从她搬走的那天晚上起,这个象征最亲密情侣关系的词便失去了它的意义。萨琳娜在称呼严岩时也不再使用这个词。这时他们在有限的交谈中甚至不提对方的名字,因为提对方的名字除了让他们感到很不习惯,而且像在提醒他们彼此已经分手,从而勾起他们心灵的悲痛。

萨琳娜说:"我也想过,可是没有人像你一样。"

"你应该尝试,"严岩说,"总会遇到合适的人的,如果遇到了,就不要犹豫。"

"我会的。"萨琳娜说,"但是我永远不会忘记你。"

"我也永远不会忘记你。"严岩说。

萨琳娜告诉严岩,晚上她结束所有的工作后,回去时都要从他居住的公寓旁路过,这时他已经在她之前回来了。每当看见他窗口的灯光,她都不由自主地产生想进去和他重温旧情的强烈欲望。

"可是我告诉自己无论如何不能进去,"她说,"因为那太甜蜜了,我知道只要我在那里度过一个晚上,就会每个晚上都去那里。"

登机的时刻到了。他们互道珍重;依旧拥抱、亲吻,但是已经不再有以往的热情。忧伤仍然笼罩着他们。自从几天前分手以来,他们之间像是突然变得陌生了。

就在严岩要转身离开的时候,萨琳娜把一个装着信纸的信封递到严岩手里,要他上了飞机看,随即自言自语似的轻声说:"这是最后一次。"

严岩始终不能确定萨琳娜这句话的真正含义。他猜想她或许是说,尽管她已经与他分手,但是在她心里,直到这时他仍然属于她;不过这会是最后一次属于她,从今以后,他将属于另外一个女人。

在登机门口,严岩回过身来向萨琳娜挥手告别,萨琳娜也向他挥手告别。她一直在注视他。他们的脸上都露着微笑,微笑里透着凄凉。

飞机在跑道上滑行。严岩盯着航站大楼。他看到的只是一片巨大的落地玻璃,但是他知道,那后面有双眼睛在寻找他。

等到机长宣布飞机进入平稳飞行状态的时候,严岩把萨琳娜的信取出来仔细阅读。萨琳娜在信里回顾了他们真挚美好的爱情,说和他在一起的几年是她一生中最幸福最快乐的岁月,可惜好景不长;又说不知道为什么当初只是喜欢他而没有爱上他,想起来感到自己很傻;还说要是一开始她就坠入情网,感情一定会陷得更深,现在就完全无力自拔了。

她也谈到了两人分手的无奈和悲痛。

“和你分手差一点让我死掉。”她在信里又一次说。

信中接下来的内容使严岩的心发抖。

“我在非常认真地考虑是不是在你回来之前离开拉巴克，因为我无法让自己摆脱看见你时的痛苦。”萨琳娜写道，“你知道吗，以前我每分每秒都想跟你在一起。哦，那种感觉是多么甜蜜！可是现在，看见你对我来说是种折磨。我爱你，却不能亲近你，还要去想你在另一个女人的怀抱里，请想一想，那是种什么样的感觉！对不起，我又要流眼泪了。我应该控制好我的情绪。也许最好的办法是不再看见你，所以我想我应该离开这里，到一个陌生的、谁也不认识的地方重新开始我的生活。如果我这么做，亲爱的，我的宝贝——请允许我仍然这么称呼你——请不要难过，你知道我是不得已才这么做的，我永远爱你；也不要为我担心，因为现在我已经有了些积蓄。另外，我准备根据我的股份在投资时的原始价值从餐馆户头里把属于我的钱取走。我已经把当初你替我垫付的钱全部还给你了，所以我想我可以这么做。不过由于不久前我们分割财产，目前餐馆户头里没有那么多钱，我只能有多少取多少，不够也没有关系，因为只是由于你的爱情和慷慨，我才有一半股份，本来你是可以拥有全部股份的。你知道，哪怕一厘股份都没有，我也情愿为你工作，因为我爱你。所以即使在我离开时不能获得凭借我的股份理应得到的全部金钱，我也绝对不会不满足。无论如何，届时那些钱将足够我找个地方，安安静静地舔舐我心灵的伤口，让我慢慢恢复元气。我会很好的，真的不要为我担心。

“我打算让奥丽维亚接替我的工作。你知道她是单身母亲，她唯一的女儿今年十四岁，能够照顾自己，所以奥丽维亚可以全职工作。她一直对我说她需要现在的工作，也喜欢现在的工作。她现在做服务生，如果让她做我的工作，我想她一定也喜欢。她在这里工作了很久，始终稳妥可靠，所以你应该放心。不过按照法律规定，她每星期只能工作五天，剩下的两天你需要找一个你认为可靠的人来做，或者你自己做，把厨房交给别人，就像这次你离开时一样。那两天只提供自助餐，不提供点菜，也像这次你离开时一样。我想，只有两天，不会对餐馆生意有太多不好的影响。

“但是有一点你要特别注意，就是一旦我走了，点钱、清账和存款之类的事情必须由你亲自操劳，决不能交给别的任何人。你将更加辛苦了，很抱歉我不能再帮助你。想到这些我心里很难过。请原谅我，好吗？我真的希望我能为你分忧解愁。不过我想要是我走了，你会赚更多的钱，我应该为你感到高兴，是吗？你看，我就是这样，有些想法常常很矛盾，我不知道为什么会那样。

“走之前我会把所有事情都安排好，所以请你一定不要担心。我知道你哪一天回拉巴克，也知道你搭乘的飞机是在午餐营业时间即将结束的时候降落。我打算在那天午餐一结束便离开拉巴克，这样我们就不会见面。我不能再看见你，因为那将使我非常悲伤，尤其是想到你刚刚从你家人那里回来。请原谅我不能去机场接你，不过我想你可以坐计程车直接来餐馆，稍微喘口气，然后准备晚餐生意，什么都不耽误。只是那样会使你很劳累，如果你感到吃不消，晚上就不要营业。也许会有顾客抱怨,但是你不必难受,偶尔一次,而且是没有办法的事,对吗?

“我不想看见你还有一个原因,就是看见你可能会使我改变主意。我不想改变主意。

“可是谁知道呢?写到这里,我又有点动摇了。……”

她动摇了!真的吗?事情似乎还有转机,严岩心里好过了点,怀着希望继续往下看。

“或许我哪儿都不去,还是留在拉巴克和你一起经营潇湘园。我喜欢这个餐馆,喜欢我的顾客,如果我离开这里,我会怀念餐馆和顾客的,当然,我会首先怀念你。

“我现在还不能确定我走还是不走,这取决于我能不能让我的心情变得平静一点。还有一个月你才回来,就看这一个月吧。

“好像我的动摇又多了一点。为什么我要动摇呢?我应该离开这里。可是每当我决心离开的时候,就开始动摇,因为我再也看不见你了,而且我担心失去我的帮助,你一个人会过于艰难,这时我就想,我不应该走。然后我又想,我应该走,因为和你在一起使我太痛苦,所以我必须离开你,永远不再看见你。

“我该怎么办?有谁能告诉我吗?

“好了,我不想再说了,因为连我自己都不知道我最终的决定是什么。你回你的祖国探望你的家人,这对你来说是件高兴的事,我不应该扰乱你的心情,可是我怕你回来才知道我已经走了会感到太突然,所以我想我必须写这封信。我不能不辞而别。

“我知道要是我走了,你一定非常痛苦,但是你知道我比你更痛苦,因为你还有你的家人,而我什么人也没有。我只有我自己。

“请原谅我写了这么多使你不愉快的话,其实那不是我的本意,我真的不想让你担忧,我总是希望你快乐。也许你回来时我还在这里,哪儿也没有去。回到旧金山时请给我打电话,只要我没有走,就一定会到拉巴克国际机场接你。……”

萨琳娜在信的结尾嘱咐严岩看完后务必要在离开美国前把信销毁。

最后她写道:“吻你,我的心,我的宝贝。祝你一切都好。”

落款是:“永远爱你的萨琳娜”。

泪水从严岩眼里如涌泉般流出来。那是几个月来他一直压抑着的悲怆。还好他坐在靠舷窗的位子,他连忙把脸转向窗外,以免被别人看见。

他决定一到阿巴克基就利用换机的时间给萨琳娜打电话,请她无论如何都要打消离去的念头。他不能确信他一定成功,但是他决心使出所有的力量。除了阿巴克基,他还将在旧金山给她打电话,回到中国后再给她打电话,他要竭尽全力挽留她,不仅是为他自己,也是为了她。

他不能眼看着萨琳娜就这么走掉,如果她真的就这么走了,他会觉得他真的抛弃了她。无论事情如何演变,她始终是他心里的宝贝,他需要看见她生活无忧、万事如愿,才会感到心安。同时他希望有一天她能遇到合适的伴侣,使她不再形只影单,那时他将怀着既深感欣慰又有些酸楚的心情,向他们道贺。

如果萨琳娜真的走了,去了一个他不知道的地方,并且不再与他联系,她的生活是富足还是贫困，是一帆风顺还是灾祸连连，他都将一概不知，那时他会怀着无限惆怅的心情眺望巍巍群山和茫茫大地，为她担忧。

他舍不得她离开，也不忍心她离开，因为他认为离开这里对她没有好处。潇湘园兴旺的生意来之不易，他觉得他和萨琳娜都应该珍惜。谁都无法预料这么好的生意能维持多久，但是他相信，在拉巴克这个天高地远，没有多少有钱华人关注的偏僻小城，潇湘园势必会再兴旺很多年。萨琳娜若是现在就走，她手里固然有些钱，然而那些钱并不能支撑她太久。他真诚希望萨琳娜能留下来和他一起经营潇湘园，真诚希望他们两人都能为将来的生活奠定坚实的经济基础。

至于使他们悲戚的情感伤痛，严岩想，大概只能寄望于时间的流水来慢慢抚平，尽管那也许是件永远无法完全办到的事情。

萨琳娜在严岩生命里占据着不可动摇的地位。从这时起直到很多年以后，他始终不能忘怀和她在一起时的温馨甜蜜，始终认为她是他在美国遇到的最好的姑娘。

所有的生命都短暂而脆弱，尤其是美丽的花朵。然而在严岩心里，萨琳娜不仅是神奇大自然绽放的最珍异的鲜花，而且永不凋零、永远娇艳。

舷窗外阳光灿烂，白云舒展，飞机正在接近阿巴克基。严岩看见了前方的圣地亚山。它依然巍峨，依然雄奇，它是他心中爱情的圣山。

明天，也就是 1989 年 5 月 7 日，他将从旧金山乘机飞越浩瀚的太平洋，在碧波万顷的大洋彼岸，是他魂牵梦萦的祖国和骨肉相连的亲人。

图书在版编目(CIP)数据

风雨美国/杨开明著.—上海:上海文化出版社,2018.8
ISBN 978-7-5535-1351-5

Ⅰ.①风… Ⅱ.①杨… Ⅲ.①长篇小说—中国—当代
Ⅳ.①I247.5

中国版本图书馆CIP数据核字(2018)第176810号

出 版 人:姜逸青
责任编辑:何智明
装帧设计:王　伟

书　　名:风雨美国
作　　者:杨开明
出　　版:上海世纪出版集团　上海文化出版社
地　　址:上海市绍兴路7号　200020
发　　行:上海文艺出版社发行中心发行
上海市绍兴路50号　200020　www.ewen.co
印　　刷:江苏凤凰数码印务有限公司
开　　本:710×1000　1/16
印　　张:22
印　　次:2018年9月第1版　2018年9月第1次印刷
国际书号:ISBN 978-7-5535-1351-5/I·507
定　　价:38.00元
告 读 者:如发现本书有质量问题请与印刷厂质量科联系
T:025-83316662